JAMES BARCLAY

Der magische Bann

Die Kinder von Estorea

Zweiter Roman

Deutsche Erstausga

WILHELM HEYNE VERLAG
MÜNCHEN

Titel der englischen Originalausgabe
CRY OF THE NEWBORN (Part 2)
Deutsche Übersetzung von Jürgen Langowski

Verlagsgruppe Random House FSC-DEU-0100
Das FSC-zertifizierte Papier *München Super* für Taschenbücher aus dem Heyne Verlag liefert Mochenwangen Papier.

Deutsche Erstausgabe 07/2008
Redaktion: Rainer Michael Rahn

Printed in Germany 2008
Titelillustration: Paul Young
Umschlaggestaltung: Nele Schütz Design, München
Karte: Iris Daub
Satz: Christine Roithner Verlagsservice, Breitenaich
Druck und Bindung: GGP Media GmbH, Pößneck

ISBN: 978-3-453-52452-1

www.heyne.de

Für Clare,
die den Mittelpunkt meines Lebens bildet.

GROSSES NORDMEER
Tangaredberge
Cabrianwald
GORNEON-BUCHT
OMARI
MARIUK
Bergblick
CABRIUS
Königsberge
GANEER
Das Hufeisen
DURALLE
Eberrenberge
DORNOS
Parbaniiwald
Otunnah
Halbinsel Tundar
GALLENI
Eberrenwald
Arkess
LESSINI
PHASKAR
Loreskai
Drachenschweifberge
Reethpass
Ödland von Phareen
CORBASS
Niederungen von Jathina
TUNDARRA
GENSKAL
NERATHAR
NEVENMAI
Juiniwald
Brunmah
Solastropalast
Solastro
Solas
Gens
Heldenpass
Yoakum
Rasmustor
Brunhöhe
Senius
BAHKIR
Syrtain
AVARN
Scarossümpfe
Agliossee
SUNGMAI
AVAROS
Karthackschlucht
BUCHT VON SUNGMAI
Schwarzer See
Maronlack
ADVOCIUM
Havelsee
Liungebirge
Morgensee
Herz der Konkordanz
Untersee
Wolkenbucht
Liuntain
Hannobucht
ESTOREA
Gorns Berg
Urasische Berge
Hannonwald
Bucht von Hannos
Karalberge
Ebene des Allwissenden
KARALIUM
URASISCHES MEER
Bahkische Landzunge
GATURA
Morsbackhöhen
Okiro
Tesper
Havesselis Narbe
Gespus
MORASIA
MORASISCHES MEER
NESTERIUM
Große Südsenke
INEPKA
Heolwald
Hevasiawald
HEOLIUS
OSTMEER
EARENOR
Drachenzahn
Luthiusberge
EASTHALE
Meerruh

SIRRANE
GOSCAPITA
GOSLAND
Alaneberge
Fariansee
Nordfurt
Große Ebene
ATRESKA
Halorianberge
Halorfälle
Taritebene
Scintarit-Ebene
Tarit
Schlucht der Könige
TSARD
KHURAN
Östliche Steppe
Gullford
Toursanische Seenplatte
HAROQ
Teel
Lyresee
THARUBY
Gull
Gawberge
BYSCAR
Atreskanischer Königswald
Südliche Steppe
BUCHT VON HARRYN
Lubjekschlucht
Ceskas
KARK
Bucht von Kirriev
KIRRIEV
Geswald
SKIONA
Portbrial
GILDENEASEE
WYSTRIAL
GESTERN
Tirrolsee
Das Rückgrat
Die Lanzen des Ocetarus
Hafen von Kester
Carao
PORT ROULENT
SUTJIONA
Insel Kester
CIRANDON
Glenhale
Halbinsel Dukan
Maßstab
ca. 500 Meilen
DIE ESTOREANISCHE KONKORDANZ

Personenliste

DIE BÜRGER VON WESTFALLEN

ARDOL KESSIAN:
Vater des Aufstiegs, Windleser
WILLEM GESTE:
Autorität des Aufstiegs, Feuerläufer
GENNA KESSIAN:
Autorität des Aufstiegs, Schmerzfinderin
ANDREAS KOLL:
Autorität des Aufstiegs, Landhüter
HESTHER NARAVNY:
Autorität des Aufstiegs, Landhüterin
GWYTHEN TEROL:
Autorität des Aufstiegs, Herdenmeisterin
MEERA NARAVNY:
Autorität des Aufstiegs, Feuerläuferin
JEN SHALKE:
Autorität des Aufstiegs, Wassergeborene
ARDUCIUS:
Aufgestiegener
GORIAN:
Aufgestiegener
MIRRON:
Aufgestiegene
OSSACER:
Aufgestiegener

WÜRDENTRÄGER DER ESTOREANISCHEN KONKORDANZ

HERINE DEL AGLIOS:
Advokatin der Estoreanischen Konkordanz
PAUL JHERED:
Schatzkanzler der Einnehmer
FELICE KOROYAN:
Kanzlerin des Ordens der Allwissenheit
ARVAN VASSELIS:
Marschallverteidiger von Caraduk
THOMAL YURAN:
Marschallverteidiger von Atreska
KATRIN MARDOV:
Marschallverteidigerin von Gestern
ORIN D'ALLINNIUS:
Erster Wissenschaftler der Advokatin
HARKOV:
Hauptmann der Palastwache
ERITH MENAS:
Eine Einnehmerin
HARIN:
Ein Einnehmer

LEGIONEN AN DER NORDFRONT

ROBERTO DEL AGLIOS:
General des Heeres
DAVAROV:
Schwertmeister, Einundzwanzigste Ala
ELISE KASTENAS:
Rittmeisterin, Achte Legion
GORAN SHAKAROV:
Schwertmeister, Fünfzehnte Ala
DAHNISHEV:
Leitender Wundarzt

ROVAN NERISTUS:
Ingenieurmeister
ELLAS LENNART:
Ordenssprecher

LEGIONEN AN DER OSTFRONT

GESTERIS:
General des Heeres
PAVEL NUNAN:
Schwertmeister, Zweite Legion
DINA KELL:
Rittmeisterin, Zweite Legion

LEGIONEN AN DER SÜDFRONT

JORGANESH:
General des Heeres
PARNFORST:
Schwertmeister, Vierunddreißigste Ala

SEELEUTE DER KONKORDANZ

GAIUS KORTONIUS:
Oberster Seeherr der Ocetanas
KARL ILIEV:
Trierarch der Ocenii
PATONIA:
Kapitän der Cirandons Stolz
ANTHUS:
Takler auf der Cirandons Stolz
GORRES:
Schiffsärztin der Cirandons Stolz

BÜRGER UND ANDERE PERSONEN

LENA PRETAL:
Prätorin von Gullford, Atreska

HAN JESSON:
Töpfer aus Gullford

HARBAN QVIST:
Führer der Karku

ICENGA QVIST:
Gor-Camas der Karku

RENSAARK:
Sentor der tsardonischen Streitkräfte

KREYSUN:
Prosentor der tsardonischen Streitkräfte

1

848. Zyklus Gottes, 26. Tag des Solasauf
15. Jahr des wahren Aufstiegs

Zehn Tsardonier. Yuran. Sechs Mitglieder seines Rates. Alle drehten sich zu ihm um. Die Tsardonier erkannten Jhered natürlich nicht sofort, aber damit war seine Glückssträhne auch schon erschöpft. Yuran stand fluchend auf, sein Stuhl rutschte quietschend zurück und wäre beinahe umgekippt. Zehn nervöse Tsardonier folgten seinem Beispiel. Hände tasteten nach Schwertgriffen. Einer sagte etwas, offenbar war es eine Frage.

»Ich bin sehr enttäuscht«, erklärte Jhered. »Ich hätte nie damit gerechnet, dass Ihr einmal zum Verräter werdet.«

Yuran starrte ihn an, und ein Anflug von Bedauern huschte über sein Gesicht. »Wachen, nehmt ihn fest.«

»Das wohl eher nicht.« Jhered kehrte dem Esszimmer und den Kämpfern, die sich schon in seine Richtung bewegten, den Rücken. Zwei Wächter versperrten den Ausgang. »Dies ist der Augenblick, eine Entscheidung zu treffen.«

Ein kurzes Zögern. Jhered stieß einem Wächter seinen Unterarm ins Gesicht. Der Mann prallte mit dem Hinterkopf gegen den Türrahmen und sackte in sich zusammen. Der zweite keuchte und kippte nach vorn. Stalos zog seinen Dolch aus dem Leichnam. Es war immer ein Fehler, einen Einnehmer zu unterschätzen.

»Los«, sagte Jhered.

Die beiden Männer rannten um die nächste Biegung des Flurs, ihre Schritte hallten laut zwischen den Mauern. Hinter ihnen wurden Rufe laut. Hals über Kopf stürmten sie die Treppe hinunter, durch die Eingangshalle und an den verblüfften Wachen vorbei nach draußen. Am Brunnen wandte Jhered sich nach links.

»Levium!«, brüllte er. »Man hat uns verraten. Wir ziehen ab.«

Einer seiner Leute stand vor der Schreibstube der Einnehmer. Er drehte sich um und rief etwas durch die offene Tür hinein. Jhered blieb stehen, als er den Mann erkannte.

»Du bist unser schnellster Läufer. Renne geradewegs zum Hafen und wirf keinen Blick zurück. Sie sollen die Flaggen einholen, die Ruder bereit machen und die Segel setzen. Wir laufen aus. Los!«

»Mein Herr.«

Eine Glocke ertönte – die schnellen Schläge eines Alarmsignals. Aus dem Quartier des Marschallverteidigers kamen Soldaten in den kreisförmigen Hof gerannt. Auch hinter ihm polterten Schritte. Vier seiner Leviumkrieger mit den Schatzkisten.

»Dafür haben wir keine Zeit«, sagte Jhered. »Lasst die Kisten fallen und lauft. Das Schatzamt muss ohne sie auskommen. Ihr braucht eure Hände zum Kämpfen.«

Unwillkürlich duckte er sich, als rechts neben ihm ein Pfeil von der Mauer abprallte. Die Leviumkrieger erwiderten das Feuer, zwei Männer gingen zu Boden.

»Wie schön, Euch zu sehen, Menas«, sagte Jhered.

»Die Freude ist ganz auf meiner Seite, mein Schatzkanzler«, erwiderte sie, während sie einen neuen Pfeil einlegte und noch einmal schoss.

»Aber jetzt will ich nur noch Euren Rücken vor mir sehen«, fuhr er fort. »Wir gehen zur Basilika. Wir müssen die anderen zusammenrufen.«

Unterdessen hatten sich etwa zwanzig Atreskaner im Hof versammelt. Aus allen Richtungen waren Rufe zu hören, inzwischen gaben mehrere Glocken das Alarmsignal weiter. Die Einnehmer rannten so schnell sie konnten zum Torhaus. Jhered bildete den Abschluss und trieb sie zu höchster Eile an.

Sie konnten die momentane Verwirrung im großen Hof zu ihrem Vorteil nutzen. Zwar hatten alle das Alarmsignal gehört, aber niemand wusste, wem es eigentlich galt. Niemand dachte an die Einnehmer. Die Leute standen nur da und starrten ihnen hinterher. Erst als Jhereds Truppe das Gewimmel im Hof schon fast hinter sich gelassen und den Ausgang beinahe erreicht hatte, drang der Befehl durch, dass die Tore geschlossen werden sollten.

Schließlich bekamen sie doch noch viel zu viel unerwünschte Aufmerksamkeit. Als Jhered sich kurz umsah, fielen ihm sofort die ersten Verfolger auf, die auf ihre Pferde sprangen. So beschleunigte er seine Schritte, bis er vor den Leviumkriegern lief. Menas war an seiner rechten Seite. Im Torhaus stemmten sich die Männer schon gegen die Räder, um die Tore zu schließen. Rasselnd zogen die Ketten an den Gegengewichten, das Holz knarrte und knackte.

»Verschafft mir etwas Zeit«, sagte Jhered.

Menas und ein Einnehmer aus ihrer Gruppe hielten kurz an, um Pfeile abzuschießen. Jhered dagegen zögerte keinen Augenblick. In vollem Lauf zog er das Schwert und griff die Handvoll Torwächter an.

»Levium! Für Estorea!«

Die Kämpfer griffen seinen Ruf auf. Pfeile sausten an seinem Kopf vorbei, einer durchbohrte den Hals eines Bogenschützen am Tor. Ein zweiter traf den Nacken eines Wächters, der Mann brach vor dem Rad zusammen. Jhered hielt das Schwert dicht vor seinem Körper und bewegte es erst im letzten Augenblick. Zuerst schwang er es nach rechts unten, dann nutzte er den Schwung seiner eigenen Schritte, um es wieder nach links oben zu ziehen. Der mächtige Hieb schlug seinem Gegner den Speer aus den Händen. Immerhin war der Mann noch geistesgegenwärtig genug, nach seinem

Schwert zu greifen, aber ziehen konnte er es nicht mehr. Jhereds nächster Schlag traf seinen Rumpf, die Klinge drang tief in seine Seite ein, und der Aufprall riss ihn um.

Links und rechts von ihm stürmten die Leviumkrieger vorwärts und griffen die vier restlichen Wächter an. Hinter sich hörte Jhered Schritte und galoppierende Pferde. Rufe und Schreie erfüllten das Gelände und übertönten beinahe die Alarmglocken.

Als ein Schatten über ihn fiel, wich er abrupt einen Schritt zurück. Vor ihm prallte ein Toter auf den Boden, in dessen Auge ein Pfeil steckte.

Der Sturz hatte vor allem die Atreskaner erschreckt, und die Leviumkrieger stießen sofort in den freien Raum vor. Jhered versetzte einem Wächter einen Fausthieb an die Schläfe und streckte ihn mit einem Schlag seines Schwertknaufs auf die Nase endgültig nieder. Blut spritzte hoch, ein weiterer Mann ging zu Boden und tat seinen letzten Atemzug.

»Raus hier!«, rief er und rannte durchs Tor in die Stadt hinaus.

Auf der breiten Prachtstraße vor der Burg waren die Leute stehen geblieben und starrten sie an. Inzwischen ertönten in der ganzen Stadt Alarmglocken, und allmählich gerieten die Einwohner in Panik. Zwanzig oder mehr Soldaten kamen ihnen im Laufschritt entgegen.

»Eng zusammenbleiben«, befahl Jhered. »Nur auf meinen Befehl angreifen.«

Er machte den Anführer der Abteilung ausfindig.

»Zenturio, es gibt Ärger auf der Burg«, sagte er, als sie sich näherten. »Tsardonische Eindringlinge.«

»Was?« Der Mann hatte Jhered erkannt, mochte aber seinen Ohren nicht trauen.

»Wir holen Hilfe vom Schiff. Yuran ist im Augenblick in Sicherheit. Geht jetzt.«

»Ja, Herr.«

Jhered sah ihnen kurz nach. Die Tore waren inzwischen ganz geschlossen, aber die ersten Männer riefen schon, dass sie wieder geöffnet werden sollten. Auch die Rufe, dass die Einnehmer aufgehalten werden sollten, waren deutlich zu vernehmen. Der Zenturio blieb unvermittelt wieder stehen und drehte sich um. Er war dreißig Schritte entfernt, das musste reichen.

»Zur Basilika«, befahl Jhered.

Im Dauerlauf führte er die Leviumkrieger die menschenleere breite Hauptstraße hinunter zum Hafen. Menas rannte neben ihm.

»Sie kommen aus dem Tor und reiten schnell, sie werden uns mühelos einholen.«

Jhered nickte. An zwei Seitenstraßen, in denen sich verwirrte, erschrockene Bürger drängten, waren sie schon vorbei. An der dritten ließ er sein Levium rechts abbiegen. Das Schwert über den Kopf gehoben und laut rufend drängte er sich durch die vor ihm wogende Menge. Inmitten des Getümmels konnte er den Lärm der Verfolger nicht mehr hören. Das Gedränge würde die Reiter behindern, doch sie wussten natürlich, wohin die Einnehmer wollten, und die Fußsoldaten würden sich nicht aufhalten lassen.

An der nächsten Einmündung, die hinunter zur Rückseite des Oratoriums führte, bog er nach links ab. Die Straße war von überwiegend geschlossenen und vernagelten Geschäften gesäumt. Unter den Markisen saßen Menschen, wo immer sie einen Platz gefunden hatten. Offenbar hatten einige diese Straße für die Dauer der erwarteten Belagerung als Wohnsitz gewählt. Jhered hatte keine Zeit, darüber nachzudenken, wie diese Bürger reagieren würden, wenn sie erfuhren, dass ihr Marschallverteidiger die Konkordanz verraten hatte. Am liebsten hätte er ihnen gleich das Seil gegeben, an dem sie ihn aufhängen sollten.

Am nördlichen Zugang des Forums war zu Ehren der Aufnahme von Atreska in die Konkordanz ein Triumphbogen errichtet worden.

Die Gesichter von Menschen, die Jhered persönlich kannte, waren dort in Stein verewigt. Menschen, die ihr Leben hingegeben hatten, um Atreska an der Herrlichkeit der Konkordanz teilhaben zu lassen. Dahinter begannen zwei steinerne Treppenfluchten. Er nahm immer drei Stufen auf einmal und stieß jeden zur Seite, der ihm in den Weg kam. Sein Geduldsfaden war endgültig gerissen.

Die Basilika nahm fast die Hälfte der Ostseite des Forums ein. Dort drängten sich viele Flüchtlinge, die vor der gleißenden Sonne Schutz suchten. Wie ihr Vorbild in Estoria hatte auch diese Basilika offene Seiten. In einer Linie eilte das Levium die Stufen hinauf.

»Levium!«, rief Jhered. »Zum Schatzkanzler.«

Seine Leute lösten sich aus den Trauben von Flüchtlingen, Beamten und kampfesmüden Legionären. Auf den zweiten Blick wirkte der Bau eher wie ein Krankenhaus denn wie ein Lager. Hätte er genügend Zeit gehabt, dann wäre dies eine Goldgrube an nützlichen Informationen gewesen. Erfreut bemerkte er, dass auch Appros Harin seinem Ruf gefolgt war. Die Soldaten aus der Burg näherten sich rasch. Sie sprangen schon die Treppe herab, und von Süden her erreichten die ersten Reiter das Forum.

»Wir haben keine Zeit für lange Erklärungen, wir müssen sofort verschwinden. Schickt Läufer zu allen anderen, die noch in der Stadt sind. Sie sollen sich nicht mehr als Einnehmer zu erkennen geben, denn das könnte ihren Tod bedeuten. Wenn die Schiffe fort sind, sollen sie den bekannten Treffpunkt am See benutzen. Wir werden warten, solange wir können.« Er ließ die Schultern hängen. »Harin, wir sind in einer Stadt voller Verräter.«

Nur zu gern hätte Harin Fragen gestellt, aber er beherrschte sich, drehte sich zur wachsenden Zahl der Einnehmer in der Basilika um und rief ein paar Namen.

»Ihr anderen hierher«, sagte Jhered. Draußen vor dem Gebäude nahm der Lärm zu, die ersten Leute flohen vom Forum. Schreie und zornige Rufe ertönten, immer noch schellten die Alarmglocken. Drinnen roch es nach Angst, Schweiß und Krankheit.

»Ihr müsst davon ausgehen, dass jeder Atreskaner euer Feind ist. Es sind Tsardonier in der Stadt. Stalos, gehe mit zwanzig Leuten zu den Schiffen und sichere die Umgebung. Ihr anderen bildet die Nachhut und deckt ihren Rücken. Wer so vernünftig war, seinen Bogen mitzubringen, kann sich auf die Reiter konzentrieren. Wir werden von Norden und Süden angegriffen.«

Er schätzte, dass siebzig Einnehmer bei ihm waren. Jeweils zu zweit brachen die Läufer in drei unterschiedliche Richtungen auf und lenkten die Feinde etwas ab. Harin wollte sich mit zehn Einnehmern um die Soldaten kümmern, die sich durch den Triumphbogen näherten. Die anderen nahm Jhered mit zur ersten Säulenreihe vor der Basilika.

Rasch änderte sich die Atmosphäre, die Einwohner stoben vor den Reitern davon. Zunächst waren es nur etwa zwölf, dahinter folgten doppelt so viele Fußsoldaten.

»Achtet auf eure Rückendeckung«, sagte Jhered, ohne die Feinde aus den Augen zu lassen. »Wie viele Bogen haben wir?«

»Sechs, Herr«, sagte Menas.

»Ausgezeichnet. Bleibt in Deckung. Ihr habt jederzeit einen guten Blick. Wartet auf mein Kommando, die Reiter zuerst. Nach der ersten Salve stürmen wir hinaus. Sie rechnen nicht damit, dass wir so viele sind. Stalos, du greifst mit deinen zwanzig Mann nicht an; ihr lauft einfach weiter. Gibt es noch Fragen? Gut. Möge Gott uns behüten, damit wir seine großen Werke verrichten können.«

Die Atreskaner waren überheblich und unvorsichtig. Die Schilde auf den Rücken geschnallt, kamen sie im leichten Galopp heran. Jhered wartete mit erhobener Hand. Hinter den Reitern folgten einige Fußsoldaten mit Bogen, doch die meisten waren mit Speeren bewaffnet. Es waren Wächter aus der Burg, die mit ihren glänzend polierten Rüstungen und den dunkelroten und grünen Mänteln eher zeremonielle Aufgaben wahrnahmen. Als sie sich bis auf zwanzig Schritte genähert hatten, senkte Jhered die Hand.

Die Pfeile flogen. Sofort rannte er die Treppe hinunter und führte seine dreißig Leviumkrieger auf den Platz. Nur wenige Augenblicke später traf die nächste Pfeilsalve die Menschen und Pferde. Ein Tier stieg hoch und warf seinen Reiter ab. Andere Kavalleristen zügelten ihre Pferde, zwei wollten kehrtmachen und fliehen. Jegliche Ordnung war dahin. Als Jhered noch fünf Schritte vor ihnen war, kamen abermals Pfeile geflogen. Zwei weitere Reiter wurden aus den Sätteln gerissen, ein Schaft bohrte sich in die Schulter eines Tiers und blieb stecken.

Jhered schlug beidhändig zu und traf den Schwertarm seines Gegners. Der Mann kippte auf der anderen Seite vom Pferd. Jhered setzte sofort nach und drängte sich zwischen den nervösen Pferden hindurch. Irgendjemand schlug mit dem Schwert nach ihm. Er blockte mühelos ab, lenkte den Hieb zur Seite und traf mit seiner Riposte den Brustharnisch des Angreifers. Der Atreskaner grunzte und keuchte, als das Metall seine Rippen quetschte. Dann klatschte Jhered dem Pferd die flache Klinge aufs Hinterteil, und es schoss davon.

Noch zwei Schritte, und er hatte die Linie der Kavallerie hinter sich. Dann sah er sich nach links und rechts um. Seine Leviumkrieger waren bei ihm.

»Für die Konkordanz!«

Aus vollem Halse wiederholten sie seinen Kampfschrei, als er schon den Fußsoldaten entgegenrannte. Sie richteten ihre Speere aus, zielten mit den Bogen und zogen die Schwerter. Eine Pfeilsalve ging auf die Gegner nieder. Zwei Bogenschützen starben. Die Speerträger rückten enger zusammen. Es war ein erbärmlicher Versuch, eine Phalanx zu bilden. Er duckte sich unter der einzelnen Reihe von Speeren hindurch und schwang die Klinge über dem Kopf. Dann richtete er sich wieder auf, hackte nach einem hölzernen

Speer, drehte sich auf dem Absatz um und stieß dem verängstigten Wächter die Klinge in den Hals. Kreischend stürzte der Mann zur Seite und brachte auch den Wächter neben ihm zum Taumeln. Jhered setzte über beide hinweg.

Der nächste Kämpfer, der sich ihm stellte, hatte einen Gladius und einen ovalen Schild. Jhered baute sich etwas offener auf und winkte ihn zu sich.

»Du hast doch gelernt, wie man gegen ein Levium kämpft, mein Junge?«

Der Legionär war gut ausgebildet, aber nicht daran gewöhnt, außerhalb einer festen Schlachtreihe zu kämpfen. Er duckte sich hinter den Schild und hielt den Gladius dicht an seiner Seite. Halb gebückt rückte er vor. Jhered wartete. Der Soldat stieß mit dem Schild zu, aber Jhered war schon nicht mehr da. Er war bereits nach links ausgewichen, zog die Klinge quer vor seinem Körper vorbei und führte sie nach rechts oben. Der Gegner konnte den Hieb abblocken, verlor dabei aber das Gleichgewicht.

»Das reicht leider nicht.« Jhereds Stich traf ihn unterhalb der Achselhöhle und durchbohrte die Lunge.

Das Levium kämpfte wild entschlossen und pflügte förmlich durch die Atreskaner, bis die letzten Überlebenden ihr Heil in der Flucht suchten und zur Burg zurückrannten. Jhered ließ sie laufen. Harin war unterdessen mit den Soldaten beschäftigt, die sie vor den Toren der Burg übertölpelt hatten. Menas und ihre Bogenschützen feuerten unermüdlich auf die sichtlich geschwächten Angreifer. Das Forum war inzwischen völlig geräumt, und die Bürger standen in einem dicht gedrängten Kreis ringsum und sahen stumm zu. Bald schon würden sie die Ursache der Kämpfe erfahren, und die Konkordanz würde keine Gnade zeigen.

Jhered führte sein Levium vom Forum herunter und eilte im Laufschritt weiter zum Hafen. Vor ihnen rannten die zwanzig Einnehmer, die er als Vorhut losgeschickt hatte. Sie bahnten sich einen

Weg durch die Straßen, in denen sich nun die Einwohner drängten, die vorher auf dem Forum gewesen waren. Auch einige Tote lagen auf dem Pflaster. Soldaten und Bürger, die den Fehler begangen hatten, sich ihnen in den Weg zu stellen. Jhered empfand kein Mitgefühl. Atreska war abtrünnig geworden.

Hinter den Zwanzig kam Jhered leichter durch. Als er eine Steigung erklommen hatte, sah er den Hafen vor sich liegen. Hier waren die Menschen noch nicht in Panik geraten, aber das konnte sich bald ändern. Die Schiffe warteten an ihren Liegeplätzen, und an den Masten flatterten munter die Fahnen.

»Haltet die Augen offen«, sagte Jhered, »und berichtet mir, was ihr seht.«

»Im Westen auf der Mole«, meldete ein Leviumkrieger sofort.

Jhered folgte dem Hinweis und fluchte. Reiter, und zwar viele. Noch schlimmer, es handelte sich zweifellos um Krieger der tsardonischen Steppenkavallerie. Die Zwanzig würden gefangen werden, noch bevor sie die Schiffe erreicht hatten. Ein rascher Blick über die Schulter verriet ihm, dass Menas und Harin noch am Forum beschäftigt waren. Er rannte schneller und nahm seine dreißig Kämpfer mit.

Die Glocken waren verstummt, und jetzt war die ganze Stadt in heller Aufregung. Niemand stellte sich ihnen in den Weg, aber alle Bürger beäugten sie misstrauisch. Sie hatten gesehen, wie die Einnehmer Atreskaner niedergemacht hatten, und verstanden nicht, warum es geschehen war. Zunehmend richteten sie hasserfüllte und zornige Blicke auf die Einnehmer. Jhered hätte am liebsten jeden Einzelnen an den Schultern gepackt und ihm erklärt, was ihr Marschall getan hatte, aber er hatte Dringenderes zu tun. Sein stärkster Antrieb war das Gefühl, es sei ein schreiendes Unrecht geschehen.

Die Stadt wandte sich gegen die Einnehmer, weil die meisten Bürger noch nicht wussten, dass man dem Feind freien Zutritt zu den Straßen gewährt hatte. Wenn sie die Wahrheit erführen, wäre es schon zu spät. Er fürchtete um das schöne Land und die Mehrheit der friedlichen Einwohner.

Am Zugang des Tiefwasserkais hatten die zwanzig Kämpfer der Vorhut inzwischen die Verfolger bemerkt und sich in einer Kampfreihe zur Verteidigung aufgestellt. Gleichzeitig wurden die Flaggen auf den Masten eingeholt und wieder gehisst. Unmittelbar bevor er den Hafen wegen der Gebäude nicht mehr überblicken konnte, sah Jhered noch seine Mannschaften die Laufplanken hinabeilen.

Als die Neugierde die Angst überwog, strömten die Menschen, angelockt von den drohenden Gewaltausbrüchen, zum Hafen hinunter. Jhered wurde hin und her gestoßen, als er sich einen Weg durch das Gedränge bahnen wollte. Er war nur noch vierzig Schritte von Stalos und den zwanzig Kämpfern entfernt, aber die Steppenkavallerie würde sie zuerst erreichen. Schon vernahm er das Klappern der Hufe auf dem steinernen Kai, konnte die Reiter aber noch nicht deutlich erkennen.

»Aus dem Weg!«, rief er und hob das Schwert über den Kopf.

Seine Leviumkrieger drängten sich durch die Menschen, die inzwischen schon wieder umkehrten und ihnen entgegenliefen. Jhered wurde allmählich wütend. Er klopfte einem Mann vor ihm, der sich umgedreht und um Hilfe gerufen hatte, mit dem Schwertgriff auf den Kopf.

»Ich bin direkt hinter dir«, sagte Jhered. »Wenn du Hilfe brauchst, dann geh mir aus dem Weg.«

»Die Tsardonier!«, schrie er Jhered ins Gesicht. »Die Tsardonier!«

»Ich weiß«, knirschte Jhered und stieß ihn grob zur Seite.

Den Leuten auf der Straße dämmerte, dass sie nun die Tsardonier vor sich und die Leviumkrieger hinter sich hatten. Unglaublich, aber aus der Stadt kamen immer mehr Neugierige gerannt, um die Verwirrung noch zu verstärken. Manch einer stürzte und geriet in Panik. Die Leviumkrieger hielten die Klingen hoch, um niemanden zu verletzen, aber es wurde immer schwerer, sich zielstrebig in eine bestimmte Richtung zu bewegen.

Dann hörte Jhered das unverkennbare Klirren von aufeinanderprallenden Schwertern. Er konnte jedoch nichts weiter tun, als sich mit der linken Schulter voraus gegen die rennenden Menschen zu stemmen, die schreiend vor dem flohen, was sie gerade noch so begierig hatten begaffen wollen.

»Levium, halt!«, rief er mitten im Tumult.

Er knirschte mit den Zähnen und nahm die Stöße von Ellenbogen, Füßen und Knien hin. Schritt um Schritt wurde er zurückgedrängt, aber immer noch hielt er das Schwert hoch. Wenn er es senkte, würden Unschuldige verletzt.

Endlich löste sich das Gedränge auf, und Jhered konnte seine zwanzig Kämpfer ausmachen. Sofort setzte er sich wieder in Bewegung und rief seine Leviumkrieger zu sich, während ihm die letzten hartgesottenen Nachzügler entgegenkamen, die nicht schon beim ersten Anblick von Stahl und Blut geflohen waren. Die Steppenkavallerie, es mussten mindestens dreißig Reiter sein, hatte seine Leute angegriffen, zog sich gerade zurück und formierte sich neu für den nächsten Vorstoß. Mindestens fünf seiner Leute waren gefallen, aber hinter ihnen stellten sich bereits die Schiffsmannschaften mit gespannten Bogen auf.

»Schafft die Verwundeten fort und formiert die Kampflinie neu.«

Er rannte zum Kai hinunter, während die Steppenkavalleristen ihre Pferde wendeten. Sie hielten inne und schätzten die verstärkte Streitmacht ein, die nun vor ihnen stand. Jhered wusste, was sie tun würden.

»Bogenschützen! Haltet sie auf. Lasst sie für jeden Pfeil büßen, den sie abschießen.«

Die Steppenkavalleristen nahmen die Bogen von den Rücken, legten die Pfeile ein und griffen, kaum zwanzig Schritte von den

Einnehmern entfernt, im Galopp an. Eine Pfeilsalve flog ihnen entgegen, zwei Tsardonier starben sofort, und einer wurde von Pferd gerissen, aber die anderen hielten nicht inne. Sie lenkten die Pferde mit den Oberschenkeln, stürmten vorbei und drehten sich zum Schuss im Sattel um. Die Pfeile sausten dicht an Jhered vorbei, hinter ihm schrien Verwundete auf.

Abermals bremste die Steppenkavallerie ab und wollte ein weiteres Mal umkehren. Die Einnehmer schossen eine Pfeilsalve ab, waren aber nicht so geschickt wie die Feinde. Sie trafen nicht genügend Gegner, um die Tsardonier zögern zu lassen. Dieses Scharmützel konnte die Konkordanz nicht gewinnen. Jhered drehte sich um.

»Lauft zu den Schiffen. Sofort. Mannschaften, zieht euch zurück. Noch eine Salve.«

Die Leviumkrieger halfen ihren verwundeten Kameraden und schleppten sie eilig zu den Triremen zurück, die sechzig Schritte entfernt am Kai lagen. Immer noch kamen von dort kampfbereite Matrosen herunter. Jhered entriss einem atreskanischen Legionär, der offenen Mundes gaffte, den Schild.

»Kämpfe!«, brüllte er ihm ins Gesicht. »Du hast einen Bogen, du Idiot. Benutze ihn.«

Dann drehte er sich wieder zu den Tsardoniern um und stieß den Arm durch die Halteschlaufen des Schilds. Die Gegner kamen schnell angeritten und wollten in einer Fünferreihe geradewegs auf die Mole vorstoßen. Hinter ihnen eilten Menas, Harin und ihre Leviumkrieger den Hügel herab. Einige Pfeile trafen die Tsardonier von hinten und nahmen dem Angriff ein wenig Schärfe. Doch die Reiter an der Spitze bemerkten nicht, was in ihrem Rücken vorging. Sie spannten die Bogen und schossen. Auf so etwas waren die Leviumkrieger nicht vorbereitet. Wie wäre das auch möglich gewesen?

Jhered duckte sich hinter seinem Schild und wich gewandt bis zur Kante der Mole aus, nur eine Handbreit vom Sturz ins Wasser entfernt. Ein Pfeil bohrte sich in den Schild. Die Hufschläge näherten sich bedrohlich, er schlug mit seiner Klinge zu und traf Fleisch. Das Pferd kreischte und warf den Reiter ab. Jhered ließ seine Waffe los, um nicht mitgerissen zu werden, als das Pferd von der Mole ins Hafenbecken stürzte. Dann duckte er sich und hielt den Schild über seinen Kopf. Die Pferde donnerten vorbei, eine Klinge streifte seinen Schild. Der Legionär neben ihm hatte weniger Glück. Er hatte seinen Bogen gespannt und als Belohnung einen Schwertstreich in den Hals abbekommen. Jetzt lag er flach auf dem Pflaster, das Blut strömte aus seinem Körper.

Jhered spähte nach rechts. Die vordersten Leviumkrieger waren schon in ein Handgemenge mit der Steppenkavallerie verwickelt. Links hatten Harin und Menas die Mole erreicht und griffen ebenfalls an. Hinter ihnen kamen noch mehr Reiter und Fußsoldaten, Tsardonier und Atreskaner. Die Zeit wurde knapp.

Im Schatten eines Nachzüglers, der wegen des Gedränges nur langsam reiten konnte, sprang Jhered auf und riss den Reiter aus dem Sattel. Der Mann fiel auf den Rücken, und das Letzte, was er sah, war Jhereds Schild, der ihm das Gesicht zerquetschte.

Unterdessen löste sich die Steppenkavallerie aus dem Handgemenge. Er hörte Befehle in einer fremden Sprache, dann wendeten die Feinde gleichzeitig ihre Pferde und ließen sie die Hacken spüren, um auf der Mole zurückzureiten. Menas und ihre Gruppe schossen ihre Pfeile ab und erledigten drei Reiter, bevor sie nach links und rechts ausweichen konnten. Harin entging geduckt einer blitzenden Klinge und sprang auf das Deck eines Handelsschiffs. Er rollte sich einmal ab und kam sofort wieder auf die Füße. Jhered winkte seine Leute weiter.

»Lasst uns an Bord gehen, sie formieren sich schon wieder.«

Jetzt rannten sie um ihr Leben. Die Besatzungen hatten sich bereits bis zu den Laufplanken zurückgezogen und die Bogen gespannt. Noch dreißig Schritte. Jhered warf den Schild weg und bückte sich, um eine verwundete Frau auf die Füße zu ziehen. In ihrer Schulter steckte ein Pfeil, und an der Hüfte hatte sie eine tiefe Schnittwunde.

»Komm schon, steh auf und renne«, sagte er.

Sie keuchte vor Schmerzen. Ein Leviumkrieger stützte sie auf der anderen Seite, und zu dritt rannten sie über die Mole. Dabei wichen sie den Leichen der Gefallenen aus, und Jhered prägte sich jeden genau ein, weil jeder Tote ein Posten auf der Rechnung war, die er Yuran und den Tsardoniern präsentieren wollte. Er war außer sich vor Zorn und starrte wütend die atreskanischen Soldaten an, die auf der Mole postiert waren. Nur ein Einziger war ihnen zu Hilfe gekommen, und jetzt konnten sie sogar sehen, wie ihre eigenen Leute mit den Tsardoniern gemeinsame Sache machten. Er fand keine Worte für ihre Feigheit und Unentschlossenheit.

Der Stein bebte unter den donnernden Hufen. Seine Mannschaften schossen über seinen Kopf hinweg auf die Angreifer.

»Geht an Bord!«, rief er. »Setzt die verdammten Segel!«

Die Matrosen waren schon dabei, die Kapitäne beider Schiffe waren bereit. Auch die Ruder befanden sich in der richtigen Position, um die Schiffe von der Mole abzustoßen, und vorn und hinten warteten Männer an den Haltetauen. Auf den Decks standen Bogenschützen, gedeckt durch eine vor ihnen stehende Reihe von Schildträgern. Jetzt feuerten die Feinde eine Pfeilsalve ab. Ein Schaft riss Jhered ein Stück Fleisch aus dem linken Arm, mit dem er die verletzte Frau stützte. Es war ein entsetzlicher Schmerz, und beinahe hätte er loslassen müssen, aber er nahm sich zusammen und packte noch fester zu.

Schließlich wagte er es, sich kurz umzusehen. In Bogenschussweite hatten die Tsardonier angehalten. Atreskanische Schwertkämpfer rannten an ihnen vorbei. Er beschleunigte seine Schritte und zerrte die Frau mit, bis ihm bewusst wurde, dass der Pfeil ihren Rücken durchbohrt hatte.

Er rannte durch die dünne Linie seiner eigenen Bogenschützen und polterte die Laufplanke hinauf. Einer seiner Männer beugte sich vor, um ihm die Frau abzunehmen.

»Nein, nein, lass sie.«

Ohne anzuhalten ging er weiter bis zum Heck und kniete sich hinter die Reling. Auch die Leviumkrieger waren eilig an Bord gerannt, die meisten hatten es geschafft. Menas schoss einen letzten Pfeil ab und rief ihren Leuten zu, sich zurückzuziehen. Die Ruderer stießen die Schiffe ab, die *Falkenpfeil* löste sich vom Kai. Das Segel war gesetzt, der Wind blähte es sofort und schob das Schiff zum Zentrum des Sees. Menas ließ ihren Bogen fallen und sprang, als die Laufplanke ins Wasser fiel. Harin half ihr und fasste ihre Hände, als sie sich von außen an die Reling klammerte. Andere kamen ihr zu Hilfe, packten ihre Kleidung im Rücken und zerrten sie an Bord. Pfeile fegten über das Deck hinweg und blieben in den Planken und im Mast stecken. Einer traf Harins Schulter und riss ihn von den Beinen.

Jhered wartete, bis der Appros sich wieder bewegte, ehe er den Kopf einzog und die Frau betrachtete, die in seinen Armen lag. Auch sie lebte noch, aber ihr Atem ging stoßweise und ihr bleiches Gesicht war verschwitzt.

»Halte durch«, sagte er. »Hilfe ist unterwegs.«

Dann drehte er sich mit ihr zusammen um und lehnte sich an die Reling. Tief atmete er die frische Seeluft ein, während er sich auf seinem Schiff umsah. Immer noch kamen atreskanische und tsardonische Pfeile geflogen. Er winkte seinem Levium, in Deckung zu bleiben, bis sie außer Reichweite waren.

»Bleibt in der Mitte der Fahrrinne«, befahl er dem Steuermann, der geduckt vor dem Ruder hockte. »Wir wollen es nicht auch noch mit ihren Geschützen zu tun bekommen.«

»Ja, mein Schatzkanzler.«

»Bring uns nach Hause«, fügte er hinzu. »Wir müssen die Konkordanz retten.«

Er musste dringend mit Estorea Verbindung aufnehmen. Was er gesehen hatte, war eine Katastrophe, die die ganze Konkordanz in Gefahr brachte. Sie brauchten eine Waffe, die den Feinden unbekannt war, über die sie nie verfügen würden. Er wusste genau, wo er sie bekommen konnte.

Unterdessen streichelte er den Kopf der Frau und betete, dass Harkov rechtzeitig in Westfallen eintraf.

2

848. Zyklus Gottes, 26. Tag des Solasauf
15. Jahr des wahren Aufstiegs

Ein schöner und klarer Tag begann, rasch erwärmte die Sonne die Luft und die Erde. Eine leichte Brise raschelte im erntereifen Korn und kräuselte das Wasser. Die vor Anker liegenden Schiffe wiegten sich leicht, als sachte Wellen ans Ufer liefen. Westfallen bot wie immer zu Solastro einen wundervollen Anblick.

Allerdings hätte ein Besucher angenommen, die Einwohner wären spurlos verschwunden, wenn seine Schritte durch die Straßen mit den geschlossenen Geschäften hallten. Auch das Forum war verlassen, die Fischerboote waren hoch auf den Strand gezogen. Kein Arbeiter bewegte sich auf den Feldern. Eine einzige Stimme nur erhob sich in der Stadt. Sie kam vom Haus der Masken, wo sich alle Einwohner von Westfallen auf dem Rasen versammelt hatten, um den Worten der Laienleserin zu lauschen.

Arvan Vasselis hatte sich mit Netta unter die Einwohner gemischt und stand ihnen in ihrem Kummer und ihrer Trauer zur Seite. Es war die erste von viel zu vielen Andachten, die heute stattfinden sollten, und gerade diese versetzte ihm einen Stich ins Herz, wie es keine zweite tun würde. Eine Zeremonie, bei der ein Verstorbener der Erde überantwortet wurde, war immer ein Anlass, des gerade beendeten Lebens zu gedenken und auf die Wiedergeburt hinzuweisen, die darauf folgen musste. Es war eine Zeit, in der die Trauer um den Verstorbenen durch das Wissen um die Vereinigung des Toten mit Gott gemildert wurde. So hätte es jedenfalls sein sollen. An diesem Tag konnte es jedoch wegen der Kälte, die sich in die Herzen der Einwohner Westfallens geschlichen hatte, keine solche Linderung geben.

Sie hatten Ardol Kessian in ein Tuch aus dunkelgrüner Wolle gehüllt, im Wald hinter dem Haus der Masken in sein Grab gelegt und der Erde zurückgegeben. Am Vorabend hatte bereits eine private Trauerfeier stattgefunden, an der nur Genna, die Autorität und Vasselis teilgenommen hatten.

Jetzt war Ardols Maske zusammen mit der von Elsa Gueran und denen der siebzehn anderen Bürger, die während des Schreckens auf dem Forum umgekommen waren, vor dem mit Flaggen geschmückten Totenhaus ausgestellt. Vasselis konnte den Blick nicht abwenden. Eine dünne Tonmaske, am Tag seines Todes abgenommen und von seinen Angehörigen mit Symbolen und Botschaften geschmückt. Ein Jahr lang würde die Maske hängen bleiben, bis sie den Angehörigen zurückgegeben und im Schrein der Familie aufbewahrt wurde.

Vasselis glaubte unter den strahlenden Farben und Worten auf der Maske sogar noch die alten Lachfältchen zu sehen, was ihm einen kleinen Augenblick lang die Schwermut nahm. Einige Zuschauer in der Nähe weinten und murmelten, als die Laienleserin mit dem Singsang der Andacht begann. Jede Sentenz des Rituals steigerte nur das Gefühl aller Zuschauer, ihnen sei ein großes Unrecht widerfahren. Schmerzhaft spürbar war der Schaden, der ihrer Gemeinschaft und ihrem Leben zugefügt worden war. Arvan nahm Netta in den Arm und zog sie an sich, während sie der Leserin lauschten. Sie war eine Fischersfrau, die nach Elsas Ermordung diese Rolle hatte übernehmen müssen.

»... wir alle von Gott gerufen, in seine Umarmung zurückzukehren und eins mit seiner Liebe zu werden, bevor wir unsere Zyklen auf seiner Erde fortsetzen können. Wir, die wir auf der Erde bleiben, wollen nun alles feiern, was Ardol Kessian uns und unserem Gott während seines wundervollen Lebens geschenkt hat. Gott ruft jeden auf seine Weise und zu seiner Zeit zu sich.« Sie blickte von den Schriften auf, schloss das Buch und schüttelte den Kopf. »Auch wenn es unvorstellbar ist, warum er den lieben Ardol oder irgendeinen anderen, deren Andachten ich in großer Trauer abhalten muss, auf diese Weise zu sich rief.«

Eine Träne rollte aus ihrem linken Auge und über die Wange, als sie die Schriften wieder öffnete.

»So wollen wir Ardol Kessians Maske in das Haus hängen, damit sie einen Zyklus lang über uns wacht. Er soll auf uns herabschauen und uns Anleitung und Unterstützung gewähren. Alle, die seinen Rat suchen, sollen frei von Vorurteilen kommen und sich an ihn wenden. Sein gerade vergangenes Leben soll in den kommenden Jahreszeiten unsere Herzen wärmen. So soll es sein.«

»Wie es immer ist«, wiederholten die Zuschauer im Chor.

»Jetzt möchte ich alle nach vorn bitten, die Geschenke in Ardols Kästchen legen möchten, damit er auf seiner Reise zu Gottes Umarmung über frisches Essen und gute Kleidung verfügt.«

Sie kniete nieder und öffnete eine kleine Holzkiste, die mit geschnitztem Wurzelwerk und einer Sonne verziert war. Mit den Abschiedsgeschenken der Bürger gefüllt, würde sie zu seinen Füßen vergraben werden. Vasselis ging als Erster nach vorn und drückte den Arm der Leserin, als er sich vor die Kiste kniete.

»Danke, Elena. Deine Worte sind die Worte des wahren Gottes.« Damit legte er ein Jagdmesser in die Kiste. »Für dich, Ardol, meinen guten alten Freund, damit du auf deiner Reise jagen kannst, was du brauchst.« Es wurde ihm eng in der Brust. »Und ich, der ich noch hier bin, werde mein Leben der Aufgabe widmen, die Verbrechen zu sühnen, die von einer falschen Priesterin im Namen Gottes verübt wurden.«

Er stand auf und reichte Netta die Hand, um mit ihr zusammen die Prozession anzuführen, die sich vom Haus der Masken entfernte. In den kommenden Tagen würden sie, ein schreckliches Mal um das andere, immer wieder hierher zurückkehren, um sich von allen zu verabschieden, die nicht hätten sterben dürfen.

»Ich muss jetzt zu Harkov«, sagte er, als ihn die Bürde der Gegenwart wieder einholte. »Ich muss mit ihm reden und dafür sorgen, dass er es versteht.«

»Lass dich nur nicht von ihm festnehmen«, sagte Netta und zog eine verzweifelte Miene. »Du musst doch hier sein und aufpassen, falls unser Sohn zurückkehrt.«

Vasselis zerbrach fast daran. Kovan. Einfach in die Welt hinausgeschleudert, unvorbereitet und viel zu jung, um die Verantwortung zu tragen, die ihm aufgebürdet worden war. Sicher, er war ein starker junger Mann, aber dies ... Vasselis konnte nur beten, dass alle, die für diesen Notfall bereitstanden, und alle anderen, die Kovan zufällig traf, ihm helfen würden. Ihm und den Kindern. Er selbst konnte jetzt nichts weiter tun, als dafür zu sorgen, dass ihr Heim sicher war und blieb, bis sie eines Tages wieder nach Hause zurückkehrten. Falls dieser Tag überhaupt jemals kam.

Schließlich begleitete er Netta zu ihrer Villa und überantwortete sie der Obhut seiner Männer, ehe er sein Pferd bestieg, um den westlichen Hang hinauf aus Westfallen heraus und in Richtung Caraduk zu reiten, wo Harkov in respektvoller Entfernung sein Lager aufgeschlagen hatte.

Hundertsechzig Leviumkrieger begleiteten ihn. Die vierzig Palastwächter, die mit Koroyan und Vennegoor gekommen waren, hatten unter Begleitschutz zusammen mit den überlebenden Gottesrittern Westfallen bereits verlassen.

Die Kanzlerin war nur widerstrebend aufgebrochen und hatte Harkov vorgeworfen, mit Vasselis und der Ketzerei in Westfallen unter einer Decke zu stecken. Er hatte eine bewundernswerte Gefasstheit an den Tag gelegt und ihr in seiner Eigenschaft als Hauptmann der Palastwache schriftlich versichert, dass seine Untersuchung völlig unparteiisch verlaufen werde. In derselben Eigenschaft hatte er zudem ihre Anschuldigungen gegen verschiedene Personen zu Protokoll genommen, zugleich aber auch Vasselis' Gegenvorwürfe notiert. Es sollte, so hatte er gesagt, ein ordentliches Verfahren geben, das jedoch in Estorr und nicht in Westfallen stattfinden müsse.

Schließlich hatte er Vasselis auf dessen Ehrenwort hin erlaubt, ohne Bewachung an der Andacht für Ardol Kessian teilzunehmen, und Vasselis hatte gewiss nicht vor, dieses Vertrauen zu brechen. Harkov war durch und durch ein Ehrenmann und aus dem gleichen seltenen Holz geschnitzt wie Paul Jhered. Er war ein Mann, der es in der Advokatur noch weit bringen würde.

Harkov kam ihm zu Pferd entgegen, und dann saßen die Männer ab und führten ihre Pferde in Richtung Phristos-See einen Abhang hinunter.

»Sie wird sicherlich wieder hierherkommen«, sagte Vasselis, nachdem sie einige Höflichkeiten ausgetauscht hatten.

»Sie wird nach Estorr zurückkehren, und mein Stellvertreter wird die Beschuldigungen verlesen, die Ihr der Advokatin vorzutragen habt. Ich glaube nicht, dass sie danach noch irgendwohin geht.«

»Ihr seid zu gutgläubig, Hauptmann. Wir wissen beide, dass die Advokatin ihr keine Steine in den Weg legen wird. Koroyan wird ungehindert fortfahren, und sie hat nur Augen für einen einzigen Ort.«

»Ich kann die Ordenskanzlerin nicht festnehmen«, erwiderte Harkov. »Ich muss ihrem Wort vertrauen. Ich kann sie lediglich der Advokatin überstellen. Alles andere liegt nicht mehr in meiner Macht.«

»Ihr habt sie nicht gesehen«, fuhr Vasselis fort. »Ich sah es. Ich sah den fanatischen Eifer in ihren Augen, der sie blind für ihr eigenes Tun gemacht hat. Sie hat vor der ganzen Stadt der Leserin von Westfallen die Kehle durchgeschnitten. Es gibt Hunderte Menschen, die dies bezeugen können. Was würdet Ihr tun, wenn Ihr die Macht dazu hättet?«

Harkov betrachtete ihn eine Weile schweigend, während sie unter der warmen Sonne durchs Gras wanderten.

»Marschall, Ihr wisst, mit welchen Gefühlen wir drei hierherkamen. Ihr wisst auch, wie es D'Allinnius erging, und warum die Kanzlerin hierhergeeilt ist. Letzten Endes sind wir aber alle der Advokatin verantwortlich, und sie hat Eure Festnahme befohlen.«

»Ihr könnt mich nicht absetzen. Da könnten wir Westfallen gleich selbst niederbrennen.«

Harkov hob eine Hand, und Vasselis beruhigte sich wieder. Seine Hand, die den Zügel hielt, entspannte sich ein wenig.

»Bitte«, sagte er. »Nachdem die Kanzlerin fort ist, kann ich frei sprechen. Ich bin nicht nur auf Anordnung der Advokatin hier, sondern auch auf Bitten des Schatzkanzlers Jhered. Er führt die Furcht der Advokatin darauf zurück, dass die Kanzlerin ihr einige Lügen aufgetischt hat – etwa, dass die Aufgestiegenen ihre Regentschaft gefährden könnten. Er fürchtet jedoch, sie würde, wenn sie Euch und die Kinder töten ließe, etwas zerstören, das möglicherweise die Konkordanz retten könnte.«

»Ist das nicht ein wenig übertrieben?«, fragte Vasselis. »Unsere Aufgestiegenen verrichten Werke des Friedens, nicht des Krieges.«

»Mir ist bekannt, was er zu Euch über ihre zerstörerischen Fähigkeiten gesagt hat. Er glaubt auch, die Advokatin oder die Kanzlerin dürften diese Waffe nicht vernichten. Er wird sehr unglücklich sein, dass ich die Aufgestiegenen nicht in meine Obhut nehmen konnte.«

Vasselis blieb wie angewurzelt stehen. »Dann arbeitet er gegen sie?«

»Er fürchtet um die Konkordanz. Ihr habt gehört, welche Sorgen er sich wegen des Krieges macht. Seine einzige Sorge gilt der Konkordanz, und auch wenn er die Advokatin liebt, dient er doch der Konkordanz und allen Völkern, die ihr angehören.«

»Was ist mit Euch, Hauptmann Harkov? Wo liegt Eure Loyalität?«

»Sie liegt bei der Wahrheit und der Gerechtigkeit und dem Wunsch, die Konkordanz geeint zu sehen.« Harkov räusperte sich. »In diesem Fall liegt sie beim Schatzkanzler.«

Erleichterung durchflutete Vasselis. »Ihr werdet das nicht bereuen, mein Freund.«

»Ich habe lange nachgedacht und es mir nicht leicht gemacht, Marschall. Obwohl ich der Palastwache angehöre, widersetze ich mich den Befehlen meiner Advokatin und mache mich zum Feind der Kanzlerin, wie Ihr es schon seid. Es ist kein Zufall, dass Leviumkrieger und nicht meine eigenen Reiter bei mir sind. Ich will meine Leute nicht hineinziehen.«

»Was wird jetzt geschehen?«

»Im Augenblick bleibt Ihr in meinem Gewahrsam, daran hat sich nichts geändert. Allerdings wurde mir kein bestimmtes Datum genannt, an dem ich Euch in Estorr abliefern muss.« Er nickte in Richtung Westfallen. »Leider wird dieser Ort wohl zum Schlachtfeld eines Glaubenskrieges innerhalb der Konkordanz werden, und darauf müssen wir uns vorbereiten. Ihr dürft Westfallen nicht verlassen, aber Eure Stellvertreter und ich werden ausgiebigen Gebrauch vom Botendienst machen. Holt Eure Leute her, Marschall Vasselis. Ruft Eure Soldaten, Ingenieure und Wissenschaftler. Denn wenn die Kanzlerin erkennt, dass ich nicht die Absicht habe, Euch dem Verfahren zuzuführen, dann wird sie mit oder ohne den Segen der Advokatin zurückkehren. Wir müssen bereit sein, sonst werden wir alle auf dem Scheiterhaufen enden.«

»Wohin fahren wir? Ich will nicht woanders hin. Ich will nach Hause.«

Mirron war nur noch ein Häuflein Elend. Zu allem Überdruss wurde sie auch noch seekrank. Sie hatte sich von den anderen abgesondert und lehnte an der hinteren Reling, um zurück nach Westfallen zu blicken. Unter ihr standen die Ruder der Trireme still, während der Wind das Schiff mit guter Geschwindigkeit vorantrieb. Sie hatten die *Cirandons Stolz* am Vorabend in der Dämmerung gefunden. Die erste Erleichterung, als sie an Bord gehen konnten, war rasch verflogen, und nun erst, einen Tag später, wurde ihnen ihre Situation voll und ganz bewusst.

Arducius hatte sich bemüht, für sie alle Stärke zu zeigen, doch innerlich fühlte er sich so verloren wie Mirron, auch wenn er es nicht zugab. Ossacer war ebenfalls krank, der Schock hatte ihm jegliche Kraft geraubt. Er lag unter Deck, und die Schiffsärztin kümmerte sich um ihn, während Kapitän Patonia ihnen ihre Befehle zu erklären versuchte. Sie war eine stattliche Frau. Nicht sehr groß, aber mit muskulösen Schultern, kurz geschnittenem Haar und einem nach vielen Jahren auf See geröteten und groben Gesicht.

»Sirrane ist ein geheimnisvolles, verschlossenes Land«, erklärte sie geduldig. »Der Marschall war an den Verhandlungen beteiligt, die darauf abzielten, Handelsbeziehungen und diplomatische Vertretungen einzurichten. Sie kennen ihn und vertrauen ihm so weit, wie sie überhaupt jemandem trauen. Dort seid ihr viel sicherer als irgendwo sonst.«

»Das ist aber so weit weg«, wandte Gorian ein.

»Genau deshalb seid ihr dort sicher«, erklärte Patonia. »Ihr werdet in Byscar das Schiff verlassen und quer durch Atreska und Gosland auf der Hauptstraße der Konkordanz reisen. Einige der besten Leute des Marschalls sind an Bord und werden euch begleiten.«

»Ich will da nicht hin«, heulte Mirron.

»Du musst aber«, fauchte Patonia. »Gott umfange dich, Kind, du solltest dankbar sein, dass sich so mächtige Freunde um dich kümmern. Du weißt überhaupt nicht, welches Glück du hast.«

Gorian wollte etwas sagen, aber Kovan kam ihm zuvor.

»Lass es, Gorian«, sagte er. »Kapitän, den Aufgestiegenen kommt es nicht so vor, als hätten sie Glück gehabt. Sie wurden aus ihrer Heimat verjagt, ihr geliebter Vater ist vor ihren Augen gestorben, und sie haben mehr Blut gesehen, als ein Mensch sehen sollte. Sie sind wirklich unschuldig. Gib ihnen bitte etwas Zeit, sich umzustellen.«

Arducius starrte Kovan mit erneuertem Respekt an, und Mirron folgte seinem Beispiel. Nur Gorian machte eine finstere Miene.

»Also erzähl uns nicht, wir hätten Glück gehabt«, sagte er mürrisch. Unter den Augen hatte er tiefe Ringe aufgrund des Schlafmangels.

Patonia nickte. »Demnach seid ihr unschuldige Opfer? Ich weiß nicht, wer ihr seid oder was ihr angeblich tun könnt, aber ich will euch eines sagen. Die Fahrt nach Byscar dauert zwanzig Tage, wenn der Wind uns nicht hilft. Wenn er von Süden her stetig mit sechs Knoten übers Tirronische Meer weht, schaffen wir es vielleicht in zwölf Tagen. Dann habt ihr noch einmal fünfundzwanzig Tage zu Pferd, mit Booten und zu Fuß vor euch, bis ihr Sirrane erreicht. Ihr müsst ohne Pause reisen, weil euch vermutlich die Feinde auf den Fersen sind. Feinde, die euch töten wollen. Sonst wärt ihr nicht an Bord meines Schiffs.

Euch stehen schwere Zeiten bevor, und ganz egal, wie laut ihr über das weint, was ihr verloren habt, ihr könnt nichts daran ändern. Ihr steht unter meiner Obhut, wie Marschall Vasselis es befohlen hat, und ich werde euch wohlbehalten in Byscar abliefern. Das bedeutet, dass ihr mir und meiner Mannschaft nicht in die Quere kommt, weil ihr sonst nach Atreska schwimmen dürft. Habt ihr das verstanden? Wir sind hier auf offener See, und hier habe ich den Befehl. Hier ist Schluss mit der Unschuld.« Sie wandte sich ab und nickte Kovan zu. »Du kannst dich bei deinem Vater über mich beschweren, wenn du ihn das nächste Mal siehst, aber im Augenblick habe ich Wichtigeres zu tun.«

Damit marschierte sie zum Heck, wo sich das Steuerruder befand, und blickte unterwegs zum Segel hinauf.

»Warum lässt du zu, dass sie so mit uns redet?«, wollte Gorian wissen.

»Sie führt dieses Schiff. Mein Vater hält sie für einen hervorragenden Kapitän, und das soll mir reichen. Eigentlich ist sie gar nicht so übel. Ich glaube, sie mag einfach keine Leute, die nicht zur See fahren.«

Mirron hing schon wieder über der Reling und würgte. Die Haare wehten ihr in den Mund, und das Erbrochene mischte sich mit Speichel, der in Fäden aus ihrem Mund rann. Kovan wollte zu ihr, aber sie wehrte ihn mit einem Achselzucken ab.

»Ossacer wird dir helfen, sobald er kann«, sagte Arducius.

»Falls er kann, wolltest du wohl sagen«, warf Gorian ein.

»Und du lässt ihn in Ruhe.« Arducius funkelte Gorian an, weil ihm die ständigen bissigen Kommentare auf die Nerven gingen. Mehr als dies hatte Gorian anscheinend nicht beizutragen. »Du weißt doch, wie schlimm es ihn getroffen hat.«

»Hat es mich etwa nicht schlimm getroffen?« Gorian standen wieder die Tränen in den Augen. »Ich habe doch auch gesehen, wie er gestorben ist. Wir alle haben es gesehen. Jetzt ist er nicht mehr da, wir sind allein und verloren, wir müssen in ein fremdes Land fliehen und wissen nicht einmal, ob wir jemals wieder nach Hause dürfen. Wahrscheinlich nie. Was können wir tun, Ardu? Was sollen wir jetzt nur machen?«

Bei all seinem Zorn war Gorian so furchtsam wie die anderen. Flehend blickten seine Augen, aber in ihnen lag auch der brütende Ausdruck, den Arducius nur zu gut kannte. Er würde Gorian nie wirklich verstehen. Immer wieder kam eine neue Seite an ihm zum Vorschein.

»Wir können weiter forschen und lernen und unsere Fähigkeiten verbessern«, erwiderte Arducius. »Du weißt ja, was wir auf dem Forum getan haben, und das ist uns fast ohne Nachdenken gelungen. Es muss so viel mehr geben, zu dem wir fähig sind.« Er zuckte mit den Achseln. »Vielleicht können wir sogar das Schiff ein wenig antreiben, was?«

»Was willst du damit sagen?«, fragte Gorian.

»Ich will darauf hinaus, dass wir jetzt nicht aufhören können, denn sonst wäre der Vater umsonst gestorben. Das willst du doch nicht, oder?«

Gorian schüttelte den Kopf. »Bestimmt nicht.«

»Gut. Ich will das auch nicht. Also müssen wir versuchen, das Beste daraus zu machen. Wir müssen immer an ihn denken und alles so tun, wie er es gewollt hätte. Was sagst du dazu?«

Gorian nickte. »Ich werde ihn nie vergessen. So wenig wie diejenige, die ihn getötet hat. Eines Tages werde ich sie erwischen. Ich werde sie büßen lassen, und ihr Gott wird sie nicht vor meinem Feuer retten können.«

Arducius ließ die Schultern hängen. »Verschwende nicht deine Zeit damit, sie zu hassen«, sagte er. »Du wirst ihr niemals nahe genug kommen.«

»Doch, das werde ich«, beharrte Gorian.

»Was willst du denn damit beweisen? Dass du morden kannst wie sie?«

»Nein«, erwiderte Gorian. »Dass sie hätte auf uns hören sollen, statt zu versuchen, uns zu töten. Dass ihre Zeit vorbei ist, und dass jetzt die Zeit der Aufgestiegenen beginnt. Dass wir die neue Macht in dieser Welt sind, und dass ihr Gott nicht mehr der Herr unserer Erde ist. Wir sind es.«

Arducius riss die Augen weit auf, wusste aber nichts zu erwidern.

Kovan hatte aufgehört, sein Schwert zu schärfen, und starrte Gorian an. Sogar Mirron hatte trotz ihres Elends aufgeschaut.

»Gott hat dir deine Fähigkeiten geschenkt«, sagte Arducius schließlich. »Wir verrichten das Werk Gottes.«

»Du kannst denken, was du willst«, erklärte Gorian. »Du kannst dich dein Leben lang hetzen lassen, wenn du willst, aber ich lasse mir das nicht gefallen. Der einzige Weg, sie aufzuhalten, besteht darin, ihnen zu zeigen, dass wir die Macht haben.«

3

848. Zyklus Gottes, 30. Tag des Solasauf
15. Jahr des wahren Aufstiegs

Die Frau schlug um sich und fauchte vor Wut. Drei Männer waren nötig, um sie festzuhalten, während Dahnishev sie untersuchte. Ihr Gesicht war schmutzig und so stark von der Sonne verbrannt, dass die Narben wohl niemals ganz verheilen würden. Ihre Hände unter den zerfetzten Handschuhen waren zerkratzt, und als sie ihr den behelfsmäßig reparierten Brustharnisch abnahmen, kamen bunte Blutergüsse zum Vorschein, weil sich mindestens eine gebrochene Rippe in ihre Lunge gebohrt hatte.

Die Späher, die auf sie gestoßen waren, hatten sie zunächst für tot gehalten. Ihr Pferd, dessen Verfassung kaum besser war, hatte ihren reglosen Körper angestupst. Doch dann hatte sie mit der Kraft einer Wahnsinnigen angegriffen. Die Späher hätten sie getötet, hätten sie nicht das estoreanische Wappen auf der Rüstung bemerkt. So hatten sie die Gefangene nur auf ihr Pferd gebunden und ins Lager gebracht, wo sie behandelt werden konnte.

»Kannst du denn nichts tun, um sie zu beruhigen?«, fragte Roberto.

Sie gab grässliche Laute von sich, riss immer wieder die Augen weit auf und starrte ihn und nur ihn an. Dann setzte das Geplapper ein. Unverständlich, aber mit einer Dringlichkeit, die ihn erschreckte.

Dahnishev deutete auf den Becher, der neben ihm stand. »Ich habe hier einen Trank aus Alraunenwurzel, der sie schlafen lassen müsste, wenn ich nur genug über ihre Lippen bekäme.« Er richtete sich auf. »Sie ist in schlechter Verfassung.«

»Das sehe ich auch«, gab Roberto zurück.

»Sie ist völlig dehydriert, und wahrscheinlich hat sie viele Tage lang nicht genug gegessen, aber das größte Problem ist, dass sie so lange der Sonne ausgesetzt war.« Er schaute zu seinem General auf. »Es würde mich wundern, wenn das nicht ihr Gehirn gebraten hätte. Hör doch zu.«

»Wir müssen erfahren, was mit ihr geschehen ist. Sie ist irgendwo geflohen.«

»Oder fahnenflüchtig«, meinte Dahnishev.

Roberto schüttelte den Kopf. »Sie ist eine hochrangige Kavalleristin aus Estorea.« Er hielt inne. »Irgendjemand müsste sie doch erkennen.« Mit einem Fingerschnippen beorderte er einen Wächter zu sich. »Hole mir Meisterin Kastenas her.«

Roberto betrachtete die Frau, die gerade wieder die Augen öffnete. Als Dahnishev ihr ein wenig von seinem Trank einflößen wollte, hustete und spuckte sie und wollte etwas sagen. Sie ballte die Hände zu Fäusten, runzelte die Stirn und flehte ihn an, sie zu verstehen.

»Sch-sch«, machte er und legte ihr eine Hand auf die Stirn. »Still. Lasst Euch von unseren Ärzten helfen. Ihr seid unter Freunden. Ruht Euch aus, und morgen können wir reden. Wir haben genug Zeit.«

Darauf schüttelte sie heftig den Kopf und hätte Dahnishev beinahe den Becher aus den Händen gerissen.

»Was sie auch sagen will, sie will nicht warten«, sagte er. »Ich glaube, du solltest nach draußen gehen. Offenbar erkennt sie dich, wahrscheinlich von einer Münze oder so.«

Roberto lächelte. »Na schön. Aber lass sie ja nicht sterben.«

Er duckte sich unter der Zeltklappe hindurch und trat in den späten Abend hinaus. Es gelang ihm nicht, seine düsteren Gedanken zu vertreiben. Hoffentlich behielt er recht, und sie war die Überlebende eines tsardonischen Überfalls auf eine Nachschubeinheit, aber irgendwie wollte diese Erklärung nicht einmal ihm selbst einleuchten. Vor dem Zelt trieben sich einige Soldaten herum.

»Habt ihr nichts Besseres zu tun?«, fragte er, als er die Uniformen der Fünfzehnten Ala erkannte. »Braucht Meister Shakarov euch nicht, um das Lager in Ordnung zu halten?«

Sie senkten den Blick. Alle bis auf einen.

»Wir wüssten gern, ob es etwas Neues gibt, General«, sagte er.

»Mir ist schon klar, dass ihr wissbegierig seid.«

»Wir haben gehört, dass sie aus Scintarit gekommen ist und es dort eine Niederlage gegeben hat; und jetzt kommen die Tsardonier zu uns in den Norden.«

»Wirklich?« Roberto hatte Mühe, nicht laut herauszuplatzen. »Erstaunlich, dass du so viel gehört hast. Es gibt keine Neuigkeiten. Wir wissen nicht, wer die Frau ist oder woher sie kommt. Aber ich kann euch sagen, dass ihr die Allerletzten sein sollt, die es erfahren werden, falls es Neuigkeiten gibt. Und jetzt verschwindet und meldet euch bei eurem Zenturio. Richtet ihm von mir aus, dass ihr darauf brennt, bei den Pferden eurer Kavallerie auszumisten. Geht jetzt.«

Kopfschüttelnd wandte er sich ab und bemerkte Kastenas, die sich ihm gerade näherte.

»Du wolltest mich sprechen, General?«

»Ja, Elise. Geh dort hinein und sage mir, ob du unseren Gast erkennst.«

»Jawohl, Herr.«

Roberto sah sich im Lager um. Es war beinahe vollständig eingerichtet, und das Abendessen war zubereitet. Es behagte ihm nicht, wie allenthalben Gerüchte die Runde machen. Allerdings konnte er nichts dagegen tun. Er brauchte genaue Informationen, um die schlimmsten Spekulationen zu entkräften.

Nachdem er zu Atarkis' Legionen gestoßen war, hatte es einige Veränderungen gegeben. Er hatte das Oberkommando übernommen und Atarkis als seinen Stellvertreter eingesetzt. Dies hatte unter Atarkis' Leuten einen gewissen Unmut hervorgerufen, doch er hatte ihnen versichert, dass sie in der Schlacht relativ unabhängig vorgehen konnten. Letzten Endes konnte es in einem Heer aber immer nur einen Oberkommandierenden geben.

Sie waren tiefer nach Tsard vorgedrungen und hatten sich in südlicher Richtung von der sirranischen Grenze entfernt. Es war ein fruchtbares, reiches Land, und sie hatten gut gegessen und waren rasch vorangekommen. Bisher waren sie auf keine tsardonischen Truppen gestoßen, und so keimte die Hoffnung, dass sie auch ohne weitere Schlacht das für den diesjährigen Feldzug gesetzte Ziel erreichen würden. Andererseits hatten die Überfälle durch die Steppenkavallerie zugenommen, und seine Nachschubwege waren ebenso in ständiger Gefahr wie seine Posten. Er hatte schon erheblich mehr Späher verloren, als ihm lieb war, und der Partisanenkrieg der Tsardonier machte ihm zu schaffen. Tag für Tag töteten die Tsardonier seine Kämpfer, während sie selbst kaum Verluste hinnehmen mussten.

Die Überfälle hatten ihn gezwungen, einige unangenehme Entscheidungen zu treffen. Er hatte bewaffnete Trupps zu Raubzügen vorausgeschickt und ihnen befohlen, nichts zu hinterlassen, was andere nutzen konnten. Sie hatten vorab die einheimische Bevölkerung über ihre Absichten unterrichtet und die Einwohner darüber aufgeklärt, welche Folgen es hatte, wenn sie die Überfälle der Kavallerie unterstützten. An drei Siedlungen hatte er ein Exempel statuiert. Diese Notwendigkeit quälte ihn, doch wenn er tatenlos zugesehen hätte, wären die Auswirkungen auf die Moral seiner Truppe noch viel schlimmer gewesen.

Bei der augenblicklichen Geschwindigkeit würden sie ihr Ziel in der Mitte des Solasab erreichen, und er konnte dann endlich einige seiner altgedienten Legionäre über den Winter in ihre Heimat entlassen. Immer vorausgesetzt natürlich, dass die Straßen, die gebaut wurden, und die zugehörigen Verteidigungsanlagen genügend stark gesichert waren. Außerdem hing viel davon ab, ob seine Mutter seine Bitte erfüllte, ihm Verstärkung zu schicken, um die Ausfälle durch den Typhus auszugleichen.

Wie immer, wenn er an diese schreckliche Zeit zurückdachte, schauderte er. Kaum auszudenken, dass es noch viel schlimmer hätte kommen können.

Shakarov und Davarov hatten beide überlebt. Gott hatte seine fähigsten Feldkommandeure verschont, damit sie große Taten vollbringen konnten. Seine Freunde.

»General?«

Elise Kastenas riss ihn aus seinen Gedanken. Er drehte sich zu ihr um.

»Nun?«

»Ich kenne sie, und du solltest sie auch kennen. Sie liegt im Fieberwahn, hat Verbrennungen und ist nicht bei sich, aber es ist unverkennbar Dina Kell, die Rittmeisterin der Zweiten Estoreanischen Legion, der Bärenkrallen.«

»Die *Bärenkrallen*?«

Kastenas nickte. »Ich habe zusammen mit ihr die Ausbildung absolviert, und dann haben wir beide unter dir in Dornos gedient.«

Roberto vergewisserte sich mit einem raschen Blick, dass niemand sie belauscht hatte, und schob sie ins Zelt zurück.

»Die Krallen waren in Scintarit. Das ist Gesteris' Legion.« Roberto fuhr sich mit gespreizten Fingern durchs Haar. »Wenn sie hier ist …«

»Das kann kein Zufall sein.«

»Gott umfange uns.« Er blickte auf sie hinab. Sie schlief jetzt unter dem Einfluss der Alraunenwurzel, und Dahnishev versorgte ihre Wunden.

»Ich weiß, was du sagen willst«, kam ihm der Feldarzt zuvor. »Ich werde tun, was ich kann. Wir geben ihr Wasser und kühlen sie, so gut wir können, und dann ziehen wir ihr die Rippe aus der Lunge. Danach liegt es bei ihr.«

»Ich brauche sie, Dahnishev.«

»Ich weiß.« Mit finsterer Miene drehte sich der Arzt um. »Was habe ich gerade gesagt, Roberto?«

»Dann werde deinem Ruf gerecht.«

Dahnishev kicherte. »Früher oder später wird er vergehen.«

»Aber bitte nicht heute. Weck mich, sobald sie zu sich kommt. Wir tun keinen Schritt, solange sie uns nicht berichtet hat, was ihr widerfahren ist. Es wird Zeit, darum zu beten, dass wir noch eine Ostfront haben.«

Roberto saß allein im Zelt, nachdem er mit seinen Befehlshabern zu Abend gegessen hatte. Sie wussten jetzt alles, was auch er wusste, und hatten die Aufgabe bekommen, sich Strategien für den Notfall zu überlegen. Shakarov und Davarov hatten sich mit bedrückten Mienen verabschiedet, und Roberto hatte ihnen versichert, dass sie als Erste jede neue Information bekommen sollten. Bis dahin durften sich keine Gerüchte mehr verbreiten, obwohl es natürlich am Morgen nach der Ankündigung, dass die Truppe an diesem Tag nicht marschieren würde, einiges Gerede geben würde.

Dahnishev schickte in den kühlen Stunden vor Anbruch der Dämmerung einen Boten. Roberto fand den Arzt am Eingang des Zelts vor, nachdem er die Legionäre verscheucht hatte, die dort herumgelungert hatten.

»Sie kann jetzt sprechen, aber ob sie bei Verstand ist, das musst du selbst beurteilen. Sie besteht darauf, nur mit dir zu reden.«

Roberto nickte und trat an die Pritsche, auf der Kell lag. Sie wollte sich auf die Ellenbogen hochdrücken, hatte aber nicht genug

Kraft. Kopf und Hals waren größtenteils von Verbänden bedeckt, und der kleine Rest, der noch hervorschaute, war mit Salben eingerieben. Auch ihr Oberkörper war verbunden und verschnürt, und an der Stelle, die Dahnishev aufgeschnitten hatte, um die verletzte Rippe einzurichten, sickerte Blut durch.

»Ich bin General Roberto Del Aglios. Ihr wolltet mich sprechen. Lasst Euch Zeit, denn daran mangelt es uns nicht.«

»Nein, nein, das stimmt nicht«, keuchte sie. Ihre Stimme klang, als würde ein schwerer Sack über Kies gezerrt. »Wir wurden vernichtet. Die Tsardonier marschieren gegen Atreska, Gosland und Gestern. Die Konkordanz ist in großer Gefahr.«

Roberto setzte sich schwer, ihre Worte machten ihn beinahe schwindelig. »Was ist aus Gesteris geworden, was ist geschehen?«

Kell schüttelte den Kopf. »Tot, sie sind alle tot.« Keuchend hielt sie inne. »Wir wurden aufgerieben und mussten ohne Anführer fliehen. Aber es kommt noch schlimmer.« Ein Hustenanfall jagte schmerzhafte Krämpfe durch ihren ganzen Körper.

»Es ist genug«, sagte Roberto. »Ruht Euch aus.«

»Nein, es geht schon. General, Ihr müsst es erfahren. Die Tsardonier wollen alle Atreskaner freilassen. Sie wollen das Land aus der Konkordanz herauslösen.«

»Seid Ihr sicher?«

»Alles deutete darauf hin. Alles, was ich gesehen und auf dem Weg hierher gehört habe. Ihr habt hier zwei atreskanische Legionen. Sie müssen jetzt gewiss als Feinde betrachtet werden.«

Roberto lehnte sich an. Er hatte Mühe, das alles zu verdauen. Was er da gehört hatte, war doch einfach unmöglich.

»Ich hoffe, Ihr seid stark genug, denn jetzt will ich alles erfahren.«

Herine Del Aglios stand auf dem privaten Balkon ihrer Gemächer und fühlte sich zum ersten Mal seit Beginn ihrer Regentschaft als

Advokatin verloren. Keiner von denen, den sie jetzt gebraucht hätte, stand ihr zur Verfügung. Jhered war weit entfernt unterwegs, vermutlich unter Lebensgefahr. Die Kanzlerin hate vermutlich noch in Caraduk zu tun. Gesteris – nun, ihr dienstältester General war vielleicht schon längst tot.

Sie beobachtete Yurans Gesandte, die gerade durch den inneren Garten lief und offenbar zu den atreskanischen Staatsgemächern im Palast wollte. Sie war ein kluges Mädchen, das Herine sofort ins Herz geschlossen hatte, auch wenn die Botschaft, die sie überbracht hatte, nur als Katastrophe zu bezeichnen war. Yuran hatte ihr möglicherweise, ohne es zu wissen, seine Nachfolgerin vorgestellt. Sobald sie außer Sicht war, betrachtete Herine wieder die Dokumente, die sie in der Hand hielt. Ihr Sohn hatte sie geschrieben, und dafür musste sie dankbar sein. Wenigstens war er am Leben. Aber wie lange noch?

Bisher waren die Eroberungen völlig glatt verlaufen, doch jetzt löste sich vor ihren Augen alles auf. Sie glaubte nicht, dass ihre Reaktionen übertrieben waren. Die Konkordanz erwies sich auf einmal als riesiger, unbeholfener Apparat. Tsard plante eine Invasion. Eine Seuche hatte die Armee ihres eigenen Sohnes dezimiert, und ihr größtes Heer war verschwunden. Einfach verschwunden.

Sie musste über viele Tausend Meilen hinweg zu Lande und zur See die Verteidigung organisieren und hatte doch keine Ahnung, wie sie das anfangen sollte. Das war die Aufgabe ihres Militärs, aber der Krieg in Tsard hatte ihr so viele Offiziere genommen, und denen, die im Hauptquartier von Estorrs bewaffneten Streitkräften am Schreibtisch saßen, traute sie nicht viel zu. Sie besaßen weder die Erfahrung noch die Klugheit, diese Aufgabe wirklich auszufüllen. Sie hatte niemand anders, doch wenn sie diesen Leuten vertraute, legte sie womöglich das Schicksal der Konkordanz in die Hände von Unfähigen.

Sie lehnte sich an die Brüstung und atmete tief durch, um nicht wieder von Tränen übermannt zu werden. Sie hätte die Warnungen nicht in den Wind schlagen dürfen. Vor Jahren schon hatten Gesteris und Jhered ihr erklärt, dass die Männer an der Spitze ihrer Streitkräfte unfähig waren, weil sie nicht von klein auf im Heer gedient hatten. Jhered hatte sich dafür ausgesprochen, Roberto die Leitung zu übertragen. Gesteris hätte diese Aufgabe gern selbst übernommen. Die Marine der Konkordanz wäre unter Vasselis in guten Händen gewesen. Auch er war vielleicht schon tot.

»Was habe ich nur getan?«, flüsterte sie.

Es war so leicht gegangen. Ein Sieg war auf den anderen gefolgt, und die Schatzkisten waren übergequollen, während sie über unzählige Legionen und Flotten hatte verfügen können. Sie war erfreut gewesen, dass ihre besten Leute den Feldzug fortgesetzt und immer neuen Ruhm in immer neuen Siegen gefunden hatten. Es war ein guter Zeitpunkt gewesen, ihre engsten Verbündeten in der Politik und unter den Geschäftsleuten mit herausragenden Posten zu bedenken. Ihnen Ämter zu übertragen, die ein für alle Mal ihr Ansehen festigen würden. Sie waren fähige Verwalter und kluge Buchhalter.

Allerdings verstanden sie überhaupt nichts davon, die Verteidigung der Konkordanz zu organisieren. Sie konnte diese Leute nicht einfach aus ihren Ämtern entfernen, ohne ihre eigene Glaubwürdigkeit zu beschädigen. Abgesehen davon gab es in Estorr sowieso keinen fähigen Ersatz. Das Schlimmste war, dass sie gewarnt worden war und beschlossen hatte, die Warnungen zu ignorieren. Sie hatte sich lieber mit Leuten umgeben, die allen ihren Entscheidungen zustimmten. Es war ein Verbrechen, das auf ihrer eigenen Überheblichkeit beruhte und nicht weniger schlimm war als die Invasion von Tsard. Jhered hatte es zu erklären versucht, aber sie hatte nicht zuhören wollen.

»Oh Paul«, seufzte sie. »Was soll ich nur tun, wenn du nicht nach Hause kommst?«

»Meine Advokatin?«

Abrupt drehte sie sich um. Ihr Geliebter stand da, nur mit einem Lendentuch bekleidet. Sein schöner muskulöser Körper war geölt und glänzte im Laternenlicht, seine Wangen waren mit einer Spur feinem Ton rot gefärbt. Er roch frisch, nachdem er gebadet hatte, und ein Lächeln zierte sein hübsches Gesicht. Es erzürnte sie mehr, als sie mit Worten sagen konnte.

»Was willst du?«

»Ich dachte, ich hätte Euch sprechen hören, Herrin.«

»Und?«

Nervös stieg er von einem Fuß auf den anderen. »Habt Ihr denn nicht mit mir gesprochen?«

»Heißt du Paul?«, fragte sie scharf. Er schüttelte den Kopf. »Dann habe ich dich nicht gerufen, oder?«

Schweigend versuchte er, ihre Stimmung einzuschätzen. Bei allen körperlichen Vorzügen war er ein Trottel, und an diesem Abend brauchte sie Klugheit und Einsicht.

»Ihr macht Euch Sorgen«, sagte er. »Vielleicht kann ich Euch helfen.«

Sie stieß sich vom Balkongeländer ab und schritt auf ihn zu. In ihm hatte ihr Zorn endlich ein Ziel gefunden, und er wich Schritt um Schritt vor ihr zurück.

»Mir helfen? Besitzt du ein militärisches Fachwissen, das mir bisher verborgen blieb? Kannst du mir die Stellungen jeder Legion der Konkordanz benennen und mir raten, wie sie am besten aufgestellt werden, um der kommenden Gefahr zu begegnen? Bist du fähig, die besten Bereiche aufzuzeigen, die meine Schiffe kontrollieren sollten, um feindliche Invasionstruppen abzufangen? Bist du dank irgendeines glücklichen Zufalls ein meisterhafter Taktiker von solchem Rang, dass deine Befehle ohne Rückfrage befolgt werden, und kannst du unsere Grenzen im Handumdrehen sichern? Hast du so viele Kriege gesehen, dass du unsere Gegenangriffe richtig bemessen kannst, um dem Feind keine andere Möglichkeit zu lassen, als zur Verteidigung überzugehen und das Land zu verlassen, das sie heute schon bedrohen?«

Er bot ein erbärmliches Bild, als er beschwichtigend die Hände hob, über einen niedrigen Tisch stolperte und auf dessen marmorner Oberfläche liegen blieb.

»Nein, meine Advokatin.«

»Nein.« Sie schüttelte den Kopf. Er rappelte sich wieder auf, an der Hacke blutete er leicht. »Ich brauche Männer, die meine Konkordanz retten können.«

»Ich kann Euch Zerstreuung schenken«, erwiderte er mit so hoher Stimme, dass es beinahe wie das Winseln eines gescholtenen Hundes klang.

»Verdammt, Paul Jhered hatte recht. Ich frage mich, ob dein Gemächt nicht schon längst abhanden gekommen ist, da du ja offenbar unfähig bist, mich zu schwängern. Was hast du hier noch zu suchen, wenn es dir nicht gelingt, meiner Familie das nächste Kind zu schenken?«

»Eines Tages ...«

»Eines Tages ist nicht und war noch nie bald genug. Deine Zeit ist vorbei. Ich bin deines Körpers überdrüssig, wie ich deiner unterwürfigen Stimme überdrüssig bin. Du hast mir nichts außer nebensächlicher Befriedigung im Bett verschafft, aber mein Schoß ist leer, bis auf deinen toten Samen. Vielleicht ist dies am Ende doch ein Segen, da du so dumm bist. Ein Kind, das du zeugst, wäre mir sicher nicht von Nutzen.«

Jegliche Farbe war aus seinem Gesicht gewichen. Hinter ihm hatten Wächter bereits die Türen geöffnet, nachdem sie ihren Ausbruch vernommen hatten. Zitternd streckte ihr Geliebter die Hand zu ihr aus.

»Bitte, meine Advokatin, entlasst mich nicht.«

»Du hast mir nichts mehr zu bieten«, knurrte sie.

Er zuckte zusammen. »Aber ich liebe Euch doch.«

»Liebe? Ha! Was nützt mir so ein Gefühl, wenn ich dich ansehe? Hinaus mit dir, und sei froh, dass ich dich nicht in Ketten ins Gefängnis werfen lasse. Hinaus!« Sie deutete auf die Tür.

»In den Palast in Phaskar, meine Advokatin?«

»Der ist für die Väter meiner Kinder bestimmt, nicht für einen unfruchtbaren Schwachsinnigen. Hinaus!«

Er eilte aus dem Raum, und die Wächter folgten ihm. Sie wischte sich den Mund ab. Ihr Bett war groß und leer.

»Nein, das hat auch nicht geholfen.«

Auf dem Tisch standen neben der Weinflasche süße Köstlichkeiten bereit. Sie ließ sich auf der Liege nieder und schenkte sich einen Becher randvoll ein. An diesem Abend war sie nicht mehr fähig, sich mit irgendetwas zu beschäftigen, das draußen vor ihren Türen vorging. Morgen, wenn Gottes Sonne wieder die Erde und den Himmel erwärmte, wollte sie die Ratgeber rufen, über die sie noch verfügte. Jetzt musste sie einsam denen zuprosten, die sie gern in ihrer Nähe gewusst hätte. Hoffentlich hatte sie genug Wein, um ihnen allen Gerechtigkeit widerfahren zu lassen.

4

848. Zyklus Gottes, 31. Tag des Solasauf
15. Jahr des wahren Aufstiegs

Roberto betrachtete sein Lager, als im Osten die Morgendämmerung den Himmel erhellte, und fragte sich, wie vielen von denen, die im Schutz der Palisaden schliefen, er noch würde trauen können, nachdem sie alles erfahren hatten. Ob er etwas tun konnte, um sich jetzt schon auf die Schwierigkeiten einzustellen, die es ganz sicher geben würde? In seinem Zelt waren jene versammelt, die er zu seinem innersten Kreis zählen konnte. Er hatte ihnen erklärt, was Rittmeisterin Kell berichtet hatte, und sie in Ruhe seinen ausführlichen Bericht lesen und verdauen lassen, nachdem er ihnen eine kurze Einführung gegeben hatte. Da sie jetzt gerade wieder zu reden begannen, kehrte er ins Zelt zurück, um sich mit ihnen zu beraten.

General Atarkis, Elise Kastenas und der Feldarzt Dahnishev, dessen Heimat Gosland jetzt ebenfalls bedroht wurde. Rovan Neristus, sein brillanter Ingenieur. Goran Shakarov und Meister Davarov. Atreskaner, deren Loyalität außer Frage stand. Alle saßen in einem lockeren Kreis auf Hockern um einen niedrigen Tisch, auf dem zahlreiche Becher mit dampfenden Kräuteraufgüssen standen.

»Glaubst du ihr?«, fragte Shakarov, der mit finsterer Miene brütete.

»Es gibt keinen Grund, ihr nicht zu glauben«, antwortete Dahnishev. »Sie ist erschöpft, aber bei Sinnen, und ihre Schwäche lähmt den Körper, aber nicht den Geist. Ihr Bericht ist meiner Ansicht nach viel zu detailliert, um ein Hirngespinst zu sein.«

»Dem stimme ich zu«, sagte Roberto.

»Dann ist die Konkordanz schon fast verloren. Gesteris' Heer umfasste zwei Drittel unserer Streitkräfte«, sagte Davarov. »Wir haben keine wirkungsvolle Verteidigung mehr, ganz gewiss nicht in Atreska. Nicht, wenn dort ein Heer von dieser Größe einfällt.«

»Du siehst den Untergang, obwohl davon noch keine Rede sein kann«, erwiderte Roberto. »Selbst wenn es wahr wäre, wir müssen nach wie vor für die Konkordanz, die wir verteidigen, die richtigen Entscheidungen treffen.«

»Kell glaubt jedoch, es werde in Atreska nicht zu Kämpfen kommen, weil die Legionen zusammen mit Yuran überlaufen werden«, erinnerte Dahnishev die anderen. »Die Folgen für Gosland, Neratharn und Gestern wären schrecklich.«

»Was haltet ihr davon?« Roberto richtete seine Frage an die beiden Atreskaner. »Wenn Kell recht hat, dann haben die Tsardonier die atreskanischen Gefangenen von den anderen abgesondert und zurück in ihre Heimat geführt. Welche anderen Schlussfolgerungen könnten wir daraus ziehen?«

»Du nimmst vermutlich an, Atreska und sein Volk wären willensschwach und ließen es an Loyalität mangeln, wenn du unterstellst, dieses eine Ereignis könnte unseren Austritt auslösen«, erwiderte Davarov mit starkem Akzent und voller Zorn.

»Bitte«, warf Dahnishev ein, »niemand stellt die Loyalität, die Stärke oder den Mut des atreskanischen Volks infrage. Ein Blick auf dieses Heer ist Beweis genug. Aber was ist mit dem Marschall? Ein Mann, der berühmt dafür ist, sich dem Luxus der Konkordanz hinzugeben, ohne jedoch bereit zu sein, dem Schatzkanzler die nötigen Steuern zu entrichten.«

Roberto war beinahe schnell genug. Aber nur beinahe. Shakarov stürzte sich mit geballten Fäusten auf Dahnishev, prallte jedoch gegen Roberto, der sofort aufgesprungen war. Davarov hielt ihn an der Hüfte fest, Atarkis hatte seine Schultern gepackt.

»Verdammtes gosländisches Wiesel«, fauchte er. »Der Marschall hat Mut und ist treu. So etwas würde dein eigener arschkriechender Marschall aber nie verstehen.«

»Setz dich, Goran.« Roberto sah ihn streng an.

Shakarov zielte mit einem Finger über Robertos Schulter hinweg. »Er beleidigt meinen Marschall.«

»Setzt euch.« Roberto stieß ihn energisch zurück. »Setzt euch.«

Roberto blieb stehen, bis die Spannung aus Shakarovs Schultern wich. Davarov, der ebenfalls zornig war, sich aber viel besser zu beherrschen wusste, legte ihm beruhigend eine Hand auf den Arm. Shakarov wollte sie abschütteln, aber Davarov verstärkte seinen Griff.

»Es tut mir leid, wenn ich jemanden beleidigt habe«, sagte Dahnishev, unbeeindruckt vom gerade noch abgewendeten Angriff. »Ich glaube nur, es ist an der Zeit, ehrlich zu sein.«

»Das ist wahr«, stimmte Roberto zu, »aber deiner Ehrlichkeit mangelt es manchmal an Takt.«

Ein Kichern erhob sich, in das Shakarov jedoch nicht einstimmte.

»Hier sind gerade genau die Schwierigkeiten zutage getreten, mit denen wir es als Befehlshaber zu tun bekommen werden. Wir alle.« Die letzten Worte betonte er besonders stark. »Wir gehen sehr schwierigen Zeiten entgegen. Wir können nur hoffen, dass Atreska die heimkehrenden Legionen sofort wieder für die Verteidigung des Landes einsetzt. Im schlimmsten Fall aber marschieren wir in ihr Land hinein, um die Tsardonier anzugreifen, und stellen fest, dass einige, die die Uniform der Konkordanz tragen, ebenfalls gegen uns kämpfen. Ich brauche nicht weiter auszuführen, welche Belastung dies für unsere eigenen Legionen darstellen würde.«

»Ich werde für dich und die Konkordanz kämpfen«, sagte Davarov.

Shakarov stimmte energisch nickend zu.

»Ich hatte auch nichts anderes von euch erwartet. Allerdings vermute ich, dass nicht alle, die unter eurem Befehl stehen, so denken wir ihr. In eurer Infanterie gibt es viele, die gegen ihren Willen eingezogen wurden.«

»Was sollen wir tun?«, fragte Elise.

»Uns bleibt kaum etwas anderes übrig, als das Heer aufzuteilen, Roberto«, sagte Atarkis, der zum ersten Mal das Wort ergriff. »Gib mir mein Kommando zurück, dann führe ich meine Legionen nach Gosland. Wenn die Tsardonier, die nach Norden ziehen, so zahlreich sind, wie wir es befürchten, dann ist die Verteidigung von Gosland nicht stark genug. Du solltest nach Süden marschieren, direkt nach Atreska.«

Roberto nickte. »Das leuchtet mir ein. Wir stehen vor einer unmittelbaren, großen Gefahr. Der direkte Weg führt südlich der Halorianberge entlang, wenn wir den tsardonischen Streitkräften durch die Furten von Scintarit folgen wollen. Es ist gefährlich, gibt uns aber bessere Möglichkeiten, unsere eigenen Truppen einzusetzen.«

»Es wird jedoch immer noch sehr lange dauern, bis wir die Straßen erreichen, die Gesteris' Baumeister angelegt haben«, meinte Davarov.

»Immerhin gelangen wir von Norden her durch Gosland nach Atreska«, sagte Atarkis. »Ich werde unterwegs meine Truppen sicher verstärken können. Die Boten kommen dort schneller voran, und wir können Estorr über die Ereignisse unterrichten, ohne von den Tsardoniern oder den atreskanischen Rebellen behindert zu werden.«

Shakarov grunzte nur empört, als diese Möglichkeit erwähnt wurde.

»Auch wir können Botschaften verschicken, aber wir werden den

Boten nicht auf dem Fuße folgen«, sagte Roberto. Er holte die Generalstabskarte von seinem Feldherrentisch und räumte auf dem großen Tisch einige Becher zur Seite, um die Karte auszubreiten. »Wir sind jetzt hier.« Er deutete auf ihre derzeitige Position. »Haroq ist, wenn wir den Weg durch Scintarit einschlagen, fünfundzwanzig Tagesmärsche entfernt. Das ist der schnellere Weg, doch wir werden allein sein, weil General Atarkis versuchen wird, die tsardonischen Kräfte anzugreifen, die sich nach Norden bewegen.«

Er lehnte sich zurück und erteilte Davarov mit einem Nicken die Erlaubnis zu sprechen.

»Ich weiß nicht, welche Absichten du damit verfolgst, Roberto, aber als Atreskaner in der Konkordanz halte ich es für meine Pflicht, die Invasion so früh wie möglich zu stören. Wir können die Tsardonier, die nach Norden gehen, wahrscheinlich nicht mehr einholen. Ich glaube auch nicht, dass wir es versuchen sollten.« Er fuhr mit dem Finger über die Karte. »Deshalb müssen wir hoffen, dass die stehenden Heere in Atreska die nach Westen marschierenden Kräfte aufhalten können, bis wir sie aus dem Rücken angreifen, nachdem wir unterwegs alle Leute aus Gesteris' Armee eingesammelt haben, die wir nur finden können.«

»Ich halte es nicht für ratsam, in der nächsten Zukunft gegen eine Streitmacht von dreißigtausend Tsardoniern anzutreten«, wandte Elise ein. »Ich stimme zu, dass wir uns aufteilen müssen, um beide Länder zu verteidigen, aber wir müssen auch darauf achten, dass wir erst gegen die Tsardonier kämpfen, wenn es sich nicht mehr vermeiden lässt. Falls das stehende Heer in Atreska nicht standhalten sollte, wäre es unklug, den Feind einfach von hinten anzugehen. Wir sind nicht stark genug, solange das Überraschungsmoment nicht ganz und gar auf unserer Seite ist.«

»Das ist wahr«, stimmte Roberto zu. »Nun sagt mir noch etwas, ihr alle. Wir sind uns einig, dass die Tsardonier schon seit einigen Tagen in Haroq sind, falls Kell recht hat und ihre Zeitangaben zutreffen. Wenn die Atreskaner überrascht wurden, dann ist Haroq möglicherweise sogar schon gefallen, und dem Feind steht der Weg bis nach Byscar und zur Küste offen.

Ihr wisst, wie groß meine Armee ist. Sollten wir uns auf ein Land beschränken, das sehr leicht verloren werden kann, oder sollten wir lieber an die Konkordanz als Ganzes denken? Oder ist dies beides in Wirklichkeit ein und dasselbe?«

»Was schlägst du vor, Roberto?«, fragte Dahnishev.

»Wir sollten weiter nach Süden gehen, nach Gestern, weil auch die Tsardonier dorthin wollen. Wir wissen, dass Jorganesh sich durch Atreska zurückziehen wird, um die Grenzen von Gestern zu verstärken. Außerdem müssen wir auch Kark berücksichtigen.«

»Wir können mein Land nicht im Stich lassen«, sagte Shakarov leise.

»Aber wie können wir ihm am besten dienen, Goran?«, fragte Roberto. »Wir sind fünfzehntausend und haben es mit einer plündernden Truppe zu tun, die mindestens doppelt so groß ist. Es ist ein Heer, das vor kurzem den Sieg geschmeckt hat und vielleicht, ich sage vielleicht, von denen unterstützt wird, die wir bislang als Verbündete betrachtet haben. Im Winter werden sie spätestens in Neratharn aufgehalten, wenn nicht schon vorher durch die stehenden Heere der Konkordanz.«

»Meinst du also, wir sollten dem Konflikt in Atreska völlig ausweichen?«, fragte Davarov. »Das kann doch nicht dein Ernst sein, Roberto.«

»Es ist eine von mehreren Möglichkeiten. Mir macht vor allem eines Sorgen. Zwar können wir relativ rasch Kräfte zur Verteidigung heranführen, um den Vormarsch der Tsardonier durch Atreska und auch nach Gosland aufzuhalten, aber dies gilt nicht für Gestern. Wäre ich der tsardonische Kommandant, ich würde mein Auge auf Gestern richten und die Insel Kester annektieren. Von dort aus hätte ich Estorea in der Zange, und ich hätte die Kontrolle über alle

Handelswege nach Kark, über die Mineralien und Erze transportiert werden.«

Schweigen senkte sich über den Raum. Er beobachtete sie, während sie die Karte auf dem Tisch anstarrten.

»Ein riesiges Gebiet, nicht wahr?«, fuhr er schließlich fort. »Wir tragen nun die Verantwortung für dies alles.«

Shakarov und Davarov bargen ihre Gesichter in den Händen.

»Goran, du hast erklärt, du würdest für mich und die Konkordanz kämpfen«, sagte Roberto. »Der Kampf wird jedoch nicht in deiner Heimat stattfinden. Noch nicht, aber ich verspreche dir, dass wir zu Atreskas Befreiung beitragen werden, falls es fallen sollte. Ich weiß, wie schwer dies für dich ist, aber dies ist meine Entscheidung. Wir werden die Tsardonier auf dem Weg nach Süden so weit wie möglich behindern, uns aber keinesfalls zwischen den vorstoßenden Feinden und deren Verstärkungen aufreiben lassen. Auch werde ich nicht das Risiko eingehen, diese Armee blindlings in ein Land marschieren zu lassen, in dem bald ein offener Krieg herrschen wird. Habe ich eure Unterstützung?«

Davarov und Shakarov wechselten einen Blick.

»Bedingungslos wie immer«, sagte Davarov.

»Gut«, erwiderte Roberto. »Wir marschieren morgen drei Stunden vor der Dämmerung los. Unterrichtet eure Bürger und sorgt dafür, dass sie es verstehen. Die Lage hat sich geändert. Wir marschieren nicht mehr dem Sieg entgegen, sondern wir müssen die Konkordanz retten. Das ist für uns alle etwas völlig Neues. Noch etwas, Shakarov und Dahnishev. Ich dulde keine Streitigkeiten unter meinen kommandierenden Offizieren. Noch ein Verstoß, und ihr werdet eurer Ämter enthoben, ob ihr nun meine Freunde seid oder nicht.

Wegtreten. Neristus, bleibe bitte noch hier. Ich muss mit dir über den Transport der schweren Geschütze reden. Mir soll nicht widerfahren, was die Tsardonier Gesteris angetan haben.«

Da der Wind stromaufwärts wehte, hatten die Schiffe ihre Segel gerefft, als sie sich der Festung von Byscar näherten. Drunten legten die Ruderer ein höllisches Tempo vor. An diesem Tag würden sie sich ihren Sold wahrhaft verdienen. Die *Falkenpfeil* und die *Falkenspeer* liefen hintereinander mit sieben Knoten gegen den Druck der einsetzenden Flut.

Weniger als drei Meilen voraus lagen das Delta des Teel und die äußeren Festungsanlagen von Byscar auf einer Landzunge. Jhered war nicht der Einzige, der die weit außer Reichweite fliegenden Brieftauben bemerkt hatte, und er konnte sich lebhaft vorstellen, welche Botschaften sie beförderten. Von einer Blockade bis zum Beschuss mit Steinen und Bolzen mussten die Einnehmer auf alles gefasst sein.

Je mehr sie sich näherten, desto weniger sah es allerdings nach einer Blockade aus. Jhered, der mit seinem Schild im Bug stand und sich an die Reling lehnte, hatte damit gerechnet, dass die Mündung des Teel versperrt wäre. Sie war jedoch offen, und das war ein gutes Zeichen. Die atreskanische Marine, die größtenteils in Byscar stationiert war, hatte entweder nicht genügend Mannschaften, um sofort reagieren zu können, oder war zum größten Teil auf See eingesetzt.

Wie auch immer, die Einnehmer versammelten sich mit gespannten Bogen auf Deck. Im Unterdeck wurden bereits die kleinkalibrigen Bolzenschleudern gespannt und geladen.

Jhered beobachtete beide Ufer, die kurz vor dem Delta weit auseinanderrückten. Im Norden und Süden erstreckten sich Überschwemmungsgebiete, und vor ihnen erhoben sich gewaltige Klippen, auf denen die Burg von Byscar lag und den ganzen Himmel zu beherrschen schien. Der Hafen schmiegte sich am Fuß einer schroffen Anhöhe in eine Bucht, während die Geschäfte und Wohnhäuser von Byscar auf der Hügelflanke selbst erbaut und über gewundene Straßen erreichbar waren.

An einigen Stellen hatte man Höhlen in den Fels geschlagen und darin die Verteidigungsanlagen der Hafenstadt eingerichtet. Gänge, die durch die Felsen verliefen, verbanden mächtige Geschütze miteinander, die gewaltige Steinbrocken schleudern und mit einem einzigen Schuss den Kiel eines Schiffs zertrümmern und es versenken konnten. Da sie im gewachsenen Fels gute Deckung hatten, waren sie von See aus kaum zu treffen. Jhered fürchtete sie, weil die Fahrrinne und eine Flussbiegung jedes Schiff in ihre Reichweite brachten.

Weniger als eine Meile entfernt mussten die Schiffe der Einnehmer notgedrungen nach Backbord schwenken. Tatsächlich erschienen auf den Festungsmauern Männer und bauten sich neben der Fahne der atreskanischen Republik auf, die auf den Türmen der Burg flatterte. Signalgeber. Jeder hatte zwei Flaggen, mit denen er seine Botschaften schicken konnte. Glockenschläge hallten zwischen den Felswänden und waren weit übers Wasser zu hören. Die Schiffe der Einnehmer hatten keine Wahl als weiterzufahren.

Jhered eilte ganz nach hinten, während das Schiff durchs ruhige Fahrwasser glitt.

»Bleibt unten, solange nicht geschossen wird«, ermahnte er im Vorbeigehen seine Bogenschützen. »Behaltet die Klippen im Auge und ruft, wenn sie angreifen. Levium, seid bereit und schwankt nicht.«

Im Heck stand der Kapitän neben dem Rudergänger. An der Backbordseite war ein Bursche mit einem Bleilot beschäftigt und gab ständig Auskunft über die Tiefe.

»Bleibt so nahe wie möglich auf der Backbordseite, Kapitän. Wir wollen ihnen so wenig Angriffsfläche wie möglich bieten.«

»Bin schon dabei, Schatzkanzler«, sagte der Kapitän. »Noch näher, und wir kratzen über den Sand oder Schlimmeres.«

»Könnt Ihr aus den Leuten da unten noch etwas mehr herausholen?«

Der Kapitän fletschte die Zähne, was bei dem Mann mit dem schmalen Gesicht als Lächeln galt. »Wenn ich das mache, dann bleibt nicht mehr viel für den Augenblick, wenn wir am Hafen vorbeikommen. Bei allem Respekt, Schatzkanzler, ich weiß, was hier zu tun ist.«

»Bringt uns nur heil an ihnen vorbei.«

Die Antwort des Kapitäns ging in einem Ausbruch von Lärm auf den Klippen unter.

»Aufpassen!«

Die Steine kamen im hohen Bogen geflogen. Riesige dunkle Formen im wolkenlosen Himmel, die sich rasch näherten. Sie stürzten, stürzten. Große Fontänen spritzten hoch. Jhered konnte sie nicht alle zählen, aber es waren gewiss mehr als ein Dutzend. Die meisten fielen auf der Steuerbordseite dreißig Schritt vor dem Schiff ins Wasser, andere schlugen auf der Backbordseite ein. Jhered bekam einen kalten Guss ab, und das Schiff schaukelte auf den plötzlich entstandenen Wellen.

Sofort gab der Kapitän Befehl, das Tempo zu erhöhen und den Kurs ein wenig zu ändern. Er hielt jetzt auf die Stelle zu, wo an Steuerbord die ersten Steine heruntergekommen waren. Jhered runzelte die Stirn.

»Sie haben Beobachter, mit deren Hilfe sie den Winkel korrigieren«, erklärte er. »Sie können unsere kleine Kursänderung aber nicht erkennen. Vertraut mir.«

Jhered nickte. Er ging wieder nach vorn und stellte sich vor den Mast. Auf einem Felsvorsprung über einem steinigen Ufer, mitten in der Flussbiegung, rannten Soldaten umher. Hinter ihnen zog ein Pferd einen Wagen, auf dem eine Balliste befestigt war.

»Links voraus!« Er deutete auf die neue Gefahr. »Da nähern sich Ziele.«

Sie fuhren am äußersten Rand ihrer Reichweite. Das Schiff pflügte durchs Wasser, fünfzig Schritte dahinter folgte das Schwesterschiff. Oben auf dem Fels bereiteten die Soldaten die Balliste vor. Er sah den Anstellwinkel und konnte beobachten, wie der Bolzen geladen wurde. Dann schossen sie. Das Geschoss selbst konnte er nicht verfolgen, dazu war es zu schnell. Im vorderen Viertel des Schiffs schlug der Bolzen ins Dollbord ein. Das Holz splitterte, und die Spitze drang hindurch. Der Leviumkrieger, der dahinter stand, wurde durchbohrt und ans Deck genagelt. Im Todeskampf zuckte er hilflos mit Armen und Beinen. Jhered schloss die Augen.

»Feuer!«

Die Leviumkrieger gehorchten sofort. Eine Pfeilsalve flog hinüber; vor den dunklen Klippen verlor er sie aus den Augen. Zwei Männer an der Balliste fielen. Auch seine eigenen leichten Geschütze schossen jetzt, aber die Schäfte waren zu kurz gezielt und landeten unter Gischtfontänen dicht vor dem Ufer.

»Feuer frei!«, rief er.

Wieder tat sich etwas auf der Klippe, abermals schleuderten die Onager schwere Steine. Er verfolgte die Flugbahn, während eine zweite Pfeilsalve und noch eine weitere vom Schiff aus abgeschossen wurde. Beinahe setzte sein Herz aus. Die Steine waren zu groß, viel zu groß. Der Kapitän hatte sich verschätzt. Unwillkürlich wich er einen Schritt zurück, und einige Leviumkrieger folgten seinem Beispiel. Doch im letzten Augenblick fielen die Geschosse knapp vor dem Schiff ins Wasser, kaum zehn Schritte von den Spitzen der Ruder entfernt. Eine Welle schwappte über das Deck. Er kehrte der Gischt den Rücken zu und sah, wie auf der anderen Seite und hinter ihnen die Geschosse einschlugen. Im Heck lächelte der Kapitän.

Die *Falkenpfeil* schwenkte jetzt hart nach Backbord ab und umrundete den Felsvorsprung. Nun hatten die Bogenschützen einen freien Blick auf die Mannschaft an der Balliste, die gerade einen weiteren Bolzen abfeuerte, der jedoch harmlos über das Deck fegte und auf der anderen Seite ins Brackwasser fiel. Die Pfeile, die daraufhin zurückflogen, erledigten die Mannschaft. Der Kapitän nahm unterdessen das Ruder wieder herum und hielt am Hafen vorbei auf das offene Tirronische Meer zu.

Hinter der Hafenmauer bewegten sich die Masten von drei Schiffen, die sie offenbar abfangen wollten. Ihre Segel waren gebläht, und an den Masten hingen die alten atreskanischen Flaggen. Was Yuran auch in seinen Botschaften mitgeteilt hatte, seine Marine war jedenfalls sofort bereit gewesen, sich von der Konkordanz abzuwenden. Er fragte sich, ob Atreska jemals wirklich loyal gewesen war.

Vor und hinter ihnen schlugen unablässig Geschosse ein. Die Steine flogen scheinbar träge vor der Sonne vorbei und landeten in der Nähe der hilflosen Schiffe. Zum zweiten Mal ließen sich die Gegner durch eine kleine Kursänderung und eine Anpassung der Geschwindigkeit täuschen, doch da die Geschosse derart nahe niedergingen, war es nur eine Frage der Zeit, bis das Glück sie im Stich ließ.

Die einzige Möglichkeit, das gegnerische Feuer zu behindern, bestand darin, sich dem Hafen und den feindlichen Schiffen zu nähern. Der Kapitän war offenbar der gleichen Ansicht, denn er studierte gerade das Banner auf den Masten und überlegte, ob er die Segel setzen konnte. Doch der Wind wehte ihnen immer noch entgegen. So tauchten die Ruder ein wenig schneller ein, und die rhythmischen Lieder der Ruderer wurden etwas lauter.

»Eine Prämie für die Mannschaft, wenn sie das noch eine Stunde durchhalten!«, rief Jhered.

»Ich stelle eine Sanduhr«, antwortete der Kapitän, und Jhered hatte keinen Zweifel, dass er es tatsächlich tun würde.

Jetzt kamen die feindlichen Schiffe hinter der Hafenmauer zum Vorschein. Es waren Triremen, kleiner und schneller als die Schiffe der Einnehmer, und sie waren mit Rammspornen am Bug ausgerüstet. Der Kapitän segelte ihnen direkt entgegen. Abermals feuerten die Geschütze der Festung von Byscar. Wie gebannt starrte Jhered die heranfliegenden Brocken an. Die Steine boten im aufsteigenden ersten Teil ihrer Flugbahn einen faszinierenden Anblick. Weit gestreut kamen sie wieder herunter, er hörte das Pfeifen, als sie vorbeiflogen. Es waren die Laute der Windteufel, die den Menschen ihren Untergang verkündeten.

Dann die Einschläge. Wieder spritzte Wasser übers Deck. Ein Stein kam gefährlich nahe an der Backbordseite herunter, zwei Ruder wurden geknickt und splitterten. Unter Deck wurden die Männer von den Sitzen geworfen. Jhered hörte sie kreischen. Das Schiff wurde langsamer, der Schlagrhythmus war gestört. Es wiegte sich in der Dünung.

Hinter ihnen ertönte ein Knall. Mit einer Hand am Mast, um nicht zu stürzen, fuhr Jhered erschrocken herum. Die *Falkenspeer* war beschädigt. Ein Stein hatte in halber Höhe ihren Mast getroffen und zerbrochen. Der mächtige Pfahl kippte auf die Backbordseite, Holzstücke und Späne schneiten herab, während das ganze Schiff heftig bebte.

Einige Männer gingen über Bord oder stürzten aufs Deck, manche blieben hilflos unter dem abgebrochen Stück des Masts, unter Takelage und dem gerefften Segel liegen.

Der Aufprall des Masts zerstörte die Reling und ließ das Holz splittern, einige Leviumkämpfer wurden zerquetscht. Drüben auf den Klippen jubelten die feindlichen Soldaten und übertönten Jhereds Befehle und die Schmerzensschreie seiner Leute. Er blickte zum Kapitän, der den Kopf schüttelte und seinen Leuten befahl, noch schneller zu rudern, statt dem anderen Schiff zu Hilfe zu kommen.

Jhered riss sich von der *Falkenspeer* los und blickte wieder nach vorn.

»Bogenschützen!«, rief er. »Vor uns sind Ziele. Nehmt sie euch vor.«

Die Feinde näherten sich mit der Kraft der Segel und der Ruder. Jeweils etwa siebzig Schritte voneinander entfernt, fuhren sie nebeneinander. Die *Falkenpfeil* hielt geradewegs auf sie zu und gab nicht zu erkennen, was der Kapitän beabsichtigte. Rasch verringerte sich die Entfernung. Jhered hörte die Trommeln der Atreskaner den Takt für die Ruderer schlagen. Auf Deck sammelten sich die Bogenschützen.

Weniger als hundert Schritte entfernt wechselte der Kapitän den Kurs. Er warf das Ruder nach Steuerbord herum und zielte auf die Lücke zwischen zwei gegnerischen Schiffen. Gleichzeitig nahmen die Ruderer an der Steuerbordseite die Ruder hoch, um die Wende zu beschleunigen. Dennoch wollte sich das große Schiff nur schwerfällig drehen, und die Feinde reagierten sofort. Beide Triremen bogen ebenfalls ab und verkleinerten die Lücke zwischen ihnen.

»Ruder runter und ziehen!«, brüllte der Kapitän.

Die Steuerbordruder tauchten ins Wasser und wühlten es auf, das Schiff lief jetzt wieder geradeaus und beschleunigte.

»Bogenschützen, macht euch bereit!«, rief Menas. »Die erste Salve.«

Auf einmal fühlte Jhered sich schrecklich ungeschützt. Sein Schild lehnte noch im Bug an der Reling. Jedem Instinkt zum Trotz rannte er nach vorn, während die Feinde ihnen den Fluchtweg abschnitten. Pfeile flogen, seine Leviumkrieger schossen auf beiden Seiten Salven ab und duckten sich, wenn die Gegner zurückschossen. Jhered legte sich flach aufs Deck. Über ihm flogen zischend die Pfeile vorbei und trafen Holz und Metall. Glücklicherweise hörte er keinen einzigen Schrei.

Als er den Kopf hob, blieb ihm abermals fast das Herz stehen. Zwischen den Schiffen war kaum noch genug Platz, um hindurchzukommen. Sie waren nur noch dreißig Schritte voneinander entfernt. Die Rammsporne richteten sich mit jedem Schlag der Ruder genauer aus, aber jetzt konnte Jhered erkennen, was der Kapitän beabsichtigte. Er packte seinen Schild und hockte sich in den Bug, um über die Reling zu spähen und den Bogenschützen einige Anweisungen zu geben. Jetzt wünschte er sich, er hätte die Kunst des Bogenschießens gelernt und könnte sie unterstützen. In seiner Jugend hatte er sich viel zu sehr mit dem Schwert beschäftigt.

Die Luft verdunkelte sich vor Pfeilen, seine Leviumkrieger stießen aufgeregte Rufe aus. Die Metallspitzen prasselten herab wie der Hagel auf ein Hausdach. Beinahe konnte er das Öl und die Farbe der atreskanischen Schiffe riechen, doch selbst als einige Leviumkrieger verletzt oder tot niedersanken, musste er lächeln.

»Die Ruder einziehen!«, donnerte der Kapitän.

»Runter, runter!«, befahl Jhered.

Es war haarscharf. Die Mannschaft zog die Ruder ein, und das Schiff wurde dank seines Schwungs durch die Lücke getragen. Die Kapitäne der atreskanischen Schiffe hatten ähnlich reagiert, doch deren Mannschaften waren nicht diszipliniert und schnell genug. Jhered hörte Holz splittern und spürte die Erschütterungen unter den Füßen. Unterdessen hatten die feindlichen Bogenschützen, da sie sich kaum noch auf den Beinen halten konnten, das Feuer eingestellt.

Die *Falkenpfeil* zog an ihnen vorbei und nahm Kurs auf das offene Meer. Jhered blickte nach hinten. Der Kapitän stand aufrecht und lenkte das Schiff mit ruhiger Hand, sein Rudergänger hockte hinter ihm. Links und rechts blieben kaum mehr als drei Schritte Platz, als sie vorbeifuhren und der Kapitän sein Gegenüber mit einer obszönen Geste grüßte. Er sagte auch etwas, das jedoch in den panischen Rufen der Gegner unterging.

Ihr Schiff bog abermals scharf ab und löste sich von den Gegnern, aber zwanzig Schritte hinter der *Falkenpfeil* prallten die feindlichen Schiffe gegeneinander und zerstörten die paar Ruder, die sie noch hatten. Knirschend schrammten die Rümpfe aneinander entlang. Abrupt trennten sie sich wieder. Durch diese Lücke würde die *Falkenspeer* folgen, angeschlagen, aber immer noch seetüchtig. Ihre Ruder tauchten ins Wasser und trieben sie anmutig hinter dem Schwesterschiff her.

Das dritte gegnerische Schiff wendete, konnte sie aber nicht mehr einholen. Jhered wäre überrascht, wenn sie überhaupt den Wunsch danach verspürt hätten.

Im Heck klopfte der Kapitän seinem Rudergänger auf den Rücken und stieß ein brüllendes Lachen aus.

5

848. Zyklus Gottes, 32. Tag des Solasauf
15. Jahr des wahren Aufstiegs

Sag es«, wiederholte Arducius. »Sprich es mit uns aus.«
Gorian seufzte dramatisch und gab nickend zu erkennen, dass er bereit war, die Worte zusammen mit ihnen zu deklamieren. Es war der sechste Tag ihrer Schiffsreise nach Norden und der zweite Tag, seit Ossacer wieder auf den Beinen war – nervös, aber allem Anschein nach in jeder anderen Hinsicht guter Dinge. Er hatte Mirrons Seekrankheit behandelt und Patonia auf ein geschwächtes Verbindungsstück im Schiffsrumpf hingewiesen. Zuerst hatte Kapitän Patonia ihm nicht recht glauben wollen, aber nach der Entdeckung, dass er recht hatte, war sie ihm mit Verwirrung und Misstrauen begegnet.

Obwohl sie es für sich behalten hatte, machten seitdem in der Mannschaft Gerüchte die Runde.

Die Aufgestiegenen saßen unter Deck in der engen Kabine, die Arducius sich mit seinen Brüdern teilte. Kovan war beim Ersten Offizier untergekommen. Anscheinend kannten sich die beiden von der Schule in Cirandon, auch wenn der Seemann einige Jahre älter war. Mirron durfte die Kabine des Marschalls benutzen.

Niemandem waren die Blicke der Matrosen entgangen, und Arducius musste einsehen, dass dieses Mädchen schon beinahe eine Frau war – und eine ausgesprochen hübsche dazu. Kein Wunder, dass Gorian und Kovan so um ihre Aufmerksamkeit buhlten. Es gefiel ihm nicht, und er blieb stets in ihrer Nähe.

Arducius war entschlossen, den Weg weiterzugehen, den Vater Kessian ihnen vorgezeichnet hatte, auch wenn jede Lektion, jede praktische Arbeit und jede Rezitation seine Schmerzen von Neuem weckte. Nachdem er es mit Kovan besprochen hatte, waren sie übereingekommen, lieber unter Deck in ihren Kabinen zu üben. Große Freude bereitete es ihnen nicht, alle waren sehr bedrückt. Beim Gott, der sie umfing, sie hatten bisher noch nicht einmal schwimmen können, obwohl sie sich mitten auf dem Meer befanden. Auch wenn er nicht im Wasser war, konnte Gorian die Delfine rufen. Allerdings wollte er nicht verraten, wie er es anstellte.

»Seid ihr bereit?«, fragte Arducius die anderen. Sie nickten.

»Unser Gott, der du diese Erde und alle segnest, die auf ihr wandeln, alle Geschöpfe, die auf ihr leben, und alle Fische, die im Wasser schwimmen, erwärme unsere Herzen, während wir lernen, auf dass wir dein Werk verrichten. Dank deiner Gnade sind wir gesegnet. Dank deiner Weisheit kamen wir Aufgestiegenen in diese Welt, um dir zu dienen und allen Trost zu spenden, die wir berühren. Möge deine Hand uns leiten und uns auf den rechten Weg führen, während wir jeden Tag wachsen und dir besser dienen können. Du bist der Allwissende, wir sind deine Diener.«

In stiller Andacht senkten sie einen Augenblick die Köpfe. Jeder war ganz bei sich und suchte nach seiner eigenen Stärke. Hell brannten ihre Lebenslinien in der stickigen Luft der Kabine. Die Energie der Welt ballte sich mit jedem Atemzug, mit jedem raschen Blick und mit jeder kleinen Berührung rings um sie zusammen. Arducius beobachtete Gorian, denn er wusste, warum Gorian nur widerstrebend betete. Er hatte den Glauben verloren, oder mindestens den Glauben daran, wo sein richtiger Platz in der Welt war.

»Sagt mir einer nach dem anderen, was ihr heute Morgen seht. Mirron?«

»Ich sehe die Energie der Sonne, die über uns die Luft erwärmt, und ich spüre die Kochfeuer in der Kombüse. Sie benutzen schlechten Brennstoff, der unruhig brennt. Ich könnte ihnen helfen, wenn du mich lässt.«

»Vielleicht später. Ossacer?«

»Bei mindestens der Hälfte der Matrosen sind die Energiefelder von einem grauen Schleier umgeben. Es ist eine Infektion, die um sich greifen könnte. Es wäre leicht, sie zu beheben, aber nicht einmal der Schiffsarzt weiß etwas davon. Niemand fühlt sich krank.«

»Ist es gefährlich?«

»Nein«, antwortete Ossacer. »Es ist wie eine Erkältung oder so etwas.«

»Dann können wir es seinen Lauf nehmen lassen. Gorian?«

»Ich sehe alles. Gibt es irgendetwas, das ich für diese sinnlose Übung besonders hervorheben soll? Arducius, wir können diese Reise für alle verbessern. Zugleich können wir ihnen vorführen, wozu wir imstande sind, welche Kräfte wir besitzen.«

»Sollen sie uns fürchten?«

»Nein«, erwiderte Gorian mit gerunzelter Stirn. »Sie sollen uns als das sehen, was wir wirklich sind. Hier unten sind wir Gefangene.«

»Du hast gehört, was Kovan gesagt hat. Es ist ein kleines Schiff, und die Matrosen sind abergläubisch wie alle Seeleute. Es spielt keine Rolle, dass sie dem Marschall unterstehen. Auf See sind wir allein und in Gefahr.«

»Ich habe keine Angst vor ihnen«, gab Gorian zurück.

»Dann schenke ihnen wenigstens etwas Achtung«, sagte Arducius.

Einen kleinen Augenblick, bevor Kovan anklopfte, drehten sie sich alle zur Tür um. Sie hatten ihn an der Art und Weise erkannt, wie seine Lebenslinien die Energien in ihrer Umgebung veränderten. Nur langsam hatten sie das begriffen. Zuerst hatte Arducius es einfach auf ihr gutes Reaktionsvermögen zurückgeführt. Einmal aber hatte er die Veränderung der Energien als wechselnde Farben vor seinem inneren Auge wahrgenommen. Da war ihm klar geworden, dass dies eine weitere Fähigkeit war, die ihnen nun zur Verfügung stand.

»Komm rein«, sagte Ossacer.

Kovan trat ein. »Kommt mit an Deck, bevor ihr beginnt. Das müsst ihr sehen.«

»Was denn?«, fragte Arducius.

»Die Insel Kester.«

Sie folgten ihm durch die Gänge und über eine kleine Treppe bis zum leicht erhöhten Vordeck, auf dem die einzige Balliste des Schiffs stand. Das kalte, tote Metall war beunruhigend, aber dieses Mal vergaßen sie es völlig, denn steuerbord voraus lag die Insel Kester, die Verteidigerin der Konkordanz, wie sie in der Schule gelernt hatten. Der Anblick verschlug Arducius den Atem.

Die Nacht über hatten sie sich ihr genähert, und Kovan hatte darum gebeten, das Schiff möge nahe genug an ihr vorbeisegeln, damit sie einen guten Ausblick bekamen. Patonia hatte gelächelt, was selten genug geschah, und eingewilligt. Jetzt waren sie kaum mehr als eine halbe Meile von der Westküste entfernt. Die Schönheit und die Schrecken von Mensch und Natur, so hatte der Marschall die Insel beschrieben. Arducius hatte es damals nicht verstanden, aber jetzt begriff er es.

Kester war ein Hunderte Meilen langer Brocken aus uraltem Fels. Im Süden ragten ihre Steilklippen mehr als zweitausend Fuß auf. Wenn im Dusas der Nebel kam, verloren sich die Spitzen oft in den Wolken, während unten die Wellen gegen den Stein schlugen. Die Legenden besagten, Gott habe einst, um seine Macht zu zeigen, einen Blitz gesandt, der das Land in zwei Teile gespalten hat. So seien die Klippen entstanden. Vater Kessian hatte die Ansicht vertreten, es sei wohl eher ein Vulkan unter der Meeresoberfläche oder ein Erdbeben gewesen. Arducius war nicht sicher, wem er glauben sollte.

Es spielte auch keine Rolle. Sie waren bereits daran vorbei und hatten die Felsen gemieden, die jedes Boot daran hinderten, sich der Insel zu nähern. Im Westen waren die Klippen nicht weniger beeindruckend. Die ganze Insel Kester fiel von Süden nach Norden ab, bis sie in einer Reihe hoher Felsnadeln endete, die man die Lanzen des Ocetarus nannte. Ocetarus war der atreskanische Gott des Meeres. Die Gezeitenströmungen zwischen den Felstürmen machten auch die Zufahrt von Norden her gefährlich, und so hatten die Ingenieure der Konkordanz es vorgezogen, die Häfen an den Flanken der Insel zu bauen.

Arducius starrte den Fels an, sein Blick wanderte über die rissige, vernarbte Wand, in der unzählige Seevögel nisteten. Gegen ihren Fuß donnerten die Wellen und brachen sich nahe an der untersten einer großen Zahl von Festungsanlagen. In verschiedener Höhe waren sie auf Vorsprüngen gebaut oder in die nackte Wand eingesetzt worden. Fast schien es, als rieselten sie, ein wenig heller als der Fels, an den sie sich klammerten, langsam herunter wie die schweren Blüten einer Weide. Im Zwielicht funkelten Lichter, und die Metallteile der Onager und Ballisten schimmerten. Es mussten Hunderte von Geschützen sein, die dort in der löchrigen Wand verteilt waren.

Er hatte gelesen, dass sich dahinter ein Gewirr von Kasematten erstreckte, die Waffenkammern, Werkstätten und Unterkünfte für Tausende von Kämpfern miteinander verbanden. Alle führten schließlich zum höchsten Punkt der Insel, deren natürliche Gras- und Baumlandschaft einer von Menschen erschaffenen Hochebene hatte weichen müssen. Dort oben befand sich der große Palast, die Stadt und die Festung der Ocetanas, der Marine der Konkordanz.

Selbst aus diesem Winkel und aus dieser Entfernung, mehr als fünfzehnhundert Fuß tiefer, waren die Gebäude beeindruckend.

Wachtürme umringten die Hochebene, die die ganze Breite der Insel einnahm. Wehrgänge, auf denen mit Leinwand abgedeckte Geschütze standen, verbanden die Türme miteinander. Dahinter waren gerade noch die obersten Stockwerke des Palasts zu erkennen, auf dem die Flagge der Konkordanz und das Banner der Ocetanas flatterten. Letzteres hing ein wenig tiefer als das Hoheitszeichen der Konkordanz und zeigte ein Schiff in Seitenansicht unter der Sonne auf einem wogenden Meer.

Alle Steine waren von einem blendenden Weiß, alle Dachziegel flammend rot. Die Türme an den Ecken des Plateaus beherrschten weithin das Meer. In Anlehnung an die klassische gesternische Architektur waren sie in der Mitte vorgewölbt.

Eines Tages, so beschloss Arducius, würde er diesen Ort besuchen. Er wollte auf den langen, gewundenen Wegen zur Hochebene hinaufsteigen oder mit den Aufzügen fahren, die sogar stark genug waren, um schwere Gebäudeteile zu heben. Er würde durch die Stadttore schreiten und die weiten Felder sehen, die es der Insel erlaubten, sich selbst zu versorgen. Er würde sich die Pumpen anschauen, die das Wasser aus tiefen unterirdischen Flüssen förderten oder das Regenwasser verteilten, das in Auffangbecken gespeichert und zur Bewässerung und für die Springbrunnen benutzt wurde. Die diamantene Stadt. Der Ort, den kein Feind jemals einnehmen konnte, selbst wenn die ganze Konkordanz stürzte.

Jemand fasste ihn am Arm. Kovan.

»Schau nur, Ardu, schau.«

Das Schiff umrundete eine Mauer aus Fels und Zement, die im Süden einen der vier großen Häfen der Insel Kester begrenzte. Dort lagen Schiffe vor Anker oder an Liegeplätzen. Hinter den mächtigen Seetoren, die gewaltige Höhlen schützten, waren gerade eben die Masten weiterer Schiffe zu erkennen. Überall waren Schiffe. Triremen, Galeeren, Fregatten und Spornkorsaren. Zum ersten Mal seit Vater Kessians Tod musste er lächeln. Er hätte nie gedacht, einmal einen Spornkorsaren zu sehen, von einem Dutzend ganz zu schweigen.

Sie waren die Schiffe der Ocenii, der Eliteeinheit der Marine. Sie sahen böse aus. Bunt bemalt, besonders der Rammsporn, und niedrig im Wasser liegend. Sie dienten nur einem einzigen Zweck: sich kraftvoll und schnell in den Feind zu bohren, damit die besten Kämpfer der Konkordanz auf das Deck des feindlichen Schiffs springen konnten. Die Krieger waren mit Schwert und Kompositbogen bewaffnet, setzten gelegentlich auch brennendes Pech ein und genossen einen unvergleichlichen Ruf.

»Hast du sie jemals gesehen?«, fragte Arducius. »Ich meine die Ocenii.«

Kovan nickte. »Einmal nur. Mein Vater hat mich hierher mitgenommen, damit ich ihnen bei den Übungen zusehen konnte. So schnell hast du noch niemanden übers Wasser fahren sehen. Wenn sie zuschlagen, dann schneiden sie die Riemen durch, mit denen sie vor dem Aufprall auf ihren Sitzen geschützt werden, und klettern so schnell an den Rudern des feindlichen Schiffs empor, dass man es kaum mit Augen verfolgen kann. Und sie kämpfen zu sehen, selbst wenn sie nur üben, ist einfach unbeschreiblich.«

Arducius war nicht sicher, wie sehr Kovan übertrieb. Mirron war ihrer Sache dagegen sicher.

»Sie kommen mir vor wie Affen mit Schwertern«, sagte sie geringschätzig. »Die Bilder auf den Seitenwänden sind hässlich. Genauso hässlich wie die Kähne selbst.«

»Schiffe«, berichtigten Kovan und Arducius sie wie aus einem Munde.

»Wo ist der Unterschied?« Mirron war es herzlich gleichgültig.

Arducius schüttelte den Kopf und unterbrach Kovan, der es ihr erklären wollte. »Das wäre Zeitverschwendung.«

Er blickte aufs Deck. Eine Handvoll Matrosen war dort beschäftigt. Takler und der Bursche, der das Bleilot bediente. Patonia war bei ihrem Steuermann auf dem überdachten Achterdeck. Sie starrten herüber wie schon die ganze Zeit, seit Ossacer die schwache Stelle im Rumpf gefunden hatte. Arducius fühlte sich nicht wohl. Er spürte ihre feindseligen Energien. Die Ablehnung traf ihn wie ein kalter Luftstrom. Manchmal wünschte er sich, er könnte seine Eindrücke besser ausblenden, aber dann wäre er auch nicht mehr fähig gewesen, die Wunder und die Pracht aller Geschöpfe Gottes im Meer und auf der Erde zu erleben.

»Was starrst du so?«

»Gorian, nicht«, beschwichtigte Mirron ihn.

Arducius sah sich nach dem Ziel von Gorians Angriffslust um. Es war ein Takler. Ein drahtiger Mann mit langem, strähnigem Haar, das er zu einem Pferdeschwanz gebunden hatte. Er war bis zur Hüfte nackt und prahlte mit seinen starken, festen Muskeln. Jetzt schwieg er, starrte aber unverwandt herüber.

Alle anderen auf Deck stellten ihre jeweiligen Tätigkeiten schlagartig ein. Patonia lehnte sich auf die Reling und sah zu. Sie lächelte höhnisch. Arducius spürte, wie sich die Stimmung gegen sie wandte.

»Sehen wir irgendwie komisch aus?«, bohrte Gorian.

Der Mann schüttelte den Kopf und kam ihnen entgegen. Kovan schob sich vor Mirron.

»Lass es, Gorian«, sagte Arducius. »Es ist nicht wichtig.«

»Doch, das ist es«, sagte er. »Ich mag es nicht, wenn man mich anstarrt.«

»Ich starre dich nicht an, Junge«, sagte der Takler, der nur noch ein paar Schritte entfernt war. Seine Kameraden hatten sich am Mast versammelt und sahen zu. »Aber deine hübsche Schwester ist einen näheren Blick wert.«

»Ich glaube, das ist jetzt nahe genug«, sagte Kovan und streckte einen Arm aus. »Sie ist noch ein Mädchen, du ängstigst sie.«

»Oh, ein Beschützer«, sagte der Takler mit einem ausgesprochen unangenehmen Grinsen. »Und sogar ein hochrangiger. Keine Sorge, kleiner Marschall, es ist nur ein Spaß.«

Ossacer war neben Arducius getreten und hatte nervös dessen Arm gefasst. Arducius tätschelte seine Hand und war froh, dass Kovan sich eingeschaltet hatte. Er besaß die Gelassenheit seines Vaters.

»Nur für dich, nicht für sie«, erwiderte Kovan. »Geh wieder an die Arbeit.«

»Komm schon, Kleine. Komm und sieh dir das Schiff zusammen mit einem richtigen Mann an. Ich bringe dich zu Orten, die du noch nie gesehen hast.«

Mirron wich zu Gorian zurück, der sich neben Kovan vor ihr aufbaute.

»Zwinge mich nicht, dir wehzutun«, sagte er mit kalter Stimme.

»Gorian«, warnte Arducius ihn. Er wandte sich flehend an Patonia, die nur mit den Achseln zuckte und weiter zusah. Sie verstand es nicht.

Der Takler lachte. »Wie denn? Mit deinen Kinderfäusten und deinen komischen Augen? Denkst du wirklich, wir glauben die Geschichten, die wir gehört haben? Beleidige mich nicht, Junge, sonst werfe ich dich über Bord.«

»Der Spaß ist vorbei«, sagte Kovan mit einem Seitenblick zu Gorian. »Wir wollen nicht wütend werden. Das ist es nicht wert.«

Lüstern starrte der Takler Mirron an. »Jung und stramm, genau wie ich Frauen mag. Komm schon, wir machen nur einen Spaziergang.«

»Nein«, sagte sie.

»Du hast es gehört«, sagte Gorian. »Jetzt geh, bevor du nie wieder etwas siehst.«

»Ich habe dich gewarnt, das reicht jetzt.«

Der Takler trat mit entschlossener Miene vor. Allerdings hatte er Gorian unterschätzt, der mit seinen vierzehn Jahren schnell und kräftig war. Arducius spürte die veränderten Energiebahnen in der heißen Luft. Ossacer spannte sich, und Mirron hauchte lautlos »Nein!«, aber es war zu spät. Gorian duckte sich unter dem Griff des Taklers hindurch, richtete sich auf und schlug ihm die flache Hand auf die Augen. Es gab einen kleinen Blitz, und der Takler stürzte kreischend zu Boden und presste die Hände vors Gesicht.

»Nein«, sagte Gorian. »Ich habe *dich* gewarnt.«

»Er hat mich geblendet, er hat mich geblendet«, heulte der Takler, der jetzt auf den Knien hockte.

Seine Kumpane sprangen auf, stießen Drohungen und Verwünschungen aus und kamen herbeigerannt. Kovan zog seinen Gladius.

»Sofort aufhören, ihr alle!«, brüllte Patonia.

Unten auf dem Ruderdeck ertönten Stimmen, und die Trommelschläge brachen ab. Wild klatschten die Ruder ins Wasser, bevor sie der Vormann wieder unter Kontrolle brachte.

»Niemand macht noch einen Schritt«, fuhr Patonia fort. Sie kam übers Deck zu ihnen herüber und blieb kurz bei ihren Leuten stehen. »Du da, bringe Anthus nach unten zur Ärztin. Ihr anderen geht wieder an die Arbeit. Los jetzt. Ich kümmere mich darum.«

Gorian stand stolz und trotzig da. Hinter ihm starrte Mirron offenen Mundes den Takler Anthus an, der schluchzend auf die Beine kam und fortgeführt wurde.

»Ich könnte ihm helfen«, flüsterte Ossacer.

»Ich glaube nicht, dass dies der richtige Zeitpunkt ist«, widersprach Arducius.

»Steck dein Schwert weg, junger Vasselis«, sagte Patonia, als sie aufs Vorderdeck trat und sich vor Gorian aufbaute. »Auf meinem Schiff gibt es nur einen, der Strafen verhängt, und das bin ich. Nicht irgendein dummer kleiner Junge.«

»Ich sagte ihm, er solle aufhören, und das wollte er nicht tun. Er hat es verdient«, sagte Gorian.

Patonias Gesicht war eine starre Maske. »Er hat sich einen Spaß erlaubt. Hätte er die Hand gegen dich oder Mirron erhoben, dann hätte ich ihn aufgehalten und ihm selbst die Strafe auferlegt, die ich für richtig gehalten hätte. Was du denkst, spielt auf meinem Schiff keine Rolle, und es wird nie eine Rolle spielen. Sage mir, ist er infolge dieser Teufelei, die mein Herr Marschall unbedingt beschützen will, dauerhaft erblindet?«

Gorian zuckte mit den Achseln.

»Das weiß er nicht«, sagte Ossacer leise. »Er weiß es nie.«

Er massierte sich sein Handgelenk, das immer noch die Narben vom Frostbrand trug.

»Hinter mir steht die Mannschaft, die für das, was du getan hast, Vergeltung fordern wird«, sagte Patonia. »Unsere Regeln hier sind sehr einfach. Gleiches wird mit Gleichem vergolten. Sollte er blind bleiben, dann wird dir das Gleiche geschehen.«

Mirron keuchte, aber Gorian schüttelte nur den Kopf. Kovan ergriff das Wort.

»Es tut mir leid, Kapitän, aber das kann ich nicht zulassen«, sagte er.

»Wie bitte?«

»Mein Vater hat die Aufgestiegenen meiner Obhut übergeben, und ihnen darf nichts geschehen.«

»Sie sind in deiner Obhut, aber nicht unter deiner Kontrolle«, erwiderte sie. »Eine solche Tat kann nicht ungesühnt bleiben. Ich bin sicher, dass dein Vater mir zustimmen würde. Für den Augenblick ist dies meine Entscheidung: Ihr alle bleibt ständig unter Deck. Du, Gorian, wirst von Glück reden können, wenn du jemals die Sonne wiedersiehst. Mirron, es ist zu deinem eigenen Besten. Ist bei dir schon das Blut der Fruchtbarkeit geflossen?«

Mirron errötete und nickte.

»Es ist ein Zeichen Gottes«, sagte Patonia. »Jeder erwachsene Mann kann es riechen, als wäre es der frisch ausgepresste Saft einer reifen Frucht. Geh den Männern aus dem Weg. Und jetzt verschwindet, ihr alle, bis ich euch einen gegenteiligen Befehl gebe. Egal, was ihr besitzt, ihr seid weit von jedem Schutz entfernt, falls meine Besatzung auf Rache aus sein sollte.«

Als er auf dem Weg nach unten an Patonia vorbeikam, blieb Arducius kurz stehen und blinzelte, weil er im Südosten, jenseits der Insel Kester, Spuren in der Luft bemerkte. Er runzelte die Stirn.

»Stimmt was nicht?«, fragte sie.

»Vielleicht solltest du dichter an der Küste fahren. In sieben Tagen wird uns der erste Sturm des Solasab erreichen.«

Patonia drehte sich langsam um sich selbst und starrte den makellos blauen Himmel an. »Ich glaube nicht, Arducius. Wir sind hier im Tirronischen Meer, und die Jahreszeit wird noch lange nicht wechseln.«

Arducius zuckte mit den Achseln. »Sieben Tage«, sagte er.

Empört funkelte sie ihn an. »Das ist einfach lächerlich. Geh nach unten.«

6

848. Zyklus Gottes, 39. Tag des Solasauf
15. Jahr des wahren Aufstiegs

Arducius wurde aus seiner Koje geworfen und prallte an die gegenüberliegende Wand. Eine rasche Überprüfung ergab, dass er Glück gehabt hatte, nichts war gebrochen. Allerdings hatte er sich einige böse Prellungen eingehandelt, die Ossacer sich später ansehen musste. Vorausgesetzt natürlich, das Schiff ging nicht unter. Es war stockfinster, die Kerze war schon längst umgefallen und erloschen. Er schüttelte den Kopf und öffnete seinen Geist für die Energien in ihrer Umgebung. Wie eine Kaskade eiskalten Wassers, die alles andere fortriss, stürmten sie auf ihn ein.

Gorians und Ossacers Energiefelder konnte er mit verblüffender Klarheit wahrnehmen. Beide saßen aufrecht, klammerten sich an die Seiten ihrer Kojen und ließen die Kraft des Sturms auf sich wirken. Da draußen, außerhalb ihrer winzigen Kajüte, tobte ein mächtiger Sturm, der sich im Süden entwickelt und das Schiff rasch eingeholt hatte, wie es Arducius' Vorhersage entsprach. Vor seinem inneren Auge nahm er das Unwetter als grelles gelbweißes Licht wahr, das sich um sich selbst drehte und äußerst starke Energiefinger ausstreckte, die sich jedoch im nächsten Moment schon wieder auflösten.

Arducius hatte den aufziehenden Sturm wie eine ständig schwerer werdende Last auf den Schultern wahrgenommen. Auch die anderen hatten es gespürt, wenn auch nicht so deutlich oder so früh wie er. Es war nicht klar, ob Patonia tatsächlich dichter an der Küste fuhr, aber es kam ihm nicht so vor. Wenn er mit seinem Geist hinausgriff, konnte er nirgends den stetigen Rhythmus des Landes wahrnehmen, aber das konnte auch daran liegen, dass der Sturm alles andere überdeckte.

»Das ist unglaublich«, keuchte Gorian.

»Mir wird davon übel«, klagte Ossacer.

»Was für eine Überraschung«, spottete Gorian. Er war nach einer kurzen Phase der Reue, nachdem er den Matrosen geblendet hatte, längst wieder der Alte. Auch Arducius hatte geweint, als Gorian in seinen Gebeten Vater Kessian um Verzeihung angefleht hatte.

»Haltet den Mund, ihr beiden, ich muss mich konzentrieren.«

»Was ist denn los?«, fragte Ossacer.

»Er wird stärker. Könnt ihr nicht sehen, wie er die Energie hoch oben aus dem Himmel holt?« Arducius konnte es jedenfalls erkennen. Wie Wasser, das durch einen Abfluss strömte. »Oh nein.«

»Wohin willst du?«, fragte Ossacer.

Arducius schob sich an der Wand hoch, als eine weitere Welle sie von hinten auf der Backbordseite traf. Ihre verstreuten Sachen rutschten auf dem Boden umher, und irgendjemand stieß sich den Kopf an einem Balken. Gorian grunzte.

»Ein stärkerer Wind kommt auf, viel stärker. Ich muss Patonia warnen. Wir müssen in den Sturm hineinfahren.«

»Du darfst nicht raus«, sagte Ossacer.

»Sollen sie mich doch verprügeln, ich will nicht untergehen. Bleibt hier.«

In diesem Augenblick flog die Tür auf. Patonia stand da, neben ihr ein Matrose, der eine Laterne hielt. Beide waren vom Kopf bis zu den Füßen durchnässt. Sie packte Arducius am Kragen seines Nachthemds.

»Komm mit.«

»Vorsicht«, protestierte er.

Sie zerrte ihn hoch, bis sie ihm in die Augen sehen konnte. »Los jetzt, Hexenjunge. Es ist Zeit, mir zu beweisen, dass du in dieser Welt zu etwas nütze bist.«

Patonia zerrte ihn eilig durch das stampfende Schiff, vorbei an den Ruderern, die verzweifelt versuchten, den Kurs zu halten. Es war ein wildes Durcheinander von brüllenden, grunzenden Männern, knarrenden Spanten und dem Donnern der Wellen, die über das Schiff hereinbrachen. Wasser spritzte aufs Deck und schwappte auf dem Boden hin und her. Niemand machte sich die Mühe, es abzuschöpfen. Arducius spürte die gemeinsamen Anstrengungen der Seeleute wie ein körperliches Wesen in seinem Geist. Eine Mauer der Entschlossenheit, die sich aus den Energiegestalten der angestrengt arbeitenden Männer gebildet hatte.

Im Heck stolperte er die steile Stiege hinauf, als das Schiff in ein Wellental fiel. Hände zogen ihn durch die Luke nach oben in den Sturm hinaus. Die Welt war schwarz und in heftiger Bewegung. Unter ihnen rollten die Wogen und warfen sich immer wieder gegen das winzige Schiff, das verloren durch die Dunkelheit irrte. Die Wellen hatten Schaumkronen, und die Wolken hingen so niedrig, dass man sie beinahe greifen konnte.

Er hielt sich an der Reling fest und suchte auf dem nassen, schlüpfrigen Deck einen sicheren Stand, um nach vorn zu blicken. Dort war niemand. Das Segel war gerefft und klapperte zusammengerollt am Mast. Drei Männer versuchten, das Ruder gerade zu halten und das Schiff vor dem Sturm laufen zu lassen, während der Regen sie von der Seite peitschte. Ein grellweißer Blitz erhellte die Nacht, und Arducius konnte einen Moment lang den schrecklichen Ozean mit seinen haushohen Wellen sehen.

Die Entladung des Blitzes traf ihn, als hätte er eine Ohrfeige bekommen. Er wandte sich an Patonia. Ihre Köpfe berührten sich beinahe.

»Was soll ich tun?«, schrie er. Der Wind riss ihm die Worte von den Lippen.

»Du hast das Unwetter gespürt«, brüllte sie zurück. »Du sagst mir, wohin es zieht. Wann es an uns vorbei ist.« Sie hielt inne. »Sag mir, wohin ich das Schiff lenken soll.«

Arducius wusste es bereits. »Du musst wenden und gegen den Sturm fahren. Der Wind wird noch schlimmer.«

»Ich kann nicht wenden. Wenn wir quer zu den Wellen liegen, werden wir kentern. Ich muss ihm davonfahren.«

Arducius schüttelte den Kopf. Er wusste nicht wie, aber er sah die Bilder im Kopf. »Wir werden sinken, wenn wir nicht gegen die Wellen steuern.«

Sie starrte ihn an. »Dann sind wir verloren. Sieh dir den Seegang an. Wir können nicht wenden.«

Er tastete nach der Kraft über und unter ihnen. Die außerordentlichen Energien der Natur fanden hier zusammen. In seinem Geist gab es eine Oase, in der sie zur Ruhe kommen konnten.

»Warte mal. Hole die anderen her«, sagte er. Sie runzelte die Stirn. »Bitte, du musst mir vertrauen.«

Das Schiff stürzte über einen Wellenkamm und donnerte ins nächste Wellental hinein, wobei es durch und durch erbebte. Holzsplitter flogen übers Deck – die Überreste eines zerschmetterten Ruders.

»Was hast du schon zu verlieren?«

Sie knirschte mit den Zähnen und nickte.

Sie empfanden keine Furcht, als sie auf dem Achterdeck einander zugewandt niederknieten. Nervöse Matrosen umringten sie und sorgten dafür, dass sie nicht wegrutschten, während das Schiff gierte und rollte. Patonia stand an der Ruderpinne und sah ihnen zu. Arducius hatte beobachtet, wie sie stumme Gebete gesprochen und vor der Brust das Zeichen des Allwissenden gemacht hatte.

Die Aufgestiegenen legten sich gegenseitig die Arme auf die

Schultern, um einen Kreis zu bilden, und neigten die Köpfe einander zu, damit sie Arducius verstehen konnten.

»Fühlt den Sturm. Achtet nicht auf die Kräfte im Wasser, von denen er sich nährt. Lasst ihn in euch eintreten. Leitet ihn durch euren Körper und in den Himmel zurück. Sagt mir, dass ihr es tun könnt.«

Nacheinander gehorchten sie, bis Arducius vor seinem inneren Auge sah, wie sich der Kreis schloss. Über die Lebenslinien ihrer Körper miteinander verbunden, wurden sie eins mit dem Sturm.

»Gorian, du wolltest doch immer mal wissen, wie es ist, einen Sturm zu rufen. Dann merke dir diese Nacht.«

Für sie war es immer noch ein unerfüllbarer Traum, aus den spärlichen Energien von Wind und Sonne an einem wolkenlosen Tag eine solche Kraft zu erschaffen, aber das Wissen um die Macht des Sturms sagte Arducius und den anderen, dass sie eines Tages dazu in der Lage sein würden. Eines Tages wäre es möglich.

»Glättet die Energien in eurem Geist«, sagte Arducius. »Breitet sie ein wenig aus.«

Sofort stellte sich die gewünschte Wirkung ein. Die Aufgestiegenen veränderten den Kreislauf der Energie vor ihnen. Die zuckenden und ruckenden Spiralen und Ausläufer beruhigten sich in ihrem vereinten Bewusstsein und in ihren Körpern, als wollten sie Wolle zu einem Faden spinnen. Über ihnen erstarb der Wind, und der Regen prasselte nicht mehr so heftig herab. Am Rande bemerkte Arducius, dass die Matrosen erschrocken riefen und mit den Füßen scharrten.

»Gut«, sagte er. »Jetzt schiebt die Energien weiter nach draußen. Benutzt die ungerichteten Kräfte, um eine ruhige Zone herzustellen, und unterbrecht nicht den Kreis. Vorsichtig. Wir haben nur einen einzigen Versuch.«

Erst jetzt wurde ihm klar, wie weit sie sich seit Beginn ihrer Ausbildung und den paar Tagen seit ihrem Erwachen entwickelt hatten.

An Geist und Körper waren sie viel stärker geworden, so viel besser fähig, die Energien in sich aufzunehmen und sie in größerem Maße als je zuvor zu beeinflussen.

Gemeinsam erweiterten sie die ruhige Zone der geglätteten Energie in alle Richtungen; im Zentrum befand sich das Schiff. In ihren Köpfen war diese Zone ein ebener neutraler Kreis mit ausgefransten Rändern. Dahinter tobten die weißen und dunklen Flecken des Sturms.

Auch direkt unter ihnen beruhigte sich das Meer. Nicht ganz und gar, weil die Wellen zu tief reichten, als dass sie sie mit ihren Kräften hätten steuern können. Über ihnen flaute der Sturm unterdessen zu einer steifen Brise ab, und der Regen fiel senkrecht herunter. Arducius lächelte. Ihre Geister waren ruhig, aber die Belastung war groß, und es kostete sie viel Energie, die ruhige Zone aufrechtzuerhalten und den Sturm, der gegen sie ankämpfte, zurückzudrängen.

»Wende das Schiff, Kapitän«, sagte Arducius. »Wir können das nicht mehr lange durchhalten.«

Das Schweigen, das sich über die *Cirandons Stolz* gelegt hatte, wich lauten Befehlen, Ruderschlägen, emsigem Getümmel und den Liedern der Matrosen. Unter dem Jubel der Besatzung wendete das Schiff in den Sturm hinein. Die Furcht würde später noch kommen, wenn das Unwetter zurückkehrte.

»Sie sagen, es sei ein Zufall gewesen. Sie sagen, Gott habe uns seine Gnade erwiesen und uns ins Auge des Sturms geführt, damit wir wenden konnten«, erklärte Patonia.

Die Aufgestiegenen und Kovan saßen in Mirrons Kabine. Inzwischen waren die Falten wieder von ihren Gesichtern und Händen verschwunden. Es war drei Tage her, dass der Sturm an ihnen vorbeigezogen war und sie ihren alten Kurs wieder aufgenommen hatten. Arducius hatte Kapitän Patonia versichert, dass der nächste

Sturm mindestens zehn Tage entfernt wäre, aber sie war trotzdem dicht unter der gesternischen Küste gefahren, um im Notfall rasch Zuflucht zu finden.

»Lass sie doch, wenn sie damit glücklich sind«, meinte Kovan.

»Nein, das ist nicht richtig«, wandte Ossacer ein. »Wir haben sie gerettet und es ihnen ermöglicht, das Schiff zu wenden.«

Er starrte Patonia direkt an. Seine blicklosen Augen machten sie nervös.

»Beim nächsten Mal lassen wir das Schiff sinken«, sagte Gorian. »Soll Gott sie doch retten, wenn er kann.«

»Dann würdet ihr mit dem Schiff untergehen«, fauchte Patonia. »Sei doch vernünftig, Junge.«

»Ach was«, gab er zurück. »Wir können nicht ertrinken.«

Patonia starrte ihn kopfschüttelnd an. »Ich werde nicht mit dir reden, du aufsässiger Blag.«

»All das spielt eigentlich keine Rolle«, schaltete sich Arducius ein. »Was meinst du, Kapitän?«

»Ich weiß, was ich gesehen habe. Ebenso alle, die bei euch und an der Ruderpinne waren. Ich weiß, dass du den Sturm vorhergesagt hast, und dass mein Rumpf tatsächlich eine Schwachstelle hatte.« Wieder schüttelte sie den Kopf. »Aber irgendwie kann ich immer noch nicht recht glauben, dass ihr es getan habt. Die Mannschaft will es sowieso nicht wahrhaben. Ich erkenne Gottes Hand in alledem, und ich glaube lieber an Zufälle als an Hexerei.«

»Es ist keine Hexerei. Es ist ein Teil von uns«, erklärte Mirron. »Gott wirkt durch uns. Was wir tun, das können wir nur dank seiner Gnade und Weisheit tun. Bitte, wir wollen doch nur angenommen werden. Wir wollen nur frei sein, um Gutes zu tun.«

»Ich bin nicht sicher, ob ich das euch allen glauben könnte.« Sie warf einen skeptischen Blick auf Gorian. »Ich habe hier eine Besatzung von erwachsenen Männern und Frauen an Bord, die sich vor vier Kindern fürchten. Es gibt Misstrauen und sogar Hass. Was soll ich nun tun?«

»Lass uns dir und deiner Mannschaft beweisen, dass es kein Zufall war«, sagte Arducius. »Wir können die Elemente und die Energien des Lebens mit unserem Geist beeinflussen. Uns tut leid, was Gorian getan hat, aber wir können deinem Matrosen helfen.«

»Ich kann ihn wieder sehen machen«, erklärte Ossacer. »Ich bin ganz sicher.«

»Du kannst nicht einmal selbst sehen«, erwiderte Patonia nicht unfreundlich. »Wie kannst du da einen anderen heilen?«

»Lass es dir von ihm zeigen«, schlug Mirron vor.

»Anthus würde keinen von euch auf eine Meile an sich herankommen lassen, wenn er die Wahl hätte. Alle Takler würden euch am liebsten über Bord werfen. Ihr könnt vielleicht nicht ertrinken, aber ihr könnt sicherlich verhungern, also übertreibt es nicht.«

»Bitte«, sagte Ossacer. »Du musst es mich versuchen lassen. Die Nerven in meinen Augen sind abgestorben, deshalb kann ich nie wieder sehen. Ich glaube, seine sind nur verbrannt, und die Lebensenergie kommt nicht durch. Ich kann die Verbrennungen im Auge heilen und die Narben entfernen, dann kann er wieder sehen.«

»Ich habe keine Ahnung, was du damit meinst. Woher willst du wissen, was mit ihm los ist?«

»Ich rate nur, aber darin bin ich gut«, sagte Ossacer. »Bitte, Kapitän.«

Sie wandte sich an Arducius. »Wenn er Anthus noch mehr Schaden zufügt, werde ich keinen von euch mehr schützen können, habt ihr das verstanden?«

»Natürlich.«

»Dann rede ich mit ihm.« Ein leises Lächeln spielte um ihre Lippen. »Was hat er schon zu verlieren?«

Später begleitete Arducius Ossacer zum Krankenzimmer. Ossacer hätte sich dank der Spuren im lebenden Holz auch selbst zurechtgefunden, aber Kapitän Patonia hielt es nicht für klug. Das Krankenzimmer entpuppte sich als kleiner Bereich mit einem Tisch und einigen am Boden festgeschraubten Kommoden, der von den Kojen, in denen die dienstfreien Matrosen ruhten, nur durch einen Vorhang abgeteilt war. Es roch nach altem Blut und den süßen Düften von Kräutermedizin. Arducius sah mehr Hängematten, die in drei Etagen an Balken pendelten, und mehr Schlafsäcke auf dem Boden und in verknoteten Tüchern steckende Habseligkeiten, als er zählen konnte. Er hatte ihre Kabine für eng und karg gehalten, aber diese Leute hier hatten so gut wie nichts.

Der Gang durch das Mannschaftsquartier stimmte ihn traurig. Gorian wäre vermutlich stolz gewesen. Die Matrosen, die sie bemerkten, wichen ihnen aus, machten religiöse Zeichen und murmelten Schutzsprüche. Viele trugen Ketten mit Glücksbringern und Amulette von einer Art, die er noch nie gesehen hatte. Auch hörte er, wie sie hinter ihm ausspuckten und mit den Füßen über das Deck rieben. Es hätte Vater Kessian das Herz gebrochen.

Die Schiffsärztin, eine kleine Frau von eigenartigen Proportionen, empfing sie am Vorhang. Ihre Gliedmaßen waren lang, und sie hatte kräftige Hände mit langen Fingern, was für eine Ärztin sicherlich von Vorteil war. Es war schwer zu schätzen, wie groß sie wirklich war, weil sie sich in dem engen Raum bücken musste. Ihre Haut war blass, und er glaubte sogar, in ihrem Gesicht und auf den Handrücken einen weichen Flaum zu entdecken. Dann wurde ihm bewusst, dass er sie anstarrte, und er errötete. Sie kicherte; es war ein grobes Geräusch tief in ihrer Kehle. Als sie dann sprach, war ihre Stimme wie ein Steinschlag.

»Jemanden wie mich hast du wohl noch nie gesehen, Bursche«, sagte sie.

»Es tut mir leid«, erwiderte er. »Ich wollte nicht ...«

»Ich bin Gorres und stamme aus Kark.«

Er riss den Mund weit auf.

»Sind sie das?«, rief Anthus von hinten. Seine Stimme klang viel zu laut. Ängstlich.

»Ja«, bestätigte Gorres und ersparte Arducius weitere Peinlichkeiten. »Keine Grund zur Sorge.«

Sie winkte die Aufgestiegenen weiter. Anthus saß neben dem Tisch auf einem Hocker. Seine Augen waren verbunden, und er hielt sich mit weißen Knöcheln am Hocker fest.

»Wer ist da?« Anthus' Kopf fuhr ruckartig hin und her.

»Ich bin Ossacer. Ich bin auch blind.«

»Komm ja nicht näher. Blind oder nicht, du hast auch diese Augen, die ständig die Farbe wechseln. Nicht gut. Habe ich auch solche Augen, wenn du mich in Ordnung bringst?«

»Nein«, sagte Ossacer. »Die haben nur wir.«

»Gorres?«

»Ja, Anthus. Sprich.«

»Das wird doch auch von selbst heilen, oder? Irgendwann?«

»Ich glaube nicht. Du kannst nicht einmal Hell und Dunkel unterscheiden. Willst du den Rest deines Lebens im Schatten verbringen? Und an Land?«

Anthus schüttelte den Kopf. »Mach es nur nicht noch schlimmer.«

Ossacer fasste dies als Einwilligung auf und streckte vorsichtig die Hände aus. Gorres beobachtete ihn wie gebannt und leckte sich aufgeregt über die Lippen.

»Ich werde über deinen Verbänden die Hände auf deine Augen legen«, erklärte Ossacer. »Du wirst die Wärme spüren, vielleicht kribbelt es auch. Falls es wehtut, sage es mir sofort.«

Anthus atmete tief durch. »Das ist nicht recht.«

»Was Gorian mit dir getan hat, war nicht richtig. Das hier wird die Dinge wieder in Ordnung bringen.«

Als Ossacer ihn berührte, zuckte Anthus heftig zusammen.

»Schon gut. Entspanne dich.«

»Mich entspannen? Wie denn?«

»Es ist gleich vorbei. Spürst du die Wärme?«

»Ja, es juckt. Im Kopf. Mach, dass es aufhört.«

»Es wird gleich aufhören. Nur noch einen Augenblick.«

Gorres wandte sich flüsternd an Arducius. »Was macht er da, Bursche?«

»Ossacer findet heraus, wo die Energiebahnen unterbrochen sind, und dann entfernt er die Blockaden, indem er ein wenig von seiner eigenen Lebensenergie hineingibt. So werden die Narben aus seinen Augen entfernt, und Anthus' eigene Lebenslinien können sich wieder verbinden. Dann kann er wieder sehen.«

»Er schneidet ihn nicht auf?«

»Er muss nicht einmal die Verbände wegnehmen.«

»Fertig«, verkündete Ossacer.

»Du hast doch überhaupt nichts gemacht«, höhnte Anthus.

»Lass die Augen geschlossen.« Gorres schaltete sich rasch ein und legte ihm die flache Hand auf den Verband. »Lösche die Laterne, Bursche.« Dann löste sie den Verband. Nach zwei Schichten kamen weiche, mit Balsam getränkte Tücher zum Vorschein. Sie nahm auch die Tücher ab. Anthus keuchte und hob die Hände, unter den Lidern zuckten seine Augäpfel. »Lass sie zu. Ich muss dich erst säubern.« Sie wischte die Tränen ab, die seine Augen verklebt hatten. »So, jetzt lege die Hände vor deine Augen und öffne sie langsam.«

»Ich kann Licht erkennen.« Doch in Anthus' Stimme war keine Freude.

»Faszinierend«, sagte Gorres. »Erstaunlich.«

»Macht es dir keine Angst?«, fragte Arducius.

Gorres lachte. »Warum sollte es? Ich bin eine Karku und inmitten von Wundern geboren.«

Arducius beobachtete wieder Anthus, der die Augen geöffnet hatte und blinzelte, weil ihm selbst hier, in der Dämmerung unter Deck, das Licht noch zu grell war. Er betastete seine Augen.

»Die Schmerzen in den Augenhöhlen werden bald nachlassen«, erklärte Ossacer ihm. »Du wirst so gut sehen können wie früher.«

Auf einmal würgte Anthus und begann am ganzen Körper zu zittern.

»Geh weg«, sagte er. »Das kann niemand tun. Kein Mann und keine Frau. Ich bin schmutzig. Besudelt. Das ist das Augenlicht des Teufels.«

Gorres erreichte ihn, bevor er sich die Augen auskratzen konnte, schloss ihn in ihre starken Arme und redete flüsternd auf ihn ein, er solle sich beruhigen. Ossacer wich erschrocken zurück, bis Arducius ihn festhielt.

»Ich habe ihm geholfen«, sagte Ossacer mit bebender Stimme. »Ich habe ihm geholfen, damit er wieder sehen kann.«

»Geht jetzt lieber, junge Burschen«, sagte Gorres, die den sich windenden Anthus festhielt. »Er wird schon zu sich kommen. Ihr hoffentlich auch. Was ihr da tut, macht den Leuten Angst. Es ist ihnen fremd, und die Menschen ängstigen sich schnell. Wenn ihr könnt, dann verbergt eure Fähigkeiten. Estorea ist noch nicht für euch bereit. Vielleicht wird es nie so weit sein.« Sie lächelte traurig. »Es tut mir leid um euch. Mir ist schon klar, was ihr glaubt, einmal werden zu können.«

Arducius führte Ossacer an den misstrauisch gaffenden Matrosen vorbei durch das Ruderdeck. Anthus' Schreie verfolgten sie. Er klagte, weil Ossacer ihm das Augenlicht zurückgegeben hatte, und behauptete steif und fest, er sei verflucht. Ossacer war den Tränen nahe. Arducius bugsierte ihn eilig in Mirrons Kabine zurück und rief Kovan und Gorian. Bevor er ihnen erzählen konnte, was geschehen war, erhoben sich laute Rufe.

»Warum denn gerade jetzt? Warum jetzt, nachdem wir ihn geheilt haben? Warum nicht, als Gorian ihn verletzt hat?«, fragte Mirron.

»Bis jetzt konnten sie sich noch etwas vormachen«, erklärte Kovan. »Was Gorian getan hat, hätte auch ein dummer Zufall sein können, irgendeine äußere Verletzung der Augen oder so. Aber jetzt ... jetzt ist es überdeutlich geworden. Er konnte nicht sehen, und jetzt kann er es wieder.«

Draußen ertönte ein lautes Poltern. Kovan zog das Schwert und bezog vor den Aufgestiegenen Position. Gorian stellte sich neben ihn.

»Ich werde nicht zögern«, sagte er.

Kovan sah ihn kurz an. »Ich würde dich auch nicht bitten, es zu tun.«

»Je mehr Gutes wir tun, desto mehr hassen sie uns«, flüsterte Ossacer.

Er saß neben Arducius auf dem Bett, Mirron stand hinter den beiden anderen und wusste nicht wohin.

»Du solltest vielleicht öfter mal auf mich hören«, sagte Gorian. »Hör auf zu heulen, das schwächt dich nur.«

»Du hättest seine hasserfüllte Stimme hören sollen«, fuhr Ossacer fort. »Er hält mich für böse.«

»Dann müssen wir uns eben gegen diese Ungläubigen verteidigen«, sagte Gorian. »Das können wir. Wir besitzen Kräfte, von denen sie nicht einmal zu träumen wagen.«

»So darfst du nicht denken, Gorian«, widersprach Arducius. Er hatte bei Gorians Worten die Augen geschlossen und klammerte sich an die Möglichkeit, dass sie nur aus Furcht und aus keinem anderen Grund gesprochen worden waren. »Nur weil sie es nicht verstehen, müssen wir doch nicht gleich ...«

Mirron kreischte erschrocken, als unvermittelt jemand anklopfte. Gorian sprang zurück. Eine laute Frauenstimme übertönte die Rufe. Patonia. Es gab einen Tumult, aber sie konnten nicht verstehen, was die Leute sagten. Die Antworten klangen jedenfalls scharf und zornig. Anscheinend setzte sie sich aber durch. Dann war eine neue Stimme zu hören, weit entfernt, vielleicht auf Deck. Darauf verstummten alle anderen. Jemand rannte über die Planken, dann polterten Stiefel die Treppe herab.

Die Aufgestiegenen und Kovan waren viel zu verängstigt, um etwas zu sagen, und lauschten angestrengt, ob sie einen Hinweis bekämen. Gleichzeitig griffen die Aufgestiegenen mit ihren Gedanken hinaus und forschten in den Energiebahnen der Luft nach einer Erklärung.

»Da kommen Lebewesen«, erklärte Gorian.

»Über oder unter dem Meer? Ich erkenne es nicht genau«, sagte Mirron.

»Über dem Meer. Es dürften wohl andere Schiffe sein.«

»Was tun wir jetzt?«, fragte Ossacer.

»Abwarten«, entschied Kovan. »Patonia muss uns beschützen, und die Mannschaft wird nicht meutern. Nicht gegen sie. Allerdings mache ich mir Sorgen, wer da gekommen ist. Die Stille gefällt mir nicht.«

»Wer könnte es nur sein?«, fragte Ossacer.

Auf Deck brach jetzt hektische Betriebsamkeit aus. Es klang, als würde das Segel gerefft, und dann ertönte auch das unverkennbare Rumpeln, als die Ruder eingezogen wurden.

»Wer es auch ist, er will vorbeikommen und Guten Tag sagen«, meinte Ossacer im Versuch, einen Scherz zu machen. »Haben wir hier draußen denn Freunde?«

Sogar Gorian musste kichern. »Nur wenn die Delfine gelernt haben, auf einem Schiff zu segeln.«

Das Lachen war viel zu laut, und Kovan befahl ihnen sofort wieder zu schweigen. In der Ferne waren jetzt fremde Stimmen zu hören. Mit einem Knall wurde ein Laufsteg angelegt. Wieder trampelten Füße. Entschlossen und geordnet dieses Mal, und es waren viele. Arducius lief es eiskalt den Rücken herunter. Die Erkenntnis lähmte ihn und machte ihn völlig hilflos. Beinahe jedenfalls.

»Macht euch bereit«, sagte Kovan zu Gorian. »Ihr alle. Es tut mir leid, aber es sieht übel aus. Es könnte der Orden sein.«

»Dann haben sie uns verraten, was?«, wollte Arducius wissen.

Kovan nickte. »Die Leute meines Vaters.«

Schritte näherten sich, schwere Stiefel polterten über das Holz. Der Türgriff drehte sich, dann ging die Tür auf. Geduckt trat ein Mann ein. Er war groß, sehr groß.

»Sieh an, sieh an«, sagte er. »Die neue Waffe der Konkordanz. Das ist aber ein glücklicher Zufall. Ich habe Arbeit für euch.«

Arducius wusste nicht, ob er weinen oder lachen sollte.

Es war der Schatzkanzler Jhered.

7

848. Zyklus Gottes, 1. Tag des Solasaus
15. Jahr des wahren Aufstiegs

Von ihrem Platz am Kopfende des langen ovalen Tischs blickte Herine Del Aglios lange durch das große Bogenfenster im Beratungszimmer des Palasts. Auf den Hügeln oberhalb der Stadt brannten die Wachfeuer. Es war der schlimmste Augenblick ihres Lebens gewesen, als sie fünfzehn Tage zuvor befohlen hatte, sie zu entfachen. Sie würden brennen, bis die Bedrohung der Konkordanz beseitigt war.

Oder bis zu deren Untergang.

Die Wachfeuer waren seit dreihundert Jahren nicht mehr entfacht worden. Nicht mehr, seit Estorea das letzte Mal einer tödlichen Gefahr ausgesetzt gewesen war. Dass sich dies ausgerechnet in ihrer Amtszeit wiederholte, war eine Schande, die sie niemals überwinden würde. Es belastete sie sehr.

In der ganzen Konkordanz, von Dornos im Norden bis zum kleinen Easthale im Süden und bis nach Bahkir und Tundarra im Westen würden die Feuer Angst, Verwirrung und sogar Panik auslösen. Sie bedeuteten, dass eine Invasion bevorstand und die Bürger der Konkordanz zu den Waffen gerufen wurden.

In allen Winkeln des Landes verließen die Heere ihre Garnisonen und bewegten sich zu den Sammelpunkten. Sie konnten nicht ahnen, was ihnen bevorstand. Die Befehle waren mit Brieftauben und über den Botendienst der Konkordanz übermittelt worden, sobald in Estorr das erste Wachfeuer entfacht worden war. Einige Botschaften waren sicher noch nicht angekommen. In diesem Augenblick konnte Herine nichts weiter tun als beten, dass sie die richtigen Entscheidungen getroffen hatte, und dass die Marschälle, Konsuln, Prätoren, Ädilen und Generäle, auf die sie sich jetzt verlassen musste, ihre Befehle auch ausführten.

Früher hatte sie einmal darüber gescherzt, dass ihre Befehlshaber vermutlich in den tiefsten Kisten wühlen und uralten Staub wegpusten mussten, falls sie jemals gezwungen waren, die Befehle für den Ernstfall hervorzuholen. Niemand hatte darüber gelacht, und jetzt kamen ihr die eigenen Worte vor wie beißender Spott. Es war keineswegs sicher, dass die Wachfeuer tatsächlich in allen Ländern angezündet wurden. Und selbst wenn, es gab keine Garantie, dass die Notfallbefehle, die schon vorab erlassen worden waren, tatsächlich gelesen, verstanden und befolgt wurden.

Vor ihr waren die Diplomaten und hohen Offiziere versammelt, die sich ständig in Estorr aufhielten, außerdem die Konsuln aus Easthale, Caraduk und Avarn, die erst vor Kurzem eingetroffen waren. Insgesamt neunzehn Leute, die nun ihren Kriegsrat bildeten. Keiner von ihnen war wirklich dafür geeignet, einen solchen Posten zu bekleiden. Nur eine Handvoll hatte jemals an bewaffneten Kämpfen an den Grenzen teilgenommen.

»Können wir sie aufhalten?«, fragte sie die Versammelten, sobald die offizielle Begrüßung abgeschlossen war. »Lasst die Förmlichkeiten beiseite. Sprecht eure Gedanken aus. Heute sind wir alle gleichgestellt.«

»Bei allem Respekt, ich bin nicht sicher, ob das die erste Frage ist, die wir erörtern sollten«, erklärte Proprätor Cisone, der für die Handelsbeziehungen verantwortlich war. Ein alter, gebeugter Mann, der schon viele Jahre im Dienst der Konkordanz stand. »Ich würde lieber hören, ob wir unsere Legionen zu den strategisch wichtigen Positionen schicken können, bevor sie vom Feind überrannt werden. Ich weiß, dass ich Altbekanntes wiederhole, aber wir sind blind und taub, was die Lage an den Grenzen von Atreska, Gosland, Dornos und Gestern angeht. Alles, was wir erfahren, ist mindestens zehn Tage alt, wenn es uns zugetragen wird.«

Herine spreizte die Finger. »Das ist nun einmal nicht zu ändern. Wir vermögen Botschaften nicht mit der Geschwindigkeit eines Gedankens zu übermitteln und können nur auf das reagieren, was wir erfahren. Ja, Konsul Hathones?«

Auch Estoreas oberster Vertreter in Neratharn war erst vor Kurzem eingetroffen. Sie war dankbar, ihn in ihrem Kreis zu wissen.

»Neratharn ist in erhöhter Alarmbereitschaft, seit vor einigen Jahren in Atreska die Unruhen ausbrachen. Wir haben beachtliche Kräfte zur Verteidigung an den Grenzen zusammengezogen, die vom stehenden Heer verstärkt werden. Wir sind zuversichtlich, dass wir die Tsardonier aufhalten können.«

»Atreska wird jedoch untergehen«, warf Megan ein. Herine hatte die junge Frau als kenntnisreiche Botschafterin aus Atreska in ihren Rat berufen. »Ihr nehmt an, unsere Legionen könnten dem Vorstoß nicht standhalten, und weigert euch deshalb, meinem Marschall stärkere Kräfte zur Verfügung zu stellen. Ich begreife diese Schlussfolgerung nicht. Ich bin hergekommen, weil ich um Hilfe bitten wollte. Ihr überlasst mein Volk schutzlos einem rücksichtslosen Feind.«

»Hier zeigt sich wohl, warum Ihr nicht schon längst ein höheres Amt erreicht habt, meine junge Dame«, sagte Hathones.

»Seid nicht so überheblich«, erwiderte Megan.

»Ich entschuldige mich«, erwiderte Hathones, und Herine zog die Augenbrauen hoch. »Aber Eure Legionen waren in den letzten zehn Jahren nicht einmal in der Lage, mit den Unruhen im eigenen Land fertig zu werden. Die Legionen der Konkordanz, die durch Euer Land marschiert sind, waren den Angriffen des Volkes ausgesetzt, das sie durch einen Sieg über die Tsardonier schützen wollten. Es wäre sinnlos, jetzt in Atreska eine Verteidigungslinie einzurichten. Die Tsardonier standen schon vor zwanzig Tagen an Euren Grenzen, und jetzt sind sie tief in Euer Land eingedrungen. Wir müssen uns dort aufstellen, wo wir einen taktischen Vorteil haben, und diese Position liegt nicht in Atreska, sondern vielmehr an der Grenze zu Neratharn, wo unsere Verteidigung noch stark ist.«

Herine ließ Hathones' Worte auf sich wirken. Megan starrte ihn nur an und konnte anscheinend nicht begreifen, dass Atreska aller Wahrscheinlichkeit nach schon verloren war. Doch die Auswirkungen reichten noch viel weiter.

»Eigentlich haben wir Glück, dass es in Atreska in den letzten Jahren solche Unruhen gab«, sagte Cisone. »Es ist nur schade, dass es in Gosland nicht schon viel früher zu einem ähnlichen Ungehorsam gekommen ist.«

»Das solltet Ihr ausführlich erklären«, durchbrach Herine das darauf folgende Schweigen.

»Das will ich gern tun«, sagte Cisone, »und Euch noch einmal an meine erste Bemerkung erinnern, dass wir hoffentlich nicht überrannt werden, ehe wir unsere Positionen erreicht haben. Erst Atreskas Bürgerkrieg hat unsere Wachsamkeit erhöht und dafür gesorgt, dass Goslands Nordgrenze schwer bewacht wird. Auch an der Südgrenze von Gosland patrouillieren Truppen und sichern das Gebiet. Diese Verbände werden dafür sorgen, dass die Tsardonier auf ihrem Vormarsch stark behindert werden. Ich will Euch auch erinnern, dass wir, wenn uns die Kontrolle über die Grenzen von Gestern entgleitet, zugleich den Zugang zu den Metallen und Erzen von Kark verlieren, von denen unsere Heere so sehr abhängen. Es würde unsere militärischen Anstrengungen gefährden, wenn wir die Rohstoffe von Karks Südostküste aus verschiffen müssten.

Sollten die Tsardonier mit den Omari Verbindung aufnehmen, oder sollten die Omari beschließen, dass jetzt ein günstiger Augenblick wäre, sich für unseren Vorstoß auf ihr Gebiet zu rächen, dann sind wir im Norden und nicht im Osten der größten Gefahr ausgesetzt. Es sind riesige Entfernungen, die den Austausch von Informationen schwierig machen, und unsere einzigen kampferprobten Legionen sind genau diejenigen, die wir von der Grenze von Omari abziehen müssten, um der Bedrohung durch Tsard zu begegnen. Nur die tundarranische Marine hält die Schiffe der Omari davon ab, an jeder beliebigen Stelle unserer Nord- und Ostküste zu landen. Ich an Eurer Stelle würde jetzt eine diplomatische Abordnung und ein paar übervolle Schatzkisten nach Omari schicken.«

Herine betrachtete Proprätor Cisone und fragte sich, ob der Mann bewusst übertrieben hatte. Offenbar war er nicht dieser Ansicht.

»Botschafter Tharin, was sagt Ihr dazu?«, fragte sie den Diplomaten aus Dornos.

»Ich neige dazu, meinem erlauchten Freund zuzustimmen«, sagte Tharin. Seine volle Stimme ließ alle Anwesenden sofort aufmerken. Sie war so tief wie die Falten auf seiner Stirn, unter der er die großen buschigen Augenbrauen zusammengekniffen hatte. »Wenn ich Eure Befehle richtig verstehe, dann werdet Ihr die beiden Reservelegionen von unserer Grenze abziehen und sie im Süden und Osten von Gosland stationieren. Diese würden die drei Legionen ergänzen, die schon abgezogen sind und als Verstärkungen in Tsard eingesetzt werden sollen. Diese Legionen sind allerdings derzeit noch in Omari und lösen sich gerade aus dem Feldzug. Somit haben wir nur noch vier vorgeschobene Legionen, die Unterstützung der tundarranischen Marine und unsere schwachen Kräfte an den Grenzen. Falls die Omari sich entschließen sollten, gegen uns zu marschieren, könnten wir sie nicht lange aufhalten.«

»Seid Ihr der Ansicht, wir haben Euch für den Feldzug gegen Omari zu viele Truppen genommen?«, fragte Herine. »Ihr hattet die Gelegenheit zu widersprechen, als die Befehle aufgesetzt wurden.«

»Ich glaube, unsere Figuren sind auf dem Schachbrett ungünstig verteilt«, sagte Tharin. »Zweifellos geht die größere Gefahr von den Tsardoniern aus, die jetzt in Atreska sind und angeblich Gosland und sicherlich Gestern angreifen wollen. Wenn Ihr mich fragt, ob sich die Omari besänftigen lassen, dann wage ich es zu bezweifeln. Ob sie sich stark genug fühlen, um auf das Gebiet der Konkordanz vorzustoßen ...« Er blies die Wangen auf. »Mag sein. Es ist nicht auszuschließen.«

»Dann beratet Euch nach dieser Sitzung mit Cisone. Nehmt, wen und was Ihr braucht, und schickt eine Delegation zu den Omari. Ich fürchte, ihre Aufnahme in die Konkordanz muss noch warten.«

»Selbstverständlich, meine Advokatin«, sagte Tharin.

»Danke. Ich muss mich bei allen entschuldigen, die schon im Bilde sind, aber zur Information derjenigen, die gerade erst eingetroffen sind und noch nicht wissen, was wir von ihren Ländern erwarten, wird Generalmarschall Niranes unsere Position darstellen. Generalmarschall?«

Mit einem Stapel Papieren bewaffnet, erhob sich Niranes. Der ehemalige Geschäftsmann, der zum Politiker aufgestiegen war, wirkte nervös und unsicher. Seine herausgehobene Position hatte ihm eigentlich nur dazu dienen sollen, Kontakte zu knüpfen und Reichtümer anzuhäufen. Jetzt musste er für die Gunst und Freundschaft der Familie Del Aglios tatsächlich etwas tun. Herine war sicher, dass der Mann in den letzten Tagen kaum geschlafen hatte.

»Ich möchte Euch bitten, Eure Aufmerksamkeit auf die Karte vor Euch zur richten«, sagte er. Sein dünnes Stimmchen schmerzte in den Ohren. Ringsum standen die Gesandten auf und beugten sich vor. Die von der Decke hängenden Lampen beleuchteten die sorgfältig gezeichnete, sehr detaillierte Reliefkarte der Konkordanz.

»Seht es Euch genau an«, sagte Herine. »Ich möchte die Karte nicht noch einmal neu zeichnen lassen.«

Niranes schniefte. »Wir haben drei zu verteidigende Positionen bestimmt, nachdem wir die Geschwindigkeit des tsardonischen Vorstoßes und den Widerstand unserer Kräfte berechnet haben. Da wäre zunächst Neratharns Grenze zu Atreska, Gesterns Grenze zu Atreska und in Gosland eine Linie, die von Goscapita ungefähr nach Südwesten am Alanegebirge und den Tharnsümpfen entlangführt.«

Megan seufzte. »Wie leicht es doch ist, ein Land aus der Sicherheit der Konkordanz zu entlassen.«

»Meine Dame, ich kann Euch versichern, dass sich niemand diese Entscheidung leicht gemacht hat«, antwortete Niranes. »Wir geben auch große Teile von Gosland auf. In Atreska sind die Unruhen nicht das einzige Problem. Wir haben einfach nicht genügend Reserven, um einen Gegenangriff vorzutragen. Eine Schwierigkeit ist auch Eure unglückliche Geografie. So schön Euer flaches Land auch ist, so gut das Getreide dort auch reift, es ist schwer gegen einen starken Angreifer zu verteidigen. Neratharn hat den großen Vorteil, eine Reihe von Grenzbefestigungen zu besitzen, die nach dem Anschluss von Atreska und wegen der ständigen Unruhen dort nicht abgerissen wurden. Ebenso wie Gosland besitzt es eine beachtliche natürliche Verteidigung. Mein wichtigstes Anliegen muss jedoch das Wohl der gesamten Konkordanz sein.«

»Dort leben Menschen, die ich liebe. Sie sind schutzlos und verlassen.« Sie wandte sich an Herine. »Mein Marschall hat Euch so lange angefleht, die Steuern zu senken und eine innere Verteidigung aufzubauen. Ihr habt Euch immer wieder geweigert. Jetzt müssen wir alle dafür büßen. Atreska ist nur das erste Land, das es nun trifft.«

»Megan, bitte, jetzt gehen Eure Gefühle mit Euch durch«, sagte Herine.

»Überrascht Euch das?« Megan schrie jetzt fast, ihr Gesicht war gerötet, aber ihre Stimme blieb ungebrochen. Sie zielte mit einem

Finger auf die Karte. »Ihr habt mein Land einfach abgeschrieben, um Euch selbst zu schützen. Ihr habt mein Volk der Gnade der Gnadenlosen überlassen. Die Konkordanz hat geschworen, uns zu verteidigen. Mir wird übel, wenn ich sehe, wie wir jetzt einfach fallen gelassen werden.«

Herine erhob sich. »Ich werde Euch zwei Dinge erklären, und dann werdet Ihr den Raum verlassen, um Euch zu fassen. Erstens liegen eure endlosen inneren Unruhen allein in der Verantwortung des Marschallverteidigers.« Das letzte Wort betonte sie deutlich und wirkte dabei, ohne es zu wollen, äußerst herablassend. »Ich bin nicht dafür verantwortlich, dass so viele Eurer Bürger sich entschieden haben, gegen die Konkordanz zu kämpfen, obwohl doch immer klar war, dass Ihr unter unserer Regentschaft gedeihen würdet. Sie bekommen nun die Folgen des Widerstandes zu spüren, und es ist tragisch, dass darunter auch unschuldige Atreskaner leiden müssen.

Zweitens kann Euch jeder Bürger, der halbwegs bei Verstand ist, erklären, dass man einen Feind nicht auf dem Marsch, sondern erst dann angreifen kann, wenn er angehalten hat. Dazu muss man sich das günstigste Schlachtfeld aussuchen. Wir haben das getan, und wenn wir die Tsardonier aufgehalten haben, dann werden wir zurückschlagen, und Atreska wird wieder befreit werden.« Herine holte tief Luft und hielt inne.

»Megan, Ihr seid hier, weil ich der Ansicht war, dass Ihr einen scharfen Verstand habt, der nicht durch patriotische Vorurteile getrübt wird. Ich würde meine Meinung nur ungern ändern. Ihr könnt jetzt gehen.« Herine winkte sie hinaus und wandte sich ab. »Generalmarschall, fahrt bitte fort.«

Als Herine wieder saß, wanderten ihre Gedanken ziellos umher. Niranes zählte alle Legionen auf, die zu den drei vorbestimmten Fronten marschieren sollten, und nannte die Stärke der Infanterie, der Kavallerie und der Artillerie. Ausführlich erklärte er, wie die tundarranische Marine die Omari in Schach hielt, und schließlich umriss er noch, wie die Marine der Konkordanz mobilisiert werden konnte, um das Tirronische Meer gegen die tsardonische Flotte zu sichern, die in der Bucht von Harryn vor Anker lag.

Das Problem war nur, dass alle seine Zahlen von der Sollstärke ausgingen. Er ging davon aus, dass alle Bürger, die der Reserve angehörten, dem Ruf auch Folge leisteten. Die Wirklichkeit konnte ganz anders aussehen, und hier war kein militärisch geschulter Verstand anwesend, der die Pläne anpassen konnte, falls die Zahlen auch nur um zehn oder zwanzig Prozent oder gar um ein Drittel niedriger ausfallen sollten.

Sie brauchte bessere Informationen. Und vor allem, dachte sie, brauchte sie Paul Jhered.

»Ich habe nicht damit gerechnet, dass Harkov rechtzeitig dort eintreffen würde«, sagte Jhered. »Es tut mir leid. Es tut mir wirklich leid.«

Er hatte die erschütternden Zeugnisse der fünf Entflohenen angehört, die übertriebenen Versionen der Aufgestiegenen und den bedächtigeren, sachlichen Bericht von Kovan Vasselis. All das hatte seinen Zorn angestachelt und seine schrecklichsten Ängste bestätigt.

»Wir wissen nicht, was nach unserer Flucht geschehen ist«, sagte Kovan. »Die Männer meines Vaters waren in der Unterzahl.«

»Aber die Stadt war auf seiner Seite.« Jhered nickte. »Ihm wird wohl nichts passiert sein, und Harkov hat sicher für Ordnung gesorgt. Er ist ein guter Mann und weiß, was zu tun ist. Aber was ihr dort und an Bord der *Cirandons Stolz* getan habt, ändert meine Pläne. Außerdem müssen wir dem Kriegsgeschehen ausweichen.«

Er betrachtete die Aufgestiegenen, die sich in seiner Kabine auf den Rand der Koje gesetzt hatten, während er ihnen gegenüber auf einem Stuhl saß. Kovan hatte sich halb auf den Schreibtisch gesetzt.

Alle wirkten müde, besorgt und verwirrt. Er hatte sie essen lassen und ihnen die beste Kleidung gegeben, die seine Mannschaft hatte finden und erübrigen können. All das hatte ihre verkniffenen Mienen nicht aufgeheitert. Die letzten Stunden auf Vasselis' Schiff waren hart gewesen. Sie trieben immer noch längsseits neben dem caradukischen Schiff.

»Was wolltet Ihr denn tun?«, fragte Mirron. »Und was sollen wir Eurer Ansicht nach tun? Wenn Harkov dort ist, können wir doch einfach zurück, oder? Wir wären doch dort in Sicherheit.«

Kinder. Ein Atemzug, tausend Fragen. Er hatte keine Antworten, die sie wirklich verstehen würden.

»Zuerst müsst ihr glauben, dass ich stets das Wohl der Konkordanz im Auge habe. Nicht das eure und nicht das meine. Wenn es uns dabei auch gut geht, dann ist das erfreulich. Als Nächstes müsst ihr begreifen, dass wir uns nicht mögen müssen, um zusammenzuarbeiten. Ihr werdet mich begleiten und tun, was ich euch sage.«

»Ihr habt nicht damit gerechnet, uns hier zu treffen, was?«, meinte Gorian.

»Bist du ganz allein auf diese Idee gekommen?«, gab Jhered scharf zurück. Er atmete vernehmlich aus. »Hör mal, die Welt außerhalb eures kürzlich so brutal aufgestörten Nests ist in einer sehr schlechten Verfassung.«

»So schlimm kann es doch nicht sein«, erwiderte Gorian. »Sonst hätten wir bestimmt davon gehört.«

»Willst du meine Uniform tragen?«, fauchte Jhered. »Nein? Dann sei still und hör zu. Sage nichts mehr, bis ich dich frage. Ist das klar?« Sie zuckten zusammen, aber er war noch nicht fertig. »Habt ihr bemerkt, dass eins meiner Schiffe keinen Mast mehr hat? Die Ursache war ein zwei Talente schwerer Stein, den ein atreskanischer Onager abgeschossen hat. Sie haben sich gegen uns gewandt. Aus dem Bürgerkrieg ist eine ausgewachsene Rebellion geworden. Meine Leute sitzen dort fest und werden es wohl nicht überleben. Sechzigtausend Tsardonier marschieren in diesem Augenblick durch das Gebiet der Konkordanz. Ich habe die Vorhut selbst gesehen, und wenn ihr nach nebenan gehen wollt, dann seht ihr auch die Wunden, die ihre Pfeile und Schwerter uns bei der Flucht zugefügt haben. Sagt mir ja nicht, es sei schon nicht so schlimm, weil das einfach nicht wahr ist. Und es wird mit jeder verdammten Stunde schlimmer.«

Jhered fuhr sich mit einer Hand durch das zurückgebundene schwarze Haar. Sie starrten ihn nur an und konnten es nicht verstehen.

»Ach, es ist sinnlos. Menas!«

Fast sofort wurde die Tür der kleinen Kabine geöffnet.

»Ja, Herr?«

»Fahrt mit einem Beiboot zur *Falkenspeer* und übergebt ihnen die versiegelten Botschaften. Sie sind nur für die Augen der Advokatin bestimmt. Sie muss von Atreskas Verrat erfahren.« Jhered ließ seine Finger knacken und wandte sich wieder an ihren Anführer, an den Nachdenklichen. Wie war noch gleich sein Name? »Arducius. Du kannst das Wetter vorhersagen. Mein Schiff muss durchs offene Meer direkt nach Estorr rudern.«

»Das Wetter bleibt vier Tage gut. Dann zieht von Süden ein weiterer Sturm auf.«

»Gut, das können sie schaffen.« Er wandte sich wieder an Menas und nahm Pergament, Tintenfass und Federkiel von seinem Schreibtisch. Sie hielt ihm das Tintenfass, damit er den Federkiel eintauchen konnte. »Harin und die anderen Verletzten, die nicht auf der *Cirandons Stolz* bleiben können, nehmt Ihr ebenfalls mit. Harin soll mit der Advokatin reden. Gebt ihm mein Siegel und sagt ihm, er soll die Botschaften persönlich überbringen. Nur ihr persönlich und unter vier Augen.« Er schrieb es auf, während er sprach. »Er muss ihr sagen, dass ich die Aufgestiegenen habe und beschützen werde, auch gegen feindselige Truppen der Konkordanz. Sie darf keinesfalls weitere Angriffe auf Westfallen erlauben. Wir werden zu Roberto fahren, und sie muss mir vertrauen, dass ich alles, was ich unternehme, für die Advokatur und die Konkordanz tue.«

Er gab ihr das Blatt. »Ist das klar, Appros?«

»Ja, Herr. Und Patonia?«

»Die *Cirandons Stolz* fährt zur Insel Kester, um die Nachricht zu überbringen, dass man der atreskanischen Marine nicht mehr vertrauen kann. Danach soll sie in Westfallen melden, dass die Aufgestiegenen in Sicherheit sind. Ich spreche persönlich mit Patonia, aber Ihr müsst jetzt Harin losschicken. Die Zeit drängt.«

Menas salutierte und verließ die Kabine. Jhered wandte sich wieder an die Aufgestiegenen und Kovan. Inzwischen wirkten sie nicht mehr misstrauisch und besorgt, Mirron lächelte sogar.

»Es freut mich, dass ihr zugehört habt«, sagte er. »Und ihr habt eine Lektion gelernt. Jetzt muss ich euch noch über einige Dinge unterrichten und euch erklären, warum ihr euch vor allem vor den Augen des Ordens verstecken müsst. Ihr sollt jeden Tag, den ihr bei mir seid, so angestrengt wie nur irgend möglich üben, und ob ich oder meine Mannschaft denken, ihr wärt eine Kraft des Guten oder die reine Ketzerei, spielt jetzt überhaupt keine Rolle mehr.«

Ossacer hob eine Hand und richtete die blicklosen Augen auf Jhered.

»Ja, junger Mann?«

»Werden die Leute uns jemals akzeptieren? Sie hassen uns sogar, wenn wir ihnen helfen.«

»Tja«, sagte Jhered, und endlich gewann der Humor einen kleinen Moment lang die Oberhand. »Gewinnt für sie den Krieg, dann bleibt ihnen nichts anderes übrig.«

8

848. Zyklus Gottes, 5. Tag des Solasab
15. Jahr des wahren Aufstiegs

Draußen über dem Meer frischte der Wind auf, und über Estorr sammelten sich die Wolken, als der Abend begann. Ein Sturm zog auf, die Menschen eilten in der erstickend schwülen Luft durch die Straßen, um möglichst schnell ihre Erledigungen zu beenden, ehe der Regen einsetzte. Gott würde wie immer für alles sorgen. Die Seen und Flüsse würden anschwellen und die Aquädukte füllen, der Regen würde den Dreck vom Pflaster durch die Abflüsse in die Erde spülen. Estorr würde erstrahlen, sobald die Wolken sich wieder teilten.

Wieder einmal saß Herine Del Aglios in ihrem privaten Audienzzimmer und fragte sich, ob diejenigen, denen sie am meisten vertraute, nicht insgeheim gegen sie arbeiteten. Der Thron in dieser Kammer war ebenso unbequem wie jener in der Basilika, wo die Kriegführung koordiniert wurde. Sie war von dort herübergekommen, um Appros Harin eine private Audienz zu gewähren. Er saß jetzt vor ihr, nachdem er auf ihren Befehl hin Platz genommen hatte. Seine Schulter war dick verbunden, sein Gesicht war bleich vor Schmerzen, weil die Verletzung durch den Pfeil noch nicht verheilt war. Unten im Hafen wurde das beschädigte Schiff der Einnehmer bereits zur Reparatur ins Trockendock bugsiert.

Mit wachsender Nervosität hatte sie die Papiere gelesen, die

Harin ihr überreicht hatte. Wenn einmal etwas schiefging, dann kam gleich das nächste Unglück hinterher. Wenigstens hatte sich ihre Entscheidung, die Tsardonier nicht in Atreska anzugreifen, nachträglich als richtig erwiesen. Es war ein schwacher Trost. Was Jhereds Entscheidungen anging ... nun, alles zu seiner Zeit.

»Seid Ihr sicher, dass Yuran abtrünnig ist?«, fragte sie.

»Er hat auf seiner Burg Tsardonier bewirtet, meine Advokatin«, erklärte Harin. »Ich sah es mit eigenen Augen. Während unserer Flucht wurden wir von tsardonischen und atreskanischen Kräften angegriffen.« Man sah ihm an, wie schmerzvoll die Erinnerungen waren.

»Folgt ihm das ganze Land bei diesem Verrat?«

»Das ist schwer einzuschätzen«, sagte Harin. »Wir müssen annehmen, dass größere Verbände aus Scintarit nach Atreska zurückgekehrt sind, wissen jedoch nicht, was sie beabsichtigen und wem sie dienen. Zweifellos wird es einige geben, vor allem beim Militär, die sich Yuran widersetzen. Sein Volk ist ihm allerdings treu ergeben. Selbst jene, die ihn während des Bürgerkriegs bekämpft haben, wollen sicher nicht, dass er aus dem Amt entfernt wird, sondern dass er ein unabhängiges Atreska regiert.«

»Was für ein Durcheinander«, sagte Herine. »Ich muss den Truppen an der neratharnischen Grenze Bescheid geben.« Dann starrte sie Harin eine Weile an, ehe sie ihm die entscheidende Frage stellte. »Ich verlasse mich darauf, dass Euch die Ehrlichkeit wichtiger ist als die Loyalität gegenüber Eurem Kommandanten. Sagt mir, steht der Schatzkanzler Jhered noch auf meiner Seite?«

»Seine Loyalität Euch und der Konkordanz gegenüber ist wie immer ungebrochen«, erwiderte Harin sofort. »Was er tut, das tut er, weil er glaubt, es diene Euren Interessen, auch wenn er weiß, dass Ihr es möglicherweise nicht billigt oder versteht. Wäre ich nicht verletzt, dann wäre ich jetzt noch bei ihm.«

Sie lehnte sich in die weichen grünen Kissen zurück. »Wenn ich

Euch nicht glaube, dann wäre ich also gezwungen, Euch zu verhaften.«

»So ist es, meine Advokatin«, erwiderte er.

»Ich denke, ich will Eure Fähigkeiten lieber in diesem Krieg einsetzen, den wir jetzt durchstehen müssen. Sobald Ihr fähig seid, meldet Ihr Euch in der Basilika bei Generalmarschall Niranes. Er wird dringend Eure Hilfe brauchen. Wir haben in dieser Stadt nicht viele Leute mit Kampferfahrung.«

»Selbstverständlich, meine Advokatin. Es ist mir eine Ehre.«

Beide lächelten kurz, bevor die Tür der Gemächer geöffnet wurde und Kanzlerin Koroyan hereinschwebte.

»Wegtreten, Appros Harin. Und vielen Dank.«

Er salutierte und verließ steifbeinig den Raum. Koroyan starrte ihn böse an und schritt zum Thron. Herine legte unterdessen einen Papierstapel ab und nahm einen anderen in die Hand. Diese letzten Dokumente hatten ihr die Palastwächter, die mit der Kanzlerin aus Cirandon nach Estorr zurückgekehrt waren, erst vor Kurzem übergeben. Offenbar war Harkov nicht wie befohlen zurückgereist, sondern hatte sich entschlossen, vorerst in der kleinen Hafenstadt zu bleiben. Anscheinend reichte Jhereds Einfluss weit.

»Ich wusste gar nicht, dass die Rückreise von Caraduk so lange dauert, Kanzlerin.«

»Ich hatte in Cirandon unaufschiebbare Dinge zu erledigen, nachdem ich in Westfallen das Böse entdeckt hatte«, erwiderte sie hoheitsvoll und herablassend.

»Dann hat die Tatsache, dass Ihr im ganzen Land Wachfeuer gesehen habt, die Euch mit höchster Eile zurückriefen, Eure Entscheidung in keiner Weise beeinflusst?«

»Ich war überzeugt, der Konkordanz am besten zu dienen, indem ich in Cirandon blieb und tat, was getan werden musste.«

Herine richtete sich auf und wedelte mit den Pergamenten. »Und was, in Gottes gutem Namen, soll ich hiervon nun halten? Ihr und

Eure Leute werden schwer beschuldigt – Mord, Brutalität, Gefangennahme.«

»Übertreibungen aus dem Munde des Bösen. Die Anklagen trug Vasselis vor, der in diese Verbrechen viel tiefer verstrickt ist, als Ihr es Euch überhaupt vorstellen könnt.«

»Dann streitet Ihr ab, die Leserin von Westfallen, geschlagen zu haben?« Herine sah in ihren Dokumenten nach. »Und dass Ihr Elsa Gueran vor der versammelten Stadt die Kehle durchgeschnitten habt?«

»Sie war der Ketzerei schuldig und wurde hingerichtet, wie es das Gesetz vorsieht.«

Herine klatschte die flache Hand auf die Armlehne ihres Throns und sprang auf. »Verdammt sollt Ihr sein, Felice, das Gesetz duldet keine Barbarei. Nicht einmal Ketzern gegenüber. Wo sind die Protokolle der Verhandlung? Wo ist das Geständnis? Und wo ist der Bericht über die ordentliche Durchführung der Hinrichtung? Ihr seid meine Kanzlerin. Was habt Ihr Euch erlaubt?«

»Ich habe nur getan, was Ihr wolltet, meine Advokatin.«

Herine riss die Augen weit auf. »Wie bitte?«

»Ihr habt mich gebeten, die Ketzerei in Westfallen auszumerzen.«

»Ich habe Euch gebeten *nachzuforschen*«, rief Herine. »Das ist ein großer, ein sehr großer Unterschied.«

»Ihr sagtet mir, dort sei das Böse. Ihr sagtet mir, es dürfe nicht so weitergehen.«

»Ja, und ich trug Euch auf, das Ausmaß festzustellen und die Verantwortlichen der Gerechtigkeit zuzuführen.«

»Deshalb habe ich ...«

»*Meiner* Gerechtigkeit, Felice!« Herine legte ihre Hand aufs Herz. Beinahe brach ihre Stimme. »Meiner Gerechtigkeit. Der Gerechtigkeit der Konkordanz, auf die wir uns verlassen müssen und die unsere Grundlage bildet. Von einer willkürlichen Anwendung der Ordensregeln war nicht die Rede.«

»Bei allem Respekt, Herine, Ihr wart nicht dort. Der Gestank war überall. Die ganze Stadt ist beteiligt.«

»Ich weiß«, sagte Herine. »Ich habe den Bericht gelesen. Rechtfertigt das Euren Mord?«

»Ich habe mit eigenen Augen gesehen, wie diese ... diese Aufgestiegenen die Hitze vom Himmel riefen und aus einem leisen Wind einen Sturm machten. Vasselis und sein Sohn haben mich bedroht, damit sie fliehen konnten. Dieses Übel muss ausgerottet werden. Es hat keinen Platz auf Gottes Erde. Meine Anklagen sind aufgezeichnet. Westfallen und alle, die dort leben, müssen vernichtet werden.«

»Genau das solltet Ihr für mich herausfinden. Ich achte Eure Meinung und Eure Stellung. Oder vielmehr, ich habe sie geachtet.« Herine hielt inne und wedelte wieder mit den Dokumenten. »Dies ist ein detaillierter Bericht. Wie ich es verstehe, haben sich die Aufgestiegenen erst gezeigt, nachdem Ihr die Leserin ermordet und einen alten Mann niedergestreckt hattet. Auch Vasselis hatte in diesem Augenblick noch nicht eingegriffen. In dem Gemetzel, das darauf folgte und das Ihr gebilligt habt, wurden siebzehn unbewaffnete Bürger getötet. Einer davon war ein tundarranischer Tuchhändler, der ganz gewiss unschuldig war.«

»Ich wurde bedroht«, sagte Felice.

»Damit müssen Leute rechnen, die andere ermorden und angreifen.«

»Und zwar von Ketzern und Kriminellen, die Ihr der Gerechtigkeit zuführen müsst«, fuhr sie fort. »Sonst werde ich es selbst tun.«

Herine schüttelte entnervt den Kopf. »Habt Ihr überhaupt keine Ahnung, was Ihr angerichtet habt? Seid Ihr wirklich so dumm? Geblendet von Eurem Eifer? Ich bin die Advokatin. Ich bin die Verkörperung Gottes auf dieser Erde, und Ihr besudelt meinen Ruf. Was ich hier in der Hand habe, ist mehr als genug, um Euch einzusperren und des Mordes anzuklagen. Ein Verbrechen, das mit der

Verbrennung des Täters und dem Verstreuen der Asche für die Windteufel gesühnt wird. Ihr habt es begangen. Die Kanzlerin des Ordens der Allwissenheit.«

Jetzt regte sich die Furcht hinter Koroyans verächtlicher Miene. »Ihr könnt doch nicht dem Wort eines Ketzers und Verbündeten des Bösen glauben.«

»Ihr habt Eure Schuld eingestanden«, tobte Herine, die endgültig die Fassung verlor. »Dies sind offiziell erhobene Anklagen, denen ich nachgehen muss. Das gilt auch für jene, die Ihr gegen Vasselis und das Volk von Westfallen erhoben habt. So will es das Gesetz, und daran werde ich mich halten.«

Die Kanzlerin hatte sich mittlerweile so weit beruhigt, um sich ernstliche Sorgen zu machen. »Herine, Ihr könnt mich nicht einsperren. Das könnt Ihr einfach nicht. Nicht, solange Vasselis frei herumläuft.«

Herine schüttelte den Kopf. »Darin stimmen wir immerhin überein. Nein, das kann ich nicht, aber aus anderen Gründen als denen, die Ihr anführt. Ihr bleibt unbehelligt, weil die Konkordanz bedroht wird und das Oberhaupt des Ordens sich zeigen muss. Es hätte unvorhersehbare Folgen für die Moral, wenn Ihr eingesperrt würdet. Glaubt aber nicht, dass Ihr freigesprochen seid. Es ist lediglich ein Aufschub, und eines Tages wird es eine Abrechnung geben.«

»Auch für Vasselis?«

»Auch für ihn. Im Augenblick wird allerdings auch er frei bleiben. Er mag für den Orden als Ketzer gelten, aber ich komme nicht ohne die Legionen aus, die er zur Verteidigung der Konkordanz beisteuern wird.« Felices Augen flackerten schon wieder zornig. »Kanzlerin, Ihr werdet Euch darauf beschränken, zur Rettung der Konkordanz beizutragen. Weder Ihr noch irgendein Angehöriger des Ordens oder dessen bewaffnete Kräfte werden sich Westfallen weiter als bis auf hundert Meilen nähern, solange ich es nicht ausdrücklich befehle. Hintergeht mich nicht, sonst werde ich eine neue

Kanzlerin einsetzen, ob wir Krieg führen oder nicht. Es ist mein Ernst, Felice.«

Die Kanzlerin nickte. »Es ist schon zu spät, meine Advokatin. Die Gerüchte verbreiten sich in Cirandon und Caraduk und werden auch Estorr und die übrige Konkordanz erreichen. Die treuen Bürger dieses großen Landes werden nicht zulassen, dass sich das Böse ausbreitet. Ich muss nicht selbst hingehen, um zu wissen, dass sie vernichtet werden.«

»Offenbar ist Euer Glaube an die Bereitschaft der Bürger, den Willen des Ordens zu erfüllen, größer als der meine. Eine tsardonische Armee rückt an. Sie wird von rebellischen atreskanischen Legionen unter Yurans Befehl verstärkt. Ich glaube, die Bürger dürften dringendere Sorgen haben, nicht wahr?« Auf einmal müde, setzte Herine sich wieder. »Handelt für mich, Felice, nicht gegen mich. Die Konkordanz kann es sich nicht erlauben, dass Ihr aus der Reihe tanzt.«

»Die Aufgestiegenen sind immer noch da draußen«, murmelte Felice. »Wir dürfen sie nicht frei herumlaufen lassen.«

»Auch sie unterstehen nicht Eurer Kontrolle, und das wird so bleiben. Sie dürfen nicht angerührt werden, bis ich einen gegenteiligen Befehl gebe.«

»Wisst Ihr denn, wo sie sind?« Felice riss die Augen weit auf.

Herine lächelte. »Ich bin nicht von ungefähr die Advokatin.«

Felice drehte sich kurz zur Tür um. »Deshalb war Harin hier. Sie sind bei Jhered, nicht wahr?« Sie spie den Namen des Schatzkanzlers beinahe aus.

»Bei wem sie sind und wohin sie gebracht werden, ist nicht mehr Eure Sorge.«

»Lasst sie hierherbringen. Sie müssen vor Gericht gestellt und für schuldig befunden werden. Sie müssen verbrannt werden.«

»Nein«, erwiderte Herine leise.

»Ihr könnt nicht Nein sagen.« Felice hob die Stimme. »Sie sind eine Beleidigung für Eure Person und für Gott, den Ihr auf der Erde vertretet. Sie müssen getötet werden.«

»Nein«, wiederholte Herine. »Sie werden der Konkordanz dienen.«

Felice zielte mit dem Finger auf sie. »Das liegt nicht in Eurer Befugnis als Advokatin. Wer gegen Gott handelt, darf nicht für sein Volk wirken. Ich habe es geahnt. Ihr wollt Euch Imperatorin nennen und zur unantastbaren Herrscherin aufschwingen.«

»Genug.« Herine klatschte einmal in die Hände. »Ich habe genug von Eurem Geheul und Eurer verdammten Frömmigkeit. Wir sind im Krieg, und ich würde alles tun, um mein Volk vor den Feinden draußen und den Verrätern in unserer Mitte zu retten. Buchstäblich alles.«

»Selbst wenn das bedeutet, die Erde mit dem Bösen zu besudeln, das sich gegen Gott auflehnt?«

Herine erwiderte den Blick der Kanzlerin. »Selbst dann.«

»Dann genießt Ihr meine unsterbliche Verachtung.«

»Wenn die Konkordanz gerettet ist, werden wir diese Diskussion fortführen. Bis dahin beobachte ich Euch, Kanzlerin Koroyan. Und jetzt geht, ehe ich meine Ansicht über Eure Freiheit ändere.«

Es war Rache, aber es gab Tage, an denen man sich einfach einem so undisziplinierten, gefährlichen Gefühl hingeben musste, um die Erinnerungen an die Vergangenheit zu lindern. Leben und Wille strahlten wieder hell in Rittmeisterin Dina Kells Augen, nachdem Dahnishev sie gepflegt hatte. Die Schmiede hatten ihren Brustharnisch repariert und auf Hochglanz poliert, und außerdem hatte sie neue Waffen und einen Hengst aus den Stallungen der Konkordanz bekommen.

Inzwischen befehligte sie einhundert Kavalleristen aus der Achten Estoreanischen Legion, den Schreienden Falken. Roberto ritt neben ihr und war sofort beeindruckt von ihren Fähigkeiten als Reiterin und Anführerin. Sie hatte ihnen knapp ihre Signale und Befehle mitgeteilt und darauf vertraut, dass sie alles beim ersten Mal begriffen. Die Kavallerie der Falken reagierte bereitwillig.

Die Reiter teilten sich in zwei Trupps auf und kamen im Rücken der Gegner in langsamem Galopp die niedrige Anhöhe herab. Mühelos schlossen sie zu beiden Seiten des Versorgungszuges auf, der sich den Furten von Scintarit näherte. Die Einheit war genau dort, wo sie nach Angaben der Späher sein sollte. Die tsardonischen Späher lagen einen Tagesmarsch entfernt tot im Gelände und konnten ihren Offizieren nicht mehr verraten, was auf sie zukam.

Schließlich wurden die Gejagten auf sie aufmerksam. Ein paar tsardonische Reiter drehten sich kampfbereit um, und die Männer, die den Transport begleiteten, bildeten zur Verteidigung eine Linie, während die Wagen zu entkommen suchten. Es nützte ihnen nichts.

Kell hob den Speer, an dem ein Banner hing, und deutete nach vorn. Mit lautem Brüllen ließen die Reiter der Konkordanz die Pferde in vollem Galopp laufen und griffen an. Der Kitzel des Gefechts lief wie ein Schauder durch Roberto. Er führte die zweite Gruppe an, die links neben dem Feind rasch aufschloss. Die Verteidiger bildeten keine ordentliche Linie, und als die Bogenschützen sich umdrehten und ihr Heil in der Flucht suchten, folgten ihnen die meisten Schwertkämpfer.

Roberto hielt den Zügel mit einer Hand und hob mit der anderen einen Wurfspeer. Er ritt an den fünfzehn Wagen entlang, holte aus und warf. Der Speer traf einen der wenigen Männer, die noch kämpften, in der Brust und warf ihn um. Auch von der anderen Seite flogen Speere, holten die Kutscher von den Kutschböcken oder trafen die Rücken fliehender Tsardonier.

Schnellere Pferde überholten Roberto. Die Reiter drehten sich im Sattel um und schossen Pfeile ab. Als sie sich zurückzogen, griffen die Fußsoldaten an. Roberto zog sein Schwert, beugte sich vor und hackte auf den Kopf eines Mannes ein, der sich mit bloßen Armen zu schützen versuchte. Noch einmal zwei Schritte, und Robertos Schwert kam wieder hoch, streifte den Helm eines weiteren Gegners und fegte den Mann seitlich vom Wagen.

Links war die Kavallerie ausgeschwärmt und erledigte die Fliehenden mit Pfeil und Klinge. Auf der anderen Seite des Zuges deckten Kells Reiter die Wagen mit Pfeilen und Speeren ein, während ein weiterer Trupp einen weiten Bogen schlug und die fliehenden Gegner ausschaltete.

Roberto galoppierte am ersten Wagen vorbei, deutete mit dem blutigen Schwert nach rechts und machte kehrt. Hinter ihm ertönten die Rufe und Schreie der Tsardonier, die nicht mehr lange zu leben hatten, das Flüstern und die Einschläge der Pfeile, das Summen der Bogensehnen. Er trieb sein Pferd wieder an und näherte sich dem führenden Wagen, auf dem noch der Kutscher und seine Wächter saßen.

Er stürmte jedoch an ihnen vorbei, wendete scharf nach rechts und ritt neben ihnen. Es war wie in den ersten Tagen des Feldzugs unter General Gesteris. Mit Schwerthieben zwang er den Kutscher, ihm auszuweichen. Ein Pfeil sauste an ihm vorbei und traf die Brust eines Wächters, der unter die Räder stürzte. Der Wagen holperte und krachte. Roberto setzte einen Fuß aufs Trittbrett und schwang sich vom Pferd. Dann packte er mit der Schwerthand eine hölzerne Strebe und schlug dem Kutscher die Faust ins Gesicht. Mit blutender Nase kippte der Mann zurück und tastete nach seinem Dolch. Roberto setzte sofort nach und erledigte ihn mit einem Schwertstoß unter das Kinn.

Dann nahm er die Zügel, bremste den Wagen ab und lenkte ihn nach rechts. Damit zwang er auch die Wagen hinter ihm, langsamer zu werden und zu halten. Nur eine Handvoll Tsardonier waren noch auf den Beinen und kämpften. Hinter ihm fiel die Kavallerie über die hilflosen Kutscher und Wächter her. Es sollte keine Gefangenen und keine Zeugen geben.

»Sieg!«, rief Kell. Die Falken nahmen ihren Ruf auf und wiederholten ihn, bis ihr Gebrüll laut über die offene Ebene hallte.

Als der Wagen stand, sprang Roberto herunter und band die Zügel fest. Während er an der Wagenreihe nach hinten lief, beglückwünschte er seine Leute. Es war ein Angriff wie aus dem Lehrbuch gewesen. Kell begutachtete bereits die erbeuteten Geschütze. Einige Reiter waren schon auf die anderen gedeckten Wagen geklettert und untersuchten auch deren Inhalt.

»Mustergültig, Rittmeisterin Kell«, sagte Roberto.

»Hm«, machte sie und schaute kaum von der Balliste auf, die ihr Interesse erregt hatte. »Die Falken sind eine ausgezeichnete Kavallerieeinheit. Etwas anderes hätte ich von Elise Kastenas nie erwartet.«

»Was ist denn los?«, wollte er wissen.

»Hier.« Sie klopfte auf den Arm der Balliste. »Sie wurde überarbeitet, aber sie haben das Abzeichen des Handwerkers nicht entfernt. Es ist eine unserer eigenen, die sie in Scintarit erbeutet haben.«

»Wirklich?« Roberto überlegte, woher der Nachschubzug gekommen sein mochte. »Das kommt mir sehr mühselig vor. Seid Ihr sicher, dass sie das Geschütz verändert haben?«

»Ich bin kein Ingenieur«, erwiderte sie.

»Glücklicherweise habe ich einen sehr guten.« Roberto lächelte. »Ich frage mich, was in den anderen Wagen steckt.«

Es war ein ergiebiger Beutezug. Sehr ergiebig sogar. Sie hatten acht schwere Onager erbeutet. Ob sie verstärkt waren oder nicht, würde Neristus ihm sagen können. Vier weitere Geschütze in zwei gedeckten Wagen würden den Ingenieur der Konkordanz sicher faszinieren. Es waren leichtere Apparate, die allerdings wie Kampfwagen nur auf einer einzigen Achse mit zwei Rädern montiert waren. So etwas hatte die Konkordanz nicht. Die anderen fünf Wagen waren beladen mit Waffen, reparierten Infanterierüstungen der Konkordanz und Steinen für die Onager in acht verschiedenen Kalibern. Kein Wunder, dass die Wagen so langsam gefahren waren.

»Was sagt Euch das?«, fragte Roberto.

»Es sagt mir, dass wir sie seit dem Beginn dieses verdammten Feldzugs unterschätzt haben, General«, erwiderte Kell.

»Für politische Erklärungen haben wir später noch Zeit, Rittmeisterin Kell. Was sagt es Euch sonst noch?«

»Dass sie unglaublich selbstbewusst sind. Diese Wagen waren höchst unzureichend geschützt. Wahrscheinlich ist die Lage in Atreska noch schlimmer, als wir es uns selbst in den finstersten Albträumen ausgemalt haben.«

»Genau. Wir haben viel Arbeit vor uns.« Er drehte sich um und rief seine Leute. »Falken! Zieht die Wagen zu den Furten. Dort lagern wir heute Nacht. Schickt einen Boten zur Armee. Sie sollen in unsere Richtung marschieren. Drei Späher sollen sich sofort bei mir melden, die vor uns und in Atreska das Gelände erkunden sollen. Für die Konkordanz! Los jetzt!«

9

848. Zyklus Gottes, 6. Tag des Solasab
15. Jahr des wahren Aufstiegs

Es war ein trüber, bewölkter Morgen, der nach der sengenden Hitze der vergangenen Tage eine willkommene Erholung bot. Zugleich war es der erste Hinweis, dass der Wechsel der Jahreszeiten und der Dusas bevorstanden. Ausnahmsweise betete Roberto, es möge eine außerordentlich harte, kalte Jahreszeit werden, denn dies war vermutlich das Einzige, was die Tsardonier jetzt noch aufhalten konnte.

Drei Stunden vor der Dämmerung hatten sie das Lager abgebrochen und jedes Stück Holz mitgenommen. Ihnen folgte keine weitere Truppe der Konkordanz, und er wollte verdammt sein, wenn er irgendetwas zurückließ, das die Tsardonier gebrauchen konnten.

Im Osten und Westen waren bewaffnete Plündertrupps unterwegs, die ebenfalls alles mitnahmen, was sie finden konnten. Die Regeln des Krieges hatten sich verändert. Auf dem Herweg hatten sie die Waren gekauft und waren den Siedlungen ausgewichen, und sie hatten versucht, sich mit der einheimischen Bevölkerung gut zu stellen. Auf dem Rückzug zerstörten sie Gebäude, verbrannten die Ernte und töteten jeden, der sich ihnen widersetzte. Es war eine traurige Notwendigkeit.

»Flüchtlinge sind teuer«, hatte er zu seinen kommandierenden

Offizieren gesagt. »Sie belasten die Moral und stören nur. Fragt Thomal Yuran.«

Der Überfall auf den Nachschubzug am Vortag hatte ihre Moral jedenfalls gehoben. Inzwischen waren die Späher unterwegs und versuchten die Lage in Atreska zu erkunden. Sie würden sich in wenigen Tagen wieder melden. Er wollte allerdings nicht am Fluss Tarit warten, bis die Berichte eingingen.

Wie meistens, seit ihr schwerer Marsch nach Süden begonnen hatte, ritt er vor der Truppe. Seine Extraordinarii umringten ihn, Kavallerieabteilungen schützten die Flanken, und überall waren Späher unterwegs und suchten nach Spuren der Tsardonier.

Roberto führte sein Heer mitten über das Schlachtfeld. Das Gelände war uneben, und das Marschieren fiel ihnen schwer. Die Wagen kamen nur langsam voran. Überall erinnerten die Überreste an die Niederlage, die sie hier erlitten hatten. An Steinen oder Gras hingen noch zerfetzte Tuchstücke, hier und dort blitzten Metallstücke im Tageslicht. Gelegentlich stießen sie sogar auf eine Leiche, die von Plünderern ausgezogen und von Nagetieren halb zerfressen war, um ehrlos auf Gottes Erde liegen zu bleiben.

Er wollte nicht, dass seine Leute die Toten berührten. Die Seuche war noch eine frische Erinnerung. Allerdings wollte er ihnen vor Augen führen, welchen Preis sie für eine Niederlage bezahlen mussten. Sie sollten den starken Wunsch verspüren, die Konkordanz vor denen zu erretten, die dies getan hatten. Sie sollten nie vergessen, dass sie die Zivilisation vertraten. Die Tsardonier verkörperten ein Barbarentum, das niedergerungen werden musste.

Neristus, der neben ihm ritt, gähnte vernehmlich. Die ganze Nacht über hatte in seiner Werkstatt das Licht gebrannt.

»Es tut mir leid, dass ich dich um den Schlaf gebracht habe«, sagte Roberto.

»Auch, dass ich hier reiten muss?«, fragte Neristus mit einem kleinen Lächeln. »Auf meinem Wagen könnte ich jetzt schlafen.«

»Ich muss einige Dinge wissen. Unter anderem, was die Untersuchung der neuen Geschütze ergeben hat.«

»Ich beginne mit denen, die ursprünglich Waffen der Konkordanz waren«, sagte Neristus. Er schniefte und fuhr sich mit einem schmierigen Finger unter der Nase entlang. »Sie sind kaum verändert, aber die Klammern sind gute Metallarbeiten. Stark und doch leicht. Bei einer Waffe, die einen Stein von drei Talenten Gewicht schleudern kann, macht das einen Gewinn von zwei bis drei Meilen pro Stunde aus, wenn sie zum Einsatz gefahren werden. Das ist ein bedeutender Unterschied.«

Roberto nickte. »Zweifellos.«

»Allerdings haben sie unsere Konstruktion verbessert«, fuhr Neristus fort. »Dies bedeutet, dass sie schon lange solche Waffen in ihrem Besitz haben. Seit Jahren. Wenn sie diese Weiterentwicklung nicht durch Zufall entdeckt haben, dann muss man annehmen, dass sie unsere Waffen schon vor Ausbruch des Krieges untersuchen konnten.«

»Haben die Atreskaner und Gosländer ihnen etwa noch nach der Aufnahme in die Konkordanz Waffen verkauft?«

»Das scheint mir naheliegend.« Neristus zog die Augenbrauen hoch.

»Wahrscheinlich sollte mich das nicht weiter überraschen. Es kommt uns jetzt teuer zu stehen, was? Sie natürlich auch.«

»Das hängt davon ab, ob die Händler mit den Tsardoniern sympathisieren oder nicht.«

»Wir wollen bei deinem Bericht bleiben.«

»Nun gut, General. Wo war ich? Oh, ja. Sie haben die Balken durch genau das sirranische Holz ersetzt, das auch wir jetzt für unsere Ballisten verwenden. Das ist wirklich keine Überraschung.«

»Nein, sicher nicht. Und die Einachser?«

»Das ist erstaunlich«, meinte Neristus. Roberto lachte über die Achtung dieses Mannes vor seinen Ingenieurskollegen. »Unser

Problem war nicht, diese Waffen auf einem Wagen mit einer einzigen Achse zu befestigen, sondern vielmehr die Tatsache, dass der Rückschlag beim Schießen den ganzen Aufbau erschüttert und nach ein paar Schüssen die Achse verbiegt oder zerbricht. Du wirst dich sicher erinnern.«

»Ich glaube es dir einfach«, sagte Roberto.

Neristus wedelte ungeduldig mit einer Hand. »Wie auch immer, sie haben eine Metallfeder entwickelt, die ebenfalls bemerkenswert leicht ist. Es ist eine Nachahmung der Konstruktion aus Holz, die wir entwickelt haben und bei allen Wagen unseres Heeres verwenden. Eine hervorragende Arbeit. Die Waffe lässt sich damit rasch einsetzen, kann schnell bewegt und wenn nötig von vier Männern gezogen werden. Die Wagen haben außerdem raffinierte Ausleger mit Gegengewichten und Dornen, mit denen sie im Boden verankert werden können. Sehr klug durchdacht.«

Roberto pfiff durch die Zähne. »Kannst du das kopieren?«

»Selbstverständlich. Nicht sofort, aber wir arbeiten schon daran.«

»Gut. Ihr habt halb so lange Zeit, wie es eurer Meinung nach dauern wird«, sagte Roberto.

»Du solltest den Ingenieuren der Konkordanz in Estorr ein Exemplar schicken«, fuhr Neristus fort. »Vielleicht könntest du es im Hafen von Kirriev auf ein Schiff verladen lassen.«

»Als hättest du meine Gedanken gelesen, mein guter Rovan«, sagte Roberto. »Und jetzt steig auf deinen Wagen, bevor du mir einschläfst und vom Pferd fällst.«

Etwa eine Meile vor der Küste von Gestern ruderten sie nach Norden. Sie freuten sich über die ruhige See, hatten aber nur wenig Wind. Jhered hatte Brieftauben zur Marschallverteidigerin Katrin Mardov in Gesterns Hauptstadt Skiona geschickt. Die Stadt lag dreihundert Meilen entfernt im Süden, doch wenn er Glück hatte, war sie selbst oder einer ihrer Vertreter schon vor Ort, wenn sie in der Hafenstadt Kirriev am Ende der gleichnamigen Bucht anlegten. Von Kirriev bis zur atreskanischen Grenze waren es nur noch zwei Tagesmärsche, außerdem war Kark sehr nahe. Dort hatten sie die besten Aussichten, unbehelligt nach Norden in Richtung Sirrane zu reisen und Roberto zu finden. Es war eine bizarre Wendung des Schicksals, dass sie jetzt das tsardonische Gebiet für sicherer hielten als das der Konkordanz, aber die Zeiten hatten sich geändert.

Jhered stand am Heck der *Falkenpfeil* und beobachtete Mirron und Gorian, die hinter dem Schiff im Wasser mit den Delfinen spielten, die immer erschienen, sobald Gorian in der Nähe war. Anfangs hatte Jhered es noch für einen Zufall gehalten, aber jetzt zweifelte er nicht mehr daran, dass der Junge sie rufen konnte, wie er selbst sein Pferd rief. Es war außergewöhnlich. Auch Kovan Vasselis starrte auf sie hinab, die Hände auf die hintere Reling gelegt und mit einem Ausdruck von Enttäuschung und reiner Hilflosigkeit im Gesicht. Jhered hatte keine Anstalten gemacht, ihm zu helfen. Für einen jungen Mann, der etwas hinterherjagte, das er nie bekommen würde, konnte man nichts tun. Damit musste er ganz allein zurechtkommen.

Um seiner Mannschaft willen hatte Jhered sich betont zuversichtlich und entspannt gegeben, während sich die Aufgestiegenen in den letzten paar Tagen in ihrer Kunst geübt hatten. Dabei hatten alle Zuschauer Dinge gesehen, die sie sich nie hätten träumen lassen, und Jhered war stolz auf seine Leute, weil sie es so gefasst hingenommen hatten. Auch die Aufgestiegenen hatten sich von ihrer besten Seite gezeigt.

Der einzige Grund dafür, dass Arducius und Ossacer jetzt neben ihm standen, statt im Meer zu schwimmen, war der, dass beide erschöpft waren. Der eine hatte sich übernommen, als er am Vormittag einen Wind heraufbeschworen hatte, der ihre Reise beschleunigen und den Ruderern eine Pause verschaffen sollte. Ossacer dagegen hatte die vielen Blessuren behandelt, unter denen die

Seeleute auf langen Reisen stets litten – Blasen, infizierte Schnittwunden, einige Knochenbrüche. Nichts Ernstes. Jetzt waren die beiden müde und wirkten erschöpft.

»Erklärt mir noch einmal, warum ihr euch so verändert«, verlangte Jhered. »Ich meine, warum ihr so alt ausseht.«

»Das liegt daran, dass alles, was wir tun, auf den Lebenszyklen der Energien beruht, die wir beeinflussen«, sagte Arducius. »Wenn Ihr darüber nachdenkt, wird es schnell klar. Wenn wir einen Baum wachsen lassen, machen wir ihn auch älter, da wir seinen Lebenszyklus beschleunigen. Das Gleiche gilt, wenn ich aus einer Brise einen starken Wind mache oder aus etwas Feuchtigkeit im Himmel Wolken forme. Dies zwingt das Potenzial einer Energieform zur Beschleunigung. Da dies alles durch unsere Körper geleitet wird, nutzen wir unweigerlich unsere eigenen Körper als Katalysatoren. Je mehr Energie wir einsetzen, desto älter werden unsere Körper. Aber für uns ist dieser Effekt wenigstens ein vorübergehender.«

Jhered runzelte die Stirn. »Warum ist es für euch vorübergehend?«

Ossacer zuckte mit den Achseln. »Weil uns schließlich wieder die ungebundene Energie von allem, was lebt, erfüllt.«

»Offensichtlich«, murmelte Jhered.

»Versteht Ihr es nicht?«, fragte Arducius etwas boshaft und mit funkelnden Augen.

»Mach dich nicht über mich lustig, Junge«, erwiderte Jhered, auch wenn die Ermahnung nicht ganz ernst gemeint war. »Ich verstehe erheblich mehr, als du glaubst. In diesem Fall hätte ich allerdings gern Orin D'Allinnius dabei. Er hätte an deinen Erklärungen sicher mehr Gefallen gefunden als ich.«

Arducius nickte und wurde wieder ernst. »Wird er wieder gesund?«

»Das weiß ich nicht«, seufzte Jhered. »Er war sehr krank, als ich ihn das letzte Mal sah, aber er hat einen starken Geist.«

»Es ist eine Schande«, meinte Ossacer. »Ich konnte ihn gut leiden.«

»Jeder mochte ihn«, stimmte Jhered zu.

»Nicht jeder.« Kovan riss sich davon los, Mirron und Gorian zu beobachten. »Der Orden muss zur Rechenschaft gezogen werden. Dafür werde ich sorgen.«

»Nein«, ermahnte Jhered ihn mit erhobenem Finger. »Nicht der Orden. Nur einige von denen, die seine Gewänder tragen und sich hinter den Schriften verschanzen. Aber du hast recht, sie muss zweifellos zur Rechenschaft gezogen werden. Weißt du, Kovan, wenn du in die Fußstapfen deines geschätzten Vaters treten und in der Konkordanz ein hohes Amt bekleiden willst, dann musst du lernen, deine Worte vorsichtiger zu wählen.«

Kovan zuckte mit den Achseln. »Wenn Ihr meint.« Damit wandte er sich wieder zum Meer um.

»Ich glaube, er hat im Augenblick etwas anderes im Kopf«, warf Ossacer kichernd ein.

»Halt den Mund, Ossie«, fauchte Kovan, während er rot anlief.

Jhered schmunzelte darüber, aber zugleich, während er den Rücken des Jungen anstarrte, beunruhigte ihn etwas anderes.

»Wie kannst du das wissen, Ossacer?«, fragte er.

»So ist das schon seit Jahren«, sagte Ossacer. »Außerdem sehe ich seinen Umriss in den Energiebahnen, wenn ich es will. Wann immer er Mirron anschaut, pulsieren seine Energien sehr hell. Daher weiß ich es.«

»Was du nicht sagst. Und was sagen dir meine Energien?«

Ossacer betrachtete ihn kurz. »Ihr werdet lange leben, weil Ihr Eure Energien nicht verschwendet. Aber Ihr wisst nicht, was Ihr von uns halten sollt. Wir machen Euch nervös, und Ihr seid nicht daran gewöhnt, nervös zu sein. Das sehe ich, weil Eure Energien in unserer Nähe unruhig werden, obwohl Ihr sonst so ruhig und beherrscht seid. Außerdem mögt Ihr Kinder nicht besonders gern, nicht wahr?«

»Was?«

»Das hat nichts mit den Energiebahnen zu tun, den Eindruck habe ich einfach so«, sagte Ossacer.

»Tja, danke für deinen Einblick in meinen Geist.«

»Aber es ist doch wahr, oder?«

Jhered drehte sich halb um und räusperte sich. »Ich bin nur nicht daran gewöhnt, Kinder in der Nähe zu haben, das ist alles.«

Verdammt, der Bursche hatte recht. Seine Unsicherheit war im Augenblick deutlich zu sehen, und die Tatsache, dass Ossacer es erkennen konnte, machte es noch schlimmer. Jhered wollte möglichst rasch das Thema wechseln. Weit entfernt, auf dem Gebirgszug, der sich wie ein Rückgrat durch ganz Gestern zog, stiegen Rauchwolken auf. In der Nacht waren dort die Signalfeuer zu erkennen gewesen. Stumme Warnungen, die er unverwandt anstarren musste.

»Könnt ihr den Rauch sehen?« Er deutete zur Küste.

Kovan und Arducius folgten seinem Blick, Ossacer schürzte die Lippen.

»Was sagt ihr dazu?«, fragte er.

Jhered schloss kurz die Augen und schalt sich einen Narren. »Entschuldige, Ossacer.«

»Das macht nichts. Was ist es denn?« Guter Junge.

»Vom Norden bis zum Süden brennen Leuchtfeuer auf den Bergen, so weit wir sehen können«, erklärte Jhered. »Sie sollen die Bürger zur Ordnung rufen, weil die Konkordanz von einer Invasion bedroht wird. Ich war sehr froh, sie hier zu sehen. Gestern ist weit vom Zentrum entfernt.«

»Was wird nun geschehen, Schatzkanzler Jhered?«, wollte Arducius wissen.

»In Gestern oder in der Konkordanz?«

»Überall«, erwiderte Arducius.

»Nun, ich weiß nicht, wie es im Rest der Konkordanz aussieht. In Gestern werden die dort stationierten Legionen antreten. Wenn die Befehle aus Estorr kommen, werden sie marschieren. Die Gefahr kommt von der atreskanischen Grenze, weshalb in Kirriev viel Betrieb sein dürfte. Wenigstens hoffe ich, dass Gestern uns treu bleibt. Alle Bürger müssen für den Krieg schwer arbeiten. Die Händler werden in Kark so viel Metall und Rohmaterial einkaufen, wie sie nur bekommen können. Schmiede, Geschützbauer und Waffenmeister ... alle müssen herstellen, was die Konkordanz braucht. Posten werden die Küste bewachen. Es gibt ein Signalsystem für den Notfall, bei dem die Leuchtfeuer eine wichtige Rolle spielen. Jeder, ganz egal ob Mann, Frau oder Kind, muss Waffen tragen, wenn es nötig ist.«

Arducius schauderte und sah ihn ängstlich an. Jhered fuhr fort.

»Der Krieg ist schrecklich. Gewalttätig und beängstigend. Wenn du an der Front stehst und kämpfst oder daheim bist und dich fragst, ob der Krieg bis an deine Türschwelle kommt. Deshalb müssen wir bereit sein. Deshalb lernen alle schon in der Schule etwas über die Leuchtfeuer. Manchmal, so wie jetzt, geschieht eben das Undenkbare.«

»Ich frage mich, ob es funktioniert«, sagte Kovan. »Mein Vater hat oft gesagt, niemand würde auf die Alarmsignale achten, weil niemand glaubt, dass wir jemals besiegt werden könnten. Vielleicht wissen die Leute nicht einmal mehr, was die Feuer zu bedeuten haben.«

»Das sagte er auch zu mir«, bestätigte Jhered lächelnd. »Vergiss nicht, dass er ebenfalls sagte, er sei nicht sicher, ob die Kisten mit dem Zunder auf den Wachtürmen trocken wären. Aber nun brennen in ganz Gestern die Feuer, und das erfreut mein Herz und gibt mir Hoffnung. Allerdings muss im Krieg jeder seinen Teil beitragen und alles tun, was er nur kann, um das Land und die Leute, die wir lieben, zu beschützen.«

»Jetzt haltet Ihr uns einen Vortrag«, meinte Arducius.

»Es gibt Dinge, die man nicht oft genug betonen kann, junger Mann.«

Zwei Tage später ruderten sie durch das tiefe Wasser der Bucht von Kirriev in den Hafen hinein, in dem es vor Menschen nur so wimmelte. Durch sein Spähglas konnte Jhered Soldaten erkennen, die sich an der Mole drängten. Schiffe der gesternischen Marine lagen ebenso vor Anker wie andere mit der Flagge von Estorea. Das war kein Wunder – zweifellos hatten sie die Befehle an Marschallverteidigerin Mardov überbracht. Zugleich bestätigte es aber auch, dass er sehr vorsichtig vorgehen musste, wenn er die Aufgestiegenen vom Schiff holen wollte.

Er hatte keine Ahnung, wann Kanzlerin Koroyan nach ihrer Rückkehr aus Westfallen wieder in Estorr eingetroffen war und was sie der Advokatin erzählt hatte. Möglicherweise war sie rechtzeitig gekommen, um den Schiffen und Brieftauben zusätzliche Botschaften mitzugeben. Sicher war nur, dass seine eigenen Botschaften nicht rechtzeitig eingetroffen waren, um berücksichtigt zu werden. Dies bedeutete, dass jedes Schiff und jeder Soldat der Konkordanz, jeder Leser des Ordens und jeder Kavallerist als möglicher Spion betrachtet werden musste. Wenigstens hatte Koroyan bei ihrer Ankunft in Estorr noch nicht wissen können, dass sich die Aufgestiegenen in seiner Obhut befanden. Sie wusste nur, dass die Kinder ihren Klauen entkommen waren. Leider war Gestern ein Zielort, an den sie sicherlich denken würde.

Die Anlegestelle der Einnehmer war verlassen. Da alles so normal aussehen sollte, wie es unter den gegebenen Umständen nur möglich war, ließ er das Schiff dort festmachen, bevor er rasch verschwand und mit seinen Schutzbefohlenen sprach.

»Wir haben gewisse Vorteile«, sagte er. »Hier weiß niemand, wie ihr ausseht, falls die Kanzlerin nicht beschlossen hat, ein Risiko einzugehen und persönlich hierherzureisen. Ich möchte aber meinen guten Ruf darauf verwetten, dass sie es nicht getan hat. Ihr befindet euch auf einem Schiff der Einnehmer und in Gesellschaft des Schatzkanzlers. Glaubt mir, meine Anwesenheit allein reicht aus, damit die Leute den Blick abwenden. Leider werden euch aber eure Augen verraten. Sie unterscheiden euch von allen anderen Menschen, und ihr wisst ja, was euch blüht, wenn man euch für andersartig hält. Sobald wir von Bord gehen, ob wir nun eine Eskorte der Marschallin bekommen oder nicht, haltet ihr den Kopf unten. Meine Leute werden euch in die Mitte nehmen, aber trotzdem dürft ihr auf keinen Fall die Köpfe heben, bis ich sage, dass ihr es ungefährdet tun könnt. Wir dürfen nicht das Risiko eingehen, dass jemand euch bemerkt. Gerüchte reisen viel zu rasch, und ich habe nicht genug Schwerter, um euch zu beschützen.«

Auf Deck rief der Kapitän seine Befehle, während sich das Schiff dem Liegeplatz näherte. Auf der Mole herrschte ein reges Treiben, und das Wasser spritzte hoch, als die Ruder gegen die Fahrtrichtung bewegt wurden, um die Trireme abzubremsen und zu wenden. Jemand rief Jhereds Namen.

»Na gut. Wartet hier, bis ich euch nach oben hole.«

Eilig stieg er die Leiter hoch und trat wieder in den bewölkten Morgen hinaus. Auf der Mole warteten zwei Kutschen und ein offener Wagen. Alle waren mit den Farben von Gestern geschmückt: ein strahlend roter Hintergrund, auf dem zu beiden Seiten eines mit Schnee bedeckten Bergs zwei Löwen auf den Hinterbeinen standen. Es war eine Erinnerung an die Vergangenheit des Landes, das früher von Kark beherrscht worden war. Erfreut nickte er. Katrin Mardov erwartete sie persönlich; das lange braune Haar wehte um ihren Kopf.

»Ich hatte ja keine Ahnung, dass schon wieder meine Bücher überprüft werden«, rief sie.

»Vielleicht verschone ich dich dieses Mal, Marschallin.« Die Laufplanke knallte auf den Stein. Er wandte sich an einen Appros.

»Holt die Aufgestiegenen und achtet darauf, dass sie die Köpfe gesenkt halten.«

Dann eilte er im Laufschritt zur Mole hinunter. Nach der Seereise fühlte es sich seltsam an, wieder festen Boden unter den Füßen zu haben. Er begrüßte die Marschallin mit einer förmlichen Ehrenbezeugung, die sie erwiderte. Mardov war eine der wichtigsten Stützen der Konkordanz. Gestern war unter der Regentschaft der Konkordanz förmlich aufgeblüht, und ihre Familie hatte sich hervorragend in das Reich eingefügt. Die große, schlanke Frau in mittleren Jahren genoss in ihrem eigenen Land wie in der Konkordanz große Achtung. Sie war eine Regentin, keine Soldatin, und besaß einen scharfen Verstand, den sie stets vortrefflich einzusetzen wusste. Jetzt musterte sie ihren Besucher mit warmen braunen Augen.

»Deine Botschaft klang recht geheimnisvoll, Paul«, sagte sie. »Und es kommt nicht oft vor, dass du eine Fracht herbringst. Erst recht keine wertvolle. Normalerweise nimmst du etwas mit.«

Jhered lächelte und wusste, wie gezwungen das aussah. »Der Krieg ändert vieles, nicht wahr?«

»Dann lade ab. Was hast du denn? Wenn es zu viel ist, kann ich noch weitere Wagen kommen lassen.«

»Es sind Menschen, Katrin. Fünf insgesamt.« Er hob eine Hand. »Vertrau mir. Bringe uns in deinen Palast, und dann erzähle ich dir alles.«

10

848. Zyklus Gottes, 8. Tag des Solasab
15. Jahr des wahren Aufstiegs

Zwei Tage nachdem Roberto die Furten von Scintarit überquert und sich nach Süden gewandt hatte, um an der Toursanischen Seenplatte entlang nach Süden zu marschieren, stieß Pavel Nunan, der Schwertmeister der Zweiten Legion, zu ihm. Am Spätnachmittag war er, hinter einem von Kells dreißig Kavalleristen sitzend und begleitet von Robertos Vorposten, ins Lager geritten.

Kell hatte ihn ausgiebig umarmt und persönlich zu Robertos Zelt geführt, wo sie die weiteren Schritte planen wollten.

Roberto stand auf, als Nunan salutierte, dann wies er ihm zwischen seinen Kommandanten einen freien Stuhl zu. »Setzt Euch, setzt Euch«, sagte er, »und nehmt Euch etwas zu essen.«

»Danke, General«, erwiderte der Gosländer mit dem markanten Gesicht.

Roberto betrachtete ihn nachdenklich. Seine Bewegungen verrieten noch die Nachwirkungen der Schulterverletzung, und seine Rüstung war mit Flicken übersät. Doch sein Brustharnisch und sein Helm waren poliert und in ausgezeichnetem Zustand. In der Scheide, die er an der Hüfte trug, steckte zweifellos ein sorgfältig geschärfter Gladius.

»Sie hat Euch gefunden. Ich wusste, dass es ihr gelingen würde.« Nunan warf einen warmen Blick zu Kell.

»Und nun sind wir hier«, sagte Roberto. »Wie viele habt Ihr bei Euch?«

»Wir finden immer noch Überlebende aus Scintarit«, erklärte Nunan. »Flüchtlinge, die aus tsardonischen Gefängnissen entkommen sind, und andere, die sich in den Halorianbergen verlaufen haben oder in Richtung der Toursanischen Seenplatte geflohen sind. Mit ihnen konnten wir dank unserer Plündertrupps und der vorausgeschickten Späher Verbindung aufnehmen. Wir werden wohl nie genau erfahren, wie viele unwiederbringlich verloren sind, aber als ich unser Lager verließ, hatten wir genau dreitausendvierhundertdreiundsiebzig Leute. Viele sind allerdings nicht kampffähig, einige werden es nie mehr sein. Immerhin können wir etwas bewirken. Wir haben den Nachschub nach Atreska gestört, stehen allerdings unter zunehmendem Druck der Steppenkavallerie, die von der Taritebene aus nach Süden bis zu den Furten das Gebiet kontrolliert. Sie wissen, dass Ihr hier seid und nach Süden marschiert, und das macht ihnen Sorgen. Ich glaube jedoch nicht, dass Ihr auf nennenswerten Widerstand stoßt, bis Ihr Gestern erreicht oder im Süden die Grenze von Atreska überschreitet.«

»Das verstehe ich nicht«, wandte Davarov ein. »Wenn sie wissen, dass wir ihre Nachschubtransporte angreifen, warum bewachen sie die Wagen dann so unzulänglich? Der Zug, den wir erledigt haben, hätte niemals einem entschlossenen Angriff widerstehen können, ob sie ihn nun kommen sahen oder nicht.«

Nunan spreizte die Finger beider Hände. »In ihrem übergroßen Selbstbewusstsein sind sie dem Verhalten nicht unähnlich, das wir bis vor Kurzem selbst an den Tag gelegt haben. Ich kann nur raten, aber die Tatsache, dass sie einen so großen Teil ihrer Armee nach Norden, Süden und Westen verlegt haben, lässt vermuten, dass sie trotz der Behinderung des Nachschubs siegesgewiss sind. Außerdem gehen sie wohl davon aus, dass sie zusätzlich Nachschub aus Atreska bekommen können.« Er betrachtete die Versammlung im

Zelt, bis sein Blick auf den beiden Atreskanern Shakarov und Davarov haften blieb. »Ihr wisst es noch nicht, oder?«

Auf einmal lief es Roberto kalt den Rücken herunter. »Was denn?«

»Der Versorgungszug, den Ihr angegriffen habt – es versetzt mich in Erstaunen, dass er überhaupt durch Scintarit gefahren ist. Wir haben seit zwanzig Tagen keinen solchen Zug mehr gesehen. Wir hatten angenommen, etwaige Verstärkungen würden entweder nach Norden oder nach Süden umgeleitet, und dies umso mehr, da wir hier in dieser Gegend sind. Außerdem müssen sie ihre Truppen in Atreska nicht selbst mit Nachschub versorgen.«

»Was redet Ihr da?«, verlangte Shakarov zu wissen.

»Atreska ist abtrünnig geworden«, sagte er. »Sie kämpfen auf der Seite der Tsardonier, nicht gegen sie.«

Davarov und Shakarov waren sofort aufgesprungen. Kell und Nunan folgten ihrem Beispiel.

»Ihr lügt!«, fauchte Shakarov.

Nunan erwiderte gleichmütig seinen Blick. »Nennt mich einen Lügner, wenn Ihr wollt. Aber ich bemühe mich hier seit fünfzig Tagen, am Leben zu bleiben, während an jeder Wegkrümmung und jeder Biegung des Flusses tsardonische Truppen lauern. Ich bin hier, weil ich glaube, dass es wichtig ist, alle nur erdenklichen Informationen zu sammeln und den Nachschub zu stören, so gut ich es vermag. Mit eigenen Augen habe ich auf allen Festungen an der Grenze die Flaggen des alten Atreska wehen sehen. Ich habe Tsardonier beobachtet, die neben ihren atreskanischen Verbündeten auf den Wällen standen.« Er schob Kell zur Seite. »Nennt mich einen Lügner.«

Roberto achtete kaum auf sie. Wie ein Erdrutsch überkam ihn die Erkenntnis, was dies zu bedeuten hatte. Er massierte mit der linken Hand seine Stirn.

»Setzt euch, setzt euch. Alle.« Er wartete, bis er hörte, dass sie wieder Platz genommen hatten. »Gut. Ich kann Eure Erregung verstehen, aber das hatten wir doch schon einmal, oder?« Er sah seine atreskanischen Kommandanten scharf an. »Wir wollen in aller Ruhe darüber nachdenken. Die Hälfte der Bürger außerhalb dieses Zelts sind Atreskaner, und was Nunan gesagt hat, betrifft sie alle.«

»Wie weit sind Eure Späher in mein Land vorgestoßen?«, knurrte Shakarov.

»Bis nach Haroq«, erklärte Nunan. »Auch auf Yurans Türmen wehen die alten Flaggen.«

Shakarov und Davarov krümmten sich, als hätten sie Schmerzen. Die beiden starken Männer bekamen im Laternenschein feuchte Augen.

»Es muss doch Widerstand geben«, sagte Davarov leise.

»Ja«, bestätigte Nunan. »Soweit wir es gesehen haben, sogar im ganzen Land. Das ist bei all den schlimmen Neuigkeiten immerhin etwas Gutes, meine Freunde. Ein einheimischer Atreskaner hat keine Schwierigkeiten, die Grenze zu passieren, und unter meinen Leuten sind viele Atreskaner der Starken Speere, die der Konkordanz immer noch treu ergeben sind. Wir standen in Verbindung mit Legionen, die bis zur Grenze von Neratharn gegen die feindliche Nachhut kämpfen. Im ganzen Land sind die Feinde den Angriffen von treuen Truppen ausgesetzt, aber ihre Zahl ist überwältigend groß, und Yurans Legionen unterstützen sie. Die Einheiten der Konkordanz können nicht hoffen, den Vormarsch aufzuhalten, und der Bürgerkrieg spielt den Feinden in die Hände. Für jeden Bürger, der gegen den Feind die Hand erhebt, gibt es drei andere, die ihn speisen und versorgen.«

»Ist der Widerstand gut organisiert?«, wollte Roberto wissen.

»Gewiss nicht«, erwiderte Nunan. »Aber wenn die Gerüchte zutreffen, dann ist General Gesteris irgendwo im Südwesten. Wir müssen ihn finden und uns mit ihm vereinen, um den Kampf nach

Tsard und Neratharn zu tragen. Wir müssen die Bärenkrallen reorganisieren.«

Davarov wandte sich an Roberto. »General. Roberto. Bitte, wir müssen an diesem Kampf teilnehmen. Wir haben noch elftausend Kämpfer in unserer Truppe. Wir können sie besiegen.«

»Moment.« Roberto hob eine Hand. »Nunan, was wisst Ihr über die Kräfte, die nach Süden in Richtung Gestern ziehen?«

Jetzt machte Nunan ein grimmiges Gesicht. »Sie haben mindestens siebentausend Kämpfer an diese Front geschickt. Offensichtlich rechnen sie nicht mit nennenswertem Widerstand, bis sie Neratharn erreichen. Ich nehme an, dass die Abteilungen, die nach Norden in Richtung Gosland gehen, lediglich die Positionen halten sollen.«

»Dann werden sie sich bei Atarkis eine blutige Nase holen«, meinte Roberto. »Gut. Ich glaube nicht, dass sie überhaupt mit uns rechnen. Wenigstens nicht mit der Stärke, die wir tatsächlich haben.«

»Sag das nicht, Roberto«, warnte Davarov ihn. »Damit wird Gestern zur entscheidenden Front für die Konkordanz.«

»Nunan? Was ist mit Gestern?«

»Ich habe nicht viele Informationen, General«, erklärte der Schwertmeister. »Aber Ihr seid doch nicht zufällig hier, oder? Inzwischen sind wohl mehr als fünfundzwanzigtausend Tsardonier dorthin unterwegs. Jorganesh hatte im Süden bereits Schwierigkeiten mit der Steppenkavallerie und der tsardonischen Infanterie. Wenn er sich zurückzieht, womit zu rechnen ist, dann wird das den Druck auf die gesternische Grenze verstärken. Wenn er standhält, läuft er Gefahr, abgeschnitten zu werden.«

»Wie seine Entscheidung auch aussehen mag, er hat sie sicher längst getroffen«, sagte Elise Kastenas. »Immer vorausgesetzt, er hat Eure Botschaften erhalten oder mit den Gesterniern Verbindung aufgenommen.«

»Vor allem kommt es wohl auf eines an«, sagte Roberto. »Ganz egal, wohin wir gehen, wir werden die Tsardonier hetzen. Offensichtlich wäre der Verlust von Gestern erheblich schlimmer für die Konkordanz als der von Atreska, ganz einfach weil sich in jenem größeren Gebiet viel bedeutendere Verteidigungsanlagen befinden. Wir werden unseren Marsch fortsetzen wie geplant. Nunan, seid Ihr immer noch entschlossen, nach Atreska zu gehen?«

»Unbedingt«, erwiderte Nunan. »General Gesteris ist mein Befehlshaber. Es ist meine Pflicht, ihn zu suchen.«

»Ebenso die meine«, sagte Kell. »Ich gehöre zu den Bärenkrallen.«

»Das respektiere ich«, sagte Roberto. »Gesteris kann sich glücklich schätzen. Wir könnten noch viel mehr Soldaten wie Euch gebrauchen. Aber bevor Ihr zu Euren Einheiten zurückkehrt, möchte ich noch wissen, wie Ihr Eure atreskanischen Legionäre davon abgehalten habt, zu desertieren oder Euch zu hintergehen. Ich glaube, das dürfte Davarov und Shakarov sehr interessieren.«

»Es ist recht einfach«, erklärte Nunan. »Ich und der Schwertmeister der Speere haben jeden Einzelnen gefragt, ob er sich der Konkordanz oder einem unabhängigen Atreska verpflichtet fühlte. Wer sich für Ersteres aussprach, hat seine atreskanischen Abzeichen abgelegt. Wer Letzteres wollte, dient nicht mehr in meiner Armee.«

»Habt Ihr sie nach Hause gehen lassen?«, fragte Shakarov mit gerunzelter Stirn.

»Oh nein«, erwiderte Nunan, während er die beiden Atreskaner besorgt beobachtete. »Wir haben jetzt schon genug Feinde. Ich wollte ihre Zahl nicht noch vergrößern.«

»Der Krieg fordert seine Opfer«, flüsterte Davarov. »Die Konkordanz wird siegen.«

»Die Köpfe hoch«, sagte Jhered zu den Aufgestiegenen. »Ihr seid hier unter Freunden.«

Sie blickten zu Arducius, der nickte, auch wenn er ein wenig ängstlich war. Dann betrachteten sie Marschallin Mardov und das kleine, luxuriös ausgestattete Empfangszimmer, in dem sie alle standen. Arducius sank das Herz, während er sich fragte, ob sie jemals echte Freunde finden würden.

Die Marschallin bemerkte ihre Augen und legte sich eine Hand vor den Mund, um ihr Keuchen zu unterdrücken. Unwillkürlich wich sie einen Schritt zurück, machte das Zeichen des Allwissenden vor der Brust und starrte die Besucher an. Schließlich wanderte ihr Blick zu Jhered.

»Was sind sie?«, fragte sie.

»Das kannst du sie selbst fragen«, erwiderte Jhered. »Bitte, sie sind noch Kinder.«

Die Marschallin wandte sich wieder an sie und musterte sie widerstrebend und voller Misstrauen. Ossacer, der neben Arducius stand, hatte wieder den Blick gesenkt. Mirron riss sich von Gorian los, der die Marschallin mit einer Mischung aus Stolz und Zorn betrachtete. Sie hatte Mühe, die richtigen Worte zu finden.

»Wir sind die Zukunft«, erklärte Gorian. »Schatzkanzler Jhered sagt, wir werden für die Konkordanz den Krieg gewinnen. Genau das sind wir.«

Arducius lächelte unwillkürlich. Mardov dagegen erschrak ein wenig, als sie Gorians selbstbewusste Haltung sah. Dabei hatte der hitzköpfige Aufgestiegene nicht einmal angriffslustig geantwortet.

»Wie das?«, fragte sie. So erklärten sie es ihr, was überwiegend Arducius übernahm, doch nach und nach kamen sie alle zu Wort. Mardov hatte sich längst gesetzt und fasziniert zugehört. Wenn Arducius sich nicht sehr irrte, war Jhered sogar stolz auf sie.

»Bitte«, sagte Ossacer zum Abschluss, »wenn es unter allem, was Ihr gehört habt, eines gibt, das Ihr wirklich glauben müsst, dann dies, dass wir nicht gegen Gott sind, sondern mit ihm. Wir dienen ihm und der Konkordanz.«

»Die Elemente manipulieren?« Mardov schüttelte den Kopf. »Ist das wirklich wahr?«

»Denk nur an die Möglichkeiten«, schaltete sich Jhered ein. »Willst du eine Demonstration sehen?«

»Lieber nicht. Wie ist das möglich? Nein, vielleicht später«, sagte die Marschallin. »Ihr müsst verstehen, dass dies alles schwer zu fassen ist. Es wundert mich nicht, dass die Kanzlerin so hasserfüllt reagiert hat. Es ist …« Sie blies die Wangen auf und ließ den Satz unvollendet.

Arducius beobachtete sie und fragte sich, was sie wirklich über ihre Gäste dachte. Zweifellos hatte ihre Freundschaft mit Jhered sie bewogen, zunächst zuzuhören. In ihren Augen hielt sich jedoch der Ausdruck, den Arducius inzwischen nur zu gut kannte. Zweifelnd, vorsichtig. Und diese unselige Ängstlichkeit, die so schnell in Furcht und Abscheu umschlug. Eigenartig. Er hatte unbedingt wieder festen Boden unter den Füßen spüren und sichere Mauern um sich wissen wollen, und er hatte sich nach einem Bett gesehnt, in dem er ruhig schlafen konnte. Erst vor wenigen Stunden waren sie angekommen, und schon wollte er wieder fort.

»Ich werde dir trotzdem helfen, Paul«, sagte sie. »Ich weiß nicht, was du vorhast, aber ich kenne dich gut genug, um dir zu vertrauen.«

»Um mehr bitte ich dich gar nicht«, sagte Jhered.

»Auch wir bitten nicht um mehr als dies«, fügte Arducius hinzu. »Wir wollen nur gerecht behandelt und nicht beurteilt werden, ehe wir überhaupt etwas tun konnten.«

»Nun gut«, erklärte die Marschallin. »Wohin wollt ihr denn gehen? Ich denke nicht, dass ihr hier unsere Schlachten schlagen könnt. Wir stehen unter Druck, aber doch nicht so sehr, dass mein Volk etwas derart Neues einfach hinnehmen wird. Etwas, das …« Sie wedelte hilflos mit der Hand.

»Das so anders ist«, sagte Gorian.

»Äh, ja.« Die Marschallin lächelte verlegen.

»Warum steht ihr unter Druck?«, wollte Jhered wissen. »Ich dachte, eure Grenzen sind gut verteidigt, und da Kark im Osten liegt …«

»Die Tsardonier marschieren sehr schnell nach Süden. Wie ihr ja wisst, gibt es in Atreska keinen nennenswerten Widerstand. Ihre Zahl und ihre Ausrüstung lassen vermuten, dass sie uns zerschmettern und nicht nur von der Konkordanz abschneiden wollen. Auch das ist keine Überraschung. Ich brauche Jorganesh. Wir haben lange nichts von ihm gehört. Er hat vier Legionen und ist gegen schwächere Verbände angetreten, auch wenn die Steppenkavallerie immer ein schwieriger Gegner ist. Wenn er meine Festungen schützt, dann will ich mich zufrieden geben. Ohne ihn werde ich den Dusas kaum überstehen. Die Tsardonier haben viele Schiffe in der Bucht von Harryn. Ich kann meine Legionen und meine Marine nicht von der Küste abziehen, weil ich eine Invasion von See her fürchten muss. Du kennst doch die Probleme, Paul. Zu wenig Kräfte, ein viel zu großes Gebiet. Scintarit und Atreska waren die entscheidenden Stellungen, und jetzt sind beide verloren. Was du auch tun kannst, du musst es rasch tun.«

Arducius beobachtete Jhered. Offenbar hatte ihn diese Neuigkeit überrascht. Er hatte ihnen gegenüber den Druck erwähnt, unter dem Gestern stand, aber mit so etwas hatte er sicher nicht gerechnet.

»Ich hatte gehofft, Jorganesh sei inzwischen schon hier«, sagte er leise.

»Nein«, erwiderte Mardov. »Meine Späher können ihn nirgends finden, und meine Kontaktleute aus Kark verraten mir nichts. Ich bete, dass er in Atreska ist und vielleicht gegen Feinde kämpft, von denen ich noch nichts weiß. Draußen im Hafen verladen wir keine Waren mehr, sondern organisieren eine Evakuierung. Diese Stadt verwandelt sich in ein Feldlager.« Zweifelnd betrachtete sie die Aufgestiegenen. »Sie sind nur vier, so mächtig sie deiner Ansicht nach auch sind. Wenn Jorganesh ausfällt, kommen über fünfunddreißigtausend Tsardonier hierher, und gegen eine so große Zahl kann ich mich nicht verteidigen. Nicht einmal, wenn ich an meiner ganzen Nordgrenze eine Mauer errichten könnte. Paul, wohin willst du mit ihnen?«

Jhered holte tief Luft. »Ich muss Roberto Del Aglios finden und ihn dazu bringen, die Aufgestiegenen zu akzeptieren. Nur so können wir sie einsetzen, ohne dass der Orden oder die Heere gegen sie aufbegehren. Ich muss in Richtung der sirranischen Grenze zu seiner letzten bekannten Position. Ich dachte, ich bewege mich an der karkischen Grenze und dann am Seengebiet entlang.«

»Bei Gott, der uns alle umfängt«, sagte Mardov. Wieder warf sie einen Blick zu den Aufgestiegenen. Jhered gab ihr mit einer Geste zu verstehen, sie solle fortfahren. »Bist du verrückt? Sirrane ist unendlich weit entfernt, und du unterstellst dabei, dass Roberto noch dort ist. Wenn er von der Niederlage in Scintarit erfahren hat, dann ist er entweder durch Gosland auf dem Rückweg oder geht direkt zu den Furten.«

»Das wäre wirklich ein Segen.«

»Anscheinend verlässt du dich darauf, dass es so kommen wird.« Jhered zog die Augenbrauen hoch und nickte leicht. »Ich verstehe, was du denkst, Paul, aber realistisch ist es nicht. Du kannst jetzt nicht durch Atreska reisen. Sogar meine besten Späher werden dort aufgegriffen. Überall sind tsardonische Kundschafter unterwegs. Wo sie nicht sind, musst du mit atreskanischen Verrätern rechnen.«

»Was schlägst du dann vor, Katrin?«

»Du hast eigentlich nur eine einzige Möglichkeit, wenn du nach Tsard willst, aber dann kannst du nicht alle mitnehmen, die auf deinem Schiff mitgekommen sind. Du, diese vier und ein paar andere, mehr nicht. Denn sonst halten sie dich für ein Überfallkommando und schlachten dich ab, bevor du auch nur eine Meile weit gekommen bist.« Sie zuckte mit den Achseln. »Du musst durch Kark reisen.«

Das Forum von Gullford war voll tsardonischer Soldaten. Anscheinend gab es nicht genug Bier und Wein für alle, also würden sie wieder Ärger machen. Genau wie am Abend nach Atreskas sogenannter Befreiung. Die Tsardonier hatten sich schlafen gelegt, wo sie gerade waren, und die Basilika als Verwaltungsgebäude und Offiziersquartier benutzt. Sie hatten alles genommen und nichts bezahlt. Und dies sollte man nun der Herrschaft durch die Konkordanz vorziehen.

Han Jesson vernahm die gleichen Ausflüchte, die Yuran ihnen schon seit einem Jahrzehnt auftischte. Dass der Frieden und der Wohlstand dem Krieg und der Not folgen würden. Er stand mit Prätorin Gorsal auf der Treppe des Forums. Ihre Worte hörte er zwar, aber er sah auch, wie angespannt ihr Lächeln war.

»Du musst ihnen etwas Zeit geben.«

»Und was fangen sie damit an?«, erwiderte er. »Zerstören sie dann auch noch den Rest der Stadt, der bisher nicht verwüstet wurde? Sieh dich um. Das ist keine Befreiung, das ist eine Besetzung.« Eine kalte Faust schien sein Herz zu packen. »Und wo ist meine Familie?«

»Die Zeit«, sagte Gorsal. »Die Zeit wird alles richten.«

Jesson starrte sie böse an. »Das reicht mir nicht.«

Er ging die Treppe hinunter zum Forum, auf dem es nach Schweiß und Alkohol stank. Die Bürger waren inzwischen kaum mehr als Diener, und von florierendem Handel konnte nicht mehr die Rede sein. Wenn die Nahrungsmittel erschöpft waren, würde man sie wieder im Stich lassen.

Jesson hatte der Fahnenflucht nur zugestimmt, weil man ihm versichert hatte, seine Frau und sein Sohn würden zu ihm zurückkehren. Das war vor beinahe sechzig Tagen gewesen. Bisher waren noch keine Verschleppten in die Häuser zurückgekehrt, aus denen man sie vor sechs Jahren geholt hatte.

Der tsardonische Kommandant trank mit seinen Männern in der Schenke an der Ecke. Er war ein überheblicher Mann. Überheblich dank seiner Autorität und gleichgültig gegenüber dem, was sich in der Stadt zusammenbraute. Jesson konnte es spüren. Da er den atreskanischen Dialekt kaum beherrschte, war er gezwungen, stockend in einer Sprache des Grenzlands zu sprechen, die seit langer Zeit niemand mehr benutzt hatte.

Jesson schob sich durch die tsardonischen Krieger und nahm sich vor, nicht den Mut zu verlieren. Sie achteten sowieso nicht auf ihn, schließlich stellte er keine Gefahr dar. Der tsardonische Kommandant, ein Sentor namens Hareshin, schaute mit leicht geröteten Augen auf, als Jesson sich ihm näherte. Noch Stunden bis zur Abenddämmerung, und doch war dieser Mann schon betrunken. Jesson fürchtete die Dunkelheit.

»Willst du mir was anbieten?«, fragte er und richtete sich ein wenig auf. »Ein paar Dankesworte oder ein Gebet an unsere Götter?«

Sofort standen sie im Mittelpunkt der Aufmerksamkeit.

»Nein«, erwiderte Jesson. »Ich wollte dich bitten zu beweisen, dass du wirklich mein Verbündeter bist.«

»Beweisen?« Der Sentor lächelte und hob seinen Becher. »Die Tatsache, dass wir hier sind, ist Beweis genug. Die Tatsache, dass die Konkordanz von hier und bald vom ganzen Rest der Welt vertrieben wird, ist ein stärkerer Beweis, als du ihn jemals brauchen wirst. Geh weg. Oder, noch besser, hol mir einen neuen Becher. Dieser Wein ist warm.«

Er kippte eine Lache auf den Tisch und schüttete den Rest betont aufreizend weg.

»Deine Überfallkommandos haben mir die Frau und den Sohn weggenommen.« Endlich fand Jesson nach all der Verzweiflung den

Mut, die Worte auszusprechen. »Beweise, dass du besser bist als die Konkordanz. Suche sie für mich.«

Hareshin lachte ihm ins Gesicht. »Ach was. Wann wurden sie mitgenommen?«

»Vor sechs Jahren. Sentor Rensaark hat sie genommen.«

»Vor sechs Jahren?« Hareshin sah sich zu seinen Männern um, die in sein Lachen einstimmten. »Hat dir die Konkordanz nicht nur das Land, sondern auch den Verstand geraubt? Sie sind für dich verloren. Verkauft.« Sein Lächeln wurde höhnisch. »Dein Sohn ist ein Sklave, falls er nicht schon tot ist. Und deine Frau ... Stell dir nur vor, sie stöhnt unter dem Mann, den sie jetzt anbetet, während er in ihren willigen Körper stößt. Der Mann, dessen Same ihren Bauch anschwellen lässt. Der Mann, der nicht zulassen wird, dass jemand anders sie nimmt. Ein tsardonischer Mann.«

Jesson starrte ihn an. Sein Zorn brannte in ihm, aber er ließ sich nichts anmerken.

»Sie ist glücklich.« Hareshin lehnte sich zurück. »Also lass es damit gut sein.«

»Nein, es ist nicht gut«, sagte Han Jesson leise. »Es ist überhaupt nicht gut.«

11

848. Zyklus Gottes, 8. Tag des Solasab
15. Jahr des wahren Aufstiegs

Jorganesh trieb sein verängstigtes Pferd an der langen Marschkolonne seiner Armee entlang und brüllte, seine Leute sollten Ordnung halten. Ob es im Sperrfeuer der Feinde und in der Panik etwas nützte, war zweifelhaft, aber er musste es wenigstens versuchen.

»Schilde über den Kopf. Richtet am Hang die Verteidigung ein. Ich will Sarissen und Wälle aus Stahl und Holz sehen. Zeigt ihnen das Wappen der Konkordanz!«

Der Feuerregen war erbarmungslos. Von hoch droben, von den mit Bäumen bestandenen Hängen der Lubjekschlucht, prasselten Brandpfeile und Steine auf sie herab. Drunten saß die hilflose Armee der Konkordanz in der Falle. Die Luft war heiß, überall schrien Männer, Frauen und Pferde. Rauch erfüllte den schmalen Hohlweg am Fuß des Abhangs und wehte zu den Bäumen hoch, hinter denen sich die Tsardonier leicht verstecken konnten.

Geschosse von Onagern stürzten pfeifend herab. Sie waren mit brennendem Pech eingerieben und prallten zu beiden Seiten gegen die Hänge, um in die Reihen seiner Legionen zu donnern. Die Steine zerschmetterten Schilde und Knochen, rissen Lücken in seine Verteidigung und verwandelten die Wagen in brennende Trümmerhaufen.

»Halten!«, rief er. »Halten!«

An beiden Enden des Zuges jagten die Kavalleristen die Hänge hinauf zwischen die Bäume, den unsichtbaren Feinden entgegen. Aus tausenden Bogen sausten Pfeile herab, prallten gegen die Schilde und fanden jede Lücke im Schildwall. Jorganesh spürte die Furcht seiner Kämpfer. Lange würden sie nicht mehr durchhalten.

Ein brennender Pfeil durchbohrte den Hals seines Pferds. Das Tier stieg hoch und kreischte. Jorganesh wurde nach hinten geschleudert und prallte mit dem Hinterteil schmerzhaft auf den von der Sonne hart gebrannten Boden. Er rollte zur Seite, helfende Hände packten ihn an den Schultern und am Waffengurt und brachten ihn vor dem stampfenden Tier in Sicherheit. Gleich darauf schoss die Stute den Hang hinauf, bog nach rechts ab und floh zur Spitze des Zuges.

Seine verängstigten, aber entschlossenen Triarii zogen ihn auf die Füße und bugsierten ihn hinter den Schildwall. Vor ihm tauchte ein blutüberströmtes Gesicht auf. Tord Parnforst, der Schwertmeister der Siebzehnten Ala, dem Bahkirischen Donner, brüllte im ohrenbetäubenden Lärm, um sich verständlich zu machen.

»Wir müssen hier raus, General.« Ein brennender Stein zerlegte direkt rechts neben ihnen die Verteidigung. Beide Männer duckten sich. Flammen leckten durch die Reihen der Triarii. Ein abgerissener Arm prallte gegen Jorganeshs Helm, das Blut spritzte ihm ins Gesicht und tropfte auf seine Füße. Er konnte die Angst seiner Infanteristen fast körperlich spüren. »Die nehmen uns hier auseinander.«

»Der Hohlweg ist zehn Meilen lang«, schrie Jorganesh zurück und spuckte etwas Blut aus. »Wenn wir weglaufen, schlachten sie uns ab. Wir müssen der Kavallerie etwas Zeit lassen, die Geschütze auszuschalten.«

»Wir müssten bergauf angreifen.« Parnforst deutete zu den bewaldeten Hängen. Wieder prasselten Pfeile auf den Schildwall, rechts ertönte ein Brüllen. »In einzelnen Manipeln.«

»Ich …«

»Herr, wir können uns hier nicht halten. Die Hastati werden bald zusammenbrechen.«

Jorganesh starrte ihn an. Der Mann hatte recht. Die Lubjekschlucht war bekanntermaßen ein gefährliches Gebiet, aber er war gegen alle Bedenken gezwungen gewesen, dieses Risiko einzugehen. Als aus Gestern die Nachricht gekommen war, dass sich durch Atreska feindliche Truppen näherten, hatte er sich aus dem Kampf gelöst und seine Soldaten in einem Gewaltmarsch an der Grenze von Kark entlanggeführt.

Die Zeit arbeitete gegen sie, und im offenen Gelände stellte die Steppenkavallerie eine Bedrohung dar, gegen die er sich kaum wehren konnte. Die Lubjekschlucht hatte ihm die Aussicht geboten, den feindlichen Reitern zu entkommen und ihren Rückweg nach Gestern um vier Tage zu verkürzen. Keiner seiner Späher hatte die Gefahr vorhergesehen. Jetzt steckten sie mitten im Tal, und sein Heer war drei Meilen weit auseinandergezogen.

Zu fliehen hätte bedeutet, die Artillerie und die Verwundeten zu opfern. Wenn sie sich aber dem Kampf stellten, wurden sie möglicherweise von den feindlichen Schwertern zerfetzt. Ein unkoordinierter Angriff käme sicherlich einem Todesurteil gleich.

»General, bitte.«

Jorganesh nickte. »Formiere die Einheiten und schicke Läufer an den Linien entlang. Die Manipel sollen sich links und rechts abwechseln. Vorne und hinten muss die Front stabil bleiben. Auf mein Signal rücken wir gemeinsam vor.«

Parnforst grinste. »Wir schlagen sie.« Dann drehte er sich um und rief nach Freiwilligen, die als Boten dienen wollten.

Unterdessen bückte Jorganesh sich und hob den beschädigten Schild einer toten Bürgerin auf. Er flüsterte ein kurzes Gebet, dass ihre Zyklen weitergehen mochten, während er den Schild von ihrem Arm löste. Ringsum pfiffen schon wieder die Geschosse der

Onager, und Pfeile surrten. Er wartete auf die entsetzlichen Einschläge und versuchte, sie zu zählen. Zwanzig, dreißig, es war schwer zu sagen.

Dann drängte er sich durch die eng stehenden, schwitzenden Kämpfer, ermunterte sie mit lauten Rufen, stark zu sein und zusammenzuhalten, und versprach ihnen Rache und Sieg. Während er den Schild auf der rechten Seite hoch über den Kopf hielt, rannte er an den Linien zurück und rief nach seinen Zenturionen, die ihre Manipel aufstellen sollten. Anschließend wollte er wieder ganz nach vorn, um sich ein Pferd zu nehmen und persönlich den Angriff anzuführen.

»Ich brauche ein Pferd«, sagte er zu einem Kämpfer der Extraordinarii, der ihn beschützte.

Ohne Rücksicht auf seine Sicherheit rannte er ein Stück die Bergflanke hinauf. Er musste mit eigenen Augen sehen, was weiter hinten vorging. Über ihm eilten seine Kavalleristen in kleinen Trupps bergauf. Vierzig oder fünfzig Schritte höher, wo es steil und felsig wurde, ragten die Bäume schief in den Himmel. Ob seine Reiter ihre Ziele fanden, konnte er nicht erkennen, dazu war der Lärm am Boden viel zu groß.

Als er einen Aussichtspunkt gefunden hatte, wo er wenigstens teilweise vor den Blicken von oben verborgen war, drehte Jorganesh sich um und blickte auf die Katastrophe hinab, die unter ihm ihren Lauf nahm. Mehr als eine Meile weit konnte er durchs Tal blicken, bis es eine Biegung nach rechts machte. Der Boden war ein Meer von Schilden, die in der Sonne blitzten, wann immer diese noch die Rauchwolken durchdringen konnte. Grauer und schwarzer Rauch stieg an den Stellen auf, wo die letzten Geschosse eingeschlagen waren, und unzählige weitere zogen ihre Spuren durch die Luft. Von Onagern abgeschossene Steine zerschmetterten seine Krieger oder prallten links und rechts gegen die Wände der Schlucht.

Sein Heer bewegte sich wie eine aufgeregte Schlange durch das

Tal. Er konnte beobachten, wie seine Befehle weitergegeben wurden und die Manipel sich neu formierten. Beeindruckt nickte er. Trotz des schweren gegnerischen Beschusses vergaßen sie nicht die Disziplin. Von unten stiegen die Geräusche des Heeres auf, das sich um Ordnung bemühte, und er wusste, dass sie ihn nicht enttäuschen würden. Doch so viele lagen schon tot dort unten auf dem Talboden, verkohlt und mit Blut besudelt. Wie viele Tausende hatten er seine vier Legionen schon verloren?

Als er zurückkehren wollte, fiel ihm höher am Hang hinter seiner Kavallerie etwas auf. Irgendetwas bewegte sich dicht über dem Boden. Schlanke Gestalten huschten dort zwischen den Bäumen.

»Was ist das?«, flüsterte er.

Auch Geräusche hörte er jetzt, er konnte sie gerade eben wahrnehmen. Als die Pferde der Kavalleristen über ihm hochstiegen und durchgingen, rannte er schon nach unten zu seinem Heer.

»Aufpassen!«, rief er. »Aufpassen! Schilde auf den Boden, die Klingen niedrig halten. Duckt euch, duckt euch!«

Sie konnten ihn unmöglich hören, und seine Befehle würden nicht rechtzeitig an alle weitergegeben. Er konnte nur hoffen, dass seine Zenturionen aufpassten und richtig reagierten, ehe es zu spät war.

Die Kavallerie der Legionen jagte den Hügel herab, und die Reiter hatten alle Mühe, ihre verängstigten Pferde inmitten der Tiere zu beherrschen, die nach deren Beinen schnappten. Unablässig regneten weiter Steine und Pfeile herab, als die ersten Hunde aus dem Unterholz stürmten und die unvorbereiteten Infanteristen angriffen. Beißend, bellend und kratzend drangen sie tief in ihre Reihen ein. Es waren kleine, wilde Jagdhunde. Geschmeidig und bösartig.

Schreie ertönten im Tal, und seine Truppe versank fast im Chaos. Jorganesh stieß einem knurrenden Tier seinen Schild gegen die Schnauze und schlitzte ihm mit dem Gladius den Bauch auf. Der nächste Hund warf sich einfach gegen seine Füße und ließ ihn beinahe straucheln. Er schlug wild um sich und traf die Hinterbeine des Tiers. Der Hund kläffte und drehte sich um, ein zweiter Schwertstoß durchbohrte seinen Hals.

Jorganesh kam rasch wieder auf die Beine. Seine Leute gerieten in Panik. Hier und dort galoppierten Kavalleristen vorbei, und wer noch dazu in der Lage war, schlug wild zu, um die Hunde zu vertreiben.

»Die Stellung halten!«, rief er, was im Tumult natürlich niemand hörte.

Er sah sich um, aber Parnforst war nirgends zu entdecken. So weit er sehen konnte, gab es jedoch einige Breschen in seiner Verteidigung, auch wenn die Sarissen zahlreiche Hunde aufgespießt hatten. Viele Männer, über die die Woge hinweggebrandet war, hatten Kratzer im Gesicht und auf den Händen. Unablässig gingen die Kämpfe weiter, immer mehr Hunde rasten den Abhang herab und stürzten sich auf der Suche nach Beute auf die Kämpfer der Konkordanz.

Jorganesh wandte sich wieder zum Hang um und stellte sich zu den Goldenen Löwen, der Zweiundvierzigsten Estoreanischen Legion.

»Los jetzt, Löwen. Wir wollen sie niedermachen.«

Doch schon wieder erhoben sich Schreie, die sehr ängstlich klangen. Die Tsardonier kamen. Ein Schauer von Speeren hagelte von den Hängen herab. Schwere Schäfte für kurze Entfernungen waren es, die mühelos Schild und Rüstung durchschlugen. Die Feinde strömten die Hänge herunter und stießen Rufe aus, die nach Tod und Sieg klangen. So weit er in beide Richtungen blicken konnte, spie der Wald die Feinde aus, vor denen noch die letzten Hunde rannten.

Es waren Tausende. Tausende von Gegnern. So viele konnten doch gar nicht hier im Süden sein. Das Königreich konnte unmöglich über so viele Krieger verfügen.

»Haltet die Stellung, haltet die Stellung!«, rief Jorganesh, der den Schild wieder gehoben hatte und an vorderster Front bei den unerfahrenen Kämpfern stand, um ihnen Mut zu machen.

Links auf den unteren Hängen galoppierten einige Reiter der Konkordanz, die sich neu formiert hatten. Tsardonier wurden über den Haufen geritten und von Pfeilen durchbohrt, die aus dem Sattel oder in der schrecklich dünnen Verteidigungslinie der Konkordanz von denen abgeschossen wurden, die noch genug Verstand hatten, ihre Bogen zu spannen. Immer noch flatterten die Standarten der Legion stolz über den Kämpfern und boten den Ängstlichen Sammelpunkte.

Die Tsardonier fielen über sie her, eine Woge aus Stahl und Muskeln. Es war wie die früheren tsardonischen Angriffe, nur dass ihr wilder Ansturm dieses Mal nicht vor dem Wald der Piken und Sarissen zum Erliegen kam. Hier stießen die Feinde nicht auf eine makellos aufgestellte Triplex Acies. Jorganeshs Kämpfer standen nur zehn Reihen tief und wurden von beiden Seiten angegriffen.

Er fing einen Hieb mit dem Schild ab, unter dem sich das Holz verzog und das Metall ein wenig nachgab. Aus der Deckung heraus schlug er mit dem Gladius zurück und trieb ihn tief in einen tsardonischen Bauch. Der Feind taumelte zurück, aber sogleich nahmen drei weitere seinen Platz ein. Hände zerrten am Schild, Klingen pfiffen über seinem Kopf durch die Luft. Er hieb mit dem Schwert wild um sich und zerschmetterte die Knochen seiner Gegner, worauf sie vor Schmerzen heulten. Rechts fiel ein Hastatus unter dem Ansturm der Feinde. Jorganesh stach seitlich zu und traf den Rücken eines Gegners, dann zog er die Klinge hoch und zerschnitt einem zweiten das Gesicht.

Links brach die Linie zusammen, die Tsardonier waren tief in die Reihen der Konkordanz eingedrungen. Die Bogenschützen wurden blitzschnell niedergemacht und fanden keine Zeit mehr, weitere Pfeile abzuschießen. Er wich zurück. Tsardonier folgten ihm. Die tief gebräunten hageren Gesichter der Steppenkrieger starrten ihn an. Die Männer hatten braune Augen und schwarze Haare, und ihre furchtlosen Mienen zeugten von ihrem Zorn über die Invasion der Konkordanz und ihrer Entschlossenheit, den Gegner zu zerschmettern.

Ein Schwertstreich traf ihn von rechts. Er konnte ihn im letzten Moment etwas ablenken, aber seine Rüstung wurde verbeult, und der Schlag nahm ihm den Atem. Er stieß fest mit dem Schild zu und zielte aufs Gesicht. Die Nase des Tsardoniers brach, die Knochensplitter drangen in den Schädel ein und töteten den Mann auf der Stelle.

Überall brüllten die Kämpfer, es war ein Lärm wie in einem Orkan. Jorganesh konnte die anderen Bürger der Konkordanz kaum noch erkennen, aber immer noch kämpften sie. Sie brüllten, wehrten sich aus Leibeskräften und starben. Immer mehr Tsardonier strömten die Hänge herab. Seine Augen waren vom Blut verklebt, und in der Nase hatte er nur noch den Gestank der Feinde. Er schlug nach links, nach rechts und nach vorn, hielt seinen Schild in Bewegung und suchte nach Männern, die neben ihm stehen konnten.

Pferde galoppierten vorbei, im Handumdrehen wurden einige Tsardonier niedergemäht.

»Stellung halten!«, rief er, als er eine kleine Atempause bekam.

Doch die Hastati waren für diese Art von Kampf nicht ausgebildet. Sie stürmten in die Bresche, die ihnen die Kavallerie aufgerissen hatte, weil sie sich vor den Kämpfern in ihrem Rücken fürchteten. Als sie die Tsardonier hetzten, löste sich ihre Formation auf, und sie wurden einer nach dem anderen ausgeschaltet.

Brüllend versuchte Jorganesh Ordnung zu schaffen und verlangte nach seiner Standarte. Der Druck war enorm, schon stürmten die Tsardonier in die Bresche. Immer noch wurden hinter ihm Pfeile abgeschossen, die zahlreiche Feinde töteten. Jorganesh kreuzte unterdessen die Klingen mit einem Tsardonier und trieb ihn zurück. Der

Mann stolperte über eine Wurzel und stürzte, der General schlug zu und schnitt ihm den Hals durch.

Da näherte sich bereits der nächste Angreifer mit erhobener Klinge. Jorganesh duckte sich und hob den Schild, um den Hieb abzuwehren. Rechts hinter ihm wurde erbittert gekämpft. Er sah sich rasch über die Schulter um. Es würde nicht mehr lange dauern. Wütend brüllte er. Wuchtig sauste sein Gladius herab und traf den Hals eines Mannes, der sich schon als Sieger gesehen hatte. Jorganesh befreite die Klinge, wich einen Schritt zurück und stieß den Schild nach links, um einen weiteren Gegner umzustoßen. Auf dem Weg zu einem dritten trampelte er über ihn hinweg und erstach ihn. Gleichzeitig donnerte eine Klinge auf seinen erhobenen Schild und ließ ihn zurücktaumeln.

Einen Herzschlag lang hatte er Zeit, seine Kampflinie zu betrachten. Sie waren verloren. Überall waren jetzt Tsardonier auf dem Talgrund. Eine Standarte kippte um, worauf die Tsardonier jubelten. Hastati flohen planlos, die Principes standen noch in einem engen Kreis und kämpften verbissen. Fünf Reihen tief konnten sich die Triarii noch halten, aber der Druck war unerträglich. An den Flanken bemühte sich die Kavallerie die Feinde zu vertreiben, aber bei jedem Angriff waren es weniger Reiter.

Jorganesh rief alle Kämpfer zu sich. Sein Standartenträger stand noch neben ihm, aber ansonsten war er isoliert. Einige Männer kämpften sich in seine Richtung vor. Er hielt den Schild dicht am Körper und nahm auch das Schwert zurück, um sich gegen die Schläge zu wappnen, die auf ihn einprasselten. Die Tsardonier hatten ihn im Visier, die Sentoren wollten ihn fallen sehen. Der Boden war glitschig vom Blut der Toten. Auf den ganzen drei Meilen, über die seine Truppen verteilt waren, sah es sicher ähnlich aus. Sie mussten sich neu formieren. Sie mussten standhalten.

»Zu den Triarii!«, rief er allen zu, die ihn hören konnten.

Er hatte noch etwa zwanzig Hastati bei sich. Bürger, denen große Ehrungen zuteil werden sollten, falls sie überlebten. Sie hatten gekämpft, als ihre Kameraden längst geflohen waren. Er stieß seinen Schild einem Tsardonier in den Rücken, der gerade einen Infanteristen niedergeschlagen hatte. Dann stach er ihm das Schwert in den Nacken und rannte ihn über den Haufen, um zu seinen Leuten zu gelangen. Links und rechts hackten, stachen und stießen die Hastati, doch überall waren Tsardonier. Eilig rannten sie auf die letzte kleine Einheit zu, die noch ihre Standarte besaß, um den General und sein letztes Aufgebot endgültig zu erledigen.

Jorganesh rief seinen Männern zu, sie sollten stark sein und Mut zeigen. Ein Schwertstreich, der aus dem Nichts zu kommen schien, spaltete seinen Schild von oben und verletzte ihn am Arm. Er grunzte vor Schmerzen, stieß mit dem zerbrochenen Schild zu und traf den Gegner. Jetzt aber stürzten die Tsardonier in die Lücke zwischen ihm und den Triarii, bis er nur noch Kämpfer und einen Wald von Klingen vor sich sah.

Weiter vorn rief jemand seinen Namen. Parnforst. Also lebte er noch. Es gab noch Hoffnung. Jorganesh drängte sich weiter durch, traf mit der Klinge einen weiteren Tsardonier im Kreuz. Dann hielt er die Reste seines Schilds vor sich, duckte sich und rannte los, während er die Hastati zu sich rief. Doch links neben ihm bekam ein junger Mann eine Schwertklinge in den Bauch und stürzte. Rechts warf ein Hieb seinen Leibwächter um.

»General Jorganesh!«

Parnforst war nahe, so nahe. Auf einmal aber spürte Jorganesh einen scharfen Schmerz in der Hüfte, und sein rechtes Bein ließ ihn im Stich. Er sank auf die Knie und hackte noch im Fallen um sich. Irgendetwas prallte gegen seinen Hinterkopf und warf ihn nach vorn. Er lag auf dem Schild, wollte sich auf den Rücken drehen.

»Jorganesh!«

Der Ruf war jetzt wieder leiser. Vor sich und ringsum sah er nur noch Beine, Rümpfe und ein Stück Himmel, dann die Standarte der

Goldenen Löwen, die zerbrach und umkippte. Die Feinde johlten. Schließlich sah er nur noch die Rücken seiner Leute, die ihn umringten. Er wollte ihnen zurufen, sie sollten weglaufen und in Gestern Bericht erstatten. Er wollte aufstehen, aber irgendetwas hielt ihn fest, und er war so schwach, dass er beinahe ohnmächtig wurde.

Jorganesh.

Anscheinend hatte ihn doch niemand gerufen. Oder Parnforst wurde gerade fortgeschleppt, und sein Ruf war nur noch leise aus der Ferne zu hören. Er hustete und schmeckte Salz. Jemand baute sich vor ihm auf. Ein Tsardonier. Einer von so vielen. Er betete für das Leben der Advokatin und bat um die Gnade Gottes.

Schmerz. Ein kurzer Schmerz.

12

848. Zyklus Gottes, 11. Tag des Solasab
15. Jahr des wahren Aufstiegs

Dreißig Tage, und die Trauer war ungebrochen. Am fünfundzwanzigsten Tag des Solasauf war das Lebenslicht erloschen und würde nicht zurückkehren. Natürlich lebten die Menschen irgendwie weiter, aber sie waren innerlich und äußerlich verändert. Aus den Gesegneten waren die Verfluchten geworden.

Hesther Naravny öffnete die Fensterläden und ließ das Licht eines weiteren Tages voller Unsicherheit und Angst herein. So leer, ohne Lachen. Ohne all die Dinge, die Westfallen einst besessen hatte. Jetzt war es nicht mehr als eine Garnisonsstadt voll grauer, finsterer Gesichter. Gaben die Menschen dem Aufstieg die Schuld? Vermutlich. Wenigstens verzichteten sie darauf, es offen zu zeigen.

Hesther wandte sich vom Fenster ab und verließ ihr Zimmer. Die Villa kam ihr riesig und leer vor. Immer noch glaubte sie in den fernen Winkeln die Stimmen der jungen Aufgestiegenen zu hören. Immer noch rechnete sie jeden Augenblick damit, Ardol Kessians dröhnendes Organ in der Bibliothek oder dem Speisesaal zu vernehmen, oder vielleicht auch draußen, wo er früher sogar das Rauschen der Springbrunnen übertönt hatte. Seltsam, wie auf einmal kein Angehöriger der Autorität mehr zufällig einem anderen begegnete. Früher war es ganz mühelos geschehen, aber Kessians Tod hatte anscheinend das Band zwischen ihnen zerschnitten, und nun irrten sie ziellos umher.

Nichts gab es mehr, das ihr Herz erfreute. Nicht einmal die Laute der fünf Kinder, die möglicherweise die nächste Linie des Aufstiegs darstellten. Sie waren jetzt fast sieben Jahre alt und entwickelten sich gut. Andreas hatte ihre Ausbildung übernommen, und deshalb hatte Kessians Tod den Nachwuchs nicht so schwer getroffen wie die Erwachten. Die Kleinkinder, die noch in den Armen ihrer Mütter lagen, würden sein Lächeln und seine Kraft nie kennenlernen. So eine Tragödie. Vielleicht würde es eines Tages, wenn sie alt genug waren, möglich sein, voller Wärme und Liebe statt mit Verbitterung und Trauer über Kessian zu sprechen.

Hesther nahm ihren ganzen Mut zusammen und ging in die Stadt, um sich auf ihre tägliche Pilgerschaft zum Haus der Masken zu begeben. Es war ein Ritual, das ihr die Willenskraft schenkte, trotz der Bürde, die sie nun als Mutter des Aufstiegs trug, Tag für Tag weiterzumachen. Es war kein langer Spaziergang, doch jedes Mal erwachte ihre Trauer von Neuem und warf Fragen auf.

In der Stadt sägten und hämmerten die Menschen und riefen sich etwas zu. Wo sie nur hinschaute, entstanden unter den scharfen Augen von Vasselis und Harkov neue Bauten. Alle waren hässlich, auch wenn ihr die Ästhetik im Grunde einerlei war. Der Stil war von der Not diktiert und stellte alles auf den Kopf, woran sie bisher im Leben geglaubt hatte.

Draußen vor der Stadt bewachten fünf Türme jede Zufahrt auf dem Landweg. Wie anklagende Finger erhoben sich die aus dunklem Holz gebauten Zweckgebäude in der Landschaft. Wenn nötig, so hatte Harkov erklärt, konnte jeder Turm Bolzenschleudern und zwanzig Bogenschützen aufnehmen. Wäre es doch nur damit genug gewesen. Aber die Bedrohung war anscheinend so groß, dass Vasselis befohlen hatte, ganz Westfallen mit Holz und Stein zu schützen.

Der Bau des über dreifach mannshohen, verstärkten Palisadenzauns machte gute Fortschritte. Er zog sich von der Nordseite der

Bucht in einem Bogen bis zu der Stelle, wo der Pfad zum Obstgarten aufstieg. Die dicken schweren Bretter waren behandelt worden, um Feuer zu widerstehen. In gewissen Abständen wurde er von Türmen unterbrochen, auf denen Ballisten oder Bolzenschleudern untergebracht werden konnten. Es war ein Gefängnis, das sie sich selbst gebaut hatten; jeden Tag schüttelte Hesther den Kopf und weigerte sich zu glauben, dass es wirklich nötig wäre. Gab es denn tatsächlich so viel Hass, dass sie in so großer Gefahr schwebten?

Sie hatten nicht das Recht, all dies nach Westfallen zu bringen. Sie hatten nicht das Recht, diese braven Leute Tag für Tag dieser Furcht und Unsicherheit auszusetzen. Hesther kämpfte ihren Ärger nieder und schritt den Hang zum Haus der Masken hinauf, wo sie, wie es oft der Fall war, auf Genna Kessian traf.

Hesther kniete sich neben ihr auf die Wiese, worauf Genna sich umdrehte, das Gesicht an Hesthers Brust barg und sie weinend umarmte. Sie war so alt und gebrechlich geworden. Ardols Tod zeichnete sie wie eine Krebserkrankung. Auch für sie würde es nicht mehr lange dauern. Schließlich fasste Genna sich wieder und zog sich zurück. Hesther hatte ihren Körper kaum gespürt, so schmal war die alte Frau geworden.

»Ich hatte ihn so lange. Viel länger, als ich es mir hätte träumen lassen. Er war mit seiner Fähigkeit und dem Leben gesegnet, das sie ihm gab«, sagte Genna mit dünner, schwacher Stimme. »Und doch habe ich das Gefühl, er sei mir viel zu früh weggenommen worden.« Fragend und verzweifelt suchte sie Hesthers Blick. »Ich hätte so gern seine Rückkehr in die Erde gefeiert und wäre glücklich im Wissen eingeschlafen, dass er in der Umarmung Gottes gut aufgehoben ist. Das hat sie mir verweigert. Sie hat mir die Freude daran geraubt.«

»Oh Genna«, sagte Hesther, der die Worte fehlten.

»Ich will nicht hassen«, fuhr die alte Frau fort, »aber etwas anderes als Hass finde ich nicht mehr in meinem Herzen.«

Hesther war niedergeschlagen. Welchen Sinn hätte es auch gehabt, Genna etwas auszureden, das sie Tag für Tag auch selbst empfand, sobald sie erwachte? Abermals loderte der Zorn in ihr auf. Eine Schande, dass dies das letzte starke Gefühl sein sollte, das diese wundervolle Frau empfand.

»Sei nicht von Hass erfüllt, wenn du dich neben Ardol legst«, flüsterte Hesther.

Darüber hätte Genna beinahe gelächelt. »Ich verlasse mich darauf, dass er mich besänftigen kann.«

»Das wird er bestimmt tun«, stimmte Hesther zu. »Er schenkt uns allen die Kraft zum Weitermachen. Deshalb bin ich hier.«

»Er wird sich freuen, dass die Leitung der Autorität jetzt in deinen Händen liegt«, sagte Genna. »Er war immer so stolz auf deine Kraft.«

Hesther seufzte. Sie fühlte sich überhaupt nicht stark. »Wo sind sie, Genna? Sind sie da draußen sicher? Leben sie noch?«

Genna tätschelte ihr Knie. »Sie sind nach Sirrane unterwegs, wo der Orden ihnen nichts anhaben kann. Das ist der einzige Trost, den wir jetzt noch haben.«

Hesther vermochte Gennas Zuversicht nicht zu teilen. Hoch in den Dukanbergen besudelte ein Schandfleck aus Feuer und Rauch, der von der Invasion kündete, den Himmel. Vasselis hatte inzwischen erfahren, dass die Leuchtfeuer wegen eines schrecklichen Rückschlags in Tsard und der Invasion von Atreska entfacht worden waren. Gennas Kummer hatte sie blind gemacht. Die Aufgestiegenen mussten durch das Kriegsgebiet reisen. Hesther konnte nur hoffen, dass ihre Begleiter so fähig waren, wie der Marschallverteidiger behauptete.

Eine Weile lauschte sie noch Gennas leisen Worten, sprach einige Gebete und Grüße und stand schließlich wieder auf, um Kessians Maske zu berühren. Es war nicht genug Platz gewesen, damit alle Trauernden ihre Botschaften anbringen konnten, und so hatte die Laienleserin auch die Innenseite der Maske freigegeben und im Buch eine eigene Seite eingerichtet. Es widersprach den Schriften, einen solchen Ausbruch von Trauer zuzulassen, aber wie die Laienleserin gesagt hatte, war sie nicht die Einzige im Orden, die die Regeln jeweils so auslegte, wie es ihr passte. Den verbitterten Unterton hatte sie dabei nicht unterdrücken können.

Hesther umarmte Genna und kehrte in die Stadt zurück. Auf dem Forum war es in der letzten Zeit still geblieben. Seit dem schrecklichen Auftritt der Kanzlerin hatten keine Händler mehr die Stadt aufgesucht.

Vasselis hatte den Einwohnern versichert, dass dennoch niemand einen Nachteil erleiden sollte, und so hatten viele Geschäfte, die vom Handel mit Reisenden abhingen, geschlossen und ihre Arbeitskräfte für die Verstärkung der Verteidigungsanlagen zur Verfügung gestellt. Es gab vielleicht keine Freude mehr in der Stadt, aber die Entschlossenheit, trotz allem zu überleben, war überall zu spüren.

Hesther ging zu den Bauarbeitern. Am Vortag war aus Glenhale ein Lastkahn mit Stein angekommen, und jetzt schufteten die Baumeister, um im Palisadenzaun einen weiteren Turm zu errichten.

Vasselis beriet sich gerade mit Harkov in einem offenen Zelt aus Segeltuch. Sie studierten die Baupläne, aber auf dem Tisch lag auch eine Landkarte, und das machte Hesther aus Gründen, die sie zunächst nicht einmal richtig benennen konnte, große Sorgen.

Vasselis kam um den Tisch herum, küsste sie auf die Stirn und die Wangen und schob sie hinein. Mit gewohnter Autorität gab er Befehle und eindringliche Ratschläge. Hesther konnte jedoch tiefer blicken als die meisten seiner Untergebenen. Ihm ging das letzte Bild seines Sohnes Kovan nicht aus dem Sinn, als dieser einem ungewissen Schicksal entgegengerannt war. Auch wenn er es, genau wie Netta, unter einem Mantel aus Anstrengung und Arbeit zu verbergen suchte, es zehrte an ihm und untergrub seine Zuversicht. Kovans Ausbildung, so hatte er in den ersten Tagen nach der Flucht der Aufgestiegenen gesagt, sei wie ein fast vollendetes Werk, an dem eben doch noch ein paar Pinselstriche fehlten.

»Willst du deine Arbeitskräfte kontrollieren, Mutter Naravny?« Der Titel lastete wie eine Bürde auf ihren Schultern.

»Wie jeden Tag vertreibe ich mir nur die Zeit«, erwiderte sie. »Werdet ihr fertig sein, bevor der Frost des Dusas kommt?«

Vasselis zuckte mit den Achseln. »Ich würde das gern bestätigen, aber das Wetter wird allmählich unberechenbar.« Sie ließ den Kopf sinken, weil ihr schon wieder die Tränen in die Augen schossen. »Ich weiß, Hesther. Niemand sonst in der Konkordanz konnte mit solcher Genauigkeit das Wetter vorhersagen. Wir haben es so lange Zeit als selbstverständlich hingenommen, dass wir uns jetzt hilflos fühlen, den Himmel anstarren und uns fragen, wann es dunkel wird und der Schnee fällt.«

»Ardol hätte es uns sagen können«, sagte sie in einem vergeblichen Versuch, heiter zu klingen. »Er liebte diese Jahreszeit, wenn die Stürme von Süden her in die Bucht fegen und von Gestern die Kaltfronten über das Tirronische Meer kommen. Er hat immer gesagt, wenn während des Wechsels der Jahreszeiten alles zusammenprallte, könnte er nur noch raten, aber er hat sich nie geirrt, was?«

Vasselis' Augen funkelten. »Nein, er hat sich nie geirrt. Bis Arducius zurückkehrt, müssen wir uns eben irgendwie behelfen.«

»Am Morgen öffne ich meine Fensterläden nicht gern«, sagte sie. »Ich werde mich wohl nie daran gewöhnen, an einem Solastag von einer Wolke oder einem kühlen Wind überrascht zu werden. Was meinst du, wird er jemals zurückkehren?«

»Ich glaube wirklich, dass er zurückkommt. Dass sie alle zurückkommen.«

Hesther betrachtete ihn. Anscheinend kam für ihn wirklich nichts anderes in Betracht. Wie eine helle Flamme brannte der Glaube in ihm. Sie wünschte, sie könnte das auch von sich selbst sagen.

»Ich bin froh, dass dein Sohn bei ihnen ist«, fuhr sie fort. »Sie vertrauen ihm und lieben ihn.«

»Alle bis auf Gorian.« Vasselis kicherte.

»Sie sind doch nur Jungs. Das wird sich geben. Da draußen bleibt ihnen gar nichts anderes übrig.« Hesther warf einen Blick auf die Karte, die den größten Teil von Caraduk, Estorea und einen Teil des Tirronischen Meeres zeigte. »Willst du dein Reich erweitern?«

»Es gibt gewisse Staatsangelegenheiten, die keinen Aufschub dulden«, sagte er. »Harkov hat mir bei der Entscheidung geholfen, wo ich meine defensiven Legionen aufstellen soll.«

Hesther runzelte die Stirn. »Ich dachte, dafür hätten schon die Befehle aus Estorr gesorgt.«

»Die haben mich nur aufgefordert, drei Legionen nach Neratharn zu schicken. Mit dem wenigen, das mir noch bleibt, muss ich mich um etwaige tsardonische Angriffe von Osten her kümmern, die unmittelbar mein Land betreffen, falls Gestern fällt.«

»Aber die Insel Kester ist doch ...« Die Falten auf ihrer Stirn vertieften sich.

Vasselis sah sich um. Im Augenblick waren nur sie drei im Unterstand.

»Hesther, es wird da draußen nicht besser. Ich habe nicht mehr viele loyale Truppen, und allmählich mache ich mir unter meinen eigenen Leuten Feinde.«

»Was meinst du damit?«

»Wir richten die Anlage nicht nur ein, um die Kanzlerin abzuwehren«, sagte Harkov mit einer Geste zu den Befestigungen hin. »Sie hat auf ihrem nicht eben geradlinigen Rückweg nach Estorr unter den gläubigen Anhängern des Allwissenden Zwietracht gesät. Nach den Berichten, die ich bekomme, können sich die Legionen des Ordens eines noch nie da gewesenen Zulaufs an Freiwilligen erfreuen. Für die meisten Menschen in Caraduk scheint der Krieg weit weg zu sein, aber dafür haben sie Angst vor der Gefahr, die sich ihrer Ansicht nach hier in Westfallen zusammenbraut.«

Vasselis kratzte sich am Kopf. »Ich habe mein Volk gespalten.«

»Nein, das hast du nicht«, widersprach Hesther. »Das hat die Kanzlerin getan.«

»Das Ergebnis ist dasselbe. Jetzt ist nur noch die Frage, ob zuerst die Ritter Gottes oder die Bäcker und Bauern aus Caraduk diese Wälle auf die Probe stellen werden.«

»Bist du denn so sicher, dass wir angegriffen werden?«

»Das ist das Einzige, worauf ich im Augenblick mein Leben verwetten würde. Aber dieses Mal kann ich wenigstens dafür sorgen, dass ihr fliehen könnt.«

Als Hesther in die Villa zurückkehrte, fiel ihr Blick auf die drei Triremen, die im tiefen Wasser vor Anker lagen. Sie fragte sich, wie viel Zeit ihr noch blieb, ehe sie eines der Schiffe ihr Heim nennen musste.

»Die verdammten Schwachköpfe«, murmelte Jhered, während er über die kurze Treppe aufs Deck hinaufstampfte und die Luke zuknallte, um das Jammern und Zetern nicht mehr zu hören. »Wenn ihnen die Decke zu niedrig ist, können sie auch hier oben schlafen.«

»Mein Schatzkanzler?«

Jhered wandte sich zum Kapitän des kleinen Ausflugsbootes um, das Marschallin Mardov ihm zur Verfügung gestellt hatte. Er war ein durchaus angenehmer junger Mann, der jedoch abgesehen von der Navigation auf dem Fluss über keinerlei herausragende Fähigkeiten verfügte. Außerdem erbebte er förmlich vor Ehrfurcht vor dem großen Einnehmer. Der Kutter verfügte über vierundzwanzig Ruder und einen einzigen Mast mit einem bunt bemalten Segel. Der Bug und das Heck waren im Baustil von Gestern nach oben gezogen. Vorne gab es ein mit Leinwand überdachtes Privatdeck, das von einer kostbaren geschnitzten Reling umgeben war. Die luxuriösen Möbel waren allerdings entfernt worden.

Auf die Seiten des Bootes waren Berglandschaften gemalt, die den Aufgestiegenen gefallen hatten, doch das Schiff war nur für Ausflüge bei Tage gedacht und bot unter Deck, abgesehen von den Kojen für die Mannschaft, nur wenig Platz. Es gab lediglich zwei Kabinen. Mirron und Appros Menas teilten sich die eine, sodass die Jungen in die andere gepfercht wurden. Jhered schlief unter einem Segeltuch auf Deck, was ihm keinerlei Schwierigkeiten bereitete. Die kühle Luft, die von den Bergen Karks herunterwehte, strich ihm angenehm übers Gesicht, wenn die Sonne unterging, und es gefiel ihm sehr, im Halbschlaf das Flattern des Segels beobachten zu können.

Es war nur eine dreitägige Reise flussaufwärts bis zur Grenzstadt Ceskas, aber schon am zweiten Morgen fragte Jhered sich, worauf er und Menas sich eingelassen hatten. Der Kapitän hatte offensichtlich die Anweisung bekommen, keinerlei Fragen über seine jungen Fahrgäste zu stellen, und dafür, wenn schon für nichts anderes, war Jhered sehr dankbar.

»Schon gut. Es ist eben eine Plage, mit solchen Gören zu reisen«, sagte er. »Ihr könnt nicht zufällig die Decken der Kabinen höher legen und Federn in die Kissen stopfen?«

Der Kapitän lachte. »Ihr habt wohl keine eigenen Kinder, Herr?«

»Die da unten sind vier gute Gründe dafür. Sie sind hitzköpfig, haben ein viel zu kurzes Gedächtnis und sind anscheinend jederzeit fähig, etwas völlig Falsches zu sagen.« Er schüttelte den Kopf.

»Wir waren alle mal jung.«

»Aber so wie die war ich nie, verdammt«, knurrte Jhered, dessen Laune sich allmählich besserte. »Mein Vater hätte mich windelweich geschlagen, wenn ich so frech gewesen wäre wie die.« Er trat näher zum jungen Kapitän. »Demnach nehme ich an, dass Ihr Kinder habt?«

»Drei«, erwiderte der Mann.

»Dann seid Ihr sehr tapfer. Ich würde mich lieber im Lendentuch einer tsardonischen Horde stellen, als jeden Tag dieses Tollhaus zu ertragen.«

»Ich fahre nicht von ungefähr zur See. Hier draußen ist es friedlich, nicht wahr?«

»Ihr seid tapfer und weise obendrein«, sagte Jhered. Dann schüttelte er wieder den Kopf. »Sie fühlen sich da unten nicht wohl, und doch verbringen sie die meiste Zeit genau dort. Ich verstehe das nicht. Seht Euch nur an, was sie verpassen. Oh, da fällt mir etwas ein.«

Er marschierte zur Luke und öffnete sie. Unten ging das Gezanke unvermindert weiter.

»Hört mal zu, ihr alle. Ich will jetzt kein Wort mehr hören. Kommt sofort herauf. Es ist Zeit, dass ich rede und ihr zuhört. Ihr braucht etwas Nachhilfe in Geografie.« Er hielt einen Moment inne. »Es nützt nichts, etwas Böses über mich zu murmeln, Gorian. Du kannst vielleicht nicht ertrinken, aber bis zur nächsten warmen Mahlzeit müsstest du ziemlich weit schwimmen. Kommt jetzt rauf.«

Der Kapitän sah sein Gesicht und beschloss, nicht zu lächeln. Jhered marschierte zum Baldachin und wartete, bis alle fünf sich zu ihm gesellt hatten.

»Wenn ihr wollt, dass dies nicht bloß so hart wird, wie es ohnehin sein muss, sondern obendrein auch noch eine Folter, dann werde ich euren Wunsch gern erfüllen«, sagte er, ohne sie anzuschauen. »Ich kann verstehen, dass ihr euch verloren und verletzt fühlt und trauert. Ich weiß, dass Mirron schnell seekrank wird, aber ich weiß auch, dass Ossacer es beheben kann. Ich weiß, dass Gorian und Kovan nicht gut miteinander auskommen, aber so ist das Leben. Mir ist klar, dass ihr große Kräfte entwickelt, bei deren Verständnis euch niemand helfen kann. Damit müsst ihr ganz allein zurechtkommen, und deshalb empfinde ich echtes Mitgefühl mit euch.

Dies habe ich bisher gelernt. Jetzt seid ihr an der Reihe. Im Gegensatz zu euch werde ich mich allerdings kurz fassen und jede Tatsache nur einmal erwähnen.«

Er wandte sich an sie und deutete auf die imposanten schneebedeckten Gipfel von Kark, die sich von links nach rechts über den Horizont zogen und mit jeder Stunde, die verging, höher aufzuragen schienen.

»In zwei Tagen werden wir in Ceskas landen. Das ist eine Grenzstadt, deren Bewohner an ein raues Leben gewöhnt sind. Sie liegt auf einer Erhebung, die ihr vermutlich einen Berg nennen würdet, die für die Einwohner selbst und ihre Nachbarn aus Kark jedoch kaum mehr als ein Hügel ist. Die Luft ist dort dünn, und ihr werdet schnell ermüden. Allerdings werden wir uns nur gerade lange genug aufhalten, um Maultiere und Vorräte einzukaufen, damit wir uns auf die Wanderung über die Grenze machen können.

Wir werden hohe Pässe benutzen, weil es im Flachland zu gefährlich ist. Nicht weil die Karku euch töten werden, sondern weil es dort, wo sie keinen Pass in den Fels geschlagen haben, auch keinen gibt. Bei jedem unvorsichtigen Schritt droht der Tod. Auf den hohen Bergen beißt der Wind mit eisigen Zähnen. Euch könnten die Finger abfrieren, und die Luft könnte in euren Lungen erstarren. Schnee und Eis liegen hoch und sind so grell, dass sie euch blenden. Wir werden so hoch hinaufkommen, dass ihr um jeden Atemzug ringen müsst.

Die Karku selbst sind ein geheimnisvolles, mächtiges Volk, genau wie die Sirraner. Sie müssen keine Invasion großer Truppen fürchten, weil sie stets zuerst schießen und erst anschließend die Fragen stellen. Sie haben Rituale und Religionen, an die sie inniger glauben als jeder Ordenssprecher. Sie haben heilige Orte, die kein Außenstehender sehen und erst recht nicht betreten darf. In diesem Land können einem ein falsches Wort oder eine unangebrachte Geste Schmerzen oder den Tod einbringen. Dennoch sind sie ehrenwert und unsere Verbündeten. Das Wichtigste ist bei ihnen der Respekt.«

Er hielt inne und warf Gorian einen scharfen Blick zu, ehe er fortfuhr.

»Wir werden mindestens zehn Tage in Kark bleiben, falls mir nicht über die Kontakte, die ich hoffentlich knüpfen kann, irgendetwas anderes zugetragen wird. Von dort aus werden wir uns durch das östliche Atreska bis nach Tsard bewegen. In gerader Linie sind es mehr als tausend Meilen bis Sirrane, aber wir können nicht wie die Vögel fliegen. Wer müssen durch ein Land reisen, das vom Krieg zerrissen ist, und kommen deshalb möglicherweise nur langsam voran. Vielleicht gelangen wir in die Nähe der Toursanischen Seenplatte, wo noch Kannibalen hausen und der Sumpf einen Menschen binnen weniger Augenblicke verschlingen kann. Wir müssen auch durch die Steppe, wo die schnellen, geschickten und gefährlichen Reiter leben. Wir werden nicht anhalten, und wir werden nicht umkehren.

Wenn wir wirklich großes Glück haben, marschiert Roberto Del Aglios mit seinem Heer noch nach Süden, und dann haben wir den schlimmsten Teil der Reise bald hinter uns. Erst dann seid ihr gefordert, euren Anteil beizutragen, um die Konkordanz zu retten. Wenn ihr das nicht tut, werdet ihr alles verlieren, was ihr liebt, und der Kummer, den ihr jetzt empfindet, wird im Vergleich dazu ein Genastrotag sein.

Wir dürfen nicht scheitern. Ihr könnt mit euren Kräften ganze Heere aufhalten. Ihr könnt die Feinde so sehr verängstigen, dass sie kehrtmachen und weglaufen. Das erwarte ich von euch, und euer Gejammer über den Frieden wird bei mir auf taube Ohren stoßen. Die Tsardonier kommen, und unsere Verbündeten wenden sich gegen uns.«

Darauf blickte er sie einen nach dem anderen an, die bleichen Gesichter und die ängstlichen Augen.

»Ich weiß, wie sehr ihr euch fürchtet. Das ist kein Wunder. Ihr habt behütet und bequem in Westfallen gelebt, aber diese Zeiten sind vorbei. Jetzt seid ihr in meiner Welt, und in dieser Welt herrscht Krieg. Ein Krieg kann euch alles nehmen. Sogar die letzten Reste von Hoffnung und Liebe, an die ihr euch noch klammert. Der Krieg nimmt es euch weg und zertritt es mit harten Stiefeln. Wenn wir scheitern, bleibt nichts mehr übrig. Überhaupt nichts.«

13

848. Zyklus Gottes, 12. Tag des Solasab
15. Jahr des wahren Aufstiegs

Roberto Del Aglios nahm die Scheide mit dem Kavallerieschwert an sich und stürzte aus dem Zelt in die schwüle, ruhige Nacht hinaus. Er trug nur die leichte Tunika und die Sandalen, in denen er eingeschlafen war. Man musste Gott auch für die kleinen Gnaden danken.

Unten am Haupttor brannten einige Zelte der Hastati, und er hörte Waffen klirren. Im flackernden Zwielicht tanzten groteske Schatten. Aus allen Richtungen strömten Soldaten zum Ort des Geschehens. Er befahl ihnen, in ihre Zelte zurückzukehren. Dann rief er nach seinen Extraordinarii und hatte keine Ahnung, ob überhaupt jemand auf ihn hörte.

Während er Befehle brüllte, eilte er über den festgetretenen Boden, sprang über die Reste von Kochfeuern und die Ständer mit den Schilden und Schwertern hinweg. Näher am Kampfgeschehen kam er im Gedränge langsamer voran und musste sich durch Infanterie, Kavallerie und Ingenieure mit beiden Ellenbogen einen Weg bahnen. Mit jedem Schritt wuchs sein Zorn.

Der Streit war ausgeufert. Zwischen der Achten Estoreanischen und der Fünfzehnten Atreskanischen Legion kämpften die Bürger mit Schwert, Speer, Dolch und Faust vor den brennenden Zelten. Es war ein wildes Durcheinander und ein schreckliches Handgemenge. Hunderte prügelten sich oder lagen schon am Boden, und immer mehr strömten von allen Seiten herbei.

Ein paar Augenblicke wartete Roberto ab und schaute zu, während sich seine Extraordinarii um ihn sammelten und die klügeren Angehörigen seiner Truppe sich zurückzogen, nachdem sie ihn bemerkt hatten. Ein paar Kämpfer stellten unter seinem wütenden Blick die Auseinandersetzungen ein, aber viel zu viele gingen völlig im hitzigen Gefecht auf. Viel zu viele Verletzte lagen am Boden, und er entdeckte mindestens einen Toten. Es war genug.

»Geht dazwischen«, befahl er. »Verscheucht sie und folgt mir.«

Darauf rannte Roberto zu den Kämpfenden und schob sich mit geballten Fäusten zwischen zwei Männer. Er stieß sie zur Seite und brüllte sie an zurückzuweichen. Ein Stück weiter klirrten die Schwerter, dass die Funken flogen.

»Zurück!«, rief er. »Zur Seite. Weg mit den Waffen.«

Seine Extraordinarii, es waren dreißig oder mehr, stürmten an ihm vorbei und drängten sich mit erhobenen Klingen zwischen die Streithähne. Roberto rammte unterdessen einen Legionär und stieß ihn zu Boden. Der Mann richtete sich wieder auf und hob das Schwert, aber Roberto zog rasch seine Klinge aus der Scheide und setzte sie ihm auf die Brust.

»Vergiss es«, sagte er. »Lass es bleiben, Soldat.«

Als hinter ihm abermals Metall klirrte und Metall auf Leder prallte, drehte er sich um. Aus einer Wunde spritzte Blut. Freunde kamen dem Geschlagenen zu Hilfe und hoben zornig die Stimmen. Ein riesiger Atreskaner hatte den Streich geführt. Jetzt drehte er sich um, suchte ein neues Ziel und fand Roberto, der sich ihm in den Weg stellte. Er hob und senkte das Schwert. Roberto parierte mühelos, machte einen Ausfallschritt und knallte dem Mann seinen Schwertknauf ins Gesicht. Er stürzte und wollte blind vor Wut wieder aufstehen, aber schon kratzte eine Schwertspitze über seinen Hals, und er ließ seine Waffe fallen.

»Hört sofort auf«, überbrüllte Roberto den nachlassenden Lärm. »In meinem Lager herrscht Ordnung.«

Nach und nach gehorchten sie. Erfahrene Soldaten stellten sich auf die Seite der Extraordinarii und trennten die Streitenden. Schließlich breitete sich Schweigen aus. Immer noch wurden auf beiden Seiten Verwünschungen laut, und die Zelte brannten knisternd, obwohl die Ersten schon versuchten, sie zu löschen.

»Ruhe«, befahl Roberto.

Er sah sich um. An einem Dutzend Stellen war die Lagerstraße rot vor Blut. Verletzte Männer und Frauen lagen am Boden. Er zählte dreißig, und unter denen, die ihn voller Wut anstarrten, waren vermutlich noch mehr Verwundete. Er schritt zwischen den Reihen der Hastati auf und ab. Niemand erwiderte seinen Blick. Schließlich gab er sein Schwert Herides, der links neben ihm aufgetaucht war.

»Ich bin froh, dass du dich an dieser Dummheit nicht beteiligt hast«, flüsterte er. Dann hob er die Stimme. »Ärzte und Träger, schafft die Verwundeten fort. Mit ihnen rede ich später. Was euch angeht ...«

»Sie nennen uns Verräter«, rief ein Atreskaner, worauf die anderen sofort wieder drohend mit den Waffen herumfuchtelten und Flüche ausstießen.

»Ruhe!« Roberto marschierte zum Sprecher hinüber. »Wenn ich die Gründe für diese Dummheit wissen will, werde ich danach fragen.« Er wandte sich ab. »Der Nächste, der spricht, bevor ich es befohlen habe, wird ausgepeitscht. Der Übernächste wird hingerichtet. Habe ich mich deutlich ausgedrückt?«

Schweigen.

»Falls die Tsardonier uns beobachten, dann werden sie schon heute Nacht ihren Sieg feiern. Sie müssen nicht einmal die Klinge gegen uns erheben, damit wir unser Blut vergießen und sterben. Wie wollt ihr die Bedrohung bekämpfen, der unsere Heimat und unsere Familien ausgesetzt sind? Vielleicht sollte ich mein Kommando niederlegen und die Hastati entscheiden lassen, wohin wir marschieren und wann wir kämpfen.«

Er brüllte jetzt fast.

»Wie könnt ihr es wagen, das Blut eurer Kameraden zu vergießen? Männer und Frauen, mit denen ihr in den letzten Jahren Seite an Seite gekämpft habt. Wie könnt ihr es wagen, den Ruf dieses Heeres zu besudeln? Meines Heeres? Wollt ihr wirklich, dass ich von euch verlange, die Schwerter an den Toren abzugeben, wenn ihr das Lager betretet? Sind wir Kinder, oder sind wir die besten Kämpfer der Konkordanz? Nun?«

Zustimmendes Brüllen erhob sich.

»Ja. Ja, das sind wir«, sagte Roberto. »Was ein paar von euch getan haben, raubt vielen anderen die Zuversicht. Ihr habt mich enttäuscht.«

Wieder wanderte er an den Reihen entlang. Sie ließen die Köpfe hängen, und einige, die ihn anzuschauen wagten, machten betretene Mienen.

Inzwischen holten die Sanitäter schon die ersten Verletzten und Toten ab.

»Einige von euch kenne ich sogar mit Namen. Ich habe gehört, wie stolz ihr seid, in meiner Armee zu dienen. Wo ist dieser Stolz jetzt geblieben? Seid ihr so empfindlich, dass ihr keine Sticheleien mehr vertragt? Ist eure Moral wirklich so zerbrechlich? Diejenigen, auf die das zutrifft, wissen, wo die Tore dieses Lagers sind. Ich will euch nicht in meiner Truppe haben. Ich will nicht, dass ihr unter dem Banner meiner Mutter kämpft. Ihr entehrt es, ihr beleidigt es, ihr besudelt es.

Glaubt ihr denn, es ist mir wichtig, wo eure persönlichen Sympathien liegen? Ihr marschiert geeint unter dem Banner der Konkordanz. Zwietracht dulde ich nicht, und ich werde nicht zulassen, dass die Kämpfer, die unter meinem Befehl stehen, die Klingen gegeneinander erheben. Wir werden einen Ring für die bauen, die sich wegen ihrer kleinlichen Ärgernisse prügeln wollen. Das ist aber auch der einzige Ort, wo so etwas stattfinden wird.

Wer in Zukunft noch einmal diese Regel bricht, wird hingerichtet. Es gibt keine Verhandlung und keine Einsprüche. Wir sind im Krieg, und ich habe keine Zeit, mich mit Unwürdigen abzugeben.« Ein letztes Mal schüttelte er den Kopf. »Idioten seid ihr, ihr alle. Erbärmliche, großmäulige Idioten. Macht euch auf lange Jahre bei den Hastati gefasst, weil weder die Principes noch die Triarii euch haben wollen. Geht mir aus den Augen.«

Damit machte er kehrt, rief seine Kommandanten zu sich und kehrte in sein Zelt zurück.

Shakarov und Davarov waren sofort an seiner Seite und redeten auf ihn ein. Er ignorierte sie, bis er sein Zelt erreichte und alle acht, die er gerufen hatte, versammelt waren.

»Setzt euch. Goran, Davarov, setzt euch.«

»General, du kannst doch diese Beleidigungen nicht …«

»Goran, ich will mich nicht wiederholen. Es war auch so schon eine lange Nacht. Mach es mir bitte nicht noch schwerer.«

Davarov legte Shakarov eine Hand auf die Schulter, und die beiden setzten sich. Elise, Dahnishev und Neristus waren schon da. Die Rittmeister der atreskanischen Legionen waren gekommen, ebenso der Schwertmeister der Achten Estoreanischen Legion.

»Niemand, der hier sitzt, ist völlig ohne Schuld«, begann er.

»General, es gab …«

»Ich will es nicht hören, Goran. Wirklich nicht. Jammert mir nichts vor. Du und ich und wir alle stehen vor demselben Problem. Seit Nunan den Abfall Atreskas bestätigt hat, wissen wir, dass es Schwierigkeiten geben würde. Uns ist bekannt, wie dies die Alae zerreißt und wie sehr es ihre Moral trifft. Wir wussten, dass die Estoreanische Legion sich bedroht fühlen und sich in Unterzahl wähnen würde. Wir haben hier in diesem Zelt gesessen, über all dies gesprochen und uns gefragt, wie wir den Ausbruch der Konflikte verhindern können.

Leider hatten wir keinen Erfolg. Irgendwann musste es Schmähungen und Beleidigungen geben. Als Jungen und Mädchen haben sie das in der Schule getan und sind eigentlich nie darüber hinausgewachsen. Aber wir müssen hier eine Armee führen, wir sind nicht auf dem Spielplatz, und statt eines Nasenstübers gibt es hier einen Speer in den Bauch. Dahnishev, wie viele sind tot?«

»Siebzehn«, sagte der Feldarzt. »Acht weitere werden nie wieder kämpfen. Weitere zehn können dieses Jahr nicht mehr kämpfen. Ich weiß nicht, wie viele sich zu sehr schämen, um sich mit kleineren Verletzungen zu melden.«

Roberto zuckte mit den Achseln und schüttelte den Kopf. »Wir werfen Leben weg, bevor wir überhaupt gekämpft haben. Mit Spannungen habe ich gerechnet, auch mit Faustkämpfen. Aber nicht mit gezogenen Schwertern. Wir müssen es im Keime ersticken, und seid gewiss, ich werde jeden hinrichten lassen, der gegen die Regeln verstößt.

Wir befinden uns in einer schwierigen Lage. Im Osten haben wir keinen Spielraum, weil wir im Toursanischen Seengebiet und in den Sümpfen einfach untergehen würden. Die Grenze zu Atreska ist nicht sicher, also müssen wir uns fernhalten, solange es geht. Meine Kundschafter sind unterdessen damit beschäftigt, mehr tsardonische Späher zu töten, als ihr Haare auf dem Kopf habt.«

»Was meinst du, war das organisiert, oder nur ein Streit, der zu weit gegangen ist?«, fragte Neristus.

»Davarov, Goran, was denkt ihr? Oder die anderen?«, gab Roberto die Frage weiter.

»Sie trugen keine Rüstungen«, überlegte Davarov. »Wahrscheinlich eine Beleidigung aus einem estoreanischen Mund, die das Fass zum Überlaufen brachte.«

Roberto verkniff sich eine scharfe Antwort. »Oder der erste Stich einer atreskanischen Klinge«, sagte er. »Du warst nicht dabei, Goran. Vielleicht hätte dies vermieden werden können, wenn du dort gewesen wärst. Vorwürfe bringen uns jetzt allerdings nicht weiter. Niemand, der eine Waffe in die Hand nahm, ist unschuldig, aber ich will jetzt keine Hexenjagd veranstalten. Dazu fehlt uns die Zeit, und es würde nur weitere Spannungen aufbauen. Zunächst sollt ihr die Hauptleute der Kavallerie und die Zenturionen aus allen Legionen einweisen und die Zelte der Infanteristen bewachen lassen.« Er hob beschwichtigend die Hände, als seine Offiziere protestieren wollten. »Nur bis sich die Dinge wieder beruhigt haben.«

»Wir brauchen eine Schlacht, damit die Leute wieder auf andere Gedanken kommen«, meinte Davarov.

»Nichts eint die Leute mehr als der Anblick von Tsardoniern«, stimmte Shakarov zu.

»Wirklich?« Dies brachte Roberto zum Kern seiner eigenen Ängste zurück. »Könnte es nicht auch diejenigen, die immer noch von einem unabhängigen Atreska träumen, auf die Idee bringen, sie würden ihrem Ziel viel näher kommen, indem sie sich gegen uns wenden?«

»Wie können wir das jemals wissen?«, fragte Dahnishev. »Da draußen sind mehr als siebentausend Atreskaner.«

»Ja, und ich will nicht, dass bei der nächsten Schlacht ein Viertel von ihnen abmarschiert und sich auf die Seite der Tsardonier schlägt. Das, Goran, ist es, was den estoreanischen Soldaten Sorgen macht. Können sie dem Manipel trauen, neben dem sie stehen?«

Shakarov starrte zu Boden. »Meinst du wirklich, ein Viertel unserer Leute könnten Verräter sein?«, fragte er leise.

»Muss ich diese Frage wirklich beantworten, Goran?«

Der Offizier hob den Kopf. »Was meinst du denn, wie viele es sein könnten?«

»Das weiß ich nicht«, fauchte Roberto. »Die Männer und Frauen stehen unter deinem und Davarovs Befehl. Sagt ihr es mir. Was ich da draußen gesehen habe, waren keine Rebellen, die gegen treue Estoreaner kämpfen. Es waren Leute, die sich von ihren Gefühlen und Ängsten überwältigen ließen, was uns allen geschadet hat. Aber wir dürfen nicht vergessen, dass es unter ihnen sicherlich unzuverlässige Legionäre gibt, und einer von denen könnte als Erster zugeschlagen haben. Sagt mir, dass ich mich irre.«

Das Schweigen war Antwort genug.

»Und was tun wir jetzt?«, fragte Davarov.

»Wir marschieren nach Süden. Aber wir müssen eine Antwort auf zwei Fragen finden. Haben wir ein Heer, dessen Soldaten Seite an Seite und geeint kämpfen? Und wenn nicht, wie können wir diesen Zustand wiederherstellen? Denn falls diese Fragen nicht beantwortet sind, bevor wir auf bedeutende tsardonische Verbände stoßen, müssen wir uns alle darauf einstellen zu sterben.

Und nun schlaft gut.«

Aber niemand fand Schlaf. Die ganze Nacht lang waren Schmähungen und Flüche zu hören. Vier Stunden vor der Morgendämmerung gab Roberto es auf, erhob sich und befahl, die Truppe marschbereit zu machen.

So viel hatte sich in so kurzer Zeit verändert. Von einer Streitmacht, die siegreich den Feldzug begonnen hatte, über die zusammengeschweißte Gemeinschaft, die durch die Seuche entstanden war, bis hierher.

»Es braucht Jahre, das Herz eines Heeres zu stärken, und nur einen Tag, um es zu brechen«, sagte Elise Kastenas.

Sie ritt neben Roberto, der sich entschlossen hatte, den Zug anzuführen. Nachdem sechs atreskanische Reiter nicht zurückgekehrt waren, hatte Roberto estoreanische Späher ausgeschickt. Auch ein Plündertrupp der Fünfzehnten Atreskanischen Legion, der Pfeile Gottes, war überfällig, was Robertos Stimmung noch weiter verdüsterte.

»Es beweist, dass wir in einem entscheidenden Augenblick versagt haben«, meinte er. »Ich kann nicht glauben, dass ich Manipel der Triarii zwischen die zankenden Hastati der Achten und Einundzwanzigsten Legion stellen muss. Wo habe ich nur einen Fehler gemacht?«

»Du hast keinen Fehler gemacht, Roberto«, sagte Elise etwas unwirsch. »Der Abfall von Atreska kann dir auf keinen Fall vorgeworfen werden.«

»Allerdings hätte ich die Schwierigkeiten vorhersehen müssen, die dadurch entstehen würden. Ich hätte schärfer durchgreifen müssen.«

»Dein Oberkommando beruht darauf, dass deine Kommandanten relativ unabhängig vorgehen können. Das hat sich fünf Jahre lang bewährt, und wir waren noch nie der Niederlage auch nur nahe. Aber nachdem die Herrschaft der Konkordanz über Atreska gebrochen ist, flammt die alte Feindseligkeit wieder auf.« Sie sah ihn offen an. »Zweifle nicht an dir. Niemand hier macht dir Vorwürfe.«

Roberto nickte. Ihm war klar, dass sie recht hatte, aber er konnte das Gefühl nicht abschütteln, dass Gott ihm eine Prüfung auferlegt hatte. Bis zum Generalsrang war seine Karriere glatt verlaufen. Sein Heer hatte fast reibungslos gearbeitet. Darauf und auf seine Siege konnte er stolz sein, aber nun stand er vor einer Herausforderung, die ihm schlimmer vorkam als jeder Feind, dem er sich bislang gestellt hatte.

»Ich zweifle nicht an mir selbst«, erwiderte er. »Allerdings bin ich sehr davon enttäuscht, dass das größte Problem, vor dem ich je gestanden habe, nicht etwa mit dem Schwert vor mir herumfuchtelt, sondern sich von hinten anschleicht und die Uniform der Konkordanz trägt.« Er blies die Wangen auf. »Vielleicht kann ich sie davon abhalten, sich gegenseitig zu töten, aber ich kann nicht verhindern, dass sie reden. Es ist wie eine ansteckende Krankheit. Ich spüre die Unzufriedenheit. Sage mir, Elise, hast du über die Fragen nachgedacht, die ich gestern Abend gestellt habe?«

»Ich habe an kaum etwas anderes gedacht.«

»Und was denkst du jetzt?«

Elise sah sich um und vergewisserte sich, dass niemand zuhörte. Dann deutete sie auf das vor ihnen ansteigende Gelände. Links und rechts erhoben sich Hügel mit steilen Hängen, die sich im Osten bis zur Toursanischen Seenplatte und im Westen bis zu den Ebenen von Atreska erstreckten.

»Wenn wir hinter dieser Anhöhe auf Feinde treffen, dann stecken wir in großen Schwierigkeiten. Eine tsardonische Armee, die so viele Kämpfer hat wie wir, könnte uns leicht besiegen. Wir haben mit vielen Leuten in der Truppe gesprochen, und es besteht kein Zweifel daran, dass das Vertrauen zwischen Legion und Ala zerstört ist. Das gilt sicherlich für die Hastati, betrifft aber wohl auch höhere Ränge. In der Kavallerie steht es nicht ganz so schlimm, weil wir anders organisiert sind. Ich glaube nicht, dass sie sich gegen uns wenden werden, aber die atreskanischen Hastati wollen nicht für die Konkordanz sterben.«

Roberto nahm den Helm mit dem grünen Federbusch ab und fuhr sich mit gespreizten Fingern durch die Haare. »Dann sind wir überhaupt kein Heer, sondern ein Gruppe wandernder Bürger. Hast du eine Vorstellung, wie wir sie wieder für uns gewinnen können?«

Er kannte die Antwort bereits, wollte sie aber aus ihrem Mund hören.

»Wir können es nicht«, flüsterte Elise. »Wir marschieren an ihrem Land und ihren Angehörigen vorbei, die dort um ihr Leben und ihre Zukunft kämpfen. Sie verstehen nicht, warum du nicht den Befehl gegeben hast, die Invasion zurückzuschlagen. Sie können das Gesamtbild nicht erkennen. Wir kämpfen für die Konkordanz, sie aber haben immer nur gekämpft, um die Tsardonier von Atreska fernzuhalten. Solche Risiken geht man eben ein, wenn man Alae aufstellt.«

»Glaubst du nicht, dass sie sich wieder beruhigen, wenn wir uns Gestern nähern?«

»Es wird noch schlimmer werden«, prophezeite Elise. Sie lächelte. »Warum fragst du mich das? Du weißt es doch schon. Wir marschieren durch das südliche Atreska, und es gab eine Menge Fahnenflüchtige. Roberto ...«

»Ich weiß, ich weiß.«

Die Enttäuschung erdrückte ihn. Er wandte sich um und blickte zu seinen marschierenden Soldaten zurück, zu der mehrere Meilen langen Schlange, die sich im Licht des frühen Morgens hinter ihm wand.

Der Himmel war trüb vom Staub. Jeder Beobachter konnte leicht erkennen, dass hier ein großes Heer marschierte.

»Was meinst du, wie viele wir halten können?«

»Viele verehren dich als ihren General. Davarov und Shakarov sind herausragende Kommandanten. Letzten Endes hängt es davon ab, ob sie lieber für dich kämpfen und ihrem Wunsch widerstehen, sich um ihre Angehörigen zu kümmern. Bei einigen spielt auch der Wunsch, Atreska von der Herrschaft der Konkordanz zu befreien, eine Rolle.«

»Dann wird es ein Wettbewerb, bei dem die Beliebtheit entscheidet.«

»Es freut mich, dass du noch scherzen kannst, Roberto«, sagte Elise.

»Was bleibt mir übrig«, erwiderte er. »Yuran muss sich verantworten.«

»Das wird er auch.«

Roberto richtete sich im Sattel auf, er hatte seine Entscheidung getroffen. »Holt mir die Befehlshaber zusammen. Wenn das Lager aufgebaut wird, sollen alle zu mir kommen. Wir müssen jetzt auf die richtige Weise vorgehen, sonst gibt es heute Nacht noch mehr Blutvergießen.«

»Was hast du vor?«

Roberto erwiderte ihren Blick; beinahe übermannte ihn sein unterdrückter Zorn.

»Jeder Atreskaner wird vor die Wahl gestellt. Sie können den Eid erfüllen, den sie beim Eintritt in die Legion geleistet haben, oder als Feiglinge zu ihren Familien zurückkehren. Wer dies wünscht, muss seine Waffen abgeben und aus dem Lager verschwinden. Wir begleiten sie bis zur atreskanischen Grenze und entlassen sie dort. Von mir aus soll jeder Kämpfer, der diese Armee verrät, bis zum Dusas tot sein.« Damit blickte er wieder nach vorn. »Ich muss einen Krieg gewinnen, und dieses Ungeziefer dulde ich nicht in den Uniformen meiner Familie.«

14

848. Zyklus Gottes, 18. Tag des Solasab
15. Jahr des wahren Aufstiegs

Pavel Nunan und Dina Kell befehligten eine zusammengewürfelte Legion, deren Kämpfer sich für den Namen »Gesteris' Rächer« entschieden hatten. Sie besaßen überhaupt keine Artillerie, weniger als hundert Kavalleristen und ein Sammelsurium verschiedenster Waffen und reparierter Rüstungen. Doch sie hatten eine mächtige Wut im Bauch, die ihre Befehlshaber nur zu gern anstachelten.

Nunan marschierte neben der atreskanischen Infanterie der Starken Speere aus Atreska und den Haizähnen, dem Tundarranischen Donner, dem Speer von Gosland und den Feuerdrachen, den Bärenkrallen, den Wirbelstürmen aus Estorr und den Estoreanischen Blitzen. Sie vertraten den Großteil derjenigen, die in der Taritebene gekämpft hatten. Alles in allem waren es knapp dreitausend Leute. Den Kundschaftern eilten Boten und schnelle Reiter voraus. Wer für den Marsch zu krank war, wurde im ursprünglichen Versteck weiter von Freiwilligen gepflegt. Es gab keinen Raum für Sentimentalitäten. Die Verletzten erwarteten nicht, gerettet zu werden, und die anderen, die gegangen waren, hatten nicht versprochen, sie würden zurückkehren.

General Gesteris war mit achtzehn Legionen an den Furten von Scintarit eingetroffen. Diese kleinen Truppe umfasste weniger als fünf Prozent der ursprünglichen Streitmacht. Sie hatten keine rechte Vorstellung, was sie erreichen konnten, aber nach dem Kontakt mit Roberto Del Aglios war die Zeit gekommen, sich in Bewegung zu setzen.

Wenn Nunan ehrlich war, dann hatte er in der Hoffnung gewartet, dass Kell zurückkehrte. Jetzt war er froh, die listige Anführerin neben sich zu haben. Sie waren zehn Tage ohne Pause marschiert und hatten mit ihrem leichten Gepäck bis zu dreißig Meilen am Tag zurückgelegt. Überwiegend hatten sie die verlassenen Hauptstraßen der Konkordanz nutzen können. Die Späher machten ihre Sache gut, und so konnten sie ohne Schwierigkeiten bis auf zwei Tagesmärsche an die Grenze herankommen.

Danach hatte Nunan seine Leute nach Norden geführt, um einen Tag später auf der alten Straße nach Atreska vorzudringen. Die Grenzfestungen, an denen sie vorbeikamen, standen offensichtlich schon seit geraumer Zeit leer. Es tat gut, wieder auf Boden zu laufen, der ihrer Ansicht nach der Konkordanz gehörte. Nunan hatte seine Truppe aufgerufen, ruhig zu bleiben.

Er war dankbar für das anhaltende warme Wetter, aber trotzdem sehnten er und alle Bürger, die ihm folgten, sich auch nach einer warmen Mahlzeit und einem guten Trunk. Viel zu lange hatten sie sich von getrocknetem und geräuchertem Fleisch und Kräuteraufgüssen aus zerstoßenen Blättern ernährt. Die Notwendigkeit, im Dunklen zu lagern, um nicht entdeckt zu werden, war auf die Dauer ermüdend.

Es war still im Lager, und Nunan saß mit Kell auf einem umgestürzten Baum im Wald, der sich als ausgezeichneter Unterschlupf für die Nacht angeboten hatte. Die Pferde waren in der Nähe angepflockt. Er hörte das leise Wiehern, als sie sich auf die Nachtruhe einstellten.

»Wir müssen in der Nähe von Gullford den Fluss überqueren, damit wir nicht zu weit nach Norden kommen. Die Tsardonier und die atreskanischen Rebellen kämpfen sich vermutlich zur Grenze an der neratharnischen Südküste durch. Das ist der einzige Punkt, an dem man mit einer solchen Streitmacht hinübergelangen kann, und dort werden sich auch die Truppen der Konkordanz sammeln, um die Feinde zu vertreiben.«

Nachdem ihre Augen sich umgestellt hatten, kratzte Kell im hellen Mondlicht Linien in den Sand.

»Glaubst du, auch Gesteris geht dorthin, falls er noch lebt?«, fragte Nunan.

»Mir fällt keine bessere Stelle ein. Inzwischen dürfte ihm die Lage in Atreska genau bekannt sein, und ich kann mir nicht vorstellen, dass er eine Art Partisanenkrieg führen würde. Das liegt ihm nicht. Er und die Leute, die noch bei ihm sein mögen, werden versuchen, an einem passenden Ort eine ordentliche Schlacht zu schlagen und den Feind aufzuhalten. Es muss Neratharn sein. Wir haben alle die Geschichten darüber gelesen, wie schwer es für uns war, auf diese Weise nach Atreska vorzustoßen. Wollen wir hoffen, dass für die Gegenrichtung das Gleiche gilt.«

Nunan lächelte. »Vielleicht werden sie auch übers Meer fahren wie wir.«

»Glücklicherweise ist die atreskanische Marine nicht groß genug, und die Tsardonier haben überhaupt keine Schiffe im Tirronischen Meer. Außerdem sind die Ocetanas immer bereit.«

»Es könnte dort recht interessant werden«, meinte Nunan.

»Ganz sicher.«

Ihre Unterhaltung wurde durch eine kurze Unruhe und einige im Zorn geflüsterte Worte unterbrochen. Schritte näherten sich, und ein Mann in einem leichten Mantel mit einer Tunika und Sandalen wurde in ihren Kreis gestoßen. Ringsum hoben einige Kämpfer die Köpfe, um den Neuankömmling zu betrachten. Zwei Späher standen mit Klingen in der Hand hinter ihm.

»Wie könnt ihr es wagen, mich so zu behandeln«, fauchte der

Mann. Er hatte einen wilden Blick, fiebrig und gehetzt. »Dies ist mein Land, ihr habt nicht das Recht dazu.«

Nunan legte einen Finger auf seine Lippen. »Einen Moment«, sagte er. Dann wandte er sich an die Späher. »Was hat das zu bedeuten?«

»Er ist da hinten auf dem Weg marschiert und wollte allem Anschein nach zur Grenze. Er sagte, er wolle in Tsard seine Frau und seinen Sohn suchen.«

»Ganz allein?«, fragte Kell. »Das ist eine gefährliche Gegend für einen unbewaffneten Mann. Und wenn es dir nichts ausmacht, du hast für den Dusas auch nicht die richtigen Schuhe.«

Die vier Soldaten der Konkordanz kicherten. Der Mann richtete sich vor Nunan auf und klopfte den Staub aus seinen Kleidern.

»Lacht nicht über mich, das verdiene ich nicht. Nicht von euch. Nicht von der Konkordanz.«

Nunan sah ihn mit erwachendem echtem Interesse an. »Woher kommst du? Deiner Kleidung nach zu urteilen aus der Nähe.«

»Den letzten Mann, der mich auslachte, habe ich getötet. Er war ein Tsardonier, aber vielleicht seid auch ihr meine Feinde. Allmählich denke ich, dass jeder mein Feind ist.«

»Er ist verwirrt.«

»Ich musste fort. Niemand will mir helfen, deshalb helfe ich mir selbst.« Er streckte die Hände aus. »Ich sage die Wahrheit. Lasst mich gehen.«

Nunan betrachtete seine Hände. Sie waren schmutzig und fleckig.

»Soll ich dir glauben, dass das Blut ist? Ich frage dich noch einmal: Woher kommst du? Wir werden dir nichts tun.«

»Aus Gullford.«

Kell zog die Augenbrauen hoch, und Nunan lächelte. »Hole diesem Mann etwas zu trinken und zu essen«, befahl er einem Späher.

»Setz dich. Ich bin Pavel Nunan, der Schwertmeister. Das hier ist Dina Kell, die Rittmeisterin.«

Der Mann wusste nicht recht, wie er darauf reagieren sollte. Er sah sich suchend um und fand einen Holzklotz, den ein Legionär für ihn herbeigerollt hatte. Er lächelte nervös.

»Nun mach schon«, sagte Kell. »Setz dich endlich. Vielleicht können wir dir sogar etwas Besseres geben als die Sandalen da.«

»Wollt ihr mir helfen?«

»Wir helfen jedem, der Tsardonier tötet. Dadurch sind wir doch Verbündete, oder nicht?«, fragte Kell.

»Aber zuerst müssen wir Informationen austauschen«, sagte Nunan. »Erzähle mir etwas über Gullford und besonders über die Möglichkeiten, den Fluss zu überqueren. Dann können wir vielleicht auch dir einen Rat geben und dich vielleicht sogar von deiner Reise abhalten. Wie heißt du?«

»Ich bin Han Jesson, und nichts kann mich davon abhalten, meine Familie zu suchen.«

»Das kann ich respektieren«, erwiderte der Offizier. »Nun sage mir: Dieser Tsardonier, den du getötet hast, wer war das?«

»Er war der Sentor der Garnison, die mein Dorf besetzt hat«, erklärte Jesson. »Er hat die Erinnerung an meine Frau besudelt. Ich fand ihn betrunken auf der Straße, als ich aufbrach, und jetzt steckt mein Messer in seinem Bauch.«

Nunan entging nicht, dass Jessons Hände zitterten.

»Hast du noch nie zuvor einen Menschen getötet?«

Jesson schüttelte den Kopf. »Ich habe bisher nicht einmal die Faust gegen jemanden erhoben, und jetzt bin ich ein Mörder.«

»Wenn dich dein Gewissen quält, können wir dich ja hinrichten lassen«, sagte einer der Späher, der mit einem Teller voll kaltem Essen kam.

»He«, ermahnte Nunan ihn. »Das reicht jetzt.«

»Danke«, sagte Jesson.

»Wie viele Tsardonier sind dort?«, wollte Nunan wissen.

»Höchstens zweihundert«, erwiderte Jesson. Als er Nunans Miene bemerkte, hellte sich seine eigene auf. »Ihr wollt der Stadt also nicht ausweichen?«

Nunan schüttelte den Kopf. »Wo ist die nächste tsardonische Garnison?«

»Tut den Einwohnern nichts. Sie haben die Tsardonier hereingelassen, aber sie hatten keine Wahl. Sie verstehen es nicht.«

»Wo stehen die nächsten tsardonischen Truppen?«

»Sie sind an vielen Orten stationiert, aber die meisten gehen nach Neratharn oder besetzen Haroq. Auf der Großen Ebene gibt es Widerstand, dem sie aber ausgewichen sind. So habe ich es jedenfalls gehört.« Jesson rutschte nervös hin und her. »Tut meinen Freunden nichts an.«

Nunan zuckte mit den Achseln. »Wir werden uns bemühen. Wenn es aber Sympathisanten gibt, dürfen wir sie nicht am Leben lassen. Sieh dich nur an, wo du jetzt bist. Die Tsardonier laufen in deiner Stadt herum.«

Jessons Miene verdüsterte sich wieder. »Niemand war ein Sympathisant, bis die Konkordanz sich gegenüber unseren Bitten um Hilfe taub gestellt hat. Ihr habt es euch selbst zuzuschreiben. Wir sind die Opfer.«

Nunan hob beschwichtigend die Hände. »Immer mit der Ruhe, Han Jesson. Dies ist nicht der Ort, deine Kümmernisse vorzutragen, so berechtigt sie deiner Ansicht nach auch sein mögen. Niemand würde es verstehen.«

Jesson beruhigte sich ein wenig. »Sie sind keine Sympathisanten«, sagte er leise. »Sie hatten keine Wahl.«

»Die meisten Leute, die hier im Wald schlafen, waren früher brave Bürger, genau wie du und die Einwohner von Gullford. Sie haben gelernt zu kämpfen.« Er stand auf und baute sich vor Jesson auf. »Es gibt immer eine Wahl.«

Er entfernte sich, um sich schlafen zu legen, und überließ es Kell, dem Mann zu erklären, warum sein Vorhaben dumm war. Morgen. Morgen würden Gesteris' Rächer zum ersten Mal das Blut der Feinde kosten.

Arducius behielt den Kopf unten, zog die Schultern hoch und vertraute darauf, dass sein Maultier den richtigen Weg fand. Der Wind heulte durch das Tal und trieb ihnen Hagelkörner und Schnee in die Gesichter. Die Böen drohten sie von den Reittieren zu werfen, drangen sogar bis unter die Pelze und kühlten den Körper aus.

Der Schnee unter den Hufen des Maultiers war mindestens einen Fuß hoch und bedeckte eine Eisschicht, auf der es oft ausrutschte, was Arducius' Magen jedes Mal einen Bocksprung vollführen ließ.

So sehr er es auch versuchte, Arducius schaffte es nicht, den Blick nach vorn oder auf den Kopf seines Maultiers zu richten. Jedes Mal, wenn er links den Steilhang hinunterblickte, wurde ihm übel, und in seinem Kopf drehte sich alles. Am Morgen hatte Jhered erklärt, dass sie jetzt in zwölftausend Fuß Höhe wanderten. Ihm kam es eher vor wie zwölftausend Meilen. Nichts hatte sie auf so etwas vorbereiten können.

Vor acht Tagen waren sie im schrecklichen Grenzort Ceskas aufgebrochen. Arducius war sicher, dass allein Jhereds beeindruckende Gestalt sie vor Angriffen geschützt hatte. Sie hatten nur eine Nacht dort verbracht, während die beiden Einnehmer Tiere, Pelze, Vorräte und alles andere gekauft hatten, was sie brauchen würden. Diese eine Nacht war ihnen sehr lang geworden, und sie hatten kein Auge zugetan.

Auch dort herrschte theoretisch die Konkordanz, aber in Wirklichkeit gab es keine Legionäre, kein Haus der Masken und keine Basilika. Rund zweihundert Gebäude aus Holz und Stein klammerten sich an eine öde Hügelflanke, und soweit Arducius es sagen konnte, bestand ihr einziger Zweck darin, den Goldsuchern, die von Westen kamen und nach Kark wollten, gegen überhöhte Preise Ausrüstung zu verkaufen, während sie den Karku für möglichst geringes Geld Waren abkauften und mit riesigem Gewinn in Gestern vertrieben.

Jhered hatte nur mit den Achseln gezuckt, als Arducius ihn darauf aufmerksam gemacht hatte, und seine Bemerkung über die Realität des Lebens außerhalb von Westfallen wiederholt. Später hatte Jhered sich unter vier Augen mit Appros Menas beraten, und wieder etwas später hatte Gorian schließlich verkündet, die Einnehmer würden sich nach dem Krieg darum kümmern.

In Ceskas lächelte niemand. Die Menschen starrten nur und überlegten ständig, wie viel Gewinn ihnen die Neuankömmlinge, ob tot oder lebendig, einbringen mochten. Wie die anderen war auch Arducius froh gewesen, als sie abgereist waren. Inzwischen hatte sich seine Meinung etwas geändert. Jetzt hätte er fast alles dafür gegeben, ein anderes Gesicht und irgendeinen Anschein von Zivilisation in der Nähe zu entdecken.

Das Maultier schwankte bedenklich unter ihm, als es über den schmalen Pfad tappte, der sie unerbittlich höher und höher in die Berge von Kark führte. Arducius konnte kaum glauben, dass hier noch jemand lebte, dass sogar ein ganzes Volk in dieser trostlosen Gegend sein Dasein fristete. Schließlich wagte er es, sich noch einmal umzuschauen. Gern hätte er sich eingeredet, dass es für seine Ängste keinen Grund gab.

Der Schneefall hatte vorübergehend aufgehört. Durch einen schmalen Schlitz zwischen seinen Tüchern fiel Arducius' Blick auf eine weiße beängstigende Welt. Mit der rechten Hand konnte er eine mit Eis bedeckte Klippe berühren, die höher aufstieg, als er überhaupt sehen konnte. Vor ihm erhoben sich hintereinander immer höhere Berge, die das Land beherrschten und dem Eindringling seine Winzigkeit vor Augen führten und ihn warnten, nicht näher zu kommen. Auf der linken Seite neben seinem Stiefel stürzte der Abhang zwischen schroffen Felsnadeln in bodenlose Tiefen.

Er ritt gleich hinter Jhered; sein Maultier blinzelte wie alle anderen und stapfte stoisch in den Spuren des Schatzkanzlers. Ossacer ritt hinter ihm, dann folgten Mirron, Gorian und Kovan. Appros Menas bildete die Nachhut. Alle waren von Schnee bedeckt, in den Pelzbesätzen ihrer schweren Mäntel und auf den dicken, mit Wolle gefütterten Handschuhen wuchs das Eis.

Dabei war dies noch einer der Hauptwege an der karkischen Grenze, hatte Jhered gesagt. Andere Pfade, die tiefer ins Land eindrangen, waren leichter zu begehen, aber viel länger, und die Karku bewachten sie streng. Dort lebten sie, wie man hörte, auch in größeren Zahlen in wunderschönen Steinhäusern, die sie rings um hohe Bergseen errichtet hatten, wo die Luft frisch und kühl und das Gras grün und saftig war. Es klang nach einer Idylle und kam Arducius im Augenblick geradezu lächerlich vor.

Er seufzte. Die einzigen Pflanzen, die er hier oben entdecken konnte, waren knorrige Bäume, die sich grimmig an den Hängen festhielten, und kleine Büsche und Heidekraut, flachgedrückt von Wind und Eis. Es war schon ein Wunder, dass diese Pflanzen überhaupt überleben konnten. Arducius spürte die von den Wurzeln bis hinauf zu den Blättern langsam und entschlossen pulsierende Lebensenergie. Sie waren wie lichterfüllte Oasen im toten, kalten, öden Stein. Die einzigen anderen Energien, die er, abgesehen von ihrer kleinen Gruppe, spüren konnte, waren flüchtigen Lichter der Vögel und Nagetiere.

Jhered trieb sie erbarmungslos an, so schnell und weit zu reiten, wie sie nur konnten. Mit jedem Tag wurde er ernster und sorgenvoller, da sie viel zu langsam vorankamen. Wenn sie einmal anhielten, vertiefte er sich in seine Karten und betrachtete die Berge, die sie auf allen Seiten umringten. Arducius vermochte zwischen ihnen keinen Unterschied zu erkennen. Beeindruckend zwar, aber eine unendliche Wüste. Wie leicht es wäre, hier einzudringen und nie wieder herauszufinden.

Wie an jedem Morgen waren sie lange vor der Dämmerung aufgestanden, hatten ein warmes Frühstück zu sich genommen und waren unterwegs, noch bevor die Morgendämmerung im Osten über die Gipfel kroch. Ohne eine weitere Mahlzeit ritten sie, bis die Sonne wieder unterging, und legten nur Pausen ein, damit sich die Maultiere erholen konnten – oder um sie zu führen, wo sie nicht reiten konnten. Hier waren die Tage kurz und die Nächte lang. Weiter oben, und dorthin wollte Jhered anscheinend, gab es wieder mehr Licht.

Sie waren in steilen Klüften bergauf und über weite Hochebenen gewandert, hatten sich einen Weg durch atemberaubende Schluchten gesucht und sich über Ödland gequält, wo der Wind erbarmungslos die Pflanzen peitschte. Seit zwei Tagen folgten sie schon diesem Weg, der sich immer höher und höher hinaufwand. Am vergangenen Abend hatten sie in einer winzigen Nische geschlafen, die vor langer Zeit irgendjemand in die nackte Bergflanke geschlagen hatte.

An diesem Tag hatten sie Glück. Etwas mehr als eine Stunde vor Sonnenuntergang hatten sie eine breite, natürliche Spalte im Fels erreicht. Sie bot einen guten Schutz vor den Unbilden des Wetters. Bäume mit harter Rinde krallten sich in die schroffen Hänge, das Heidekraut bohrte seine Wurzeln in die dünne Schicht aus gefrorener Erde, und auf jedem Stein und Fels wuchs das Moos. Die Südseite war mit Schnee und Eis bedeckt. Die Nordseite dagegen war ein Durcheinander aus Farben, die überhaupt nicht zu dem passen wollten, was sie in den letzten Tagen gesehen hatten. Jhered hatte keine Sekunde darüber nachgedacht, ob sie doch noch weitergehen sollten, und so hatte es nicht lange gedauert, bis ihr Schutzdach mithilfe der Stangen vor der Felswand aufgestellt war und im Windschatten der Klippe ein Feuer toste.

Die Aufgestiegenen und Kovan waren dankbar von ihren Maultieren gestiegen, die jetzt weiter hinten in der Schlucht an Bäume gebunden eng beisammen standen, und hatten sich dicht vors Feuer gehockt, um wieder aufzutauen. Jhered hatte auf die Flammen, die Mirron heraufbeschworen hatte, einen Topf gesetzt, in dem eine dicke Suppe mit Gemüse und Hammelfleisch blubberte.

Der Schnee fiel jetzt wieder dichter, vor dem Eingang der Spalte wehten dicke Flocken in großen Wolken vorbei. Jhered beobachtete das Schauspiel wie immer mit gerunzelter Stirn. Auch Gorian und Mirron starrten das Schneetreiben an, und der Grund war immer der gleiche.

»Denkt nur«, sagte Ossacer. »Vor dreißig Tagen sind wir noch unter den Genastrofällen geschwommen, und Vater Kessian hat uns dabei geholfen, die Windenergien zu verstehen und zu beherrschen.«

Gorian lächelte traurig und nickte, als die Erinnerungen erwachten. Mirron und Ossacer stiegen die Tränen in die Augen, und Arducius' Herz krampfte sich zusammen.

»Eine so kurze Zeit, und doch kommt es mir wie eine Ewigkeit vor«, meinte Mirron.

»In Westfallen ist es immer noch warm.« Gorian rieb über den knackenden Flammen seine Hände.

Wie alle anderen hatte er damit experimentiert, sich warm zu halten, indem er auf die Energien aus der Umgebung zurückgriff. So hoch in den Bergen hätte dies aber bedeutet, die Maultiere oder die vereinzelten Pflanzen zu benutzen. Die Tiere wurden dabei jedoch störrisch, und wenn sie die Pflanzen heranzogen, ermüdeten sie viel zu schnell. Mit großer Enttäuschung hatte Gorian einsehen müssen, dass es ihm nicht gelingen würde, Jhered eins auszuwischen. Der Schatzkanzler fror wie sie alle, aber er und Menas beklagten sich natürlich nie.

»Gewöhnt euch daran«, sagte Jhered, ohne sich umzudrehen.

»Ihr kommt nicht wieder nach Hause, indem ihr davon träumt. Der einzige Weg besteht darin, den Krieg zu gewinnen.«

»Das sagt Ihr immer wieder«, antwortete Gorian.

»Weil ihr euch weigert, das zu akzeptieren, was ihr direkt vor der Nase habt.«

»Wir haben nur Euer Wort, dass es richtig ist, diesen Weg einzuschlagen. Bei Vasselis' Männern wären wir wenigstens nicht erfroren.«

Zornig fuhr Jhered herum und sah Gorian böse an. »Nein, ihr wärt vielmehr unversehens auf atreskanische Rebellen oder tsardonische Truppen gestoßen. Wenn du meinst, das sei ein besserer Weg, dann nimm das Maultier und reite zurück.« Er rührte die Suppe um. »Was du sagst, ist einseitig und ermüdend. Es ist mir egal, ob ihr mir traut oder nicht. Es ist mir egal, ob ihr mich hasst oder nicht. Aber ihr werdet eure Pflicht für die Konkordanz tun, wie ich es euch sage.«

»Warum gerade Ihr?«, sagte Gorian. »Was zeichnet Euch aus, dass Ihr uns herumkommandieren könnt?«

Arducius entging nicht, dass Jhered den Löffel unwillkürlich fester packte, aber der Mann verzog keine Miene. »Weil ich der Befehlshaber von jedem bin, den ich unter meinem Kommando haben will. Und von euch verlange ich es.«

»Glaubt Ihr denn wirklich, wir könnten so viel ausrichten?«, fragte Arducius. »Wie können wir einen Krieg entscheiden, in dem all die Legionen nicht siegen konnten?«

Jhered sah sie der Reihe nach an, und seine Miene hellte sich einen Moment lang auf. »Ich weiß es wirklich nicht, aber wir müssen es wenigstens versuchen. So wird uns der Allwissende hoffentlich gnädig in seine Umarmung aufnehmen. Wenn wir es nicht tun, verdienen wir nichts und bekommen nichts. Mir ist noch nicht klar, welche Rolle ihr spielen könnt und wann ihr zum Einsatz kommt. Eines aber ist gewiss. Was ihr besitzt, macht den Menschen Angst, und die Furcht der Feinde ist die stärkste Waffe, die ein Heer einsetzen kann. Wir könnten die ganze Konkordanz verlieren, wenn wir den Ansturm der Tsardonier nicht bald aufhalten. Wir müssen alles versuchen, was in unserer Macht steht. Wir müssen ihnen den Glauben nehmen und ihnen Furcht einflößen.«

»Ich will niemandem wehtun«, wandte Ossacer ein. »Dazu bin ich nicht auf die Welt gekommen.«

»Vielleicht ist das auch nicht nötig.« Nachdem sie die Maultiere versorgt hatte, kam auch Menas ans Feuer.

»Wie können wir das vermeiden, wenn wir die Tsardonier besiegen sollen?«, fragte Mirron. »Wie könnt Ihr überhaupt so etwas von uns verlangen?«

»Weil ihr zur Konkordanz gehört und kämpfen müsst, um sie zu retten!«, rief Jhered. »Gott umfange mich, Mädchen, haben wir nicht oft genug darüber gesprochen? Wenn du jemals wieder in dem Frieden leben willst, den du in Westfallen kanntest, dann musst du jetzt etwas tun.«

Kovan schaltete sich ein. »Bitte, Schatzkanzler Jhered. Wir haben genug. Wir sind müde, durchgefroren und hungrig.«

Jhered nickte und lächelte kurz. »Also gut, junger Vasselis. Dann wollen wir über etwas anderes reden, wenn dir damit wohler ist. Aber bedenke eines. Es gibt viele Wege, einen Krieg zu gewinnen, und nur einer besteht darin, deinen Feind direkt anzugehen und zu töten. Denkt über eure Kräfte nach. Überlegt euch, was ihr damit tun könnt ...« Er hielt mitten im Satz inne. »Was ist los, Ossacer?«

Arducius drehte sich um. Ossacer und Gorian prüften die Energiebahnen. Arducius konnte nichts Ungewöhnliches feststellen. Sein Kopf und sein Körper waren erfüllt von der Macht des Wetters, das sie hier oben in den Bergen noch tagelang plagen würde.

»Da ist etwas ...« Ossacer packte Arducius' Arm.

Die Maultiere bockten und zerrten an den Leinen, als sie mit dem Wind eine Witterung aufnahmen, die auf sie wirkte, als heulten tausend Wölfe vor dem Eingang der Felsspalte. Jhered, Kovan und Menas sprangen sofort auf, zogen die Schwerter und hoben die Schilde auf.

»Geht hinter uns«, sagte Jhered. »Bleibt hinter dem Feuer.«

Arducius winkte die Aufgestiegenen zu sich. Als er zurückschaute, glaubte er Gestalten zu erkennen, die sich auf dem lotrechten Fels bewegten, aber das musste ein Trugbild der flackernden Flammen sein.

Von beiden Seiten schlichen Wesen herbei, dicht über dem Boden zum Sprung bereit. Es waren vier, die Arducius zuerst für Hunde hielt. Allerdings ähnelten sie eher Löwen und waren massig wie Bären. Sie waren von der Schnauze bis zu den langen Schwänzen, die sie wie Skorpionstachel über den Rücken gebogen hatten, rein weiß. Ihre Beine waren kräftig, und sie besaßen starke Kiefer mit gelben Zähnen, die ihre Beute zerreißen und zermalmen konnten. Die großen Augen lagen tief in den Höhlen, und mit langen gekrümmten Krallen fanden sie einen Halt im Eis.

»Gorthocks«, erklärte Jhered. »Haltet die Schilde vor euch. Sie arbeiten als Gruppe zusammen, also geht in Deckung, wenn sie angreifen. Wir müssen schnell und präzise zuschlagen. Mit ihren Zähnen können sie sogar unsere Rüstungen durchbohren. Zögert nicht.«

Als Arducius die Angst in Jhereds Stimme bemerkte, erkannte er, dass sie in großer Gefahr schwebten. Auch hinter ihm huschte irgendetwas, doch er konnte nichts entdecken, als er sich umdrehte. Vielleicht nur das Rascheln der Zweige auf dem Fels. Gorian hatte sich unterdessen von den anderen entfernt.

»Gorian, bleib stehen«, rief Mirron voller Panik.

Jhered blickte nach links. »Gorian, komm zurück. Dies ist nicht der richtige Augenblick.«

»Es ist immer der richtige Augenblick«, erwiderte Gorian.

Die Gorthocks konzentrierten sich jetzt auf ihn, und er war längst viel zu weit entfernt von den Schwertern, um verteidigt werden zu können. Die Tiere knurrten leise und scharrten auf dem Fels und dem Eis.

Mirron zupfte Arducius am Ärmel. »Was tut er da?«

»Pass nur auf«, sagte Ossacer.

Mit pochendem Herzen beobachtete Arducius, was sich vor seinen Augen abspielte, und betete, dass Gorian nicht das Opfer seiner eigenen Überheblichkeit würde. Jhered und die anderen konnten jetzt nichts mehr für ihn tun. Gorian kniete nieder und streckte die Arme zu den Gorthocks aus. Sie konnten ihn im Handumdrehen töten, wenn sie jetzt angriffen.

Gorian sagte etwas, das Arducius nicht verstehen konnte. Er wandte sich dem vordersten Gorthock zu. Das Untier starrte ihn an, während sich zwei weitere näherten und ihn einkreisten. Der Letzte schüttelte sich und tat so, als wolle er angreifen. Gorian zuckte mit keiner Wimper. Er streckte die Hand aus, worauf das Leittier seine lauernde Haltung aufgab und zu ihm kam.

»Es ist schön«, sagte Ossacer.

»Ich kann wegen der Energien des Wetters nichts erkennen«, erklärte Arducius. Außer den lodernden Lebensenergien des Gorthocks mitten in Schnee und Wind konnte er nichts wahrnehmen.

»Er verbindet sich mit ihnen und lässt seine Ruhe auf sie übergehen. Seinen Willen.«

Der Gorthock schob die Schnauze in Gorians Hand und leckte sie ab. Dann knurrte er wieder. Gorian hob die Hand und massierte die losen Hautfalten und den dicken Pelz unter dem Kinn des Tiers. Es stupste seine Schulter. Als er auch den anderen Arm ausstreckte, kam der zweite Gorthock zu ihm, gleich darauf der dritte. Ihre Schwänze entspannten sich, bis sie hinter ihnen über den Boden schleiften. Das erste Tier saß jetzt auf den Hinterläufen und wirkte unter Gorians Kontrolle eher wie ein Hündchen. Der Aufgestiegene verteilte seine Aufmerksamkeit auf die Tiere, um sie zu beruhigen und ihre Angriffslust zu dämpfen.

Alle bis auf einen sahen bewundernd und staunend zu. Jhered aber beobachtete den letzten Gorthock, der seine lauernde Haltung nicht aufgegeben hatte. Er stand absolut still, nur seine Flanken bebten leicht. So gut Gorian auch die anderen drei beruhigt hatte, der vierte zeigte sich unbeeindruckt.

Es gab eine kleine Pause, die sich unendlich zu dehnen schien. Dann auf einmal kamen die Dinge wieder in Bewegung. Mirron stieß im gleichen Moment, als der Gorthock sprang, einen Schrei aus. Gorian war von der Wärme der anderen drei umhüllt und hatte es nicht bemerkt.

Das tiefe Brüllen ließ alle zusammenzucken. So schnell flog er durch die Luft, dass man seinen Körper kaum noch erkennen konnte, doch er war immer noch nicht schnell genug. Mit vorgestrecktem Schwert stürzte Jhered sich auf ihn und prallte seitlich mit ihm zusammen. Das Tier drehte sich um, hackte nach dem Schild, schlug die Krallen hinein und wollte in die Kante beißen.

Zusammen rutschten die beiden auf dem glatten Eis in eine Spalte. Jhered wand sich und stach im vergeblichen Versuch, die Rutschpartie zu beenden, seine Klinge ins Eis.

»Oh nein«, sagte Arducius.

Kovan und Menas hatten sich fast gleichzeitig mit Jhered in Bewegung gesetzt und folgten ihm. Menas packte seinen Mantel und stemmte die Hacken ins Eis, dass die Splitter nur so flogen. Kovan rannte weiter auf den Gorthock zu. Er hatte seinen Schild fallen lassen und hielt das Schwert mit beiden Händen. Jhered und das Tier waren inzwischen aus der Spalte heraus. Wieder biss der Gorthock zu und zermalmte den Schild, den er mit den Krallen festhielt. Sein Schwanz peitschte über dem Kopf hin und her und suchte einen Halt.

Sie wurden langsamer, aber nicht langsam genug. Menas grunzte vor Anstrengung, und Jhered versuchte, den Gorthock abzuschütteln. Das Tier, das sein Ende nahen spürte, flehte heulend um

Hilfe. Als es über die Kante stürzte, traf Kovans Schwert seinen Hals und trennte ihm fast den Kopf ab. Das Tier ließ los und stürzte die Klippe hinunter. Die abrupte Veränderung des Gewichts überraschte Menas, die sich schmerzhaft aufs Hinterteil setzte. Jhereds Schwert fand endlich einen Ansatzpunkt, und er blieb keuchend und dankbar liegen. Seine Beine baumelten über dem Abgrund.

Die anderen drei Gorthocks bellten wütend.

»Ruhe!«, befahl Gorian, und ihre wütenden Laute erstarben.

Jhered rappelte sich auf, half Menas beim Aufstehen und bedankte sich bei Kovan mit einem Nicken. Dann steckte er das Schwert in die Scheide und klopfte dem jungen Vasselis auf die Schulter. Als er am Feuer vorbeiblickte, wurde sein Gesicht sofort wieder hart, und sein Hand wanderte zum Schwert. Arducius fuhr herum und sah sechs Gestalten aus dem hinteren Teil der Spalte nach vorne kommen und in den Feuerschein treten.

»Karku«, sagte er.

Sie betrachteten die Aufgestiegenen genau und gingen schließlich an ihnen vorbei zu Gorian und den Gorthocks. Jhered ignorierten sie vollständig. Er winkte Kovan und Menas, die Waffen sinken zu lassen.

Die Karku waren in Pelz und Leder gekleidet. Wie die Schiffsärztin der *Cirandons Stolz* hatten sie einen gedrungenen Körperbau, aber lange Arme und Beine. Ihre nackten Füße waren von einem dichten Pelz bedeckt, und die Zehen waren wie die Finger ungewöhnlich lang und besaßen dicke Nägel. Auch die Gesichter waren dunkel und behaart, und wer keine Pelzmütze trug, hatte dichte schwere Locken auf dem Kopf.

Sie versammelten sich um Gorian, einer kniete nieder und streckte einen Arm aus, um ihn zu berühren. Die anderen beobachteten die Tiere, die, wie Arducius jetzt erst sah, dicke lederne Halsbänder trugen.

»Das sind ja Haustiere«, sagte er.

»Sie dienen zur Jagd«, erklärte Mirron, die offenbar keine Angst mehr hatte. »Ich würde sie nicht gerade Haustiere nennen.«

»Können wir zu Gorian?«, wollte Ossacer wissen.

»Nein«, schaltete sich Jhered ein. Er kehrte zum Lagerfeuer zurück. »Lasst uns abwarten, was geschieht. Die Karku werden ihm nichts tun.«

»Wo sind sie auf einmal hergekommen?«

»Ich nehme an, die Wände herunter«, erklärte Jhered. »Sie sind bemerkenswerte Kletterer.«

Arducius betrachtete die glatten, schroffen und in Schatten gehüllten Felswände. Er konnte es kaum glauben.

»Was tun sie jetzt?«, fragte Mirron.

»Ich habe nicht die geringste Ahnung«, gab Jhered zu.

»Sie spüren unsere Fähigkeiten«, sagte Ossacer.

»Das überrascht mich nicht«, schaltete sich Kovan ein. »Wie hat Gorian das eigentlich gemacht?«

Ossacer blieb keine Zeit mehr, die Frage zu beantworten. Der Karku neben Gorian begann zu sprechen. Sein Estoreanisch war stockend, aber verständlich. Die Handelssprache hatte sich sogar bis in die entlegene Region ausgebreitet.

»Du bist von den Haran-gor. Du bist Parack-al.«

»Was ist das?«, fragte Gorian. »Was hat das zu bedeuten?«

Der Karku schüttelte den Kopf. »Ich kann nicht …«, begann er.

»Schatzkanzler Jhered?«, bat Gorian.

»Grob übersetzt bedeudet ›Haran-gor‹ so viel wie Wächter der Berge … eine Art Hüter oder Bewahrer. Etwas in dieser Art. Es entspricht ein wenig deinem Namen. Gorian bedeutet auf Karku ›Mann der Berge‹.«

»Gorian«, sagte der Karku. »Du?«

»Ja«, bestätigte Gorian.

»Du bist gesegnet. Ein anderer Gorian lebte hier, als die Berge jünger waren.«

»Der erste Gorian versteckte sich hier, als er aus Caraduk vertrieben wurde«, sagte Gorian. »Ich bin nach ihm benannt.«

Der Karku nickte, stand auf und streckte eine Hand aus, die Gorian ergriff.

»Was bedeutet ›Parack-al‹?«, fragte Mirron.

Jhered zog die Augenbrauen hoch. »Herdenmeister.«

»Wie können sie das wissen?«, fragte Arducius.

»Die Karku haben viele Geheimnisse«, sagte Jhered. »Vielleicht ist der erste Gorian auf etwas gestoßen, das er nicht aufgeschrieben hat.«

Drei der Karku hatten ihre Gorthocks wieder angeleint und führten sie fort. Die Tiere wären lieber bei Gorian geblieben, folgten aber den energischen Befehlen ihrer Herren. Die anderen drei kehrten zum Feuer zurück.

»Haran-gor.« Sie nickten, als sie vor den Aufgestiegenen standen. »Willkommen in Kark. Schatzkanzler Jhered, dein Name ist uns bekannt. Du hast mit deinen Freunden freies Geleit.«

»Vielen Dank.« Jhered verneigte sich. Er sprach langsam und sehr deutlich. »Es tut mir leid, dass euer Tier tot ist. Es griff an, und ich musste uns verteidigen.«

»Es ist verziehen. Er war alt, und sein Geist war trüb und langsam. Gorian konnte nicht durchdringen.« Der Karku hielt inne. Sein Alter war unmöglich zu schätzen, aber Arducius gewann den Eindruck, dass er schon recht betagt war. »Was führt euch nach Kark? Dies ist eine schlechte Jahreszeit, um über die hohen Pässe zu reisen.«

»Ich muss einen Mann erreichen, der in Tsard für die Konkordanz kämpft, aber der Weg durch Atreska ist uns durch Feinde versperrt. Wir haben nicht viel Zeit. Ich hatte keine andere Wahl, als über die Berge zu reisen.«

Der Karku nickte. »Ruhe aus. Warte auf uns. Wir können dir helfen und Dinge sagen, die du wissen musst.«

Darauf wandten sich die Karku zu den Wänden um und kletterten beinahe mühelos hinauf. Sie waren schnell, ihre Finger und Zehen fanden auch den winzigsten Riss, der ihnen Halt versprach. Im Handumdrehen waren sie oben in der Dunkelheit und im Schneetreiben verschwunden, das inzwischen, unbemerkt von allen, wieder eingesetzt hatte.

Menas verteilte die Suppe auf ihre Schalen und reichte sie mit etwas Brot herum. Die Suppe hatte am Boden des Kessels etwas angesetzt und schmeckte ein wenig verbrannt, aber für Arducius war sie der reinste Nektar.

»Sage mir eines, Gorian«, wollte Jhered schließlich wissen. »Wie viele Tiere könntest du auf diese Weise kontrollieren?«

»Das weiß ich nicht. Bei Rindern oder Schafen vielleicht eine ganze Herde. Diese Gorthocks waren intelligenter und ließen sich schwerer lenken. Warum?«

»Es ist nur ein Gedanke. Jetzt iss, und dann wollen wir schlafen. Das war genug Aufregung für einen Abend.«

»Schatzkanzler?«

»Ja, Gorian?«

»Danke.«

15

848. Zyklus Gottes, 19. Tag des Solasab
15. Jahr des wahren Aufstiegs

Nunan und Kell hatten ihre Truppe fünf Stunden vor der Morgendämmerung geweckt und sie in kleinen Abteilungen – jeweils ein halber Manipel Infanterie, dazu Bogenschützen und einige Reiter – zwei Meilen in Richtung Gullford verlegt. Die Kavallerie hatte außer Hörweite angehalten, während die Infanterie weitergezogen war, um die Stadt in einer halben Meile Entfernung einzukesseln.

Die Besatzer von Gullford waren faul und viel zu selbstherrlich, während die Legionäre der Konkordanz diszipliniert und geschickt vorgingen. Nach Han Jessons genauer und zutreffender Beschreibung des Geländes, das seine Stadt umgab, konnten sie ihre Manöver rasch abschließen und waren zum Angriff bereit. Bald würde die Dämmerung kommen, und Nunan stand bereit, um die Hornsignale zu geben.

Die Zeit der Stille war vorbei; in seinem Bauch toste ein wildes Feuer. Es war auf die Dauer unbefriedigend, immer nur kleinere Überfälle zu verüben und sich wieder zurückziehen zu müssen. So unbedeutend er auch sein mochte, dies war ein Schlag gegen die Feinde im Namen der Konkordanz. Sie nahmen ihr Land wieder in Besitz und machten damit ihre Absichten deutlich.

»Wir nehmen die Stadt ein wie in alten Zeiten«, rief er den Infanteristen zu, die ihn hören konnten. »Haus um Haus und Straße um Straße bis zum Forum. Lasst keinen Tsardonier entkommen. Wir treiben sie zusammen oder machen sie nieder.«

Hangabwärts brüllte eine Kuh auf einem Feld, ein paar Schafe blökten. Einen Herzschlag lang herrschte noch Frieden. Dann ließ er den Arm sinken. Die Hörner ertönten, immer mehr nahmen den Signalton auf, bis es über die ganze Ebene hallte.

»Jetzt dürften sie wohl wach sein«, sagte er. »Gesteris' Rächer! Macht sie fertig!«

Im Handumdrehen hatten sie die kurze Entfernung überwunden, und alle Kämpfer sangen die Lieder der Konkordanz. Nunan führte die Abteilungen an, die von Osten vorrückten, während Kell sich um die andere Seite des Ortes kümmerte. Das Trampeln der Füße und Hufe vertrieb die morgendliche Stille. Schließlich konnte Nunan zum ersten Mal Gullford überblicken, das friedlich schlafend in einem Flusstal lag. Zwischen den Häusern rannten einige Gestalten umher. Er hoffte, dass sie Angst hatten.

Die ersten Kavalleristen drangen in die Straßen von Gullford ein. Die halben Manipel lösten sich in kleinere Einheiten von jeweils fünf Leuten auf und durchsuchten die Häuser, während andere weiter die Straßen durchkämmten. Bogenschützen kletterten rings um das Forum auf Hausdächer, die Kavallerie kontrollierte an den Stadtgrenzen, ob jemand zu Fuß oder zu Pferd fliehen wollte.

Nunans zweihundert Leute kamen durch die Furt und eilten die Hauptstraße der Stadt hinauf. Sie liefen eng beieinander, die Schilde zu einem Schildwall und -dach gehoben, um sich vor den Pfeilen zu schützen, die die Feinde inzwischen abschossen. Genau wie es dem Befehl entsprach, lösten sich hinter dem Schildwall einzelne Legionäre, um die Häuser zu durchsuchen. Balken splitterten, als sie die Türen eintraten.

Vor ihnen war das Forum bereits zum Leben erwacht. Die Verkaufsstände waren schon für die Geschäfte des Tages eingerichtet, doch in der Basilika wimmelte es von Tsardoniern und nicht von Händlern. Ziellos rannten die Menschen umher, während Gesteris' Rächer das Netz zuzogen. Der Augenblick der Entscheidung war gekommen, und Nunan ließ seine Infanterie angreifen. Offenbar waren viele Tsardonier in der Basilika einquartiert. Jetzt strömten sie auf das Forum heraus. Die meisten waren nur halb bekleidet, vielleicht noch benommen, nachdem sie die ganze Nacht gezecht hatten. Umso besser.

Nunan führte seine Truppe hinein. Hundert Kämpfer waren hinter ihm, das rhythmische Trampeln ihrer Stiefel verriet Zuversicht. Dann wurden sie langsamer und schwärmten aus. Zwanzig Kämpfer in einer Reihe und fünf Reihen tief standen sie da, während eine Handvoll Bogenschützen ihnen von hinten und von den Hausdächern rings um das Forum Deckung gab. Die Tsardonier bildeten eine unordentliche Kampfformation. Irgendjemand brüllte einen Befehl, worauf weitere Feinde aus der Basilika gerannt kamen. Nunan schätzte, dass er fünfzig Gegner vor sich hatte.

»Lücken bilden!« Die Kämpfer rückten ein wenig auseinander, um Platz zum Zuschlagen zu haben.

Die Tsardonier waren offenbar nicht zum Kampf aufgelegt und wichen zurück. In den hinteren Reihen setzten sich sogar einige ab, zu den Ausgängen im Norden und Osten des Forums. Die Bogenschützen schossen über Nunans Kopf hinweg, worauf immer mehr Feinde zurückwichen, sich vollends aus den Reihen lösten und wegliefen, geradewegs anderen Abteilungen der Rächer in die Arme. Die Falle schnappte zu.

»Kämpft!«

Nunan führte den Angriff auf die verbliebenen Tsardonier an, die todesmutig einen kleinen Kreis gebildet hatten. Mit dem Kopf blieb er hinter seinem Schild in Deckung, spähte kurz darüber hinweg und stürmte gegen die Feinde an. Ihre Reihen gaben nach. Er stach mit dem Gladius zu und spürte, wie die Klinge in einen Körper eindrang. Warmes Blut lief ihm über den Arm. Er zog die Waffe zurück und stach ein weiteres Mal zu, dieses Mal weiter rechts, doch der Streich wurde abgefangen. Dann kam der Gegenangriff. Er nahm den Schild herum, wehrte den Hieb ab und wich einen Schritt zurück.

Vor ihm stürzte ein Kämpfer. Es war einer seiner eigenen Männer, dessen Schädel zerschmettert war. Sofort stieß er den Schild nach vorn und nach oben und traf das Kinn des Gegners. Dann setzte er nach, stieß noch einmal zu und stach nach rechts, um weitere Gegner abzuwehren. Seine Männer umringten ihn, und der Lärm nahm zu, als die Rächer auch auf der anderen Seite angriffen. Links von ihm, wo ein blitzender Gladius einem Tsardonier den Hals aufgeschlitzt hatte, spritzte das Blut hoch in die Luft.

Als eine Klinge über seinen Schild kratzte, reagierte Nunan sofort, öffnete seine Verteidigung und stieß mit aller Macht geradeaus zu. Der Tsardonier hatte seine Rüstung nicht ordentlich geschlossen, und die Klinge durchbohrte sein Herz. Rasch schrumpfte die Zahl der Feinde, die immer noch nicht aufgeben wollten. Wieder zog er die Ellenbogen an den Körper, nahm den Kopf herunter und machte einen Ausfallschritt. Sein Gladius fuhr nach vorn und prallte an einem Kettenhemd ab. Mit einem Stoß des Schilds setzte er nach.

Die Tsardonier fanden keine Lücke, die sie für sich nutzen konnten. Vor sich sahen sie einen Schildwall mit dem Wappen der Konkordanz, damit sie nicht vergaßen, wer vor ihnen stand. Wer sie besiegte. Die letzten Tsardonier starben nach einigen energischen Schwertstreichen, dann wurden auf dem Forum Jubelrufe laut.

»Lasst uns aufräumen«, befahl Nunan. »Säubert den Platz. Zehn Kämpfer und zwei Bogenschützen kommen mit mir zur Basilika.«

Er war nicht in der Stimmung, innezuhalten und sich in seinem Erfolg zu sonnen. Auf dem Forum wurden gerade die Einwohner in Gruppen zusammengeführt und bewacht. Ein Ring aus Bogenschützen hatte den offenen Raum im Visier. Es war beinahe vollendet.

»Wir wollen nicht nachlässig werden«, warnte er. »Den Tsardoniern darf man nicht trauen.«

Seine zehn Begleiter hoben die Schilde und trabten in einer Reihe zur Basilika. Hinter den Säulen durchbrachen einzelne Laternen und Fackeln die Dunkelheit. Als sie die breite Marmortreppe hinaufliefen, hörte Nunan drinnen Bewegungen.

»Lauft weiter«, sagte er. »Bogenschützen, ihr folgt dicht danach. Ihr an der Flanke, achtet auf die Schatten und passt gut auf.«

Ihre Stiefel hallten laut in dem Gewölbe. Drinnen waren die Bankreihen leer. Hinter ihnen erstarb der Lärm der Stadt. Rechts und links sowie am Ende der Basilika führten Türen zu den Schreibstuben. An der Rückwand hing eine große atreskanische Flagge; rings um die Stühle und den Tisch der Magistraten hatten die Besatzer tsardonische Flaggen und Banner aufgestellt.

»Tsardonische Krieger, es ist vorbei.« Laut erklang Nunans Stimme in der von Säulengängen umgebenen Halle. »Die Konkordanz hat diesen Ort wieder in Besitz genommen. Zeigt euch. Ihr könnt nicht siegen.«

Die Basilika war leer. Nunan winkte sechs Kämpfer zur Tür auf der linken Seite und führte die übrigen nach rechts. Die Türen gingen nach innen auf. Er nickte einer Legionärin zu, die die Tür aufstieß, um klugerweise gleich darauf hinter ihrem Schild in Deckung zu gehen. Drei Pfeile pfiffen durch die Öffnung, keiner fand ein Ziel.

»Es gibt keinen Ausweg«, erklärte Nunan. »Streckt die Waffen und kommt heraus.«

»Es gibt immer einen Ausweg«, sagte jemand, der offenbar keine Angst hatte, mit starkem Akzent.

»Dann blicke durchs Fenster oder die Seitentüren zur Straße hinaus. Überall sind Krieger der Konkordanz, Gullford gehört uns.«

»Wie erbärmlich«, sagte derselbe Mann. »Euer Widerstand zerfällt. Wir marschieren nach Neratharn. Was ist schon eine Kleinstadt? Wir dagegen sind überall im ganzen Land.«

Schritte. Nunan lugte hinter seinem Schild hervor. Aus den tiefen Schatten im Gang hinter der Tür näherten sich mehrere Gestalten. Er hob eine Hand, um seine Bogenschützen zurückzuhalten. Es waren fünf Tsardonier. Drei waren mit Bogen bewaffnet und hatten die Pfeile schussbereit angelegt. Zwei hielten Klingen an die Kehlen von Frauen, die sie vor sich herschoben. Hinter Nunan kamen die anderen sechs Krieger angerannt, die anscheinend nichts gefunden hatten.

»So zeigt sich das wahre Gesicht der tapferen tsardonischen Krieger«, sagte Nunan. »Lasst sie gehen.«

»Ihr würdet uns auf die gleiche Weise abschlachten, wie ihr es mit denen getan habt, die euch auf dem Forum bekämpft haben.«

»Ich töte niemanden, der sich ergibt. Wir sind die Kämpfer der Konkordanz.«

Die Tsardonier erreichten die Tür. Jetzt erkannte Nunan, dass die Frauen in mittleren Jahren waren. Ihre Gewänder verrieten, dass sie in der Stadt einen hohen Rang bekleideten. Sie wehrten sich nicht. Die linke der beiden, die Prätorin der Stadt, war voller Stolz.

»Wie heißt du?«, fragte er.

»Gorsal«, antwortete sie.

»Du stehst einer Stadt vor, die zu den Tsardoniern übergelaufen ist.« Er wandte sich an den Mann, der sie festhielt. »Lass sie los. Ich werde dich nicht noch einmal auffordern.«

»Sie werden sterben, ehe du mich niederschlagen kannst.«

Nunan zuckte mit den Achseln. »Meinetwegen. Ich empfinde keine Achtung für das, was sie getan haben.«

Unsicherheit flackerte in den Augen der Tsardonier. Nunan wandte sich an seine Bogenschützen.

»Zielt gut«, sagte er.

Sie schossen. Gorsals Bewacher fand keine Zeit mehr, die Drohung wahrzumachen. Der Pfeil durchbohrte sein Auge, und er zog sie mit auf den Boden, als er starb. Die zweite Frau hatte weniger Glück. Der Pfeil durchbohrte ihren Hals, und sie ging würgend und keuchend zu Boden. Der Feind war ungeschützt.

»Holt sie euch«, befahl Nunan. »Tötet sie.«

Die Tsardonier schossen und flehten gleichzeitig um Gnade. Seine Infanteristen trieben sie durch den Gang zurück, dann klirrten die Schwerter, und kurz darauf hörte Nunan, wie die Klingen Rüstung und Fleisch durchbohrten.

Er gab seinen Schild einem Bogenschützen und kniete sich neben Gorsal. »Bist du unverletzt?«

»Ja«, sagte sie und blickte nach rechts, wo einer von Nunans Leuten ihre Gefährtin versorgte. »Wird sie überleben?« Der Legionär schüttelte den Kopf.

»Es tut mir leid«, sagte Nunan. »Ich hatte keine andere Wahl.«

Gorsals Gesicht wurde hart. »Nein, die hattest du nicht. Wer keine Ehre hat, verdient es nicht besser.«

Nunan stand auf und reichte Gorsal eine Hand. »Das war für tsardonische Ohren bestimmt. Wir wissen, was hier geschehen ist.«

Gorsal schlug widerstrebend ein und ließ sich hochziehen. »Woher?«

»Ein Bürger deines Ortes kam letzte Nacht durch unser Lager. Han Jesson.«

»Han? Sie haben ihn schon gesucht. Er hat den Sentor getötet.«

»Das sagte er uns. Aber die Suche nach seiner Familie wird nicht erfolgreich sein. Die Tsardonier werden ihn schnappen.«

»Der arme Mann«, sagte Gorsal.

Nunan nickte und schritt zum Forum zurück, wo sich die Legion versammelte. An der Stadtgrenze war noch die Kavallerie unterwegs, während die tsardonischen Gefangenen ins Zentrum geschafft und eingesperrt wurden. Er hob das Schwert.

»Sieg!«

Das Gebrüll, das ihm antwortete, hielt lange an und klang eher nach Erleichterung denn nach Triumph. Nunan bat mit erhobenen Armen um Ruhe. Ein eigenartiges Gefühl durchflutete ihn. Fühlte sich so ein General nach der Schlacht? Er hatte noch nie zu so vielen Leuten gesprochen. Legionäre, Kavalleristen, Feinde, gewöhnliche Bürger.

»Einwohner von Gullford, ihr habt nun zu spüren bekommen, wie sich ein Bündnis mit Tsard auf euer Leben auswirkt. Ihr habt ihre Art von Diplomatie kennengelernt – Brandstiftung, Entführung, Mord und Hinrichtung. Wer glaubt, unter tsardonischer Herrschaft besser leben zu können, die Grenze ist da hinten.«

Er deutete mit dem Daumen hinter sich. Seine Legionäre lachten und johlten.

»Dieses Land gehört zur Konkordanz. Kehrt in eure Häuser zurück, nehmt die Flaggen ab, die sie euch entrollen ließen, und erhebt die Waffen gegen den gemeinsamen Feind.« Er deutete auf die etwa vierzig Tsardonier, die zerzaust und geschlagen herumstanden. »Da seht ihr sie, eure sogenannten Befreier. Männer, die Frauen als Schilde benutzen, um ihr eigenes erbärmliches Leben zu retten. Männer, die sich lieber hinter dem Rockschoß ihrer Mutter verstecken, als sich mutig dem Feind zu stellen.

Tsardonier, ihr habt die Einwohner dieser Stadt systematisch dezimiert. Das Gleiche soll auch euch geschehen. Wir überantworten euch der Gnade der Einwohner. Doch ich werde beten, dass sie euch keine Gnade erweisen werden, während wir weitermarschieren, um eure Heere zu vernichten. Rächer, bereitet euch auf den Abmarsch vor.«

Beschützt von dreißig seiner Extraordinarii ritt Roberto durch das Haupttor hinaus. Hinter ihm wurden Schmähungen laut, die denjenigen galten, die sich vor den Toren und von Elises Kavallerie umringt versammelt hatten. Es waren Schmähungen und Drohungen, die zu unterbinden Roberto nicht die geringste Lust hatte. Jeder Einzelne, der sein Heer verließ, versetzte ihm einen Stich. Aber unter den beinahe siebenhundert – *siebenhundert!* –, die sich entschlossen hatten, heimzukehren und in Atreska zu kämpfen, war keiner, dessen Abschied ihn so schmerzte wie der von Goran Shakarov.

Der ehemalige Schwertmeister der Fünfzehnten Ala, der Pfeile Gottes, stand bei den anderen. Er hatte sein Schwert und seine Rüstung abgeben müssen und alle Rechte als Soldat der Konkordanz verloren. Roberto konnte es immer noch nicht fassen. Die Atreskaner nahmen Haltung an und formierten sich, als er sich näherte. Shakarov stand an ihrer Spitze. Hinter Roberto ebbten auf den überfüllten Wehrgängen die höhnischen Rufe allmählich ab, da alle die Ohren spitzten und hören wollten, was ihr General zu sagen hatte.

»In dem, was ihr tut, ist keine Ehre«, sagte er. »Und eine Dummheit ist es obendrein. Keiner von euch hat über die Zukunft nachgedacht, und jetzt hat keiner von euch mehr eine Zukunft. Glaubt ihr wirklich, ihr könnt eure Heime und Familien beschützen? Das könnt ihr nicht. Ihr werdet nur den Aufstand weiter anstacheln, ob ihr es wollt oder nicht.

Die Tatsache, dass ich euch nicht als Deserteure bezeichne, ist ein Geschenk, das ich euch nur gewährt habe, weil ihr mir alle in der Schlacht treu gedient habt. Eure Entscheidung lässt jedoch einen Mangel an Glauben an die Konkordanz erkennen, den ich weder vergessen noch verzeihen kann.

Denen unter euch, die sich darüber freuen, in ein unabhängiges Atreska zurückzukehren, wünsche ich nichts als den Tod durch die Hände der treuen Anhänger der Konkordanz. Den anderen, die allein vor ihren Häusern stehen werden und die Welle der Tsardonier aufhalten wollen, die vor der Säuberung durch die Konkordanz über euch hereinbrechen wird, kann ich eines sagen. Aus den Mythen und Legenden alter Königreiche und Imperien sind viele Weisheiten überliefert, die auch heute noch gültig sind. Eine davon passt hier besonders gut: Die Mutter eines Feiglings wird keine Tränen vergießen.

Ich hoffe, ihr werdet von euren Familien ausgestoßen, wie ich euch jetzt verstoße. Falls ihr sterbt, dann wird es mich nicht kümmern. Eure Schande erlegt euch eine Bürde auf, die ihr niemals abschütteln könnt.« Er starrte Shakarov an.

»Ihr bedeutet mir jetzt und in der Zukunft nichts mehr. Ich kenne euch nicht.«

Der große Atreskaner erwiderte ohne Bedauern seinen Blick.

»Eines Tages werden wir uns wieder als Freunde die Hände schütteln, General«, sagte er. »Es mangelt uns nicht an Respekt dir gegenüber. Allerdings gibt es Zeiten, in denen die Treue für unser Land schwerer wiegt als die Treue gegenüber den Anführern, die wir lieben. Lass uns nicht voller Hass scheiden.«

Robertos Verzweiflung drohte ihn zu übermannen. Nichts hätte er lieber getan, als Shakarov zu bitten, am Ende doch zu bleiben. Diese leidenschaftlichen Leute unter dem Banner der Konkordanz zu sammeln. Denn ihre Leidenschaft konnte die Tsardonier beiseite fegen. Doch hinter sich spürte er ein neues Vertrauen und einen erstarkten Glauben. Er würde alles tun, um dies zu fördern.

So blieb er aufrecht, wendete sein Pferd und ritt unter den Jubelrufen seiner Armee ins Lager zurück. Er hielt erst an, als er sein Zelt erreicht hatte. Dort stieg er ab, eilte hinein und warf seinen Helm in die Ecke. Herides bückte sich, hob ihn auf und hängte ihn auf den Ständer.

»Hinaus«, befahl Roberto. »Schaff mir Davarov und Kastenas her.«

Sie waren ihm vom Tor aus gefolgt und kamen, als Herides nach draußen eilte, sofort herein. Roberto ließ sich auf seine Pritsche fallen und barg das Gesicht in den Händen. Er war den Tränen nahe, und er war zornig. Beides konnte er sich nicht erlauben.

»Du hast getan, was du tun musstest«, sagte Elise.

»Verschone mich mit deinem Verständnis«, fauchte er. »Es ist ein Rückschlag. Ich habe als Anführer versagt, und mein Fehler trifft die ganze Konkordanz.« Er hob den Kopf. »Verzeih mir, Elise, das war ungerecht.«

Sie sagte nichts und nickte nur. Auch Davarov hatte Shakarovs Entscheidung noch nicht verwunden.

»Sie haben uns genau wie Yuran verraten«, sagte er. »Du hättest sie alle töten sollen.«

»Aber da liegt die Schwierigkeit. Sie glauben, sie kehren zurück, um ihr Land vor Tsard und den Rebellen zu retten. Glaubst du wirklich, Shakarov sei ein Verräter?« Roberto stand wieder auf und trat an einen Tisch, um drei Gläser Wein einzuschenken.

»Mit jedem Tag wird der Fluch, der auf diesem Heer liegt, stärker«, sagte er. »Aber ich hätte mir nie träumen lassen, dass meine eigenen Soldaten sich in so großer Zahl gegen mich wenden. Das darf nicht noch einmal geschehen. Wie viele sind wir jetzt?«

»In den letzten Tagen sind viele desertiert«, erklärte Elise. »Heute befehligst du immer noch mehr als elftausend.«

»Mit beinahe zwanzigtausend bin ich nach Tsard gekommen.«

»Aber die Kämpfer, die geblieben sind, werden dir überallhin folgen«, sagte Davarov. »Du hast ihre Stimmung gespürt.«

»Das war in den letzten Tagen der einzige Segen«, antwortete Roberto. »Wir müssen unsere Formationen umstellen. Ich will nicht, dass Atreskaner und Estoreaner in unterschiedlichen Legionen dienen. Jetzt nicht mehr. Davarov, dir übertrage ich die Leitung der gesamten Infanterie. Elise, du übernimmst die gesamte Kavallerie. Wählt eure Kommandeure gut aus. Wir werden auf dem Marsch nach Gestern gemeinsam üben. Vergesst die anderen, die fort sind. Wir haben schon zu viel Zeit verschwendet. Dreißig Meilen am Tag von hier bis Gestern, sonst haben wir keine Konkordanz mehr, die wir retten könnten. Wenn wir dann kämpfen, werden wir die Tsardonier mit einer Gewalt angreifen, der sie nichts entgegensetzen können. Wir sind die Faust Gottes, und seine Hand kann Berge einebnen.«

Der Morgen dämmerte, und die Karku würden bald zurückkehren. Das Schneetreiben hatte nicht aufgehört, der heulende Wind drang jetzt sogar bis in die Felsspalte vor. Inzwischen waren alle wach und warteten. Mirron war an diesem Morgen niedergeschlagen. Sie saß abseits von den anderen und spielte mit den Flammen des Lagerfeuers, ließ die Zungen über ihre Finger streichen und sich von ihnen wärmen. Sie fand Trost in den chaotischen Energien. Zugleich war es hypnotisierend, und sie musste aufpassen, dass die Flammen nicht ihre Kleidung erfassten.

»Hier, ich habe etwas, das euch auch von innen wärmt.«

Mirron schaute auf. Menas war mit einer dampfenden Blechtasse gekommen. Mirron brauchte eigentlich kein warmes Getränk, aber es war nicht Menas' Schuld, dass sie es nicht verstand. Sie zog eine Hand aus dem Feuer und nahm die Tasse entgegen.

»Danke«, sagte sie. »Willst du dich setzen?«

Menas lächelte. »Ja, sehr gern.«

Mirron rutschte auf dem Baumstamm ein wenig zur Seite und nippte an ihrem Getränk. Es war ein süßer Kräuteraufguss, der in der Eiseskälte hervorragend schmeckte.

»Wie lautet dein richtiger Name?«, wollte Mirron wissen.

»Den kennst du doch schon«, antwortete Menas.

»Nein, ich meine deinen Vornamen, den der Schatzkanzler nie ausspricht.«

Menas lachte. »Manchmal tut er es. Wenn er glaubt, niemand könnte es hören. Ich heiße Erith.«

»Schön, dich kennenzulernen, Erith Menas.«

»Und du, Mirron?«

»Nun ja, es kommt darauf an«, erwiderte Mirron. »Meine Mutter ist Gwythen Terol, aber als Aufgestiegene heiße ich Westfallen. In dieser Hinsicht haben wir alle den gleichen Namen.«

Menas lächelte. »Welcher Name gefällt dir besser?«

»Westfallen«, sagte sie. »Das erinnert mich an die Heimat.«

Für den Fall, dass sie ihre Tränen nicht unterdrücken konnte, wandte Mirron sich vorsichtshalber ab. Menas schwieg dazu, beobachtete sie und legte ihr schließlich eine Hand auf die Schulter.

»Es scheint alles so weit weg zu sein, nicht wahr?«

»Jedes Mal, wenn ich die Augen öffne, kann ich gar nicht glauben, was ich sehe«, bestätigte Mirron. »Nur einen kleinen Augenblick lang. Das ist der schönste Moment des ganzen Tages. Der einzige Augenblick, in dem ich mir einreden kann, ich wäre noch daheim.«

Menas nahm Mirron, die fast in Tränen ausgebrochen wäre, in die Arme und drückte sie an sich.

»Es tut mir leid«, sagte Mirron. »Es tut mir leid.«

»Was denn?«, fragte Menas. »Ich wundere mich eher, dass es so lange gedauert hat. Lass es nur heraus.«

»Das ist nicht recht.« An Menas' Mantel geschmiegt, klang Mirrons Stimme gedämpft. Ihr stieg der starke Geruch der Wolle in die Nase. »Ich sollte nicht hier sein. So sollte mein Leben doch nicht aussehen.«

»Sch-scht. Ich weiß. Es ist schwer, aber nicht einmal du hast die Macht, dein Schicksal selbst zu bestimmen. Das kann niemand.«

»Du kannst es«, sagte Mirron. »Du hast dich den Einnehmern angeschlossen und deinen Weg selbst gewählt.«

Mirron löste sich abrupt von ihr und rieb sich die Augen trocken. Menas strich ihr eine lose Haarsträhne hinters Ohr zurück.

»Glaubst du denn, ich hätte mich wirklich für einen eisigen Gebirgspass in Kark entschieden?«

»Nein«, lachte Mirron. »Ich verstehe schon.«

»Und die hier?« Menas deutet auf die Narben in ihrem Gesicht. »Auch für die habe ich mich nicht entschieden.«

»Wie ist das passiert?«

Menas lächelte humorlos. »Manche Leute wollen ihre Steuern nicht entrichten. Hör mal, Mirron ...«

»Alles klar da drüben?«, mischte sich Gorian ein.

»Ja, danke«, antwortete Menas. »Es ist nichts, was du verstehen könntest. Frauensache.«

Sie blinzelte Mirron zu, die wieder lachte. »Für die Jungs ist es so einfach. Wie ein großes Abenteuer.«

»Ich glaube, ganz so einfach ist es nicht«, widersprach Menas. »Das wollen sie dir vormachen, aber im Dunkel der Nacht holen ihre Ängste sie ein. Lass dich nicht täuschen. Wenigstens kannst du zu deinen Gefühlen stehen.«

»Es nützt bloß nichts.«

»Glaub mir, es nützt etwas«, sagte Menas. »Sieh mal, Mirron, eine Frau hat es in der Wildnis schwer. Sogar eine Frau, die in der Legion dient. Die meisten Männer sind überheblich und halten dich für schwach. Deshalb musst du dich durchkämpfen und dich bewähren. Auch ohne Fähigkeiten, wie du sie hast, ist das möglich. Mir gelingt es mit meinem Bogen und dem Schwert und dank des Wappens, das ich trage. Aber es dauert lange, bis man sich die Anerkennung verdient.«

»Das ist nicht gerecht. Die Advokatin ist doch auch eine Frau.«

»Nein, es ist nicht gerecht, und ja, sie ist eine Frau. Allerdings fiel es ihr schwerer als jedem männlichen Advokaten, sich die Anerkennung zu verdienen, das kannst du mir glauben. Manche Männer denken, wir Frauen sollten grundsätzlich keine einflussreichen und verantwortungsvollen Posten übernehmen. Sie behaupten, wir könnten dem Druck nicht standhalten. Dabei vergessen sie bequemerweise, dass unzählige Männer unter dem Druck zerbrechen, und verweisen auf die wenigen Frauen, denen es ähnlich ergangen ist.

Nimm die Kanzlerin – sie kann wohl kaum als Vorbild für viele andere dienen.«

Darauf lief es Mirron kalt den Rücken hinunter.

»Entschuldige«, sagte Menas. »Ich hätte dich nicht daran erinnern dürfen.«

»Schon gut, Erith. Ich verstehe schon, was du meinst. Keine Sorge, ich werde mir Mühe geben und der Advokatin nacheifern. Oder dir.«

Menas errötete. »Oh, so vorbildhaft bin ich gar nicht.«

»Ich glaube schon. Ich bin froh, dass du hier bist.«

»Nun ja, ich versuche mein Bestes zu geben, und es gibt wohl Ausnahmen. Der Schatzkanzler versteht mehr, als wir ihm alle zutrauen.«

»Ist er wirklich so gut, wie es in den Geschichten beschrieben wird, die Kovan immer erzählt?«

»Ich denke schon«, erklärte Menas. »Sicher, er kann grob und manchmal sogar brutal sein, aber er setzt seinen Ruf und sein Leben für euch aufs Spiel. Er glaubt an euch, und damit habt ihr einen mächtigen Verbündeten.«

Mirron starrte Jhered an, der mit Kovan sprach und einige Manöver mit dem Schwert durchging.

»Ich frage mich, ob er es jemals zugeben wird«, sagte sie.

»Was denn?«, wollte Menas wissen.

»Nichts. Überhaupt nichts.«

16

848. Zyklus Gottes, 20. Tag des Solasab
15. Jahr des wahren Aufstiegs

Es gab also Wege, die durch die Berge führten. Jhered hatte es immer schon vermutet, aber die Karku wussten sie vor unberufenen Augen zu verbergen. Egal. Ihm war es schon genug, einfach nur in einem geschlossenen Raum zu sein, der zunehmenden Kälte zu entkommen und zu sehen, wie sich die Aufgestiegenen entspannten.

Tief im Innern der Berge ritten oder führten sie die Maultiere und kamen schnell voran. Auf geraderem Wege konnte auch die Krähe nicht zur tsardonischen Grenze fliegen.

Ihre drei Karku-Führer waren rätselhaft wie ihr ganzes Volk. Die Erze und Mineralien, die sie entdeckt hatten und mit solcher Geschicklichkeit abbauten, bildeten die Grundlage ihrer Handelsmacht und ihres diplomatischen Einflusses, und doch fühlten sie sich im Innern der Berge sichtlich unwohl.

»Ich kann gar nicht glauben, dass ihr ganzes Volk unter Klaustrophobie leidet«, flüsterte Menas.

Ihre Stimme hallte laut durch den Gang. Er war breit genug, damit zwei Maultiere nebeneinander laufen konnten und hätte vermutlich auch einen kleinen Wagen aufnehmen können. Wenn er ritt, befand sich die Decke höchstens eine Handbreit über Jhereds Kopf, aber unter den Karku hätte er ohnehin als Riese gegolten. Die Wände bestanden aus grobem Fels, waren jedoch in der langen Zeit seit dem Bau der Gänge von unzähligen Menschen und Tieren glatt poliert worden. Überwiegend waren sie schmucklos, nur hin und wieder tauchten Wandbilder oder in den Fels geritzte Symbole auf, die Sonne, Berge, Bäume und Wasser darstellten.

Vor ihnen drehte sich einer der Karku um. Jhered versuchte, sich an den Namen zu erinnern. Harban-Qvist, richtig. Der erste Name war ihm persönlich verliehen worden, der zweite bezeichnete seine Stammeszugehörigkeit.

»Glaubst du denn, wir wären alle Bergarbeiter? Höhlenratten, die nichts lieber wünschen, als beengt im Berg zu leben?«, fragte er gereizt. Menas zuckte zusammen. »Ist denn jeder Erwachsene in der Konkordanz ein Soldat?«

»Nein. So meinte ich das auch nicht. Ich wollte nur …«

»Kein Mensch und kein Karku strebt danach, im Berg zu leben. Doch die Notwendigkeit gebietet es. Die ruhmreichen Herren der Berge, auch der Himmel, die Luft und die Tiere, die auf der Erde wandeln, all das ist über uns. Dort liegt unsere Freude, danach strebt unser Herz. Sprich nicht, solange du es nicht verstehst. Du wirst es erkennen.«

»Es tut mir leid, ich wollte niemanden beleidigen«, sagte Menas.

»Jedes Zeichen auf diesen Wänden ist eine Erinnerung daran, wo ein Karku wandeln sollte.«

Damit wandte Harban sich wieder nach vorn und murmelte mit seinen Gefährten, die links und rechts neben ihm gingen.

»Etwas unwirsch, was?«, meinte Mirron von hinten.

»Die Leute ziehen doch auch vorschnelle Schlüsse über euch, oder?«, erwiderte Jhered. »Wie fühlst du dich dabei?«

»Aber sie sind das Bergvolk«, sagte Gorian. »Jeder weiß, dass sie Bergleute sind.«

»Harban würde dir widersprechen«, zischte Jhered, »und ich glaube lieber einem Karku als einem jungen Hüpfer, der sein Leben behütet in Westfallen verbracht hat. Pass auf und lerne. Hat Vater Kessian dir das nicht auch immer gesagt?«

Betretenes Schweigen breitete sich aus, und Jhered biss sich auf die Unterlippe.

»Ihr hättet ihn nicht erwähnen sollen«, sagte Arducius leise.

»Ich wollte gewiss nicht respektlos über ihn sprechen, Arducius.«

Vor ihnen wurde es allmählich hell, und Jhered war froh über die Ablenkung. Sie waren den größten Teil des Tages durch den Berg gereist, und das Wissen, welche Massen sich über ihnen auftürmten, bedrückte ihn wie alle anderen. Es hatte einige schroffe Wortwechsel und ein langes, unbehagliches Schweigen gegeben. Die Karku liefen jetzt schneller und richteten sich etwas auf. Die trägen Maultiere ließen die Ohren spielen, witterten die frische Luft und blökten erfreut.

Auch Jhereds Laune besserte sich zusehends. Die feuchte Kälte der Tunnel war ihm durch die Pelze bis unter die Haut gekrochen. Draußen wäre es zwar kalt, aber die Sonne würde sich wundervoll im Gesicht anfühlen. Harban sah sich um.

»Dieses Gebiet dürfen Fremde eigentlich nicht betreten. Vergesst nicht, dass es eine Ehre ist.«

Jhered trat in die helle Nachmittagssonne hinaus und schirmte die Augen mit der Hand ab. Unter ihnen, am Fuß eines sanften, mit Schnee bedeckten Hanges, lag die beste Erklärung dafür, dass die Karku lieber außerhalb der Berge lebten, und der Schatzkanzler fragte sich, ob er seinen Altersruhesitz wirklich in Caraduk bauen wollte.

Vollständig von Bergen umgeben, erstreckte sich eine leicht gewellte, mit saftigem Gras bewachsene Ebene vor ihnen. Er schätzte, dass sie etwa zwei Meilen breit und doppelt so lang war. In der Mitte verlief ein Fluss, der hoch über ihnen aus einem Höhleneingang sprudelte und links zwischen zerklüfteten Bergen wieder verschwand. So weit das Auge reichte, waren alle Steinflächen bis zu einer Höhe von zwanzig Fuß oder mehr mit bunten Bändern bemalt. Zahlreiche Pfade schlängelten sich an den Hängen empor und verschwanden im Schnee oder zwischen den Gipfeln.

Im Osten und Westen begannen einige hundert Fuß oberhalb ihres Standortes gewaltige, mit Eis bedeckte Hänge, die zwischen den Bergen hoch hinaufführten und die Gebirgsketten teilten. Jhered betrachtete sie voller Ehrfurcht. Sie waren sicher keine natürlichen Erscheinungen, sondern von den Karku erschaffen. Die Ausrichtung war viel zu genau, um ein Zufall der Natur zu sein. Ohne sie läge die Ebene längst im tiefen Schatten. Doch die Eisfläche war genau richtig geneigt, um die Sonnenstrahlen einzufangen und das Licht über die ganze außerordentliche Szenerie zu verteilen.

In der Ebene lag eine kleine Stadt. Zu beiden Seiten des Flusses erhoben sich hinter Steinmauern kreisrunde ein- und zweistöckige Häuser inmitten großer Grundstücke, auf denen Gemüse wuchs oder Schafe, Ziegen und zottige Rinder grasten. Die Dächer waren kuppelförmig und bestanden aus Holz, im Mittelpunkt jedes Dachs ragte ein Kamin empor. Aus den meisten stiegen dünne Rauchwolken auf.

Nördlich der Stadt waren größere Gebäude um einen offenen Platz gruppiert. Auch der Platz war kreisrund und mit Steinplatten ausgelegt. Im Zentrum gab es einen Brunnen, weitere waren in der ganzen Siedlung verteilt.

»Oh, ist das schön!«, hauchte Mirron.

Jhered nickte. Es war wirklich wunderschön.

»Kein Wunder, dass sie es geheim halten wollten«, meinte Menas.

»Wir haben viele Gesichter«, erklärte Harban. »Die Fremden sehen nur eines davon. Willkommen in Yllin-Qvist.«

Er führte sie die breite Treppe vor dem Ausgang des Tunnels und dann den Abhang hinunter. Unten in der Stadt waren bereits einige Einwohner stehen geblieben und sahen die Fremden an, die ihren Ort besuchten. Kinder unterbrachen ihre Spiele, als die Mütter sie zu sich riefen. Die Erwachsenen sammelten sich in Grüppchen. Viele waren mit kurzen Klingen, Stöcken, Speeren und Waffen ausgerüstet, die an kleine Armbrüste erinnerten.

Harbans Begleiter liefen voraus, sprachen mit den Leuten, beschwichtigten ihre Ängste und erklärten ihnen, wer da kam. Die Vorsicht wich sogleich der Ehrerbietung, und die Leute tuschelten. Jhered lächelte.

»Danke«, sagte er in seinem unvollkommenen Karku. »Danke, dass ihr uns in euer Heim aufnehmt.«

Er war nicht sicher, ob sie es verstanden hatten. Unverhohlen starrten die meisten Einwohner die Aufgestiegenen an, die ihm folgten. Er drehte sich um.

»Lächelt doch mal«, sagte er. »Bei Gott, der ums umfängt, ihr seht aus, als stünde euch die Hinrichtung bevor.«

»Was ist denn los?«, fragte Ossacer.

»Sie starren uns an, Ossie«, erklärte Arducius.

Ossacer betrachtete sie mit seinen blicklosen Augen und lächelte. »Sie mögen uns«, sagte er. »Sie wollen uns hier haben.«

»Kannst du das wirklich spüren?«, fragte Jhered.

»Ihre Gedanken wärmen und beruhigen ihre Energieströme. Sie haben keine Angst.«

»Das muss sich gut anfühlen«, sagte Kovan.

»Wundervoll«, bestätigte Mirron und schenkte ihm ein breites Lächeln. Der Bursche lief beinahe purpurrot an.

Jhered blickte an den anderen vorbei zu Gorian, der eine ernste oder sogar unglückliche Miene machte.

»Hast du Angst, jemand könnte dich einfach so nehmen, wie du bist?«, fragte er.

Gorian starrte ihn an. »Was wissen sie über uns? Ich mag es nicht, wenn die Leute Dinge wissen, die ich nicht weiß.«

»Dann musst du aber eine ganze Menge Leute hassen«, sagte Jhered und spürte die alte Ungeduld in sich aufstiegen. »Andererseits könntest du dich auch entschließen, sie mit Achtung zu behandeln und sie zu fragen, sobald wir angekommen sind. Ich habe festgestellt, dass diese Art von Umsicht das Leben verlängern kann.«

»Sie sollten nicht so viel über uns wissen«, sagte er.

»Du hast doch keine Ahnung, was sie wirklich über uns wissen«, meinte Arducius. »Wahrscheinlich ungefähr so viel, wie wir über den Schatzkanzler wussten, bevor wir ihn trafen. Gerüchte und sein Ruf.«

»Warum macht dich das nicht glücklich?«, fragte Ossacer. »Das sind die ersten Fremden, die uns nicht hassen.«

Kovan murmelte etwas, worauf Gorian im Sattel herumfuhr. »Was hast du gesagt, kleiner Marschall?«

»Es ist traurig, dass du dich immer so leicht angegriffen fühlst«, erwiderte Kovan. »Aber es steckt ja eigentlich noch mehr dahinter, nicht wahr? Du willst, dass die Leute dich hassen und fürchten. Dann fühlst du dich mächtig. Vater Kessian wäre sehr enttäuscht, wenn er es wüsste.«

»Wenn du jemals wieder seinen Namen erwähnst, werde ich dich verbrennen, Vasselis. Er war unser Vater. Das hat mit dir und deinen Angelegenheiten nichts zu tun.«

»Er hat es gewusst«, flüsterte Ossacer so leise, dass Jhered es kaum verstehen konnte. Dann sagte etwas lauter: »Er hat es gewusst. Deshalb nahm er dir auf dem Oratorium vor seinem Tod das Versprechen ab.«

»Das reicht jetzt«, sagte Gorian.

»Gorian«, warnte Arducius ihn.

Jhered erkannte den Tonfall, sprang sofort vom Maultier und stand im Nu vor Gorian, der schon die Hand gehoben hatte. Er packte den Jungen am Handgelenk.

»Ich habe euch nicht gerettet, damit du hier deine Launen und deine Unreife zur Schau stellst, Junge«, sagte er. »Du wirst die Hand zurückziehen und dich ordentlich benehmen, denn sonst werden es nicht Ossacer oder Kovan sein, die verletzt werden.« Gorian wollte etwas erwidern, aber Jhered packte fester zu, und der Junge zuckte zusammen. »Habe ich mich deutlich ausgedrückt?«

Er zwang Gorians Hand auf dessen Schoß und wartete nicht auf die Antwort. Als er zu seinem Maultier zurückgekehrt war, stieg er nicht wieder auf, sondern führte es.

»Lasst ihn nicht aus den Augen«, flüsterte er Menas zu, die neben ihm ritt. »Wir können ihm nicht vertrauen, und ich glaube nicht, dass Arducius ihn kontrollieren kann.«

Die Einwohner von Yllin-Qvist hatten die Ereignisse ohne sichtbare äußere Regung beobachtet. Harban blickte Jhered etwas erstaunt an, doch dann ging er weiter, führte sie mitten auf den gepflasterten Platz und bat sie, von ihren Reittieren zu steigen.

Einige Karku eilten herbei und kümmerten sich um die Maultiere. Harban deutete unterdessen auf das größte Gebäude im Ort. Über einer zwei Stockwerke hohen runden Mauer, die von zahlreichen Fenstern durchbrochen wurde, erhob sich eine mächtige Kuppel. Die Wandbilder zeigten Berge und blauen Himmel, und die Haupttür stand offen. Im Zentrum war ein tosendes Feuer zu erkennen.

Auch die Gebäude zu beiden Seiten weckten Jhereds Neugierde. Sie waren niedrig, nicht viel größer als er selbst, und die Treppen führten abwärts ins Dunkel. Die Schornsteine spien Dampf und keinen Rauch aus. Er wandte sich an Harban.

»Es sind Bäder«, erklärte dieser. »Soweit ich weiß, habt ihr so etwas auch in der Konkordanz. Allerdings sind wir hier gesegnet, denn wir leben inmitten von heißen Quellen, und das warme Wasser ist sehr angenehm, nachdem wir einen Tag auf den Bergen verbracht haben.« Er starrte Menas an. »Oder in ihnen.« Nacheinander deutete er auf die beiden Gebäude. »Dies dient der Entspannung und der Linderung von Krankheiten. Jenes dort der Feier des Lebens und der Anbetung unserer Herren. Ihr dürft keines davon betreten.«

Jhered vergewisserte sich, dass auch die Aufgestiegenen es begriffen hatten, bevor er sie weiter Richtung Kuppel schob. Als Kovan an ihm vorbeikam, hielt er den jungen Mann am Ärmel fest.

»Ich weiß, dass es schwer ist, aber versuche, ihn nicht zu verärgern. Wir brauchen ihn. Er besitzt große Kräfte. Das weißt du, und das weiß er auch selbst.«

»Ich werde mich bemühen.«

Im Innern konnte man das Kuppeldach nicht erkennen. Die Balken waren zu hoch und verloren sich im Schatten. Ringsherum waren an den Wänden des großen Saals Laternen aufgehängt, und der Rauch des Feuers wurde durch einen Kamin abgeleitet, dessen Öffnung sich nur ein paar Armeslängen über den höchsten Flammen befand. Die Halle war ringsum mit Bänken ausgestattet, die alle dem Feuer in der Mitte zugewandt waren. Ein mit Steinen ausgelegter Bereich war vor dem Feuer ausgespart.

Vier Karku saßen im inneren Ring der Bänke. Zu ihnen wurden die Besucher nun geführt. Jhered setzte sich auf die linke Seite. Die Aufgestiegenen, Menas und Kovan nahmen neben ihm Platz. Harban stellte sich hinter Jhered, um zu übersetzen.

»Wer sind sie?«, flüsterte er.

»Wir sind die Gor-Camas«, erklärte einer von ihnen. Er war alt. Sein Gesicht und der Kopf waren bleich und beinahe haarlos, und er hatte sich trotz der Wärme in dicke Pelze gehüllt. »Die Hüter der Berge in Yllin-Qvist.« Er überlegte einen Augenblick. »Ihr könntet uns wohl als Quästoren oder Magistraten betrachten. Ich bin Icenga-Qvist. Willkommen. Willkommen, ihr alle.«

»Wir fühlen uns geehrt, dass ihr uns in eure Stadt eingeladen habt«, erwiderte Jhered. »Das ist ein unerwarteter, aber sehr willkommener Freundschaftsbeweis. Die Gebirgspässe sind kalt und unwirtlich.« Er bemühte sich, in Karku zu antworten, aber Icenga wehrte freundlich ab.

»Versuche es gar nicht erst«, sagte er, und die anderen lächelten. »Deine Betonungen geben manchen Worten eine ... äh ... andere Bedeutung. Aber vielen Dank.«

Nun musterten Icenga und die anderen Gor-Camas ausgiebig die vier Aufgestiegenen und betrachteten vor allem deren Gesichter. Jhered spürte, wie sie nervös wurden, und warnte sie mit einem scharfen Blick. Arducius erklärte Ossacer flüsternd, was vor sich ging.

»Eure große Konkordanz hat ihre Zukunft verspielt, genau wie Gorian es vorhergesehen hat«, erklärte Icenga schließlich.

Gorian hob den Kopf. »Kanntest du ihn? Gorian, meine ich?«

Icenga lachte. Es war ein freundliches Geräusch, das laut in der Halle dröhnte. »Nein, junger Mensch. Sehe ich wirklich so alt aus? Ich fürchte, die Geschichten über unsere Unsterblichkeit sind so falsch wie viele andere.«

»Oh«, sagte Gorian enttäuscht.

»Aber er war der erste Außenstehende, den wir an unseren Herd einluden. Seine Worte waren wie Echos unserer vergessenen Vergangenheit, an die wir uns nur in Versen, Geschichten und mythischen Bildern erinnern. Er sagte, eines Tages würden andere kommen, aus ihren Heimen verjagt von denen, die sie eigentlich hätten von Herzen begrüßen sollen.«

»Hat er denn ...« Mirron unterbrach sich, als die Gor-Camas sich zu ihr umdrehten. »Hat er denn hier in Kark andere wie uns gefunden?«

Harban übersetzte leise, und die vier nickten.

»Oh ja«, bestätigte Icenga. »Deshalb blieb er so lange hier. Wir sind seit jeher der Gnade der launischen Naturgewalten ausgeliefert. Unsere Tiere und Pflanzen gedeihen, wo es beinahe kein Leben mehr gibt. Die Natur verlangte, dass es einige unter uns gab, die diese Dinge besser verstanden als andere, genau wie der Herr der Berge verlangte, dass einige von uns Kupfer, Eisen und Gold finden können.

Allerdings sind sie nicht ganz so wie ihr, auch wenn er ankündigte, dass einige mit eurem Wissen unter Lebensgefahr hierherkommen würden. Niemand kann die Gorthocks mit einem bloßen Gedanken so zähmen wie ihr.«

»Ich bin verwirrt«, gab Jhered zu. Er wandte sich an Arducius. »Sagte die Autorität nicht, dass alles, was Gorian wusste, in Westfallen dokumentiert sei? Dies hier ist eine gewaltige Lücke.«

Arducius wusste keine Antwort.

»Wir ließen ihn schwören, niemals unsere Geheimnisse preiszugeben«, erklärte Icenga mit funkelnden Augen. »Die Geister unserer Vorfahren, die uns vor Schaden behüten, freuen sich heute darüber, dass ihr Vertrauen in ihn berechtigt war. Genau dieses Vertrauen setzen wir jetzt in euch. Nichts, was ihr hier seht oder hört, darf außerhalb unseres Landes erwähnt werden.«

»Aber warum wurde es auch dem Aufstieg verheimlicht?«, überlegte Ossacer.

»Weil die Gefahr viel zu groß ist, dass Außenstehende etwas erfahren. Wir wollen keine Einmischung und keine Fragen. Wenn es bekannt wird, so wie eure Existenz bekannt wurde, dann würden Menschen hierherkommen. Wir sind nicht so zahlreich, dass wir uns gegen eine Invasion wehren könnten.«

»Nur ein Verrückter käme auf die Idee, Kark anzugreifen.«

Icenga nickte. »Ja, aber das würde sie nicht aufhalten, junger Mensch. So wenig wie die anderen Fremden, die glauben, sie hätten das Recht, auf eigene Faust in unseren Bergen zu schürfen. Eine Eroberung wäre vielleicht nicht erfolgreich, aber schon der Versuch würde unwiderruflich unser Leben verändern. Niemand außer unseren Herren und unserem *Canas-u* darf über unser Schicksal entscheiden.«

Jhered räusperte sich. »Harban sagte, es gebe einige Dinge, die wir wissen müssen. Es ist schon spät, und die Aufgestiegenen ... wir alle sind müde.«

Icenga nickte. »Natürlich. Wir haben euch beobachtet, seit ihr nach Kark eingedrungen seid, und uns gefragt, ob ihr vor dem Krieg fliehen wollt, aber das ist nicht der Grund, oder?«

»Nein«, bestätigte Jhered. »Wir ...«

Icenga hob eine Hand. »Dieser Krieg muss beendet werden. Yuran ist ein Narr, aber das gilt auch für eure Advokatin. Jetzt werden unsere Freunde in Gestern von einer Armee bedroht, die zu groß ist, um besiegt zu werden. Wir können uns an diesem Konflikt nicht beteiligen. Tsard war genau wie die Konkordanz ein friedfertiger Verbündeter, aber jetzt geraten unsere Grenzen in Gefahr. Die Tsardonier haben bereits versucht, unsere Wege zu benutzen, um den Spähern der Konkordanz zu entgehen. Armeen der Konkordanz kommen so nahe, wie sie es wagen. Wir fürchten die kommenden Schlachten, Paul Jhered. Sollten die Tsardonier Gestern einnehmen, dann wären wir isoliert, und ihre Macht wäre übergroß.«

»Wir reisen, um sie aufzuhalten. Wir wollen die Tsardonier zurückwerfen.«

»Das haben wir angenommen.«

»Du sagst, eine Armee marschierte nahe an euren Grenzen. Ich nehme an, du meinst die Nordgrenze. Ist es Jorganesh? Du musst ihn kennen.«

»Er ist ein alter Freund der Karku«, bestätigte Icenga. Dann ließ er den Kopf sinken und starrte seine Füße an.

Ein kalter Stich fuhr durch Jhereds Brust. »Was ist geschehen, Icenga? Was ist Jorganesh passiert?«

»Wir werden jetzt essen«, erwiderte dieser. »Dann müsst ihr ruhen. Ihr habt gehört, was ihr erfahren müsst. Morgen werden wir euch zu dem Ort führen, an dem ihr sehen werdet, was ihr sehen müsst.«

»Aber …«, wollte Menas einwenden.

Icenga schüttelte den Kopf und winkte zur offenen Tür hin, wo die letzten Strahlen der Abendsonne spielten, die hinter den Bergen verschwand. Die hohen Gipfel waren grell beleuchtet, während die Stadt schon im Schatten lag.

»Wenn das letzte Tageslicht schwindet, ist auch die Zeit vorbei, über Kampf und Schmerzen zu reden. Ihr werdet sehen, was ihr sehen müsst. Es wird euch mehr sagen als viele Worte, die ich in eurer Sprache sprechen kann. Esst und schlaft.«

Doch Jhered konnte nicht schlafen.

Die Wolken, die über den dunkelnden Himmel jagten, brachten abermals Schnee.

17

848. Zyklus Gottes, 21. Tag des Solasab
15. Jahr des wahren Aufstiegs

Brutzelnde Lammschnitzel, Eier aus den Nestern von Gebirgsvögeln und dickes Wurzelgemüse bildeten den Auftakt des Tages und gaben Mirron das Gefühl, nie wieder etwas essen zu können. Gorian rülpste so laut, dass es zwischen den Bergen hallte. Sie versetzte ihm einen Rippenstoß, aber er lachte nur.

»Da hat sich nur jemand für das gute Essen bedankt«, sagte er, worauf sie sein Lächeln erwiderte.

Sie saßen an einem kleinen Feuer vor dem Haus, in dem sie die Nacht unter ganzen Bergen von Pelzen warm gelegen hatten. Der gute Kovan hatte jedoch so laut geschnarcht, dass sie ihn in ein anderes Zimmer verbannt hatten. Dort war es allerdings empfindlich kalt geworden, weil das Feuer erloschen war. Jetzt verschlang er sein Frühstück und starrte Gorian böse an. Arducius und Ossacer saßen auf der anderen Seite des Feuers auf einer Bank. Von der Hochebene wehte ein kalter Wind herunter, aber sie waren geschützt, und im Osten ging schon die Sonne auf und sandte ihr Licht in die Stadt.

Südlich der Siedlung waren Jhered und Menas in eine Unterhaltung mit Harban und Icenga vertieft. Jhered war offenbar frustriert, und Mirron nahm an, dass er nicht die Antworten bekam, die er sich erhofft hatte.

»Ich frage mich, was sie uns zeigen wollen«, überlegte sie.

»Sicher nichts Gutes«, meinte Kovan.

Er hatte den leeren Teller abgestellt und schärfte sein Schwert an einem Wetzstein. Rings um sie sammelte sich nach und nach eine kleine Schar von Kindern, die aus den Häusern vertrieben wurden, weil sie draußen spielen sollten.

»Woher willst du das wissen?«, fragte Gorian.

»Jhered wirkt besorgt, und das ist meiner Erfahrung nach meist kein gutes Zeichen.«

»Er weiß nicht mehr als du, Vasselis«, erwiderte Gorian.

»Er ist ein Soldat, Gorian«, gab Kovan mit demonstrativer Geduld zurück. »Und ein Einnehmer ist er auch. Er kann es erkennen, wenn jemand irgendwelche Schwierigkeiten zu verbergen sucht.«

»Es unterliegt nicht unserer Kontrolle, und das gefällt mir nicht«, sagte Gorian leise. »Wir werden nur herumgestoßen, während er entscheidet, was mit uns geschieht. Fühlt ihr euch dabei nicht auch verloren? Hilflos?«

Mirron war entsetzt. Sie legte ihm instinktiv einen Arm um die Hüfte und fragte sich, warum er sich so unvermittelt offenbart hatte.

»So fühlen wir uns alle, Gorian. Deshalb müssen wir zusammenhalten.«

»Du sprichst wie Arducius«, meinte Ossacer.

»Wir müssen Jhered vertrauen«, sagte Arducius. »Er will, dass wir überleben.«

»Wir sind nur Spielfiguren«, erwiderte Gorian. »Er tut es nicht, weil er uns mag. Er will uns bloß benutzen. Hauptsache, ihr vergesst das nicht.«

Irgendwo kicherte jemand, und sie hörten Kinderstimmen aufgeregt flüstern.

»Hallo, ihr da.« Mirron lächelte die Kinder an, inzwischen waren es acht.

In Pelze gepackt und unter Mützen und Hüten hervorschauend,

wirkten sie mit dem Flaum im Gesicht und auf den Füßen unglaublich reizend. Sie wichen zurück, als Mirron sich an sie wandte.

»Habt keine Angst«, sagte sie. »Seht her.«

Damit bückte sie sich und befreite eine kleine Stelle auf dem Boden von Eis und Schnee. Unter der Krume entdeckte sie in der kalten, hart gefrorenen Erde die Zwiebel einer Genastroblume. Ein Krokus, dachte sie, oder etwas in dieser Art. Es war ein Brennpunkt des neuen Lebens, der nur auf den Funken wartete.

Mirron entfachte die Lebenskraft, indem sie einen kurzen Impuls ihrer eigenen Energie in die Zwiebel schickte und das Wachstum auslöste. Die Wurzeln bohrten sich nach unten in die Erde, und die Knospe brach nach oben durch. Mirron schickte noch mehr Energie hinein – in Wirklichkeit war es nur eine winzige Menge – und konnte gleich darauf beobachten, wie die Knospe und der Stängel sich aus dem Gras erhoben und eine Handbreit hoch wuchsen. Die Kinder sahen in stummem Erstaunen zu. Als Mirron zufrieden war, brachte sie die Knospe zum Blühen. Es war eine wundervolle zarte purpurne Blüte. Sie pflückte die Blume und gab sie einem kleinen Mädchen.

»So, bitte. Für dich.«

Das Mädchen quietschte entzückt und trollte sich, die Blume sicher in der Hand geborgen und von ihren Freunden verfolgt. Mirron lachte und klatschte in die Hände. Es hatte sie von innen erwärmt.

Dann wurde sie wieder ernst. »Sie haben keine Ahnung, was außerhalb ihres Landes geschieht, nicht wahr? Sie sind hier genauso behütet, wie wir es früher in Westfallen waren. Ich frage mich, ob das richtig ist.«

»Sie werden es noch früh genug erfahren. Sie sind noch so klein.«

Menas kam den Pfad herauf und rief die Aufgestiegenen zu sich. Diese bedankten sich bei der Köchin für das Frühstück und ließen sie mit einem Stapel Teller und den Gabeln einigermaßen verwirrt zurück.

»Es wird Zeit zu gehen«, sagte Menas. »Kommt mit.«

Sie führte die Aufgestiegenen zum Flussufer hinunter. Träge strömte das Wasser dahin, bis der Lauf an der Mündung zwischen den Bergen schmaler wurde und sich in die Dunkelheit stürzte.

»Wohin gehen wir?«, fragte Ossacer.

»Da entlang.«

Menas deutete auf das dunkle Loch im Berg, wo das Wasser gurgelte wie in einem Abfluss. Zwei offene Boote waren dort festgemacht, davor standen Jhered und Icenga, die sich immer noch unterhielten.

»Das ist ein Witz, oder?«, fragte Kovan.

»Anscheinend ist es nicht so schlimm, wie es aussieht.« Menas war allerdings klar, dass es nicht sehr überzeugend klang.

»Was wird aus den Maultieren?«, wollte Mirron wissen.

»Die sind hier gut aufgehoben«, erklärte Menas. »Kommt schon. Je eher wir aufbrechen …«

Mirron betrachtete die Boote. Ihre ganzen Habseligkeiten waren schon unter Lederplanen im Bug verstaut. Jedes Boot hatte vier Ruder und drei Stangen mit vorgeformten Griffmulden. An einer Seite waren sie dick, am anderen Ende flach. Mirron fragte, wozu die Stangen dienten.

»Damit stoßen wir uns von den Felswänden ab, wenn es eng wird«, erklärte Harban. Er lächelte und genoss ihr Unbehagen. »So eine Bootsfahrt habt ihr in der Konkordanz noch nicht gemacht. Im Berg teilt sich der Fluss . Die rechte Abzweigung führt steil abwärts und speist das Herz des Berges. Dorthin dürft ihr nicht fahren. Wir wenden uns nach links. Dort kommt man auch leichter voran. Ein wenig.«

Mirron schauderte und wandte sich Hilfe suchend zu Gorian um. Sein bleiches Gesicht war ein Spiegel ihrer eigenen Gefühle.

»Warum dürfen wir den anderen Weg nicht benutzen?«, fragte Gorian.

»Er führt zu Inthen-Gor, dem Herz des Bergs. Das ist der heiligste Ort der Karku. Kein Fremder hat ihn je gesehen, und keiner wird ihn je sehen.«

»Wie sieht es aus?« Arducius betrachtete nachdenklich den Berg, offenbar ging seine Fantasie mit ihm durch.

»Es ist schön«, sagte Harban leise und voller Verehrung. »Eine große Höhle und ein See, den wir das Ewige Wasser nennen. In seinem Zentrum liegt eine Insel, auf der unsere Vorfahren den Herzensschrein errichtet haben. Beide sind für uns so wichtig wie die Luft, die wir atmen. Sie beherrschen unser ganzes Leben und binden uns an die Berge und die Luft und an alle Geschöpfe, die auf dem Weg des Lebendigen und in den Höhlen des Todes wandeln. Jeder Karku muss sich auf diese Reise begeben, um als Erwachsener in seinen Stamm aufgenommen zu werden.«

»Das würde ich gern sehen«, sagte Gorian.

»Das ist verboten«, sagte Harban lächelnd. »Du wirst jedoch auf unserer Reise durch die Berge genug Wunder zu sehen bekommen.«

Das innere Bild von Inthen-Gor verschwand, und Mirron fiel wieder ein, dass sie eigentlich Angst haben sollte. Offenbar war es ihr anzusehen.

»Dir wird schon nichts passieren, junge Menschenfrau. Ein wenig Gefahr ist doch aufregend, oder nicht?« Harban kicherte über seinen Scherz.

»Eigentlich nicht«, gab Mirron zurück. »Muss das wirklich sein, Schatzkanzler?«

Jhered gesellte sich zu ihnen und erwiderte nicht unfreundlich, wenngleich mit einer gewissen Traurigkeit, ihren Blick.

»Geht es Euch nicht gut?«, fragte sie.

»Doch, mir geht es gut«, sagte er. »Hör mal, wir müssen schnell ans Ziel kommen, und dies ist die einzige Möglichkeit. Glaube mir, ich würde gern einen anderen Weg wählen, wenn es möglich wäre. Harban versicherte mir jedoch, dass uns nichts passieren wird.«

»Ja, sie haben ja auch härtere Schädel als wir«, sagte Ossacer. »Wahrscheinlich prallen sie einfach so von den Felsen ab.«

Jhered sah ihn scharf an. »Das sollte ein Scherz sein, oder?«

»Ihre Knochen sind wirklich dicker«, erklärte Ossacer. »Das sieht man an der Art und Weise, wie die Energie um sie herumfließt.«

»Ich verstehe.«

Dann konnte Mirron eine weitere aufgeregte, halblaute Unterhaltung in Karku beobachten. Jhered machte wütende Gesten, deutete auf seinen Kopf, das Wasser und die Felsen. Schließlich hob er hilflos die Hände und wandte sich wieder an sie.

»Es ist in Ordnung«, verkündete er. »Falls einer von uns, was ihn selbst einschließt, sich den Kopf anschlägt, so wäre der Betreffende, wie er sagt, auf der Stelle tot. Ich hoffe, das beruhigt euch etwas.« Er schüttelte den Kopf. »Zufrieden bin ich nicht.«

»Gibt es denn wirklich keinen anderen Weg?«, fragte Arducius.

»Nur wenn wir dreißig Tage verschwenden und erfrieren wollen«, erwiderte Jhered.

Mirron hatte genug davon. Die Jungen und Jhered wirkten so ernst und besorgt; sie hatten die Hände in die Hüften gestemmt und runzelten ärgerlich die Stirn. So wandte sie sich an Menas.

»Vielleicht sollten wir ihnen zeigen, was Mut bedeutet«, sagte sie, »und als Erste einsteigen.«

»Wenn du so denkst, wirst du die Herrin der Menschen sein«, sagte Menas.

»Was meinst du damit?«

Menas wollte etwas erwidern, doch sie besann sich und streichelte nur Mirrons Nase mit einem Finger. »Ich denke, das weißt du schon«, sagte sie. »Komm, lass uns beginnen.«

Sie gingen zum vorderen Boot und stiegen ein.

»Wir müssen also einfach nur den Kopf unten halten, richtig?«, sagte sie, als die anderen starrten. »Was ist jetzt? Habt ihr etwa Angst?«

Drei Tage lang reisten sie durch einige von Karks mächtigsten Bergen, und trotz der Wunder, die sie sahen, veränderte sich die Stimmung zum Schlechteren. Arducius war nicht sicher, ob er den Grund dafür überhaupt wissen wollte. Jhered war noch verschlossener geworden, falls dies überhaupt möglich war, und ihre einheimischen Führer gaben sich düster und einsilbig.

Arducius erinnerte sich noch an Mirrons Schreie, als die Abfahrt begonnen hatte. Dicht über ihrem Kopf waren die Felsen vorbeigerast, während ihre Hände, die krampfhaft das Dollbord umklammerten, den Wänden bedenklich nahe gekommen waren. Die vorne und hinten befestigten Laternen hatten mit grellem Licht und tanzenden Schatten den Weg beleuchtet. Hier und dort hatten die Laternen auch wundervolle Flechten erfasst, die in einem sanften Grün glühten.

Als der Fluss sich beruhigt hatte und langsamer strömte, bekamen sie Dinge zu sehen, die sie sich nicht einmal in den kühnsten Träumen vorgestellt hätten. Wundervolle Ansammlungen von Stalaktiten, zu denen sie regungslos hinaufstarrten, bis ihnen der Nacken wehtat. Von leuchtenden Flechten erhellte Teiche, deren sanftes grünes und blaues Schimmern sich an den Wänden spiegelte. Unterirdische Strände, umgeben von natürlichen Säulen und Höhlen, die Westfallens Küste hätten vor Neid erblassen lassen. Jhered hatte sie immer wieder zur Eile angetrieben, aber sie alle, selbst Ossacer, hatten sich in das eiskalte Wasser gewagt, um die Höhlen zu erkunden. Es war ein magischer Augenblick gewesen.

Nach den Schrecken der Abfahrt zeigte Arducius sich mittlerweile sogar enttäuscht, als sie die unterirdische Wunderwelt, wie Mirron sie genannt hatte, verlassen mussten. Ein letztes Mal noch wollte er einen Nebenarm sehen, der in geheimnisvoller Dunkelheit verschwand, sodass sie darüber spekulieren konnten, in welches geheime Land er führen mochte.

Früh am vierten Morgen strömte der Fluss merklich langsamer

dahin und wurde erheblich breiter. In der Ferne tauchte die große Mündung der Höhle auf, und nun ruderten die Karku schneller, weil sie sich nach der frischen offenen Luft sehnten und die Sonne im Gesicht spüren wollten.

Es war ein Schock, als sie ans Licht gelangten. Die grelle Sonne tat ihren Augen weh, aber die Wärme war köstlich, obwohl es noch früh am Morgen war. Arducius atmete die Luft ein, die nicht mehr nach feuchtem Stein roch, sondern nach Gras und Bäumen duftete. Die Energien wetteiferten um seine Aufmerksamkeit und drohten ihn gar zu überwältigen, bis er sich wieder in der Gewalt hatte. Die Reise im Innern der Berge war erstaunlich gewesen, aber hier ... hier draußen war die Welt wirklich lebendig.

Der Fluss schlängelte sich zwischen unendlichen Bergketten entlang, hier und dort lagen auf den Bergwiesen auch Siedlungen. Sie reisten durch Schluchten mit hohen und steilen Wänden, zwischen denen es fast den ganzen Tag dunkel blieb. Die Reihen schneebedeckter Gipfel verloren sich in der Ferne – zugleich trostlos, gefährlich und unglaublich schön.

Die Karku brachten sie zu einer verlassenen Landestelle. Der Fluss machte hier, wie Jhered erklärt hatte, eine Biegung nach Westen in Richtung Gestern.

Im Norden führte ein baumbestandener Hang zu einer weiteren Gebirgskette hinauf, die der Nordgrenze des Landes entsprach. Die Karku halfen ihnen beim Aussteigen.

»Warum lebt hier niemand?«, fragte Mirron. »Es ist schön.«

»Diesen Ort haben die Herren verlassen«, erwiderte Icenga.

Jhered blickte zur Sonne hinauf und betrachtete das Land und das Wasser. Kurz vor der Mittagszeit strahlte die Sonne gleißend auf sie herab.

»Ich kenne diese Gebirgskette«, sagte er, indem er nach Norden deutete. »Liegt dort nicht die Lubjekschlucht?«

»Ja, Paul Jhered«, bestätigte Icenga, und wieder machten sie alle bedrückte Mienen. »Du solltest mitkommen. Die Aufgestiegenen werden hierbleiben.«

»Warum?«, protestierte Goran laut. »Was gibt es denn dort Schlimmes, das wir nicht sehen dürfen? Wir sind nicht ganz so jung und zerbrechlich, wie ihr immer glaubt. Nun ja, ich jedenfalls nicht.«

Jhereds Blick wanderte von Gorian zu Arducius, der mit dem Schlimmsten rechnete.

»Ausnahmsweise stimme ich dir zu, Gorian. Deine Augen werden dir mehr über die Wirklichkeit des Krieges verraten, als ich es mit Worten je ausdrücken könnte.« Er wandte sich an Icenga. »Sie kommen mit. Sie alle.«

Auf dem langen Weg durch den Berg sagte niemand etwas. Mirron konnte noch so sehr betteln und Gorian noch so überheblich nachbohren, man müsse ihnen doch wenigstens verraten, was sie zu sehen bekämen, es nützte nichts. Irgendwann meinte Ossacer, der sich an Arducius' Arm festhielt, er fühle sich, als würde er zu einem Begräbnis geführt. Der Blick, den Jhered ihm daraufhin zuwarf, gefiel Arducius überhaupt nicht.

Sie schlugen einen Weg ein, der mehrere Stunden leicht bergauf verlief. Als sie an einer Wegmarke rasteten, wo drei Pfade zusammenliefen, ließ Jhered sich endlich dazu herab, mit ihnen zu reden.

»Da oben, noch eine Wegstunde entfernt, erreichen wir die Lubjekschlucht. Es ist ein schönes, von Bäumen gesäumtes Tal, das die Grenze zwischen Kark und Tsard bildet. Es ist der schnellste und beste Fluchtweg, wenn man aus der südlichen tsardonischen Steppe nach Atreska und Gestern will. Deshalb ist es der nahe liegende und im Grunde auch der einzig mögliche Weg für eine Armee, die zurückkehren und die Konkordanz verteidigen soll. Dies ist der Weg, den General Jorganesh eingeschlagen hat.«

Jhered nagte an der Unterlippe und ließ den Kopf ein wenig hängen. Seine Stirn bekam tiefe Falten, er räusperte sich.

»Mit vier Legionen marschierte er in das Tal hinein. Er kam nicht wieder heraus.«

Eine Stunde später standen sie am Ende des Weges und waren bereit, den verborgenen Zugang zu verlassen. Hier draußen brannte die Nachmittagssonne noch heiß herab. Arducius bemerkte ein leises Summen. Ein Wind trug einen üblen Gestank heran wie von einem alten Feuer, dessen Asche die Luft verschmutzte.

»So erging es auch seinem Heer. Es tut mir leid, dass ihr gleich etwas Schreckliches erleben werdet. Niemand sollte so etwas sehen müssen.«

Arducius begriff es noch nicht. Mirron rieb sich nervös über den Arm, und Gorian betastete seine alte Brandnarbe.

»Wie viele waren es?«, flüsterte Ossacer.

Jhered biss die Zähne zusammen und folgte Icenga und Harban, die den Durchgang bereits verlassen hatten.

»Mehr als sechzehntausend.«

Schließlich konnte Arducius das Zerstörungswerk betrachten. Zuerst kam es ihm vor wie eine Winterlandschaft, weil die Bäume keine Blätter mehr hatten und der Boden mit einer schmutzig weißen Schicht bedeckt war. Als er genauer hinschaute, musste er sich an einem Felsblock abstützen, um nicht zu straucheln. Die Bäume hatten ihre Blätter verloren, weil sie verbrannt waren, ihre Stämme waren geschwärzt. Die Schicht auf dem Boden war kein Schnee, sondern bestand aus Asche und Knochen.

Auf dem Talboden war die Schicht besonders hoch, zu den Rändern hin wurde sie etwas dünner, bis sie sich zwischen den höheren Bäumen verlor, die das Feuer nicht erreicht hatte. Nur wenige Schritte vor Arducius' Füßen lagen vollständige Skelette von Männern, Hunden und Pferden. Die Spuren verrieten ihm, dass Tiere versucht hatten, die Knochen fortzuschleppen. Sie hatten sie zerbrochen und Gliedmaßen, Schädel und Knochensplitter auf der verbrannten Erde liegen lassen.

Er wagte sich ein paar Schritte weiter hinunter und sah sich vorsichtig nach links und rechts um. In beiden Richtungen erstreckte sich die Schlucht weiter, als er sehen konnte. Die einzigen Unterbrechungen in der Schicht aus Knochen waren einige hervorstehende Räder oder Balken von Wagen.

Arducius schluckte schwer. Direkt vor ihm lag ein mit Dreck verschmierter runder Stein. Als er noch genauer hinschaute, konnte er erkennen, dass das, was er für abgebrochene Zweige gehalten hatte, in Wirklichkeit Pfeile waren. Zerbrochene Schnallen und geborstene Klingen, verbogene Hefte, zerfetzte Schilde und zerstörte Speere funkelten im grellen Sonnenlicht. So nutzlos und tot wie jene, die sie getragen hatten.

Auf einmal schossen ihm die Tränen in die Augen. »So eine Verschwendung«, sagte er.

Dann forschte er mit seinen Sinnen und sah sich von einer grauen und dunklen Welt umgeben, in der es keine Lebensenergien mehr gab, kalt und verdorben. Hier und dort entdeckte er jedoch Energiebahnen. Unzählige befanden sich direkt unter der toten Oberfläche. Winzige Energieballungen in den Überresten der Toten. Auch Mirron hatte es bemerkt.

»Sie bewegen sich. Die Knochen bewegen sich«, keuchte sie.

Arducius blendete die Eindrücke aus und starrte die dicke Schicht der Skelette und Knochen an. Sie bewegten sich tatsächlich. Leicht nur, aber unverkennbar. Als würden sie von unten angestoßen.

»Geht nicht zu nahe heran«, warnte Jhered sie. »Die Gorthocks haben die Knochen von oben abgefressen, aber darunter sind noch die Ratten am Werk.«

»Es ist so dunkel«, klagte Ossacer. Er lehnte an einem Baum und richtete die blinden Augen hierhin und dorthin, während er angestrengt das Gesicht verzog und mit den Fingerspitzen in der Luft tastete. »Als hätte der Allwissende diesem Ort den Rücken gekehrt.«

»Dennoch ist hier eine Kraft«, wandte Gorian ein.

»Was?« Arducius fuhr herum und starrte ihn groß an. Gorian hockte am Rand des Meeres der Toten.

»Ich kann es nicht beschreiben, aber hier ist etwas. Spürst du es nicht auch?«

»Das sind nur die Ratten«, meinte Arducius.

»Nein«, widersprach Gorian leise. »Die Toten haben eine eigene Energie.«

»Was redest du da?«, sagte Arducius. »Es ist grau. Dunkel und kalt. Deine Sinne spielen dir einen Streich.«

»Vielleicht hast du recht.« Gorian richtete sich lächelnd wieder auf und wischte seine Hände an der Tunika ab. »Vielleicht ist es nur der Schock dieses Anblicks.«

»Zwei Legionen und zwei Alae«, sagte Kovan. »Was mögen sie empfunden haben?«

»Gosländer, Gesternier, Estoreaner, Tundarraner, Caradukier.«

Arducius schreckte auf, was Jhered nicht entging.

»Ja, meine Aufgestiegenen«, fuhr er fort. »Einwohner eurer Heimat. Abgeschlachtet, als sie ihre Pflicht erfüllt haben. Wie die Ratten in der Falle. Keine Gnade, keine Gefangenen. Dabei wollten sie nur zu ihren Angehörigen zurückkehren. Genau wie ihr.«

Er ließ die Worte auf sie wirken. Unbehaglich starrten sie die Wolken von Fliegen an, die über den verwesenden Toten kreisten.

»War General Jorganesh Euer Freund?«, fragte Mirron.

Jhered nickte. »Seit zwanzig Jahren oder sogar noch länger. Er war ein großartiger General. Aber auch die Großen können in einen Hinterhalt geraten. Dies hier hat er nicht verdient. Niemand verdient so etwas.«

»Warum haben sie sich nicht ergeben?«

»Einem Regen brennender Steine, tausend Hunden und einem Feind, der auf Vernichtung aus ist, kann man sich nicht ergeben«, erklärte Harban.

Arducius wurde übel. Er versuchte, sich das Entsetzen und den Schrecken vorzustellen. Den Lärm und die Panik. Wieder starrte er die Skelette und die Schädel mit den leeren Augenhöhlen an. Einige hatten noch Haare, in denen der Wind spielte. Eine so große Zahl von Bürgern, aus ihrem Leben gerissen und einfach liegen gelassen. Verloren und ihrem Gott fern. Ein endloser Marsch der Toten.

»Es ist Zeit, dass wir weitergehen«, sagte Jhered. »Die Tsardonier, die dies getan haben, wollen nach Gestern.«

»Sie treten im Süden von Atreska an«, ergänzte Harban. »Dort warten sie auf die anderen Tsardonier, die von Scintarit kommen.«

Darauf runzelte Jhered die Stirn. »Warum marschieren sie dort auf? Das verstehe ich nicht. Warum zieht das Heer, das dies hier angerichtet hat, nicht einfach weiter zu Gesterns östlicher Grenze und lässt das zweite Heer woanders angreifen? Worauf warten sie? Ihnen muss doch bekannt sein, dass die Gesternier sich nicht an zwei Fronten gegen sie behaupten können, zumal Jorganesh ausgeschaltet ist.«

»Wir sind der Überzeugung, dass sie an der Westküste angreifen wollen«, sagte Icenga. »Eine Bestätigung hierfür haben wir jedoch nicht. So weit haben sich unsere Späher und Beobachter nicht nach Atreska hineingewagt.«

»Immerhin, ihr habt ein beeindruckendes Spionagenetzwerk«, sagte Menas.

Harban zuckte mit den Achseln. »Unsere Berge sind hoch, und unsere Spähgläser sind stark. Wir müssen wissen, was an unseren Grenzen vorgeht.«

Jhered schüttelte den Kopf. »Ich verstehe es immer noch nicht«, wiederholte er. Dann wandte er sich an Icenga. »Ich muss es mit eigenen Augen sehen.«

Icenga nickte. »Du wirst unterwegs die Gelegenheit dazu bekommen.«

Sie nahmen ihre Rucksäcke auf und machten sich auf den Weg. Schaudernd kehrte Arducius der Lubjekschlucht den Rücken, doch die Übelkeit wollte nicht weichen.

»Wie fühlst du dich dabei, Soldatenjunge?«, wollte Gorian von Kovan wissen. »Ich möchte wetten, dass dir die Lust vergangen ist, in einer Legion zu dienen.«

Arducius zuckte zusammen, doch Kovan gab keine hitzige Antwort. Vielmehr wandte er sich mit einem Ausdruck, der an Mitleid zu grenzen schien, an Gorian.

»Solche Gedanken würden mich bei einem Feigling nicht überraschen«, erklärte er. »Ich dagegen bin entschlossener denn je, für die Konkordanz zu kämpfen und dafür zu sorgen, dass so etwas niemals denen passieren kann, die ich liebe.«

»Gut gesprochen, junger Vasselis«, lobte Jhered ihn.

Sie stiegen den Hang wieder hinauf und verschwanden im Innern des Bergs.

Jhered trieb sie erbarmungslos an. Er fürchtete, viel zu weit entfernt zu sein, um noch helfen zu können. Außerdem war er sicher, irgendetwas übersehen zu haben, und das störte ihn. Er wusste nicht warum, aber er hatte das Gefühl, er könne eine Eingebung bekommen, wenn er die südlichen Ebenen von Atreska überblicken konnte. Vielleicht würde es auch nur seine Befürchtungen verstärken. Jedenfalls entwickelte sich der Krieg schneller, als er folgen konnte, und so blieb ihm nur die Hoffnung, es sei kein verhängnisvoller Fehler, an die Aufgestiegenen zu glauben.

Am Anfang des Jahres war er noch fest überzeugt gewesen, nur das Schwert und das Pferd seien die richtigen Mittel, um die tsardonischen Truppen zurückzuschlagen und Yuran seine gerechte Strafe zukommen zu lassen. Offenbar hatte er den Verstand verloren.

Allerdings schlummerten große Kräfte in ihnen, und sie folgten ihm bereitwilliger als am Anfang und glaubten fest an ihre noch unerprobten Fähigkeiten. Das machte ihm Mut. Sie konnten Regen und Feuer heraufbeschwören und Bäume wachsen lassen. Das war außergewöhnlich. Neben all der Zuversicht gab es allerdings auch Befürchtungen, denn von den Knospen einer Blume bis zu einer großen Armee, die aufgehalten werden musste, war es ein gewaltiger Schritt.

Harban und Icenga führten sie wieder höher hinauf. In den Gängen im Berg war die Luft kalt, und hier waren die Wände unbearbeitet und uneben. Hier und dort mussten sie in den Fels gehauene Stufen hinaufklettern und auf schmalen Brücken aus Stein und Holz Schluchten im Innern der Berge überwinden.

Sie befanden sich am äußersten Rand des Gebiets der Karku, und die Kälte, die über sie hereinbrach, als sie das Ende der Pfade erreichten, erinnerte sie auf höchst unangenehme Weise daran, dass der Dusas kam. Sie brauchten drei Tage. Wenigstens heilten die Blasen an den Füßen mit der Zeit, und die Klagen der Aufgestiegenen über die unbequeme Wanderung ließen nach. Kovan Vasselis gab sich die ganze Zeit verschlossen, nachdem ihm bewusst geworden war, welches Schicksal die Legionen ereilt hatte, denen er sich hatte anschließen wollen. Meist hielt er sich von den Aufgestiegenen fern und wechselte kaum ein Wort mit Mirron, ganz zu schweigen von den anderen.

Jhered hatte ihn zunächst sich selbst überlassen. Doch als sie vor dem Aufstieg zur eiskalten grauen Mündung die Pelze eng um sich gewickelt hatten, erkundigte er sich, wie es dem jungen Mann ging.

»Die anderen können sich einreden, Jorganeshs Armee sei irgendwie unwirklich. Das alles ist ihnen so fremd, dass sie das Leiden der einzelnen Kämpfer nicht sehen müssen. Aber bei dir ist es anders, nicht wahr?«

Kovan ließ sich mit der Antwort Zeit. Er war erst siebzehn Jahre alt und damit viel zu jung, um von der Vernichtung eines Heeres der Konkordanz gehört zu haben. Ganz zu schweigen davon, das Ergebnis selbst ansehen zu müssen.

»Es macht mich wütend. Sie verstehen es nicht, und sie lächeln schon wieder. Alles, was geschehen ist ... Kessian, die Kanzlerin. Wie können sie das alles verdrängen? Dies ist die Wirklichkeit, aber ihnen ist das anscheinend egal.«

»Das ist eine schwere Lektion, Kovan«, sagte Jhered. »Es ist ihnen übrigens keineswegs egal, aber sie halten es für besser, ihre Gefühle zu verbergen. Vergiss nicht, dass sie aus ihrem behüteten Leben gerissen wurden und in mancher Hinsicht viel jünger sind als du. Trotz allem, was sie gelernt haben, sind sie noch Kinder. Du bist ein Mann und ein Soldat. Ihre Reaktionen sollten dich nicht verletzen. Sag mir, wie du dich fühlst.«

Kovan sah sich um. Die Aufgestiegenen plauderten. Jhered hatte inzwischen gelernt, den unablässigen Lärm zu ignorieren, der die Gänge erfüllte wie das Huschen der Ratten.

»Ich habe Angst, und dafür schäme ich mich«, gab Kovan zu. »Gorian hatte recht. Ich habe Angst, mich den Legionen anzuschließen.«

Darauf blieb Jhered stehen und winkte Menas und den Aufgestiegenen, an ihnen vorbeizugehen. Schließlich fasste er Kovan an den Schultern und drehte ihn zu sich herum.

»Es ist nicht ehrenrührig, sich zu fürchten«, sagte er. »Ich bin sicher, dass auch dein Vater es dir schon gesagt hat. Die Angst macht uns vorsichtig und hilft uns, am Leben zu bleiben. Es ist richtig, dass du Angst davor hast, in die Legion einzutreten und dort eine Weile zu dienen. Es ist ein schreckliches, hartes Leben. In den Schlachten sterben Männer und Frauen. In Liedern mag der Tod auf dem Schlachtfeld ruhmvoll sein, aber wenn du mittendrin stehst, ist es entsetzlich. Der wahre Mut zeigt sich, wenn man sich den Ängsten stellt, wenn man sie versteht und akzeptiert. Du hast Angst vor dem Tod. Wir alle fürchten den Tod, aber noch mehr fürchten wir das, was unseren Angehörigen und der ganzen Konkordanz widerfahren würde, wenn wir scheitern. Es beweist deinen Mut, dass du dich zu deiner Angst bekennst. Nur ein Narr verleugnet seine Angst, und Narren sind immer die Ersten, die sterben. Du bist jung und tapfer, Kovan Vasselis. Ich bin froh und stolz, dass du bei uns bist.«

Jetzt strahlte Kovan vor Stolz und Erleichterung. Er nickte, und der schwere Atemstoß stand als weiße Wolke vor seinem Gesicht.

»Danke, danke.«

»Frage Roberto Del Aglios, wie es ihm heute noch nach jeder Schlacht ergeht.«

»Warum?«

»Frage ihn einfach.«

Als Jhered nach draußen trat, brannte ihm die am frühen Morgen noch eiskalte Luft in den Lungen. Die Sonne gewann jedoch rasch an Kraft, und der Schneefall hatte endlich aufgehört. Am Mittag würde es für die Jahreszeit, Ende des Solas, ein prächtiger Tag werden.

Vor dem Ausgang führte ein schmales Sims zu einer in den Fels gehauenen Treppe, über die man den noch mehrere hundert Fuß über ihnen liegenden Gipfel erreichen konnte.

Von hier aus konnten sie auf die zehntausend Fuß tiefer liegenden weiten Ebenen von Atreska hinunterschauen. Vieles blieb unter einer dünnen Wolkendecke verborgen, aber Harban hatte ihnen versprochen, dass die Sonne die Wolken rasch vertreiben würde. Er und Icenga kletterten schon hoch über den anderen. Anscheinend war ihre Energie unerschöpflich, und sie fanden selbst auf vereisten Flächen mit ihren Füßen einen sicheren Halt.

Hinter einem Felsvorsprung suchten sie Schutz, doch der Gipfel lag völlig frei, und dort heulte der Wind und konnte den Unvorsichtigen leicht mitreißen und abstürzen lassen. Obwohl sie genug Zeit gehabt hatten, sich an die dünne Luft anzupassen, fiel ihnen das Atmen schwer. Ossacer war kreidebleich.

»Du gehst keinen Schritt weiter«, sagte Jhered.

»Das wollte ich auch nicht«, stimmte Ossacer zu. »Ich wollte nur mal die Bergluft schnuppern.«

»Das hast du jetzt getan, und nun geht zur letzten Kreuzung zurück. Ihr alle.«

Ossacer schüttelte den Kopf. »Uns passiert hier schon nichts. Außerdem werde ich Euch helfen.«

Jhered zog die Augenbrauen hoch. »Wirklich?«

»Ich will etwas probieren.«

»Hier oben? Muss das sein?«

Ossacer wirkte jetzt sehr entschlossen. »Ihr wollt doch, dass wir neue Sachen ausprobieren. Das habt Ihr jedenfalls auf dem Schiff gesagt.«

»Das schon, aber da ging es um Stürme, Barrieren und Feuer. Ich glaube, das hier ist nicht der richtige Ort.«

»Es ist nicht gefährlich, und wir finden vielleicht zusätzliche Augen. Näher an dem, was Ihr sehen wollt.«

»Falls es klappt«, meinte Jhered.

»Es wird schon funktionieren«, beruhigte Arducius ihn.

Jhered zuckte mit den Achseln. »Na gut, meinetwegen. Aber passt gut auf und stürzt mir nicht ab. Und übernehmt euch nicht. Wir werden nicht lange bleiben. Menas, Ihr passt auf sie auf. Kovan, du kommst mit mir, ich brauche deinen Rat.«

Als Kovan lächelte und Gorian eine finstere Miene machte, seufzte Jhered innerlich und zeigte mit dem Finger auf den aufsässigen Aufgestiegenen. »Lauft mir nicht weg.«

Der Aufstieg bis zum Gipfel war mühsam und dauerte mehr als eine Stunde. Die Karku hatten dort, wo das Eis am höchsten lag, Stufen herausgehauen und halfen ihnen bei den schwierigsten Stellen. Dennoch ging es quälend langsam. Der Wind war viel stärker, als Jhered es sich ausgemalt hatte, und er sah sich gezwungen, den Kopf einzuziehen und geduckt zu gehen. Hinter ihm kämpfte sich

Kovan verbissen und entschlossen voran. Der Gipfel war eine kleine, abschüssige Fläche, auf der die Karku aus Steinen eine runde Schutzhütte errichtet hatten.

Jhered und Kovan sanken dankbar zu Boden, keuchten und streckten die Hände zu dem kleinen Feuer aus, das Icenga aus einem bescheidenen Holzvorrat entfacht hatte. Die Flammen flackerten in der dünnen Luft, aber die Wärme war wundervoll.

»Unser höchster Berg ist doppelt so hoch«, erklärte Icenga. »Ihr würdet den Gipfel nicht lebend erreichen.«

»Verzeih mir, wenn ich es gar nicht erst versuche«, sagte Jhered. Er fühlte sich schwach und entkräftet. Die Anstrengung und die Höhe forderten ihren Tribut. »Es war eine gute Idee, diese Schutzhütte zu bauen.«

»Ohne sie würden die Beobachter erfrieren.«

Dies erinnerte Jhered an den Grund dafür, dass sie überhaupt aufgestiegen waren. »Na gut, dann wollen wir es hinter uns bringen. Zeigt mir, was ich mir ansehen soll, und gebt mir euer bestes Spähglas.«

Er konnte Hunderte Meilen weit sehen. Ob mit oder ohne Glas, das einfach nur aus zwei entsprechend geformten Linsen in einem Holzrahmen bestand, die Größenverhältnisse waren atemberaubend. Es war, als sähe er die ganze Welt auf einer gewaltigen Landkarte vor sich liegen. Das Staunen währte jedoch nicht lange. Auf den fruchtbaren grünen Ebenen von Atreska bewegten sich im Süden und im Westen zahlreiche dunkle Flecken. Tsardonische Truppen, über denen der Staub in der Luft hing. Ihre Spuren verloren sich im Norden.

Von hier aus konnte Jhered die Grenzverteidigung von Gestern nicht erkennen, und der Wunsch, über das Land hinweg zum Tironischen Meer zu blicken, blieb ein unerfüllbarer Traum. Allerdings vermochte er zu bestätigen, dass die Karku die Lage völlig richtig eingeschätzt hatten. Die Tsardonier marschierten nach Westen und nicht direkt nach Süden, und es waren mindestens drei große Truppenverbände. Viel zu stark, als dass die Gesternier sie hätten allein zurückwerfen können. Er lehnte sich zurück und gab Kovan das Spähglas. Dann wartete er, während der junge Mann die fernen Feinde betrachtete.

»Warum tun sie das?«, fragte Jhered. »Sie kümmern sich nicht um die Hauptstraße nach Skiona. Sie sind nicht an der richtigen Stelle, um von Osten her anzugreifen. Warum marschieren sie quer vor dem Feind und verraten ihm ihre Marschroute, sodass der Gegner Verstärkungen nachführen kann? Was wollen sie damit erreichen?«

»Das weiß ich nicht.« Kovan wandte sich vom Glas ab. »Es sei denn, sie erwarten eigene Verstärkungen auf dem Seeweg.«

»Das ist es.« Jhered erbleichte, und das Herz schlug ihm bis zum Halse. »Sie wollen Gestern nicht annektieren, sondern nur die Küste besetzen.«

Auch Kovan setzte sich jetzt bequemer hin. »Warum wollen sie das tun?«

»Weil sie sich Gestern später immer noch holen können. Vor allem aber wollen sie Estorr besiegen, und der kürzeste Weg dorthin führt quer über das Tirronische Meer.«

»Das mag ja sein, aber es wird ihnen doch nicht gelingen, oder? Die Ocetanas sind auf ihrem Posten, und die rebellische Flotte von Atreska ist ihnen nicht gewachsen.«

»Auf sich allein gestellt wohl nicht.« Jhered wandte sich an Icenga. »An eurer nordöstlichen Grenze könnt ihr die Bucht von Harryn überblicken. Was gibt es dort Neues?«

»Die tsardonische Flotte ist nach Süden gesegelt«, berichtete der Karku. »Sie wird bald im Tirronischen Meer sein.«

»Die Ocetanas dagegen mussten einen Teil ihrer Kräfte nach Norden verlegen. Vielleicht haben sie nicht genügend Schiffe, um sich ihnen zu stellen.«

»Es gibt allerdings auch gute Nachrichten«, fuhr Harban fort.

»Wir haben vor Kurzem Kundschafter nach Tsard geschickt. Roberto Del Aglios marschiert nach Süden. Wir können euch auf den richtigen Weg führen, damit ihr ihm begegnet.«

Jhered lächelte. »Der gute alte Roberto. Ich wusste doch, dass er mich nicht im Stich lassen würde.«

Jhereds abruptes Auftauchen unterbrach den Streit auf der Stelle.

»Hört auf und macht euch fertig. Es geht weiter.«

»Aber es klappt noch nicht«, beklagte sich Ossacer.

»Nicht jetzt.« Jhered runzelte die Stirn. »Was meinst du überhaupt? Aber hört ja nicht mit Packen auf, während ihr es mir erklärt.«

»Gorian kann das Bewusstsein von Tieren kontrollieren«, sagte Arducius. »In einem gewissen Ausmaß können wir das alle, aber nicht über so weite Entfernungen wie er. Ossacer vermag die Energien ihrer Sinne zu lesen und sie in Bilder zu übersetzen.«

Jhered überlegte. »Soll das heißen, dass er durch die Augen von Tieren sehen kann?«

»Oder durch ihre Nase riechen oder durch die Ohren hören«, ergänzte Ossacer. »Wir wollten es mit einem Vogel ausprobieren. Gorian lässt ihn fliegen, und ich sehe, was er sieht.«

Das verblüffte Jhered. »Könnt ihr das wirklich?«

»Theoretisch jedenfalls«, bestätigte Mirron.

Dies eröffnete ihnen ganz außerordentliche Möglichkeiten. Jhered gebot mit erhobener Hand Schweigen.

»Setzt euch wieder. Theoretisch, sagst du? Ihr habt es also noch nicht erprobt?«

»Nein«, gab Gorian zu.

»Worüber habt ihr euch gestritten?«

»Darüber, welche Art Vogel wir nehmen sollen und wie wir ihn nennen wollen«, sagte Arducius, der wenigstens so anständig war, verlegen dreinzuschauen.

»Drei Stunden lang?« Er starrte Menas an, die bestätigend nickte. »Gott schenke mir Kraft.«

»Ja, aber das war nicht alles«, fuhr Mirron fort. »Wir wussten auch nicht, wo wir einen finden können.«

Jhered schloss kurz die Augen. Es klang abwegig, aber es lohnte sich, zwei Stunden dafür zu opfern.

»Also gut, wir ändern unsere Pläne. Wir rasten hier und essen etwas, und dabei versucht ihr, einen Vogel zu finden. Adler haben gute Augen. Ihr lenkt das Tier von hier aus nach Norden und sucht eine Armee der Konkordanz, die nach Süden marschiert. Schafft ihr das?«

18

848. Zyklus Gottes, 32. Tag des Solasab
15. Jahr des wahren Aufstiegs

Icenga und Harban wollten sich im äußersten nordöstlichen Winkel von Kark in der Nähe der atreskanischen Grenze von ihnen verabschieden. Der Abstieg war rasch und reibungslos verlaufen, und Jhered bedauerte nur, dass sie keine Pferde besaßen, mit denen sie schneller vorangekommen wären.

Gorian und Ossacer hatten Roberto nicht finden können, aber eine Zeitverschwendung war es nicht gewesen. Sie hatten tatsächlich die Kontrolle über einen fliegenden Vogel erlangen können. Die Karku hatten inzwischen berichtet, dass ein Heer dem Lauf des Flusses Gull zunächst nach Süden gefolgt und dann in westlicher Richtung nach Atreska hinein vorgestoßen war. Anscheinend nutzte Roberto den Fluss als Deckung vor atreskanischen Rebellen und tsardonischen Eindringlingen. Ohne weitere Bestätigung konnte Jhered nur hoffen, dass die Berichte über Robertos Position und Marschrichtung zutrafen.

»Sie sind ein erstaunliches Geschenk«, sagte Icenga. »Behüte sie gut.«

Jhered blickte kurz zu den Aufgestiegenen, die wie immer dicht zusammenblieben, aber ausnahmsweise einmal schwiegen. Vielleicht hatten sie Jhereds Schilderungen, was ihnen bevorstand, endlich doch noch begriffen.

Kovan und Menas verglichen gerade das Gewicht und die Balance ihrer Schwerter.

»Das wird mir allmählich auch klar.«

»Achte auf Gorian. Es gefällt mir nicht, wie er denkt.«

Jhered nickte. Icenga legte die Fingerspitzen wie ein Berggipfel zusammen und verneigte sich, um die Finger mit der Stirn zu berühren.

»Reise gut, Freund der Karku. Mögen die Herren von Stein und Himmel deinen Weg segnen.«

Jhered legte die rechte Faust aufs Herz. »Mein Arm und mein Herz gehören dir, Icenga. Ohne dich wären wir nicht so weit gekommen. Harban, es gereicht mir zur Ehre, dich zu kennen.«

»Gute Reise, Paul Jhered«, sagte Harban. »Beende diesen Krieg, ehe er die Berge erschüttert.«

Jhered neigte den Kopf. »Mit jedem Atemzug will ich mich darum bemühen.«

Die Karku trotteten davon und verschwanden bald in den Bergen.

»Ehrenwerte und aufrichtige Männer«, sagte Jhered. »Sie haben euch großes Vertrauen geschenkt. Enttäuscht sie nicht. Enttäuscht mich nicht.«

Dann bestimmte Jhered ihre Position. Icenga hatte sich am mit Bambus bestandenen Ufer des Flusses Gull von ihnen verabschiedet, wo sich der Strom in die Erde stürzte und, wie die Karku versichert hatten, das Ewige Wasser speiste. Jhered musste lächeln. Nach Ansicht der Karku führte fast jeder Wasserlauf zum Ewigen Wasser. Er war nicht sicher, ob er es glauben sollte, aber es war eine schöne Legende.

Hinter ihnen erhoben sich die Berge, vor ihnen lagen die leicht gewellten Ebenen des südlichen Atreska. Krasser hätte der Wechsel zwischen den Landschaften kaum sein können. Im Westen konnte er Wälder, Siedlungen und auf den Hügeln einige Farbflecken des späten Solasab ausmachen. Grüne und gelbe Pflanzen auf den Feldern, die auf die Ernte warteten, und das Blau und Rot spät blühender Büsche. Es war ein schönes Land. Kaum zu glauben, dass hier Zehntausende Soldaten marschierten.

Sie wollten dem Fluss folgen und hofften, dabei auf Robertos Späher oder gleich auf ihn selbst zu stoßen. Er marschierte sicherlich rasch und hatte wohl keine Gegenwehr zu befürchten. Vermutlich wunderte er sich schon, warum er nicht angegriffen wurde. Jhered kannte die Antwort bereits. Es war aus der Sicht der Tsardonier nicht nötig. Da Roberto auf kürzestem Wege zur gesternischen Grenze marschierte, bewegte er sich in die falsche Richtung.

Zwar würden die Tsardonier Robertos Heer nicht angreifen, solange es sie nicht bedrohte, aber eine kleine Gruppe von Reisenden, die nach Norden zu Roberto unterwegs waren, würden sie ganz sicher festhalten.

»Wir müssen uns vorsichtig bewegen«, sagte Jhered. »Wir werden langsam reisen und so weit wie möglich in Deckung bleiben. Menas, Ihr lauft östlich von uns. Wenn auf dieser Seite des Flusses Tsardonier unterwegs sind, dann müsst Ihr uns warnen, damit wir uns verstecken können. Das Gelände im Flusstal schirmt uns zwar ab, aber wir wollen nicht überrascht werden, und gegen einen starken Trupp können wir nichts ausrichten.

Ihr anderen – ich habe euch oft genug gesagt, dass ihr leise sein sollt, aber jetzt ist es lebenswichtig. Sprecht leise. Besonders in der Nacht. Es ist warm, deshalb kommen wir vermutlich ohne Feuer aus. In Kark wart ihr sicher, aber das ist hier anders. Habt ihr das verstanden?« Die Aufgestiegenen nickten. »Gut. Kovan, hast du während deiner Ausbildung gelernt, wie Späher arbeiten?«

»Ich habe mit meinem Vater Hirsche und Wildschweine gejagt«, sagte er. »Fährtenlesen kann ich, aber ich wurde noch nicht als Späher eingesetzt.«

»Das wird reichen. Du sollst die Gegend hinter uns erkunden

und dich nicht zu weit von uns entfernen. Die tsardonischen Kundschafter dürften gut beritten sein. Achte auch im Osten und Süden auf Spuren. Greife nicht an, wenn du einen siehst, sondern komme direkt zu mir.«

»Ich werde Euch nicht enttäuschen.«

»Da bin ich sicher.« Wieder wandte er sich an die Aufgestiegenen. »Kommt mit. Wir bleiben in der Nähe des Flussufers. Der Bambus sollte uns vor neugierigen Augen auf der anderen Seite schützen, und die Bäume über der Böschung schirmen uns nach Osten ab. Vertraut Menas und Kovan. Hört auf das, was ich sage, und führt ohne Rückfragen meine Befehle aus. Menas, Kovan – brecht jetzt auf. Meldet euch alle drei Stunden.«

»Mein Schatzkanzler«, sagte Menas.

Sie legte die Hand auf ihr Herz und entfernte sich eilig in Richtung des Waldes. Kovan nickte und übernahm die rückwärtige Deckung. Anschließend führte Jhered die Aufgestiegenen den flachen Hang zum Fluss hinunter. Der am Ufer dicht wachsende Bambus bot ihnen eine gute Deckung, aber sie durften nicht sorglos werden. Es war ein heißer Tag, und sie hatten nur die Bäume als Schutz.

Sie wanderten in stetigem Tempo, der Boden war trocken und leicht begehbar. Das Flusswasser nährte das saftige Gras, das unter ihren Schritten angenehm federte. Die Pelze hatten sie zusammengerollt und um die Hüften gebunden, und in ihren Rucksäcken steckte Wegzehrung der Karku, vor allem Dörrfleisch und Brot.

Trotz der Gefahr entspannte Jhered sich, und so dauerte es fast eine Stunde, bis ihm auffiel, wie viele Vögel in ihrer Nähe flogen. Sie bildeten keine Schwärme, aber es kam ihm so vor, als hockten sie sich in den Bambus und auf die Bäume, um sie zu beobachten, oder als flögen und flatterten sie genau über ihnen vorbei, während die Luft vor und hinter ihnen frei blieb.

Er schwieg, bis sie in der heißesten Stunde des Tages im Schatten anhielten, um rasch etwas zu essen. Der Allwissende schenkte ihnen einen schönen Abschied vom Solastro, der in einen langen, kalten Dusas übergehen würde. Rings um die Aufgestiegenen spross das Gras. Nicht sehr schnell, aber unverkennbar bildete sich ein Saum um ihre Beine und Füße.

»Ihr zieht die Vögel an, nicht wahr?«, erkundigte er sich.

»Das machen wir nicht absichtlich«, erklärte Arducius. »Es passiert einfach. Genau genommen ist es vor allem Gorian. Er ist der Herdenmeister.«

Jhered deutete aufs Gras. »Und das hier – geschieht das auch einfach so?«

»Ja«, bestätigte Mirron. »Seit wir erwacht sind.« Sie lächelte strahlend. »Es ist schön. Wenn genug Energie da ist, dann wachsen die Pflanzen, wohin wir auch kommen.«

Jhered konnte es immer noch nicht mit dem Allwissenden vereinbaren. Es behagte ihm nicht, obwohl er durchaus ihre Kräfte einsetzte, wenn es ihm geboten schien. Gern hätte er sich eingeredet, dass er kein Heuchler war, aber genau darauf lief es hinaus. Er hatte geschworen, die Religion der Konkordanz zu hüten, und beschützte jene, die sie am stärksten bedrohten. Doch diese Kinder waren nicht böse. Sie waren unschuldig, und zu Jhereds Verwirrung gesellte sich nun auch noch ein schlechtes Gewissen. Wenn irgendjemand ihnen die kindliche Unschuld nehmen würde, dann würde er es sein.

Er erwiderte Mirrons Lächeln. »Spürt ihr es denn, wenn es wächst?«

»Wir können es nicht ausblenden«, erklärte Ossacer. »Das Leben ist überall. Wir können es nur richtig einordnen und die Lebenslinien und Energiemuster im Kopf unterdrücken, damit es uns nicht überwältigt.«

»Ich kann nicht behaupten, es wirklich zu verstehen«, gab Jhered zu, »aber sagt mir eines. Wie leicht fällt es euch denn, die Lebenslinien zu sehen? Sagen wir mal, es käme mir auf die Lebenslinien eines Pferdes oder eines Reiters an. Bis auf welche Entfernung könnt ihr sie spüren?«

»Wir sollen anscheinend in der Nacht Wache halten«, sagte Gorian.

»Das ist mir tatsächlich durch den Kopf gegangen«, bestätigte Jhered. »Nun?«

»Wenn wir uns konzentrieren, können wir ein so großes Lebewesen leicht erkennen, sobald es sich durch den Wald bewegt«, sagte Gorian. »Selbst an einem Ort wie diesem, wo die Energien so stark sind.« Zustimmung heischend, sah er sich zu den anderen um.

»Wirklich?«

Arducius zuckte mit den Achseln. »Wir haben das noch nie gemacht.«

»Nun ja«, überlegte Jhered. »Ihr hattet vorher auch noch nie einen Adler gesteuert, aber das Ergebnis war beeindruckend. Wie wäre es, wenn ihr noch einmal versucht, mich zu beeindrucken?«

»Wir machen das nicht, um Euch zu beeindrucken«, widersprach Ossacer. »Wir machen das, um zu lernen.«

»Das ist mir egal, solange ihr euch dabei gut fühlt«, sagte Jhered. »Kommt jetzt, esst auf. Wir müssen weiter.«

So spät im Solastro kam die Dunkelheit schon früh. Gorian lehnte mit dem Rücken an einem Baum, während die anderen hinter ihm unter den Fellen schliefen, die ihnen in Kark so gute Dienste geleistet hatten. Sie hatten ihr Lager direkt am Flussufer aufgeschlagen. Über Nacht wurde es empfindlich kühl, auch das ein Vorzeichen des kommenden Dusas. Jhered hatte ihnen wie angekündigt nicht erlaubt, ein Feuer zu entfachen. Die Aufgestiegenen konnten natürlich die Energie aus der Umgebung benutzen, um sich zu wärmen, aber das war anstrengend und ohnehin nicht mehr möglich, sobald sie schliefen.

Menas war in der Dämmerung ins Lager zurückgekehrt und hatte berichtet, dass ein paar Meilen entfernt tsardonische Späher die Gegend überwachten. Die Gruppen waren jeweils acht oder zehn Reiter stark. Das war beängstigend und hatte einige aufgeregte, flüsternde Unterhaltungen ausgelöst. Die Folge davon war, dass in den dunkelsten Stunden der Nacht auch Jhered wachte.

Gorian öffnete sich für die Energien ringsum. Sie waren trüb, die Welt ruhte jetzt. Er verfolgte die schlafenden Energiebahnen der Bäume, das sanft pulsierende Grün und Braun, und den Fluss, der hinter dem Bambusdickicht dahinströmte. In ihm zuckte das Leben der Fische, die seinem Lauf folgten, wie in einem atemberaubenden schimmernden Kaleidoskop.

Auf dem Boden schnüffelten und krochen nachtaktive Tiere. Er konnte die gedrungenen Umrisse von Dachsen erkennen, die flüchtigen Farben und Energien von Mäusen und Ratten, die glatten Linien von Füchsen. Es war schwer, ihnen längere Zeit zu folgen. Sie alle konnten auch ihn spüren, doch er konzentrierte sich darauf, Dunkelheit auszustrahlen, was ihnen Angst machte und sie vertrieb. Diese Wesen mit kleinen Gehirnen konnte er mühelos seinem Willen unterwerfen. Er fragte sich, ob er ein Pferd von seinem Weg abbringen konnte. Oder zehn Pferde. Wenn Reiter im Sattel saßen, wäre es eine wahre Schlacht des Willens und der Macht.

Die anderen waren sich dessen noch nicht richtig bewusst. Bei einem Tier waren Wille und Bewusstsein unwiderruflich mit den Energiebahnen und den Lebenslinien verknüpft. Ein Aufgestiegener konnte die Lebenslinien unterbrechen und das Tier steuern, wie er es mit dem Adler und den Gorthocks getan hatte. Je wacher der Verstand, desto schwerer war er zu beherrschen, und desto mehr Energie musste er selbst aufbieten, um das Werk zu vollbringen. Es war ermüdend, und so würde es bleiben, bis er einen Weg fand, um die Energien der Natur zu nutzen.

Jhered kam zu ihm. Der Einnehmer war sehr still, doch Gorian konnte seine Energiebahnen sehen – hell, lebendig und sehr, sehr groß. Die äußersten Fasern griffen ringsum in die Luft und verbanden ihn auf eine Weise mit der Erde und den Elementen, die er niemals wirklich würde erfassen können. Genau diese Wahrnehmung unterschied die Aufgestiegenen von allen anderen Bürgern. Eigentlich war es komisch. Die Tiere wussten um diese Verbindung und benutzten sie auch. Sie konnten den Energiebahnen der Erde und den Strömungen in der Luft und im Wasser folgen. Doch die Menschen waren blind dafür. Die meisten jedenfalls.

»Da draußen ist nichts Gefährliches«, sagte Gorian, ohne sich umzudrehen.

Jhered ging weiter, bis er rechts neben ihm stand. »Hat es dich verwirrt, als du das erste Mal diese Sinneseindrücke aus der ganzen Umgebung hattest? Wie konntest du erkennen, wo vorne war, wenn du gleichzeitig geradeaus gehen wolltest?«

Gorian blendete die Eindrücke aus und schaute zu Jhered auf, der groß und stark neben ihm stand, aber doch nur ein Mann war, der es nicht begriff.

»Die Energie wird stärker und heller, wenn man sich nähert«, erwiderte er. »Das war kein Problem.«

»Natürlich nicht«, sagte Jhered. »Kannst du noch durchhalten?«

Gorian nickte. »Ich übernehme Mirrons Wache. Sie ist müde.«

»Gut. Aber nur, wenn du sicher bist.«

»Außerdem will ich etwas ausprobieren, wenn die Tsardonier kommen.«

Jhered hockte sich hin, bis ihre Gesichter auf gleicher Höhe waren. »Du wirst überhaupt nichts versuchen. Du wirst es mir sagen, und dann kümmern wir uns gemeinsam um das, was wir erkennen. Ich bin dein Befehlshaber, ich gebe die Befehle, und ich stelle die Regeln auf.«

»Ihr herrscht nicht über mich«, sagte Gorian. »Niemand herrscht über mich.«

»Warum musst du mich herausfordern, Junge?« Jhereds Gesicht

war kalt, seine Energien mühsam gebändigt. Er sprach zischend und sah Gorian eindringlich an. »Ich werde es nicht wiederholen. Du wirst tun, was ich dir sage, weil wir dann am Leben bleiben. Hintergehe mich nicht.«

Gorian schlug das Herz bis zum Hals, und er zitterte am ganzen Körper. Jhereds Gesicht war so dicht vor ihm, dass er trotz der Dunkelheit jede Narbe und Falte sehen konnte. Ihm wollte nichts einfallen, das er erwidern konnte. Der Wald hinter ihm war chaotisch, und er konnte sich nicht gut genug konzentrieren, um die Energiebahnen voneinander zu trennen.

»Ich muss meine Fähigkeiten erproben«, quetschte er schließlich heraus.

»Nicht in dieser Nacht. Nicht, wenn wir in Gefahr sind. Du darfst nur die Fähigkeiten einsetzen, die du im Schlaf beherrschst.« Jhereds Stimme klang etwas weicher. »Ich erkenne, dass du Angst hast. Könntest du jetzt etwas Neues vollbringen, wenn es sein müsste? Oder überhaupt irgendetwas?«

»Ich bin nicht sicher«, gab Gorian zu.

»Nein. Die Angst tut seltsame Dinge mit uns. Das gilt auch für Menschen wie dich. Deshalb musst du dich an meine Anweisungen halten. Ich werde dir zeigen, was zu tun ist, wenn der richtige Augenblick kommt.«

Damit stand Jhered auf, und in Gorian erwachte eine vertraute Wut. Seine Sinne klärten sich, das Flackern und Blitzen der Farben beruhigte sich, bis er vertraute Umrisse und Linien erkennen konnte. Bäume, Nagetiere, Vögel. Menschen.

Gorian packte Jhered am Arm und zog ihn wieder herunter.

»Da kommt jemand«, hauchte er.

Jhered nickte. »Gut«, erwiderte er leise und gelassen, um Gorian zu beruhigen. »Wie viele sind es, wie weit sind sie entfernt, und in welche Richtung bewegen sie sich?«

»Ich kann sechs erkennen. Nein, sieben. Sie kommen zu Fuß,

nicht direkt in unsere Richtung. Sie sind über uns am Abhang, etwa dreißig Schritte entfernt.«

»Gut. Sage mir, kommen sie den Hang herunter oder gehen sie oben weiter? Lass dir Zeit. Bleib ruhig, denn du weißt, dass sie dich nicht sehen können.«

Gorian fand Jhereds Stimme unglaublich beruhigend. »Sie kommen zum Fluss herunter, werden aber rechts an uns vorbeigehen, falls sie nicht die Richtung wechseln. Sie laufen im Gänsemarsch.«

»Gut.«

»Was tun wir jetzt?«

»Überhaupt nichts«, erklärte Jhered. »Bleib so still sitzen, wie du nur kannst. Sie folgen uns nicht. Wahrscheinlich wollen sie nur Wasser holen.«

»Wir müssen die anderen wecken.«

»Noch nicht«, wisperte Jhered. »Und wenn es nur dieses eine Mal ist, vertrau mir.«

»Wir können doch nicht einfach hier herumsitzen.«

»Doch, Gorian, das können wir, und das werden wir tun.« Jhered legte ihm eine Hand auf den Arm. »Sage es mir, wenn sie sich nähern, oder sage mir Bescheid, wenn sie wieder außerhalb deiner Reichweite sind.«

Gorian beobachtete die Tsardonier, falls es denn welche waren, als sie vorsichtig den Hang herunterkamen. Sie hatten keine Lichter bei sich, keine Flamme strahlte ihre Energie in die Dunkelheit ab. Mit dem Fluss im Rücken konnte Gorian kein anderes Geräusch hören. Es war schwer, sich zu konzentrieren, und nur Jhereds Gegenwart gab ihm den Mut, weiterzumachen und die Gestalten zwischen den anderen Energien des Waldes im Blick zu behalten. Eigentlich hätte es ganz leicht sein sollen, denn sie waren wach, und ihre Lebenslinien strahlten hell. Doch es fiel ihm nicht leicht. Seine Furcht behinderte ihn. Das musste er rasch überwinden.

Die Gestalten bewegten sich weiter. Gorian nahm an, sie folgten den Fährten von Tieren. Sie wichen nicht vom Weg ab, und mit zunehmender Erleichterung konnte er beobachten, dass sie sich dem Flussufer näherten und schließlich verschwanden, genau wie Jhered es vorhergesagt hatte.

»Sie sind weg«, schnaufte Gorian.

»Hast du etwa die ganze Zeit die Luft angehalten?«, fragte Jhered lächelnd.

»Wahrscheinlich«, gab Gorian zu. Ihm war schwindlig vor Erleichterung, und beinahe hätte er gelacht. »Was jetzt?«

»Du passt weiter hier auf, und ich wecke die anderen.«

»Was nützt das jetzt noch? Sie sind doch weg.« Als Jhered den Kopf schüttelte, nahm Gorians Zorn noch zu. »Ich mag es nicht, wenn man mich von oben herab behandelt.«

»Dann stelle keine dummen Fragen. Du hast noch viel zu lernen, junger Mann.« Jhered deutete in die Richtung, in der die Gestalten verschwunden waren. »Wir sind von dort gekommen. Wenn es Fährtenleser waren, werden sie unsere Spuren entdecken. Deshalb müssen alle bereit sein. Das ist alles.«

»Oh«, sagte Gorian betreten. »Ich verstehe.«

»Willst du sonst noch etwas überprüfen? Meine Schwerttechnik vielleicht?«

Das hatte gesessen. Gorian schüttelte den Kopf und war froh, dass die anderen noch schliefen. Eines Tages würde er es Jhered heimzahlen. Er würde ihm schon zeigen, wer die wahre Macht besaß. Aber das konnte noch warten. Jhered war schon unterwegs und weckte die anderen, also tat Gorian, was der Schatzkanzler ihm aufgetragen hatte. Er benutzte den Zorn, um sich zu konzentrieren, und ließ keinen Raum für irgendwelche Befürchtungen, dass die Gestalten etwa zurückkehren könnten.

Jhereds Stimme übertönte hin und wieder das Plätschern des Flusses. Dann rührten sich die anderen, die er aus dem Tiefschlaf gerissen hatte, und hörten besorgt, was er ihnen zu sagen hatte. Menas war sehr schnell bei Gorian, ihr Bogen war gespannt und der Pfeil eingelegt. Das Schwert legte sie neben sich auf den Boden.

»Hast du noch etwas bemerkt?«, fragte sie.

»Nein«, antwortete er.

Trotz der nächtlichen Stunde war es nicht völlig dunkel. Der Himmel war voller Sterne, und die Augen Gottes standen wie bei jedem Wechsel von Solastro zu Dusas am Himmel. Wenn er die Energien in der Umgebung und in ihm selbst unterdrückte, konnte er etwa zehn Schritte weit sehen. Dahinter waren die Schatten zu tief.

Eigentlich glaubte er Jhered nicht. Wenn die Leute, die zum Fluss gekommen waren, nur hatten Wasser holen wollen, warum sollten sie dann den Boden untersuchen? Es klang nicht einleuchtend. Bald würden sie alle wieder schlafen, und Jhered würde verlegen sein, weil er Mirron so erschreckt hatte. Und den armen schwachen Ossacer. Das durfte er nicht tun. Sie waren nicht so stark wie Gorian. Er schüttelte den Kopf.

»Da ist etwas ...«, sagte Menas leise.

Sie spannte den Bogen. Er ließ die Energien wieder in sich einströmen und suchte in ihnen, wie er es schon die ganze Zeit hätte tun sollen. Einen Moment lang konnte er überhaupt nichts erkennen außer den trüben Resten der Energie in den Bäumen und im Gras, die sich halten würden, bis die Sonne sie wieder erwärmte. Aber keine Menschen, die sich näherten.

»Du suchst zu hoch«, flüsterte Menas. Sie schnalzte leise mit der Zunge.

Gorian starrte den Boden an, und im ersten Augenblick ließ die Angst die Energiebahnen in seinem Kopf flackern und zucken. Höchstens zwanzig Schritte entfernt waren sie, und sie kamen näher. Zwei gingen gebückt direkt am Fluss entlang. Die anderen krochen, fast unsichtbar, wie Eidechsen über den Boden. Ihre hellen Energien wurden vom langen Gras verdeckt.

»Beschreibe es mir«, forderte Menas. »Leise.«

Hinter sich spürte Gorian noch jemanden. Jhered.

»Sie sind ausgeschwärmt«, berichtete er. »Sie kommen alle hierher. Sie kriechen.«

»Gut, dann sind ihre Bogen noch nicht bereit«, sagte Jhered. »Menas, Ihr nehmt die rechte Flanke. Sie sollen uns nicht in den Rücken fallen.«

Bald würden die Gegner einander sehen können. Gorian wollte aufstehen und weglaufen, doch es war, als hätte Jhered es gespürt. Er legte Gorian eine Hand auf die Schulter.

»Geh zu deinen Freunden«, sagte er. »Baut auf meinen Befehl hin eine Barriere auf, die vom Fluss bis fünf Schritte vor euch reicht. Die Feinde haben uns entdeckt, macht euch bereit.«

Gorian schlich zurück und schauderte bei der Vorstellung, unversehens könnte ihm eine Klinge in den Rücken gestoßen werden. Kovan hockte in der Nähe hinter einem Baum. Er hatte das Schwert gezogen und war bereit; auch den Schild hatte er schon am Arm befestigt. Ihre Blicke begegneten sich, Kovan nickte.

Die Aufgestiegenen standen dicht beisammen. Mirrons ängstliche Miene widerspiegelte Gorians eigene Gefühle. Ossacer hatte die Augen geschlossen, Arducius kniete zwischen den beiden und winkte Gorian zu sich.

»Verbindet euer Bewusstsein, konzentriert euch.«

Jhered huschte auf Menas' rechte Seite und vergewisserte sich, dass Kovan bereit war. Sie mussten schnell und sehr genau zuschlagen. Sieben gegen drei und ein paar unbewaffnete Kinder. Gorians kurze Schilderung hatte ihnen einen Vorteil verschafft. Inzwischen konnte er die Gestalten erkennen, die sich dicht über dem Boden lautlos und sehr langsam in ihre Richtung bewegten. Sie waren gut, und er hatte Kovan und Menas entsprechend vorgewarnt. Noch ein paar Schritte, und die Gegner würden sie entdecken. Er wandte sich um und nickte Kovan zu. Dieser gab wiederum das Signal an Arducius weiter, der wenige Schritte hinter ihm wartete.

Die Atmosphäre veränderte sich, auch Jhered spürte es. Als würde unter ihm etwas Warmes vorbeiströmen. Er schauderte. Es fühlte sich fremd an, falsch. Vor ihm und am Ufer bebten die Pflanzen, der Bambus seufzte.

»Enttäuscht mich nicht«, flüsterte er.

Dann sprang er auf und griff an. Menas' Bogen summte. Die Gegner stießen Schreie aus, richteten sich auf und zogen ihre Waffen. Rechts von ihm schossen Wurzeln aus dem Boden hoch. Das Gras wuchs dicht und drängte sich um die Bäume. Äste bogen sich nach unten, neue Blätter sprossen. Die niedrigen Büsche wurden dichter und griffen nach den Feinden. In einem Bereich von mindestens zehn Schritten vor dem Flussufer sprang die Barrikade empor. Jhered hörte ängstliche, schmerzvolle und überraschte Schreie.

Vor ihm lösten sich die ersten Tsardonier aus dem Schatten. Sie waren nur leicht bewaffnet, damit sie sich schnell bewegen konnten, und hatten sich dunkle Farbe in die Gesichter geschmiert. Jhered nahm sich gleich zwei auf einmal vor. Dem ersten stieß er die linke Faust ins Gesicht und warf ihn zurück. Der zweite wollte sich wehren und hob die Klinge. Jhered fing die Waffe mit seinem eigenen Schwert ab und drückte sie zur Seite, dann holte er mit dem Gladius aus, hieb dem Mann über das Gesicht und stach ihm die Spitze durchs Leder in den Bauch.

Kovan rannte an ihm vorbei, Waffen klirrten, und Jhered drehte sich zu seinem zweiten Gegner um, der noch nicht einmal Anstalten machte, sich zu verteidigen. Er starrte an Jhered vorbei auf die wachsende, undurchdringliche Wand der Pflanzen und wich zurück.

»Kämpfe«, sagte Jhered.

Der Tsardonier schüttelte den Kopf. Jhered ging auf ihn los. Der Mann wich aus, stolperte über eine Wurzel und stürzte. Jhered setzte nach und stieß ihm den Gladius durch die Brust. Aus dem Mund spritzte das Blut hoch und traf Jhereds Gesicht. Er richtete sich auf, um es abzuwischen, bekam einen kräftigen Stoß und taumelte zurück. Dabei prallte seine rechte Hand gegen einen Ast, und das Schwert entglitt seiner Hand.

Der Gegner war über ihm. Jhered rollte sich schnell ab, ein Schwert bohrte sich hinter ihm in den Boden. Mit einem Tritt trieb er den Tsardonier zurück und kam rasch wieder hoch. Irgendwo summte eine Bogensehne, dann folgte ein Schmerzensschrei. Die Tsardonier kreisten ihn ein. Unten am Fluss klirrten Schwerter. Er baute sich vor dem kleineren Gegner auf und beobachtete dessen Bewegungen.

Als der Mann einen Ausfallschritt machte, wich Jhered geduckt aus und prallte gegen einen Baumstamm. Der Gegner riss die Augen weit auf und wollte zustechen. Abermals duckte Jhered sich. Die Klinge fuhr über ihm in den Baum. Jhered versetzte dem Tsardonier einen kräftigen Stoß und nahm ihm den Atem. Dann umklammerte er dessen Hüften und rollte mit ihm über den Boden. Plötzlich lag Jhered unter ihm, war aber mit den Fäusten schneller als der Gegner. Mit der linken Hand stieß er ihn zurück und versetzte ihm mit der rechten Faust einen Kinnhaken. Knackend schloss sich sein Mund, einige Zähne brachen und splitterten, und der Mann rutschte seitlich weg. Jhered folgte der Bewegung, zog einen Dolch und stach ihm die Klinge in die Kehle. Mit abgewandtem Kopf ließ er den Gegner verbluten.

Dann lauschte Jhered. Die Kämpfe hatten aufgehört, aber irgendwo am Flussufer sprach jemand.

»Menas!«

»Hier, Schatzkanzler.« Sie kam sofort zu ihm getrottet, den Bogen hatte sie noch in der Hand. »Ich habe hier zwei erledigt.«

»Gut, ich habe drei ausgeschaltet.« Jhered säuberte seinen Dolch an den Kleidern des Toten und stand auf. »Kovan?«

»Hier drüben, Schatzkanzler.«

Menas folgte ihm. Kovan stand vor einem Toten und hatte dem letzten tsardonischen Späher die Klinge an die Kehle gesetzt. Der junge Kämpfer hatte eine Schnittwunde am Oberarm davongetragen, aber er lächelte, und Jhered erkannte sofort den Grund. Der Tsardonier hatte sich mit Armen und Brust in der natürlichen Barriere der Aufgestiegenen verheddert. Seine Augen waren groß und voller Angst.

»Steck das weg, junger Vasselis«, sagte Jhered. »Geh zu den Aufgestiegenen und sieh nach, ob sie unversehrt sind. Lass Ossacer deine Verletzung versorgen.«

»Mein Herr«, sagte Kovan.

»Nun denn«, fuhr Jhered fort. »Eine Ratte in der Falle. Sprichst du die estoreanische Sprache?« Es wurde schnell klar, dass der Tsardonier sie nicht beherrschte. »Karku?«

»Ja. Bitte. Schneide die Pflanzen ab.«

Jhered hockte sich vor ihn. »Das werde ich tun. Ich werde dich sogar laufen lassen. Du sollst deinen Herren die folgende Botschaft überbringen. Die Konkordanz hat eine neue Waffe. Wir können euch sehen, wenn es dunkel ist. Wir haben alle Geschöpfe Gottes und jeden Baum auf unserer Seite. Wir können über euren Köpfen Stürme heraufbeschwören. Wir können dem Himmel Blitze entlocken. Wir können die Erde und die Berge aufreißen. Fürchtet uns.«

Jhered und Menas schnitten die dicken, straffen Wurzeln ab und zogen den Tsardonier auf die Beine. Menas nahm ihm die Waffen ab.

»Sieh nicht zurück. Wir werden es bemerken«, warnte Jhered ihn. »Nun lauf.«

Der Tsardonier gehorchte, und Jhered lächelte.

»War das nicht übertrieben?«, fragte Menas.

»Da bin ich gar nicht so sicher. Sie werden natürlich nicht auf ihn hören, aber ein Samenkorn ist gesät.« Er zuckte mit den Achseln. »Man kann nie wissen.« Dann deutete er auf die Stelle, wo sie gekämpft hatten. »Sucht mir bitte meinen Gladius. Er muss in der Nähe des letzten Mannes sein, den ich getötet habe.«

»Selbstverständlich.«

Jhered kehrte ins Lager zurück. Die Aufgestiegenen und Kovan waren sehr still.

»Was ist …«

Dann hörte er das unverkennbare Geräusch von Bogensehnen, die gespannt wurden, und hob die Hände über den Kopf.

19

848. Zyklus Gottes, 35. Tag des Solasab
15. Jahr des wahren Aufstiegs

»Es erstaunt mich, dass sie überhaupt so lange durchgehalten hat«, sagte Willem Geste.

Hesthers Tränen verunstalteten den Spruch, den sie für Gennas Maske verfasste. Gern hätte sie etwas über warmes Licht und unendliche Liebe geschrieben, aber sie fand einfach nicht die richtigen Worte.

»Wische die Tränen nicht ab«, sagte Willem. »Lasse sie einziehen. Das sagt als Erinnerung viel mehr als schöne Worte.«

Hesther drückte Willems Arm und stand vom Tisch auf. »Ich muss noch einmal herkommen, ich schaffe das jetzt nicht.«

Sie trat in die Spätnachmittagssonne hinaus. Die arme Genna. Ardol Kessians Tod hatte ihr das Herz gebrochen, und ihr Wunsch, das Überleben der Autorität zu sichern, hatte ihr keine Ruhe gelassen. In den letzten Tagen hatte sie kaum noch gegessen oder geschlafen. Der gehetzte Blick war nicht mehr aus ihren Augen gewichen, und es hatte Hesther an jedem Tag von Neuem getroffen, wenn sie Genna in ihrem Zimmer hatte weinen hören. Öffentlich hatte Genna ihren Kummer nicht zur Schau gestellt und sich würdevoll und stark gezeigt. Sie hatte weitergearbeitet und den Glauben nicht verloren.

Ardols Ruf war jedoch stärker gewesen als alles, was es unter Gottes gesegnetem Himmel gab. Heute hatte Hesther nicht wie sonst bei Tagesanbruch Gennas flüsternde Schritte auf dem Marmor vor ihrem eigenen Zimmer gehört, und sie hatte sofort begriffen, dass Genna tot war. Eine weitere Stütze der Autorität, die vor der Zeit gegangen war. Eine weitere Feier, die von unangenehmen Erinnerungen an Zorn und Unrecht überschattet werden würde.

Wieder hatte sich Trauer über Westfallen gesenkt. Die Stadt trug sie wie einen schweren Regenmantel. Es stank nach Schmiedeöfen, die Hämmer klirrten laut auf den Ambossen. Der Ort ähnelte eher einer einzigen großen Werkstatt als einem Hafen. Links von ihr waren die Palisaden und Befestigungen vollendet. Die Barriere zog sich in einem Bogen vom Ufer über die kleinen Bodenwellen hinweg bis zur Stadtgrenze. Auch die Geschütze waren in Stellung gebracht. Onager und Bolzenschleudern waren auf Plattformen verankert oder hinter dem Zaun im freien Gelände aufgestellt. Alles war bereit, um die Stadt gegen den Orden zu verteidigen. Oder gegen die Tsardonier, je nachdem, wer zuerst kam. Die Wachfeuer loderten in jeder Nacht und schickten an jedem Tag ihre Rauchfahnen in den Himmel.

Seufzend rieb Hesther sich über die Wangen und trocknete die Hände an ihrem Kleid ab. Westfallen war jetzt eine Festung. Ihr behagte nicht, was in so kurzer Zeit aus dem Ort geworden war. Gefangene, nur weil sie die Konkordanz befreien wollten. Arvan Vasselis tat, was er für richtig hielt, aber seine Versicherungen, die Verteidigungsanlagen seien nur vorübergehend nötig, klangen nicht besonders überzeugend. Sie betete, dass er recht behielt, denn sie konnte nicht ewig so weiterleben, und sie würde es auch nicht von den Einwohnern verlangen. Es war unnatürlich.

Die Flut setzte gerade ein. Die Wellen wuchsen und plätscherten gegen die Mole, auf der ebenfalls Onager standen. Ihre hässlichen Umrisse waren schreckliche Erinnerungen an die Lage, in der Westfallen sich heute befand. Es war grundfalsch.

Schließlich holte Hesther tief Luft und widerstand dem Impuls, einfach ins Haus der Masken zurückzulaufen. Dort würde sie auch keine Antworten finden. Sie selbst stand jetzt der Autorität vor. Sie und nicht Ardol trug nun die Verantwortung. Wie zerbrechlich die alte Ordnung auf einmal war. Die Mitglieder der Autorität waren von Ungewissheit geplagt und fragten sich, ob sie weiterhin ihrer Berufung folgen und die Arbeit überhaupt noch fortsetzen sollten. Genna hatte diese Haltung scharf kritisiert, doch jetzt war sie gestorben, und Hesther war nicht sicher, ob sie allein die anderen auf dem richtigen Weg halten konnte.

Eine Bewegung dicht vor der Klippe an der Biegung der Bucht erregte ihre Aufmerksamkeit. Dort tauchte langsam ein dunkelblaues Segel auf. Die Trireme glitt durch den Kanal, die Ruder hoben und senkten sich. Leise hallten die Trommelschläge übers Wasser. Vasselis hatte ihnen doch versichert, sie würden seine Kriegsschiffe nicht sehen, da keine Invasion von See her drohte. Oder ... Hesther stockte der Atem. Sie rannte zur Mole hinunter. Als sie unten ankam, standen die Einwohner von Westfallen, die Leviumkrieger und die Palastwächter schon fünf Reihen tief am Hafenbecken.

Hesther gesellte sich zu Meera und Jen Shalke. Sie hatten Jen gerade noch davon abhalten können, ins Wasser zu springen und zum Schiff zu schwimmen. Mit jedem Ruderschlag wurde das Summen der Unterhaltungen aufgeregter und lauter. Inzwischen war das Segel gerefft, und das Schiff manövrierte langsam zu den Tiefwasser-Liegeplätzen. Der Bug schwang herum, bis der Name zu sehen war. Hesther konnte ihn nicht gleich erkennen, doch der Name machte in der Menge schnell die Runde.

Es war die *Cirandons Stolz*. Das Schiff, das draußen im Einsatz gewesen war, als die Aufgestiegenen geflohen waren. Hesther drückte Meera und Jen an sich und betete, dass es gute Nachrichten brachte.

Im großen Empfangssaal in der Villa des Aufstiegs herrschte lautes Getöse. Auf die Nachricht, dass die Aufgestiegenen lebten und wohlauf waren, hatten alle mit Freude und Erleichterung reagiert. Aber jetzt hatte die Euphorie sich gelegt, und die Freude wich dem Unbehagen.

»Bitte.« Hesther stand auf und hob beide Hände. »Kapitän Patonia will eine Frage beantworten. Stellt doch nicht gleich zehn neue. Gott umfange mich, ihr seid schlimmer als die Kinder.«

Verlegen verstummten die Autoritäten. Marschall Vasselis, der neben Hesther saß, verkniff sich ein Lächeln.

»Kapitän Patonia, bitte fahrt fort.«

Die kräftige Frau nickte. Sie besaß keinerlei Humor und fühlte sich in dieser Gesellschaft offenbar unwohl. Auch den angebotenen Sitzplatz hatte sie ausgeschlagen und sich lieber an einen Marmortisch gestellt, wo sie mit einer kleinen Statue spielte, die Herine Del Aglios in gebieterischer Pose zeigte.

»Ich habe Tatsachen zu berichten und werde keine Entscheidungen rechtfertigen«, sagte Patonia steif. »Schatzkanzler Jhered bekleidet einen höheren Rang als ich. Ich konnte mich seinen Anordnungen nicht widersetzen. Es ist leicht für Euch, hier zu sitzen und mich an meine Befehle zu erinnern. Ich verwahre mich gegen die Andeutung, ich hätte auf irgendeine Weise meinen Marschall verraten. Ihr wart nicht im Tirronischen Meer mit je einem Schiff der Einnehmer auf beiden Seiten. Außerdem überseht Ihr, dass die Aufgestiegenen sich jetzt in der Obhut eines unserer besten Schwertkämpfer und einer Wache von Elitekriegern befinden. Wenn Ihr mir nicht glaubt, könnt Ihr Eure Fragen auch an meinen Marschall richten.«

»Arvan?«, unterbrach Meera das kurze Schweigen.

»Wirklich, ich kann eure Vorbehalte nicht verstehen«, sagte Vasselis. »Paul Jhered ist nicht nur das, was Patonia beschrieben hat, sondern auch einer der wenigen Menschen außerhalb dieses Raumes, der die Aufgestiegenen unterstützt. Seine Integrität und Ehrenhaftigkeit stehen außer Zweifel. Die Reise ist gefährlich. Ich kann mir niemanden vorstellen, der besser als er dafür sorgen könnte, dass ihnen nichts zustößt.«

»Ja«, wandte Willem ein, »aber er hat nicht die Absicht, sie nach Sirrane zu bringen, oder?«

Hesther sah ihn mit gerunzelter Stirn an. »Was meinst du damit?«

»Nun, Kapitän Patonia?«, bohrte Willem nach.

Patonia schüttelte den Kopf. »Er bringt sie zu Roberto Del Aglios. Sie sollen ihm helfen, den Krieg zu gewinnen.«

»Er hat kein Recht dazu. Sie sind doch noch Kinder.« Andreas' Stimme war die lauteste und übertönte die aufgebrachten Rufe der anderen Autoritäten. Dieses Mal war allerdings nicht Patonia das Ziel des Unmuts, sondern Vasselis. »Er ist dein Freund. Wie kann er so etwas tun?«

»Genug«, sagte Vasselis. Zornig stand er auf und hieß die anderen schweigen. Dies war nicht Arvan, dies war der Marschallverteidiger Vasselis, ihr Herrscher.

»Ihr werft mit Anschuldigungen um euch, ohne alle Tatsachen zu kennen. Schatzkanzler Jhered verfügt, wenn die Konkordanz bedroht wird, über eine große Macht. Er hat das Recht, jeden in Dienst zu stellen, den er für geeignet hält, um die Verteidigung auf die Art und Weise, die er für richtig hält, zu verbessern. Dabei spielt es keine Rolle, ob die Betreffenden gerade aus dem Mutterschoß geschlüpft sind oder ihren letzten Atemzug tun. Er hat seine Befugnisse nicht überschritten.«

»Aber seine moralische und ethische ...«

»Andreas, ich will dir nicht befehlen müssen, den Raum zu verlassen«, sagte Vasselis. »Beruhige dich. Mir ist doch klar, wie schwer es für euch ist, wenn ihr so etwas hört. Bedenkt aber, dass mein Sohn bei ihnen ist. In welche Gefahren sie auch geraten mögen, es wird ihn ebenfalls treffen.« Er nickte traurig. »Ja, das habt ihr vergessen, nicht wahr?«

»Es tut mir leid, Arvan«, sagte Andreas.

»Schon gut«, erwiderte Vasselis. »Und nun, Kapitän Patonia – irgendetwas stimmt hier nicht. Die Leuchtfeuer sagen uns, dass die Konkordanz bedroht wird. Meine Boten haben mir mitgeteilt, dass unsere Ostfront zusammengebrochen ist. Es gibt jedoch in dieser Gegend beachtliche Kräfte, die zur Verteidigung eingesetzt werden können. Warum hat er nun beschlossen, sie zu Del Aglios zu bringen?«

»Euer nächster Bote wird bestätigen, dass eine schreckliche Gefahr droht«, sagte Patonia. »Atreska hat rebelliert. Marschall Yuran hat für die Tsardonier Partei ergriffen. Die Aufgestiegenen wären nirgends mehr sicher.«

Sie hielt inne, und einen Augenblick lang war nichts zu hören außer nervösen Atemzügen und dem Getuschel der Einwohner draußen vor der Villa, die auf Neuigkeiten warteten. Vasselis beschied ihr, sie solle fortfahren. Er war kreidebleich.

»Schatzkanzler Jhered fürchtet, die Konkordanz könnte fallen, wenn es uns nicht gelingt, dem Feind einige entscheidende Schläge zu versetzen. Seiner Ansicht nach sind die Aufgestiegenen der Schlüssel. Mir ist klar, dass sie für Euch eine Kraft des Friedens sind, aber ich habe wie er beobachten können, dass ihre Fähigkeiten auch als Waffe eingesetzt werden können.«

»Sie sind doch nur vier kleine Kinder«, widersprach Hesther. »Wie können sie ganze Heere aufhalten?«

»Es bleibt abzuwarten, ob sie das wirklich können«, antwortete Vasselis tonlos. »Ohne euch zu nahe treten zu wollen, ich glaube nicht, dass ihr wirklich begreift, wie ernst unsere Lage ist. Nachdem Atreska abtrünnig geworden ist, haben die Feinde im Norden des Tirronischen Meeres Zugang zur Küste. Wenn die tsardonischen Heere auch nach Gestern eindringen, ist Caraduk unmittelbar bedroht. Kapitän Patonia, ich nehme an, Ihr habt Signale von der Insel Kester bekommen?«

»Ja, Marschall. Mit Eurer Erlaubnis werden wir heute Abend ausruhen und Proviant aufnehmen, um morgen mit einsetzender Ebbe wieder auszulaufen. Dann werden wir unter der Flagge der Ocetanas segeln.«

Hesther schüttelte den Kopf. »Unsere Kinder. Die armen, armen Kinder. Wie konnte ihnen das alles nur zustoßen? Was haben wir nur getan?«

Vasselis legte ihr eine Hand auf die Schulter. »So unangenehm der Gedanke auch sein mag, ihr habt der Konkordanz ein Mittel geschenkt, die Tsardonier zu besiegen und Caraduk eine Invasion zu ersparen. Sie sind in den besten Händen.« Dann wandte er sich wieder an die anderen. »Wir alle haben in Zeiten wie diesen Angst. Deshalb müssen wir darauf achten, dass wir weder zurückschrecken noch straucheln, damit unsere Feinde keinen Erfolg haben.«

Daraufhin setzte er sich wieder. Ihm war anzumerken, wie sehr ihn das alles mitnahm. Mit einer fahrigen Geste wischte er sich über den Mund.

»Mein Sohn ist da draußen«, flüsterte er. »Guter Gott, bitte beschütze ihn.«

Auf einmal klopfte es, und Hauptmann Harkov eilte herein.

»Marschall, wir brauchen Euch am Tor. Es gibt Schwierigkeiten.«

Appros Harin war übel. Seine Schulter tat schrecklich weh, und durch die Basilika wehte ein eiskalter Wind. Generalmarschall Niranes stand an seiner Seite, doch sie waren uneins. Die Advokatin hatte ihrer Bitte entsprochen und kam gerade die Treppe herauf. Auf der taktischen Karte vor ihnen waren die Aufmarschpläne und die Berichte über die Truppenverlegungen verteilt, festgehalten von Briefbeschwerern aus verzierten Steinen. In den letzten Tagen waren aus der ganzen Konkordanz Brieftauben und Reiter eingetroffen. Was zuerst als schwierige Lage gegolten hatte, musste jetzt eher als Katastrophe bezeichnet werden.

»Ich nehme an, inzwischen sind sämtliche Berichte eingegangen«, sagte die Herrscherin.

»Jawohl, meine Advokatin«, bestätigte Niranes. »Ich habe bereits reagiert und mehr Kräfte angefordert. Ich wüsste nicht, was wir sonst noch tun sollten.«

Harin räusperte sich vernehmlich, während sein Gesicht vor Zorn rot anlief. Er starrte die taktische Karte und die viel zu kleine Zahl der Legionen an.

»Ihr seid in jeder Hinsicht ein Produkt von Jhereds Ausbildung, Appros Harin«, sagte die Advokatin. »Was erzürnt Euch so?«

»Die Konkordanz ist zu selbstgefällig, meine Advokatin.« Er nahm seinen ganzen Mut zusammen. »Und deshalb könnte sie untergehen. Wir reden hier davon, mehr Unterstützung zu verlangen, aber die werden wir nicht bekommen. Selbst wenn wir sie bekämen, sie träfe zu spät ein.«

Er deutete auf die Aufmarschpläne.

»Schaut Euch diese Meldungen an, und Ihr erfahrt alles, was Ihr wissen müsst. Bahkir hat ein Drittel der erwarteten Zahl aufgestellt und behauptet, im Westmeer gebe es Überfälle, die alle übrigen Truppen bänden. Morasia schickt eine erbärmlich kleine Zahl. Tundarra erklärt, die Omari bedrohten die Grenzen des Landes. Das Gleiche gilt für Dornos. Wir hätten sie an der atreskanischen Grenze gut gebrauchen können, aber jetzt fehlen uns zwanzigtausend Fußsoldaten und Kavalleristen. Sie wissen, dass die Tsardonier nicht bei ihnen einmarschieren werden, weil König Khuran sich vor allem Estorr einverleiben will. Weiter wird er nicht gehen. Wenn es darauf ankommt, wenn der Krieg um sich greift, kehren uns alle Länder, die sich im Glanz der Konkordanz gesonnt haben, den Rücken. Lediglich Lebensmittel schicken sie in größerem Umfang.«

Die Advokatin sah ihn mit hartem Blick lange an. Schließlich deutete sie auf den Palast.

»Auf dem Hügel sind Abgeordnete all dieser Länder zugegen«, sagte sie leise. »Was soll ich Eurer Ansicht nach mit ihnen tun?«

»Bei allem Respekt, meine Advokatin, das spielt keine Rolle. Sie sind alle treue Bürger der Konkordanz, aber ihr Einfluss reicht offenbar nicht bis in die Paläste und Villen ihrer Heimatländer. Wir bekommen nicht genug Truppen. Neratharn, Avarn, Caraduk, Easthale und Estorea haben uns gegeben, was sie konnten, aber die letzten Berichte deuten darauf hin, dass mindestens vierzigtausend Rebellen und Tsardonier durch Atreska nach Westen marschieren. Wir können höchstens fünfundzwanzigtausend aufbieten. Das wird nicht reichen.«

»Generalmarschall Niranes, was sagt Ihr dazu?« Die Advokatin fasste ihn ins Auge, worauf er sichtlich zusammenzuckte. Harin biss sich auf die Unterlippe, weil er sonst gelacht hätte.

Niranes wedelte mit einer Hand über der Karte. »Wir können sie lange genug aufhalten, um Verstärkungen heranzuführen. Sie sind die Tsardonier, wir sind die Konkordanz. Aber falls Ihr Euch Sorgen macht, könnt Ihr die Verteidigung von der Ostküste des Tirronischen Meeres abziehen und die Truppen nach Neratharn schicken.«

»Selbstmord«, murmelte Harin. »Idiot. Sie sind schon viel zu weit entfernt.«

»Appros Harin, hütet Eure Zunge«, sagte Niranes.

Die letzten Reste von Harins Respekt lösten sich in Wohlgefallen auf. »Verdammt, das werde ich nicht tun. Ihr habt mir nicht zugehört. Ihr habt meine Warnungen in den Wind geschlagen. Ihr habt Euch darauf verlassen, dass jedes Gebiet achtzig Prozent der Maximalzahl schickt. Die neratharnische Front ist viel zu lang, um sie gegen eine so große Zahl von Angreifern zu verteidigen. Ich habe Euch schon vor fünfzehn Tagen gebeten, die Reserven von der Küste nach Norden zu verlegen. Jetzt ist es zu spät.«

»Nicht wenn wir die Flotte einsetzen, um sie zu transportieren«, zischte Niranes.

»Damit wäre die Insel Kester der tsardonischen Flotte, falls diese schon unterwegs ist, hilflos ausgeliefert. Warum hört Ihr mir eigentlich nicht zu?«

»Genug!« Die Advokatin knallte die flache Hand auf den Tisch, und ihre Stimme hallte laut durch die Basilika. Überall drehten die Leute die Köpfe. »Was sagt Ihr mir da? Dass wir die Konkordanz nicht verteidigen können? Das ist nicht hinnehmbar.«

»Wir können sie verteidigen«, widersprach Niranes. »Verlegt die Legionen von der estoreanischen und caradukischen Küste mithilfe der Ocetanas.«

»Und ich werde daraufhin im Hafen von Estorr persönlich die Tsardonier begrüßen.« Harin wandte sich an die Advokatin. »Darf ich offen sprechen?«

»Wollt Ihr damit sagen, dass Ihr das noch nicht getan habt?« Die Frage der Advokatin war frei von jeglicher Ironie. »Warum nicht? Ich stehe hier und frage mich, ob ich im kommenden Genastro überhaupt noch eine Konkordanz habe, die ich regieren kann, und höre zankenden Kindern zu. Nachdem Ihr gesprochen habt, werde ich den Generalmarschall anhören, und zwar ohne Unterbrechung.«

Harin verneigte sich und holte tief Luft.

»Der Marschall ignoriert eine Regel des Krieges – nämlich die, dass man nicht mit den Sollzahlen angreifen oder verteidigen kann, sondern nur mit dem, was man wirklich hat. Deshalb können wir im Augenblick nicht damit rechnen, dass es uns gelingt, die nerátharnische Grenze zu halten. Wir könnten möglicherweise früh genug Verstärkungen hinschicken, wenn wir die Infanterieverteidigung von der Küste abziehen. Der Transport von zehn- bis fünfzehntausend Infanteristen auf dem Seeweg und über eine so große Entfernung ist jedoch kein leichtes Unterfangen. Wenn man es nicht richtig organisiert, sind die Leute am Ziel nicht mehr kampfbereit.

Die zweite Regel, die der Marschall ignoriert hat, ist die, dass man die Verteidigung auf die möglichen und nicht auf die bislang bekannten Zahlen des Feindes einstellen muss. Meine Advokatin, Gesteris hat in Scintarit vor beinahe achtzig Tagen eine Niederlage erlitten. Es ist nicht anzunehmen, dass die tsardonische Flotte vor Ort bleibt und darauf verzichtet, entweder an der Ostküste von Gestern oder, was wahrscheinlicher ist, direkt im Tirronischen Meer anzugreifen. Ihr könnt mit Sicherheit davon ausgehen, dass König Khuran darauf aus ist, seine Flagge auf dem Hügel flattern zu sehen, nachdem er uns zurückgeschlagen hat. Er wird an beiden Fronten vorstoßen.

Die atreskanische Marine verfügt über eine beträchtliche Stärke, und wir müssen annehmen, dass zahlreiche Schiffe überlaufen. Die tsardonische Marine soll dem Vernehmen nach sehr stark sein. Die Schiffe der Ocetanas sind bereits im ganzen Tirronischen Meer verteilt. Wenn wir jetzt noch einmal hundert Schiffe von ihren Positionen abziehen, laden wir die Tsardonier praktisch ein, ohne jede Gegenwehr einfach in unser Gebiet zu segeln. Wir hätten die Verteidigungskräfte schon vor fünfzehn Tagen auf dem Landweg verlegen und es den Ocetanas überlassen können, die Küsten zu bewachen. Noch wichtiger, wir hätten auch zweitausend Pferde mitnehmen können. Dieser Beamte hat meine Vorschläge in den Wind geschlagen, und jetzt ist es zu spät.«

Die Advokatin hob eine Hand, um Niranes zum Schweigen zu bringen, während sie nachdachte. Harin sah ihr zu, während sie die Karte betrachtete. Ihr Blick wanderte nach Tsard.

»Nennt mir die Möglichkeiten, die wir noch haben. Die Konkordanz darf nicht untergehen. Auf dem Feld in Tsard sind immer noch unsere Heere unterwegs. Was ist mit ihnen?«

»Wir wissen, dass Atarkis sich verpflichtet hat, die Front in Gosland zu halten. Das wird ihm gelingen, aber er wird wohl nicht in der Lage sein, seinerseits einen Durchbruch zu erzwingen. Von Jorganesh haben wir nichts gehört. Wir dürfen annehmen, dass er nach Gestern marschiert, aber wir können uns nicht darauf verlassen.

Euer Sohn geht nach Süden. Die Zahl der Tsardonier, die vor der gesternischen Grenze aufmarschieren, ist zu groß, als dass Marschallin Mardov lange standhalten könnte, und danach stünde dem Feind die Westküste von Gestern offen.

General Del Aglios ist Euer fähigster Kommandant, aber er wurde von der Seuche schwer getroffen. Er und Atarkis haben sich von Atreska entfernt, weil sie hoffen mussten, dass wir den Vorstoß aufhalten können. Euer Sohn wird quer durch das Land marschieren, um Estorr vor einer Invasion zu schützen, und ich zweifle nicht daran, dass es ihm gelingen wird.«

»Allerdings wird er dabei zu weit von Neratharn entfernt sein, um uns dort unterstützen zu können«, sagte die Advokatin.

»Ja, meine Herrin.«

»Es gab verhängnisvolle Fehlurteile«, fuhr sie fort.

»Ja«, bestätigte Harin. »Aber wir können uns noch ein wenig Zeit erkaufen und auf ein Wunder hoffen.«

»Mehr haben wir nicht?«, fragte sie.

Harin zuckte mit den Achseln. »Wenn Euer Sohn eher, als wir zu träumen wagen, einen Sieg erringt, und schneller vorstößt, als wir es uns vorstellen können, dann vermag er vielleicht Neratharn beizeiten zu erreichen, falls er mitten durch Atreska marschiert. Wir können auch beten, dass Schatzkanzler Jhered recht hatte und die Aufgestiegenen die Waffe sind, mit der wir den Krieg gewinnen können.«

»Wenn ich darauf hoffe, werdet Ihr mich jedoch an die erste Regel erinnern«, sagte die Advokatin.

»In der Tat, das werde ich tun.« Harin spürte, wie sich ihre Stimmung veränderte.

»Sagt mir, Appros Harin, wie wollt Ihr mir etwas Zeit für das Wunder erkaufen, für das wir von jetzt an beten müssen?«

»Entbindet mich hier von meinen Pflichten. Die Leviumkrieger sind im Solastropalast angetreten. Ich weiß, dass sie eigentlich ausrücken sollten, um Estorr zu sichern, aber das nützt uns jetzt nichts. Lasst sie mich nach Neratharn führen. Es sind mehr als dreitausend Reiter. Wir werden spät in die Schlacht eingreifen, aber wir werden vor dem Ende dort sein.«

Die Advokatin dachte eine Weile darüber nach. »Wo finde ich einen neuen Harin, der mich in taktischen Fragen berät?«

»Appros Derizan ist in Estorr«, erwiderte Harin. »Sie ist sehr fähig. Ich kann sie einweisen, bevor ich aufbreche.«

»Gut. Dann geht mit meinem Segen und meinen besten Wünschen, Harin. Die Hoffnung der ganzen Konkordanz ruht auf Euren Schultern.«

»Noch etwas, wenn ich darf«, sagte Harin. Die Advokatin nickte. »Ich werde die erste Regel brechen. Schatzkanzler Jhered wird durchkommen. Erwartet ihn im Augenblick der größten Not. Er hat eine geradezu unheimliche Begabung, im richtigen Augenblick an Eurer Seite zu stehen.«

Nun lächelte die Advokatin. »Ich bete zum Allwissenden, dass Ihr recht behaltet.«

Harin schlug die rechte Faust vor seine Brust und entfernte sich eilig. Im Gehen hörte er noch, wie die Advokatin mit Niranes sprach, und konnte sich ein Lächeln nicht verkneifen.

»Ich habe mir soeben selbst einen neuen Titel verliehen«, sagte sie. »Ich bin jetzt die Generalmarschallin der Konkordanz.«

»Aber ...«

»Ihr, Niranes, habt mit Eurer dickköpfigen Dummheit fast die Konkordanz zerstört. Kehrt nach Hause zurück und betet zu Gott, dass nicht König Khuran der Nächste ist, der an Eure Tür klopft. Geht mir aus den Augen.«

20

848. Zyklus Gottes, 35. Tag des Solasab
15. Jahr des wahren Aufstiegs

Roberto löste sich aus der Umarmung. Er konnte es immer noch nicht ganz glauben. Dieses Zusammentreffen ließ ihn laut lachen, und er brauchte einen kurzen Augenblick, ehe er sprechen konnte.

»Ich hätte im Leben nicht damit gerechnet, dass meine Späher ausgerechnet dich mitbringen.«

»Ich bin nur froh, heil hier angekommen zu sein. Ihre Finger an den Bogensehnen waren recht nervös.«

»Sie waren nur gereizt, weil sie dich zunächst für eine Beute gehalten haben«, erklärte Roberto. »Welcher Irrsinn führt dich hierher in die Wildnis? Ach nein, spar dir das. Ich weiß mehr, als dir klar ist. Ich kann es nur nicht glauben.«

»Demnach hast du mich also erwartet«, sagte Jhered.

Er brauchte dringend eine Rasur, aber das tat seinem Auftritt keinen Abbruch. Die Stille, die sich unter den Soldaten ausgebreitet hatte, als er sich Robertos Zelt genähert hatte, war Beweis genug.

»Im Grunde schon.«

»Ich bin beeindruckt, dass dich überhaupt einige Boten erreicht haben. Auf welchem Weg sind sie gekommen?«

»Es waren drei«, sagte Roberto. »Zwei kamen über Gestern aus dem Süden, einer von Westen durch Atreska. Sie waren langsam, weshalb die Botschaften schon wieder veraltet sind, aber das Gesamtbild dürfte noch einigermaßen genau sein.«

»Ich habe neuere Informationen aus Gestern.«

»Gut«, sagte Roberto. Er deutete auf den Schreibtisch, auf den seine Karten geheftet waren. »Wir werden uns gleich mit deinen Schutzbefohlenen befassen. Vorher will ich dir aber noch erklären, wo wir stehen.«

Er deutete auf eine Karte von Atreska, Gosland, dem östlichen Tsard, Gestern und dem Tirronischen Meer.

»Der Krieg hat die neratharnische Grenze noch nicht erreicht, ist aber nicht mehr weit entfernt. Wir haben nicht genügend Kräfte, um den Feind lange abzuwehren. Soweit ich weiß, soll Gestern gleichzeitig angegriffen werden. Wenigstens scheint Gosland im Augenblick relativ sicher zu sein. Die Tsardonier sind gut organisiert. Ich kann nur hoffen, dass sie nicht noch mehr Truppen aufbieten als diejenigen, die wir schon gesehen haben.«

»Was gibt es Neues über den Widerstand in Atreska?«, fragte Jhered.

»Der ist zersplittert und unbedeutend. Yuran hat einen ungeheuren Verrat begangen, doch die meisten Einwohner seines Landes lieben ihn und glauben trotz allem an ihn. Was an loyalen Legionen noch vorhanden war, dürfte längst vernichtet oder nach Norden oder Westen geflohen sein, wo sie nützlicher sind. Einige sind sicher zur Vernunft gekommen, als diejenigen, die sie für ihre Freunde hielten, ihnen die Klingen an den Hals gesetzt haben.« Roberto schüttelte den Kopf. »Atreska versinkt im Chaos. Eines Tages werden die Einwohner erkennen, welche Dummheit sie begangen haben. Die Tsardonier verbreiten Lügen über eine Befreiung, aber sie werden nicht wieder abziehen, wenn die Konkordanz sie nicht vertreibt. Man müsste schon sehr naiv sein, um etwas anderes zu glauben.«

»Was bleibt noch, falls die Tsardonier unsere Verteidigung in Neratharn durchbrechen?«

»Nicht mehr viel. Die Verteidigung an der Küste, die Erste Legion. Es reicht nicht.« Roberto fuhr sich mit der Hand übers Gesicht. Er wusste nicht mehr ein und aus. »Paul, ich fürchte, ich habe einen Fehler begangen, der unsere Konkordanz zerstören könnte.«

»Was? Nein, nein. Nach Süden zu marschieren war die klügste Entscheidung deines Lebens, glaube mir.«

»Wie kann das sein? Jorganesh müsste inzwischen in Gestern sein. Die Tsardonier können nicht durchbrechen, dazu sind sie nicht stark genug. Ich hätte mich durch Atreska kämpfen und Neratharn helfen sollen. Verdammt, ich habe siebenhundert Kämpfer aus meinen atreskanischen Alae verloren. Fast hätte ich sie Feiglinge und Verräter genannt, aber in Wirklichkeit bin ich der Feigling, der sich vor der Schlacht drückt.«

»So darfst du nicht denken«, fauchte Jhered. Er fasste Robertos Kinn mit einer riesigen Hand. »Niemals. Du darfst dich nicht selbst entehren, und es ist nicht wahr. Du weißt doch, warum du nach Süden marschiert bist, und ich danke dem Allwissenden, dass du es getan hast.«

Er unterbrach sich, ließ Robertos Kinn los und entschuldigte sich. Dann nagte er an der Unterlippe.

»Was ist los, Paul?«

»Jorganesh ist nicht in Gestern«, sagte der Schatzkanzler leise. »Er wird nie dort ankommen.«

»Was soll das heißen?«, fragte Roberto.

»Er geriet in der Lubjekschlucht in einen Hinterhalt. Sein ganzes Heer wurde abgeschlachtet. Niemand wird die Tsardonier davon abhalten, Gestern zu erreichen.«

Robertos Gedanken rasten. Er starrte die Karte an und sah vor seinem inneren Auge, wie die Tsardonier einer Flutwelle gleich seine geliebte Konkordanz überschwemmten. Unaufhaltsam, unausweichlich. Einer nach dem anderen wurden alle ausgeschaltet, die er kannte und denen er vertraute. Erst Gesteris, jetzt Jorganesh.

»Bist du sicher?«

»Ich habe es mit eigenen Augen gesehen.« Jhered räusperte sich. »Das ist noch nicht alles. Du konntest ungehindert marschieren, nicht wahr?«

Roberto nickte. »Es war ein Segen. Unverständlich, aber ein Segen. Allerdings werden wir beobachtet. Sie wissen, dass wir kommen, aber wir holen nicht schnell genug auf.«

»Das liegt daran, dass sie nicht vor dir sind. Deine Späher werden nicht herausfinden, wohin sie sich gewandt haben. Sie greifen dich nicht an, weil du dich in die falsche Richtung bewegst. Ich bin sicher, sie planen einen Angriff auf die Küste von Gestern und wollen so weit wie möglich nach Süden vorstoßen, um mit Schiffen nach Estorr zu gelangen.«

Wieder zog Roberto die Karte zurate. »Der Dusas wird sie bezwingen«, sagte er. »Die rebellische atreskanische Marine ist nicht groß genug, um eine Invasionsstreitmacht zu befördern, und die Ocetanas werden sie ausradieren. Selbst wenn man annimmt, dass sie die Fähigkeiten und die Rohstoffe haben, können sie in Gestern nicht genügend Schiffe bauen, ehe der Dusas die Überfahrt zu gefährlich macht.«

»Das brauchen sie nicht«, wandte Jhered ein. »Ihre eigene Flotte ist schon aus der Bucht von Harryn ausgelaufen. Wie mir die Karku sagten, sind es Hunderte von Schiffen. Sicherlich genug.«

»Dann komme ich zu spät.« Die Verzweiflung schnürte Roberto die Kehle zu.

»Nein«, widersprach Jhered. »Nicht wenn du die Marschrichtung wechselst und ihnen auf dem schnellsten Wege folgst. Die Tsardonier stellen sich zur Schlacht auf, haben aber noch nicht angegriffen.«

»Was könnten wir noch ändern? Da Jorganesh ausgeschaltet ist, stehe ich mit meinen elftausend Kämpfern einer dreimal so großen Zahl gegenüber. Selbst wenn wir die gesternische Verteidigung berücksichtigen, sind wir hoffnungslos in Unterzahl.«

»Vertrau mir. Ich habe dir gerade die stärkste Waffe dieses Krieges gebracht. Sie kann auf einen Schlag ganze Heere aufhalten, ohne dass du nur eine Balliste abfeuern müsstest.«

»Die Aufgestiegenen?«, entgegnete Roberto kopfschüttelnd. »Ich habe widersprüchliche Geschichten über sie gehört, denen ich aber nicht im Entferntesten glaube. Außerdem kamen mir Anschuldigungen zu Ohren, die deine Loyalität gegenüber meiner Mutter und dem Allwissenden betrafen. Meine Mutter schickte mir auch eine Botschaft, ich solle nach dir suchen. Allmählich kommt mir das alles wie ein schlecht geschriebenes Drama vor. Vielleicht solltest du mir jetzt deine Seite schildern. Es käme mir nicht ungelegen, wenn ein paar haarsträubende Übertreibungen meine Stimmung bessern könnten.«

Mirron saß mit Menas abseits von den anderen in dem Zelt, das für sie freigeräumt worden war. Wie es schien, hatte das ganze Heer sie genau beäugt. Mirron hatte es bedrückend gefunden, die anderen waren ganz aus dem Häuschen gewesen. So viel Lärm, so viele Menschen in den endlosen Zeltreihen. In ihren Ohren dröhnten noch die Hammerschläge der Schmieden und das Klirren der Schwerter, mit denen die Soldaten übten. Obendrein unterhielten sich überall Menschen, und hinzu kam noch der Lärm von Hunderten Pferden auf der Koppel.

Als sie mit gesenktem Kopf durchs Lager gewandert waren, hatte Mirron unzählige Pfiffe und eindeutige Einladungen zu hören bekommen. Einige hatte sie nicht einmal verstanden. Menas hatte sie schützend in den Arm genommen und ihren Mantel mit dem Wappen der Einnehmer demonstrativ um sie gelegt. Das hatte einige zum Verstummen gebracht. Auch Kovan war zunächst an ihrer Seite gewesen, aber gleich darauf verschwunden, um zu sehen, ob er unter den estoreanischen Hastati einige alte Freunde fand.

Ossacer und Arducius beschäftigten sich zusammen mit Gorian vor allem damit, die Energien der stillen Luft einzufangen. Ossacer dachte, wenn es ihnen gelänge, dabei wirkungsvoller vorzugehen, könnten sie sich eine Energiequelle erschließen, die mächtiger war als Feuer, Erde, das Meer oder die Bäume. Das sagte er schon seit Jahren. Nur Arducius glaubte noch daran, und dies auch nur, weil er ein Windleser war und Wirbelstürme aus dem Nichts erschaffen wollte. Mirron hatte keine Lust gehabt, den Jungen zu helfen. Sie war müde und hatte Bauchweh. Nur Menas schien empfänglich für ihre Stimmung.

»Fühlst du dich einsam?«, fragte die Einnehmerin.

»Ich weiß gar nicht, warum. Hier sind doch so viele Menschen.«

Menas strich ihr eine Locke aus der Stirn. »Oh Mirron, du hast wirklich noch nicht viel von der Welt gesehen.«

»Ich bin doch erst vierzehn, Erith«, erwiderte Mirron unwirsch. »Aber ganz so weltfremd bin ich nicht. Westfallen ist ein Teil der Welt. Oder war es.«

»Das hier ist aber ganz anders, nicht wahr? In diesem Lager sind mehr als zehntausend Menschen. An einem so belebten Ort warst du sicher noch nicht. Du warst sicher noch nie in Port Roulent, ganz zu schweigen von Cirandon oder Estorr.«

Mirron ging zum Eingang ihres Zelts. Sie standen nicht unter Arrest, aber zu beiden Seiten waren Wachen aufgestellt. Sie blickte über die Zeltstadt hinweg, die an den Rändern verblasste, während die Sonne unterging. Immer früher dunkelte es jetzt, da der Dusas bevorstand. Der Lärm hatte hingegen nicht nachgelassen. Es klirrte, die Leute riefen, brüllten, rannten und sangen. Kovan hatte gesagt, das würde mitten in der Nacht nachlassen, aber selbst dann würden einige sich entscheiden, nicht zu schlafen.

»Warum fühle ich mich dann so allein?«, fragte sie. »Und warum fühle ich mich ... ich weiß nicht.«

»Bedroht?«

»Ja.« Sie kehrte zu Menas zurück und setzte sich schaudernd. »Das ist doch unser eigenes Heer, oder? Ich müsste mich hier sicher fühlen.«

»Das hat nichts mit Freund oder Feind zu tun. Es ist einfach nicht der richtige Ort für junge Menschen wie dich und deine Brüder. Ganz besonders nicht für dich. Dies sind kampferprobte Männer und Frauen, die früher Bauern und Töpfer waren wie die Menschen in deiner Heimatstadt. Für die meisten ist ihr früheres Leben nur noch ein Traum. Natürlich möchten sie gern dorthin zurückkehren, aber solange sie in großer Gefahr schweben, ist es nicht ratsam, zu oft daran zu denken. Deshalb fassen sie dieses Heer als den Mittelpunkt ihres Lebens auf. Kannst du das verstehen?«

»Ich glaube schon.«

»Du gehörst jedoch nicht hierher. Du spürst die Angriffslust, aber du kannst sie nicht begreifen. Sie brauchen unbedingt ihre Routine und Disziplin, aber unsere Ankunft zusammen mit dem Schatzkanzler wirkt auf sie, als hätte man einen Stein in einen Mühlteich geworfen. Selbst wenn der Schatzkanzler General Del Aglios von eurem Wert überzeugen kann, werden viele Kämpfer in seiner Armee euch niemals akzeptieren. Weißt du noch, was du mir über die Reaktionen der Schiffsbesatzung gesagt hast? Hier ist es nicht anders, nur dass es hier zehntausend und nicht nur zweihundert sind.«

Mirron ließ die Schultern hängen. Sie warf einen Blick zu den anderen, die sich gerade auf irgendetwas konzentrierten. Für sie alle gab es nichts als Hoffnungslosigkeit.

»Die Menschen sollten uns nicht hassen«, sagte sie schließlich. »Warum sehen sie nicht ein, dass wir nur hier sind, um ihnen zu helfen, damit sie siegen und wieder in ihr altes dummes Leben zurückkehren können? Das verlangt Jhered doch von uns. Warum kann er es ihnen nicht erklären?«

»Es tut mir leid, Mirron, aber so ist die Welt nun einmal. Du bist mit deiner Gabe aufgewachsen und kennst nichts anderes, aber fast alle anderen hier haben keine Vorstellung von deinen Fähigkeiten. Ein Heer glaubt an die Kraft seiner Waffen und seiner Geschütze und an nichts anderes.«

»Aber warum bin ich dann schlechter dran als die anderen?«

Menas seufzte. »Oh Mirron, hast du dich denn noch nie im Spiegel gesehen?«

»Was meinst du damit?«

»Was glaubst du denn, warum Kovan und Gorian um deine Aufmerksamkeit wetteifern?«

»Ach, ganz so dumm bin ich nicht.« Mirron errötete. »Mir ist schon klar, dass die Jungs hinter mir her sind.«

Menas lächelte. »Das ist schon mal ein guter Anfang. Du musst allerdings erkennen, dass du kein kleines Mädchen mehr bist, sondern eine schöne junge Frau. Jedenfalls hier inmitten eines Heeres, das aus vielen Männern und wenigen Frauen besteht. Bei dir ist schon das Blut der Fruchtbarkeit geflossen, nicht wahr? Und es kommt wieder – in einem Tag oder so. Kapitän Patonia hat doch mit dir darüber gesprochen. Die Männer begehren dich, und die Frauen im Lager werden sich ihnen nicht in den Weg stellen. Was glaubst du, warum so viele Frauen dem Lager folgen?«

»Oh.« Mirron bekam auf einmal schreckliche Angst und sank in sich zusammen. »Aber du wirst nicht zulassen, dass sie mich berühren, oder?«

Menas' Gesicht wurde hart. »Ich bin hier, um dich zu beschützen, Mirron. Niemand wird dir wehtun, solange ich bei dir bin. Das verspreche ich dir.«

Mirron lächelte bewundernd und erleichtert zugleich. »Ich bin froh, dass du hier bist.«

»Ich auch.«

Menas legte ihr einen Arm um die Schultern und zog sie an sich.

»Vielleicht kann ich mich den Einnehmern anschließen«, fuhr Mirron fort. »Dann wäre ich die erste Aufgestiegene, die den Rock der Einnehmer trägt, und ich könnte immer mir dir zusammen reisen.«

»Vielleicht«, sagte Menas. »Vielleicht.«

Roberto stellte seinen mit Wasser verdünnten Wein ab und stand auf, um sich zu vergewissern, dass seine Wächter wie befohlen außer Hörweite einen schützenden Ring um das Zelt bildeten. Jhered war von seiner Sache überzeugt, aber Roberto konnte diesen Glauben nicht teilen.

»Die Höhen von Kark haben dir das Gehirn ausgetrocknet«, sagte er. »Erkennst du denn nicht, dass dies nicht einmal eine letzte Verzweiflungstat ist? Es ist der komplette Wahnsinn. Wie kannst du von mir erwarten, dass ich so etwas glaube?«

»Ich bitte dich, mir zu vertrauen«, erwiderte Jhered.

»Aber aus welchem Grund?« Roberto hatte Mühe, leise zu sprechen. Er deutete zum Ausgang des Zelts. »Es fällt mir jetzt schon schwer, die Leute da draußen bei der Stange zu halten. Seit meinem ersten und einzigen Sieg in diesem Jahr hatte ich mit Seuchen, Fahnenflüchtigen, Gewaltmärschen und Rebellionen zu tun, und alle Neuigkeiten, die ich bekommen habe, waren schlecht. Wie kannst du da von mir erwarten, dass ich nach draußen trete und meinen Soldaten erzähle, vier Kinder würden für uns den Krieg gewinnen? Wenn ich das tue, werde ich sie alle verlieren. Sie würden mich auslachen, und ich könnte es ihnen nicht einmal vorwerfen. Eine Meuterei würde ausbrechen, und diese zusammengewürfelte Streitmacht würde sofort zerfallen.«

»Dennoch ist es wahr«, sagte Jhered.

»Aber du hast nicht den geringsten Beweis«, entfuhr es Roberto. »Verdammt, Paul, das klingt, als hättest du das alles nur erfunden. Eine Geschichte, die man einem kleinen Kind erzählt. Außerdem ist es Ketzerei vor dem Allwissenden. Das kann ich nicht so einfach hinnehmen.«

»Glaubst du, ich hätte nicht mit mir gerungen?« Jhered erhob sich und baute sich dicht vor ihm auf. Der Einnehmer war einen Kopf größer als Roberto, und sein Blick konnte Steine in Angst und Schrecken versetzen. Roberto zuckte mit keiner Wimper. »Glaubst du denn, ich wäre wegen einer bloßen Laune den ganzen Weg hierher gereist? Die Leviumkrieger müssten jetzt am Solastropalast angetreten sein, und eigentlich sollte ich bei ihnen sein. Sie werden ohne ihren Kommandanten reiten. Ich setze alles auf die Aufgestiegenen, weil ich fest davon überzeugt bin, dass sie die Konkordanz retten können, ob sie nun als Ketzer gelten oder nicht.«

Roberto nickte und wedelte mit einem Dokument. »Meine Mutter traut dir vorerst und hat sich entschieden, dir zu glauben. Aber sie ist nicht hier. Sie weiß nicht, wie es um die Moral meiner Truppe bestellt ist.«

»Dennoch ...«

»Paul, du hast keinerlei Grundlage für deine Behauptung, sie könnten den Krieg gewinnen. Na schön, sie können die Segel mit Wind füllen und die Wurzeln zwingen, eine Barriere zu bilden. Falls ich das glauben will, wozu ich aber nicht bereit bin. Von da aus machst du einen gewaltigen Sprung zu der Annahme, sie könnten Berge einstürzen lassen, Wirbelstürme und Blitze heraufbeschwören und unter den Füßen unserer Feinde die Erde aufreißen. Das ist Unfug, und ich begreife nicht, warum ausgerechnet du dich auf so etwas eingelassen hast.«

»Bitte, Roberto – sieh es dir an. Blicke in ihre Augen. Lass dir von ihnen zeigen, was sie tun können.«

»Nein!« Roberto wandte sich ab, er konnte nicht anders. Es kam ihm vor, als stünde ein neuer Shakarov vor ihm. Ein Mann, den er kannte und bewunderte, hatte sich über Nacht in einen Fremden verwandelt. »Hast du denn nicht zugehört? Wenn sie wirklich tun können, was du sagst, was wird dann wohl eine Vorführung in meinem Lager bei meinem Heer anrichten? Es ist mir egal, auf welcher Seite sie stehen. Der gute Gott umfange mich, Schatzkanzler, aber wie kannst du so etwas von mir erwarten?«

»Weil du weißt, dass du mir vertrauen kannst. Weil du weißt, dass ich nichts unternehme, wenn ich nicht fest davon überzeugt bin, dass es der Konkordanz und meinen Freunden nützt. Menschen wir dir, Roberto. Und deiner Mutter.«

Roberto schüttelte den Kopf. »Es tut mir leid, Paul, aber ich muss ablehnen. Ich werde die Marschrichtung ändern, weil ich glaube, was du über die Feinde berichtet hast. Außerdem glaube ich aber auch, dass wir den Krieg für die Konkordanz ohne die Hexerei der Aufgestiegenen gewinnen können. Ich werde die tsardonischen Linien angreifen und mithilfe von Gestern zerschlagen. Dann kehren wir um und erobern Atreska zurück.«

»Das aus dem Munde eines Mannes, der heute noch gefürchtet hat, der Krieg sei verloren«, erwiderte Jhered; Roberto schmerzte die Verachtung, die er heraushörte. »Du hast Zuversicht in einer Quelle gefunden, die ich gern anzapfen würde.«

»Ich glaube, du hast genug gesagt«, erwiderte Roberto. »Da du immer noch mein Freund bist, werde ich dir meinen Schutz gewähren. Das gilt auch für deine Aufgestiegenen. Aber sie dürfen nicht eingreifen, denn sonst werde ich sie wegen Hochverrats und Ketzerei hinrichten lassen. Habe ich mich deutlich ausgedrückt? Ich bin der General dieses Heeres, und ich dulde nicht, dass meine Autorität untergraben wird. Nicht einmal von dir.«

Jhered nickte. »Ich respektiere alles, was du gesagt hast, und ich weiß, dass du der beste General der Konkordanz bist. Ich bin nicht hier, um deine Autorität zu untergraben, sondern um zu helfen.« Er wandte sich zum Eingang des Zelts, hielt aber noch einmal inne. »Vielleicht kannst du den Krieg wirklich so gewinnen, wie du es dir vorstellst. Du solltest jedoch die Tage zusammenzählen, die du brauchst, um mit deinen Elftausend die dreißigtausend Tsardonier in Gestern zu besiegen und anschließend weiterzumarschieren, um die Grenze von Neratharn zu verteidigen.

Dir bleibt nicht genug Zeit, Roberto, denn die Tsardonier werden dort oben bald durchbrechen. Das weißt du so gut wie ich. Welchen Sinn hätte es, in Gestern einen Sieg zu erringen, wenn die Konkordanz im Norden verloren ist? Ich kann dir diese Zeit verschaffen. Denk darüber nach, General. Lass uns dir helfen.«

Roberto ließ sich vor seinen Karten auf den Stuhl sinken, nachdem Jhered gegangen war. Mit einer heftigen Bewegung nahm er seinen Weinkelch und leerte ihn. Dann verlangte er nach mehr. Zehn Tage bis zur gesternischen Grenze. Noch einmal zehn Tage nach Norden bis Byscar, um die Tsardonier zu hetzen, falls er siegte. Mindestens sechs Tage bis zur Grenze von Neratharn durch feindliches Gebiet. Das würde bis zum Beginn des grimmigen Dusasauf dauern.

Er stand irgendwo im Niemandsland, und wenn er sich in eine Richtung wandte, würden die Tsardonier an einem anderen Ort durchbrechen. Er schlug sich die Hände vors Gesicht und bemerkte nicht einmal, dass Herides seinen Wein brachte. Die Konkordanz zerbrach.

21

848. Zyklus Gottes, 35. Tag des Solasab
15. Jahr des wahren Aufstiegs

Es ist wie eine dämonische Prozession von caradukischen Handwerkern und Arbeitern«, murmelte Marschallverteidiger Vasselis. Er stand mit Harkov und Hesther auf dem linken Türmchen über dem Tor von Westfallen. Vor zwei Tagen hatte Harkov ihm berichtet, dass sich Leute näherten. Jetzt war der unorganisierte, aber vielköpfige Pöbel vor der Stadt angelangt.

Er reichte das Spähglas an Hesther weiter. Im Grunde brauchte er es nicht mehr, denn die Bilder waren für alle Ewigkeit in sein Gedächtnis eingebrannt – die entschlossenen, zornigen, ängstlichen Gesichter seiner Bürger. Einige trugen Plakate und Banner. Andere führten, welch bittere Ironie, die caradukische Flagge, die auch an den Türmen über Westfallens Tor wehte.

Es waren ganz normale Menschen, darunter viele Bauern. Männer, Frauen und Kinder. Aufgestachelt von den Lesern und Sprechern, die mit ihnen kamen, und eskortiert von einigen Gottesrittern. Einen oder zwei erkannte er sogar. Sie waren offenbar weit aus dem Süden hergekommen. Aus Cirandon, Port Roulent und allen Städten, die sie unterwegs passiert hatten. Alle blind und unwissend. Es waren mehrere Hundert, und er fragte sich, ob auch nur einer von ihnen überhaupt eine Vorstellung hatte, was er zu erreichen suchte.

»So stark sind Macht und Wille der Kanzlerin«, bemerkte Hesther mit leicht bebender Stimme. »Furcht und Hass. So leicht zu erzeugen, so schwer zu vertreiben.«

»Wir werden tun, was wir tun müssen«, sagte Harkov zu ihnen beiden.

»Aber Ihr wollt doch nicht gegen sie kämpfen?«, fragte Hesther.

»Ich habe Befehle von der Advokatin erhalten«, erwiderte Harkov. »Ich bin Hauptmann der Palastwache. Wir werden tun, was wir tun müssen.«

»Rede mit ihnen, Arvan. Erkläre es ihnen.«

Vasselis wich Hesthers Blick aus. Es war eine völlig widersinnige Situation. Die Konkordanz kämpfte am Tirronischen Meer ums Überleben, und ihre Einwohner stritten sich um Dinge, die sie nicht im Mindesten verstanden. Dennoch konnte diese Auseinandersetzung möglicherweise die wichtigste in der ganzen Geschichte der Konkordanz sein. Es war ein Kampf um den Fortschritt und die Weiterentwicklung.

»Ich werde sagen, was ich sagen kann«, antwortete Vasselis schließlich. »Aber du bist klug, Mutter Naravny, genau wie alle anderen Autoritäten. Es hat immer einen Preis gekostet, Westfallens Geheimnisse zu hüten. Sein Überleben könnte noch mehr kosten.«

Hesther starrte ihn von der Seite an, bis er sich zu ihr umdrehte. Ihm wurde bewusst, in welchem Konflikt sie sich befand.

»Würdest du wirklich auf deine eigenen Bürger schießen?«

»Wenn ich mich dazu gezwungen sehe, werde ich nicht zögern«, sagte er, worauf Hesther schauderte. »Es tut mir leid. Niemand wollte, dass es so weit kommt.«

»Vielleicht muss es auch nicht so weit kommen«, gab Harkov zu bedenken. »Sie sind schlecht bewaffnet und haben keine Geschütze. Nur ein Narr würde uns angreifen.«

Vasselis holte tief Luft. »Das mag sein, aber vielleicht sind sie auch nur die Vorhut.«

Er sah sich nach beiden Seiten um. Die Palisaden waren mit Leviumkriegern besetzt. Ihre Bogen lehnten an den Balken, die Schwerter steckten in den Scheiden. Der Anblick der hundert Bewaffneten sollte ausreichen, um die Neuankömmlinge auf Abstand zu halten. Falls nicht, konnten seine Männer die Katapulte und Ballisten bemannen.

Weitere einhundert caradukische Wächter waren in der Stadt einquartiert. Er hatte sich nicht die Mühe gemacht, sie zu den Toren zu rufen. Was da heute aufmarschiert war, reichte nicht aus, um einen Durchbruch zu erzwingen.

Als die ersten aufgewiegelten Bürger noch hundert Schritte entfernt waren, wurden sie langsamer. Sie drängten sich zusammen und blieben knapp außerhalb der Bogenreichweite stehen. Vasselis setzte wieder das Spähglas an. Die Entschlossenheit war größtenteils der Unsicherheit gewichen. Das neue Erscheinungsbild von Westfallen und dessen Verteidiger nahmen den Neuankömmlingen den Mut. Vasselis schüttelte den Kopf.

»Was werdet ihr jetzt tun?«, flüsterte er.

Er sollte die Antwort rasch erfahren. Zehn Leute lösten sich aus der Menge, die sich inzwischen auf dem freien Platz vor den Toren verteilt hatte. Der Wind wehte ein paar Rufe herüber und ließ die Flaggen und Banner knattern. Vier Ritter Gottes beschützten sechs Leser und Sprecher. Sie rückten unter dem Banner des Allwissenden an. Vasselis war sehr enttäuscht, als er Sprecherin Lotheris aus Port Roulent erkannte. Der Erste Sprecher Caraduks war nicht bei ihnen, wie er bemerkte. Hoffentlich blieb er auch weiterhin so klug, wie er sich bisher gezeigt hatte.

Lotheris ergriff das Wort, als sie zehn Schritte vor den Toren stand.

»Marschallverteidiger Arvan Vasselis ...«

»Jetzt geht es los. Beschuldigungen und Forderungen«, murmelte Vasselis.

»Ihr seid der Ketzerei gegen den Allwissenden angeklagt, weil Ihr bekannte Ketzer behütet und beschützt habt; weil Ihr die Schriften verhöhnt und Gottesritter getötet habt. Wir hier sind nur eine kleine Schar, vertreten aber all jene, die über Eure Taten empört sind und widerstrebend Gerechtigkeit verlangen. Wir haben Euch und Caraduk ohne Vorbehalt treu gedient. Aber jetzt müsst Ihr vor uns Rechenschaft ablegen.«

Lotheris deutete hinter sich.

»Dies ist Euer Volk, das Euch zur Verantwortung ziehen will. Die Menschen fordern, dass Ihr Euch ergebt und Euch ihrem Urteil unterwerft. So will es das Gesetz, Ihr könnt Euch nicht weigern.«

»Euer Verständnis für die Gesetze der Konkordanz ist bemerkenswert«, antwortete Vasselis und sprach so leise, dass nur die zehn unter ihm es hören konnten. »Ich freue mich schon darauf, vor meinem Volk zu stehen und mein Handeln zu erklären. Allerdings nicht auf diese Weise. Dies ist ein Pöbel, und kein Herrscher beugt sich einem solchen Pack. Außerdem wurde dieser Pöbel durch Halbwahrheiten, Unterstellungen und die Aussagen einer ehrlosen Kanzlerin aufgestachelt, die ihrerseits in Estorr mit einer Anklage wegen Mordes rechnen muss.«

Vasselis wartete Lotheris' Reaktion ab. Ihr standen die Schweißperlen auf der Stirn, und die aufgedunsenen Wangen waren gerötet.

»Diese kleinen Einzelheiten hat sie ausgelassen, nicht wahr? Das überrascht mich. Angeblich ist sie doch unbestechlich, wenn es um Verbrechen gegen die Konkordanz und den Allwissenden geht.« Vasselis schüttelte den Kopf. »Es gibt aber noch etwas, das Ihr nicht wisst. Ich kenne die Gesetze der Konkordanz ebenfalls recht gut. Selbstverständlich werde ich vor diese Tore treten, wie Ihr es verlangt.«

Er legte Hesther, die unwillkürlich gekeucht hatte, beruhigend eine Hand auf den Arm.

»Zuerst will ich aber den von der Advokatin unterzeichneten Haftbefehl sehen. Sie ist der einzige Mensch, der meine Festnahme befehlen darf. Das ist aber sicher nur eine Formalität. Wer von euch hat das Dokument?«

Vasselis empfand nur noch kalte Verachtung. Er wartete, während sich das Schweigen ausbreitete.

»Was wolltet Ihr mit diesem erbärmlichen Schauspiel erreichen, Lotheris? Dachtet Ihr, meine Reue wäre so groß, dass ich mich Euch Hals über Kopf ausliefere, um Gnade flehe und meine Sünden gestehe? Die Kanzlerin hat, wie ich sehe, mit großem Geschick Gerüchte und Lügen verbreitet. Das ist ihr so gut gelungen, dass ansonsten kluge Menschen jegliche Vernunft vergessen.«

Er hob den Kopf und holte tief Luft, um sich an die übrigen Bürger zu wenden.

»Geht heim, ihr alle. Ihr seid die Opfer einer Täuschung. Hier gibt es keine Ketzerei und keine Verbrecher, die vor Gericht gestellt werden müssen. Diejenigen, die hier vor den Toren stehen, sind nicht befugt, irgendetwas zu verlangen. Kehrt nach Hause zurück und kämpft für die wichtigste Sache. Kämpft im Krieg gegen die Tsardonier. Der Dusas kommt, und daheim brennen eure warmen Feuer. Das Land, auf dem ihr jetzt steht, wird euch jedoch bald unter den Füßen gefrieren.«

Einige hatten es gehört, und ein Gemurmel ging durch die Menge. Er wandte sich wieder an Lotheris.

»Ihr seid eine irregeleitete Närrin. Ich bin sicher, dass ich kein Gesetz und kein Gebot in den Schriften des Allwissenden gebrochen habe. Warum sollte ich mich Euch unterwerfen? Seht Euch doch hier um. Ich bin hier, um die Stadt und die Unschuldigen, die in ihr leben, gegen die Ausschreitungen zu verteidigen, die auf Befehl Eurer Kanzlerin geschehen sollen. Ich habe Wurfmaschinen, Leviumkrieger und caradukische Wächter. Alle unterstehen meinem Befehl, alle sind ausgebildete Berufssoldaten. Ich habe alles, was ich für einen behaglichen Dusas brauche, und ich werde davon Gebrauch machen.

Geht nach Hause. Die Bürger von Port Roulent brauchen ihre Sprecherin, wenn die Bedrohung durch die Tsardonier zunimmt. Lasst Euch nicht von der Kanzlerin von den Aufgaben ablenken, die Ihr vor Gott erfüllen müsst.«

Lotheris spuckte auf den Boden und zerrieb den Speichel mit dem Absatz.

»Die Luft schmeckt hier bitter, Marschall«, sagte sie. »Ich habe mich bemüht, vernünftig mit Euch zu reden. Wir wollen wegen dieser Ketzerei nicht noch mehr Blut vergießen. Wir wollen nur Gerechtigkeit. Aber wenn Ihr wollt, könnt Ihr einen Kampf haben. Ich sehe Eure Wehranlagen und muss einräumen, dass sie stark sind. Aber die Gottesritter sind stärker, und sie kommen hierher. Euch bleibt nicht mehr viel Zeit, und die Schmerzen Eurer Anhänger werden schrecklich sein.«

Damit wandte sie sich ab und stolzierte zur Menge zurück, die sie schweigend erwartete.

»Was glaubt Ihr, wie viel Zeit uns noch bleibt?«, fragte Hesther.

»Das war eine List«, sagte Harkov.

»Nein«, erwiderte Vasselis. »Ich kenne die Kanzlerin. Sie wird die Demütigung nicht hinnehmen, ohne auf Rache zu sinnen. Aber wie viele kann sie schicken? Ich weiß auch nicht, wie lange es dauern wird. Wir können uns nur auf alles vorbereiten, was Felice Koroyan uns möglicherweise entgegenwirft. Verdammt soll sie sein, aber die Gottesritter sollten in Neratharn sein oder die Küste verteidigen. Wie ist es nur möglich, dass die Advokatin nichts davon weiß?«

Es wurde jetzt rasch kälter, und am Vortag hatten sie bereits die ersten Regenfälle der neuen Jahreszeit erlebt. Obwohl sie nach Süden marschierten, ließ sich nicht verleugnen, dass der Solas ausklang und der Dusas kam. Roberto duldete jedoch keine Verzögerung.

Der Untergrund war eben und hart, das Gehen war nicht schwer, und so konnten sie dreißig Meilen am Tag zurücklegen.

Jhered, Menas und Kovan hatten Pferde bekommen und ritten neben dem Wagen, in dem die Aufgestiegenen saßen. Roberto hatte angeordnet, dass sie sich nicht außerhalb der Zelte oder Wagen blicken ließen, und so musste Jhered damit leben, dass sie wieder in alte Verhaltensweisen zurückfielen. Sie jammerten über ihre Verfassung, weil sie früh aufstehen mussten, weil sie jeden Tag so weit reisen mussten, weil sie die Heeresverpflegung nicht mochten, weil er sich mürrisch gab. Alles Mögliche.

Roberto hatte sich nach ihrer ersten Unterhaltung geweigert, mit Jhered über irgendetwas anderes als taktische Fragen zu reden. Außerdem hatte er seine Befehlshaber hinsichtlich der Aufgestiegenen ins Vertrauen gezogen. Trotz seiner Entschlossenheit, den Kreis der Mitwisser klein zu halten, machten Gerüchte die Runde, von denen einige der Wahrheit erschreckend nahe kamen.

So stark war die Neugierde der gewöhnlichen Soldaten, dass Jhered Tag und Nacht den Aufgestiegenen kaum von der Seite wich. Er hatte sogar angeregt, dass sie mit dem Tross und nicht bei den Ingenieuren am Ende der Kolonne reisen sollten. Roberto hatte darüber nachgedacht und entschieden, dass sie dort draußen zu stark gefährdet wären. Jhered machte sich dagegen keine großen Sorgen und ließ dies Roberto auch wissen.

Nach dem Wortwechsel mit Roberto war Jhered frustriert und gereizt. Ihm war klar, wie unwirsch er reagierte, und ausgerechnet jetzt wollte er die Aufgestiegenen mehr denn je in seiner Nähe wissen. Ein erneuter Zank veranlasste ihn schließlich, sein Pferd an den Wagen zu binden und hinaufzusteigen, um die vier zu beruhigen.

»Hat dir jemand ein Stück Brot gestohlen, Ossacer?«, sagte er. »Oder geht es um etwas Ernsteres als die Frage, wer jetzt an der Reihe ist, nicht mehr im Stroh, sondern auf dem Kissen zu sitzen?«

Im düsteren, stickigen Wagen erhob sich aufgeregter Protest. Er starrte sie an, bis ihnen bewusst wurde, dass er nicht antworten würde.

»Ihr seid alle ziemlich dumm.« Er hob eine Hand. »Nein, ich habe euch ausreden lassen. Euer Problem ist, dass ihr alles auf einmal haben wolltet. Jetzt bin ich an der Reihe.«

Er wartete, bis sie bereit waren, ihm zuzuhören.

»Warum müsst ihr mich immer wieder enttäuschen? Ihr wollt von mir wie Erwachsene behandelt werden, aber kaum dass ich denke, ihr habt euch diese Achtung verdient, zeigt ihr mir sofort wieder, wie unreif ihr in Wirklichkeit seid. Ihr wisst, in welcher Lage wir uns befinden. General Del Aglios beschützt uns nur, weil er nicht will, dass sein Heer herausfindet, was ihr seid, und weil er im Grunde seines Herzens ein guter Mann ist. Wäre er das nicht, dann hätte er uns längst in der Wildnis ausgesetzt. Ich will ihm keinen Grund geben, seine Meinung zu ändern. Das bedeutet für euch, dass ihr die Regeln des Heeres befolgen müsst, ohne euch zu beklagen. Für mich bedeutet dies, dass ich versuchen will, seine Ansichten über euch zu verändern. Wenn mir das gelingen soll, müsst ihr mich jedoch unterstützen. Euer endloses Gezänk hilft mir nicht.

Glaubt ihr denn, er hört es nicht, weil wir hier sind und er zwei Meilen weiter vorn reitet? Denkt einmal darüber nach. Er hat überall Ohren. Im Wagen hinter uns fährt Rovan Neristus. Er ist der leitende Ingenieur und eng mit dem General befreundet. Sie beraten sich jeden Abend. Seine Aufgabe ist es, die Geschütze und die Fahrzeuge zu verbessern. Das erfordert viel Nachdenken. Was wird er dem General jetzt erzählen? Er wird ihm sagen, dass er nicht nachdenken kann, weil ihr jammernden Gören ihn stört.«

Jhered seufzte und spreizte die Finger.

»Ihr müsst mir helfen. Das kann so nicht weitergehen. Ja, Arducius?«

»Wir wollen uns nicht beklagen. Aber das hier ist schlimmer als Marschall Vasselis' Schiff. Wir können nicht einmal die Sonne sehen. Es ist wie ein Gefängnis. Wir haben Langeweile, und überall ringsherum sind Leute, denen wir helfen könnten. Gestern Abend haben sie Stunden damit verbracht, Brunnen zu graben, weil die Tsardonier den Fluss aufgestaut haben. Jeder von uns hätte ihnen sagen können, wo sie wie tief graben müssen. Jetzt haben wir alle Durst. So viele Leute haben Blasen, Schnittwunden und verletzte Füße. Ossacer könnte ihnen helfen. Aber sie werden gezwungen, unter Schmerzen zu marschieren.«

»Ich verstehe«, sagte Jhered.

»Nein, Ihr versteht es nicht«, widersprach Mirron. »Das sagt Ihr bloß. Wenn wir zeigen dürften, was wir können, dann würden die Krieger uns akzeptieren.«

»Es wäre schön, wenn ich dir zustimmen könnte, aber leider ist das Gegenteil wahr. Wusstet ihr, dass Roberto seinem eigenen Ordenssprecher im Grunde einen Knebel anlegen musste, damit dieser euch nicht verrät und den Hass der Leute aufstachelt? Dazu könnte es immer noch leicht kommen. Wenn ihr Wunden heilt und Wasser findet, wird das Misstrauen und Furcht erregen, und niemand wird euch auf die Schulter klopfen.«

»Wie lange müssen wir denn noch eingesperrt bleiben?«, fragte Arducius.

»Sobald wir in Gestern sind, können wir das Heer verlassen«, sagte Jhered. »Vielleicht fahren wir mit dem Schiff nach Neratharn und helfen dort. Ich weiß es nicht. Ich bin so enttäuscht wie ihr.«

»Das sind noch fünf Tage«, klagte Ossacer.

»Für mich auch«, stimmte Jhered zu.

»Ja, aber Ihr könnt in der frischen Luft reiten. Wir müssen hier drinnen damit leben, dass Gorians Fürze schlimmer stinken als die von einem Pferd.« Ossacer wedelte mit einer Hand unter seine Nase herum.

»Das sind nicht meine, das sind Ardus Fürze«, widersprach Gorian.

»Komisch, dass sie von deiner Seite des Wagens ausgehen«, sagte Ossacer.

»Das tun sie doch gar nicht. Wie willst du das wissen?«

»Ganz einfach, ich kann die Spuren in der Luft verfolgen.«

»Nein, das kannst du nicht, niemand kann das.«

»Wenn du es nicht kannst, heißt das noch lange nicht, dass es niemand kann. Ich kann es.«

»Du kannst nichts, was ich nicht auch könnte.«

»Du bist immer noch nicht gut darin, Menschen zu heilen. Nur bei nutzlosen Tieren kannst du es.«

»Wie bei dem, das diesen Wagen zieht. Wenn es tot umfällt, musst du dir das Joch über die Schultern legen.«

»Und wer steuert den Wagen, wenn der Fahrer stirbt?«

»Vielleicht kannst du das mit der Kraft deines Geistes tun, wenn du so verdammt schlau bist.«

»Tja, das könnte ich vielleicht sogar. Vielleicht kannst du es aber nicht.«

»Oh, du meinst, wie ich auch den Adler nicht steuern konnte? Mach dich nicht lächerlich.«

»Ein Ochse ist viel größer als ein Adler.«

»Das hat mit Willenskraft und nichts mit Körpergröße zu tun, Ossacer. Ich muss dir das wohl immer wieder erklären, weil du so dämlich bist.«

»Guter Gott, der mich umfängt, nun haltet den Mund!«, brüllte Jhered.

Darauf herrschte betretenes Schweigen, das von einzelnen Jubelrufen und Applaus durchbrochen wurde. Die hintere Plane ruckte, und Menas steckte den Kopf herein.

»Alles in Ordnung hier drinnen?«, fragte sie.

»Ich wollte dich nicht erschrecken«, sagte Jhered. »Ja, alles in Ordnung. Wir unterhalten uns nur ein wenig über menschliche Reife.«

Nachdem Menas sich zurückgezogen hatte, wandte Jhered sich wieder an die Aufgestiegenen, die ihn etwas ängstlich beobachteten. Ihm fiel etwas ein, und obwohl es ein gewisses Risiko darstellte, konnte er es sich nicht verkneifen.

»Ossacer, wenn dich die Gerüche, die irgendwelchen Ärschen entfleuchen, so sehr stören, könntest du dann nicht einfach die Energiebahnen der Chemikalien aufspüren, die den üblen Gerüchen entsprechen, und sie in etwas Erträglicheres verwandeln?« Er zuckte mit den Achseln. »Das könntest du doch, oder?«

»Es spricht nichts dagegen«, stimmte Ossacer zu. »Nur, dass es schade wäre, die Energie auf etwas so Triviales zu verschwenden.«

»Du sagst es«, knurrte Jhered. »Vielleicht könntet ihr in Zukunft etwas mehr darüber nachdenken, wie man Probleme löst, und etwas weniger über die Probleme jammern. Dann wären wir vielleicht alle glücklicher, nicht wahr?«

Widerstrebend nickten sie und murmelten zustimmend, worauf Jhered zufrieden grunzte und sich setzte, um die Beine quer durch den Wagen auszustrecken.

»Hört mal, irgendwann wird der Augenblick kommen, in dem euch nichts anderes übrig bleibt, als allen anderen das volle Ausmaß eurer Kräfte zu zeigen. Vielleicht habe ich mich auch geirrt, und es reicht nicht aus, um den Krieg zu beenden. Vielleicht kommt etwas ganz anderes dabei heraus. Aber dieser Augenblick ist nicht mehr fern, und ihr müsst dafür bereit sein. Wir haben über alle möglichen Entwicklungen des Krieges gesprochen, und ich glaube, dass der Krieg immer noch das Umfeld bietet, in dem ihr am ehesten an die Öffentlichkeit treten könnt. Da wir zusammen mit diesem Heer reisen, steigt die Wahrscheinlichkeit sogar noch, denn die Truppe will bei nächster Gelegenheit gegen die Feinde kämpfen.

Ich bitte euch nur um Folgendes. Richtet all eure Bemühungen darauf, so schnell wie möglich bereit zu sein, weil ihr möglicherweise keine große Vorwarnzeit bekommt. Lasst eure Zankerei bleiben und verzichtet darauf, die armen Bürger zur Weißglut zu reizen, die in eurer Nähe marschieren. Und am wichtigsten: Wenn Roberto Del Aglios sich herablässt, euch zu besuchen, was er eines Tages sicherlich tun wird, dann sollt ihr höflich, ehrerbietig und respektvoll sein. Er ist der Sohn der Advokatin. Ihn auf eurer Seite zu haben, wäre äußerst wertvoll. Was meint ihr?

Nein, du nicht, Gorian. Ich weiß schon, was du denkst, auch ohne zu fragen. Ganz so einfach ist es nicht. Eine willkürliche Demonstration deiner Kräfte ist nicht die Antwort. Glaube es mir.«

Falls sie noch irgendwelche Fragen hatten, so waren sie im Handumdrehen vergessen. Draußen rief jemand einen Befehl, und im ganzen Heer wurden Trompetensignale gegeben. Tausende Füße und Hufe trampelten, eine große Kavallerieabteilung galoppierte vorbei. Wagen folgten ihnen. Ihr eigener Wagen blieb stehen. Die Mittagsstunde war noch nicht einmal gekommen.

»Warum halten wir?«, fragte Mirron.

Jhered zog sich in die Hocke hoch.

»Das weiß ich nicht, aber ich werde es herausfinden. Vergesst nicht, was ich gesagt habe, und haltet euch daran. Bitte. Es ist wichtig.«

Damit verließ er den Wagen. Er musste sich nicht groß bemühen, um herauszufinden, warum sie angehalten hatten. Er wusste es bereits.

Roberto war keineswegs überrascht, dass die Tsardonier viele Späher einsetzten, auch wenn sie ihn störten. In einem Punkt hatte Jhered auf jeden Fall recht. Während seine eigene Truppe nach Süden marschiert war, hatten die Tsardonier sich ungestört in die andere Richtung gewandt. Jetzt aber sahen sie sich bedrängt und hatten mit beängstigender Geschwindigkeit reagiert.

Er hatte die Truppen der Konkordanz über verlassenes Ackerland geführt, dem die Feinde fast alles genommen hatten. Seine Truppe war sehr schnell vorangekommen. Nach vier Tagen Eilmärsche hatten sie ein wenig verlorene Zeit wettgemacht, und jetzt, am fünften Tag, veränderte sich die Landschaft.

Sie näherten sich einer Region, in der ganze Wälder abgeholzt worden waren, was zu einem Anstieg des Grundwasserpegels geführt hatte. Zwischen zwei Flüssen erstreckte sich nun ein riesiges Sumpfland, und nur die höher gelegenen Flächen im Süden wurden überhaupt noch trocken. Das ebene, bewaldete Land war das beste Jagdgebiet in der ganzen Konkordanz. Vor dem Krieg war es ständig genutzt worden und hatte die einheimischen Landbesitzer zu reichen Männern gemacht.

So früh wie möglich war Roberto auf trockenes Gelände ausgewichen, um die Sümpfe im Norden zu meiden. Damit hatte er seine Bewegungsfreiheit etwas eingeschränkt, war aber auf trockenem Grund schneller vorangekommen. Jetzt berichteten seine Kundschafter von einem feindlichen Heer, das bislang nicht in Erscheinung getreten war. Ungeklärt blieb, wie die Feinde sich hatten verstecken können. Wahrscheinlich waren sie im Westen, jenseits der Sümpfe, als Reserve stationiert gewesen. Es spielte keine große Rolle. Sie kamen jedenfalls schnell näher und drohten, Roberto den günstigsten Weg zur gesternischen Westküste zu versperren.

Zunächst erteilte er den naheliegenden Befehl, anzuhalten und das Heer in Schlachtordnung aufzustellen. Dann befahl er Davarov und Kastenas zu sich.

»Wie viele sind es, und wie schnell nähern sie sich?«, fragte er die Späher, die vom eiligen Ritt noch erhitzt waren.

»Etwa siebentausend, General. Leichte Infanterie und Kavallerie, nur wenige Geschütze. Sie bewegen sich schneller als wir.«

Roberto, Davarov und Kastenas hatten sich ein Stück von der Truppe entfernt, um sich mit den Spähern zu beraten. Vor ihnen lag Atreskas Schönheit und der Grund für seine Verwundbarkeit. Im Südwesten erstreckte sich die Ebene zwei Tagesmärsche weit, bevor sie sich zum Meer hin senkte. Jener Weg war länger, weil sie dort erst spät auf die Hauptstraße zum Hafen von Kirriev stoßen würden.

Roberto hatte am Westrand der Hochebene anhalten lassen und blickte nun einen sanften Hang hinab auf eine kleine freie Talsohle, durch die ein schmaler, flacher Fluss strömte.

»Wie ist dort unten das Gelände?«, fragte Davarov.

»Besser als das Sumpfland«, sagte die Späherin. Sie blickte zum Abhang, den sie gerade heruntergekommen war. »Zu beiden Seiten ist es eine halbe Meile weit feucht, aber der Fluss strömt schnell, und der Boden ist nicht allzu nass. Dort könnte man die Feinde leicht bekämpfen und die Geschütze einsetzen.«

»Gut«, sagte Roberto. »Was muss ich sonst noch wissen?«

»Das Tal, durch das die Tsardonier kommen werden, liegt etwa zwei Meilen vor uns. Zu beiden Seiten sind die Wände steil und bieten keine Möglichkeit für einen Angriff abwärts oder aufwärts. Dort oben sind keine Feinde. Auf der linken Hochebene ist ein See, auf der rechten Seite ist nur Wald. Im Norden, wo der Fluss hereinkommt, ist tieferer Sumpf, und im Süden liegen Felsblöcke im Fluss verstreut. Aus diesen Richtungen wird niemand angreifen.«

Roberto nickte. »Elise, was beabsichtigt der feindliche Kommandant?«

»Er will uns aufhalten«, sagte sie. »Die Tsardonier blockieren den schnelleren Weg. Ich glaube, er wird versuchen, mit raschen Vorstößen und Scheinangriffen unseren Marsch zu verzögern. Er muss wissen, dass wir zahlenmäßig überlegen sind und reichlich Wurfmaschinen haben und wird eine offene Schlacht sicherlich vermeiden.«

»Und wenn wir nach Südwesten gehen, werden sie uns abfangen?«

»Das ist möglich«, bestätigte Davarov. »Wenn sie sich hier im Tal auf eine Schlacht einlassen, würden sie jedenfalls verlieren. Ich glaube auch nicht, dass sie dazu bereit sind, weil sie wissen, dass wir sie hier auf den Hängen auseinandernehmen können. Ebenso klar ist ihnen allerdings, dass wir lieber sofort angreifen würden, ehe sie sich mit ihrem anderen Heer in Gestern vereinigen können.«

»Damit ist die Entscheidung eigentlich schon gefallen«, sagte Roberto. »Wann werden sie hier eintreffen? In vier Stunden?« Die Späherin nickte. »Dann können wir uns rechtzeitig aufstellen und in der Senke und am Fluss die günstigeren Positionen beziehen.«

»Was wird, wenn wir sie auf der Hochebene verfolgen müssen?«

»Dann werden wir es tun«, sagte Roberto. »Wir können in höherem Gelände Reiter aufstellen, die jede Bedrohung von oben her abwehren. Wenn es gut läuft, können wir sie nach Belieben angreifen und schlagen.«

»Dazu hast du nicht genug Zeit«, sagte jemand hinter ihm.

Roberto drehte sich im Sattel um. »Ich kann mich nicht erinnern, dich zu dieser Besprechung eingeladen zu haben, Schatzkanzler Jhered.« Er wandte sich an die Kundschafter. »Wegtreten.«

»Du musst mir vertrauen. Lass sie kommen und täusche deinen Angriff nur vor. Sei bereit, weiter nach Südwesten zu gehen, und überlasse die Tsardonier mir.«

Roberto lachte. »Aber sicher, klar doch. Ich bin jederzeit bereit, das Leben aller Bürger in meiner Armee in die Hände deiner kleinen Kinder zu legen. Eine Entscheidung, für die ich als Kommandant nur Lob und Respekt ernten werde.«

Jhered ließ sich nichts anmerken. »Wann habe ich dir je einen schlechten Rat gegeben?« Darauf wollte Roberto nicht antworten. »Denk drüber nach, General. Schnell.«

Er machte kehrt und ritt eilig davon.

»Glaubst du, an diesen Aufgestiegenen ist etwas dran?«, fragte Davarov. »Immerhin setzt sich Jhered für sie ein, nicht irgendein Idiot aus den nördlichen Sümpfen von Gosland.«

»Ich weiß«, erwiderte Roberto. »Das macht es ja so eigenartig.

Aber wie könnte ich diesen Behauptungen vertrauen? Wenn er sich irrt, haben Gestern und ich es eher mit vierzigtausend als mit dreißigtausend Gegner zu tun. Wenn er recht hat, weiß ich nicht, wie viele Leute in meinem Heer morgen früh noch im Lager sind. Ich kann es mir nicht leisten, ihm zu glauben.« Mit gerunzelter Stirn wandte er sich an Kastenas und Davarov. »Ich habe doch recht, oder?«

Kastenas nickte. »Keine Waffe ist mächtig genug, um allein eine ganze Armee zu besiegen. Gäbe es so etwas, dann hätte uns die Advokatin befohlen, sie einzusetzen, statt nach ihm Ausschau zu halten und ihn mitzubringen.«

»Ich stimme zu«, ergänzte Davarov. »Offen gestanden klingt die ganze Angelegenheit derart widersinnig, dass nicht einmal ein beschränkter Gosländer sie hätte erfinden können. Es ist verrückt, Roberto, und wenn du ihm glaubst, dann wirst du dein Heer verlieren.«

Roberto war erleichtert. Jhered hatte etwas so Überzeugendes an sich, dass man ihm kaum einen Wunsch abschlagen konnte. Genau deshalb war er vermutlich auch ein so guter Schatzkanzler.

»Gut«, sagte er. »Gebt die Befehle. Wir machen uns kampfbereit. Das Lager wird noch heute Abend auf dieser Hochebene stehen. An die Arbeit.«

Auch wenn es draußen kühler wurde, im Wagen blieb es heiß. Arducius bemühte sich, Ossacer und Gorian davon abzuhalten, sich wieder zu streiten. Mirron war ihm keine Hilfe. Sie schlug sich grundsätzlich auf Gorians Seite, und das machte ihn wütend. Aber andererseits, was erwartete er? Kovan war nicht bei ihnen im Wagen, also konnte sie ohne jede Schuldgefühle Gorian anhimmeln. Es war eine ungewöhnlich große Erleichterung, als Jhered hinter ihrem Wagen auftauchte.

»He, ihr – könnt ihr reiten?«, fragte er.

»Ganz so unfähig sind wir nicht«, erklärte Arducius. »Die Pferde hören auf uns, deshalb werden wir nicht abgeworfen oder so, aber wir sind nicht gerade die geborenen Kavalleristen.«

»Gut. Was macht Ossacer?«

»Er sitzt hinter mir«, sagte Arducius.

»Ausgezeichnet. Dann reichen vier Pferde.«

»Wozu denn?«, wollte Gorian wissen.

»Es wird Zeit, dass ihr euch bewährt, meine jungen Aufgestiegenen«, sagte Jhered. »Wenn ihr mich hinsichtlich eurer Kräfte angelogen habt, dann solltet ihr jetzt zu beten beginnen, dass ich innerhalb der nächsten Stunde tot umfalle.«

Arducius entging nicht, wie Gorian zu strahlen begann.

»Was sollen wir tun?«, fragte er.

»Es gibt da ein Stück atreskanische Landschaft, das umgestaltet werden muss.«

22

848. Zyklus Gottes, 40. Tag des Solasab
15. Jahr des wahren Aufstiegs

Da die Truppe vollauf damit beschäftigt war, die Kampfaufstellung einzunehmen, achtete niemand auf sie. Der Wagen stand in der Nähe einer Hügelkuppe, von der aus alle sehen konnten, was Jhered ihnen beschrieben hatte. Unten sang die Armee der Konkordanz beim Marschieren. Die Soldaten hatten inzwischen das gegenüberliegende Flussufer erreicht.

Durch das Tal rückten die Tsardonier unter einer Staubwolke an, die zu beiden Seiten von den Abhängen der Hochebene begrenzt wurde. Durchs Spähglas schien es Jhered, als kämen sie ebenfalls in Schlachtordnung, und sie bewegten sich schnell. Jhered nagte an seiner Unterlippe. Sobald die Gegner sich den Legionen bis auf eine halbe Meile genähert hätten, wären sie zu nahe an Roberto und schon über das hinaus, was Gorian erschreckenderweise als »Rohmaterial« für ihr Werk bezeichnet hatte.

»Gibt es irgendwelche Fragen?«

Als Jhered die Aufgestiegenen der Reihe nach ansah, bekam er starke Schuldgefühle. Sie waren so jung. In diesem Heer aus erfahrenen Infanteristen und Kavalleristen würden sie untergehen, verletzlich und allein, wie sie waren. Gott möge sie umfangen, sie besaßen nicht einmal Rüstungen. Nur ihre Tuniken, Pelze und Stiefel. Keine Waffe am Gürtel, keinen Bogen auf dem Rücken. Nichts.

Was tue ich hier? Beinahe hätte er gelacht, so absurd kam ihm alles vor. Wenigstens konnte er jetzt Robertos Reaktion verstehen. Der Lärm und der Anblick der marschierenden Soldaten holte ihn in die Gegenwart zurück. Ihre Lieder hallten zum Trampeln von Tausenden im Gleichschritt stampfenden Stiefeln durch die Senke. So groß Robertos Schwierigkeiten auch waren, und wie sehr sein Heer auch gelitten hatte, er hielt eine Disziplin aufrecht, die den Neid jedes Generals der Konkordanz geweckt hätte. Damit hatte er auch gegenüber jedem, der sich ihm zum Kampf stellen mochte, einen Vorteil. Das würde dieses Mal allerdings nicht ausreichen. Möglicherweise wäre er noch tagelang damit beschäftigt, die Tsardonier zu hetzen. Diesen Luxus konnte sich die Konkordanz nicht leisten.

»Nun?«

Die Aufgestiegenen starrten mit offenen Mündern die Armee an. Eine gewaltige Menschenmenge, die sich wie ein Schatten durch das Gelände bewegte.

»Ich hoffe, ihr seid alle bereit, euren Teil beizutragen?«

Endlich blickten sie ihn an. Ossacer hatte die Hand auf Arducius' Arm gelegt und wirkte nachdenklich und entschlossen. Arducius selbst war in Gedanken verloren. Mirron blieb ängstlich und nervös bei Gorian, der stolz, aufrecht und selbstbewusst vor Jhered stand.

»Wir sind bereit«, erklärte Arducius.

»Ich werde niemanden töten«, wandte Ossacer ein.

»So weit muss es nicht kommen«, erklärte Jhered ihm. »Ihr sollt ihnen nur den Weg versperren und sie vertreiben. Nun kommt.«

Er nickte Menas zu und kehrte mit ihnen zum Wagen zurück, wo ihr Kutscher und die berittenen Wächter warteten.

»Es tut mir leid«, sagte Jhered zum Wächter.

»Was denn?«, fragte dieser.

Jhered zog seinen Gladius und setzte ihn dem Wächter an den Hals. »Ich brauche dein Pferd und deinen Schild. Jetzt sofort.«

Menas kümmerte sich unterdessen um den Kutscher, der schon die Hände gehoben hatte. Sie nahm seinen rechteckigen Schild an sich, der neben ihm auf dem Sitz gelegen hatte.

»Nach hinten«, befahl sie.

»Der General wird Euch dafür hinrichten lassen«, sagte der Wächter.

»Das bezweifle ich«, sagte Jhered. »Aber selbst wenn, ich werde im Wissen sterben, dass ich für die Konkordanz meine Pflicht getan habe. Komm schon, sitz ab. Ich bin nicht dein Feind.«

Der Wächter stieg vom Pferd. »Meine Freunde halten mir kein Schwert an die Kehle.«

»Sie lassen vor allem deine Kameraden keinen sinnlosen Tod sterben«, erwiderte Jhered. »Es tut mir leid, dass du es nicht verstehst. Sieh zu und lerne. Aber steig hinten in den Wagen, bis wir fort sind.«

Der Wächter trollte sich widerstrebend, und Jhered nahm die Zügel seines Pferds. Hinten am Sattel war ein runder Schild befestigt. Es war eine gefügige Stute, kein Kavalleriepferd. Umso besser. Sie sträubte sich nicht, als er sie zu den Aufgestiegenen führte.

»Steigt auf. Kovan, du nimmst Mirron. Gorian, du sitzt hinter mir. Menas, Ihr müsst Eure Hände zum Schießen frei haben, falls es nötig ist. Arducius, dieses Pferd ist für dich und Ossacer. Beeilt euch.«

Hinter sich hörte Jhered einen Ruf. Die Wächter der Vorratswagen, der Feldschmiede und der Ingenieure näherten sich ihnen. Fluchend drehte er sich um und half zuerst Arducius und dann Ossacer aufs Pferd.

»Macht euch bereit«, sagte er.

Gorian hielt die Zügel seines eigenen Pferds. Jhered stieg rasch auf und wartete, bis Gorian hinter ihm saß.

»Los jetzt!«

Jhered ließ das Pferd die Hacken spüren und ritt geradeaus den

Hang hinunter. Es war kein schwieriges Gelände, und er ließ das Tier im leichten Galopp laufen. Die anderen folgten ihm, wie er mit einem raschen Blick feststellte. Menas blieb hinten, um sie gegen die Verfolger abzuschirmen, aber die Wächter waren zu Fuß und fielen bald zurück.

»Bist du wirklich bereit?«, fragte er Gorian.

»Dazu bin ich geboren«, erwiderte der Aufgestiegene.

»Guter Junge.« Dann drehte er sich wieder um. »Bleibt in einer Reihe hinter mir, kommt nicht vom Weg ab.«

Er ritt jetzt im vollen Galopp und hielt auf den rechten Rand der eigenen Linien zu. Die Soldaten waren zur Schlacht aufgestellt und kampfbereit. Vorne waren die Hastati, hinter ihnen die Principes, dann die Triarii in der dritten Reihe der klassischen Triplex Acies. Jhered musste darauf bauen, dass die Leute ihre Disziplin nicht vergaßen. Er konnte es sich nicht erlauben, weiter auszuweichen und der Kavallerie zu begegnen. Dort war die Gefahr zu groß, dass sie aufgehalten würden.

Die Unruhe auf der linken Seite, wo die Soldaten gerade ihre Positionen einnahmen, bot ihm eine willkommene Deckung. Roberto war in der Mitte genau hinter seinen Triarii und unterhielt sich mit seinem Ingenieur Neristus. Jhered ritt mit seinen Schutzbefohlenen unterdessen an den langsamen Wurfmaschinen vorbei. Misstrauische Blicke folgten ihnen, und früher oder später würden Rufe ertönen.

Mit gesenktem Kopf ließ er sein Pferd noch schneller laufen. Er ritt an den wartenden Reihen der Bogenschützen entlang und zwischen zwei Reihen der Triarii hinunter. Die Hufschläge dröhnten laut in seinen Ohren, doch er spürte, wie sich der Zorn rasch in der Truppe ausbreitete. Als er die Triarii hinter sich gelassen hatte und langsamer nach rechts und dann wieder nach links ritt, um zwischen zwei Manipeln der Principes einen Durchgang zu suchen, war fast die ganze Truppe auf sie aufmerksam geworden.

Schließlich wagte er es, noch einmal einen raschen Blick zurückzuwerfen. Die Aufgestiegenen und Menas waren bei ihm. Im Hintergrund erkannte er die zornigen Gesichter der Triarii und Principes. Einige Banner flatterten schon, die Bogenschützen kamen in Bewegung.

Er stürmte weiter. Auf einen Befehl hin drehten sich die Hastati um. Jhered ließ die Principes hinter sich und lenkte das Pferd scharf nach links. Es verlor fast das Gleichgewicht, als es dem Befehl folgte. Gorian umklammerte Jhereds Hüfte und fing die Bewegung mühelos ab. Vor ihnen rückten die Manipel enger zusammen, und die Sarissen wechselten von vorn nach hinten.

»Weg da!«, brüllte er. »Macht Platz!«

Sie konnten erkennen, dass er nicht die Absicht hatte anzuhalten. Er musste darauf vertrauen, dass sein Pferd vor der Mauer der Hastati nicht scheute, und außerdem darauf, dass sie ihm eine Gasse öffneten. Etwas weiter rechts war eine Lücke, auf die er sofort zuhielt. Dicht vor ihm sprangen die Hastati nach links und rechts davon, er spürte Fäuste auf den Schenkeln und hörte Flüche.

Dann hatte er die Reihen hinter sich. Gorian stieß einen Triumphschrei aus. Im offenen Gelände konnten die Pferde wieder schneller laufen. Sie näherten sich dem Ausgang des Tals.

»Alle sind bei uns, wir haben es geschafft.«

Gorians Bestätigung erleichterte ihn sehr. Er nickte.

»Sage mir, wie nahe ihr herankommen müsst. Es darf nicht zu lange dauern.« Rings um sie schlugen einige Pfeile ein. »Hör auf, Roberto. Lass mich doch machen.«

Dann betrachtete er den Flankenschutz. Parallel zu ihm ritten Kavallerieabteilungen, die sich jedoch nicht näherten. Noch nicht. Er betete, dass keiner der Pfeile ein Ziel fand, und galoppierte weiter, um möglichst schnell außer Reichweite zu kommen. Hinter ihnen wurden höhnische Rufe laut. Vor ihnen kamen die Tsardonier eilig näher, die günstige Positionen besetzen wollten, ehe die Armee der

Konkordanz angriff. Die Feinde waren weniger als eine Meile entfernt. Es würde schrecklich knapp werden.

»Gorian?«

»Reitet weiter. Wir müssen fast direkt unter den Abhängen vor den Hochebenen sein.«

Jhered holte tief Luft. Sie näherten sich den Feinden viel zu schnell. Einige tsardonische Reiter waren bereits den anderen voraus. Sie waren vorsichtig, da auch die Kavallerie der Konkordanz vorstieß. Dafür musste er Roberto danken, auch wenn dies gewiss nicht dessen Absicht gewesen war.

»Anhalten«, sagte Gorian.

Jhered zügelte sein Pferd. Gorian stieg ab und rannte zu den anderen zurück. Auch Jhered saß ab und verscheuchte das Pferd mit einem Klaps.

Schon lange flogen keine Pfeile mehr, aber die Soldaten riefen ihnen nach wie vor Schmähungen hinterher, lachten und stießen Verwünschungen aus. Inzwischen waren sie etwa eine halbe Meile von den Linien der Konkordanz entfernt. Viel zu weit, um auf Schutz hoffen zu können, falls sie ihn brauchten. Die Kavallerieabteilungen beobachteten sie, griffen aber nicht ein.

»Los«, sagte Jhered. »Beeilt euch.«

Die Tsardonier sahen nur eine Handvoll Feinde vor sich, die keine Bedrohung darstellten, sondern leichte Ziele waren. Ihre Reiter waren in die eigenen Reihen zurückgekehrt, Bogenschützen rückten vor. Sie wären in Reichweite, ehe das Werk getan war.

»Kovan, Menas – richtet die Schilde nach vorn und duckt euch dahinter. Aufgestiegene, geht ebenfalls so gut wie möglich hinter den Schilden in Deckung. Macht euch an die Arbeit, die Zeit wird knapp.«

Hier draußen war wurde ihnen schmerzhaft bewusst, wie verletzlich sie waren. Mirron zitterte, Arducius nagte an seiner Unterlippe, Ossacer spürte sicherlich die anrückende feindliche Armee und wirkte ängstlich. Nur Gorian schien unbeeindruckt. Zweifellos fürchtete auch er sich, aber hier, zwischen den feindlichen Armeen, würden sich die Aufgestiegenen bewähren.

Roberto schüttelte den Kopf und gab den Bogenschützen ein Zeichen, damit sie aufhörten, ihre Pfeile zu vergeuden. Sie hatten die Aufgestiegenen sowieso nicht treffen, sondern nur warnen sollen. Dann gab er der Kavallerie den Befehl, sich zurückzuhalten, und hinderte auch seine leichte Infanterie daran, sie festzunehmen, bevor die Tsardonier in Schussweite waren.

»Sollen die Tsardonier sie schnappen«, sagte er. »Was kümmert es mich, wenn sie sterben?«

»Jhered ist bei ihnen«, sagte Neristus.

»Wirklich?«, gab Roberto zurück. »Ich erkenne ihn nicht. Der Mann da draußen ist nicht der Mann, den ich kenne und verehre.«

Er blickte über die Köpfe seiner Soldaten hinweg. Elftausend standen da und beobachteten ein paar Narren, die ihr Leben wegwarfen.

»Es tut mir leid, Paul. Du bist jetzt zu weit weg, als dass ich dir noch helfen könnte.«

Arducius wurde übel. Der Grund war seine Angst, und er bemühte sich sehr, das Gefühl niederzukämpfen und Mirron und Ossacer nicht im Stich zu lassen. Jeder konnte dank der Lebenslinien und Energiebahnen erkennen, wie die anderen sich fühlten. So erkannte er rasch, dass keiner der beiden fähig war, sich zu konzentrieren. Nur Gorian schien völlig ungerührt.

»Strengt euch an«, drängte Gorian sie. »Ihr müsst vergessen, wo wir gerade sind.«

»Wie sollte ich das tun?«, erwiderte Ossacer. »Da rücken Tausende von Tsardoniern an, und wenn wir einen Fehler machen, töten wir einige von ihnen.«

»Je länger du wartest, desto wahrscheinlicher wird es«, antwortete Gorian.

»Wir haben alle Angst«, wandte Arducius ein. »Es ist das erste Mal, dass wir unter solchem Druck stehen. Andererseits wissen wir auch, dass wir es schaffen können. Gorian hat recht, wir müssen es versuchen und alles außer unserem Ziel ausblenden.«

»Das ist schwer.« Mirrons Zittern übertrug sich auch auf ihre Energiestruktur. »Wir dürfen keinen Fehler machen. Sie töten uns sonst.«

»Das wird der Schatzkanzler nicht zulassen«, meinte Arducius. »Er wird uns in Sicherheit bringen, bevor wir wirklich in Gefahr geraten.«

»Konzentriert euch«, ermahnte Gorian sie noch einmal. »Tastet euch durch die Erde vor und folgt den stärksten Bahnen. Spürt das Leben, das uns umgibt. Hinter uns der Fluss, über uns weht ein Wind, ringsum wachsen Pflanzen. Erkennt die Energien der Männer und Pferde, die da drüben stehen. Ihre Bahnen sind uns bei diesem Werk verschlossen.«

»Das ist es, Ossacer«, sagte Arducius. »Atme langsam weiter und öffne deinen Geist. Ja, so ist es richtig, gut.«

Schon besser. Sie stabilisierten sich. Das innere Flackern ließ nach, sobald sie sich stark genug konzentrierten und die sich nähernden Feinde für einen Augenblick vergaßen. Das Donnern der Hufe und das Brüllen aus tausenden Kehlen verging.

»Keiner von uns ist von Natur aus ein Landhüter«, sagte Arducius. Seine Worte tanzten in der Luft, bis alle sie aufgenommen hatten. »Wir werden uns deshalb verbinden und die Energien aus der Umgebung benutzen. Wir können uns gegenseitig stärken und führen, und wir wollen auf alles zurückgreifen, was sich anbietet. Wir werden unsere Körper benutzen, um die Kräfte der Elemente zu verstärken, und wir werden sie über die größten unterirdischen Energiebahnen ins Ziel schicken. Ist das klar?«

Alle stimmten zu. Das Beben schwand sofort aus Ossacers Stimme, als die Schönheit der Energien ihn umfing und er sich in den Einzelheiten ihrer geplanten Schöpfung verlor. Mirron hatte noch Angst, doch Gorians Stärke umhüllte sie, beruhigte sie und half ihr bei der Konzentration. Jetzt erst wurde Arducius wirklich klar, dass sie die Wünsche des Schatzkanzlers tatsächlich erfüllen konnten. Erregung durchflutete ihn.

Er öffnete sich und nahm die Energie in sich auf. Vor seinem inneren Auge loderten seine Lebenslinien hell auf. Auch die anderen waren da. Sie zitterten leicht, als sie, miteinander verbunden, die Energien in ihren Körpern aufbauten. Arducius atmete aus. Mit seinem inneren Auge suchte er die Wege, die durchs Erdreich nach links und rechts zu den Hochebenen führten. Die Stellen, wo kleine Rinnsale vom See in den Fluss strömten. Oder wo die Wurzeln unzähliger Grashalme, Blumen, Büsche und Bäume einen Halt in der Landschaft fanden.

»Bleibt stark«, sagte er, denn diese Energien waren mächtiger als alles, was sie jemals in sich aufgenommen und umgesetzt hatten. »Vergesst nicht, wie weit die Ziele noch entfernt sind. Die Energie darf sich nicht auf dem Weg dorthin auflösen.«

»Es ist wundervoll«, sagte Mirron. »Seht nur, wie viel wir aufnehmen können und wie leicht es ist.«

»Ich hab's doch gesagt«, warf Gorian ein. »Ich hab's immer gesagt. Jetzt ist es Zeit, ihnen zu zeigen, was die Aufgestiegenen ihrer Welt bieten können. Arducius?«

»Wir haben das Verständnis«, rezitierte er, wie Vater Kessian es sie gelehrt hatte, um ihre Konzentration zu unterstützen. »Wir haben die Energien in uns, und wir haben die Vision unseres Werks. Lasst uns in Gottes Antlitz handeln.«

Die Aufgestiegenen öffneten den Kreis und schickten die verstärkte Energie über die Bahnen hinaus, wo sie alles, was sie berührte, zum Leben erweckte. Sie strengten sich an und suchten den Rand der Hochebenen und die Ziele, die sie dort finden konnten: die Bäume, die sich an die Hänge klammerten und deren Wurzeln bis in den Fels reichten.

Roberto spürte es ebenso, wie er es sah, während er auf dem Pferd saß und darauf wartete, dass die Tsardonier Jhered und seine Schutzbefohlenen überrannten. Ein leichtes Zittern der Erde, das durch sein Heer lief wie der Wind durch ein Kornfeld. Kein Lüftchen regte sich mehr, die Atmosphäre war aufgeladen wie in den Augenblicken, bevor ein Gewitter ausbricht. Er runzelte die Stirn.

Jhered konnte nicht einfach kehrtmachen und weglaufen. Er presste die Hände fest auf Kovans und Menas' Schultern und duckte sich tief hinter die Schilde. Die Feinde waren noch dreihundert Schritte entfernt und näherten sich rasch. Noch einmal hundertfünfzig Schritte, und sie wären in Schussweite.

Pfeile waren allerdings noch die geringste seiner Sorgen. Er hatte den Aufgestiegenen zugehört und gespürt, wie die Energie, einer Welle gleich, von ihnen ausgegangen war. Die erschrockenen Pferde waren zum Heer der Konkordanz zurückgerannt, nachdem etwas, das sie nicht verstanden, sie berührt hatte. Unter den Aufgestiegenen wurde das Gras dichter und wuchs, während außerhalb ihres Kreises das Leben aus den Pflanzen wich, die vor seinen Augen verwelkten, sich schwarz verfärbten und verfaulten. Der Tod breitete sich weiter aus. Klein zuerst und zunehmend, während die Lebensenergie zu den Hochebenen wanderte. Er schluckte, als ihm bewusst wurde, was er angeordnet hatte.

»Seht nur«, keuchte Kovan. »Da drüben.«

Jhered blickte über die Kanten der Schilde hinweg. Von den Aufgestiegenen gingen mehrere Linien aus, auf denen die Pflanzen kräftig wuchsen. Wurzeln und Stängel stiegen aus der Erde empor, wuchsen und verwelkten. Die Energiebahnen erweckten sie zu einem kurzen Leben, nahmen ihnen alles aber gleich wieder und zogen weiter. So schnell, so geradlinig. Er stellte sich die Kräfte vor, die unter der Erde brodelten, zischten und spuckten und immer schneller und stärker wurden. Wie ein Bohrer fraßen sie sich zu den schlafenden tiefen Energien der Bäume vor.

Immer noch näherten sich die Tsardonier. Sie konnten nicht erkennen, was auf sie zuraste. Die Bogenschützen kamen sogar im Laufschritt, dann blieben die ersten stehen, steckten Pfeile vor sich in den Boden und spannten die Sehnen. Die anderen Krieger rannten weiter.

»Runter«, sagte Jhered. Er hörte das Flüstern der Pfeile und die Einschläge. Alle waren zu kurz gezielt. »Nun macht schon, Kinder. Enttäuscht mich nicht.«

Die Aufgestiegenen hörten es nicht. Sie waren in ihrer Welt der Energiebahnen, Lebenslinien und der Manipulation von Gottes Erde versunken. Allmählich traten ringsum auch die Folgen dieser Manipulation zutage. Der tote Kreis rings um die Aufgestiegenen wuchs immer schneller, er durchmaß jetzt beinahe zehn Schritte, und die Erde trocknete aus und bekam Risse.

Wieder hagelte es Pfeile. Die Rufe der tsardonischen Bogenschützen übertönten inzwischen den Lärm der anrückenden Armee. Er duckte sich noch tiefer. Ein Pfeil flog an seinem Kopf vorbei und blieb hinter ihm in der toten Erde stecken. Zwei weitere prallten gegen den Schild. Kovan zuckte zusammen, als er den Aufprall abfing. Menas regte sich.

»Schon gut, Junge. Vertrau nur deinen Freunden.«

Wieder blickte er zu den Aufgestiegenen und wünschte sich, sie würden sich beeilen. Sie hatten keine Zeit mehr, sie waren in Reichweite der Bogenschützen. Bald würden die Feinde noch genauer zielen, und die Schilde würden nichts mehr nützen.

»Noch mehr«, flüsterte Gorian. Seine Stimme klang verändert, als hätte ein alter Mann gesprochen.

Mirron stöhnte, Arducius sagte etwas, das Jhered nicht verstand. Allerdings sah er, wie ihre Arme vor Anstrengung zitterten. Die Hände hatten sie fest auf den Boden gepresst. Jhered sah genauer hin. Das Gras, die Erde, die Wurzeln, es wuchs über ihren Händen zusammen, und ihre Haut bekam grüne und braune Muster wie von Tätowierungen, die sich rasch ausbreiteten. Er schauderte, auf einmal wurde ihm übel.

Dann ertönte ein einzelner lauter Knall, der im ganzen Tal zu hören war. Die tsardonischen Bogenschützen verstummten. Jhered drehte sich widerstrebend um und spähte über die Schilde hinweg. Links rutschte etwas Geröll von der Hochebene den Hang herunter. Hundert Schritte entfernt gerieten die Äste eines Baums in heftige Bewegung.

Das war alles. Jhered starrte die winzige Staubwolke an, die da drüben aufstieg. Das konnte doch nicht alles gewesen sein. Die tsardonischen Bogenschützen kümmerten sich nicht um die Linien, die von den toten Pflanzen geschaffen wurden, und legten neue Pfeile ein.

»Noch mehr«, sagte Gorian. »Setzt nach, das Tor ist geöffnet.«

Der Kreis des schwarzen Grases breitete sich schneller aus, als Jhered mit Blicken folgen konnte. Ein tiefes Grollen ertönte, dann folgte ein einzelnes leichtes Beben.

»Jetzt«, sagte Arducius.

Abermals strömte die Energie hinaus. Die steilen Hänge der Hochebenen erwachten abrupt zum Leben. Bäume schossen aus der Erde empor, auf frischen Zweigen bildeten sich Knospen, die Blätter sprossen dicht auf Ästen und Zweigen. Wurzeln, wundervolle Wurzeln bohrten sich tief und unaufhaltsam in die Erde hinein und suchten nach Halt und Nahrung.

Auf beiden Hängen des Tals, in dem die Tsardonier marschierten, zeigten sich nun die dunkelgrünen Farben eines Wachstums, das man eher im Genasauf zu sehen erwartet hätte. Es breitete sich rasch aus, weiter, als Jhered blicken konnte. Er lächelte. Die Wurzeln drangen in jede Spalte und jeden Riss vor, erforschten jede Schwäche im Fels und waren schneller als ein Blitz.

Wieder hallte es wie mehrfacher Donner über die Ebene, und die Erde bebte leicht. Jhered glaubte sogar, die ganze südliche Hochebene wackeln zu sehen. Neue Risse entstanden, tiefer und schärfer begrenzt. Auf den Hängen splitterte der Fels, Steine regneten auf den Talboden herab, wo die tsardonische Armee zögerte. Jetzt beobachteten alle wie gebannt das unheimliche Geschehen ringsum.

Immer noch wuchsen die Bäume, bis sie groß und mächtig waren, dicke Stämme hatten und sich mit ausladenden Ästen zum Himmel reckten. Dieses Mal war Jhered sicher, das Beben nicht nur gespürt, sondern auch gesehen zu haben. Unwillkürlich wich er zurück.

»Guter Gott, der uns umfängt«, keuchte er. »Das geht so tief.«

Die Wurzeln verflochten sich und zerrten an den Felsklippen. Erdmassen rutschten die Hänge herab. Oben brachen immer mehr Wurzeln aus der Hochebene hervor und schleuderten Steine in die Luft. Ein gequältes Kreischen, als würden riesige Metallplatten verdreht und zerfetzt, erfüllte die Luft. Dann brach die Kante der nördlichen Hochebene ein und raste dröhnend hinab. Eine Flutwelle aus Felsen ergoss sich ins Tal. Bäume, Erde und Steine strömten auf einer Länge von ein oder gar zwei Meilen unaufhaltsam herab. Viel weiter hinten, als sie es geplant hatten. Staubwolken stiegen auf.

Einen Herzschlag später brach auch die südliche Hochebene zusammen. Hier schossen ebenfalls Wurzeln empor und rissen einen Spalt auf, der sich rasch verbreiterte, bis die ganze Felswand abstürzte. Achtzig Schritte lang oder länger war der Abbruch. Jetzt bekam sogar der Grund des dahinter liegenden Sees Risse, und das Wasser schoss, von den felsigen Ufern befreit, herab.

Eine blaue, grüne und graue Wand stürzte auf die Ebene herunter. Steinplatten wurden Hunderte Fuß hoch in die Luft geschleudert, als sie vom uralten Druck befreit wurden. Schlamm, Bäume und Steine schossen in einer Woge hinab, die sich auf der ganzen Ebene ausbreitete und über der tsardonischen Armee zusammenbrach. Sie hatten keinen Fluchtweg mehr.

Pferde stiegen hoch, und Männer rannten davon, als die Woge herabdonnerte, die von den Aufgestiegenen durch das Tal geleitet wurde.

Sie konnten nicht wissen, was sie anrichteten, als sie den Fels und das harte Holz auf die hilflosen Feinde herabdonnern ließen. Diese suchten ihr Heil in der Flucht, doch das Wasser war schneller, fing sie ein und verschlang sie, wenn sie nicht schon vom unerbittlichen Klammergriff der einstürzenden Abhänge gefangen und zerquetscht wurden.

Das Dröhnen der aufbrechenden Erde schmerzte in Jhereds Ohren, die Schreie der Tsardonier gingen im Brüllen des Wassers unter, und das Trommeln der Hufe war im Hagel der Steine nicht mehr zu hören.

»Hört auf!«, schrie er Gorian ins Ohr. »Hört auf, das Werk ist vollbracht.«

Das Wasser brandete vor den gegenüberliegenden Hang und schwappte wieder zurück. Die Welle breitete sich auch in ihre Richtung aus und verflachte, rollte die Steine noch ein paar Schritte weiter und lief aus. Als ihre Hände und Beine nass wurden, kamen die Aufgestiegenen wieder zu sich.

Sie sanken in sich zusammen, ihre Gesichter hatte Falten, als wären sie um Jahre gealtert, die Haare waren strähnig, die Finger runzlig. Sie schnappten heftig nach Luft und lagen hilflos und erschöpft da. Mirron schaffte es als Erste, sich halb aufzurichten, aber Menas kam rasch zu ihr und drückte sie wieder hinunter.

»Sieh nicht hin, Liebes. Sieh besser nicht hin.«

Jhered stand auf und kehrte dem Zerstörungswerk den Rücken.

Den unzähligen Menschen, die unter Wasser, Felsen und Stein verschüttet worden waren. Den Schreien der Verwundeten und Fliehenden. Den wenigen Glücklichen, die weit genug hinten marschiert und nicht in Gefahr geraten waren. Der Vernichtung von siebentausend Kriegern.

Er blickte zu den Legionen der Konkordanz mit ihren stolzen Wimpeln und Standarten. Zu den Gesichtern der Legionäre und Kavalleristen. Zu den Zenturionen, Wundärzten und Ingenieuren.

Schweigen breitete sich aus.

23

848. Zyklus Gottes, 40. Tag des Solasab
15. Jahr des wahren Aufstiegs

Schließlich führte Roberto sein Heer auf die Hochebene und ließ ein Lager aufschlagen. Er hatte damit gerechnet, dass seine Soldaten sich aus der Schlachtordnung lösten und zu Jhered und seinen Hexenkindern rannten, um ihnen alle Gliedmaßen einzeln auszureißen, nachdem diese unter Gottes Himmel einen solchen Frevel begangen hatten. Doch sie hatten sich zurückgehalten, denn sie mussten sich fragen, was die Aufgestiegenen einem Menschen antun konnten, nachdem sie so etwas mit einem ganzen Hügel gemacht hatten.

Er war aufgesessen und hatte sich vom Lärm einhüllen lassen, hatte den Gebeten um göttliche Gnade gelauscht. Er hatte gehört, wie sie es vernünftig zu erklären versucht hatten. Ein Naturphänomen. Eine Strafe, die der Allmächtige den bösen Tsardoniern auferlegt hatte. Das Flehen um Gnade hatte sich stellenweise sogar in Dankgebete verwandelt. Aber tief in ihren Herzen wussten sie es. Sie hatten beobachtet, wie sich der dunkle Kreis um die Kinder ausgebreitet hatte. Natürlich verstanden sie nicht, was geschehen war, aber der schwarze Kreis war den Erdrutschen und der Vernichtung der Feinde vorausgegangen.

Er war vor und hinter den Infanteriereihen entlanggeritten. Ihre Disziplin war erstklassig, und das stimmte ihn froh. Allerdings konnte er in allen Gesichtern Verwirrung und Furcht entdecken. Auch in der Körperhaltung, obwohl die Soldaten die strenge Ordnung der Manipel einhielten. Den Zenturionen, die für Ruhe gesorgt hatten, ging es ähnlich. Unter Federbüschen und Helmen heraus trafen ihn unsichere Blicke, und er bedankte sich nickend.

Unter Elise Kastenas' Kommando hielt er hundert Kavalleristen zurück, um den Rückzug zu decken. Sie hatte ihre Abteilung bis zum Eingang des Tals geführt. Dort lagen überall tote Tsardonier, Felsblöcke, zertrümmerte Baumstämme und abgerissene Äste herum. Es war, als hätte Gott ein Stück Erde mit der Faust gepackt und wieder heruntergeworfen, ohne sich darum zu kümmern, wen er tötete.

Nach einer Weile hatte Roberto sich beruhigt und ritt allein die halbe Meile von seinen vordersten Linien zu Jhered, Appros Menas, dem irregeleiteten Kovan Vasselis und den Aufgestiegenen hinüber. Der Junge hatte zwei ihrer Pferde gefunden und hielt die Zügel der nervösen Tiere mit einer Hand.

Zwei der Aufgestiegenen reagierten nervös auf seine Ankunft. Er empfand keinerlei Mitgefühl. Ganz im Gegenteil. So nahe war er ihnen bisher noch nicht gekommen, und er fand ihre Nähe abstoßend. Ein paar Schritte vor ihnen stieg er ab und ließ sein Pferd frei, damit es ein wenig am Gras zupfen konnte. Den jungen Vasselis begrüßte er mit einem knappen Nicken.

»Du solltest es doch besser wissen. Warum hast du dich von ihm mit hineinziehen lassen?«

Jhered stand auf, nachdem er sich mit Menas um die Aufgestiegenen gekümmert hatte. Er unterband Kovans Antwort mit einer Handbewegung.

Einer der Aufgestiegenen, ein kräftiger und muskulöser Bursche, in dessen Gesicht sich jedoch die Falten des Alters abzeichneten, erwiderte Robertos Blick. Der General zuckte zusammen. Diese Augen waren unnatürlich. Farben jagten einander – Orange verblasste zu Hellgrau.

»Seht doch, was wir vollbracht haben«, sagte er mit rauer, brüchiger Stimme. »Wir haben Euch geholfen und einen Sieg für Euch errungen.«

»Wirklich?«, erwiderte Roberto. Er wandte sich an Jhered. »Was hast du hier getan?«

»Genau das, was Gorian gesagt hat«, erwiderte Jhered. Sein Tonfall und seine ganze Haltung strahlten Zufriedenheit aus. »Wir haben die Bäume benutzt, um den Abhang aufzubrechen. Wir haben euch eine Verzögerung von mehreren Tagen erspart, und ihr habt keinen einzigen Toten zu beklagen.«

»Nein?« Roberto hatte Mühe, sich zu beherrschen. »Jeder Mann und jede Frau in meiner Armee hat einen Schaden davongetragen, Schatzkanzler. Alle werden in ihren Albträumen immer wieder durchleben, was sie hier gesehen haben. Einige werden das Zittern ihrer Schwertarme vielleicht nie mehr überwinden können. Ich habe fast elftausend Bürger aufgeboten, und ihr habt ihnen ein Kuriositätenkabinett präsentiert.«

»Du wolltest nicht zuhören, Roberto«, sagte Jhered. »Ich sagte dir doch, dass wir es tun können. Ich musste es dir beweisen. Du hattest die Möglichkeit, jeden Bürger deiner Legionen außer Sichtweite zu halten.«

»Du hast mir keine Möglichkeit gegeben«, fauchte Roberto. »Wir brauchten diese Schlacht. Wir mussten das Fleisch der Feinde unter unseren Klingen spüren, um neuen Mut zu fassen. Seit dem Genasab gab es für uns nichts außer Seuchen, Fahnenflucht und Betrug. Das hier ...« Roberto machte eine ausholende Geste. »Diese Vorführung hilft meiner Sache nicht. Es war selbstsüchtig und gegen meine Befehle, und nun habe ich ein Heer von Soldaten, die sich fragen, ob über ihnen der nächste Berg ebenso zusammenbrechen wird.«

»Wir stehen auf deiner Seite.« Auch Jhered hob jetzt die Stimme. »Die Aufgestiegenen werden niemals einem Soldaten der Konkordanz etwas antun.«

»Denkst du denn wirklich, sie glauben mir das, wenn ich hinüberreite und es ihnen sage? Ich weiß, was ich beobachtet habe, und es hat mich zutiefst erschreckt. Du bist ein unberechenbarer Einzelgänger, Jhered. Du bist gefährlich.«

»Verdammt, rede nicht so mit mir, General Del Aglios.« Jhereds Augen blitzten. »Alles, was ich tue, tue ich für die Konkordanz und deine Mutter. Ich werde nicht zulassen, dass du dies infrage stellst.«

»Dann geh, Schatzkanzler Jhered. Ich werde mich dir nicht in den Weg stellen. Aber ich will dich auch nicht mehr in meiner Armee und dem Tross haben. Du hast nicht die geringste Ahnung, was du angerichtet hast, nicht wahr?«

»Ich habe heute ein siebentausend Kämpfer starkes Heer vernichtet und verjagt, General. Was hast du getan?«

Roberto hob eine im Handschuh steckende Hand und tippte Jhered mit dem Zeigefinger auf die Brust. »Sei vorsichtig, Schatzkanzler. Du magst in Estorr und in den Provinzen, die du in Angst und Schrecken versetzt, bis sie deine Steuern zahlen, großen Einfluss genießen. Aber hier draußen regiere ich.«

»Eines Tages, Roberto, wirst du deinen Irrtum erkennen. An diesem Tag werde ich dich voller Stolz wieder als meinen Freund umarmen. Ich kann nur hoffen, dass wir immer noch eine Konkordanz haben, der wir dienen können, wenn dieser Tag kommt.«

Roberto ließ die Hand sinken. »Diesen Tag sehe ich nicht kommen«, erwiderte er leise.

»Hasst uns nicht.«

Einer der Aufgestiegenen hatte das Wort ergriffen. Roberto sah ihn böse an, wie er da erschöpft am Boden lag.

»Was?«, sagte er.

»Sprich, Arducius«, forderte Jhered ihn auf.

»Hasst uns nicht, General Del Aglios. Wir wollen nur zu unseren Familien und unseren Angehörigen zurück. Genau wie Ihr und alle Eure Soldaten. Wir sind nicht böse. Niemand sollte uns fürchten.«

Roberto schüttelte den Kopf. »Ihr seid unnatürlich. Niemand darf die Macht haben, einen Berg aufzubrechen. Niemand.«

Damit wandte er sich ab und ritt davon, ohne sich noch einmal umzudrehen.

»Auch ein Mann mit dem Herzen eines Löwen wird manchmal von Furcht überwältigt.«

»Hm?« Jhered riss sich vom Anblick Robertos los, der sich rasch entfernte, und drehte sich zu Kovan um.

»Vater Kessian hat das immer gesagt. Er wusste ja, dass es nicht leicht würde, Verständnis für den Aufstieg zu wecken. Auch wenn er immer gelächelt hat, er wusste es.«

Jhered fuhr sich mit einer Hand durch die Haare. Unter dem Staub waren sie feucht. »Er wusste viele Dinge, die wir jetzt brauchen könnten.«

»Was tun wir jetzt?«, fragte Kovan.

Aller Augen ruhten auf Jhered. Er war so sicher gewesen, dass Roberto über die Beschränkungen seines Glaubens hinwegsehen würde, um den Krieg zu gewinnen. Diese Vorführung hätte ihm Beweis genug sein müssen. Jetzt saßen sie vor der atreskanischen Hochebene fest. Weit entfernt von jedem Schutz, weit entfernt von den Auseinandersetzungen. Sie hatten nicht einmal genug Pferde für alle.

Er schob seine Enttäuschung beiseite und schüttelte das erdrückende Gefühl ab, versagt zu haben. Dann hockte er sich zwischen Arducius und Gorian zu den Aufgestiegenen. Mirron hatte sich an Menas geschmiegt, und es versetzte ihm einen Stich, als er ihr tränennasses Gesicht sah. Ossacer wollte den leeren Blick nicht von dem Durcheinander wenden, das sie geschaffen hatten, und bewegte stumm die Lippen. Das waren Probleme, mit denen er sich später befassen musste.

Jhered legte Gorian und Arducius mit einer, wie er hoffte, väterlich ermutigenden Geste die Hände auf die Schultern.

»Wir dürfen jetzt auf keinen Fall aufgeben«, sagte er. »General Del Aglios mag sich vor euren Kräften fürchten. Er und seine Krieger mögen euch hassen. Aber wir wissen, dass wir das Richtige tun, und dass wir keine andere Möglichkeit haben, unsere Heimat, unsere Familien und die Konkordanz zu retten. Ich bin stolz auf euch. Auf euch alle. Ich habe viel von euch verlangt, und ihr habt mich nicht enttäuscht. Noch wichtiger ist, dass ihr einen großen Sieg errungen habt. Der Tag wird kommen, an dem dies in die Legenden der Konkordanz eingehen wird.

Leicht wäre es, über die Reaktionen derer enttäuscht zu sein, denen wir helfen wollen, aber das dürfen wir nicht. Ich glaube an euch. Die Karku glauben an euch, und das darf man nicht unterschätzen. Bald schon wird auch die Konkordanz an euch glauben und euch akzeptieren. Ihr seid die Zukunft dieser Welt.«

Arducius und Gorian richteten sich auf und blickten ihn trotz ihrer offensichtlichen Erschöpfung mit der Zuversicht an, auf die er gehofft hatte. Nur Mirron hatte nicht reagiert, und Ossacers gealtertes Gesicht war vor Kummer verzogen.

»Ihr habt uns dazu gebracht, Menschen zu töten«, flüsterte er mit gebrochener Stimme. Arducius umarmte ihn, als er wieder zu schluchzen begann. »Wir sind nicht hier, um zu töten. Jetzt sind Tausende gestorben. Ich spüre da draußen nichts außer Grau und Schwarz. Ihr habt uns zu Mördern gemacht.«

»Still, Ossie«, sagte Arducius. »Niemand ist daran schuld. Wir konnten nicht wissen, dass die Wurzeln so viele schwache Stellen im Fels finden würden. Wir konnten nicht wissen, dass es so weit um sich greifen würde. Du darfst dir keine Vorwürfe machen.«

»Trotzdem, Tausende sind tot, und wir haben es getan.«

»Ja«, stimmte Jhered zu. »Ihr habt es getan. Aber ihr habt es auf meine Bitte getan, und da ich euer Kommandant bin, klebt das Blut an meinen und nicht an euren Händen. Ich bin dafür verantwortlich.«

Dabei war ihm klar, dass Ossacer sich nicht würde umstimmen lassen. Er war so jung. Viel zu jung für all das.

»Hört mal«, sagte er. »Wir müssen von hier verschwinden. Bald geht die Sonne unter, und dann wird es kalt. Wir müssen Feuer machen und etwas Warmes essen. Also gehen wir jetzt auf die Hochebene hinauf, die ihr zerstört habt, weil wir sicher sein können, dass dort oben kein Tsardonier mehr ist. In Ordnung?«

»Aber wohin wenden wir uns dann?«, fragte Ossacer, während er sich die Augen trocken wischte.

»Zunächst nach Süden in Richtung Gestern. Was immer Roberto Del Aglios denkt, wir können dabei helfen, die tsardonische Flotte aufzuhalten, die Estorea und Caraduk erreichen will. Wenn er euch dann immer noch nicht haben will, gehen wir zum einzigen Ort der Konkordanz, der euch aufnehmen will, an dem ihr so akzeptiert werdet, wie ihr seid, und wo ihr die schützen könnt, die ihr liebt. Dann gehen wir nach Westfallen.«

»Du kannst sie nicht ziehen lassen, General«, sagte Ellas Lennart, der Erste Sprecher des Heeres. »Sie sind Ketzer. Sie verstoßen gegen die Schriften und wollen sich über Gott stellen. Um deiner Armee willen musst du sie festnehmen.«

»Und was soll ich dann mit ihnen tun?« Roberto fuhr zu ihm herum.

Es war schon spät, er war müde und immer noch erschüttert von dem, was er gesehen hatte.

Eine Prozession älterer Offiziere hatte sein Zelt heimgesucht. Sie hatten ihn aufgefordert, die Aufgestiegenen sofort zu verbrennen oder sie als die stärkste Waffe einzusetzen, die je im Besitz der Konkordanz gewesen sei. Ihn überraschte nur, dass der Sprecher so spät kam.

»Deine Pflicht als Offizier der Konkordanz und als Anhänger des Allwissenden.«

»Erzähle mir nichts über meine Pflichten, Ellas. Hier ist niemand, der seine Pflichten ernster nimmt als ich.« Er wandte sich vom Eingang seines Zelts ab und betrachtete das einsame Lagerfeuer auf der zerstörten südlichen Hochebene. »Was würde geschehen, wenn ich sie hierherbringen ließe? Ich verbreite Furcht unter meinen Legionen, weil dann genau die Kinder mitten unter uns wären, die eine ganze tsardonische Armee vernichtet haben. Wenn ich eine Meuterei anzetteln wollte, wüsste ich keinen besseren Weg.«

»Dann musst du sie anklagen und verurteilen.«

»Bist du so sehr von ihrer Schuld überzeugt?«, fragte Roberto. »Warum sich die Mühe machen, ihnen ein ordentliches Verfahren zu gewähren, was?«

»Ja, warum?«

Roberto zog die Augenbrauen hoch. Der gewöhnlich so verständnisvolle Ellas war in seinem religiösen Eifer gefangen.

»Die Advokatin hat uns verboten, ihnen etwas anzutun. Auf welche Weise auch immer, Paul Jhered hat sie zumindest vorläufig überzeugt, dass die Kinder von Wert sind. Ich werde meine Befehle nicht missachten. Aber ihnen nichts zu tun, bedeutet nicht zwangsläufig, dass ich sie hier behüten muss, und ganz gewiss heißt es nicht, dass ich dieses Böse mitten in meine Armee holen muss.«

»Aber wenn du glaubst, dass sie böse sind, dann musst du doch ...«

»Genug, es reicht«, sagte Roberto. »Die Entscheidung ist gefallen, Ellas. Ich bin es leid, und in wenigen Stunden brechen wir auf. Lass mich bitte noch ein paar Stunden ruhen.«

Ellas richtete sich auf. »Das wird mir leider nicht möglich sein. Ich werde keine Ruhe finden, solange diese Abscheulichkeiten dort draußen herumlaufen und meinen Gott verhöhnen. Unseren Gott.«

»Damit wirst du wohl leben müssen.«

Roberto scheuchte den Sprecher mit einer Handbewegung hinaus und setzte sich schwer auf sein Feldbett. Die Konkordanz hatte zwar einen Sieg errungen, aber er fühlte sich um den Sieg betrogen. Seine Truppe war so unruhig und ängstlich, als hätten die Tsardonier gewonnen.

»Verdammt, Paul, was hast du nur getan?«

Er legte sich hin und streckte die müden Beine aus. Dann bemühte er sich, einen gangbaren Weg durch die Verwirrung zu finden, die ihn nach den unglaublichen Ereignissen des Tages in ihrem Bann hielt. Sicher, es gab auch eine gute Seite. Sie hatten sich mehrere Tage voller Verfolgungsjagden und Scharmützel erspart und keine Verluste erlitten. Der Weg vor ihnen war frei, siebentausend Tsardonier waren ausgeschaltet, und er konnte sich mit seinen Kämpfern bei nächster Gelegenheit in die Schlacht um Gestern einschalten.

Am Morgen würde er Boten ausschicken, die versuchen sollten, bis zur Grenze von Neratharn durchzukommen. Im Augenblick hatten die Kämpfer dort keine Hoffnung, und ohne Hoffnung konnten sie den Tsardoniern und den rebellischen atreskanischen Truppen nicht lange standhalten. Er musste ihnen diese Hoffnung geben. Wenn sie bis zur Mitte des Dusasauf durchhielten, dann würden sie Verstärkung bekommen. Roberto Del Aglios würde ihnen mit seinen Legionen zu Hilfe kommen.

Gleich am nächsten Morgen.

Voll angekleidet und benommen erwachte er auf seiner Pritsche. Im Lager war es still, ein kühler Wind ließ die Zeltleinwand flattern. Er rieb sich die nackten Arme und richtete sich auf, um die Stiefel auszuziehen und sich zuzudecken, aber er war nicht sicher, ob es die Kälte war, die ihn geweckt hatte. Angestrengt blinzelnd erforschte er die Dunkelheit.

»Es ist üblich, sich anzumelden, bevor man das Zelt des Generals betritt«, sagte er. »Ich wüsste schon gern, wer gekommen ist, um mich zu töten.«

»Ich bin nicht gekommen, um dich zu töten.«

Der Schatten, den Roberto entdeckt hatte, näherte sich und entpuppte sich als schmutziger atreskanischer Schwertkämpfer mit einem Dolch.

»Goran?«

»Es tut mir leid, dass ich dich stören musste, Roberto«, sagte Shakarov.

Inzwischen hatten sich Robertos Augen an das Zwielicht angepasst.

Shakarov trug noch die Kleidung, mit der er fortgegangen war, doch er war wieder mit Waffen und der Rüstung der Konkordanz ausgestattet.

»In Atreska sind viele Legionäre gestorben«, sagte er, als er Robertos Blick bemerkte. »Deshalb bin ich hier.«

»Wie bist du hereingekommen?« Robertos Schreck wich dem Zorn.

»Nicht jeder, der noch hier ist, stimmt mit dir überein. Du bist nicht so dumm, etwas anderes anzunehmen. Ich musste dich einfach erreichen.«

»Davarov?«

»Nein«, sagte Shakarov. »Er würde mich töten, wenn er wüsste, dass ich hier bin.«

»Er ist nicht der Einzige. Wo ist Herides? Wo ist meine Leibwache?«

»Sie sind vorübergehend abgelenkt«, sagte Shakarov. »Das ist nicht ihre Schuld. Du hast von mir nichts zu befürchten.«

»Nein?« Roberto starrte Shakarov an, dann seufzte er. »Nun gut, du bist also hier. Um Gottes willen, leg den Dolch weg und setz dich.« Er deutete auf den Stuhl an seinem Kartentisch. »Willst du darum bitten, wieder aufgenommen zu werden?«

»Nein, General«, sagte Shakarov. Er setzte sich und legte den Dolch in seinen Schoß. »Ich möchte dich von deinem verhängnisvollen Kurs abbringen.«

»Wunderbar.« Roberto kochte inzwischen fast vor Wut. »Schon wieder taucht unangekündigt jemand auf, den ich nicht sehen will, und sagt mir, wie ich mein Heer zu führen habe. Verschwinde, Goran. Kehre zu deinen Deserteuren zurück.«

»Deserteure laufen weg und verstecken sich«, gab Shakarov empört zurück. »Wir haben in meiner Heimat gegen die Tsardonier gekämpft. Wir haben die Arbeit der Konkordanz getan.«

»Du hättest bleiben und deine Arbeit hier tun sollen, wo sie die größte Wirkung entfaltet. Ich habe dir nichts weiter zu sagen.«

»Roberto, du musst mir zuhören. Die Schlacht um die Konkordanz wird nicht an der Grenze von Gestern stattfinden. Sie findet jetzt schon statt, in ganz Atreska und hinauf bis zur Grenze von Neratharn. Ich bin zwanzig Tage durch mein Land gereist und habe gesehen, was dort vorgeht.«

»Du weißt allerdings nicht, was in Gestern und am Tirronischen Meer vorgeht«, erwiderte Roberto. »Komm zur Sache. Dieses Lager wird in zwei Stunden marschbereit sein, und dann solltest du verschwunden sein.«

»Gestern hat zu seiner Verteidigung vier Legionen aufzubieten, die sich entlang der ganzen Grenze verschanzt haben. Außerdem kommt ihnen Jorganesh zu Hilfe. Atreska braucht dich. Du musst an unserer Seite kämpfen.«

Roberto sprang vom Bett auf und beugte sich über Shakarov.

»Lass mich dir erklären, wie es wirklich aussieht. Gesterns vier Legionen, falls sie wirklich alle angetreten sind, stehen mehr als dreißigtausend Feinden gegenüber, die ganz im Westen an der Grenze zu Atreska angreifen. Jorganesh kann ihnen nicht helfen, weil er zusammen mit seiner ganzen Armee vernichtet wurde. Die tsardonische Flotte kommt über das Tirronische Meer, um die Truppen direkt nach Estorr zu bringen. Wenn ich sie nicht aufhalte, werden sie unsere Hauptstadt einnehmen, bevor auf dem Boden von Neratharn überhaupt der erste Blutstropfen vergossen wurde.«

»Meine Hauptstadt haben sie längst eingenommen.« Shakarov stand auf. »Ich habe deine neue Waffe gesehen. Du könntest deine Armee teilen und an beiden Fronten siegen.«

»Es ist nicht meine Waffe«, knirschte Roberto. »Was du gesehen hast, war ein Ausdruck des Bösen. Und sprich leiser, ehe dich die anderen Wachen hören, die du nicht abgelenkt hast.«

»Sie sollen mich ruhig hören. Die Tsardonier haben mit dem Segen des Verräters Yuran mein Land überrannt.« Der immer schon heißblütige Shakarov gab sich vollends seinem Zorn hin. »Sie werden weiter durch Neratharn stürmen. Gestern hat die Ocetanas, um die feindlichen Schiffe zu versenken. Wir haben überhaupt nichts!«

»Ich lasse mich nicht von einem Mann anbrüllen, der nicht mutig genug war, an meiner Seite zu kämpfen.«

»Du musst uns helfen, General. Du musst umkehren. Atreska ist …«

»Atreska ist schon verloren«, fauchte Roberto. »Kehre zu deinem Kampf zurück. Lass mich in Ruhe, damit Gestern nicht den gleichen Weg geht.«

»Nein, Roberto, nein.«

Shakarov packte Robertos Schulter mit der linken Hand. Roberto reagierte sofort, schlug die Hand fort und stieß den Atreskaner zurück. Shakarovs Reaktion war rein instinktiv. Er schlug mit der rechten Hand zu, und der Dolch fuhr bis zum Heft in Robertos Brust.

Der General keuchte und taumelte zurück, schmeckte das Blut im Mund. Er starrte Shakarov an, der mit offenem Mund und weit aufgerissenen Augen gegen den Schreibtisch getaumelt war.

»Roberto, ich wollte doch nicht …«

Aber Roberto hörte es nicht mehr. Mit gerunzelter Stirn starrte er den Dolch an, der zwischen den untersten beiden Rippen steckte. Das Blut strömte auf seiner Tunika hinab und füllte seinen Mund. Er wollte eine Frage stellen, konnte aber nicht mehr richtig sehen. Die Kraft wich aus seinen Beinen, und er sank auf die Knie. Mit einer Hand hielt er sich an seiner Pritsche fest.

»Oh guter Gott, erbarme dich«, murmelte Goran.

Roberto hörte eilige Schritte, dann rief jemand. Ein schrecklicher Schmerz fuhr durch seinen Körper, dann wurde er taub. Er schloss die Augen und gab sich der Schwärze hin.

Dahnishev trat vom Feldbett zurück und wischte sich die blutigen Hände an der Schürze ab. Sie hatten Shakarovs Leichnam aus dem Zelt entfernt und versucht, die Angelegenheit geheim zu halten, aber inzwischen war das ganze Lager erwacht, und die ersten Gerüchte machten die Runde.

Er hatte Roberto auf die Seite gelegt, damit dieser nicht an seinem eigenen Blut erstickte. Die Wunde in der Brust hatte er so gut wie möglich genäht und verbunden. Roberto atmete flach und unter Schmerzen, und Shakarovs acht Zoll lange Klinge lag auf dem Kartentisch, nachdem Dahnishev sie mit zunehmender Verzweiflung entfernt hatte. Jetzt strich er sich mit dem Handrücken über die Stirn und drehte sich zu Davarov, Kastenas und Neristus um.

»Nun?«, fragte Kastenas. Die Tränen auf ihren Wagen drückten aus, was er selbst empfand. »Er lebt doch noch, oder? Hast du ihn gerettet?«

Dahnishev nickte und kam sich wie ein Schwindler vor. »Aber er stirbt.«

Davarov keuchte, Kastenas hielt sich eine Hand vor den Mund. Neristus ließ den Kopf hängen.

»Das kann doch nicht sein«, sagte Davarov. »Du bist der Wunderheiler. Das ist Roberto, er hat die Seuche überlebt. Er darf nicht sterben.«

»Er verblutet innerlich. Der Dolch hat seine Lunge zerfetzt und mehr Adern durchtrennt, als ich zählen kann. Die inneren Blutungen sind zu stark, ich kann sie nicht stillen.«

»Wie lange noch?«, fragte Kastenas.

»Was für eine Rolle spielt das?«, fragte Davarov zornig. »Selbst wenn es zehn Tage dauert, werden wir nicht aufbrechen, solange er noch lebt. Diesen Respekt will ich ihm erweisen.«

»Das meinte ich nicht. Ich frage nicht wegen des Marsches«, erwiderte Kastenas. »Wie kannst du das nur von mir denken? Dahnishev?«

»Zehn Tage wird es sicherlich nicht mehr dauern«, erwiderte der Wundarzt. »Eher zehn Stunden, würde ich sagen. Bei Gott, der auf uns herabschaut, ich weiß es nicht. Er könnte schon beim Morgengrauen tot sein.«

»Ihr wisst, was wir tun müssen«, sagte Neristus. »Wir dürfen die Ernennung nicht hinausschieben.«

»Wir werden ihn nicht ersetzen, solange er noch atmet«, zischte Davarov.

»Vielleicht ist das gar nicht nötig«, sagte Kastenas.

»Mach dich nicht lächerlich.«

Doch Kastenas zog schon ihre Handschuhe an. Dann deutete sie auf Dahnishev.

»Lass ihn ja nicht sterben, ehe ich zurück bin.«

»Wohin willst du?«, fragte der Arzt.

»Lass ihn nur nicht sterben.«

Kastenas rannte aus dem Zelt. Dahnishev richtete den Blick wieder auf Roberto und kniete sich neben seinen Kopf.

»Du hast es gehört«, sagte er. »Wage es ja nicht, mir zu entgleiten, alter Freund.«

24

848. Zyklus Gottes, 41. Tag des Solasab
15. Jahr des wahren Aufstiegs

Die Aufgestiegenen schliefen. Es war der dunkle, tiefe Schlaf erschöpfter Körper. Jhered beobachtete das nicht zum ersten Mal. Inzwischen war bereits zu erkennen, dass sie sich rasch erholten. Arducius' Gesicht war schon fast wieder jugendlich glatt, auch wenn seine Hände noch trocken und runzlig waren. Ihm ging es noch am besten. Ossacer hatte sich, seit er die Augen geschlossen hatte, überhaupt nicht verändert und unruhig geschlafen.

Jhered hatte sich an einen Baum gelehnt, um sie während der ganzen Nacht zu bewachen. Kovan hatte seinem Beispiel folgen wollen, aber der Tag war zu viel für ihn gewesen, und jetzt lag er quer über seiner Schwertscheide und schlief. Das Feuer brannte noch und spendete in der klaren, kalten Nacht eine willkommene Wärme. Der Dusas würde in fünf Tagen beginnen.

Sachte streichelte er Ossacers Haare.

»Werdet Ihr auf Eure alten Tage weich?«

»Appros Menas, Ihr solltet doch auf die Umgebung achten.«

»Das tue ich, Schatzkanzler, und ich erkenne dabei, dass mein Kommandant seine Maske verliert.«

Menas trat in den Feuerschein und wärmte sich die Hände. Ihr Brustharnisch glänzte unter dem Pelzmantel, den sie sich über die Schultern gelegt hatte. Jhered kicherte.

»Sie haben es heute wirklich getan«, sagte er, »und ich bin stolz auf sie. Ich werde dafür sorgen, dass ihnen nichts geschieht.«

»Und dies nicht nur, weil sie eine wertvolle Waffe sind?«

»Was soll ich darauf antworten? Dass sie mir ans Herz gewachsen sind? Ja, so ist es. Sie haben es mir verdammt schwer gemacht, aber hinter all dem Gejammere sind sie ganz in Ordnung.«

Menas lachte. »Welch gnädiges Eingeständnis.«

»Menas ... Erith.« Er räusperte sich. »Danke.«

»Wofür?«

»Für alles, was Ihr geopfert habt, um mich zu begleiten. Und dafür, dass Ihr Mirrons Freundin geworden seid. Ich glaube, ohne Euch hätte sie es nicht geschafft.«

Menas errötete unter dem Helm mit dem Federbusch. »Ihr seid der Schatzkanzler. Ich bin eine Einnehmerin. Ich gehe, wohin Ihr mich schickt, mein Schatzkanzler.«

»Paul. Ich glaube, hier draußen solltest du mich Paul nennen«, erwiderte er unwirsch.

»Wirklich? Und was ist mit denen da?« Sie deutete auf die schlafenden Aufgestiegenen. »Wir waren uns doch einig, dass Disziplin wichtig ist.«

»Ich weiß«, sagte Jhered. »Das war auch völlig richtig. Aber jetzt hat sich etwas verändert. Sie haben etwas getan, das sie nie wieder vergessen werden. Sie haben Schuldgefühle und empfinden Reue. Sie brauchen mehr als einen brüllenden Feldwebel. Außerdem nennen sie mich inzwischen manchmal auch beim Vornamen.«

»Bist du sicher, dass du für die Vaterrolle aus dem richtigen Holz geschnitzt bist?«, fragte Menas lächelnd.

»Ich bin absolut sicher, dass ich es nicht bin«, erwiderte Jhered. »Deshalb musst du mir helfen. Wie auch immer, was wolltest du melden?«

»Der Reiter, der sich uns nähert, stellt keine Gefahr dar.«

»Ganz sicher?«

»Ganz sicher.«

Sie warteten. Die einsame Reiterin kam im Galopp ins Lager geprescht und stieg eilig ab, zog den Helm vom Kopf und presste ihre Hand an die Brust.

»Meisterin Kastenas.« Jhered stand auf. »Ich hoffe, Ihr überbringt die aufrichtige Entschuldigung Eures Generals dafür, dass er uns hier draußen ausgesetzt hat.«

Kastenas Augen füllten sich mit Tränen, und einige rollten über ihr Gesicht, ehe sie sich fassen konnte.

»Bitte«, sagte sie. »Ihr müsst ihm helfen, Roberto. Er wurde niedergestochen und liegt im Sterben.«

Jhered musste nicht lange nachdenken. Er weckte die Aufgestiegenen, blickte jedem ins müde, gereizte Gesicht und wandte sich schließlich an den Einzigen, der helfen konnte.

»Ossacer, komm mit, Junge. Du sagst mir doch immer, dazu wärst du geboren.«

»Ihr habt uns angelogen«, sagte der Junge, der seine Albträume noch nicht vergessen hatte. »Ihr habt uns dazu gebracht, andere Menschen zu töten.«

»Ich nehme die gesamte Verantwortung und jegliche Schuld auf mich. Jetzt aber hast die Gelegenheit, das zu tun, was du viel lieber tust. Rette meinen Freund. Rette den Sohn der Advokatin.«

»Ich bin so müde«, erwiderte Ossacer. »Ich kann das nicht. Ich muss mich mindestens noch einen Tag ausruhen.«

»Er wird keinen weiteren Tag überleben«, wandte Kastenas ein. »Du musst ihm helfen.«

Ossacer schüttelte den Kopf, doch Arducius fasste ihn am Arm.

»Du schaffst das, Ossie. Ich komme auch mit. Ich kann für dich den Kreis schließen und die Energien bündeln. Du musst sie nur lenken. Ich versorge dich mit Energie.«

Ossacer legte die Hände auf Arducius' Brust, runzelte die Stirn und nagte an der Unterlippe.

»Du hast kaum noch Kraft«, sagte er. »Ich kann dir nicht noch mehr wegnehmen, damit könnte ich dich ernsthaft verletzen.«

Jhered wollte etwas sagen, doch Arducius kam ihm zuvor. »Wir müssen das Risiko eingehen. Ich bin der Einzige, den du dafür einsetzen kannst. Bitte, Ossie. Du bist der beste Schmerzfinder, den es je gegeben hat. Zeige ihnen, was wir sonst noch tun können.«

Ossacer nickte und stand mühsam auf. Jhered lächelte.

»Danke, Ossacer«, sagte er. »Das werde ich dir nicht vergessen. Und die Konkordanz wird das auch nicht.«

»Schon gut, schon gut«, sagte Ossacer. »Ich komme ja mit.«

»Gut. Sehr schön. Ossacer, du reitest hinter mir. Arducius, du sitzt hinter Kovan auf. Menas, sichere das Lager. Wenn du es verlegen musst, gehe nach Südwesten, ich finde dich schon.«

»Ja, Schatzkanzler.«

»Und ich?«, fragte Gorian. »Wir sollten lieber alle mitkommen.«

»Gorian, zähle die freien Pferde. Dafür solltest du nicht lange brauchen. Ich habe keine Zeit für Diskussionen.«

»Du musst dich ausruhen«, sagte Mirron. »Wir beide brauchen Ruhe.«

»Wir alle brauchen Ruhe«, sagte Gorian. »Was ist mit Ossacer?«

»Bitte«, sagte Jhered scharf und entnervt. »Nicht jetzt. Ein Mann liegt im Sterben.«

Darauf breitete sich Schweigen im Lager aus. Die Aufgestiegenen starrten ihn an. Gorian nickte, setzte sich wieder und zog Mirron herab.

»Rette ihn, Ossacer«, sagte er. »Aber bringt euch nicht selbst in Gefahr, ihr zwei.«

Jhered zog die Augenbrauen hoch. »Danke.«

Menas begleitete ihn ein Stück, bis sie in den Galopp wechselten.

»Gut gemacht, Paul«, sagte sie.

Mirron erwachte früh. Über den Bergen von Kark ging gerade die Sonne auf und tauchte Atreska in ein wunderschönes goldenes Licht. Durch die Blätter der Bäume erreichte es auch den schlafenden Gorian und spielte auf seinem Körper. Die meisten Altersfalten waren inzwischen aus seinem Gesicht verschwunden. Nur um seine Augen hatten sich einige Runzeln gehalten, die aber nicht verhindern konnten, dass es in ihrem Bauch heftig rumorte, als sie seine Schönheit sah.

So friedlich lag er da neben der rauchenden Glut des Feuers. Sie tastete seine Energieform mit ihren Sinnen ab, die ruhigen grünen und die sanften roten Linien, die seinem Körper folgten. Rings um ihn pulsierte der Boden leicht, und die Luft über ihm flimmerte, während er die Energien der Elemente nutzte, um sich zu erholen. Sie stellte sich vor, wie die Energien durch seine glatten Muskeln strömten und seinem wundervollen Haar neuen Glanz verliehen.

Ein Wärmegefühl, das zugleich köstlich und ein wenig erschreckend war, breitete sich in ihrem Körper aus. Sie wandte den Blick ab. Drüben im Lager der Truppe waren Ossacer und Arducius wohl noch damit beschäftigt, den General zu retten. Der Schatzkanzler wollte diesem Mann unbedingt helfen, obwohl er sie hasste. Sie konnte es nicht recht verstehen. Wahrscheinlich würde seine Rettung überhaupt nichts ändern. Auch dieser Takler hatte sie nur noch mehr gehasst, nachdem Ossacer sein Augenlicht wiederhergestellt hatte.

Menas wusste sicher, was das alles zu bedeuten hatte. Vielleicht war die Erklärung auch ganz einfach die, dass die beiden Männer schon so lange Freunde waren. Menas musste irgendwo in der Nähe sein. Sie passte auf und schützte sie vor Gefahren. Schließlich stand Mirron auf und entfernte sich einige Schritte, um sich nach Menas umzusehen. Sie hatten das Lager im Dunklen aufgeschlagen, und jetzt, bei Tageslicht, konnte sie erkennen, dass sie ein schönes

Fleckchen gefunden hatten, einen ebenen Bereich in einem Wäldchen. Oberhalb lagen einige mit Moos bedeckte Felsen, zwischen denn Heidekraut wuchs. Etwas weiter rechts hörte sie Wasser plätschern. So folgte sie dem Geräusch, um zu trinken und sich den Staub abzuwaschen.

Ringsum wimmelte es vor Leben. Sie öffnete ihre Sinne weit für die Vögel in der Luft, die ihr folgten. Zwitschernd flatterten und landeten sie über ihr in den Bäumen. Mirron lächelte. Die Vögel sangen für sie. Im Gehen schlang sie die Arme um sich. Die starken Energien der Bäume waren wie eine Umarmung. Vor ihr gurgelte der Bach über die Felsen. Über dem Wasser konnte sie die unruhigen Energien erkennen, die sich verteilten und wieder sammelten oder vom Wind mitgerissen wurden. Ossacer sagte, sie könnten auch diese winzigen Energien nutzen, aber Mirron war nicht so sicher.

Als sie den kleinen, kaum einen Schritt breiten Bach erreicht hatte, folgte sie einem Stück weit seinem Lauf. Hinter dem Wald lief er plätschernd weiter abwärts und stürzte schließlich über die Kante der Hochebene, wo ... ihre Welt verfinsterte sich schlagartig, als die Erinnerungen an den vergangenen Tag erwachten. Immer noch hörte sie die Schreie, das Donnern der Felsen und der Wassermassen, die Männer und Pferde einfach zermalmt hatten. Das war ihr Werk gewesen.

Die Schönheit des Stroms, der Gräser und Blumen, die an seinem Rand noch standen, war besudelt. Sie stellte sich vor, wie sich das Wasser rot färbte, kniete am Rand des Bachs nieder und betrachtete ihr eigenes schwankendes Spiegelbild. Sie sah nicht sehr gut aus. Die langen dunklen Haare waren zerzaust und klebten auf ihrem Kopf, ihr Gesicht war voller Staub.

Das Wasser war kalt, sie erkannte es an den tiefen, langsam wechselnden Farben seiner Energien. Schließlich holte sie tief Luft und tauchte mit dem Gesicht hinein. Abrupt durchfuhr sie die Kälte.

Dann schöpfte sie mit beiden Händen Wasser und goss es sich über den Kopf. Als sie zufrieden war, hob sie rasch den Kopf und schleuderte die Haare zurück, sodass sie auf den Rücken ihrer Tunika klatschten.

Als sie sich am Bach niederließ, setzte ihr Herz eine Sekunde aus.

»Du hast mir einen Schreck eingejagt«, sagte sie.

»Entschuldige«, sagte Gorian. »Das wollte ich nicht.«

Er kam zu ihr und setzte sich neben sie, streckte die Hand ins Wasser und zuckte zusammen, als er die Kälte spürte.

»Es tut gut«, sagte sie. »Du solltest das auch machen.«

Darauf strich Gorian ihr das Haar über den Kopf zurück und glättete es auf ihrem Rücken. Sie spannte sich an und wich der Berührung ein wenig aus. Unwillkürlich atmete sie schneller. Als er einen Tropfen von ihrer Wange wischte, lächelte sie.

»Menas hat mich geschickt, dich zu suchen«, sagte er.

»Oh.« Sie war ein wenig enttäuscht. »Nun, jetzt hast du mich gefunden.«

»Ja, ich habe dich gefunden.«

Sie spürte seinen warmen Körper neben sich und rutschte ein wenig näher, da das kalte Wasser ihr Kleid durchnässt hatte. Er legte den Arm auf ihre Schultern, und sie schmiegte den Kopf an seine Brust.

»Macht es dich nicht traurig, dass wir so viele Menschen getötet haben?«, fragte sie. »Ich kann diesen Gedanken nicht abschütteln.«

»Wir wollten sie daran hindern, unsere Bürger anzugreifen«, erwiderte Gorian. »Sicher, es ging weiter, als wir dachten, aber was dort geschehen ist, das ist nicht unsere Schuld.«

»Wie kannst du das sagen? Wir haben die Steine mit den Wurzeln geschwächt. Wir haben den See auslaufen lassen. Mir wird übel, wenn ich an die Schreie der Menschen denke.«

»Sie waren Eindringlinge«, sagte Gorian. »Sie hätten nicht dort sein sollen. Sie haben uns zum Handeln gezwungen und mussten die Konsequenzen tragen.«

»Aber sie hatten keine Rückzugsmöglichkeit und haben keine Vorwarnung bekommen.«

Gorian beugte sich vor, berührte ihre Wange und zog ihren Kopf zu sich herum. »Sie sind Feinde. Sie würden Hesther, Andreas und Jen und alle anderen in Westfallen töten, wenn sie könnten. Auch Ossacer, Ardu, mich und dich. Trauere nicht um sie, sie haben es verdient.«

Sie ließ den Blick sinken, aber wieder hob er ihren Kopf, und sie küssten sich. Die Hitze entstand in ihrem Bauch und breitete sich im ganzen Körper aus. Sie spürte seine weichen Lippen, dann seine Zunge in ihrem Mund. Sie reagierte, legte eine Hand hinter seinen Kopf und zog ihn an sich, bis sie ihre Münder fest aufeinanderpressten. Ihr Herz hämmerte in der Brust. Er streichelte ihren Rücken, und sie bekam eine Gänsehaut. Es war wundervoll und kitzelte.

Dann drängte er sich an sie, und sie sank aufs weiche Gras zurück. Sein Gesicht war dicht über ihrem, er hatte die Augen geschlossen und küsste sie so sanft, dass sie wünschte, es möge nie wieder aufhören. Sie stieß ihre Zunge vor, und der Kuss wurde inniger.

Er rutschte herum, bis er mit gespreizten Beinen auf ihr lag. Dabei streichelte er weiter ihre Seite, blieb im Kleid hängen und zog es mit jeder Bewegung ein wenig höher.

Sie rieb seinen Arm, spürte die gespannten Muskeln, dann seine Schulter, die so breit und stark war. Sein Atem strich ihr übers Gesicht. Er zog sich zurück und sah sie an. So zärtlich und warm war sein Lächeln, dass sie fast in Tränen ausgebrochen wäre.

»Ich habe schon so oft davon geträumt«, flüsterte er, strich ihr die Haare aus dem Gesicht und küsste sie auf die Stirn.

»Nein, hast du nicht«, kicherte sie.

»Doch, das habe ich«, beharrte er. »Du bist so schön, und es ist genau richtig. So musste es sein.«

Seine Hand wanderte über ihren Bauch zu ihrer Brust.

»Hör auf«, sagte sie. Sie wollte zurückweichen, aber er hielt sie mit seinem Gewicht fest.

Er nahm die Hand weg und beugte sich wieder vor, um sie zu küssen. Sie erwiderte den Kuss, wieder trafen sich ihre Zungen. Die Energie brandete durch sie hindurch und verband sie miteinander. Sie entspannte sich. Wieder suchte seine Hand ihre Brust, tastete und knetete auf ihrem Kleid. Es war ein wundervolles und zugleich schreckliches Gefühl. Sie drehte sich und wandte den Kopf ab.

»Nein, Gorian.«

»Warum nicht?«

»Weil ich es nicht will.«

»Doch, du willst es«, sagte er.

Jetzt legte er sich mit seinem ganzen Gewicht auf sie, und als sie spürte, wie hart er war, keuchte sie. Wieder wanderte seine Hand über ihre Seite und rieb ihren Schenkel, zog das Kleid immer höher.

»Hör auf, Gorian.«

Als er den Kopf hob und sie seinen Zorn sah, zuckte sie zusammen. Ihr Magen krampfte sich vor Furcht zusammen. Er kniete sich hin, und sie atmete erleichtert auf.

»Ich will das nicht«, sagte sie. »Es ist zu viel. Ich bin noch nicht bereit.«

Sie wollte sein Gesicht streicheln, doch er fasste ihr Handgelenk und drückte ihren Arm über ihrem Kopf auf den Boden. Dann tat er das Gleiche mit dem anderen Arm.

»Nein«, sagte er, während sein Gesicht vor Energie glühte, dass sie fast blind wurde. »Aber ich bin es. Spürst du es nicht, Mirron?«

»Gorian, was redest du da? Beruhige dich, lass mich gehen.«

»Es ist rings um uns. Alle spüren uns, die ganze Welt. Gestern ist alles wahr geworden, was wir gelernt haben. Wir können nicht länger warten, bis die nächste Generation entsteht. Ich könnte morgen schon tot sein. Jetzt ist der richtige Augenblick.«

Mirron trat nach ihm, aber er legte sich wieder auf sie und hielt sie fest.

»Lass mich los«, sagte sie laut. »Bist du verrückt? Bitte! Nicht!«

Seine Augen verengten sich, dann kribbelte etwas auf ihren Handgelenken. Er legte ihr eine Hand auf den Mund.

»Still«, sagte er. »Nicht schreien. Du weißt, dass es richtig ist.«

Jetzt weinte sie. Wurzeln brachen aus dem Boden hervor und hielten ihre Hände fest. Sie zog und zerrte, aber sie waren zu stark, und sie konnte sich nicht gut genug konzentrieren, um sie zu zerreißen. Sie zitterte am ganzen Körper und schluchzte heftig.

Mit der freien Hand packte Gorian ihren Kragen und riss ihr mit einem einzigen Ruck das Kleid auf. Die kalte Luft berührte sie.

»Bitte«, murmelte sie zwischen seinen Fingern. »Ich liebe dich, Gorian. Bitte.«

Doch sie sah in seinen Augen, wie weit er sich innerlich von ihr entfernt hatte. Mit der freien Hand fummelte er an seinem Gürtel herum, dann legte er sich wieder auf sie. Er tastete zwischen ihren Beinen, drängte sie auseinander. Sie spürte einen kurzen, stechenden Schmerz, ihr Bein wurde feucht, und dann war er in ihr. Fest presste er seine Hand auf ihren Mund, um ihr Kreischen und ihre Schreie zu unterdrücken. Jeder Stoß erschütterte ihren ganzen Körper. Wieder zerrte sie an den Wurzeln, doch sie konnte die Fesseln nicht abstreifen.

Er grunzte und bebte auf ihr, durchbohrte sie mit Blicken. Nichts von dem Gorian, den sie kannte, war in diesen Augen noch zu erkennen, und das Starren war schrecklicher als alles, was sie je gesehen hatte. Sie war gelähmt vor Furcht und konnte den Kopf nicht abwenden, flehte nur noch stumm, er möge aufhören. Schließlich zitterte er am ganzen Körper, spannte sich und keuchte. Sein Kopf war rot vor Anstrengung. Dann zog er sich zurück. Sie hatte entsetzliche Schmerzen. Er rollte von ihr herunter, und sie fand endlich ihre Stimme wieder.

Ihre Schreie schlugen alle Vögel in die Flucht.

»Halt den Mund«, sagte Gorian. »Halt den Mund. Es ist jetzt sowieso zu spät.«

»Verschwinde«, heulte sie und zerrte wieder an den Wurzeln, die von ihrem Blut glitschig waren. Die Schmerzen zwischen den Beinen wurden stärker und stärker, sie konnte nichts dagegen tun. »Nimm die Wurzeln weg.«

Nun baute er sich über ihr auf und glättete seine Tunika. »Nur wenn du aufhörst zu jammern.«

»Gorian! Tritt zur Seite. Sofort.«

Es war ein Segen, Menas' Stimme zu hören, und Mirron brach in Tränen aus. Die Einnehmerin kam rasch zu ihnen, sie hatte den Gladius in der Hand. Gorian drehte sich zu ihr um.

»Warum?«, sagte er.

»Verschwinde.« Ihre Stimme war kalt und drohend. »Zwinge mich nicht, zur Gewalt zu greifen.«

»Du kannst mich zu überhaupt nichts zwingen.«

Er schlenderte zu ihr und kehrte Mirron den Rücken, doch sie spürte die Energien, die in ihm brodelten und ihm neue Kraft verliehen.

»Sei vorsichtig, Erith«, sagte sie.

»Ja, sei nur vorsichtig, Erith«, höhnte Gorian.

Menas blickte traurig Mirron an und hauchte ein tröstendes Wort, ehe sie sich wieder wutentbrannt an Gorian wandte.

»Du erbärmlicher Rüpel. Willst du dich mit mir anlegen? Ja?«

Gorian wich zurück, doch sie folgte ihm mit erhobenem Schwert.

»Ich will dich nicht«, höhnte er. »Du bist keine Aufgestiegene. Nur eine Soldatin. Schwach.«

»Treib es nicht auf die Spitze, Junge. Entferne sofort die Wurzeln von ihrem Handgelenk.«

»Oder?« Gorian lachte sie aus. »Was willst du tun? Mich erstechen? Mich? Ich bin ein Aufgestiegener. Du kannst mich nicht verletzen.«

Menas ging in die Hocke und fegte mit einem vorgestreckten Bein Gorians Füße weg. Er fiel flach auf den Rücken, und bevor er sich auch nur rühren konnte, kniete sie schon auf seiner Brust und hielt ihm das Schwert an die Kehle.

»Ich brauche keine Waffe, um dir wehzutun«, sagte sie.

»Ich auch nicht.« Gorian packte sie am Kinn, und sie zuckte zusammen. »Du hast wirklich keine Ahnung, was?«

Menas keuchte und ließ das Schwert ins Gras fallen. Sie ergriff sein Handgelenk. Mirron wurde übel, als sie es sah. Ihre Energiestrukturen hatten sich vereint und wirbelten umeinander. Doch Menas' Energien loderten viel zu hell, als sie aus ihr herausströmten, während Gorian langsam und stark pulsierte.

»Gorian«, flüsterte Mirron. »Nein.«

Es war ein eigenartiges Gefühl. Faszinierend. Menas verlor so schnell ihre Kräfte, es war so leicht. Er trieb ihre Energie durch ihre Venen und Arterien, durch alle Muskeln, Zellen und Knochen, als würde er in den Wurzeln eines Grashalms oder eines Baums die Lebenskraft wecken. Hell flackerte das erzwungene Leben, während er durch die Anstrengung ermüdete. Er fragte sich, ob er nicht ihre Energien nutzen konnte, um sich selbst wieder zu erholen, aber es funktionierte nicht. Der Kreis wollte sich nicht schließen.

Allerdings konnte er in wenigen Sekunden ihre ganze Lebenskraft auflodern lassen wie bei einer Pflanze. Sie stellte die Versuche, seinen Griff zu lösen, ein und ließ die Hände sinken. Ihre Haare waren lang, dünn und weiß, und ihr Gesicht war runzlig und hatte braune Flecken bekommen. Die Augen trübten sich.

Irgendwo hörte er Mirron kreischen, doch dadurch ließ er sich nicht beirren. Schließlich öffnete Menas den Mund und flehte keuchend um Gnade. Ihre Zähne waren verfault, die Wangen eingefallen, die Augen lagen tief in den Höhlen. Ein letztes Mal griff sie mit einer faltigen Hand, an der die Fingernägel zu Klauen herangewachsen waren, nach ihm. Schließlich kippte ihr Kopf zur Seite, ihre Lebenslinien zuckten noch einmal und erloschen.

Er stieß sie von sich, sie blieb auf ihrer Klinge liegen. Dann hob er eine zitternde Hand vor seine Augen und betrachtete die tiefen Falten. Es war, als betrachtete er Vater Kessians Hand. Er war erschöpft und konnte kaum noch stehen, er fühlte sich uralt. Schlimmer als je zuvor. Endlich drehte er sich um und sah Mirron vor sich, die ihn anstarrte. Als ihre Blicke sich trafen, begann sie wieder zu schreien.

»Nicht«, sagte er. Es gelang ihm nicht, sie mit einem lauten Ruf zum Schweigen zu bringen. Seine Stimme klang müde und gebrochen.

Auf Händen und Knien kroch er zu ihr. Sie verstummte. Zwischen ihren Beinen war Blut, ihre Augen waren vom Weinen gerötet, das Gesicht feucht. Der Kummer übermannte ihn. Sie war verletzt, sie hatte Schmerzen. Und sie hasste ihn.

»Was habe ich getan?«, flüsterte er.

Schließlich erreichte er sie und berührte ihr Gesicht. Sie fuhr zurück und starrte ihn mit solchem Hass an, dass ihm die Tränen in die Augen stiegen.

»Bitte, Mirron«, sagte er. »Es tut mir leid. Es tut mir so leid.«

»Es tut dir leid?« Sie spuckte ihm ins Gesicht, der Speichel rann an seiner Wange hinab. »Mörder. Du bist ein Mörder.«

Unten ertönten Stimmen, die lauter wurden und sich näherten. Mirron schrie das Wort immer wieder. Gorian war jetzt voller Entsetzen und keuchte schwer. Menas war tot. Mirron war verletzt. Er musste weglaufen. Sich verstecken. Er war erschöpft und hatte

Angst. Voller Panik sah er sich um. Auf der anderen Seite des Bachs standen noch mehr Bäume. Wenn er noch ein wenig Kraft in sich fände, könnte er entkommen. Verschwinden, bis sich die Aufregung wieder gelegt hatte und sie ihm verziehen. Vor seinem inneren Auge sah er Vater Kessian, der ihm winkte, zu ihnen zu gehen und die Erlösung zu suchen.

Er schlurfte durch den Bach und lief, immer wieder stolpernd, davon. Immer noch hörte er Mirrons Rufe.

25

848. Zyklus Gottes, 41. Tag des Solasab
15. Jahr des wahren Aufstiegs

Schnee fiel auf die gefrorene Erde. Die Flocken tanzten in der Luft, und es wurde schon am Nachmittag dunkel, was durchaus zur Stimmung der Bewohner passte. Westfallen war still. Kein Geplapper war auf dem Forum zu hören. Der Wind heulte um die Palisaden und pfiff zwischen Brettern und den Wurfarmen der Onager. Am Mast knatterte die caradukische Flagge.

Arvan Vasselis starrte aufs Feld vor der Stadt hinab und richtete sich ein wenig auf. Die Gottesritter näherten sich. Eine ganze Legion, fünftausend Infanteristen und Kavalleristen. Ochsen zogen Wagen, Katapulte und Bolzenschleudern. An hundert Stangen flatterten die Banner und Wimpel des Allwissenden.

An ihrer Spitze kam Horst Vennegoor, das Erste Schwert des Allwissenden, um das Werk zu vollenden, das er begonnen hatte, als der Genastro noch die Erde gewärmt und Ardol Kessian noch gelebt hatte. Caradukische Wächter und Leviumkrieger beobachteten den Aufmarsch. Die Gesichter unter den Helmen blieben unbewegt, aber sie packten unwillkürlich die Speerschäfte fester.

Die Legion machte halt und errichtete ihr Lager. Wie Lotheris kam auch Vennegoor mit einigen Wächtern, um mit Vasselis zu sprechen. Im Gegensatz zu Lotheris besaß er allerdings die Macht, Westfallen binnen weniger Stunden zu zerstören, und das wusste er.

»Es ist spät, meine Krieger sind müde, und ich habe nicht den Wunsch, mit Euch zu verhandeln, Vasselis«, sagte Vennegoor ohne Einleitung. »Die Lage ist völlig klar. Morgen früh werdet Ihr Euch mir zusammen mit allen noch lebenden Angehörigen der Autorität ergeben. Ich habe keinen Streit mit Euren Leviumkriegern und Euren Wachen. Sie sind frei und können abziehen. Wenn Ihr Euch nicht ergebt, werde ich diese hübsche kleine Stadt zerstören, die Ihr mit dieser hässlichen, schwachen Verteidigung verunstaltet habt. Ich werde jeden Mann, jede Frau und jedes Kind darin töten. Ich werde jedes Schaf, jede Kuh, jeden Hund und jede Katze abschlachten.«

Damit zog er sein Pferd herum und ritt davon.

»Kann er das tun?«, fragte Hesther, die neben Vasselis stand. »Können wir uns gegen so viele verteidigen?«

»Nein«, erwiderte Harkov. »Sie sind uns überlegen. Es sind weit mehr, als wir in unseren schlimmsten Befürchtungen erwartet haben. Wir können nur ausharren und auf ein Wunder hoffen.«

Vasselis starrte die Gottesritter an. »Was, glaubt Ihr, würde jetzt ein Held tun?«

Widerstreitende Gefühle und Gedanken überkamen ihn. Er wandte sich von den Feinden ab und betrachtete Westfallen. Das Juwel von Caraduk war elendig heruntergekommen. Die Leute zogen die Köpfe ein und liefen umher wie Verurteilte. Manche konnten immer noch nicht fassen, wie sehr sich ihr Leben verändert hatte. Vasselis schüttelte den Kopf. Er musste aufpassen, um nicht vom Zorn über dieses Unrecht übermannt zu werden.

»Ein Held zu sein bedeutet, niemals die eigenen Überzeugungen aufzugeben und für das zu sterben, an das man glaubt, wenn es denn sein muss. Es bedeutet, im Angesicht des Bösen tapfer zu bleiben.«

»Ist das nicht ein wenig zu romantisch und idealistisch, Hauptmann Harkov?«, fragte Vasselis. »Es ist jedenfalls falsch.«

Auch in Hesthers Augen entdeckte er die Furcht, die inzwischen die ganze Stadt gepackt hatte. Es würde noch schlimmer werden. Die meisten hatten noch nicht einmal gesehen, was da gegen sie aufgeboten wurde.

»Was ist falsch, Arvan?«, fragte sie.

»Wie viel Zeit bleibt dir noch?«, fragte er.

»Komm schon, Arvan, das sieht dir überhaupt nicht ähnlich. Wir sind hier, weil wir keine andere Wahl haben. Wenn du die Verantwortung für das übernehmen willst, was jetzt geschehen wird, dann werde ich sehr böse. Dich trifft keine Schuld. Ganz im Gegensatz zum Orden und zur Kanzlerin.«

Vasselis' Gedanken beruhigten sich wieder. »Ich will euch erklären, was Heldentum ist, und was es nicht ist. Es kann nicht darum gehen, ein Gemetzel auszulösen, nur weil man zu stur ist, um den Kurs zu wechseln. Es geht nicht darum, die Bürger sterben zu lassen, nur weil man verwirrt ist und glaubt, sie seien bis in den Tod mit dem Ort verbunden, an dem sie leben. Heldentum bedeutet, den richtigen Weg zu erkennen, um alle zu retten, die man liebt, und den eigenen Überzeugungen treu zu bleiben. Das schließt aber nicht zwangsläufig den Kampf mit dem Schwert ein. Wichtig ist zu verstehen, dass der Stein, auf dem man steht, nicht das Gleiche ist wie das Leben, an dem du und alle hängen, die du liebst. Zu erkennen, wie man sie beschützen kann, ohne auch nur einen Tropfen Blut zu vergießen.«

Hesther schüttelte den Kopf. »Nein, Arvan, nein. Du wirst nicht nach draußen reiten, nur um dich von diesem Bastard ermorden zu lassen. Das werde ich nicht erlauben. Westfallen wird es nicht erlauben. Auch wenn wir alle Angst haben, wir werden bis zum Ende zu dir stehen.«

»Ich weiß«, sagte Vasselis. »Aber auch das würde mich nicht zum Helden machen. Ich glaube nicht an heldenhaftes Scheitern, und das wäre es in diesem Fall. Ich glaube, Fehlschläge haben überhaupt nichts Heldenhaftes. Hier geht es um das Überleben eurer Werke und Ideen. Wenn wir das erreichen, sind wir alle Helden. Und wer sagt eigentlich, dass ich morgen dort hinausreite? Du hast mich missverstanden, Mutter Naravny. Ich habe nicht den Wunsch, morgen zu sterben.«

Er blickte zur Bucht und seinen Schiffen, die dort vor Anker lagen.

Horst Vennegoor stand an der Mole und blickte auf die leere, stille Bucht hinaus. Er hatte davon geträumt, seinen Fuß auf diesen Stein zu setzen, während Westfallens Häuser und Ketzer verbrannten und seinen Rücken wärmten. Während das Blut von Arvan Vasselis auf seinen Händen trocknete.

»Mein Erster Soldat?«

Vennegoor wandte sich an seinen Zenturio. »Ja?«

»Niemand da, mein Erster Soldat. Auch die Schränke sind leer. Sie haben nichts zurückgelassen.«

Vennegoor nickte und las den Brief, den Vasselis ihm hinterlassen hatte. Sie segelten ins Herz der Konkordanz, hieß es dort. Wo der Orden diejenigen, die er verfolgen wollte, nicht erreichen konnte.

»Wie sehr du dich doch irrst, Vasselis«, sagte Vennegoor. »Nicht einmal die Advokatin kann dich vor dem Urteil des Allwissenden beschützen.«

»Jetzt ist es Zeit, dass ihr geht. Ihr alle. Ich habe hier noch etwas zu tun.«

»Angesichts der Befehle der Advokatin wart Ihr ein Komplize bei ihrer Flucht, Hauptmann Harkov«, sagte Vennegoor. »Ich weiß es und behalte Euch im Auge.«

»Wie Ihr wünscht«, sagte Harkov.

»Es ist noch nicht vorbei«, fuhr Vennegoor fort. »Es wird nie vorbei sein. Wenn sie zurückkehren, werden auch wir zurückkehren. Und weder Ihr noch die Advokatin werdet sie retten können.«

Roberto öffnete die Augen. Dahnishev saß vor ihm.

»Wie fühlst du dich?«, flüsterte der Feldarzt, als wagte er es nicht, laut zu sprechen.

»Ich fühle mich …«

Roberto presste eine Hand auf die Brust und richtete sich abrupt auf. Er hatte keine Schmerzen, er spürte unter dem Hemd keine Wunde.

»Ich habe von Shakarov geträumt.«

»Das war kein Traum«, sagte jemand anders.

»Was hat der hier zu suchen?«, sagte Roberto, ohne Jhered zu begrüßen.

»Darauf weiß ich leider keine bequeme Antwort«, sagte Dahnishev. »Sieh mich an, Roberto.«

»Was ist hier los?« Roberto war verwirrt und ratlos. Zwei Gefühle, die er mehr als alle anderen hasste.

»Shakarov war hier und wollte dich töten. Beinahe hätte er Erfolg gehabt.«

Roberto schüttelte den Kopf. »Das war nicht seine Absicht. Er kam, um zu reden, und dann geriet es außer Kontrolle.«

»Das kann man wohl sagen.« Dahnishev legte Roberto eine Hand auf die Schulter. »Du müsstest eigentlich tot sein. Sein Stich hat deine Lunge getroffen und Venen und Arterien zerfetzt. Du hättest verbluten oder an deinem eigenen Blut ersticken müssen.«

Roberto zuckte zusammen und zog sich von Dahnishev zurück. Eine kalte Angst breitete sich in ihm aus.

»Was habt ihr mit mir getan?«

»Es war einfach unglaublich«, berichtete Dahnishev. »Dieser Junge hat dich zusammengeflickt, einfach indem er die Hände aufgelegt und seine Gedanken benutzt hat. Und zwar von innen nach außen, Roberto. Es ist nicht einmal eine Narbe zurückgeblieben.«

Im Zelt waren noch weitere Leute. Davarov, Neristus, Herides. Roberto spähte unter sein Hemd und untersuchte den Bereich, wo die Klinge eingedrungen war. Eine kleine wunde Stelle, aber sonst keine Spur.

»Ist das wahr?«, fragte er.

»Du lagst im Sterben«, bestätigte Davarov. »Das durften wir nicht zulassen.«

»Wenn es für mich an der Zeit war, in die Umarmung Gottes zurückzukehren, dann hattet ihr nicht das Recht, etwas daran zu ändern«, sagte Roberto. »Das ist nicht natürlich.«

»Doch, das ist es«, widersprach Jhered sanft. »Es ist so natürlich wie die Morgensonne.«

»Wie kannst du hier stehen und so etwas sagen? Du, der Schatzkanzler?«

»Weil ich meine Augen geöffnet habe. Genau wie dein Feldarzt Dahnishev. Du nimmst an, die Aufgestiegenen seien eine Beleidigung für Gott, und das kann ich verstehen. Das dachte ich zunächst auch selbst. Aber sie sind keine Beleidigung Gottes, sondern ein *Geschenk* Gottes, und du bist gesegnet, weil sie die Möglichkeit boten, dein Leben zu retten.«

Roberto runzelte die Stirn und sah sich im Kreis seiner erfahrenen Gefährten um. Offensichtlich waren sie alle Jhereds Meinung.

»Sie werden mich für unverwundbar halten«, sagte Roberto, und er konnte die Erregung nicht verhehlen, die ihn ergriff.

»Du hast die Seuche und einen Dolchstoß ins Herz überlebt«, sagte Jhered. »Du bist der gesegnete, geliebte Soldat. Stell dir nur vor, was dies für die Herrschaft der Advokatin bedeutet, wenn es bekannt wird. Schließlich ist sie doch, wie es in den Schriften heißt, die Verkörperung Gottes auf dieser Erde.«

»Und dieses Geschenk, die Aufgestiegenen, hat Gott dir in die Hände gegeben«, ergänzte Davarov. »Nicht Gesteris, der vermisst wird. Nicht Jorganesh, der tot ist. Sondern dir. Dir, der du immer noch über eine Armee verfügst und die besten Aussichten hast, die Tsardonier zu besiegen. Wenn du unbedingt willst, kannst du sie in

Estorr immer noch vor Gericht stellen, aber bei Gott, der uns umfängt, Roberto, du musst sie vorher einsetzen, um den Krieg zu gewinnen.«

»Glaubst du, ich kann das Heer davon überzeugen?«, fragte Roberto.

»Sie reden schon darüber. Es gibt Gerüchte über dein Überleben. Zeige dich, und du hast es so gut wie geschafft«, sagte Davarov.

»Dennoch sind sie Missgeburten. Eine Waffe, die es nach den Schriften nicht geben dürfte. Der Orden verurteilt sie als Ketzer.«

»Bei allem gebührenden Respekt gegenüber Ellas Lennart, wir sind im Krieg«, wandte Neristus ein. »Wen kümmert es?«

Roberto beäugte Jhered, und trotz seines unguten Gefühls musste er lächeln. »Ja, wen kümmert es?«

Mirrons Schreie hatten sie gerufen. Kastenas war vom Pferd gesprungen, um sie mit dem Mantel zu bedecken, und Kovan hatte die Wurzeln zerhackt, die ihre Arme gefesselt hatten. Dann hatte sie sich aufgerichtet, sich an seine Brust geschmiegt und haltlos geschluchzt.

Später hatte Kovan Gorian gerufen und herausgefordert, sich zu zeigen und sich dem Tod zu stellen, aber nichts als Schweigen geerntet. Es hatte eine Weile gedauert, bis er die reglos am Boden liegende Menas entdeckt hatte. Kastenas hatte sie auf den Rücken gedreht und war zurückgeschreckt. Dann hatte sie noch einmal hingeschaut und sich übergeben und sich sogar hinknien müssen, um sich zu fassen.

Kovan hatte verlangt, dass Jhered geholt werden müsse. Kastenas war im Galopp aufgebrochen, und Kovan hatte Mirron die ganze Zeit gehalten, bis der Schatzkanzler eingetroffen war. Andere Leute begleiteten ihn. Kavalleristen des Heeres. Jhered hatte Menas betrachtet und anschließend Mirron auf ein Pferd gesetzt, um sie ins Lager bringen zu lassen. Dann war er auf beiden Seiten am

Bach entlanggelaufen und hatte gebrüllt, dass Gorian sich zeigen möge.

Er war völlig sicher, dass Gorian sich ganz in der Nähe versteckt hielt, und in der Nähe geblieben, bis der Abend den Himmel verdunkelt hatte. Er hatte ihm Gnade und Hilfe nach seiner Tat angeboten, nachdem sein Zorn verraucht war.

Eine kleine Weile lang hatte Gorian mit dem Gedanken gespielt, Jhereds Ruf zu folgen, doch nachdem die Kavallerie lange Zeit gesucht und ihn nicht entdeckt hatte, blieb er versteckt, wo niemand ihn vermutete. Er hätte sich gern gezeigt und wäre gern zu Jhered gerannt, um Vergebung zu empfangen und zu den Aufgestiegenen zurückzukehren, doch stärker war die Stimme in ihm, die ihm sagte, dass er es besser bleiben lassen sollte. Dieses Mal konnte kein Versprechen seine Taten ungeschehen machen. Er wusste genau, was er getan hatte, doch die anderen würden trotz seiner überwältigenden Schuldgefühle seine Reue nicht erkennen. Sie würden ihn verstoßen.

Als Jhered schließlich aufgebrochen war und die Hufschläge seines Pferds verklungen waren, wusste Gorian, was er zu tun hatte. Er unterbrach die Verbindung mit der mächtigen Buche und fiel aus den unteren Zweigen zu Boden. Zuerst konnte er sich nicht einmal bewegen.

Immerhin fand er die Zeit, mit seinem Werk zufrieden zu sein. Er hatte sich am Ort seiner Verbrechen versteckt. Einmal hatte Jhered direkt unter ihm verlangt, dass er auftauchte. Vater Kessian hatte immer gesagt, sie würden alle Antworten in Zeiten größter Not ganz von selbst finden, und dies hatte sich abermals bewahrheitet.

Ihm war eingefallen, dass es recht einfach möglich sein müsste, das Erscheinungsbild seiner Haut auf die Energie einzustimmen, mit der er arbeitete. So war es auch. Er hatte seine Kleider im Stamm des Baums versteckt und mit Blättern bedeckt und war dann hinaufgeklettert. Dort hatte er sich für die Energien des Baums geöffnet und sich darin eingerichtet, bis sie ihn überspülten und besser verbargen, als es jeder Schatten hätte tun können. Es war so leicht gegangen, und er hatte sich dabei sogar ein wenig erholt. Nach den vorherigen Werken war er stark erschöpft gewesen, und so hatte er lange Zeit reglos liegen müssen, was ihm nicht leicht gefallen war. Außerdem taten ihm die Blase und sein ganzer Unterleib weh.

Er holte seine Kleidung. Es war kalt, die Luft kühlte sich rasch ab. Eine Träne rann über sein Gesicht, und bald weinte er heftig. Er hatte alles verloren. Seine Brüder, Mirron, die arme Mirron, und alles, was ihm vertraut gewesen war. Alles verloren. Jetzt stand er allein auf der Hochebene eines von Feinden besetzten Landes und hatte nichts mehr, was er sein Eigen nennen konnte, und kein Ziel, zu dem er gehen konnte.

Gorian gürtete seine Tunika und zog die Stiefel an, dann rieb er sich über die Arme. Der Baum hatte ihn während des Tages warm gehalten, aber seinen Pelzmantel hatte er im Lager gelassen. Vermutlich war er nicht mehr da, aber es konnte nicht schaden, einmal nachzusehen. Mit seinen Sinnen erforschte er die Umgebung. Niemand versteckte sich in den Bäumen, niemand wartete am Lagerplatz. Sein Rucksack und die Pelze waren noch dort, wo er sie zurückgelassen hatte, aber alles andere war fort.

Er bückte sich, um sie aufzuheben, fuhr aber gleich wieder auf und drehte sich um. Kovan schlenderte ins Zwielicht, einen Pfeil in seinen Bogen gelegt.

»Paul war der Ansicht, du würdest den gleichen Fehler noch einmal machen, aber nicht einmal ich habe dich für so dumm gehalten. Er sagte, du würdest ins Lager zurückkehren, und ich wollte die ganze Nacht hier verbringen, um meine Wette zu gewinnen. Jetzt schuldest du mir obendrein noch zwanzig Denarii.«

»Und was noch?«

»Halt den Mund, Gorian. Halt den Mund und setz dich.«

»Oder was?« Er lächelte.

Kovan kam näher, bis er nur noch zwei Schritte entfernt war. Er hielt den Pfeil genau ausgerichtet, und in seinem Blick lag eine Entschlossenheit, die Gorian vorsichtig machte.

»Menas ist tot, weil sie dich nicht angreifen wollte. Begehe nicht den Fehler anzunehmen, ich hätte die gleichen Hemmungen. Der einzige Grund dafür, dass du noch keinen Pfeil im Hals hast, ist die Tatsache, dass die anderen Jhered angefleht haben, dich leben zu lassen.«

»Haben sie das wirklich getan?« Liebe und Hoffnung erwachten in Gorian. Dann würden sie ihm doch noch vergeben.

»Ich werde mich dem Wunsch meiner Freunde beugen und auf das hören, was mein Kommandant sagt. Danach handele ich auch. Es gefällt mir nicht, aber ich richte mich danach.«

»Dann bist du hier, um mich zurückzubringen?«

»Zurück?« Kovan riss die Augen weit auf. »Du bist ganz sicher so verrückt, wie Mirron es beschrieben hat. Ich wusste es längst. Zurück? Mach dich nicht lächerlich. Du lebst noch, und das ist mehr, als du verdient hast. Du hast deine Sachen und deinen Mantel, und auch das ist mehr, als du verdient hast. Du bist ein Mörder und Vergewaltiger. Sie wollen dich nicht töten, aber sie wollen nie wieder etwas von dir hören und sehen. Roberto hat seinen Soldaten befohlen, dich auf der Stelle zu töten, wenn sie dich sehen. Paul Jhered wird die Leviumkrieger auf deine Fährte setzen. In Caraduk oder der ganzen Konkordanz gibt es keinen Ort mehr, an dem du je wieder willkommen sein wirst. Du bist nichts. Ein Ausgestoßener. Verbannt. Du wirst hier draußen sterben.«

Gorian betrachtete Kovan einen Augenblick und überlegte, ob er ihn nicht ebenso ausschalten konnte wie Menas, und kam zu dem Schluss, dass es ihm nicht gelingen würde. Er hatte nicht genug Kraft. Außerdem hatte Vasselis sowieso gelogen. Sie würden ihn nicht lange hassen.

»Fertig?«, fragte er.

»Warum hast du es getan?«, sagte Kovan. »Was ist nur in dich gefahren?«

»Du wirst es wohl nie verstehen, Soldatenjunge. Der Aufstieg ist wichtiger als ich oder Mirron. Er muss weiter wachsen, um seine Bestimmung zu erreichen. Er wird die herrschende Kraft in dieser Welt sein, und ich bin dafür verantwortlich, dass der Same an der fruchtbarsten Stelle gesät wird, damit dies geschehen kann.« Er spreizte die Finger. »Es tut mir leid, dass ich Mirron wehgetan habe, aber sie wird es eines Tages verstehen. Sie ist im Geiste noch so jung. Ich bin älter und weiser.«

»Nein, Gorian, du bist verrückt. Deine Gabe erhebt dich nicht über Ehre, Anstand und Gesetz.«

Goran lachte. »Hör dich doch reden, Vasselis. Du spricht zu mir aus einem Zeitalter, das längst untergegangen ist.«

»Mag sein.« Kovan machte einen weiteren Schritt auf ihn zu. Immer noch zielte der Pfeil auf Gorians Hals. »Aber es ist die Ehre, der du jetzt dein Leben zu verdanken hast. Eines will ich dir sagen. Wenn du jemals wieder in Mirrons Nähe kommst, wenn du versuchst, ihr wehzutun, wenn du jemals wieder auch nur ein Wort mit ihr sprichst, dann werde ich dich töten.«

»Dazu fehlt dir der Mut«, sagte Gorian.

Kovan zog den Bogen hoch. Die Pfeilspitze kratzte über Gorians Wange und seine Nase und verfehlte knapp das linke Auge. Gorian presste eine Hand aufs Gesicht und taumelte zurück. Es tat schrecklich weh. Und er blutete. Er ballte die Hände zu Fäusten.

»Oh-oh«, machte Kovan, der den Bogen schon wieder ausgerichtet hatte. »Führe mich nicht in Versuchung.«

»Dafür töte ich dich, Vasselis«, sagte Gorian, der sich schon vorstellte, wie das Gesicht seines Gegners in seinen Händen verschrumpelte. »Eines Tages.«

»Wirklich?« Kovan ließ den Bogen fallen und machte einen weiteren Schritt. »Versuch's doch. Gorian. Versuche es jetzt.«

Gorian wich zurück. Kovan winkte ihn zu sich.

»Ach, jetzt bist du nicht mehr so groß, was? Und nicht mehr so klug wie gerade noch, du kleiner Aufgestiegener.«

Kovan schlug Gorian die rechte Faust auf den Mund, die Lippe platzte auf. Gorian stieß einen Schrei aus und taumelte zurück. Dabei hob er beide Hände, weil er auf einmal Angst bekam. Er schmeckte das Blut im Mund. Überall Blut. Kovan setzte nach und knallte Gorian die rechte Faust vor die Schläfe. In Gorians Ohren rauschte es, seine Beine versagten, und er sank auf Hände und Knie. Kovans Fuß traf seinen Bauch, der Tritt warf ihn auf den Rücken.

Gorian grunzte vor Schmerzen. »Hör auf. Hör auf.«

Kovan baute sich über ihm auf. Gorian hatte am ganzen Körper Schmerzen, seine Schläfe brannte. Die Tränen stiegen ihm in die Augen.

»Hat das nicht auch Mirron gesagt? Aber du wolltest nicht hören, nicht wahr?« Wieder trat Kovan zu und traf Gorian knapp unter den Rippen. Der Junge heulte. »So fühlt sich das an.«

Dann ließ Kovan sich auf ihn fallen und versetzte ihm abwechselnd mit beiden Händen Schlag auf Schlag ins Gesicht. Gorian hatte nicht mehr die Kraft, sich zu wehren. Die Schläge trafen seine Augen, die Nase, den Mund und die Wangen. Jeder Schlag weckte neue Schmerzen, bis er überall taub war. Er konnte sich nicht mehr beherrschen und weinte haltlos. Endlich hörte Kovan auf und zog sich zurück.

»Das tut weh, nicht wahr?« Er bog seine geröteten Finger. »Ich kehre jetzt ins Lager zurück. Ich habe ein Pferd und kann mich auf ein warmes Essen und eine warme, bequeme Pritsche in einem geräumigen Zelt freuen. Hast du irgendwelche Pläne, Gorian? Vielleicht solltest du dich um dein Gesicht kümmern, es sieht nicht sehr schön aus. Es wird anschwellen und wehtun. Trotzdem wird es irgendwann vorbei sein. Was du Mirron angetan hast, geht nie vorbei.«

Gorian sagte nichts, sondern starrte ihn nur an und hasste ihn.

»Es wird nicht vergessen, Gorian. Sie werden dich nicht wieder aufnehmen. Dies hier ist jetzt dein Leben. Gewöhne dich daran.«

Damit wandte er sich um und ließ Gorian zurück.

»Ja«, sagte Gorian und nickte. »Ja.«

Die Truppe löste das Lager auf und machte sich marschbereit. Noch drei Stunden bis zur Morgendämmerung. Überall herrschte Lärm, Pferde schnaubten, Hämmer schlugen auf Metall, die Soldaten legten Teile der Palisaden auf die Wagen. Bald würde die Vorhut der Kavallerie und die leichte Infanterie abmarschieren. Die ersten Manipel würden eine Stunde später folgen.

Jhered und Roberto standen mit Dahnishev im Operationszelt des Arztes. Keiner von ihnen hatte auch nur eine Minute geschlafen. Der Arzt hatte auf Befehl von Roberto zuerst Arducius und Ossacer untersucht, dann aus ganz anderen Gründen Mirron auf Anweisung von Roberto. Schließlich hatte noch die schreckliche Aufgabe auf sie gewartet, Menas' Leichnam zu untersuchen. Als der Arzt ein mit Blut beflecktes Tuch über sie zog und ihren Kopf bedeckte, biss Jhered sich auf die Lippe.

»Was kannst du uns berichten?«, fragte Roberto.

Dahnishev blies die Wangen auf. »Zum zweiten Mal an diesem Tag muss ich zugeben, dass ich so etwas noch nie gesehen habe. Wie alt war sie?«

»Vierunddreißig«, sagte Jhered. »Jung, stark und schnell.«

»Außerordentlich.« Dahnishev runzelte die Stirn. »Wenn ich raten müsste, dann würde ich sagen, dieser Körper war mindestens hundert Jahre alt. Sie ist an Altersschwäche gestorben. Ich habe ihre inneren Organe, die Haut, die Augen und die Haare untersucht. Nichts ist beschädigt, und nichts zeigt irgendwelche anderen Spuren als die eines hohen Alters. Das ist nicht möglich.«

»So etwas dürfte nicht geschehen«, sagte Roberto leise, und Jhered spürte den Blick des Generals auf sich ruhen. »Kannst du mir sagen, wie es dazu kommen konnte?«

»Arducius kann das besser erklären, aber im Grunde beruht ihre Gabe darauf, dass sie kleine Mengen Energie in sich selbst oder Quellen in der Nähe nutzen, verstärken und in eine andere Richtung wieder abstrahlen, um etwas wachsen zu lassen.«

»Wachsen?« Roberto deutete zur Toten.

»Ah.« Dahnishev hatte es sofort erfasst. »Wenn sie etwas wachsen lassen, altern sie gleichzeitig selbst.«

»Genau«, bestätigte Jhered.

»Guter Gott, umfange uns«, keuchte Roberto.

»Es muss sehr anstrengend für ihn gewesen sein, er war sicher völlig erschöpft«, sagte Jhered.

»Nun, dann wollen wir dem Allwissenden danken, dass er nur ab und zu jemanden töten kann«, sagte Roberto.

»Hör mal, ich weiß, dass dies alles schwer zu verdauen ist.«

»Du hast wirklich eine Gabe zur Untertreibung, Schatzkanzler«, sagte Roberto.

»Welches Werk sie auch vollbringen, sie sind danach erschöpft. Je größer die Anstrengung, desto schlimmer die Nachwirkungen.«

»Ja«, bestätigte Dahnishev. »Ich habe die Anzeichen des Alters bei den anderen Aufgestiegenen gesehen. Sie altern offenbar in einem Verhältnis, das der Größe ihres Werks entspricht.«

»So ist es. Gorian muss in sehr schlechter Verfassung gewesen sein, wie Kovan ja auch erwähnt hat.«

»Aber seine Verfassung war lange nicht so schlecht wie die seines Opfers«, sagte Roberto. »Wir sollten ihn nicht ziehen lassen. Das war keine gute Entscheidung.« Er schüttelte den Kopf. »In dem Augenblick, in dem ich die Möglichkeiten erkenne und sogar akzeptiere, stoße ich auf einen Mörder, der nicht einmal eine Waffe, irgendein Gift oder eine Ausbildung braucht. Er muss die Opfer nur berühren und seinen Geist einsetzen.«

»Und dann braucht er direkt neben seinem Opfer ein Bett, um sich auszuruhen«, sagte Jhered. »Roberto, du übertreibst.«

»Er ist ein Mörder«, beharrte Roberto.

Jhered seufzte und blickte zu Menas. »Ja, das ist er. Mir gefällt es auch nicht. Aber die anderen wollen nicht, dass er durch unsere Hände stirbt.«

»Du bist der Schatzkanzler. Du bist nicht den drei Jugendlichen verantwortlich, so wichtig sie auch sein mögen. Ich bin es auch nicht. Wenn meine Leute ihn finden, werden sie ihn töten.«

»Folge mir doch bitte in dieser einen Sache. Irgendwie sind die Aufgestiegenen davon überzeugt, dass er seine Taten bereuen wird. Wenn wir ihn gehen lassen, dann bleibt ihm wenigstens diese Möglichkeit.«

»Der Dusas kommt, und er ist nicht einmal fünfzehn Jahre alt«, sagte Dahnishev. »Wie groß sind jetzt wohl seine Aussichten?«

»Nach allem, was er getan hat, ist das Erfrieren, sofern er nicht vorher verhungert, immer noch besser als das, was er eigentlich verdient hätte.« Jhered wollte nicht mehr über Gorian nachdenken. »Sagt mir, wie es Mirron geht.«

»Ich kann nichts berichten, was Ihr nicht schon wisst«, sagte Dahnishev. »Die Vergewaltigung kann ich bestätigen. Sie hat ihre Unschuld verloren, sie hat Verletzungen davongetragen und blutet, und auf ihrem Schenkel war getrockneter Samen. Aber wir sollten eher über ihre seelische Verfassung besorgt sein, und das nicht nur wegen ihrer eigenen Verletzung. Sie war auch Zeugin des Mordes.«

Jhered nickte. »Darum kümmere ich mich. Jedenfalls will ich es versuchen.«

»Sie müssen in zwei Stunden marschbereit sein«, erinnerte Roberto ihn.

»Wir werden bereit sein.« Jhered wandte sich zum Gehen.

»Paul?«

»Ja?«

»Du bist für sie verantwortlich, und sie müssen sich bewähren. Sie dürfen sich keine Freiheiten erlauben. Ich dulde keine Disziplinlosigkeit in meiner Armee.«

Jhered kehrte durch das in Auflösung begriffene Lager zu dem Wagen zurück, in dem die Aufgestiegenen ruhten, seit ihr Zelt abgebrochen worden war. Er nickte Robertos Extraordinarii zu, die den Wagen bewachten, und schaute hinein. Die beiden Jungen und Kovan schliefen, nur Mirron saß aufrecht. Im Laternenlicht konnte er die Tränenspuren auf ihren Wangen erkennen.

»Du musst nicht lautlos weinen«, sagte er.

Sie drehte den Kopf zu ihm herum. »Ich will sie nicht stören, Schatzkanzler. Sie müssen schlafen.«

»Paul. Ich sagte doch, nenne mich Paul.«

Im nächsten Augenblick stürzte sie quer durch den Wagen und warf ihm die Arme um den Hals, schmiegte den Kopf an seine Schulter und weinte haltlos. Er hielt sie ungeschickt, eine Hand hinter ihrem Kopf und mit der anderen ihren Rücken streichelnd.

»Schon gut«, sagte er. »Jetzt kann dir niemand mehr etwas tun.«

»Warum musste er sie töten? Sie hat uns doch alle beschützt.«

»Ich weiß, Mirron, ich weiß. Sie war eine großartige Einnehmerin, deren Verlust mich sehr schmerzt. Es tut mir leid, dass du es sehen musstest.«

Mirron schniefte, löste sich von ihm und wischte sich die Augen trocken. »Wohin wird er jetzt gehen?«

»Gorian? Das weiß ich nicht«, sagte Jhered.

»Wird es ihm gut gehen?«

»Ich ...« Jhered unterbrach sich, er wusste keine Antwort.

»Es wird ihm doch gut gehen, oder? Er wird doch eine sichere Zuflucht finden?«

Jhered sah die Sehnsucht in ihren Augen. Den Wunsch, beruhigt zu werden. Das war jedoch etwas, das er ihr nicht geben konnte.

»Ich weiß es nicht, Mirron. Mach dir lieber über dich selbst Sorgen, nicht über ihn.«

»Die wird sich nie ändern«, sagte Ossacer hinten im Wagen. »Das war schon immer so.«

»Was meinst du damit?«

»Es spielt keine Rolle, was Gorian getan hat«, erklärte Ossacer. »Letzten Endes ist es egal.«

»Ich verstehe nicht …«

»Sie liebt ihn. Sie hat ihn schon immer geliebt.«

26

848. Zyklus Gottes, 1. Tag des Dusasauf
15. Jahr des wahren Aufstiegs

Die Tage wurden kühler, der Gewaltmarsch ging geradewegs nach Südwesten. Mit jedem Schritt wurde deutlich, welchen Sieg die Aufgestiegenen für die Truppe errungen hatten, denn die Späher und Kavalleristen konnten sich zwei Tagesetappen voraus frei bewegen, um feindliche Spione abzufangen, die Nachschubwege zu stören und tsardonischen Überfallkommandos zuzusetzen.

Es gab keine größeren Verbände, die sich ihnen in den Weg stellten. Roberto schickte bewaffnete Trupps in die Siedlungen, um die Gegner zu vertreiben und alles an Vorräten zu requirieren, was er nur bekommen konnte, obwohl es recht wenig war, nachdem die Tsardonier sich bereits bedient hatten. Die Armee marschierte dicht an der Grenze von Gestern und suchte nach der richtigen Stelle, um die Grenze zu überschreiten und die Feinde zu verjagen.

Roberto überquerte die Hauptstraße nach Haroq, nachdem seine Späher von der Grenze nichts Wichtiges hatten berichten können. Auf den Festungen wehten die Flaggen von Gestern, die Verteidigungsanlagen waren intakt und unbeschädigt. Jeder Schritt und jede weitere Information bestätigte, dass Jhereds erste Einschätzung richtig gewesen war. Da die Tsardonier offenbar beschlossen hatten, ihren Angriff auf die Küste zu konzentrieren, hatten sie dort alles zusammengezogen, was sie aufbieten konnten.

Längst war klar, dass die Aufgabe der Siebentausend tatsächlich vor allem darin bestanden hatte, Robertos Armee möglichst lange aufzuhalten. Jetzt traf er unerwartet und ohne Vorwarnung ein und konnte nur hoffen, dass einige dem Zerstörungswerk entkommen waren und die Nachricht zu ihren Befehlshabern in den Armeen im Süden überbracht hatten. Eine Invasionsarmee, deren Krieger sich ängstlich über die Schulter umsahen – das war eine Wendung zum Guten.

Zwei Tagesmärsche jenseits der Straße, die Kirriev mit Byscar verband, wo die Gegner höchstwahrscheinlich angreifen würden, entdeckte Roberto die ersten Spuren von Kämpfen. Er marschierte mit seiner Truppe durch das Herolodustal und hatte die Berge von Kark im Rücken. Rechts erstreckten sich die südlichen Ebenen von Atreska, links strömte träge der breite und tiefe Herol.

Seit drei Tagen fiel ein kalter Regen, wie Arducius es vorhergesagt hatte, und er war guter Dinge. Der Regen hatte die staubige Erde benetzt, sodass er sich mit seiner Truppe unbemerkt längs der Grenze bewegen konnte.

Die Hälfte seiner Kavallerie war in Trupps von jeweils dreißig Reitern eingeteilt, die dafür sorgten, dass aus Richtung der südlichen Ebene kein Hinterhalt drohte. Seine Späher hatten über die Lage auf der Hauptstraße berichtet.

Am Abend breitete er auf dem Esstisch in seinem Zelt Landkarten aus und lud neben seinen kommandieren Offizieren auch Jhered und Arducius ein, mit ihm zu essen, zu trinken und zu planen. Ossacer half Dahnishev im Operationszelt, Mirron war bei den Schmieden. Jhered hatte vorgeschlagen, die Aufgestiegenen auf diese Weise einzubinden, und es schien sich auszuzahlen. Obwohl die Bürger immer noch große Ängste hegten, begegneten sie den Aufgestiegenen, die ja tatsächlich bezaubernde Kinder waren, allmählich etwas freundlicher, auch wenn die Soldaten nur selten lächelten.

»Dies sind nicht die besten Karten, aber man kann immerhin das Gelände erkennen«, sagte Roberto.

Er blickte kurz zu Arducius, der jetzt nur ein aufgeregtes Kind war, eingeschüchtert von der Umgebung und nur mühsam die Fassung wahrend. Kaum zu glauben, dass der Junge solche Kräfte besaß.

»Die Tsardonier sind im Süden, nicht weit von uns entfernt, nach Gestern vorgestoßen. Sie verfügen über keinen bedeutenden Nachschub aus Atreska, und von dem, was sie hatten, haben wir ihnen noch einiges weggenommen. Den Berichten nach ziehen sie jenseits von Kirriev nach Süden. Wahrscheinlich wollen sie direkt nach Portbrial. Sie werden überall auf Widerstand stoßen, aber wenn die Einschätzungen stimmen, dass sie etwa zwölftausend Kämpfer stark sind, dann kann niemand sie aufhalten.«

»Demnach haben sie ihre Verbände nicht wie erwartet zusammengezogen«, sagte Davarov.

»Nein, es ist sogar noch schlimmer. Sie verfügen über mehr Kämpfer, als wir anfangs vermutet haben. Die gute Neuigkeit ist allerdings die, dass die Grenze an der Hauptstraße nach Kirriev noch hält. Dort gibt es Befestigungen, und Marschallin Mardov hat all ihre Truppen aufgeboten. Im Westen liegen die Berge, und der Weg ist bis zum Hafen gesichert.«

»Hatten wir schon Kontakt mit den Verteidigern?«, fragte Jhered.

»Nein«, erwiderte Roberto. »Ich wollte es nicht riskieren, Späher einzusetzen. Dort unten rücken bis zu dreißigtausend kampfbereite Tsardonier vor, und wenn sie bisher nicht wissen, dass wir kommen, dann will ich ihnen jetzt noch keine Hinweise geben, indem ich ihnen einen Späher ausliefere.«

»Ist denn überhaupt denkbar, dass sie uns nicht längst bemerkt haben?«, wandte Neristus ein. »Unser Zug ist fast drei Meilen lang, wir haben scheppernde Infanterie, schnaubende Pferde und ratternde Wagen. Ich kann das kaum glauben.«

»Niemand ist so blind wie der Mann, der nichts zu sehen erwartet.«

»Wohl eine Perle atreskanischer Weisheit, Davarov?«, fragte Roberto.

Davarov lächelte. »Davon haben wir viele. Ich muss Rovan allerdings zustimmen. Ich kann kaum glauben, dass kein einziger tsardonischer Späher unserem Netz entkommen ist.«

»Ich weiß nicht«, meinte Elise Kastenas. »Völlig ausschließen würde ich es nicht. Wir haben hier nicht viel vom Feind gesehen. Die Nachschubeinheiten, die wir angegriffen haben, waren sehr schlecht bewacht und hastig zusammengestellt. Das spricht nicht gerade für taktische Klugheit, sondern eher für schlechte Planung.«

»Also ...« Arducius legte eine Hand vor seinen Mund. »Entschuldigung.«

Roberto deutete auf die Karte. »Keineswegs, junger Mann. Du bist hier, um mit uns zu reden. Was hast du zu sagen?«

Arducius wurde knallrot und warf einen fragenden Blick zu Jhered, der aufmunternd nickte.

»Ich denke nur, dass sie nicht damit gerechnet haben, hierherzukommen. Jedenfalls nicht, als die Kämpfe in Tsard begonnen haben.«

Roberto lehnte sich zurück und hob nun seinerseits eine Hand vor seinen Mund, um sein Lächeln zu verbergen.

»Wie lange dienen wir in den Legionen?«, fragte er.

Es gab ein kurzes Schweigen.

»Insgesamt dürften es an die neunzig Jahre sein«, sagte Neristus.

»Der größte Teil davon geht auf deinen Buckel, Rovan«, fügte Davarov hinzu.

Gelächter brandete auf.

Roberto brachte sie zum Schweigen. »Danke, junger Mann, dass du uns die Augen geöffnet hast. Vor einhundert Tagen kämpfte das

Königreich von Tsard ums Überleben. Sie verloren im Norden und Süden an Boden und waren kurz davor, völlig unterzugehen. In Atreska haben sie Trupps von Freischärlern eingesetzt und konnten nicht mehr darauf hoffen, irgendeinen größeren Erfolg zu erringen. Jetzt aber bedrohen sie das Herz der Konkordanz. Natürlich sind sie nicht bereit, und natürlich sind sie schlecht organisiert. Die meisten ihrer Kommandeure haben noch nie eine Invasion geführt. Guter Gott, der über uns wacht, wir haben vier Jahre gebraucht, bis wir für den Feldzug gegen Tsard gerüstet waren, und hier an diesem Tisch sitzen einige, die denken, die Zeit der Vorbereitung sei immer noch nicht lang genug gewesen, was sich jetzt als richtig herausstellt.

Die Tsardonier haben nach unserer Niederlage in Scintarit die Gelegenheit beim Schopfe ergriffen, und bisher ging aus ihrer Sicht alles wie gewünscht. Yuran wurde abtrünnig, sie konnten sich Atreska einverleiben und Jorganesh ausschalten. Ihre Flotte ist unterwegs. Aber jetzt sind wir an der Reihe. Wir können die jagen, die bereits nach Gestern eingedrungen sind, oder denen in den Rücken fallen, die an der Hauptstraße nach Kirriev die Grenze angreifen.« Er hob beide Hände. »Was sollen wir tun?«

»Wir haben keine Wahl«, sagte Jhered. »Wir müssen einen der wichtigsten Häfen im Westen von Gestern sichern. Es ist unangenehm, dass sich die Tsardonier unterdessen ohne Gegenwehr in Gestern herumtreiben können, aber das wird nicht lange so bleiben. Wenn wir die Eindringlinge am Hafen von Kirriev schlagen, wird Mardovs Verteidigung entlastet, und sie kann sich selbst um den Rest kümmern. Du hast dann Zeit, umzukehren und die Überreste der geschlagenen tsardonischen Armee nach Norden zu jagen, und kannst anschließend weiterziehen, um die Grenze von Neratharn zu sichern.«

»Meine Legionen freuen sich schon auf den Gewaltmarsch«, sagte Roberto.

»Aber er hat recht, oder?«, warf Davarov ein. »Es sei denn, in Kirriev sind genügend Schiffe, um uns alle zu befördern, aber das ist ganz sicher nicht der Fall.«

»Die Zeit wird knapp«, überlegte Roberto. »Wie lange kann Neratharn sich noch halten?«

»Sie müssen durchhalten, bis du dort eintriffst«, sagte Jhered. »Also musst du ihnen Hoffnung schenken. In Kirriev gibt es nicht genug Schiffe, um elftausend Krieger nach Neratharn zu bringen, aber du kannst eines davon benutzen und einen Boten schicken.«

Roberto sah sich am Tisch um. Niemand widersprach.

»Einverstanden«, stimmte er zu. »Nun ist die Frage, ob wir die Feinde unbemerkt erreichen können.«

»Ein wenig vorzeitiger Schnee könnte uns übermorgen sehr gelegen kommen«, sagte Kastenas.

»Dann will ich darum beten«, pflichtete Davarov bei.

»Nicht nötig«, widersprach Jhered.

»Ich hatte ganz vergessen, dass du dich von Gott abgewandt hast, mein Schatzkanzler«, entfuhr es Roberto. Jhered reagierte nicht darauf.

»Arducius, glaubst du, du könntest einen kleinen Schneesturm veranstalten?«

Aller Augen ruhten auf dem jungen Aufgestiegenen. Er zuckte mit den Achseln.

»Natürlich. Ich kann die Wolken aus Kark herüberholen.«

Ungläubiges Schweigen senkte sich über den Tisch. So beiläufig hatte es geklungen, und so unglaublich war es.

»Ist das wirklich möglich?«, zweifelte Davarov.

»Jetzt kommt es darauf an, was?«, antwortete Jhered. »Wenn Arducius sagt, dass er es kann, dann kann er es auch.«

»Was wird geschehen, Arducius?«, fragte Roberto.

»Im Augenblick sind wir hier dem Einfluss von zwei Wetterfronten ausgesetzt«, erklärte er mit zunehmendem Selbstbewusstsein. »Über Kark weht ein sehr starker Wind, der die Wolken zu uns treibt. Sie entladen sich jedoch als Regen, weil die Temperatur hier in der Ebene noch zu hoch ist. Draußen auf See ist es erheblich kälter. Mit Hilfe von Ossie und Mirron kann ich die Wolken zusammenhalten und die kalte Luft zum Land führen. Wenn ich die Wolken aufreiße, wird es schneien.«

Alle starrten ihn an. Roberto wusste, wie sie sich fühlten.

»Können wir uns wirklich darauf verlassen?«, fragte Elise. »Ich kann es mir einfach nicht vorstellen.«

»Unbedingt«, bekräftigte Jhered. »Ihr habt gesehen, was sie auf der Ebene getan haben. Dies hier, sagt jedenfalls Arducius, ist sogar noch leichter.«

»Kannst du diesen Sturm genau steuern?«, fragte Roberto und fand die Frage so lächerlich, dass er beinahe herausgeplatzt wäre.

»Das ist gar nicht anders möglich. Ich muss allerdings das Zielgebiet überblicken, und das könnte schwierig werden. Wie breit soll das Unwetter sein?«

»Wir können dich leicht zu einem Aussichtspunkt bringen«, sagte Kastenas. »Die feindliche Armee ist ungefähr vierhundert Schritte breit und eine Meile tief aufgestellt, falls du die Reserven mitrechnest. Du musst nicht alles abdecken, der westliche Rand reicht schon aus.«

Wieder zuckte der Junge mit den Achseln. »Kein Problem. Für Euch wird es aussehen, als würdet Ihr einen Sturm durch ein Fenster beobachten.«

»Sage mir eines, Arducius. Wie stark wird der Wind wehen, den du von der Küste hereinholst?«, wollte Roberto wissen.

»So stark, wie Ihr es wollt. Wir können für eine Weile einen Schneesturm oder einen Orkan erzeugen.«

»Das wäre mir sehr angenehm«, sagte Roberto, in dem gerade der Kampfgeist erwachte, während er noch über die Möglichkeiten staunte, die Arducius ihm aufgezeigt hatte. »Wenn ihr das richtig macht, werden sie uns weder sehen noch hören.«

Prosentor Kreysun hatte seine Onager über Nacht umgesetzt und seine Truppen auf dem Feld gelassen, wo sie lagern und singen sollten. Die Feuer hatten hell gebrannt, und die Männer hatten lautstark und lange gefeiert. Acht Tage kämpften sie jetzt an der Grenze. Angriff auf Angriff hatten die Verteidiger zurückgeschlagen. Seine Achtung war gewachsen, aber letzten Endes würden sie fallen. Er war ihnen inzwischen drei zu eins überlegen, und wenn er die Mauern einreißen konnte, dann waren ihm Gestern und die Straße nach Kirriev ausgeliefert.

Es war eine grimmige Schlacht gewesen. Er hatte mehrere Tage lang versucht, ihre Flanken aufzubrechen, aber seine Steppenkavallerie war auf einen wahren Pfeilhagel gestoßen, den die Gegner aus geschützten Stellungen auf der anderen Seite des Flusses abgefeuert hatten, oder sie wurden durch Wälder behindert, in denen die Legionen der Konkordanz sie niedermachen konnten. Jede Finte, die er versuchte, wurde von einer Reservetruppe abgefangen, deren Stärke er auf etwa viertausend Kämpfer schätzte. Jetzt war es an der Zeit, mitten durchs Zentrum vorzustoßen.

Eine breite Brücke, auf der sich ein drohendes Gebäude aus Stein erhob, überspannte den Grenzfluss. Auf dem flachen Dach der Brückenfestung standen dreißig schwere Onager in drei Reihen. In Türmchen standen Bolzenschleudern bereit. Bisher hatte er sich außer Reichweite gehalten. Das war jetzt vorbei.

Ein kalter Morgen war heraufgedämmert, und es hatte geregnet wie ständig in den letzten drei Tagen. Zu dieser Stunde war es allerdings noch kälter als sonst, weil vom Tirronischen Meer ein starker Wind landeinwärts wehte. Vor dem Angriff hatte er den Feind sehen lassen, was Tsard gegen ihn aufgeboten hatte, und als der erste Onager der Konkordanz seine vorderste Reihe unter Beschuss genommen hatte, war er mit allem, was er hatte, zum Angriff übergegangen. Viertausend Kavalleristen, unterstützt von leichter Infanterie, waren durch die Furten gestürmt und hatten die Bogenschützen und Infanteristen im Wald angegriffen.

Inzwischen strömten seine Krieger auf die Befestigungen zu. Die Feinde konnten erkennen, was er beabsichtigte, und hatten ihre Onager auf den Raum zwischen seinen Infanterielinien und der Artillerie ausgerichtet, um die Wurfmaschinen abzuhalten. Er gab ihnen dennoch den Befehl zum Vorrücken. Es waren siebzig Katapulte, überwiegend Beutestücke von der Konkordanz und für die Reise in den Süden umgebaut, jeweils von zwei Ochsen gezogen und von zwölf Männern geschoben.

Vorne tobte schon ein wilder Kampf. Die Legionen der Konkordanz schlugen sich geschickt und kämpften verzweifelt um jede Handbreit Boden. Tsardonisches Blut benetzte weit und breit den Boden, zu Hunderten wurden die Toten fortgeschleppt. Die feindlichen Sarissen erhoben sich wie ein Wald vor seinen Kriegern. Die verdammte Disziplin der Legionen war unerschütterlich. Er war sicher, dass direkt vor seinen Kriegern Triarii zwischen den Hastati standen.

Kreysun rannte hinter seinen Linien und vor der Reserve durch seine Reihen. Letztere unterstützte die Kämpfer in vorderster Linie mit Gebrüll und Gesängen. Er war ein altmodischer Kommandant und hielt nichts davon, wie die gegnerischen Befehlshaber weit entfernt von Klinge und Pfeil auf seinem Pferd zu sitzen.

»Treibt sie weiter zurück, wir brauchen den Raum.«

Seine Sentoren verstanden, was er wollte, und führten weitere Truppen aus der Reserve nach. Der Lärm schwoll weiter an. Waffen klirrten, und das Geschrei der Kämpfer schmerzte beinahe in seinen Ohren.

Der Prosentor sah eine Weile zu, bis er sicher war, dass die Verteidiger nicht schwankten. Von den Sarissen der Phalanx tropfte das

Blut der Tsardonier, das Metall glänzte im schwachen Sonnenlicht. Die Wurfarme der Onager holten aus. Steine flogen über ihm vorbei, Kreysun verfolgte die Flugbahn. Weniger als zwanzig Schritte vor seinen Katapulten, aber ein gutes Stück hinter seiner wartenden Reserve schlugen sie ein.

Seine Geschütze waren noch nicht in Schussweite. Sie mussten den Geschosshagel der Feinde durchqueren. Wenn die Feinde nachluden, war der richtige Augenblick für einen Vorstoß gekommen. So rannte er, von seinen Leibwächtern begleitet, nach hinten und erreichte die Katapulte gerade, als die nächsten Steine vierzig Schritte hinter ihm Furchen durch die Erde zogen und den Dreck hochwarfen, der gegen seinen Rücken spritzte.

»Schneller.« Er winkte sie weiter. »Stemmt eure verdammten Schultern dagegen. Je schneller ihr die Todeszone überwindet, desto weniger von euch werden sterben. Los jetzt!«

Er rannte zwischen ihnen umher und trieb sie zu größeren Anstrengungen an. Natürlich wusste er, dass sie bereits alles gaben, was sie zu geben hatten, aber es kam ihm quälend langsam vor. Die Verteidiger oben auf den Befestigungen konnten seinen Vorstoß beobachten. Dreißig Onagerarme wurden gespannt, aber dieses Mal warteten die Mannschaften.

Kreysun hatte keine andere Wahl, als hilflos zuzusehen, wie seine Leute vorrückten. Kaum dass sie die Einschlagszone erreichten, begannen die feindlichen Katapulte wieder zu schießen. Träge flogen die zwei oder drei Talente schweren Steine in hohem Bogen herüber. Kurz bevor sie einschlugen, pfiff es in der Luft. Die meisten waren zu kurz gezielt, aber zwei fanden ihre Ziele.

Der erste landete zwischen zwei Ochsen, riss die Seiten der Zugtiere bis zu den Knochen auf und zerschmetterte Joch und Rahmen des Wagens. Die Tiere waren auf der Stelle tot. Der zweite war ein Volltreffer, der den Wurfarm zerlegte, durch den Wagenboden brach und auch die hintere Achse zerstörte. Der Einschlag ließ den ganzen Wagen hüpfen, die Männer wurden zur Seite geschleudert und überschlugen sich. Holzsplitter flogen durch die Luft und verletzten weitere Krieger.

»Vorwärts, vorwärts, noch zwanzig Schritte.«

Kreysun blieb bei ihnen. Sie durften jetzt nicht den Mut verlieren. Heute würden sie den Sieg erringen, und diese Männer waren der Schlüssel. Wieder wurden die Wurfarme der gegnerischen Onager gespannt. Er konnte beobachten, was sich auf dem Dach der Festung tat. Die Gegner bewegten sich geordnet und ruhig. Die sorgfältig rund gehauenen Geschosse flogen gerade, zielgenau und weit. Der erhöhte Standort der Katapulte vergrößerte deren Reichweite.

Wieder kamen die Geschosse heulend und pfeifend geflogen. Hinter den Katapulten gingen die Mannschaften instinktiv in Deckung und beteten, das Schicksal möge sie verschonen. Die Steine kamen näher, die Einschläge ließen den Boden beben, Erde spritzte hoch. Krachend zerbrachen die Steine das Holz, Schreie ertönten.

Prosentor Kreysun sah sich nicht einmal um. Er starrte den Himmel über den fallenden Steinen an. Der Wind schwoll zu einem Orkan an und wurde mit jedem Augenblick stärker. Gleichzeitig sank die Temperatur. Doch nicht dies ängstigte ihn. Es waren die Wolken, die rasch über den Himmel zogen. Schwer und voller Schnee.

Die Worte der Feiglinge, die er wegen Fahnenflucht hingerichtet hatte, kamen ihm wieder in den Sinn. Sie hatten etwas von einer Magie der Konkordanz erzählt, die Berge niederreißen und massiven Fels zerbrechen konnte. Sie konnte angeblich Wasser umlenken und Wurzeln aus der Erde emporschnellen lassen. Er hatte es als das Geschwätz verzweifelter Männer abgetan, die der Klinge entgehen wollten. Er hatte ihnen ins Gesicht gelacht, als sie am Lagerfeuer ihr Blut verloren hatten.

Vielleicht hätte er nicht lachen sollen. Die Wolken änderten die Richtung, sammelten sich über seinem Heer und verdunkelten mit unnatürlicher Geschwindigkeit den Himmel. Wolken, die sich gegen den Wind bewegten. Die ersten Schneeflocken brannten auf seinem Gesicht, angetrieben von einem Sturm, der nach dem Bösen stank.

27

848. Zyklus Gottes, 2. Tag des Dusasauf
15. Jahr des wahren Aufstiegs

»Vor ein paar Tagen hat man euch der Gelegenheit beraubt, euch an den Tsardoniern zu rächen. Ich weiß, wie viele unter euch vor dem Angst hatten, was sie gesehen haben.«

Roberto ritt langsam vor seiner Truppe auf und ab, die dreihundert Schritte breit und vierhundert Schritte tief angetreten war. Keine hundert Schritte hinter ihm fiel unter Kontrolle der Aufgestiegenen ein wahrer Schneevorhang. Sie hörten sogar noch den Orkan, der ihn herbeigetrieben hatte. Hier jedoch fiel nur ein leichter Regen, und der Wind war nicht mehr als eine steife Brise. Es war bizarr und unnatürlich, und sein Heer war nur zögernd vorgerückt.

»Ich weiß es, weil ich genauso große Angst hatte wie ihr. Aber heute seid ihr an der Reihe.«

Lautes Brüllen schlug ihm entgegen, als seine Worte nach hinten weitergetragen wurden. Er betete, dass Arducius recht behielt, was die Lautstärke des Orkans hinter dem Schneevorhang anging. Schließlich hob er beide Hände.

»Die meisten von euch kennen diese Kinder inzwischen. Sie sind anders als wir, aber sie sind nicht böse. Sie sind ein Geschenk Gottes. Die Tatsache, dass ich hier vor euch im Sattel sitze, ist der beste Beweis.«

Wieder erhob sich Gebrüll. Roberto stieß die Faust in die Luft.

»Wenn ich das Signal gebe, dann werden die Hörner ertönen, und ihr greift an. Ihr kennt eure Befehle. Der Vorhang wird fallen, und der Schneesturm und der Wind werden aufhören. Versagt nicht. Macht keine Gefangenen. Heute kämpfen wir, um unsere Konkordanz zu retten. Heute werden wir den Feinden einen Schlag versetzen, der ihnen das Herz bricht. Ihr seid mein Heer, mein ganzer Stolz. Zeigt ihnen, was das bedeutet.«

Roberto zog das Schwert aus der Scheide und hob es hoch. Auf der Spitze spiegelte sich die Sonne. Dann ließ er es sinken, und die Kriegshörner erhoben ihre Stimmen.

Die Schlacht tobte weiter, aber beide Heere waren nicht mehr ganz bei der Sache. Der Schnee fiel so dicht, dass die Kämpfer kaum noch den Feind vor Augen erkennen konnten, und die Gefahr, versehentlich Gefährten zu treffen, war groß. Wieder flogen die Geschosse der Onager pfeifend durch die Luft, aber jetzt antworteten die Geschütze des Prosentors und fanden ihre Ziele.

Kreysun rannte zu seinen Onagern zurück, die inzwischen dicht hinter der Front standen. Vor ihm tauchten aus dem Schneegestöber Soldaten auf. Über ihm flogen kreischend ein paar Steine vorbei. Der Tod würde die Krieger völlig unvorbereitet treffen. Vor sich hörte er die Einschläge in der Festung.

Abgerissene Jubelrufe drangen durch den Orkan zu ihm. Endlich erreichte er die vorderen Linien und stand vor einem Sentor, der Mühe hatte, mit den fünf Schritte entfernten verschwommenen Schatten und Gestalten etwas anzufangen.

»Ihr müsst im Zentrum nachsetzen«, rief er. »Gib Nachricht an die Flanken, dass sie durchhalten sollen.«

»Ja, Prosentor.«

Die Schlacht ließ sich nicht mehr steuern. Er konnte auch nicht zum Rückzug blasen, denn die Gefahr, von den feindlichen Onagern getroffen zu werden, war viel zu groß. Er musste alles nach vorn werfen und auf den Sieg setzen. Je weiter er nach vorn kam, desto stärker war der Schnee unter seinen Stiefeln vom Blut verfärbt.

Der Gestank des Todes und Sterbens drang ihm in die Nase. Die Wärme von Tausenden eng stehenden Kämpfern umhüllte ihn. In die Schreie, die von Triumph, Wut und Schmerz kündeten, mischte sich das Waffengeklirr. Er wollte die Festung mit eigenen Augen sehen und sich vergewissern, dass sie beschädigt war.

Mit den Ellenbogen verschaffte er sich Platz und drängte sich durch, bis sich vor ihm aus dem brodelnden grauen Durcheinander der Front ein dunkler Umriss herausschälte. Er war zu weit entfernt, um das Gebäude genau zu betrachten, aber immerhin war seine Form zu erkennen.

»Der verdammte Sturm«, fluchte er.

Dann schaute er hoch. Überall tanzten die vom Orkan getriebenen Flocken. Die Katapulte der Konkordanz polterten in ihren Verankerungen. Wieder stürzte der Tod aus dem Himmel herab. Links war jedoch ein neues Geräusch zu hören. Ein Heulen, das im Lärm, der in umgab, fast unterging. Dann pflügte der Bolzen einer Balliste durch seine Männer, durchbohrte zwei Kämpfer und trennte einem dritten den Arm ab. Die Soldaten brachten sich in Sicherheit. Er rannte zu den Verwundeten.

»Holt mir Bahren, holt Hilfe«, brüllte er.

Eine Hand packte ihn. Er blickte auf einen Soldaten hinab, dem der Bolzen das linke Bein direkt unter der Hüfte abgetrennt hatte. Sein Blut sprudelte in den Schnee.

»Verschwende keine Zeit auf mich, Kommandant«, sagte der Mann.

»Nichts ist verschwendet«, widersprach Kreysun. »Du stirbst als Held für das Königreich.«

Seine eigenen Katapulte antworteten. Steine heulten dicht über ihm vorbei, als wollten sie die jüngsten Verluste beklagen. Sie trafen die Festung, und er stand auf und bemühte sich abermals, etwas zu erkennen. Ein Grollen hallte zu ihm zurück, und er ging weiter nach vorn. Zweifellos, jetzt konnte er große Brocken ausmachen, die aus der Festung herausbrachen. Das Gebäude fiel auseinander.

»Ja.«

Seine Männer jubelten und schöpften neuen Mut. Er rannte ganz nach vorn, um den siegreichen Vorstoß zu beobachten. Wieder heulte es am Himmel. Er runzelte die Stirn. So schnell konnte Gestern das Feuer nicht erwidern. Steine und Bolzen krachten in seine Reservetruppen und die hinteren Reihen seiner Infanterie. Von links nach rechts fegten sie über das Feld und fügten seiner Truppe große, schreckliche Verluste zu. Seine Krieger strauchelten und kämpften sich weiter vor, doch abermals griff die Angst um sich.

»Kämpft weiter, ihr habt sie fast bezwungen.«

Dann blickte der Prosentor nach links. Der Schneesturm verhüllte alles, doch aus jener Richtung waren die Geschosse offenbar gekommen. Er blinzelte. Seine Augen spielten ihm einen Streich. Aus den Schneeflocken schälten sich Gestalten heraus. Tausende von Gestalten. Jetzt ließ auch der Schneefall nach.

»Oh nein«, keuchte er. Er wandte sich um und brüllte seinen Leuten zu, sie sollten eine Verteidigungsstellung einnehmen.

Roberto führte mit seinen Extraordinarii den Angriff an. Gleich nach den ersten Artilleriesalven stampfte er durchs Schneetreiben und hatte das Gefühl, auf einmal in einer anderen Welt zu sein. Hoch lag der Schnee auf dem Boden und war am Rande zu Schneewehen aufgetürmt. Ein kräftiger Wind, der ihn beinahe aus dem Sattel fegte, dröhnte in seinen Ohren. Er konnte fast nichts sehen.

Sein Pferd bockte ängstlich, machte einen Schritt zurück und drohte hochzusteigen. Er hatte Mühe, es wieder zu beruhigen. Hinter ihm rückte das Heer vor. Er musste eine beeindruckende Figur abgeben mit seinem stampfenden und schnaubenden Pferd, aber es war nicht ganz das, was er im Sinn hatte.

»Nun mach schon, Arducius. Du musst doch die Hörner gehört haben.«

Sein Pferd machte einen Schritt vorwärts. Das Schneetreiben ließ nach, vor ihm tauchte das Schlachtfeld auf. Auch der Wind erstarb, und schließlich drang sogar die Sonne durch die fliehenden Wolken.

»Gut gemacht, Junge.«

Seine Truppe sah nun den Gegner, die Soldaten stießen den Kampfschrei der Konkordanz aus und rannten los. Roberto ritt vor seiner leichten Infanterie entlang.

»Wurfspeere!«, rief er.

Hunderte kurzer Speere flogen über seinen Kopf hinweg und trafen die tsardonischen Angreifer, die verwirrt und ungläubig kehrtmachten, als sie sich von der Flanke her angegriffen sahen. Roberto eilte auf der linken Seite weiter. Die ersten Kämpfer seiner leichten Infanterie hatten ihn schon überholt, sie stürmten mit erhobenen ovalen Schilden vor und hatten die Ersatzspeere gehoben, die sie auf Befehl des Zenturios warfen.

Dieses Mal hatten die geistesgegenwärtigeren Tsardonier ihre Schilde gehoben, aber immer noch fanden die Waffen viele wehrlose Opfer. Noch ein paar Schritte, und die leichte Infanterie ging zum Nahkampf über. Gleichzeitig überquerte die Hälfte von Elises Kavallerie im Süden den Fluss, um die Steppenreiter abzuwehren, die sich bereits zum Gegenangriff sammelten.

Roberto beobachtete das sich entfaltende Geschehen. Seine Kämpfer trampelten über den schneebedeckten Boden. Die Formation war zugleich machtvoll und schön. Zwanzig Manipel marschierten nebeneinander und zeigten dem Gegner eine geschlossene Linie von zweihundert Schilden. Auf beiden Seiten rückte die Kavallerie als Flankenschutz vor. Alle sangen laut die Hymne der Konkordanz. Hinter den Hastati folgten die Bogenschützen im Laufschritt. Principes und Triarii kamen danach, und ganz hinten standen Rovan Neristus' Mannschaften und schleuderten Steine auf die Feinde.

Gerade schlug eine Salve ein, die Tsardonier brachten sich eilig in Sicherheit, aber viele wurden hoch in die Luft geworfen oder in den Boden gepresst. Zwei feindliche Katapulte gingen entzwei, die gebrochenen Balken flogen in alle Richtungen davon. Inmitten des Tumults bemühten sich die nunmehr von zwei Seiten angegriffenen tsardonischen Kommandanten, Ordnung zu halten. Die feindliche Armee war größer, viel größer als Robertos Truppen und die gesternischen Verteidiger zusammengenommen, aber nun war die Konkordanz im Vorteil.

Die leichte Infanterie löste sich aus dem Kampf und eilte durch die Reihen der Hastati zurück, da sich inzwischen die feindlichen Bogenschützen umgedreht hatten und auf sie zu feuern begannen.

»Schildwall!«, befahl er.

Das Kommando wurde durch die Manipel weitergegeben. Die Kämpfer reagieren auf die Rufe der Zenturionen und hoben die Schilde über die Köpfe. Dann schlugen die Hastati zu und stießen durch die tsardonische Flankenverteidigung vor. Dazwischen ragte eine unverwechselbare Gestalt auf.

»Davarov«, sagte Roberto. »Du großer atreskanischer Bastard, was denkst du dir nur dabei?«

Jhered half den Aufgestiegenen, als sie sich wieder aufrichteten, und scheuchte die berittenen Leibwächter, die sich ebenfalls anboten, mit einer Geste zurück. Die zehn Beschützer hatten sich mit ihren Pferden respektvoll abseits gehalten, während die Aufgestiegenen ihr Werk vollbracht hatten. Arducius sah jetzt sehr müde aus. Sein schwarzes Haar klebte stumpf am Kopf, und seine Handrücken waren runzlig. Wenn er lächelte, entstanden tiefe Falten um seine Augen. Mirron und Ossacer, die für Arducius die Energien verstärkt hatten, waren nicht so stark erschöpft wie er. Beide konnten ohne

Hilfe aufstehen, während ihr Bruder sich schwer auf den Schatzkanzler stützte.

Sie hatten sich auf einer Klippe über dem Schlachtfeld versammelt und waren keine dreihundert Schritte von den konkordantischen Linien entfernt. Schon am Vorabend hatten Späher diesen Aussichtspunkt gesichert, damit Jhered die Aufgestiegenen im Schutze der Dunkelheit herbringen konnte. In den Stunden vor der Morgendämmerung hatten sie umsichtig und wirkungsvoll gearbeitet, um die Ausmaße und Energien ihres Werks abzustecken. Die Mühe hatte sich ausgezahlt.

Jhered musste lächeln. Er umarmte alle drei, während von unten der Schlachtlärm aufstieg.

»Gut gemacht, gut gemacht.« Er rieb Ossacer über den Kopf. »Und ihr habt niemanden getötet.«

Ossacer zog sich ein wenig zurück.

»Das schon, aber trotzdem sterben Menschen infolge unserer Arbeit.«

»Ossacer, bitte«, wandte Arducius ein. »Diese Menschen wären sowieso gestorben. Dies ist ein Krieg, und wir haben unseren Leuten, unseren Bürgern, eine bessere Position verschafft. Wenn die Tsardonier nicht weglaufen, dann ist es ihre und nicht unsere Schuld.«

Ossacer war damit offensichtlich nicht einverstanden. Jhered wandte sich an Mirron.

»Wie geht es dir?«

Sie hob den Kopf und zuckte mit den Achseln. Nach einer kleinen Pause nickte sie.

»Wohl nicht so gut«, sagte er. »Kommt jetzt, wir müssen euch in Sicherheit bringen. Ich glaube, Dahnishev kann dich bald gut gebrauchen, Ossacer.«

»Das Werk eines Aufgestiegenen ist niemals beendet«, stimmte Ossacer zu.

Jhered schob sie zur wartenden Kavallerie und den freien Pferden. Unterwegs blickte er auf die Schlacht hinab. Die Legionen der Konkordanz hatten schon beim ersten Ansturm viel Boden gewonnen. Am Fluss und vor der Festung hatten die Tsardonier große Schwierigkeiten. Kastenas kämpfte bereits auf dem anderen Flussufer vor dem Wald, während Roberto hinter seinen Hastati auf und ab ritt.

Näher an Jhereds Standort hatten die Hastati und Principes inzwischen die ersten feindlichen Onager erreicht. Die Mannschaften lagen tot inmitten roter Blutflecken im Schnee. Vor ihnen stellte sich jedoch die Reserve auf und machte Anstalten, den Angreifern zu begegnen. Neristus und die gesternischen Verteidiger deckten das Zentrum des tsardonischen Heeres mit schweren Steinen ein und richteten entsetzliche Schäden an.

Weiter hinten, im tsardonischen Lager, standen einige Wächter herum und starrten ängstlich und unsicher herüber. Trotz des Überraschungsmoments waren die Kräfte der Tsardonier immer noch erheblich stärker. Zehntausende Männer waren bereit zum Kampf oder schon in Kämpfe verwickelt. Die Konkordanz stürmte mit einem Schildwall und blankem Stahl gegen sie an, während die Tsardonier verzweifelt versuchten, eine reguläre Schlachtordnung herzustellen. Die Konkordanz musste verhindern, dass die Feinde sich wieder fangen und rasch genug frische Soldaten in den Kampf werfen konnten. Noch war der Sieg nicht errungen.

Davarov rannte zusammen mit den vordersten Hastati weiter. Er spürte, welche Zuversicht sie aus seiner Anwesenheit zogen. Mit seinem knallrot gefärbten Schild vor dem Dunkelgrün der Konkordanz und dem Federbusch, der höher aufragte als die Helme seiner Bürger, war er ganz sicher ein bevorzugtes Ziel für jeden Tsardonier. Er war in seinem Element.

Ohne zu zögern führte er sie auf die schlecht vorbereitete Verteidigung der Gegner zu. Die Soldaten, die vor wenigen Augenblicken durchs Schneetreiben den hundert Schritte entfernten Feind kaum hatten erkennen können, sahen sich auf einmal umzingelt. Davarov befahl seinen Kämpfern, die Schilde hochzuhalten, und bereitete sich halb gebückt und vorgebeugt auf den Zusammenstoß vor.

Die Tsardonier wichen zurück, der Lärm nahm zu. Er machte noch einen Schritt, stieß mit dem Schild auf der linken Seite zu und setzte dann mit dem Gladius nach. Die Klinge durchbohrte die Lederrüstung seines Gegners und drang tief ein. Davarov knurrte vor Freude über das Blut, das über sein Heft und den Handschuh strömte. Der Tsardonier krümmte sich und stürzte nach vorn. Davarov lenkte den Leichnam mit dem Schild auf der linken Seite ab.

»Das hier ist mein Land«, murmelte er und hob die Stimme zu einem Schrei, den alle Kämpfer in seinem Manipel hören konnten. »Dies ist mein Land!«

Der Zorn beflügelte ihn, und sofort danach stürzte er sich auf den nächsten tsardonischen Kämpfer, fegte dessen Schild mit seinem eigenen zur Seite und hackte ihm das Schwert in den Hals. Den Sterbenden beförderte er mit einem Tritt zur Seite, um einen Streich gegen seine offene Flanke abzuwehren. Dann duckte er sich unter einem ausholenden Schlag hindurch und stieß den Schild nach oben gegen den Schwertarm des Gegners. Ein kräftiger Hieb mit dem Gladius, und die Klinge fraß sich knirschend und kreischend in den Schuppenpanzer des Tsardoniers.

Es war lange her, dass er mitten im Getümmel gekämpft hatte. Roberto würde ihm dafür den Kopf abreißen, aber das war ihm egal. Über die linke Schulter wandte er sich an die Hastati, die im lärmenden, blutigen Durcheinander einen Schritt hinter ihm folgten.

»Für Atreska, für die Konkordanz!«

Sie nahmen seinen Ruf auf, und so weit sein Auge reichte, legten sich seine Leute ins Zeug. Dann starrte er einem tsardonischen

Krieger in die Augen. Der Mann fürchtete sich. Davarov stieß ihm den Buckel seines Schilds in den Bauch und schlug darüber hinweg mit dem Gladius zu. Seine Faust und der Knauf des Gladius zerschmetterten dem Gegner die Nase. Anschließend knallte Davarov ihm die Kante des Schilds unters Kinn, und der Mann war ausgeschaltet.

Neben ihm drängten sich junge Hastati zusammen, um tief in die tsardonischen Reihen vorzustoßen.

»Gebt ja nicht die Formation auf«, rief er. »Nie mehr als einen Schritt. Disziplin halten.«

Für einen kam der Ruf zu spät. Er war in eine Lücke vorgestoßen, die sich sofort wieder schloss. Tsardonische Klingen wollten ihn von beiden Seiten durchbohren. Eine konnte er mit dem Schild abwehren, die zweite wich seinem Schwert aus und traf ihn seitlich am Kopf. Mit gespaltenem Schädel brach er zusammen. Davarov fluchte.

»Disziplin, Ordnung, Sieg!«, brüllte er. »Hastati, zu mir!«

Er hielt den Schild gerade vor sich und trat einen Schritt zurück, während sich zu seiner Rechten die Linie neu formierte. Die Tsardonier waren dankbar für die kleine Verschnaufpause und formierten sich ebenfalls.

»Noch einmal.«

Davarov führte sie wieder nach vorn und ließ sein Schwert auf den Schild eines Feindes krachen. Über ihnen flog eine Pfeilsalve vorbei und traf die tsardonischen Verteidiger hinter der schwankenden ersten Linie. Auf einmal stank es nach brennendem Pech. Von der Festung flogen brennende Steine herüber, die mitten in dem Gedränge landeten, das nach dem Zangenangriff der Konkordanz entstanden war. Der Boden bebte unter den Einschlägen, und Metall riss und verbog sich. Flammenzungen loderten hoch, von der schneebedeckten Erde stieg Dampf auf.

Über den Schild hinweg beobachtete er den nächsten Feind. Der Mann war verwirrt, verängstigt und ohne Unterstützung. Hinter ihm wurden die Linien zusehends dünner, und die Steine der Onager dünnten die Reserve aus. Neristus ließ gerade eine weitere Salve folgen. Ein pfeifender Tod, der sich in den Boden fraß.

»Lauf«, sagte Davarov. »Verschwinde aus meinem Land.«

»Nein.«

Der große Atreskaner lächelte. »So sei es.«

Er griff an, zog die Kante seines Schilds herum und zwang den Gegner, in letzter Sekunde abzublocken. Zwar hob er noch sein Schwert, aber er zielte zu niedrig, und Davarov konnte die gegnerische Klinge mühelos zur Seite fegen. Dadurch verlor der Tsardonier das Gleichgewicht und zog den Schild eilig vor seinen Körper. Doch Davarov hatte nicht auf den Körper gezielt. Er stieß geradeaus und bohrte seinen Gladius in den Mund des Tsardoniers.

»Jetzt sing für mich, du Bastard.«

Unerbittlich rückten die Krieger der Konkordanz weiter vor. Davarov hörte eiliges Trampeln. Hunderte Wurfspeere flogen über ihn hinweg. Wieder schwankten die Tsardonier, aber noch hielten sie stand. Davarov griff mit seinem Manipel abermals an. Der Rausch der Schlacht hatte ihn ergriffen.

Inmitten der hitzigen Schlacht und des Lärms kämpften junge Hastati wie erfahrene Veteranen und trugen ihren Angriff in einem Rhythmus vor, der vom unausweichlichen Sieg kündete. Sie stießen ihre rechteckigen Schilde nach vorn, öffneten den Schildwall, um zuzuschlagen, und schlossen ihn sogleich wieder zur Verteidigung. Mit den Schwertern stießen sie nach vorn oder holten über Kopf aus. Im Gedränge wehrten sich die Tsardonier und suchten mit ihren Klingen nach Lücken in der Verteidigung der Konkordanz. Der Preis für ein geringes Nachlassen der Konzentration war schrecklich.

»Haltet die Formation«, sagte Davarov, als sein Schild unter zwei Schwertstreichen dröhnte und sein Gladius kein Ziel fand. »Sie gehen zum Gegenangriff über.«

Davarov hob den Schild und wählte sein nächstes Opfer aus.

Elise hatte sie in die Flucht geschlagen. Sie war mit tausend Reitern über den Fluss gegangen und hatte die Steppenkavallerie und deren begleitende Bogenschützen völlig überrascht. Auf hundert Schritt Breite war am Waldrand bereits ein Nahkampf im Gange gewesen. Erst in einer Entfernung von weniger als zwanzig Schritten hatte sie das Zeichen zum Angriff gegeben.

Die Kavallerie hatte sich in kleine Einheiten von jeweils sechs Reitern aufgelöst, die sich im Wald gut bewegen konnten. Dort hatten sie schon beim ersten Ansturm feindliche Reiter und Infanteristen niedergemäht wie reifes Korn, um gleich darauf für die nächste Welle Platz zu machen und wieder ins offene Gelände zu galoppieren. Die gesternischen Verteidiger hatten großartig reagiert, die Bogen abgelegt und mit erhobenen Schwertern die Falle zuschnappen lassen.

So hatten die in Scharmützeln gebunden Einheiten der Steppenkavallerie keine Zeit mehr gehabt, sich neu zu formieren und mit ähnlicher Stärke zu kämpfen, wie sie es in offenem Gelände vermochten. Sie waren nach links und rechts ausgewichen und im Galopp zum Fluss zurückgeeilt, nur um dort auf Elises Bogenschützen auf der einen und die Infanterie der Konkordanz auf der anderen Seite zu stoßen.

Elise erledigte einen weiteren Tsardonier, indem sie sich vorbeugte und ihm die Klinge in den Rücken trieb. Er ging sofort zu Boden. Dann verließ sie den Wald und konnte beobachten, wie Davarovs Soldaten die Hauptstreitmacht der Tsardonier unter Druck setzten.

Vor der zerstörten Festung hatten auch die gesternischen Kräfte mit einem energischen Angriff begonnen. Es würde nicht mehr viel brauchen, um die Feinde in die Flucht zu schlagen.

Sie gab ihrem Hornisten das Zeichen, zum Sammeln zu blasen, und trabte zum Flussufer. Hinter ihr kam die Kavallerie aus dem Wald und schwenkte ab, um sich hinter sie zu setzen, während die

Gesternier die verbliebenen Tsardonier verscheuchten oder in Stücke hackten.

Sie wartete und sah zu. Der Winkel, in dem die Kampflinien aufeinandergetroffen waren, stellte ein Problem dar. Die Gesternier hatten sich auf der Hauptstraße und vor der Festung verteilt, ihre eigenen Leute kamen etwa zwanzig Schritte weiter nördlich herein. Zwar hinderte die Kavallerie die Tsardonier daran, an der Flanke auszubrechen, aber sie zogen sich dort zusammen. Sie hatten noch nicht aufgegeben, und ein Durchbruch durch eine der konkordantischen Linien hätte verhängnisvolle Folgen gehabt, da die Tsardonier zahlenmäßig immer noch weit überlegen waren.

»Marschformation«, rief sie. »Wir reiten hinüber. Blase zum Angriff und gib weiter Signal, bis wir drüben sind. Ich muss die Reiter dort ausschalten.«

Sie hob das Schwert und ließ es sinken, gab ihrem Pferd die Sporen und donnerte los. Die Kavallerie stürmte durch das knietiefe Wasser neben der Brücke, gelangte auf festen Boden und warf sich dem Feind entgegen. Die Flankenverteidigung der Kavallerie hörte das Hornsignal, ließ von den Tsardoniern ab und kehrte hinter die eigenen Linien zurück. Im Glauben, sie hätten einen Durchbruch erzielt, stießen die Feinde in die Lücke hinein und sahen sich auf einmal tausend Reitern gegenüber. Der zögernde tsardonische Vorstoß kam sofort zum Erliegen, in den Linien rissen die ersten Breschen auf.

Lächelnd griff Elise an, hackte mit der Klinge um sich und trennte einem feindlichen Schwertträger den Arm ab. Ihr Pferd stieg hoch, weil es eng wurde, kam stampfend wieder herunter und raste weiter. Sie kam nicht mehr besonders schnell voran, aber inzwischen blickten die meisten Tsardonier ohnehin nicht mehr in ihre Richtung. Sie trieb das Pferd weiter, schlug mit der Klinge zu und ließ sich auf der linken Seite von ihren Kavalleristen decken, während sie unermüdlich kämpfte. Rechts eilten andere Reiter an ihr vorbei, die tief in das Hauptkontingent der Feinde vorstießen. Dann brüllten die Infanteristen. Der Sieg war nahe. Eine tsardonische Klinge blitzte vor ihr, die ihr Hornist abfing. Sie nickte dankbar und stieß dem Feind ihr Schwert durch die Brust.

Von rechts kamen Pfeile geflogen und fällten Pferde und Reiter. Ihre eigenen Bogenschützen reagierten sofort und feuerten eine Salve ab, dann änderte die ganze Kavallerie die Stoßrichtung und trieb einen Keil zwischen die tsardonischen Linien. Doch die Feinde hatten sich schon wieder formiert und gingen zum Gegenangriff über. Sie signalisierte eine Kehrtwende und eilte auf sicheren Grund zurück, die Pfeile ihrer Bürger deckten den Rückzug.

»Noch einmal«, rief sie. »Wir wollen sie erledigen.«

Sie wandte sich nach rechts, ließ ihre Kavallerie Aufstellung nehmen und griff erneut an.

»Was ist da los?«

Mirron hatte ihr Pferd angehalten und blickte über das Kampfgeschehen hinweg bis zu den von Lagerfeuern umgebenen tsardonischen Wurfmaschinen. Die konkordantischen Truppen waren noch nicht so weit vorgestoßen, und von hier oben sah es aus, als bewegte sich dort nicht viel, außer dass am Fluss immer mehr Feinde aufzutauchen schienen. Jhered kam zu ihr. Sie waren ein Stück weit den Abhang hinuntergeritten und standen jetzt oberhalb von Neristus und seiner Artillerie.

»Sie drehen die Katapulte«, erklärte Jhered. »Sie wollen unsere Linien mit brennenden Steinen zerschmettern.«

Mirron schaute zu ihm auf und erkannte, dass er sich Sorgen machte.

»Können unsere Soldaten das nicht verhindern?«

»Noch nicht.« Er deutete nach rechts. »Da drüben ziehen sich die Gegner zurück, aber noch halten ihre Linien. Uns ist kein schneller Durchbruch gelungen, und sie haben viele Onager, die sie jetzt gegen uns einsetzen können.«

Mirron beobachtete die Kämpfe. Dort unten herrschte ein unbeschreiblicher Lärm, und das Ausmaß der Gewalt war unerträglich. Schon flogen die ersten brennenden Steine in Richtung der Brücke und der Festung. Sie beobachtete die Flugbahn und sah Männer, die dem Einschlag entkommen wollten, in alle Richtungen davonlaufen. Da landeten die Steine auch schon. Mirron zuckte zusammen. Als der Rauch und die hochgeworfene Erde sich wieder gelegt hatten, sah sie dunkle Blutflecken und viele Tote, dort wo die Steine heruntergekommen waren. Ein einzelner Mann rannte noch, er brannte lichterloh. Andere krochen oder humpelten. Es war widerwärtig.

»Ich kann das verhindern«, sagte sie.

Jhered schüttelte den Kopf. »Du hast schon genug getan, du brauchst Ruhe.«

»Aber ein Schild kann die Steine nicht abhalten. Es ist so unfair.«

Die anderen waren schon weiter den Abhang hinuntergeritten. Jhered winkte, sie sollten nicht anhalten.

»Deshalb fürchten die Leute die Onager. Aber wir werden sie bald erreichen.«

Mirron schüttelte den Kopf und stieg ab. »Für einige wird es zu spät sein.«

»Mirron.«

Sie blickte zu ihm auf. »Ich will etwas probieren. Lasst es mich doch wenigstens versuchen.«

Er hob ergeben die Hände und stieg ebenfalls ab. »Also gut. Ich passe auf dich auf, und du achtest darauf, dich nicht zu übernehmen.«

Mirron fühlte sich sicher und geborgen. Sie kniete sich ins Gras und blickte zu den Kampflinien vor den tsardonischen Katapulten und Feuern. Diese waren sehr weit entfernt, und sie musste mit aller Kraft hinausgreifen. Als sie ihren Körper für die Erde öffnete, spürte sie, wie das Gras um ihre Füße und Knie zu sprießen begann.

Die tsardonischen Lagerfeuer hoben sich von den vielen anderen Energiefeldern, die Mirron erkennen konnte, deutlich ab. Selbst über diese Entfernung hinweg sprachen sie mit ihr und offenbarten ihr das Chaos, dem sie ihre eigene Ordnung aufprägen wollte. Die stumpfen Schatten neben den Feuern mussten die Onager sein. Die Mannschaften dagegen waren helle Lebensflammen, da sie unter Anspannung standen und Angst hatten. Mirron arbeitete sich durch die Erde und den Himmel weiter vor und suchte den Weg, der sie zu ihnen bringen würde.

Sie nutzte die Energie der Grashalme unter ihren Füßen und den unterirdischen Strom, den Arducius gefunden und für das Werk mit dem Sturm eingesetzt hatte.

Auf einmal fühlte sie sich einsam und verwundbar, so nahe waren die Schlacht und der Lärm. Die Angst übermannte sie. Sie konnte es nicht ausblenden, nicht ohne Arducius und Ossacer an ihrer Seite. Nicht ohne G...

Mirron schüttelte den Kopf und atmete scharf ein.

»Mirron?«, fragte der Schatzkanzler.

»Schon gut«, sagte sie und kämpfte den Schauder nieder. »Ich schaffe das, es geht schon.«

»Mirron?«

»Ich schaffe das.« Sie verbannte die Bilder von Gorian aus ihrem Bewusstsein und beruhigte ihren Herzschlag, dann rief sie Vater Kessian vor ihr inneres Auge und erinnerte sich an die Übungen im Garten der Villa, als sie den ersten Durchbruch erzielt hatte. Sie musste nur die Flammen nehmen und dorthin führen, wo sie sie haben wollte. Ringsherum fand sie genügend Energie, um alles, was sie heraufbeschwor, zu verstärken.

Ossacer stieß Kovan an, der sich im Sattel umdrehte. Beschützt von einigen Kavalleristen näherten sie sich den Reserveeinheiten und dem Lager. Kovan hatte die misstrauischen und ungläubigen Blicke der Soldaten bemerkt, als die Aufgestiegenen ihr Werk vollbracht hatten, und der große Abstand, in dem die Beschützer auf dem Rückweg neben ihnen ritten, war kein Zufall.

»Was ist, Ossie?«

»Mirron ist nicht bei uns.«

Kovan fuhr zusammen und hatte das Gefühl, das Herz bliebe ihm stehen. Er drehte sich um und beugte sich nach links und rechts, um an Ossacer vorbeizuschauen.

»Der Schatzkanzler ist auch nicht da«, sagte er.

»Wir müssen umkehren«, drängte Ossacer.

Arducius, der neben ihnen den Kopf an den Rücken des kräftigen Kavalleristen gelegt hatte, hinter dem er aufgesessen war, hatte es gehört. Er wirkte schrecklich müde und uralt und hatte Mühe, sich überhaupt aufrecht zu halten.

»Nein«, sagte er mit brüchiger, rasselnder Stimme. »Ich muss mich ausruhen, und du musst Dahnishev helfen, wenn du kannst.«

»Aber Ardu, du hast doch gesagt, dass wir immer zusammenbleiben und aufeinander aufpassen müssen. Besonders hier draußen.«

Arducius kniff die grauen Augenbrauen zusammen. »Durch Gorian hat sich das ein für alle Mal geändert, oder? Vielleicht ist es Zeit zu lernen, wie wir allein zurechtkommen.«

»Was redest du da?« Ossacers Stimme bebte ein wenig. »Wenn der Krieg vorbei ist, kehren wir wieder nach Hause zurück. Wir drei zusammen.«

»Glaubst du wirklich?«, fragte Arducius. »Glaubst du das wirklich?«

»Was ist nur los mit dir?«

»Inzwischen wissen alle über uns Bescheid. Wir können nicht mehr zu dem zurückkehren, was früher einmal war.«

Ossacer seufzte schwer.

»Er ist nur müde, Ossie«, flüsterte Kovan. »Pass auf, du reitest weiter mit den anderen zum Lager, und ich kehre um und sehe nach Mirron.«

»Danke, Kovan.« Ossacer ließ sich zu Boden gleiten.

»Deshalb bin ich doch da«, sagte er und zog sein Pferd herum.

Jhered stand neben Mirron und spürte die inzwischen vertraute, aber immer noch beunruhigende Veränderung der Atmosphäre. Die junge Aufgestiegene war längst in ihr Werk vertieft. Draußen auf dem Schlachtfeld stieß Robertos Infanterie weiter vor, aber die Tsardonier zogen von weiter hinten Verstärkungen nach und hielten dem Ansturm stand. Hinter einer wahren Wolke von Pfeilen und Wurfspeeren griff Kastenas' Kavallerie erneut an.

Auch die gesternische Verteidigung sammelte sich zu einem neuen Angriff, aber die Tsardonier waren offenbar entschlossen, nicht weiter zurückzuweichen. Bald würde die Zuversicht der konkordantischen Truppen einen Dämpfer bekommen, falls es Mirron nicht gelang, die brennenden Steine der Wurfmaschinen aufzuhalten. Jhered war zuversichtlich, dass Roberto letzten Endes siegen würde. Die Frage war nur, welchen Preis er dafür bezahlen musste.

Als er rechts ein Geräusch hörte, fuhr er sofort herum. Dort bewegte sich jemand. Er zog den Gladius aus der Scheide und hob den Schild. Am liebsten hätte er Mirron fortgeschleppt, aber dazu war keine Zeit mehr, und nachdem sie begonnen hatte, hatte sich sein Pferd ein Stück entfernt. Vielleicht hatte sie noch Zeit, das zu tun, was sie tun wollte, bevor sie beide getötet wurden. Nicht einmal er konnte sich gleichzeitig gegen sechs Gegner behaupten.

28

848. Zyklus Gottes, 2. Tag des Dusasauf
15. Jahr des wahren Aufstiegs

Davarov, wir müssen zu ihren Geschützen durchbrechen«, rief Roberto.

Der atreskanische Schwertmeister war gerade blutüberströmt und grinsend aus vorderster Front zu seinem wartenden General zurückgekehrt. Er bemühte sich nach Kräften, verlegen dreinzuschauen, konnte aber seine Freude über den siegreichen Kampf nicht verhehlen.

»Wir haben sie schon so gut wie besiegt, Roberto. Ich kann es spüren«, meinte Davarov.

»Gut möglich. Wir unterhalten uns später darüber, warum du es für nötig gehalten hast, die Lage aus solcher Nähe zu begutachten.« Roberto hielt inne. Über ihnen zischten Onagergeschosse vorbei und zogen Flammen und Rauchfahnen hinter sich her. Sie schlugen hinter seinen vorderen Linien und gefährlich nahe bei seiner eigenen Artillerie ein. »Sie werden gleich die Reichweite korrigieren. Ich will nicht mehr Treffer einstecken als unbedingt nötig.«

Davarov nickte. »Was soll ich tun?«

»Nimm die Triarii von der nördlichen Reserve, dazu vier Manipel der Klingen von Haroq, und verstärke sie mit den Principes der Falken. Du musst an ihrer Flanke durchbrechen. Die Kavallerie wird dich decken. Stoße zu den Katapulten vor und schalte sie aus.«

Davarov lächelte und setzte sich in Bewegung.

»Noch etwas, Davarov«, sagte Roberto. »Wenn du schon ganz vorne mitreiten musst, dann bemühe dich wenigstens, nicht zu sterben, ja?«

»Heute ist nicht der Tag, an dem ich sterbe«, erwiderte Davarov.

Er rannte hinter den Linien entlang, die fest und zuverlässig standen. Gleich darauf feuerten Neristus' gestohlene Onager ihre brennenden Steine, die Rauchfahnen durch die Luft zogen. Davarov betete, dass jeder ein Dutzend Tsardonier zerschmettern möge. Am nördlichen Ende der Front hörte er wieder die wilden Kampfgeräusche. An den Flanken waren Kavallerieeinheiten unterwegs und hielten sich gegenseitig davon ab, die Infanteristen anzugreifen. Beide Seiten wollten einen Durchbruch erzwingen. Nur eine war wirklich überzeugt, dass es ihr gelingen würde.

Davarov befahl mit lauten Rufen seine wichtigsten atreskanischen Zenturionen zu sich. »Manipel zu mir. Setzt eure Principes in den Manipeln als Reserve und zur Flankenverteidigung ein. Los jetzt, los.«

Er lief weiter an der Linie entlang und suchte den Kommandanten der Kavallerie an der Flanke. Auch dieser Mann war ein Atreskaner, der zu Haroqs Klingen gehörte. Er beobachtete den Kampf der berittenen Verbände, die beide nach einer Lücke oder einem kleinen Vorteil suchten, den sie ausnutzen konnten. Wieder flogen Onagergeschosse durch den bewölkten Himmel und schlugen zehn Schritte vor der Artillerie der Konkordanz ein. Zu nahe.

»Hauptmann Cartoganev.«

»Meister Davarov?« Cartoganev sah ihn unter dem Helm hervor an. »Was ist? Ich habe zu tun.«

»Ihr habt gleich noch mehr zu tun«, knurrte Davarov. »Wir nehmen uns die Geschütze vor. Ich brauche Euch, um die Steppenkavallerie von meiner Infanterie abzuhalten.«

»Das kommt mir wie gerufen«, sagte Cartoganev.

»Sehr witzig.«

»Überhaupt nicht. Meine Truppen stehen hier stark unter Druck, Meister Davarov.«

»Dann müssen wir die Feinde schnell zerschmettern. Wenn wir unsere Katapulte vorrücken lassen, dann können wir das erreichen.« Davarov zuckte mit den Achseln und lächelte. Hinter ihm stellten sich die Manipel auf. »Roberto hat es befohlen. Was wollt Ihr machen?«

Cartoganev starrte über seinen Kopf hinweg ins Leere und räusperte sich. »Überlasst es mir. Tut, was Ihr tun müsst, aber beeilt Euch, sonst verlieren wir diese Flanke.«

Davarov verneigte sich. »Eine kleine Atempause, mehr brauche ich nicht.«

Cartoganev drehte sich um und brüllte einige Befehle.

Mirron spürte es im ganzen Körper. Sie schmeckte die Wärme des brennenden Pechs und nahm die Energien der Erde in sich auf. Vor ihrem geistigen Auge erschuf sie die Energiestruktur des Feuers und vergrößerte und verstärkte sie. Jetzt musste sie diese Struktur auf das Holz und die Seile der tsardonischen Wurfmaschinen übertragen. Auf den frischen Brennstoff. Es war viel leichter, wenn sie alles direkt vor sich hatte, aber dieses Mal musste sie die Übertragung über die natürlichen Pfade in der Luft vornehmen. Es würde anstrengend. Sie holte tief Luft und atmete aus. Hitze flutete über ihr Gesicht.

Sie konzentrierte sich stärker, und ihr wurde bewusst, dass sie bereits glühte. Schließlich streckte sie die Hand zu den Pechfeuern aus. Die chaotischen Linien tanzten für sie. So schön war es. Sie öffnete eine Lücke in den Linien des ersten Feuers, hielt den Zugang durch ihre Energie offen und setzte nach. Die von ihr geschaffene Feuerlandkarte flog durch den Himmel, eine Rauchfahne wehte in der klaren Luft. Sie brauchte nur noch eine Verbindung, und dann wäre es, als würde sie eine Reihe Dominosteine umstoßen.

Irgendwo in der Nähe redete Jhered mit jemandem, aber er meinte nicht sie.

»Kommt nur her«, sagte Jhered zu den Tsardoniern, die in seine Richtung rannten. »Jetzt habt ihr die Gelegenheit, jeden Steuerbetrüger in der Konkordanz glücklich zu machen.«

Er wich etwas nach links aus, um Mirron so lange wie möglich vor ihren Blicken zu verbergen. Ihm war nicht klar, wie sie ihn entdeckt hatten, aber sie mussten seit Stunden ständig in Bewegung gewesen sein, um der Kavallerie zu entgehen. Möglicherweise waren sie auch die Ablösung für die Wachposten und wollten nachsehen, ob ihre Kameraden entkommen waren. Es war ein Fehler gewesen, diese Möglichkeit nicht zu berücksichtigen.

»Ich brauche hier Hilfe«, rief er über die Schulter zurück, doch hinter ihm war nur aufgewirbelter Staub. Es war sinnlos. Der Schlachtlärm war einfach zu groß. Die Tsardonier schwärmten vor ihm aus. Zwei hatten gespannte Bogen, vier waren mit Krummschwertern und ovalen Schilden bewaffnet. »Oh verdammt.«

Die Bogenschützen schossen. Jhered duckte sich. Die Pfeile verfehlten ihn weit, flogen über die Klippe und verschwanden. Jhered richtete sich wieder auf. Die Tsardonier waren stehen geblieben. Das war nicht überraschend. Wieder spannten die Bogenschützen ihre Waffen. Dieses Mal prallte ein Pfeil gegen seinen Schild, der zweite bohrte sich in den Boden. Jhered sah sich kurz um. Mirron war in ihr Werk vertieft. Im Grunde sah Jhered nur eine einzige Möglichkeit. Er rannte direkt auf sie zu.

Den Kopf und den Körper mit dem Schild deckend, stieß er einen wütenden Schrei aus und rannte los, um die dreißig Schritte möglichst rasch zu überbrücken. Ein Pfeil fegte durch seinen Federbusch, ein zweiter prallte vom Schild ab. Der dritte bohrte sich vor seinen Füßen in den Boden. Er nahm sich den mittleren der sechs Gegner vor. Sie sollten ihn umzingeln und sich auf ihn konzentrieren, damit Mirron möglichst viel Zeit bekam, ihr Werk zu vollenden und zu fliehen.

Die Tsardonier blieben stehen, wo sie waren, weil sie damit rechneten, dass er sie mit gezücktem Schwert angriff. Er hatte jedoch etwas anderes vor. Er rammte die mittleren beiden Gegner und warf sie um. Dabei stürzte er auch selbst, warf sich herum, rollte sich auf den Rücken und kam schon wieder hoch, als sie sich gerade erst zu ihm umdrehten. Er war schnell wieder auf den Beinen, vor seinen Füßen lag ein benommener Tsardonier. Jhered trampelte ihm auf den Nacken und warf sich den vier Gegnern entgegen, die noch standen. Wieder prallte sein Schild gegen einen Tsardonier, während sein Gladius einen zweiten traf. Er duckte sich unter einem ausholenden Schlag hindurch, der an seinem Schild den Lack absplittern ließ.

Dann wich er einen Schritt zurück. Auch die Bogenschützen hatten jetzt ihre Schwerter gezogen. Hinter ihm kam der noch lebende Tsardonier wieder hoch. Jhered stieß erneut seinen Schild nach vorn. Der Gegner wich aus und schlug mit der Klinge zu, die Schwertspitze kratzte über das Wappen der Konkordanz, dass die Funken flogen. Erneut wich Jhered zurück, dieses Mal nach links, um den fünften Gegner zu beobachten. Alle kehrten Mirron jetzt den Rücken. Er warf einen raschen Blick zurück. Direkt hinter ihm fiel die Klippe steil ab. Die Tsardonier schwärmten zu einem Halbkreis aus.

»Na, wer von euch ist gut genug, mich zu besiegen, hm?« Er wiegte den Gladius in der Hand. »Na?«

Sie gingen auf ihn los.

Kovan sprang vom Pferd und rannte an der hockenden Mirron vorbei. Jhered musste gerade einen brutalen Schlag gegen den Schild einstecken und ging in die Knie. Er stach mit dem Gladius zu, verfehlte aber sein Ziel. Wieder prasselten Schwertschläge auf ihn ein.

Vier Männer umringten ihn, zwei Tote lagen in der Nähe. Jhered blockte einen Streich ab und fing zwei weitere mit dem Schild ab. Der vierte Hieb verfehlte sein linkes Bein um Haaresbreite.

Dann richtete Jhered sich hoch auf und trieb die Gegner zurück. Doch sie waren stark, und der ungleiche Kampf konnte nicht anders als mit seiner Niederlage enden. Sie verteilten sich noch etwas weiter, bis er keine Hoffnung mehr haben konnte, sich gleichzeitig gegen alle zu verteidigen. Kovan würde es nicht schaffen. Er stieß einen Ruf aus, aber sie hörten es nicht. Noch zehn Schritte, die ebenso gut hätten zehn Meilen sein können.

Es gab nur eine Möglichkeit, sie abzulenken. Er warf seinen Gladius und betete. Die Waffe drehte sich um sich selbst. Vor ihm hob ein Tsardonier das Schwert zum Todesstoß. Kovans Gladius bohrte sich in seinen Rücken und warf ihn um. Die anderen zögerten einen Sekundenbruchteil. Lange genug. Darauf knallte Jhered seinen Schild in die offene Flanke eines Gegners und rammte dem zweiten seinen Gladius in die Kehle.

Zwei waren noch übrig, einer von ihnen war außer Atem. Kovan hob die gekrümmte Klinge des ersten Toten auf. Das Gewicht und die Balance waren ungewohnt. Er nahm die Waffe in beide Hände und schlug damit nach den Beinen eines Tsardoniers, der kreischend zurückkippte. Jhered stieß mit seinem Schild immer und immer wieder nach dem letzten Mann und warf ihn schließlich zu Boden, wo er ihn mit einem Stoß durchs Herz erledigte. Kovan bohrte dem anderen die tsardonische Klinge durch den Bauch und ließ das bebende Schwert stecken.

Dann richtete er sich auf und wischte sich mit zitternder Hand den Mund ab. Jhered stand schon vor ihm, gab ihm sein eigenes Schwert zurück und lächelte.

»Das war Rettung in höchster Not, junger Vasselis. Vielen Dank.« Er klopfte Kovan auf die Schulter. »Ein Glück, dass du dich in Mirron verliebt hast, was?«

Kovan errötete. »Ich ...«

»Niemand kommt, um den Steuereinnehmer zu retten, mein Junge.«

Jhered lachte und führte ihn zu Mirron hinüber. Sie lag jetzt schwer atmend auf der Seite. Kovan kniete nieder und streichelte ihr verklebtes Haar.

»Schon gut, Mirron, ich bin da.«

Sie hielt sich an seinen Armen fest. »Ich habe es geschafft, ich habe die Feuersteine aufgehalten.«

»Und nicht nur das«, sagte Jhered.

Kovan folgte Jhereds Blick. Alle feindlichen Onager brannten lichterloh. Schwarzer Rauch stieg zum Himmel auf, Tsardonier rannten in alle Richtungen davon. Dahinter ertönte Jubelgeschrei, als die Neuigkeit in den Reihen der Konkordanz die Runde machte. Die Legionen griffen abermals an. Direkt unter ihnen galoppierten die Reiter der Konkordanz der Steppenkavallerie entgegen und erzielten einen kleinen Durchbruch. Sofort setzten die Fußtruppen nach, angeführt von einem Mann mit einem roten Schild.

»Das ist doch ...«

»Davarov«, bestätigte Jhered. »Komm schon, Kovan, hilf ihr beim Aufstehen. Es wird Zeit zu gehen.«

Roberto signalisierte den Geschützen, dass sie vorrücken sollten, und galoppierte hinter den Linien entlang, um alle Einheiten darüber zu unterrichten, dass die tsardonischen Katapulte zerstört waren. Die Aufgestiegenen hatten es geschafft. Zwar hatte er keine Ahnung, wie sie es vollbracht hatten, aber das war ihm im Augenblick egal. Der Sieg war nahe, und da Davarov wahrscheinlich bemerkt hatte, dass seine Ziele bereits zerstört waren, konnte der atreskanische Meister seine Manipel anderweitig einsetzen.

»Verstärkt die Linien«, befahl Roberto. »Principes nach vorn. Wir müssen sie zerschmettern.«

Er lenkte sein Pferd zum nördlichen Rand des Schlachtfeldes. Wenn seinen Truppen hier ein Durchbruch gelang, waren die Tsardonier verloren. Er beobachtete Cartoganevs Kataphrakten, die gerade einen Angriff der Steppenkavallerie abwehrten. Berittene Bogenschützen folgten ihnen, laut dröhnten die Hufschläge ihrer Pferde. Eine Abteilung berittener Schwertkämpfer stürzte sich ins Getümmel und zwang die Feinde, kehrtzumachen und sich neu zu formieren.

Er blickte nach hinten. »Komm schon, Rovan, lass die Geschosse fliegen.«

Hoffentlich schlugen die Steine ohne Gegenfeuer ein. Von der Festung her kamen weiterhin rauchende und brennende Geschosse geflogen, aber es waren nicht genug, um die Moral der Tsardonier zu erschüttern. An der rechten Flanke unterstützten inzwischen die Principes den Vorstoß der Konkordanz. Mitten dazwischen führte Davarov seine Manipel in die Lücke, die die Kavallerie aufgerissen hatte. Die Tsardonier machten kehrt, um sie einzukesseln.

»Bogenschützen, zielt hinter die Frontlinie. Sofort.«

Der Befehl wurde weitergegeben. Die Pfeile flogen in hohem Bogen und verschwanden. Die Feinde kamen in Bewegung, die Konkordanz setzte nach. Ein Schritt nur, der aber eine große Bedeutung hatte.

»Sie ziehen sich zurück«, rief er seinen Zenturionen und allen anderen zu, die es hören konnten. »Sie machen kehrt.«

Jetzt ließ auch Rovan Neristus seine Steine durch den grauen Himmel fliegen. Roberto verfolgte die Flugbahn, bis sie mitten in der tsardonischen Reserve einschlugen, die sich gerade zur Verteidigung formierte und in Sicherheit wähnte.

»Jetzt nicht mehr«, sagte Roberto. »Jetzt nicht mehr.«

Auf Befehl der Zenturionen schlossen die konkordantischen Legionen die Schilde zu einem Wall. Flaggen wurden gesenkt, Hornsignale ertönten. Die Soldaten stürmten der geschwächten feindlichen Linie entgegen. Disziplin. Ordnung. Sieg.

Er hätte schwören können, dass Davarov irgendwo da draußen die gleichen Worte rief. Roberto lächelte. Vielleicht hatten sie Glück und konnten die Konkordanz doch noch retten.

Admiral Gaius Kortonius, der Oberste Seeherr der Ocetanas, atmete die kalte Seeluft ein, die von Nordwesten her über die Hochebene der Insel Kester fegte und das erste Eis des Dusas mit sich brachte. Überall waren die Anzeichen der neuen Jahreszeit zu erkennen. Vor fünf Tagen hatte es mehrmals gehagelt, im Palast der Ocetanas toste das Hypokaustum, der Nebel klammerte sich zäh an die Felsen, dass man keine zweihundert Schritte weit übers Meer blicken konnte.

Normalerweise war es Kortonius' liebste Jahreszeit. Er war an den Gestaden des Tirronischen Meeres in einem kleinen Fischerdorf nördlich von Port Roulent zur Welt gekommen und ein stolzer caradukischer Seemann. Seit seiner Kindheit beobachtete er schon den wallenden Nebel, der ihn heute wie damals faszinierte.

Stille breitete sich über der Insel und dem Meer aus, wenn der Dusas begann. Die Einkehr, so nannten die Ocetanas diese Zeit, wenn der größte Teil der Flotte in den gewaltigen Höhlen unter der Hochebene vor Anker lag und die Mannschaften daheim bei ihren Familien sein und den Seegöttern danken konnten, worüber die Kanzlerin vor frommer Wut fast geplatzt wäre.

Aber nicht in diesem Dusas. Die Invasion, falls es denn eine war, hätte zu keinem ungünstigeren Zeitpunkt kommen können. Schon die normalen Aufgaben der Marine waren schwierig und erforderten ihren vollen Einsatz. Alles beruhte jedoch darauf, dass es im Dusas erheblich ruhiger wurde. Kortonius hatte getan, was er konnte. Die meisten Einheiten der Ocenii und mehr als die Hälfte der Kriegsschiffe verbrachten auf der Insel ihre Winterpause.

Nur die Schiffe, die zur Erkundung eingesetzt wurden, und die schnellen für den Angriff vorgesehenen Triremen waren noch draußen unterwegs. Sie mussten den Norden des Tirronischen Meeres gegen die abtrünnige atreskanische Marine sichern, sie mussten im ganzen Osten und im Westen, besonders in Estorr, die Küsten decken und südlich der Insel die Durchfahrt blockieren. Ganz zu schweigen von den Schwierigkeiten in die Gorneonbucht und an der tundarranischen Küste.

Zu viele Schiffe waren viel zu lange auf See gewesen. Wenn aber die Berichte aus Gestern zutrafen, dann waren die Tsardonier aus der Bucht von Harryn aufgebrochen. Ein kühner Schritt, da zum Wechsel der Jahreszeit im Süden von Gestern stets schwere Stürme tobten. Kortonius würde sie aufhalten. Niemand glaubte ernsthaft den Berichten über die Größe der feindlichen Flotte.

Er wandte sich vom Balkon ab und trank seinen gesüßten Kräutertee aus. Das Frühstück ruhte angenehm in seinem ansehnlichen Bauch, und jetzt wurde es Zeit für die Ertüchtigung, die ihm sein verdammter Arzt verordnet hatte, damit die Blutgefäße nicht verstopften.

Er verschnürte die Lederstiefel auf den nackten Beinen und hängte sich einen Pelzmantel über die Schultern. Dann glättete er seine Toga und die in Blau und Gold, den Farben der Ocetanas, gehaltene Schärpe. Schließlich setzte er sich den Helm mit dem albernen Federbusch auf den Kopf. Wenigstens würde das Ding seine Haare, oder das, was von ihnen noch übrig war, vor dem Eisregen schützen.

Nachdem er seine Gemächer verlassen hatte, lief er durch den Säulengang über dem großen Saal, dessen Fußboden drei Stockwerke tiefer lag, nach draußen zu den westlichen Wehrgängen. Er öffnete die Tür und atmete die eiskalte Luft tief ein. Der Eisregen prasselte förmlich herab, und der Nebel schien dichter denn je zu sein. Es war jedoch keineswegs still auf der Insel. Viel zu viele Wächter und Ausgucke waren auf Posten, und auch die Geschützstellungen in den Kasematten waren besetzt.

Krieg. Gott umfange ihn, aber früher hatte er das Gefecht geliebt. Jetzt war es eine lästige Angelegenheit, die nur die Routine seines gesetzten Lebens störte.

Er trat nach draußen. Rechts unter ihm zierten zahlreiche Büsten, Säulen, Springbrunnen und Flaggen den Palastgarten. Links erstreckte sich das Tirronische Meer bis zur gesternischen Küste. Er blickte zu den Felsen hinab. Undeutlich konnte er noch die Wellen erkennen, die sich an der Insel brachen, doch der Nebel verhüllte alles, und der Eisregen an diesem windstillen Tag machte es nicht besser.

Auch heute würde er tun, was er nach Ansicht seines Arztes jeden Tag tun musste. Er würde den ganzen Weg bis zum Wachturm am anderen Ende des Wehrgangs laufen. Unterwegs erwiderte er die militärischen Ehrenbezeugungen und grüßte höhere Zivilbeamte mit einem Nicken. Gelegentlich blieb er stehen und plauderte ein wenig mit anderen, die wie er frische Luft schnappen wollten. Es gab tatsächlich Menschen, die das Wetter auf der Insel mochten, und das konnte er gut verstehen. Wer die Küste liebte, der liebte diese Gegend und empfand eine Ehrfurcht vor dem Meer und den Elementen, die nie verblasste.

Als er die Treppe halb hinauf war, bereute er seinen Entschluss, dem Drängen seines Arztes nachgegeben zu haben. Ihm war heiß, sein Gesicht war gerötet. Immer wieder legte er auf der dreihundert Stufen langen Wendeltreppe eine Verschnaufpause ein und war oben kaum noch in der Lage, die Begrüßung der überraschten Wächter zu erwidern. Einer zog einen Stuhl für ihn heran, auf den er sich dankbar sinken ließ.

»Danke«, sagte er. »Eine schnelle und willkommene Hilfe.«

»Gebrechen machen vor dem Rang nicht halt, Admiral. Jeder leidet hin und wieder an irgendetwas.«

Kortonius kicherte keuchend, als sein Puls sich halbwegs beruhigt hatte. »Du bist eine geborene Diplomatin, junge Frau. Ich habe einfach nur Übergewicht.«

Die drei Posten waren auf einmal der Ansicht, dass ihre Spähgläser dringend geputzt werden mussten. Kortonius konnte von seinem Sitzplatz aus nicht über die Brüstung schauen. Es war eng hier oben auf dem Wachturm, der Platz reichte höchstens für acht Personen. Ein kleiner eiserner Ofen stand unter einem sich verjüngenden Abzug, daneben zwei Stühle, mitten in der Wachstube eine Alarmglocke und ein Fahnenmast.

Kortonius erhob sich wieder und blickte zum Meer hinaus. »Eine undankbare Aufgabe an einem Tag wie diesem.«

Die Legionärin wollte antworten, wurde aber durch eine Glocke unterbrochen, die ein Stück weiter südlich angeschlagen wurde. Andere nahmen das Signal auf und gaben es weiter. Was die entfernten Türme auch gemeldet hatten, es kam näher.

Kortonius' Herz begann schon wieder zu rasen. Er trat an ein freies Spähglas, das in Kopfhöhe auf einem Pfahl befestigt war, und presste das Auge an die Linse. Im Süden war auf Meereshöhe alles vom Nebel verhüllt.

»Sie ziehen Flaggen auf«, bemerkte ein Wächter.

Kortonius schwenkte das Glas zum nächsten Wachturm im Süden. Dort flatterte die rote Flagge, und die Beobachter deuteten nach Süden, wo ein Reiter auf dem Hügelweg zum Palast galoppierte. Kortonius richtete das Glas wieder aufs Meer. Aus dem Nebel schälten sich Umrisse heraus, und mit jedem Herzschlag wurde ihm kälter.

Auf dem Meer bewegte sich ein Gewirr aus Masten, Rümpfen und Rudern. Sie näherten sich und zeichneten sich deutlicher ab. Biremen, Triremen, Kriegsschiffe und schließlich mächtige Galeeren mit Katapulten. Angeblich hatten sie mehr als zweitausend Ruderer, mehr als zehnmal so viel wie eine Angriffstrireme. Gewaltige, schwerfällige Schiffe, gebaut für eine Belagerung.

»Wo ist meine Blockade? Was ist aus meiner Blockade geworden?«

Ausgewichen oder spurlos versenkt. Im Süden war bereits der größte Teil der Verteidigung ausgeschaltet. Über ihm ertönte die Glocke, und die Wächter entrollten die rote Flagge.

»Ocetarus möge uns retten«, murmelte er. »Wie konnten sie uns unbemerkt so nahe kommen?«

»Admiral?«

Er schüttelte den Kopf, um seine Gedanken zu ordnen. »Befehlt den Schiffen auszurücken, Verfahren Eins. Alle Schiffe sollen bemannt und zu Wasser gelassen werden. Öffnet die Seetore. Auch die Ocenii sollen sich beteiligen. Verständigt die Flotte im Norden. Schickt Nachrichten nach Gestern und Estorr. Geht schon, geht.«

Zwei verschwanden sofort, einer blieb, um die Glocke zu läuten. Kortonius starrte die tsardonische Flotte an, die sich ihnen näherte und sich Schiff um Schiff aus dem Nebel schälte. Er konnte den Blick nicht von den Belagerungsgaleeren wenden. Es waren zwei, die schwerfällig in die Bucht einfuhren. Sie konnten die Insel nicht bezwingen. Oder etwa doch?

Vielleicht konnten sie es. Immerhin waren sie den Seetoren schon viel zu nahe gekommen, und wenn sie den Hafen blockieren konnten, ehe die Schiffe in ausreichender Zahl ausgelaufen waren, wäre die Schlacht vorbei, ehe sie richtig begonnen hätte.

Er rief den Wächtern hinterher, sie sollten schneller rennen.

29

848. Zyklus Gottes, 2. Tag des Dusasauf
15. Jahr des wahren Aufstiegs

Unter der Führung von Davarov hatte es in einem Gemetzel geendet. So schrecklich es auch gewesen war, es hatte sich nicht vermeiden lassen. Weder Roberto noch die Gesternier wollten sich mit Tausenden tsardonischen Gefangenen belasten, und er hatte keine Lust, mehr Gegner als unbedingt nötig durch Atreska zu hetzen.

Obwohl es allmählich dunkelte, waren große Teile seiner Kavallerie und der leichten Infanterie noch im Einsatz. Sie scheuchten die letzten noch lebenden Tsardonier nach Osten und hofften, diese würden den einzigen Fluchtweg wählen, den Roberto ihnen noch gelassen hatte, und in ihre Heimat zurückkehren. Davon abgesehen, dass sie nicht mehr kämpften, konnten ein paar Überlebende, die in Tsard Geschichten über Hexerei und Teufel erzählten, der Konkordanz sehr nützlich sein.

Der Rest seines Heeres feierte den Sieg, räumte auf dem Schlachtfeld auf und arbeitete mit den Vertretern des Ordens zusammen, um die estoreanischen Toten der Erde zu übergeben. Dieses Mal würden sie auch die tsardonischen Toten begraben. Roberto wollte nicht zulassen, dass sie so tief im Gebiet der Konkordanz von den Feinden geborgen wurden, und die Gefahr, dass sich durch die Toten Seuchen verbreiteten, war zu groß.

Jhered ritt mit Roberto zum gesternischen Lager, das sich zwei Meilen hinter der Grenzfestung befand, und ließ die Aufgestiegenen bei seiner Truppe. Roberto kicherte, die Erschöpfung war fast vergessen. Jhered drehte sich zu ihm um. Auf seiner Wange prangte ein Schnitt, den er sich zugezogen hatte, als er Mirron beschützt hatte. Im Licht der Laternen, die Robertos Extraordinarii trugen, war die Narbe deutlich zu erkennen.

»Was ist?«, fragte der Schatzkanzler.

»Ich musste nur daran denken, wie sehr sich die Stimmung in der Truppe verändert hat. Vor fünf Tagen hätte jeder von ihnen Ossacer lieber getötet, als sich von ihm helfen zu lassen. Und nun hörte ich kurz vor unserem Aufbruch jemanden darüber klagen, er bekäme nicht die richtige Behandlung, weil der Bursche müde sei und sich ausruhen müsse. Der lüsterne Blick auf Mirron ist dem väterlich-beschützenden Arm gewichen. Keiner will, dass ihr etwas zustößt. Ihre Arbeit mit den tsardonischen Onagern wird so schnell nicht vergessen werden.«

Jhered nickte. »Was ist mit Ellas und den anderen Angehörigen des Ordens?«

Roberto blies die Wangen auf. »Das ist etwas schwieriger. Aber selbst er kann nicht leugnen, wie viele seiner Schäfchen die Aufgestiegenen heute gerettet haben. Er fürchtet sie jedoch immer noch.«

»Was denkst du selbst, General?«

»Ich will ehrlich mit dir sein, Paul. Ich ringe immer noch mit mir. Sobald sie eine Pause bekommen und nachdenken können, wird es meinen Kriegern nicht anders ergehen.« Roberto hatte Mühe, die richtigen Worte zu finden. »Ich erkenne, wie viel Gutes sie bewirken können. Jedenfalls im Augenblick. Ihre Kräfte werden jedoch wachsen, und wer soll sie kontrollieren, wenn sie erst erwachsen sind? Sieh dir nur Gorian an. Ich habe Angst vor dem, was er tun könnte. Vielleicht entwickeln sie sich alle wie er und glauben, niemand dürfte ihnen Vorschriften mache. Sie sind erst vierzehn und können jetzt schon Hügel zum Einsturz bringen und Orkane heraufbeschwören. Entschuldige, ich rede dummes Zeug, aber du verstehst sicher, was ich sagen will.«

»Ich verstehe es mehr als jeder andere. Wir haben keinen Bezugsrahmen für sie, für das, was sie sind und werden können. Die Widersprüche zu den Schriften und zum Glauben an den Allwissenden sind offensichtlich. Wir können sie nur anleiten und beten, dass sie ihre Fähigkeiten zum Guten und für uns alle nutzen. Aber auch wenn sie so mächtig sind, sie sind nur Menschen aus Fleisch und Blut. Verwechsele ihre Kräfte nicht mit Unsterblichkeit.«

»Das ist ein tröstlicher Gedanke«, meinte Roberto. »Allerdings verstehe ich immer noch nicht, warum du dich entschlossen hast, Gorian laufen zu lassen. Du sagtest selbst, er müsste verbrannt werden. Stattdessen wurde er nicht einmal bestraft. Das sieht beinahe aus, als hättet ihr ihm verziehen.«

»Da irrst du dich«, sagte Jhered. »Zwischen den vier Kindern besteht eine Verbindung, die tiefer reicht als Liebe. Sie haben seit ihrer Geburt nur wenige Stunden getrennt voneinander verbracht. Sprich mit Arducius. Er wird dir erklären können, was sie wirklich getan haben.«

Roberto war nicht sicher, ob das seine Meinung ändern konnte. Der Junge lebte vermutlich noch und stellte deshalb eine Gefahr dar. Den Rest des Weges zum gesternischen Hauptquartier ritten sie schweigend. Auf der Straße drängten sich Verletzte und Verirrte. Erschöpfte und verängstigte Soldaten und Bürger blickten ihnen nach. Schmutz und Verzweiflung waren trotz des Sieges und der laut durch die Nacht hallenden Gesänge überall zu sehen. Robertos Eingreifen war ein Glücksfall gewesen, und jetzt dämmerte den Menschen, wie knapp sie davongekommen waren.

Das Hauptquartier befand sich in einem kleinen Dorf, das zwischen den Zelten, Pferchen und provisorischen Holzbauten jedoch kaum noch zu erkennen war. Wächter empfingen sie und wiesen ihnen den Weg zur winzigen Basilika, die das ebenso kleine Forum überragte. Drinnen wurde das zugige Gebäude von offenen Feuern gewärmt und von Laternen und Kohlenpfannen beleuchtet. Außerdem wartete eine angenehme Überraschung auf sie.

»Marschallin Mardov.« Roberto umarmte sie und küsste sie auf die Stirn, aber das Lächeln gefror auf seinen Lippen. »Du bist doch sicher nicht eigens gekommen, um an den Siegesfeiern teilzunehmen, oder?«

Mardov schüttelte den Kopf und wandte sich an Jhered. »Nun, Paul, anscheinend hattest du doch recht.«

»Ich habe meine lichten Augenblicke«, erwiderte Jhered. »Was ist denn los?«

Mardov war so müde wie alle anderen. Sie führte ihre Gäste zu einem Tisch, auf dem eine Karte von Gestern und des Tirronischen Meeres befestigt war.

Verschiedene Pfeile und Formen waren dort eingezeichnet. An der Westküste und in der Nähe von Kester drängten sich die Symbole, was Roberto überhaupt nicht gefiel.

»Wir haben hier einen erstaunlichen Sieg errungen«, sagte Mardov, »der jedoch das Unausweichliche nur hinauszögert.«

Roberto hatte das Gefühl, jemand hätte ihm eine Ohrfeige verpasst. »Das kann doch nicht sein, Katrin. Dieser Sieg hat uns seit dem Beginn des Solasab die erste echte Hoffnung geschenkt. Wir haben dreißigtausend Feinde ausgeschaltet, und du siehst doch die Moral meiner Truppe.«

»Außerdem haben wir die Aufgestiegenen«, fügte Jhered hinzu. »Unterschätze nicht ihren Einfluss, nachdem sie sich jetzt bewährt haben.«

»Selbst wenn, spielt dies keine große Rolle. Niemand, Roberto, du nicht und sie nicht, kann an zwei Orten zugleich sein.« Katrin deutete auf die Landkarte. »Die Tsardonier haben vor acht Tagen die

Grenzverteidigung im Osten überrannt. Wir konnten von hier aus keine Verstärkung schicken. Wir konnten allerdings ihren Weg verfolgen und wissen, dass sie auf den Straßen rasch vorankommen. Niemand kann sie aufhalten, Roberto. Zehntausend oder mehr sind es, und ich glaube, es ist die Truppe, die Jorganesh vernichtet hat.«

»Wollen sie zur Küste?«, fragte Jhered.

»Nach Portbrial«, bestätigte Mardov. »Sie müssten in spätestens zehn Tagen dort eintreffen.«

Roberto sah Jhered fragend an, der mit den Achseln zuckte.

»Dann musst du sie jetzt verfolgen und hoffen, die Verteidigung in Portbrial und Skiona kann sie aufhalten«, sagte Roberto. Er unterbrach sich, als ihm ein kalter Schauer über den Rücken lief, und betrachtete noch einmal die Markierungen im Tirronischen Meer. »Wo ist die tsardonische Flotte?«

»Wir haben über die Flaggen der fest stationierten Schiffe eine Botschaft von Kester bekommen. Die Tsardonier sind schon dort«, flüsterte sie und sah sich um, ob auch niemand lauschte, der es nicht hören sollte. »Fünfhundert Segel.«

»Fünfhundert ...« Roberto wurde fast schwindlig.

»Die Ocetanas können sie nicht aufhalten. Sie haben die Flagge mit dem Kreuz gehisst, was bedeutet, dass sie einer Blockade ausgesetzt sind. Wenn das tsardonische Heer die Küste erreicht, wird die Flotte schon warten, um die Truppen nach Estorr zu bringen. Es ist zu spät, wir haben verloren.«

»So dürfen wir nicht denken«, widersprach Jhered. »Roberto, ich habe dich gewarnt, dass dies geschehen könnte. Wir können sie stellen.«

Roberto sah sich um, seine Gedanken rasten; er konnte die Bilder eines in Flammen stehenden Estorr nicht abschütteln.

»Selbst wenn sie nicht blockiert werden, hat Kortonius höchstens dreihundert Schiffe auf der Insel.« Jhered starrte die Karte an. »Wir müssen Truppen übers Meer bringen und schneller als sie in Estorr sein, wenn wir sie in Gestern nicht aufhalten können.«

»Aber womit?«, fragte Katrin. »Wir haben nicht genügend Schiffe, um alle zu befördern.«

»Du musst nach Norden gehen, Roberto«, sagte Jhered. »Neratharn braucht Verstärkung.«

»Warum? Damit wir den Tsardoniern später die Ruinen von Estorr wieder abnehmen können?«, fauchte Roberto verzweifelt. »Damit wir die Leiche meiner Mutter abholen und der Erde übergeben können?«

»Ja, wenn das alles ist, was wir tun können«, sagte Jhered. Der Schatzkanzler riss die Augen weit auf. »Wir können nur das einsetzen, was der Allwissende uns gibt. Die Konkordanz kann ohne Estorr überleben. Sie kann auch überleben ...«

»... ohne die gegenwärtige Advokatin«, brachte Roberto den Satz zu Ende.

Jhered ließ den Kopf ein wenig sinken. »Ja«, sagte er leise. »Falls es dazu kommen sollte.«

Bedrückt schwiegen sie. Robertos Blick wanderte über die Karte, ob sich nicht doch noch eine Lösung fände. Ihm war übel.

»Weiß sie, was kommen wird?«, fragte er.

»Die Meldung müsste Estorr ebenso erreicht haben wie uns. Wir unterrichten sie auch über die tsardonische Armee, die zur Küste marschiert.«

»Es spielt keine große Rolle«, sagte Roberto. »Sie wird nicht fortgehen.« Er lächelte, während ihm die Tränen in die Augen schossen. »Meine Mutter ist störrisch. Früher habe ich das für eine ihrer größten Stärken gehalten.«

»Das gilt auch heute noch«, sagte Jhered.

Roberto hob eine Hand, um Jhered zu unterbrechen. »Ich hätte nie gedacht, dass ich so etwas einmal sagen würde, Paul. Ich hätte nie gedacht, dass ich meine ganze Hoffnung auf drei Vierzehnjährige und einen Steuereinnehmer setze, auch wenn es der oberste ist. Ein Segel gegen Hunderte.« Er fasste Jhered bei den Schultern. »Rette Estorr, rette meine Mutter.«

Die Zeit der Einkehr wurde von den verzweifelten, wilden Geräuschen des Krieges unterbrochen. Grollend hallten die Einschläge der Geschosse durch die Kasematten der Insel Kester. Ruderer, Matrosen und Marinesoldaten drängten sich in den Gängen vor den unterirdischen Quartieren und eilten zu den Molen.

Karl Iliev, Trierarch des Siebten Kommandos der Ocenii und Geschwaderkommandant seines Truppenteils, pochte frustriert gegen den Rumpf seines Spornkorsaren und kehrte zur Wand zurück. Die Seetore waren wegen des Angriffs geschlossen. Selbst für die Elite der Ocetanas wäre es einem Selbstmord gleichgekommen, jetzt in den Hafen hinauszurudern.

Durch die Luftlöcher beobachtete er das Ende der wenigen konkordantischen Schiffe, die hatten auslaufen können, bevor die tsardonische Flotte die Verteidiger gezwungen hatte, die Seetore zu schließen. Verdammt sei dieser Nebel. Verdammt sei Ocetarus für seine Launenhaftigkeit. Verdammt seien sie selbst wegen ihrer Nachlässigkeit.

Iliev packte das Gestänge des Tors und betete für diejenigen, die gefallen waren. Acht Segel gegen die zehnfache Übermacht, so sah es draußen an der äußeren Hafenmauer aus. Er schauderte bei dem Gedanken, wie viele Gegner wohl noch draußen im Nebel verborgen waren.

Eine Bireme hatte es nicht einmal bis ins offene Wasser geschafft. Ein Stein, gedacht für die Verteidigung des Hafens, aber zu kurz gezielt, hatte sie mittschiffs getroffen. Treibende Holzstücke und Leichen, mehr war nicht von ihr geblieben.

In Ilievs Frustration mischte sich auch großer Stolz. Wie hart die paar Versprengten kämpften. Kein Gedanke an Flucht. Auf drei feindlichen Galeeren waren Kämpfe Mann gegen Mann entbrannt. Eine Bireme der Konkordanz bohrte ihren Rammsporn ins Heck einer tsardonischen Trireme, und hundert ohnmächtige Zuschauer brüllten begeistert. Die Ruder des feindlichen Schiffs brachen, und dann sprangen die Marinesoldaten über den Bug auf das angeschlagene Schiff. Doch immer mehr Feinde schalteten sich in den Kampf ein, und fast überall wurde die Marine der Konkordanz überwältigt.

Im freien Wasser eilten drei Korsaren der Ocenii über das Meer. Iliev betete. Es reichte nicht. Die im Halbkreis angeordneten Gegner feuerten. Es waren mächtige Belagerungsgaleeren mit Doppelrümpfen, die aus großer Entfernung drei Talente schwere Brocken aufs Ufer schleudern konnten. Triremen und Biremen feuerten Bolzen und kleinere Steine ab.

Die auf hohe Geschwindigkeit ausgelegten, niedrigen und offenen Korsaren hatten keine Verteidigung. Das erste Schiff erhielt einen Treffer am Bug. Der Aufschlag ließ das Heck hochwippen, sodass die Männer ins Wasser flogen, dann kippte das zerstörte Schiff um, trieb einen Augenblick kieloben und ging rasch unter. Die anderen wurden von zahlreichen Geschossen getroffen, die Ruder, Männer und das Schiff zerschmetterten.

Gleich darauf kam die Belagerungsgaleere näher. Die nächste Salve der anderen Angriffsschiffe, die schon in Reichweite waren, donnerte gegen das Tor und seine Verankerungen. Es hallte laut in der Höhle, in der die Verteidiger festsaßen. Iliev hörte das Gegenfeuer, aber auch die Schreie der Verwundeten und Sterbenden. Metall knirschte, ein schwerer Onager krachte in einem Regen von Felsbrocken vor den Toren ins Wasser. Eiskaltes Wasser schwappte durch die Luftschlitze herein und durchnässte ihn von Kopf bis Fuß.

Er drehte sich um und brüllte ohnmächtig die wartenden Mannschaften an. Mehr als vierzig Schiffe saßen hier fest. Triremen, Angriffsgaleeren, Korsaren. So sah es vermutlich in allen vier Docks aus.

»Wir sitzen wie die Ratten in der Falle.« Er betrachtete die Gesichter der Leute, die ihn anstarrten und auf einen guten Einfall warteten. »Das Zehnte, Zwölfte und Zwanzigste Kommando sind verloren. Die *Dämmerung von Brial* geht gerade unter, ihre Schwesterschiffe wurden geentert. Unsere Marinesoldaten sterben da draußen. Wollen wir uns von diesen Landsklaven unterkriegen lassen? Wollen wir das?«

»Nein!«, riefen die Männer, dass es laut zwischen Fels und ruhigem Wasser hallte.

»Wollen wir unsere Ocetanas ungerächt untergehen lassen?«

»Nein!«

»Kapitäne der Flotte und Trierarchen der Ocenii zu mir. Und holt mir Admiral Kortonius her. Wir müssen ausbrechen.«

Kortonius war in den Palast zurückgekehrt und hatte seine Adjutanten angewiesen, ihm die Nachrichten in den westlichen Saal zu bringen. Entworfen, um von hoher Warte aus während der Feierlichkeiten im Solastro die Pracht der Ocetanas zu beobachten, war der Westsaal eine schwülstige Erinnerung an alles, was jetzt gefährdet war.

An den Wänden hingen Gemälde, die große Siege zeigten. Statuen und Skulpturen auf Sockeln stellten berühmte Generäle, Schiffe, die den Ruhm der Ocetanas begründet hatten, und den Gott aller Seeleute dar. Kortonius verneigte sich vor Ocetarus. Der mächtige, von Fischschuppen bedeckte Körper mit dem fließenden langen Haar und der Krone aus Seesternen ragte über ihm auf. Wie sehr sie jetzt den Segen ihres Gottes brauchten.

Draußen spielte sich das Unfassbare ab. Kortonius starrte nach unten und stützte sich schwer auf die verzierte Brüstung. Hart packten seine Hände die geschnitzten verflochtenen Bänder mit den Motiven von Seetang und Aalen. Durch den Dunst, den der endlose Strom brennender Geschosse von seinen Wurfmaschinen teilweise verbrannt hatte, konnte er die westliche Flanke der gewaltigen tsardonischen Flotte erkennen. Wieder polterten die Wurfarme der Onager. Felsbrocken prallten gegen die steilen Wände der Insel Kester, er konnte die Erschütterungen der Aufschläge sogar noch unter den Füßen spüren. Holzsplitter und geborstene Steine flogen in alle Richtungen und stürzten auf den Strand hinab.

Gleich unter ihm, fünfhundert Fuß tiefer, bekam eine Katapultstellung einen direkten Treffer ab. Holz zerbrach, Metall verbog sich, Klammern gingen entzwei. Dann kippte der ganze Turm nach vorn und schwebte noch einen Augenblick über dem Abgrund. Als sich die letzten Verankerungen lösten, stürzte er in eines der blockierten Hafenbecken.

Die Katapulte der Ocetanas antworteten. Nachdem ihre eigenen Schiffe brannten oder schon untergegangen waren, konnten sie nun ohne Rücksicht mit voller Kraft feuern. Alle Geschosse wurden mit brennenden Steinen geladen. Von sechzig Plattformen aus, die über die ganze Klippe verteilt waren, flogen die Geschosse hinaus. Kortonius verfolgte ihre Rauchfahnen in der Luft, bis sie fast außer Sicht aufs Meer hinabsanken. Einige Flugbahnen überkreuzten sich, die Flammen loderten auf oder flackerten. Angestrengt kniff er die Augen zusammen.

Fontänen stiegen hoch und fielen in sich zusammen. Viel zu viele Geschosse hatten ihr Ziel verfehlt. Es war schwierig, denn die Tsardonier bewegten sich in einem weiten Kreis und zogen rasch an der Insel vorbei, um bald wieder außer Reichweite zu gelangen. Sie fuhren in großem Abstand und wussten genau, in welchem Winkel und wie weit die Verteidiger schießen konnten.

Dennoch erlitten auch sie Verluste. Drei Steine durchbohrten das Deck einer mächtigen Belagerungsgaleere. Vom Bug bis zum Heck breitete sich das Feuer aus, der vordere Mast bebte und brach, stürzte auf das Deck und zerstörte die Reling und die Waffen. Ein vierter Stein traf die Galeere mittschiffs, schlug ein mannsgroßes Loch und landete zwischen den dicht sitzenden Ruderern. Das Schiff bekam Schlagseite, und die nächste Böe trug Pechgeruch und die Triumphschreie seiner Leute zu ihm herauf.

Es würde nicht ausreichen. Die Tsardonier konnten das Sperrfeuer fortsetzen, solange sie Munition hatten. Sie wollten die Insel nicht einnehmen, sondern sie nur lange genug blockieren, bis die Schiffe, die weiter nach Norden fuhren, außer Reichweite der Ocetanas waren. In einem Tag hätten sie dieses Ziel erreicht.

Wieder prallten tsardonische Steine gegen die Insel. Kortonius wandte sich ab, als sich auf der rechten Seite ein stechender Schmerz in seiner Brust ausbreitete. Ein Jammer, dass sein Arzt ihm nicht etwas Einfaches wie einen Spaziergang empfehlen konnte, um die Schmerzen zu lindern.

Ein Bote kam zwischen den Säulen zu ihm gerannt. Er war außer Atem, zweifellos brachte er Neuigkeiten von den Docks.

»Admiral«, sagte er und verneigte sich.

»Was gibt es?«

»Kommandant Iliev bittet Euch, sobald es Euch beliebt, zum nordwestlichen Dock zu kommen. Er wünscht Euch über eine Idee zu unterrichten und ersucht um deren Billigung durch Euch. Auch möchte er, dass Ihr zur Marine sprecht.«

Kortonius lächelte. Iliev war ein guter Mann, der oft wertvolle Vorschläge zu machen hatte. Unter dem Knarren und Wummern der Onager begab er sich zu dem Aufzug, der ihn hinunter zum Dock befördern sollte.

30

848. Zyklus Gottes, 3. Tag des Dusasauf
15. Jahr des wahren Aufstiegs

»Was ist wohl aus Gorian geworden?«, fragte Mirron. Arducius drückte Ossacers Hand, um ihn davon abzuhalten, etwas Dummes von sich zu geben. Sie sah sich im Zelt des Generals um, in dem sie zum Warten verdammt waren. »Wollt ihr das nicht auch wissen?«

Arducius nickte. So sehr er es auch versuchte, er konnte Gorian nicht aus seinem Geist und seinem Herzen verbannen. Die Schuldgefühle wuchsen.

Am schlimmsten war es, wenn sie allein waren und Zeit zum Nachdenken hatten.

»Was sollen wir hier überhaupt?«, fragte Ossacer.

»Wir warten auf Befehle«, sagte Kovan, der am Kartentisch stand.

»Kann der General die nicht einfach dem Schatzkanzler mitteilen?«

»Vielleicht will er es uns selbst sagen«, überlegte Kovan. »Er hat das Kommando, er kann tun, was immer er will.«

Ossacer zuckte mit den Achseln. »Wir verschwenden hier nur unsere Zeit. Wir sollten zum Hafen von Kirriev fahren, wenn es wirklich so dringend ist und alles auf Messers Schneide steht.«

»Etwas Falsches zu tun, ist manchmal schlimmer, als überhaupt nichts zu tun«, widersprach Kovan.

Arducius lächelte. »Ich glaube, du hast zu viel Zeit mit Paul Jhered verbracht. Du redest schon wie er.«

Kovan warf einen kurzen Blick zu Mirron und vertiefte sich wieder in die Karte.

»Will mir denn keiner antworten?«, fragte Mirron. »Er ist unser Bruder. Er ...«

»Ja, ich werde dir antworten.« Kovan drehte sich um und ging langsam zu ihr. »Ich frage mich auch, was aus ihm geworden ist. Und wann immer ich mich das frage, hoffe ich, dass er einen langsamen Tod stirbt. Dass die Schnittwunden, die ich ihm beigebracht habe, sich infiziert haben und ihn töten. Dass der Gestank seines langsam verwesenden Körpers das Letzte ist, was man von ihm wahrnimmt. Dass die Tsardonier ihn gefunden haben und das mit ihm tun, was er mit dir getan hat. Er ist ein Vergewaltiger und Mörder. Er ist kein Bruder.«

Laut hallte das Klatschen der Ohrfeige durch das Zelt. Arducius zuckte zusammen, und Kovan legte sich eine Hand auf die brennende Wange.

»Und du kannst ihn nach allem, was er dir angetan hat, immer noch nicht vergessen. Was ist nur los mit dir?« Kovan traten die Tränen in die Augen. »Er ist fort, ich bin hier.«

Jemand zog die Zeltklappe zurück, und Jhered trat mit General Del Aglios ein.

»Alles klar hier drinnen?«, wollte Jhered wissen.

»Fragt sie«, antwortete Kovan.

Jhered seufzte. »Später. Wenn wir unterwegs sind.«

Er wandte sich an den General, der in die Mitte des Zelts trat.

»Versammelt euch hier vor mir.« Del Aglios schnippte mit den Fingern. »Schnell, schnell.«

Arducius stellte sich vor ihn hin, die anderen nahmen ihn in die Mitte. Der General betrachtete sie genau. Aus der Nähe war er eine beeindruckende Gestalt. Seine Uniform war makellos, die Rüstung glänzte, obwohl er schon so viele Tage im Feld war. Sein Helm mit dem grünen Federbusch saß stolz auf dem Kopf, und sein Mantel war mit den Farben seiner Familie geschmückt. Arducius sah ihn, als begegnete er ihm zum ersten Mal, und spürte seine Autorität. Größe und Ruhm strahlte er aus. Zwei der mächtigsten Männer der Konkordanz sprachen mit ihnen beinahe wie mit Gleichgestellten.

»Ihr wärt schon tot, wenn dieser Mann nicht an euch geglaubt hätte«, sagte Del Aglios und deutete auf Jhered. »Vergesst das nicht und vergesst auch nicht, genau das zu tun, was er sagt. Das kommt euch sicher bekannt vor, ja? Nun, genau deshalb funktioniert unsere Truppe. Disziplin, Ordnung, Sieg. Ich weiß nicht, wer ihr wirklich seid oder welche Gaben ihr besitzt. Vielleicht seid ihr ein Geschenk, vielleicht auch nicht. Ich weiß nur, dass ihr mich, mein Heer und jeden Menschen beunruhigt, der auf Gottes Erde wandelt. Im Augenblick aber muss ich mich damit abfinden, denn wir müssen unsere Konkordanz retten und dazu jede Waffe einsetzen, die wir besitzen. Wir können es uns nicht erlauben, über moralische Fragen zu diskutieren. Noch nicht.

Wir stehen an zwei Fronten unter Druck und haben weder an Land noch auf See genügend Kräfte, um uns zu verteidigen. Wir, mein Heer und ihr, wir müssen dafür sorgen, dass sich das Blatt wendet. Es ist besser, ihr erfahrt dies sofort, denn alles, was ihr bisher glaubt getan zu haben, wäre vergebens gewesen, wenn wir jetzt scheitern.

Ich will die neratharnische Grenze entlasten und mit meiner Truppe durch den Schnee des Dusas marschieren, um die Zugangswege im Norden zu sichern. Euch vertraue ich unsere Hauptstadt und unsere Advokatin an. Es gibt keine Aufgabe, die wichtiger wäre. Ihr könnt und dürft nicht scheitern. Signalisiert euren Sieg, indem ihr die Wimpel mit der goldenen Sonne auf die Fahnenmasten setzt. Gebt uns einen Grund, den Kampf fortzusetzen, und wenn ich gesiegt habe, werde ich auf die gleiche Weise antworten.«

Er nickte und musste wider Willen lächeln.

»Habt ihr noch Fragen?«

Kovan nahm Haltung an und schlug die rechte Faust auf seine Brust. Arducius versetzte Ossacer einen Rippenstoß, weil der blinde Junge den Salut in den Energiebahnen verfolgt hatte und beinahe laut herausgeplatzt wäre. Kovan ignorierte die beiden.

»General Del Aglios, ich bitte um Verzeihung, aber der Schatzkanzler sagte, ich solle Euch fragen, wie es Euch nach einer Schlacht ergeht.«

Del Aglios lachte und sah sich zu Jhered um. »So, hat er das? Zweifellos hat er mal wieder seine Ansprache über die Furcht gehalten, der man sich stellen muss. Ja ... du warst ganz gewiss nicht der Erste, der sie gehört hat. Ich will es dir sagen. Das Leben von Tausenden Kämpfern hängt von der Genauigkeit und Klugheit meiner Anordnungen und meiner Taktik ab. Das ist eine Tatsache, die selbst dem Tapfersten manchmal zusetzt. Wenn ich in mein Zelt zurückkehre und mir überlege, was alles hätte schiefgehen können, dann spüre ich, dass ich Nerven habe, und übergebe mich, bis nichts mehr im Magen ist. Nun will ich euch aber auch eine Frage stellen. Arducius, sage mir, warum ihr Gorian verziehen habt.«

»Verziehen?«, erwiderte Arducius. »Nein. Wir haben ihn auf die schlimmste Weise bestraft, die überhaupt möglich ist. Wir haben ihn allein gelassen.«

In den vier Docks war nichts außer dem Plätschern des Wassers zu hören. Abgesehen von den winzigen Lichtern an den Gängen war keine einzige Laterne entfacht. Karl Iliev wollte, dass die Ocetanas so gut wie möglich auf die nächtliche Dunkelheit eingestellt waren. Er lief zwischen ihnen umher. Alle hatten die Decks, die Masten, die Ruder und die Rümpfe der Schiffe und schließlich auch sich selbst mit schwarzer, aus Holzkohle hergestellter Farbe beschmiert. Die Tarnung würde bald wieder verschwinden, aber das würde dann keine Rolle mehr spielen. Die auf Deck montierten Ballisten waren mit schwarzem Tuch bedeckt, aber sie waren schon geladen und bereit. Die Mechanik der Seetore war frisch geölt.

Draußen blieb die tsardonische Flotte außer Reichweite der Onager. In einem weiten Bogen brannten dort draußen hundert Lichter. Der Beschuss des ersten Tages hatte auf beiden Seiten beträchtlichen Schaden verursacht, aber am Ende hatten sich die Tsardonier zurückziehen müssen. Die Insel Kester besaß einen unerschöpflichen Vorrat an Munition und war trotz des Verlusts einiger Geschützstellungen nach wie vor fähig, die gesamte feindliche Flotte zu zerstören, falls diese sich zu nahe heranwagte.

So hatten die Tsardonier beschlossen, einfach abzuwarten, da sie wussten, dass sie den in vier Docks gefangenen Schiffen der Konkordanz überlegen waren. Signale, die von weiter entfernten Schiffen und den Beobachtungsplattformen hereinkamen, sobald sich der Nebel etwas lichtete, bestätigten, welche Absichten der Feind verfolgte. Mindestens ein Viertel der feindlichen Flotte, die inzwischen mehr als siebenhundert Schiffe umfasste, war weiter nach Norden gesegelt.

Einige Ocetanas waren ihnen gefolgt, konnten aber, da sie in Unterzahl waren, nicht angreifen. Andere würden nach Süden fahren, um weitere Gegner abzufangen, aber es blieb dabei, dass die Konkordanz nicht genügend Schiffe auf See hatte, um die Gegner zu bekämpfen. Noch nicht jedenfalls.

»Das Schicksal aller Ocetanas da draußen im Tirronischen Meer liegt in unseren Händen. Es liegt bei uns, für alle Ocetanas Rache zu nehmen, die in den letzten zwei Tagen von den Tsardoniern versenkt wurden. Es ist unsere Pflicht, die heilige Insel und den Hafen von Estorr zu beschützen.«

Aller Augen ruhten auf Iliev. Er hatte sich eine geschwärzte leichte Lederrüstung übergezogen, die seine kräftigen Arme frei ließ, damit er rudern, klettern und kämpfen konnte. Auf seinem kahl rasierten Kopf saß die dunkelblaue Kappe der Ocenii, aber in dieser Nacht war sogar sein Rangabzeichen verdeckt. An der Hüfte trug er den Gladius, dessen Scheide und Heft mit dunklem Tuch umwickelt waren.

»Ihr wisst alle, was ihr zu tun habt. Lasst euch nicht beirren. In der Nacht ist die See gnadenlos, und die Feinde sind zahlreich. Ocenii, macht euch bereit. Wir übernehmen die Aufgabe des Rammbocks. Falls einer von euch in Versuchung kommen sollte, umzukehren und Hilfe zu holen, lasst es bleiben. Die Flotte muss ausbrechen und Aufstellung nehmen.« Er blickte zum Stundenglas, das neben den Seetoren auf dem Steintisch des Dockmeisters stand. Die letzten Sandkörner verrannen gerade. »Für Ocetarus, für unser Toten, für die Konkordanz!«

Das Stundenglas war leer. Iliev nickte den Ocetanas zu. »Die Tore«, sagte er und rannte zu seinem Korsaren.

Das Boot lag tief im Wasser, der schwere Rammsporn wurde durch das Gewicht der Ocenii im Heck ausgeglichen. Sie waren der Ballast und stellten das Gleichgewicht her. Sechs von ihnen rannten zwischen den dreißig Ruderern auf den Planken entlang. Diese Marinesoldaten bestimmten auch den Winkel, in dem das Boot im Wasser lag, und richteten den Rammsporn aus, indem sie hin und her liefen und ihr Gewicht verlagerten. Ein Fehler, und der Rammsporn traf zu hoch oder tauchte zu tief unter die Wellen; dann würde das Deck überflutet. Nur die Besten wurden zum Dienst auf den Korsaren eingezogen.

Iliev übernahm die Ruderpinne und betrachtete sein Schiff. Das Siebte Kommando der Ocenii. Alle waren bereit, für ihn zu sterben. »Bringt uns in den Kanal«, befahl er.

Der Korsar stieß von der Mole ab und folgte den beiden ersten Schiffen. Alle acht Kommandos dieses Docks bezogen ihre Positionen, während die Seetore geöffnet wurden, die sich hypnotisierend langsam bewegten. Die verstärkten Stahlgitter erzeugten winzige

Wirbel auf dem Wasser, als die Mannschaften die geölten Mechanismen bedienten, deren ratternde Sperrklinken sie entfernt hatten.

Iliev vertraute seinen Körper dem Meer und sein Herz dem Gott Ocetarus an. Die Marinesoldaten lehnten sich gegen die hintere Reling, um den Rammsporn zu heben. Mit einem leisen Klirren rasteten die Tore in der geöffneten Stellung ein. Es war nicht nötig, auch nur ein weiteres Wort zu sprechen. Iliev deutete mit der behandschuhten Hand aufs offene Meer, und die Ocenii setzten sich in Bewegung.

Vorerst blieben die Korsaren hinter der äußeren Hafenmauer verborgen. Mit Gesten gab Iliev ihnen zu verstehen, sie sollten sich möglichst leise durch die Trümmer der Schiffe und Geschütze, die noch an der Oberfläche trieben, einen Weg suchen. Von unten blickten sie die Ocetanas an, die ihre ewige Ruhe gefunden hatten. Was gesunken war, konnte sie nicht gefährden, aber der Rammsporn der Korsaren konnte sich in den treibenden Wracks verfangen.

Iliev blickte die Küste entlang und knurrte unwillkürlich. Die Schäden an den Verteidigungsanlagen der Insel waren größer als angenommen. Am Fuß der Felsen lagen zertrümmerte Katapulte, Metallscharniere schimmerten im schwachen Licht der Sterne, zerbrochene Balken und zerfranste Seile tanzten vor dem Ufer im Wasser. Treibgut, das nach dem Beschuss übrig geblieben war.

Er warf einen Blick zurück. Die acht Korsaren hatten das Tor passiert, und die erste Angriffsbireme machte sich bereit. Die anderen Schiffe würden sich jetzt im Zwielicht hinter ihnen sammeln und auf den Befehl warten. Jetzt sollten die Tsardonier die Kampfeswut der Ocetanas kennenlernen.

»Los«, sagte er.

Das erste tsardonische Schiff war höchstens vierhundert Schritte entfernt. Im Norden und Süden war der Halbkreis der Belagerer nicht völlig zu überblicken, die Laternen auf den Decks verloren sich in der Ferne, in der Dunkelheit und im Dunst. Die Ocenii wandten sich nach Nordwesten und sammelten sich direkt vor der Hafenmauer. Eine Reihe von Rammspornen zielte jetzt auf die verletzlichen hölzernen Schiffsrümpfe. Schon kam die erste Bireme ins Hafenbecken heraus. Iliev hob die Hand und ließ sie wieder sinken. Die Ocenii tauchten die Ruder ein.

Rasch beschleunigten die Schiffe. Die dreißig Ruder bewegten sich wie ein einziges. Ziehen, heben, zurückführen, eintauchen, ziehen. Der Fahrtwind strich über Ilievs Gesicht. Er kniff die Augen zusammen und konzentrierte sich auf ihr Ziel. Zwei gekoppelte Triremen, auf denen schwere Onager als Verteidigung für eine Belagerungsgaleere stationiert waren.

Als sich der Bug hob, liefen die Marinesoldaten weiter nach vorn, damit das Schiff möglichst gut im Wasser lag und die Ruder im richtigen Winkel zum Wasser standen. Die Tsardonier hatten einen großen Fehler begangen. Selbst wenn sie Wachen aufgestellt hatten, konnten diese nicht über die Lichthöfe hinausblicken, die ihre Laternen und Fackeln auf das Wasser warfen. Wenn ihre Ohren ebenso schlecht waren wie ihre Augen, dann würden sie die Ocenii erst bemerken, wenn deren Rammsporne nur noch fünf Ruderschläge von den Rümpfen entfernt waren.

Eine leichte Dünung wiegte ihr Schiff. Seine Ruderer zogen die Riemen mit vierzig Schlägen in der Minute durch das Wasser. Bei Rückenwind konnten sie über kurze Strecken mehr als zwanzig Knoten schnell werden, und genau das verlangte er jetzt. Steuerbord hielt das Neunte Kommando auf den Bug des Ziels zu. Noch zweihundert Schritte.

»Kein feindlicher Bogenschütze in Sicht, keiner von uns wird sterben, ehe tsardonisches Blut geflossen ist. Schneller rudern, fünfundvierzig.«

Die Ruder peitschten das Wasser, das Knarren der Balken war in der nächtlichen Stille laut wie eine Serie von Explosionen. Wie lange noch, bis ein Ausguck sie bemerkte? Wie lange noch, bis die

Alarmglocken ertönten? Inzwischen konnte er die tsardonische Trireme deutlich erkennen. An sechs Stellen waren auf Deck Laternen aufgehängt, die einen fünfzehn Schritt weiten Lichthof auf das Wasser warfen. Unter jeder Laterne standen Wächter, andere wanderten auf dem Schiff hin und her. Es war wie alle tsardonischen Schiffe in grellen Farben bemalt. Darstellungen von Göttern, Untieren und den Elementen des Meeres schmückten die Rümpfe. Hellrot, Grün und Blau herrschten vor. Der Rammsporn am Bug war einem Widderkopf nachempfunden. Bald würde er nichts mehr sehen außer dem Meeresgrund.

»An die Leitern«, sagte er. »Haltet die Enterhaken bereit.«

Die Marinesoldaten knieten sich vor die leicht zugänglichen Halterungen, in denen längs des Laufstegs die Leitern aufgehängt waren. Andere hielten die Enterhaken bereit, mit denen der Korsar eng an das feindliche Schiff gezogen werden sollte.

»Nur noch sechzig Schritte, bereitet euch auf den Aufprall vor. Rudert gleichmäßig weiter.«

Der Aufprall war stets gewaltig, aber sich richtig auf ihn einzustellen, bedeutete, schon die halbe Schlacht gewonnen zu haben. Die Wissenschaftler der Konkordanz hatten sich jahrelang bemüht, eine Verankerung zu erfinden, die die Kräfte beim Aufprall im Rumpf verteilte, ohne ihn zu zerstören.

Der Korsar flog über die Schaumkronen. Die Ruderer ließen nicht nach, das Boot wurde nicht langsamer. Ilievs Nerven waren zum Zerreißen gespannt. Er hatte schon vor Tundarra, Dornos und Bahkir gekämpft, doch er wurde des Kampfes nicht überdrüssig. Er war dafür geboren. Für das Meer und das Schwert.

Backbord ertönte der erste Warnruf eines Tsardoniers, aber als ernstlich Alarm geschlagen wurde, waren sie längst im Lichtkreis des feindlichen Schiffs. Wächter kamen zur Reling gerannt, riefen und schlugen die Alarmglocken an. Noch zehn Schritte. Er bückte sich und hielt sich an der Heckreling fest.

»Ruder!«, rief er.

Die Ruder wurden aus dem Wasser gezogen und eingeholt, die Ruderer drehten sich blitzschnell um und packten die Lederriemen, die verhinderten, dass sie vom Sitz geschleudert wurden.

»Haltet euch fest. Jetzt!«

Knapp über der Wasserlinie traf der Rammsporn den Rumpf der Trireme, riss ein Loch auf, das größer war als ein Männerkopf und drang tief in den Schiffsbauch ein. Der Aufprall ließ das ganze Schiff erbeben, Balken kreischten protestierend. Das tsardonische Schiff wurde ein Stück weit seitlich über das Wasser geschoben.

Iliev hielt sich an der Reling fest und knurrte begeistert. Alle seine Muskeln waren gespannt, und kaum dass er losließ, waren auch seine Leute bereit und setzten die Leitern ans feindliche Schiff. Erst stiegen die Marinesoldaten hinauf, dann folgten die Ruderer. Ein zweiter Aufprall verriet ihm, dass das Neunte Kommando den Bug des Schiffs getroffen hatte. Iliev brüllte seinen Männern zu, sie sollten sich schneller bewegen. Oben auf dem Deck hatten die Kämpfe bereits begonnen. Ein anderes feindliches Schiff, das in der Nähe lag, deckte den Korsaren mit Pfeilen ein.

»Los, los«, rief Iliev, während er als Letzter kletterte, wie das Protokoll es verlangte.

Er stürmte die Leiter hinauf und sah sich einigen Feinden gegenüber, die inzwischen Bogen in der Hand hatten, um die Eindringlinge zu bekämpfen. Die Ocenii verteilten sich rasch auf dem Deck und hatten bereits die ersten Tsardonier ausgeschaltet. Auf dem Schiff herrschte Verwirrung. Schläfrige Matrosen wachten auf und sahen sich von Chaos umgeben. Sie mussten bleiben, wo sie waren.

»Sichert die Luken! Benutzt ihre eigenen Fackeln und versenkt das Schiff.«

Das Neunte Kommando kletterte gerade zum Bug empor und durchtrennte das Ankertau. Er wandte sich ab und lief zur Achterluke, unterwegs blickte er zum zweiten Schiff, mit dem dieses hier verbunden war. Dort drüben formierten sich bereits die Gegner. Er und seine Leute mussten sich beeilen. Auf dem Achterdeck stieß ein Marinesoldat seinen Gladius durch die Verteidigung des Steuermannes, bevor er sich daran machte, die Ruderpinne zu zerstören.

Iliev erreichte die Luke. »Nimm sieben Mann und wehre die Angriffe vom Nachbarschiff ab. Zwanzig kommen mit mir, ihr anderen geht zurück auf den Korsaren. Wir müssen rasch fortkommen.«

Flammen flackerten auf und erhellten die Nacht. Iliev blickte nach links, wo sich die Flammen am Mast der tsardonischen Trireme emporfraßen. Er bleckte die Zähne. Jetzt wusste die gesamte tsardonische Flotte, dass sie angegriffen wurde. Jetzt ging es los. Er führte zwanzig Männer durch den Niedergang ins Zwielicht des tsardonischen Ruderdecks. Hier und dort brannten Laternen, hinter ihm trampelten Füße.

Iliev überwand die beiden letzten Stufen mit einem Sprung und wandte sich zu den mit Vorhängen abgetrennten Quartieren im Heck. Pfeile flogen durch eine Lücke zwischen den Tüchern, einer traf die Brust eines seiner Männer. Fluchend beschleunigte Iliev seine Schritte, zwei Marinesoldaten kamen direkt hinter ihm. Er zog ein Messer aus der Gürtelscheide, stieß die grobe Wolldecke zur Seite und warf das Messer in den Raum dahinter. Irgendwo stieß jemand einen Warnruf aus.

»Los doch, los!«

Die Ocenii warfen ihre Messer, die wie ein Hagelschauer an ihm vorbeiflogen, und zwangen so die Gegner, die Köpfe einzuziehen. Direkt danach rannten sie weiter. Links und rechts standen die Kojen, aus deren zerwühltem Bettzeug hier und dort vom Schlaf und vom Alkohol benommene Tsardonier auftauchten. Iliev lief in der Mitte und gab seinen Männern Raum, sich links und rechts zu verteilen. Es war eng hier unten, die Decke war niedrig. Er musste gebückt rennen und hielt den Gladius und das Ersatzmesser vor sich.

Jetzt kamen ihnen die Tsardonier entgegen. Er blockte einen Hieb ab und schlug dem Feind das Heft seines Schwerts ins Gesicht. Sofort lief er weiter. Überall waren jetzt das Klirren der Klingen und die Rufe von Männern zu hören. Aus der Finsternis vor ihnen kamen wieder Pfeile geflogen, einer traf den Hinterkopf eines Tsardoniers. Iliev stieß mit dem Messer zu und verletzte einen Gegner am Arm. Die Kämpfer seines Kommandos rückten links neben ihm nach. Hinter ihm waren andere bereits damit beschäftigt, das Schiff zu zerstören. Schon konnte er Rauch riechen.

»Weiter«, befahl Iliev.

Er versetzte einem Verletzten einen Tritt an die Schläfe, dass der Mann zurückkippte, dann suchte er einen sicheren Stand und stieß nach. Sein Gladius drang unter den Rippen in den Bauch des Mannes ein, der auf der Stelle tot zusammenbrach. Allmählich geriet die feindliche Mannschaft in Panik. Die Flammen beleuchteten grell ihre Gesichter, während die Ocenii wie schwarze Schatten wirkten. Iliev ging in die Hocke und fegte seinen nächsten Gegner mit einem Tritt gegen die Fußgelenke um. Der Mann stürzte zur Seite.

Es wurde heiß. Die eingekesselten Gegner machten Anstalten auszubrechen. Rauch erfüllte den engen Raum. Noch einmal griffen die Ocenii in einer geschlossenen Reihe an und zwangen die tsardonischen Ruderer, instinktiv zurückzuweichen. Iliev hatte keine Ahnung, wie viele es noch waren. Dreißig oder vierzig, vielleicht noch mehr. Sie brüllten und drängten nach vorn, weil sie vor den rasch um sich greifenden Flammen fliehen wollten.

»Zurück und nach oben«, befahl er.

Rasch zogen sich die Ocenii zurück. Iliev schützte die letzten seiner Männer, die leichtes Öl auf die Planken gossen. Die Flammen und der erstickende, dichte Rauch würden zusätzlich ihren Rückzug decken. Pfeile pfiffen durch den Rauch, Iliev verlor einen weiteren Mann.

»Hoch jetzt!«

Die Tsardonier brachen aus. Iliev raste die Leiter hinauf und wurde halb von seinen Leuten gezogen. Ein Ring von Ocenii hatte rings um die Luke mit Gladius und Ölflasche Aufstellung genommen. Endlich war auch der letzte seiner Männer wieder oben; er hatte eine tiefe Schnittwunde im Unterschenkel. Dann warfen sie Öl und eine Fackel auf die feindlichen Matrosen hinunter, die gerade die Leiter erreicht hatten, und schlossen die Luke. Zwei Ocenii bückten sich und vernagelten sie.

Iliev sah sich auf dem Schiff um. Der Mast brannte lichterloh, das Segel war im dichten schwarzen Rauch und in den grellen gelben Flammen schon nicht mehr zu erkennen. Männer von den Siebten und Neunten Kommandos beschossen das Schwesterschiff und hielten dessen Mannschaft von der Plattform zwischen den beiden Schiffen ab, auf der drei Katapulte standen. Aus der vorderen Luke stiegen Rauch und Flammen auf, und auf dem ganzen Deck hatten die Ocenii die Oberhand gewonnen. Er schätzte die Verluste der Tsardonier auf das Fünffache seiner eigenen. Unter ihm begannen die eingesperrten Matrosen zu schreien, durch die Ritzen zwischen den Planken stieg Rauch auf.

»Zurück auf den Korsaren!«, rief er.

Er rannte zu den Leitern und winkte seinen Leuten, ihm zu folgen. Einer nach dem anderen stiegen sie hinab und nahmen die alten Positionen an den Rudern und als Gegengewichte wieder ein. Die Männer mit den Enterhaken hatten unterdessen das Loch im Rumpf bis unter die Wasserlinie erweitert. Vom Schwesterschiff und einem weiteren Schiff, das backbord in Position gegangen war, kamen Pfeile geflogen. Iliev duckte sich hinter die Reling. Noch drei Männer.

Auf der Plattform bemühten sich die Tsardonier unterdessen fieberhaft, die Bolzen zu lösen, die ihr Schiff mit dem beschädigten Schwesterschiff verbanden, das bereits eine gefährliche Schlagseite hatte. Es war ein Angriff wie aus dem Lehrbuch gewesen. Da die beiden Schiffe verkantet waren, gruben sich die Bolzen ins weiche Holz, und es war umso schwerer, sie zu lösen. Die Verbindungen konnten wohl nur noch mit Äxten zerstört werden.

Der letzte Mann erreichte die Leitern, rutschte herab und nahm seine Leiter mit, um sie zwischen den Ruderern zu verstauen.

»Bereit zum Ablegen«, sagte Iliev.

»Bereit, Herr.«

»Abstoßen.«

Iliev trat einen Schritt zurück und sprang die Leiter hinab auf den Laufsteg.

»Löst die Enterhaken. Ruderer, rückwärts. Das Schiff kippt auf uns.«

So sah es aus. Das Wasser sprudelte durch die Löcher im Heck und im Bug und breitete sich rasch im Rumpf aus. Das Schwesterschiff reichte als Gegengewicht nicht mehr aus, und mit jedem Moment wurde die Schlagseite stärker. Iliev hielt die Ruderpinne ruhig. Die Ruderer legten sich ins Zeug und zogen den Rammsporn aus der Trireme. Im Bug standen die Marinesoldaten und drückten den Sporn nach unten, um die Trennung zu erleichtern.

»Wir sind frei.«

Iliev stemmte sich fest gegen die Ruderpinne, die Marinesoldaten rannten nach hinten, um den Rammsporn zu heben. Ringsherum landeten Pfeile im Wasser. Der Korsar fuhr am sinkenden Schiff entlang und folgte dem Neunten Kommando aufs offene Meer. Endlich konnte sich der Trierarch zum besiegten Gegner umsehen.

Dichter Rauch drang aus jedem Ruderloch. Das Deck stand völlig in Flammen, die hoch in den Nachthimmel loderten und den Dunst vertrieben. Rasch kippte das Schiff auf die Steuerbordseite. Die Katapulte rutschten von der Plattform über das brennende Deck und durchbrachen auf der anderen Seite die Reling.

»Vierzig Schlag, sobald es möglich ist«, befahl Iliev. »Wir wollen so schnell wie möglich weiterkommen. Das nächste Ziel ist vierhundert Schritte entfernt im Norden. Gut gemacht, Ocenii. Ocetarus schenkt uns sein Lächeln.«

Als er zurückblickte, konnte er noch erkennen, dass die Feinde die Plattform nicht vom Schwesterschiff lösen konnten. Inzwischen hackten Männer mit Äxten und Schwertern verzweifelt auf die Verstrebungen ein, um sie zu zerstören. Die erste Trireme begann zu sinken. Dampf stieg auf. Schließlich brach die Plattform ab, beschädigte dabei aber die Seite des Schwesterschiffs. Durch ein riesiges Loch waren das Ruderdeck und die Kielbalken zu erkennen. Die Mannschaften konnten nichts weiter tun, als ins schäumende Wasser zu springen.

»Zwei zum Preis von einem«, sagte Iliev, und seine Männer jubelten.

Hinter ihm hatten die Tsardonier jedoch bemerkt, dass die schweren Kriegsschiffe der Konkordanz die Docks verlassen hatten. Die gewaltigen Belagerungsgaleeren fuhren in Schussposition, ihre kleineren Begleitschiffe hatten bereits das Feuer eröffnet. Eine Bireme der Ocetanas wurde direkt nacheinander von drei Steinen getroffen, die Rumpf und Mast zerschmetterten. Ein Stein fegte durchs Ruderdeck.

Er empfahl die Körper der Toten der Gnade von Ocetarus und fasste das nächste Ziel ins Auge. Es gab noch viel zu tun.

31

848. Zyklus Gottes, 11. Tag des Dusasauf
15. Jahr des wahren Aufstiegs

Herine Del Aglios blickte auf Estorr hinab, auf den Hafen und den Nebel weiter draußen, der ihr den Blick aufs Meer versperrte. Der Allwissende brachte jedes Jahr im Dusas den Nebel, aber in diesem Jahr hatte der Dunst etwas Bedrohliches. Sie starrte die Flaggen auf den beiden Festungen am Hafen an und wünschte sich, sie könnten eingeholt werden, obwohl sie wusste, dass dies nicht möglich war. Die Insel Kester war bedroht, und die Tsardonier segelten fast ungehindert an den Küsten der Konkordanz entlang.

Sie glaubte nicht, dass die Feinde eine Landung versuchten, bevor sie die größte Beute direkt vor Augen hatten. Sicherlich würden sie zuversichtlich angreifen, und vielleicht waren sie sogar stark genug, um die Verteidigung des Hafens zu überrennen und die Legionen im Herzen der Konkordanz vernichten. Herine würde es erfahren, sobald die Geschütze das Feuer eröffneten.

Sie biss sich auf die Unterlippe. Sie hatte alles aufgeboten, was ihr noch zur Verfügung stand. Das Tirronische Meer nördlich von Estorr gehörte ihr noch. Den Berichten nach war die rebellische atreskanische Flotte auseinandergetrieben oder versenkt worden. Alle verfügbaren Legionäre waren bereits an der Grenze von Neratharn stationiert oder dorthin unterwegs. An den Küsten von Caraduk und Estorr waren Soldaten eingesetzt, die sich parallel zur tsardonischen Flotte bewegten.

Dennoch, sie war so gut wie blind. Selbst mithilfe von Brieftauben oder Schiffen wurden die Meldungen viel zu langsam weitergeleitet. Die Flaggen auf den Wachtürmen brachten keine Neuigkeiten, sondern signalisierten lediglich Sieg oder Niederlage. Jenseits des Meeres aber lag die große Unbekannte. Gestern. Sie wusste nicht, ob Katrin Mardov die Tsardonier an ihren Grenzen zurückwerfen konnte, oder ob Roberto ihr zu Hilfe gekommen war. Gott umfange sie, es war nicht einmal sicher, ob er überhaupt noch lebte, ob Jhered ihn gefunden hatte und ob sich die Aufgestiegenen noch in der Obhut des Schatzkanzlers befanden.

»Oh Roberto«, flüsterte sie. »Was wirst du tun?«

In Zeiten wie diesen fiel es ihr trotz ihres großen Vertrauens zu ihrem Lieblingssohn schwer, nicht den Glauben zu verlieren. Alle, auf die sie sich in Friedenszeiten so fest verlassen konnte, verblassten in den dunklen Träumen und Visionen, die sie Tag und Nacht heimsuchten, zu schwachen Sterblichen.

»Das Warten zehrt am stärksten an der Willenskraft, nicht wahr?«

Herine kehrte dem Balkon den Rücken und drehte sich zur großen Galerie mit ihren Gemälden, Wandbehängen und Statuen aus allen Regionen der Konkordanz um. Es kostete sie große Mühe, die Sprecherin lächelnd zu begrüßen.

»Kanzlerin Koroyan«, sagte sie. »Seid Ihr gekommen, um meiner besorgten Seele Trost zu spenden?«

»Wie könnte ich der Konkordanz besser dienen?« Würdevoll näherte sich die Kanzlerin.

Sie trug eine formelle Toga mit der grünen Schärpe der Konkordanz und dem aufgestickten Blattwerk, das ihr Amt symbolisierte. Ihre Sandalen raschelten auf dem glatten Stein, und ihre Augen funkelten wie die Juwelen ihrer Tiara. Trotz des kühlen Windes, der durch die offenen Türen der Galerie wehte, trug sie weder Stola noch Umhang über den bloßen Armen. Wie immer bot sie einen beeindruckenden Anblick. Herine nahm sich vor, größte Umsicht walten zu lassen.

»Es ist still in der Stadt.« Die Advokatin wandte sich wieder zum Balkon um.

Die Dusassonne brach durch die graue Wolkendecke, und die morgendliche Kälte ließ ein wenig nach. Estorr war bei Weitem nicht so geschäftig wie sonst. Eine bedrückte Stimmung lag über der Stadt, und allenthalben waren die Ängste der Menschen zu spüren. Der einst so feste Glaube an die Stärke der Legionen war ernsthaft erschüttert. Unsicherheit hatte Selbstgefälligkeit und übergroßes Selbstvertrauen verdrängt.

»Aber das überrascht Euch doch nicht, oder?«, fragte die Kanzlerin, als sie neben die Advokatin tart.

»Natürlich nicht. Auch ich muss zugeben, dass ich von Zeit zu Zeit ungute Gefühle habe, Felice.«

»Das ist nicht unnatürlich. Der Allwissende ist zornig. Er hat sich von uns abgewandt, und der Nebel verbirgt die Feinde vor unseren Blicken.«

Herine schnaubte. »Oh Felice. Ich könnte Euch viel mehr achten, wenn Ihr nicht so aufgeblasen wärt.«

Die Miene der Kanzlerin war so kalt wie der Dusas.

»Nun macht nicht so ein Gesicht«, fuhr Herine fort. »Ihr müsstet Euch reden hören. Ihr erzeugt Angst, wo es keine geben sollte.«

»Gewiss werdet Ihr, meine Advokatin, mir darin zustimmen, dass der Allwissende den Nebel vertrieben hätte, wenn er in unserem Kampf gegen die Tsardonier auf unserer Seite stünde. Jetzt aber fördert er sogar ihren Aufmarsch gegen uns und beschleunigt unseren Untergang.«

Herine schüttelte den Kopf. »Nein, dem kann ich nicht zustimmen. Der Nebel des Dusas ist ein Wetterphänomen, das unsere Wissenschaftler schon vor langer Zeit erforscht haben. Leider führen wir zu einer ungünstigen Zeit Krieg, und die Tsardonier wussten ihren Vorteil zu nutzen. Das Glück wird sich aber wenden, die Ocetanas werden ausbrechen. Neratharn wird durchhalten, bis Roberto eintrifft. Wir werden siegen.«

»Gott bestraft uns, weil Ihr die abscheulichen Aufgestiegenen beschützt«, sagte die Kanzlerin. »Die Konkordanz kann nur gerettet werden, wenn Ihr Euch von ihnen lossagt.«

Ein fast überwältigender Zorn brandete in Herine auf.

»Statt den Glauben und die Ruhe zu predigen, schürt Ihr Ängste und versetzt die Bürger von Estorr und Gott weiß in wie vielen anderen Ländern in Angst und Schrecken. Warum müsst Ihr das Land spalten?«

»Weil wir nicht nur dann dem Glauben an den Allwissenden treu bleiben sollten, wenn es uns gerade passt. Entweder wir glauben, oder wir tun es nicht. Vielleicht solltet Ihr Euch fragen, auf welcher Seite Ihr steht, Advokatin. Allerdings wäre es vorzuziehen, wenn ich der lebenden Verkörperung Gottes auf Erden diese Frage gar nicht erst stellen müsste.«

»Treibt es nicht zu weit, Felice. Und schaut hinab, bevor Ihr stürzt.« Herine deutete auf die Stadt und ihre Pracht. »Ich habe mich entschieden, das Leben so vieler Bürger zu retten, wie ich nur kann. Wir haben uns schon einmal darüber gestritten. Wenn ich die Tsardonier davon abhalten kann, alles zu zerstören, was wir im Laufe so vieler Jahrhunderte aufgebaut haben, dann werde ich es tun. Wenn die Aufgestiegenen dabei eine Rolle spielen können, dann setze ich sie mit Freuden ein.«

»Ihr rettet die Körper der Menschen und verliert ihre Herzen.« Die Kanzlerin rückte ein Stück von der Advokatin ab. »Ich erfahre, was die Bürger reden, weil ich mich unter ihnen bewege.«

»Ihr schürt aus eigennützigen Gründen die Ängste der Menschen«, sagte Herine. »Glaubt mir, es wird Euer Untergang sein, wenn der Krieg zu Ende ist und die Abrechnung kommt. Übertreibt es nicht, Felice. Auch die Religion muss sich entwickeln. Es ist an der Zeit, dass Ihr in Euer Haupthaus zurückkehrt und über Eure Zukunft nachdenkt. Vielen Dank übrigens, dass Ihr mich in all meinen Sorgen aufgemuntert habt.«

In den Augen der Kanzlerin loderte blanker Hass. Sie wollte sich umdrehen, hielt aber inne, als im Hafen Hornsignale gegeben wurden. So kehrte sie zu Herine auf den Balkon zurück. Die beiden Frauen warteten auf eine Signalfolge, die einen Angriff ankündigen würde, doch sie blieb aus. Vielmehr gaben die Hörner gleich darauf Entwarnung, und dann fuhren drei Schiffe gemächlich ins ruhige Hafenwasser. Zwei hatten Segel gesetzt, während das dritte offenbar beschädigt war und nur von den Rudern angetrieben wurde. Der Mast war verschwunden, ungefähr auf halber Höhe abgebrochen, das Deck und die Reling waren in Mitleidenschaft gezogen worden.

Selbst auf diese Entfernung konnte Herine die große dunkelblaue Flagge erkennen, die an Mast und Heck des führenden Schiffs wehte und verriet, wer sich an Bord befand. Koroyan zuckte zusammen, und ihre Miene war der Inbegriff abgrundtiefer Verachtung.

»Euer Ankläger stattet uns einen Besuch ab«, sagte Herine. »Ihr seid sicher überrascht, ihn zu sehen, nicht wahr?«

»Die Aktivitäten von Arvan Vasselis gehen mich nichts mehr an«, sagte die Kanzlerin. »Das habt Ihr mir deutlich genug gesagt.«

»Dieser Ansicht war ich jedenfalls«, erwiderte Herine. »Aber da wir gerade davon sprechen: Die Gottesritter unter Führung von Horst Vennegoor sollten doch nördlich der Karalberge die Küste schützen, nicht wahr?«

Die Kanzlerin neigte vorsichtig den Kopf.

»Wahrscheinlich hat er nur seine Landkarte verloren oder wusste nicht mehr, wo Norden und Süden sind.«

»Meine Advokatin?«

»Meinen letzten Berichten konnte ich entnehmen, dass er mit

einer Geschwindigkeit von fünfundzwanzig Meilen am Tag nach Süden marschiert ist. In Richtung Caraduk. Vielleicht nach Westfallen.«

»Herine, ich kann Euch versichern, dass ...«

»Ich vermute, dass er etwa vor zwölf bis vierzehn Tagen dort eingetroffen ist. Ungefähr so lange würde es auch dauern, um von Westfallen nach Estorr zu segeln, wenn man es eilig hat.«

»Meine Advokatin, Ihr wollt mir doch nicht vorwerfen ...«

»Ach, nun haltet den Mund. Eure Proteste sind so ermüdend. Ihr hört vielleicht, was die Bürger von Estorr sagen, Kanzlerin Koroyan. Ich bin sicher, dass sie alles gutheißen, was Ihr wünscht. Aber ich sehe und höre *alles*, und Ungehorsam oder Verrat vergesse ich nie. Ich werde jetzt Marschallverteidiger Vasselis und diejenigen begrüßen, die er in meine Hauptstadt mitgebracht hat. Wenn ich auch nur einen Eurer Leser oder Legionäre auf der Mole sehe oder Ihr auch nur eine einzige Bemerkung hinsichtlich seines Glaubens macht, dann lasse ich Euch verhaften.« Sie winkte mit einer Hand. »Ich wünsche Euch einen schönen Nachmittag.«

»Backbordruder rückwärts, Steuerbord vierzig Schlag.«

Iliev zog die Ruderpinne zu sich herüber, und der Spornkorsar schwenkte scharf nach Backbord ab. Aus dem Rauch einer brennenden Bireme der Konkordanz tauchte die tsardonische Trireme auf und hielt direkt auf sie zu. Die Pfeile der Feinde fielen ringsum ins Wasser oder bohrten sich in die Reling.

»Steuerbordruder rückwärts, Backbord dreißig Schlag.«

Er war stolz auf seine disziplinierten Männer. Die Feinde dachten, sie hätten sein Kommando ausgeschaltet, aber sie kamen ihm nicht einmal nahe. Wieder warf er das Ruder abrupt herum, wendete nach Steuerbord und entfernte sich in spitzem Winkel von der Trireme. Seine Mannschaft war müde, alle hatten weit mehr gegeben, als man eigentlich erwarten konnte, und immer noch gehorchten sie ihm.

Es dämmerte schon, ein fahler Schein entstand über dem auf Meereshöhe wirbelnden Nebel, der sich allmählich lichtete. Überall Feuer und Rauch, auf dem Wasser trieben Wrackteile. Seine Marinesoldaten standen im Heck und hielten den beschädigten, verbogenen Rammsporn über Wasser. Nach drei Gefechten hatte er sieben Ruderer und zwei Marinesoldaten verloren. Das war noch nicht kritisch, aber er musste sich mit einem weiteren Kommando zusammentun, ehe er einen letzten Angriff unternahm.

Es war schwer, den Erfolg ihres Ausbruchsversuchs zu bestimmen. Sein Kommando befand sich mehrere Meilen nördlich des Docks und begleitete eine Flottille von zwanzig Triremen und Biremen, die sich aus dem Belagerungsring befreit hatten und den Hafen von Estorr ansteuern wollten. Ihr Ziel war, wenn man volle Segel setzen und außerdem rudern konnte, zehn Tagesreisen entfernt. Zehn Tagesreisen, das waren nach Ilievs Ansicht drei Tage zu viel. Die Ocetanas mussten irgendwo Unterstützung finden. Sein Kommando würde sie begleiten, soweit es möglich war.

Die Schlacht hatte sich die ganze Nacht hingezogen. Anfangs waren die Scharmützel zu ihren Gunsten ausgegangen, weil das Überraschungsmoment auf ihrer Seite gewesen war. Die Tsardonier hatten die Ocenii noch nie zu Gesicht bekommen, aber inzwischen wussten sie Bescheid. Dreißig Korsaren konnten vernichtende Angriffe durchführen, bis die Tsardonier, oder wenigstens einige von ihnen, aus dem Schaden klug geworden waren. Dann hatten sie Steine auf die Schiffe geworfen, die sie durchbohren wollten, und Fässer mit brennendem Öl über die Leitern gekippt. Wenn die Marinesoldaten dann endlich das Deck erreichten, waren alle Matrosen längst mit Bogen und Schwert bewaffnet.

Den größten Teil ihrer Erfolge hatten die Kommandos innerhalb der ersten Stunde errungen. Jetzt kam es vor allem darauf an, die Flottillen zu sichern und ins Tirronische Meer hinauszufahren, um die anderen Gegner aufzuspüren. Iliev war bei den westlichen Schiffen, die geradewegs nach Estorr fuhren. Andere Kommandos begleiteten die östlich fahrenden Schiffe, die zur Küste von Gestern unterwegs waren, wo angeblich eine tsardonische Armee auf ihre Beförderungsmittel wartete.

Hinter ihm wendete die feindliche Trireme. Die Mannschaft war ausgeruht, das Schiff war aus den hinteren Reihen des Belagerungsringes nachgerückt. Sie manövrierten schnell und sicher in der leichten Dünung. Iliev fluchte halblaut. Dieser Gegner würde die Flottille mühelos einholen. Das durfte er nicht zulassen. Die Mannschaften brauchten Ruhe und ungefährliche Gewässer.

Er betrachtete seine Ruderer, die mit zwanzig Schlag der hintersten Trireme der Konkordanz folgten. Der Nebel lichtete sich ein wenig, bis er die meisten der zwanzig Schiffe erkennen konnte. Im Westen schälte sich endlich aus dem Nebel, was er zu sehen gehofft hatte. Das Neunte Kommando. Er hatte schon befürchtet, es sei versenkt und verloren.

»Siebtes Kommando, wir greifen noch einmal an. Das Neunte wird uns unterstützen. Wollt ihr für mich rudern?«

»Daran dürft Ihr nicht zweifeln, Trierarch«, erwiderte der Schlagmann.

Iliev nickte. »Danke, Gunnarsson. Dreißig Schlag, wir wollen schnell sein.«

Er bewegte das Steuerruder, um sie in einem weiten Bogen nahe genug an das Neunte Kommando heranzubringen und ihm seine Absichten zu übermitteln. Er wollte dem Feind genug Schaden zufügen, um ihn zu behindern, mehr nicht.

»Marinesoldaten, wir werden nicht entern. Verstaut die Waffen, hier geht es um Gleichgewicht und den richtigen Moment. Achtet darauf, dass der Rammsporn sich nicht verfängt.«

»Ja, Herr.«

Die tsardonische Trireme bemerkte den drohenden Angriff. Bogenschützen sammelten sich auf Deck, die Bedienmannschaften der

Ballisten machten sich bereit. Auch am Bug und am Heck warteten die Gegner schon auf den Rammstoß. Das versprach interessant zu werden. Iliev war bewusst, unter welcher Belastung seine Truppe stand. Ihre Körper verrieten die Anspannung, und viele hatten bereits Wunden davongetragen, aus denen das Blut über Arme und Beine lief.

»Dreißig und etwas nachlassen«, sagte Iliev. »Wir sind gleich da.«

Die beiden Korsaren kreuzten mit fünfzehn Knoten vor dem feindlichen Schiff. Ilievs Kommando fuhr knapp außer Bogenreichweite an der Backbordseite entlang. Eine Balliste schoss; er beobachtete die flache Flugbahn des Bolzens. Die Entfernung war gut geschätzt, die Richtung nicht. Der Bolzen fiel ein Stück hinter ihnen ins Meer. Sie ruderten weiter, bis sie fünfzig Schritte hinter der Trireme waren.

Das Neunte Kommando war früher eingeschwenkt, um im Nebel zu verschwinden und nach einem Wendemanöver auf den Bug des feindlichen Schiffs zu zielen.

Er stieß die Ruderpinne von sich weg und wendete den Korsaren. Das tsardonische Schiff erhöhte die Schlagzahl, er konnte das dumpfe Dröhnen der Trommeln hören. Sie ruderten mit zwanzig, vielleicht zweiundzwanzig Schlag. Als er sich dem Heck seines Ziels näherte, bemerkte Iliev zum ersten Mal den Fehler in der tsardonischen Konstruktion.

Der Ausleger für die oberste Reihe der Ruderer war ein wenig zu breit, ebenso das geschwungene Heck von der Wasserlinie bis zur Ruderpinne. Er änderte ein wenig den Kurs.

»Vertraut mir«, sagte er. »Und macht euch bereit, sofort nach dem Aufprall zurückzurudern. Vierzig Schlag. Ein rascher Spurt, Siebtes Kommando, dann ist es vorbei.«

Der Korsar nahm Geschwindigkeit auf. Zwei Marinesoldaten kamen auf dem Laufsteg nach vorn und drückten den Bug hinunter. Inzwischen hielt auch das Neunte Kommando schräg auf den Feind zu und wendete, um von backbord den Bug der Trireme zu treffen. Iliev war vor Steinen und Bolzen geschützt. Die Tsardonier drängten sich im schmalen Bug und hatten sich von der Backbordseite entfernt, um freies Schussfeld auf ihn zu bekommen. Das Schiff wendete nach backbord, um den Schusswinkel zu verbessern. Die Trommel schlug schneller.

»Dazu ist es jetzt zu spät«, sagte Iliev. Erneut korrigierte er den Kurs. »Macht euch bereit für den Aufprall. Wir stoßen aufwärts zu.«

Lächelnd beobachtete er seine Ruderer. Sie saßen mit dem Rücken zum Ziel, und keiner drehte sich um. Disziplin, Ordnung, Sieg. Die ersten Pfeile schlugen ein. Iliev knirschte mit den Zähnen. Zwei Marinesoldaten schossen zurück. Ein Pfeil traf einen Ruderer mitten im Rücken. Der Mann sank in sich zusammen. Sofort sprang ein Soldat herbei, zog das Ruder aus dem Wasser und schob den Toten zur Seite. Er war jedoch nicht schnell genug, um zu verhindern, dass sich auf der Steuerbordseite die Ruder verhedderten. Iliev drückte die Ruderpinne herum und glich die Verzögerung und die unverhoffte Kursänderung aus. Beim nächsten Ruderschlag traf der Korsar das das feindliche Schiff.

»Festhalten!«

Die Marinesoldaten rannten auf dem Laufsteg zurück. Der Schwung des Korsaren trieb den Rammsporn bis zur Ruderpinne des tsardonischen Schiffs hinauf. Der kräftige Pfahl war jedoch nicht geeignet, diesem Druck standzuhalten. Iliev hörte das Krachen, als die Steuerung zerbrach. Der Korsar prallte auf die Wellen zurück, und der Rammsporn zerstörte die Planken im Heck des feindlichen Schiffs.

»Rückwärts«, befahl Iliev.

Die Trireme bockte und drehte sich nach Steuerbord. Auch das Neunte Kommando hatte zugeschlagen. Ilievs Korsar zog sich zurück.

»In freies Wasser.«

Wieder flogen Pfeile und trafen Ruder und Ruderer. Iliev ließ das Boot herumschwenken.

»Vierzig Schlag, sobald es möglich ist. Los jetzt, Siebtes Kommando, wir haben unsere Arbeit getan.«

Der Korsar entfernte sich eilig von der Trireme, auf der sich die Tsardonier vorbeugten, um den Schaden zu begutachten. Wahrscheinlich hatten sie ein Ersatzruder dabei, aber das einzupassen würde sicher einen ganzen Tag dauern.

Von Süden her näherten sich weitere Feinde. Überall, wo der Nebel sich lichtete, tauchten am Horizont Segel auf, darunter auch zahlreiche der Konkordanz. Viele Schiffe hatten die Blockade durchbrochen, und nun lag es bei ihnen, je nach ihren Befehlen langsamer zu werden und die feindliche Flotte zu zerstören. Für Iliev und das Siebte Kommando der Ocenii war eine lange Nacht vorbei.

Er führte sie außer Reichweite der feindlichen Katapulte und reihte sich in die Flottille ein, zu der auch die *Cirandons Stolz* gehörte. Er freute sich schon, sich auf dem Deck des caradukischen Flaggschiffs ausstrecken zu können, während die Mannschaft des größeren Schiffs seinen Korsaren hochzog, bis er über dem Steuerruder am Heck hing.

»Fünfundzwanzig Schlag«, sagte er. »Ihr könnt euch bald ausruhen, Marinesoldaten, und dann wollen wir unserer Toten gedenken.«

Thomal Yuran, der ehemalige Marschallverteidiger von Atreska, war inzwischen im Grunde der König des Landes. Das war auch der einzige Gedanke, der jetzt noch die Andeutung eines Lächelns auf seine Lippen zu zaubern vermochte. Allerdings weigerte er sich, auf dem Thron Platz zu nehmen. Das wäre ihm wie ein Verrat an den Resten seines treuen Volks vorgekommen. Die meisten dieser Getreuen schienen in Haroq zu leben. Es war der einzige Ort, an dem es, von der Auseinandersetzung mit den Einnehmern abgesehen, keinerlei Kämpfe gegeben hatte. Gerade fünfunddreißig Tage war es her, und doch kam es ihm vor wie die fernste Vergangenheit.

In diesen Tagen hatte er immer wieder über seine Entscheidung nachgedacht. Sein Land hatte sich wie befürchtet in ein Schlachtfeld verwandelt. Direkt nach der Rückkehr der Truppen war ihm dies noch sehr unwahrscheinlich vorgekommen. Aus Haroq hatte die Freude auf das ganze Land übergegriffen, die Menschen hatten in Chören seinen Namen gerufen und ihn gebeten, als König ihres Landes zu herrschen. Stolz hatten die Flaggen des alten Atreska geflattert. Innerhalb seines Gebiets waren sogar die Signalfeuer gelöscht worden.

Fünf volle Tage hatten sie gefeiert, bis sich bewahrheitet hatte, was Sentor Rensaark, inzwischen zum Prosentor befördert, ihm versprochen hatte. Die tsardonische Armee war, verstärkt durch Legionen der neuen atreskanischen Verbündeten, nach Westen marschiert. Die Unterstützung war so stark gewesen, dass die tsardonischen Kommandanten sogar eine große Zahl von Kämpfern hatten entbehren und nach Süden in Richtung Gestern schicken können. Da hatte Yuran das Ende der Konkordanz kommen und eine neue Macht entstehen sehen, in deren Zentrum er sich befand.

Das war jetzt ebenso eine ferne Erinnerung wie der Tag, an dem er Paul Jhered zum letzten Mal begegnet war. Der Mann machte ihm immer noch zu schaffen. Er war irgendwo da draußen unterwegs, und die Berichte über seine Taten, oder vielmehr über die Taten seiner Schutzbefohlenen, waren beängstigend, falls sie zutrafen. Er war durchaus fähig, einem Menschen in die Augen zu sehen und die Wahrheit zu erkennen, und er konnte all die Geschichten, die er gehört hatte, nicht einfach abtun.

Atreska stand in Flammen. Im Westen, Süden und Norden stiegen an einem Dutzend Stellen Rauchwolken auf. Ob es tsardonische Übergriffe und Vergeltungsschläge für vermeintliche Vergehen oder gar Angriffe des Widerstandes waren, der die Fortschritte so sehr behindert hatte – darauf kam es jetzt nicht mehr an. Das Endergebnis war, dass von seinem Land nach dem Krieg kaum noch etwas übrig sein würde, und er konnte nur noch voller Bangen hoffen, dass die Tsardonier siegen würden. Sein einziger Trost war, dass er Megan fortgeschickt hatte. Wenigstens war sie in Sicherheit, wer auch immer den Krieg gewann. Sie war der Konkordanz treu ergeben und würde verschont bleiben.

»Du machst dir zu viele Sorgen«, sagte Rensaark, der noch am Esstisch saß.

»Wirklich?« Yuran wandte sich am Balkonfenster um und betrachtete sich in einem Spiegel. Er war alt geworden. Graues Haar, tief in den Höhlen liegende stumpfe Augen, schlaffe Haut. Kein sehr attraktiver Anblick, falls er und Megan sich je wiedersehen sollten.

»In jedem Krieg gibt es Rückschläge«, sagte Rensaark.

»Mein Land liegt in Schutt und Asche. Alle bis auf einen Nachbarstaat sind jetzt meine Feinde. Es ist nicht sicher, dass unsere vereinten Truppen die Verteidigung von Neratharn durchbrechen können. Gott umfange mich, wie lange hat es eigentlich gedauert, uns einen Weg durch unser eigenes Gebiet zu bahnen?«

»Deshalb sind wir Verbündete«, sagte Rensaark. Er trug gute Kleidung. Eine Tunika aus feinem tundarranischem Tuch, ein Wams aus Karku-Pelzen und mit Gold bestickte Sandalen. Die Reichtümer der Konkordanz mochten für gewöhnliche Bürger nicht mehr zugänglich sein, aber die höheren tsardonischen Offiziere wussten sich zu helfen. »Uns war klar, dass wir auf Widerstand stoßen würden. Es mag länger gedauert haben, als wir dachten, aber wir haben ihn überwunden.«

Yuran kehrte zum Tisch zurück und hob sein Weinglas. Draußen war es kalt, und die Feuer im Saal vermochten kaum die Kälte zu vertreiben. In den letzten zwei Tagen hatten die ersten stärkeren

Schneefälle dieses Dusas eingesetzt, und die Bedingungen draußen auf dem Schlachtfeld verschlechterten sich zusehends.

»In diesem Land ist es schwierig, bei Eis und Schnee zu kämpfen«, sagte Yuran. »Über die offenen Ebenen fegt der Wind, und die Schneewehen türmen sich so hoch, dass sie diese Burg bedecken könnten. Die Temperatur kann so tief sinken, dass einem Mann das Blut im Leib gefriert. Der Feind ist besser organisiert und hat den Nachschub aus der Konkordanz im Rücken. Wir haben kaum noch genug, um uns zu ernähren, und kämpfen uns von Mahlzeit zu Mahlzeit. Wir haben zu viel Zeit gebraucht, uns richtig aufzustellen. Wenn sie noch zehn Tage durchhalten, können sie uns besiegen.«

»Die Schlacht wird keine zehn Tage dauern«, erwiderte Rensaark. »Sie sind mindestens drei zu eins in Unterzahl. Sie werden sich kaum länger als einen Tag halten können.«

Yuran schüttelte den Kopf. »Sie haben Mut und Hoffnung nicht verloren, und sie müssten inzwischen erfahren haben, was im Süden geschehen ist. Bald werden sie auch hören, dass der Bastard Del Aglios ihnen zu Hilfe eilt. Er marschiert durch mein Land, und nichts außer dem Wetter kann ihn aufhalten.«

»Er wird nichts vorfinden außer den Leichen seiner Bürger, die er begraben kann«, sagte Rensaark. »Ihm wird keine andere Wahl bleiben, als uns bis nach Estorr zu verfolgen. Die Stadt gehört fast schon uns. Sie haben verloren, und das wissen sie.«

»Dann diese neue Waffe. Diese Kinder, die Berge einstürzen lassen können. Du kannst doch nicht bestreiten, dass sie eine Bedrohung darstellen.«

»Das nicht, aber wenn sie nicht fliegen können, dann können auch sie der Konkordanz in Neratharn nicht helfen. Beruhige dich, Thomal. Nimm ein Bad und entspanne dich. Bald wird die Bedrohung durch die Konkordanz für immer vergessen sein, und wir können zwischen unabhängigen Staaten einen neuen Frieden schmieden. So, wie es früher war. Und du wirst dich im Zentrum von alledem befinden. König Yuran, unterstützt vom mächtigen König Khuran. Du musst nie wieder eine Invasion befürchten.«

Yuran verabschiedete sich von Rensaark und kehrte in seine Privatgemächer in der Burg zurück. Wie immer klangen Rensaarks Worte sehr einleuchtend. Es musste einen Haken geben, den er aber einfach nicht finden konnte. Was blieb, war der nagende Zweifel, dass Rensaark ihn wie einen Volltrottel behandelte und ihn benutzte, um Tsards Macht zu vergrößern.

Yuran befahl, man solle ihm Wasser für ein Bad bringen, und sank in seinen liebsten Ledersessel vor dem warmen Feuer im offenen Kamin. Gleich darauf erschien sein Diener und ging ins Bad, um das Wasser einzulassen. Er runzelte die Stirn, als er den Küchenjungen sah, der den schweren, mit Rädern versehenen Behälter schob. Der Bursche war älter als die meisten anderen, aber spindeldürr und ziemlich verwahrlost. Als hätte jemand ihn halb verhungern lassen und dann durch den Schlamm gerollt, bevor er seinem angehenden König aufwarten durfte.

»Du bist ein bisschen zu alt für diese Aufgabe, nicht wahr?«, sagte er. »Und du bist schmutzig. Gehen mir so langsam die Küchenjungen aus?«

»Nein, Herr«, erwiderte der Bursche. Mit gesenktem Kopf drehte er sich um. »Es tut mir leid, wenn ich Euch beleidigt habe. Das war nicht meine Absicht.«

Yuran winkte beschwichtigend, er hatte über Dringenderes nachzudenken. »Richte mir nur mein Bad. Ich glaube, ich nehme heute die Rosmarinessenz.«

»Ich muss mit Euch sprechen«, platzte der Bursche auf einmal heraus.

Yuran seufzte. »Wenn du um Essen betteln willst, dann habe ich nichts für dich. Wenn du in die Legion eintreten willst, melde dich beim Waffenmeister in der Basilika. Jetzt mach deine Arbeit und gehe, bevor ich dich von den Wachen hinauswerfen lasse.«

»Nein«, sagte der Junge, was Yuran so überraschte, dass er ihn weitersprechen ließ. »Ich brauche ein Versteck, und Ihr braucht eine Verteidigung gegen die erstarkende Konkordanz, ob die Tsardonier sie nun besiegen oder nicht. Ihr seid allein und hilflos. Genau wie ich. Es kommt eine Macht in diese Welt, die Ihr mit Schwertern nicht abwehren könnt.«

»Jetzt soll ich wohl annehmen, dass du das kannst, ja?« Yurans Hand wanderte zum Heft seines Gladius. »Deine Worte waren amüsant, aber jetzt ist deine Zeit abgelaufen, wer du auch bist.«

»Wer ich bin?«

Der Junge hob den Kopf, und Yuran wich erschrocken zurück. Unter dem schmutzigen blonden Haar entstand ein Lächeln, und ein warmes Grün durchflutete seine Augen, um gleich wieder zu einem neutralen Grau zu verblassen. Yurans Blick fiel auf die Wassersäule, die der Junge auf seiner ausgestreckten Hand ohne irgendein Gefäß trug. Er deutete darauf, brachte aber kein Wort heraus.

»Habt keine Angst«, sagte der Junge. »Lasst sie kämpfen. Lasst den Dusas verstreichen. Wartet ab und versteckt mich. Eines Tages werden Ihr und ich diese Welt regieren. Nicht heute und nicht in diesem Jahr. Vielleicht nicht einmal in zehn Jahren. Aber eines Tages wird es geschehen. Ihr müsst mir nur vertrauen.«

Yuran hatte das Gefühl, er müsste gleich ersticken. In seinem Kopf hämmerte etwas, und er zitterte an allen Gliedern. Er tastete nach der Wand und stützte sich schwer dagegen. Die Tsardonier, in deren Augen die nackte Angst gestanden war, hatten die Wahrheit gesagt. Einer von *ihnen* stand jetzt vor ihm. Ein Junge, der einen Berg zum Einsturz bringen konnte.

»Wer bist du?«, quetschte er heraus.

Wieder lächelte der Junge. »Ich bin einer, der die Wahrheit sieht. Ich bin Gorian Westfallen und biete Euch demütig meine Dienste an, Marschall Yuran.«

32

848. Zyklus Gottes, 16. Tag des Dusasauf
15. Jahr des wahren Aufstiegs

Das Jucken unter der Augenbinde hatte wieder eingesetzt. Die Narbe reizte ihn bis zur Weißglut, und draußen wurde es immer kälter. Der Ausfluss – von Tränen wollte er nicht sprechen – gefror auf seiner Haut und drückte die Wundränder auseinander. Er fuhr mit den Fingern darüber, das ganze Stück von seiner rechten Wange bis zum Kiefergelenk.

Der Arzt hatte gesagt, er hätte Glück gehabt. Die tsardonische Klinge, an der noch der Dreck aus Scintarit geklebt hatte, war abgerutscht, statt ihn mit voller Wucht zu treffen. Hätte der Hieb gesessen, dann wäre er tot, statt als einer der wenigen Überlebenden des Angriffs hier zu stehen. Doch wenn er über die Verteidigungsanlagen hinweg auf das Meer von Feinden blickte, die sich versammelt hatten, dann fragte er sich, ob es nicht besser gewesen wäre zu sterben. Es war schwer, eine Niederlage hinzunehmen. Zweimal zu scheitern, war Anlass für einen Selbstmord, und sie würden ganz sicher nicht siegen.

Die Brieftaube aus Gestern hatte die älteren Offiziere aufgemuntert und den Legionen, die sich zur Verteidigung zusammengezogen hatten, neuen Mut gemacht, aber die Realität dort draußen war unübersehbar. Roberto war noch vier Tagesmärsche entfernt, und das waren zwei Tage zu viel. Beinahe hätten sie es geschafft. Die in

Atreska verstreuten Legionen hatten den vorrückenden Tsardoniern und den Rebellen zugesetzt. Sie hatten den Verteidigern Zeit erkauft, damit diese die Anlagen aufbauen und verstärken konnten. Jedes Geschütz, das sie irgendwo hatten auftreiben und reparieren können, stand nun an der Front. Sie hatten alle Bürger bewaffnet, die stark genug waren, aufrecht zu stehen, und die Legionen üben lassen, bis ihre Disziplin makellos war. Sie hatten sogar hinter den festen Verteidigungsanlagen eine Straße gebaut, die so gut und breit war wie eine Hauptstraße der Konkordanz, um ihre Beweglichkeit zu verbessern. Alles war an seinem Platz, nur die Zahl von Kämpfern, die er brauchen würde, war nicht vorhanden.

Vom südlichen Ufer des Iyresees bis zu den Steilklippen der Gawberge war die Grenze zwischen Neratharn und Atreska nur neunzehn Meilen lang. Der Grenzübergang an der Hauptstraße war stark befestigt, und das Land im Süden war für ein großes Heer undurchdringlich. Irgendein großes geologisches Ereignis hatte in ferner Vergangenheit einen gewaltigen Felssturz verursacht, der jetzt eine Falle für Räder, Hufe und Füße darstellte. An der gesamten Grenze waren Späher eingesetzt und Festungen eingerichtet, die er alle bemannen würde, auch wenn dort nicht mit größeren Vorstößen zu rechnen war.

Danach blieb jedoch immer noch ein fast zwei Meilen weiter Bereich, den er verteidigen musste. Er hatte ein gepanzertes Tor und Geschützplattformen an der Straße aufgestellt, es gab Vorrichtungen, um heißes Öl und Felsbrocken einzusetzen, er hatte Standorte für Bogenschützen vorgesehen und geschützte Aufmarschplätze für Kavallerie und Infanterie eingerichtet. In einer Meile Abstand gab es zwei weitere Festungen, und er hatte es dem atreskanischen Bürgerkrieg der letzten Jahrzehnte zu verdanken, dass sie immer noch standen und in gutem Zustand waren. Dies alles war jedoch kaum geeignet, dem Widerstand zu leisten, was ihm an diesem kalten Morgen gegenüberstand.

Er blickte nach Süden über seine Verteidigungsanlagen hinweg. Eigentlich konnte er stolz auf das sein, was sie in so kurzer Zeit geschafft hatten. Ein großer Teil war sogar schon entstanden, bevor er gekommen war und die Befehlsgewalt übernommen hatte. Der freie Raum zwischen den beiden Festungen und dem Tor auf der Hauptstraße war durch einen Wall aus Stein und Holz gesichert und zusätzlich mit Zement versiegelt worden. Auf den Wehrgängen konnten Bogenschützen in Stellung gehen, und in gewissen Abständen waren Plattformen für die Katapulte eingerichtet. Einem konzentrierten Beschuss konnte die Anlage jedoch nicht standhalten.

Unmittelbar hinter dem Wall stand die Hälfte aller Onager, über die er verfügte, hundert Einheiten in Gruppen von jeweils zehn Geschützen. Dahinter wiederum würden die restliche Artillerie und die Kavalleristen ihre Posten beziehen, deren Pferche und Zelte sich augenblicklich noch ein paar hundert Schritte weiter hinten im Hauptlager befanden.

All das würde jedoch nicht ausreichen. Er hatte fünfundzwanzigtausend reguläre Infanteristen und Kavalleristen in seinen Legionen. Dreitausend Leviumkrieger würden nördlich vom Iyresee patrouillieren und Flankenangriffe auf die Feinde unternehmen. Außerdem hatte er zwei- oder dreitausend Bauern und Töpfer aus dem Hinterland von Neratharn bekommen. Tapfer, aber dem Untergang geweiht.

Von seinem Standort über dem Tor an der Hauptstraße konnte er weit nach Osten blicken. Es war kaum zu glauben. Schon in Scintarit hatte er über die große Zahl der Feinde gestaunt. Hier verblüffte ihn das Ausmaß des Verrats. Trotz der vereinzelten Berichte, die aus Atreska eingegangen waren, hatte er gehofft, die Alae der Konkordanz würden nicht überlaufen. An diesem Morgen bekam er den letzten Beweis, dass Yuran und seine hinterhältigen Verräter den vollen Rückhalt des atreskanischen Volkes genossen.

In der riesigen Armee, die vor ihm aufmarschierte, entdeckte er größere Einheiten von Kämpfern, die noch die Rüstungen und Waffen der Konkordanz trugen. Ein großer Teil der Wurfmaschinen, die er durch sein Spähglas beobachtet hatte, waren in der Konkordanz hergestellt worden. Ihm wurde übel, wenn er die Gesichter von Männern und Frauen sah, die er kannte und die einst für ihn gekämpft hatten. Seine treuen Anhänger würden durch Waffen sterben, die in der Konkordanz geschmiedet worden waren. Wut flammte in ihm auf.

Er öffnete die Augenklappe, um die kühle Luft über die Wunde streichen zu lassen. Grimmig fraß sich die Kälte in die geschundene Haut, die mit Salben eingerieben war, um Infektionen und Entzündungen zu bekämpfen. Er blies die Wangen auf und genoss das taube Gefühl, das sich über sein Gesicht bis zum Riss auf seiner Wange und zum steifen Kiefergelenk ausbreitete.

»General Gesteris?«

Er drehte sich um und ließ die Augenbinde zurückgleiten. Vor ihm stand ein in Pelze gekleideter Bote, der dem verschwitzten Gesicht und seinem Geruch nach gerade vom Pferd gestiegen war.

»Ja?«, sagte Gesteris.

Er rückte den Riemen seines neuen Helms mit dem grünen Federbusch zurecht und strich seinen pelzbesetzten Mantel glatt. Die Rüstung war seine eigene, ausgebeult und makellos poliert. Jeder sollte die Kratzer unter dem Glanz sehen und erkennen, dass diese Rüstung die Wiedergeburt einer Hoffnung verkörperte, die der Träger allerdings nicht teilte.

»Appros Harin meldet, dass die Feinde vollständig aufmarschiert sind, General. Seiner Ansicht nach werden sie bald angreifen.«

Gesteris lächelte gezwungen. »Er ist ein guter Soldat, aber er hat keine großen Neuigkeiten zu berichten, nicht wahr?«

Der Bote starrte den Boden an wie viele andere, die in der letzten Zeit vor Gesteris gestanden hatten. Der General war noch nie ein Mann gewesen, den man seines blendenden Äußeren wegen gepriesen hätte. Jetzt aber begegneten ihm die Leute vor allem mit morbider Faszination und Mitgefühl. Für beides hatte er keine Zeit.

»Hat er dir eine neue Schätzung der Zahlen mitgegeben?«

»Er rechnet jetzt mit fünfzigtausend, General.«

Gesteris nickte. »Das entspricht meinen eigenen Annahmen. Kannst du ungefährdet zu ihm zurückkehren?«

»Ja, mein General.«

»Er soll selbstständig handeln, aber erst angreifen, wenn die Gegner schon vor unseren Wällen stehen. Geh jetzt, beeile dich.«

Der Bote presste die rechte Faust an die Brust und rannte durchs Tor davon. Gesteris sah ihm nach, dann kehrte er dem Feind den Rücken. Sie waren kampfbereit wie er. Bogenschützen und Artillerie ganz vorn, dahinter stand die Infanterie bereit, um jeden Bruch der Wälle sofort auszunutzen. Kavallerie war nirgends zu entdecken. Wahrscheinlich patrouillierten die Reiter an den Flanken und schützten die Nachschubwege.

So weit er blicken konnte, drängten sich im Süden Männer und Katapulte bis hin zum Seeufer. Mit dem Spähglas konnte er fünf verschiede Infanterieeinheiten erkennen, und zweifellos gab es bewegliche Reserven. Wieder einmal spielte Gesteris mit dem Gedanken, einige Reiter hinauszuschicken, die versuchen sollten, die Geschütze auszuschalten, und wieder verwarf er den Gedanken. Die zahlreichen Bogenschützen würden alles vernichten, was er aussenden konnte. Dies war die schlimmste aller Welten. Ihr Verhängnis war höchstens noch eine halbe Meile entfernt, und sie konnten nichts tun außer hilflos zuschauen.

Gesteris runzelte die Stirn, als in der kalten, stillen Luft ein Laut zu ihm drang. Sie sangen. So etwas hatte er noch nicht gehört. Es waren keine Hymnen, die vom bevorstehenden Sieg kündeten, die das Blut in Wallung brachten und den Körper belebten, sondern ein ruhiger, melodischer Gesang. Zehntausende Stimmen erhoben sich, und Gesteris standen die Haare zu Berge, als der Gesang ihn durchflutete wie die Kraft eines Meeres.

Es war ein melancholisches Lied voller Trauer. Die Worte verstand er nicht, aber die Gefühle waren klar zu erkennen. Er verstand auch, warum sie sangen, und warum jeder Mann und jede Frau in seinen Verteidigungsanlagen lauschte, ohne mit einem eigenen Lied zu antworten.

»Sie fürchten zu verlieren«, sagte einer der Torwächter, der den gespenstischen, schönen Gesang wie alle anderen vernommen hatte.

»Nein«, erwiderte Gesteris. »Sie wissen, dass sie siegen werden, aber sie kennen den Preis. Auch auf ihrer Seite werden, wie bei uns, viele nicht mehr nach Hause zurückkehren.«

Roberto weigerte sich beharrlich, eine Pause einzulegen und den Einwohnern zu helfen, obwohl seine atreskanischen Freunde ihn dazu drängten. Ihr Land war zerstört, aber das Ausmaß der Zerstörung hatte sie alle überrascht. Auf dem Weg nach Süden, nach Gestern, waren sie auf Straßen marschiert, die die Tsardonier nicht benutzten. Auf dem ganzen Weg bis Neratharn sahen sie nichts als Zerstörung.

Ausgebrannte Siedlungen und Dörfer, Hinweise darauf, dass Vieh und Getreide geraubt worden waren, die Leichen von Männern, Frauen und Kindern am Straßenrand und überall sonst, wo seine Späher und Plündertrupps sich umsahen. Einige waren durch die Klingen der einen oder der anderen Besatzungstruppe gestorben. Manche waren erfroren. Viele der Jüngsten waren zweifellos verhungert.

Immer wieder war die Hauptstraße von Flüchtlingen verstopft, die nach Byscar wollten, jeder so verzweifelt und unschuldig wie der nächste. Sie konnten keinen Einzigen davon aufnehmen. Die Truppe hatte in Gestern frische Vorräte gefasst, aber bis die Schlacht geschlagen war, würde es keinen Nachschub mehr geben. Dies hatte die Spannungen zwischen Atreskanern und Estoreanern wieder aufflammen lassen.

Roberto führte sein Pferd an der Spitze des Zuges, um sich mit seinen Soldaten solidarisch zu erklären, die in einem mörderischen Tempo marschieren mussten. Auf der Hauptstraße verlangte er fünfunddreißig Meilen am Tag. Das war schwierig, weil sie auf immer mehr Eis und Schnee trafen. Gern hätte er den Leuten versprochen, sie würden bald entlassen und könnten nach Hause zurückkehren, aber viele hatten kein Zuhause mehr. Verständlich, dass die Moral unter den Atreskanern nicht sehr gut war.

»Nur eine Geste«, drängte Davarov ihn. »Damit meine Leute verstehen, dass es dir am Herzen liegt.«

»Wenn sie es jetzt noch nicht wissen, dann werden sie es nie begreifen«, erwiderte Roberto. »Ich glaube auch nicht, dass es unsere Schwierigkeiten behebt, wenn ich ein hungriges Kind auf die Arme nehme. Wir können uns nicht erlauben, vom Ziel abzuweichen, und auch den Verlust an Vorräten können wir nicht verschmerzen. Ich musste sowieso schon Befehle erlassen, dass nachts weder Essen noch Decken über die Palisaden hinausgereicht werden dürfen. Du musst unter deinen Leuten die Befehle durchsetzen. Ich bin es leid, jede Nacht so viele Wachen aufzustellen. Da draußen warten noch viel größere Schwierigkeiten auf uns.«

»Halte mir keine Vorträge über das Wohl des Ganzen, Roberto.« Der große Atreskaner wandte das Gesicht ab. Roberto war klar, wie schwer es Davarov fiel, seine Frustration zu beherrschen. »Das sind die Leute, die wir eigentlich retten wollen.«

»Glaubst du, mir tut es nicht um jeden Waisenjungen leid, den ich sehe? Glaubst du, ich habe nicht wie du den Wunsch, diesen Menschen zu helfen? Du kannst es mir ruhig glauben. Aber wenn wir anhalten und einem helfen, sind wir moralisch verpflichtet, allen anderen ebenfalls zu helfen, und das steht nicht in unserer

Macht. Dagegen können wir schnell weitermarschieren und die Befehle der Advokatin ausführen.

Wenn wir dort ankommen, werden wir hungrig, müde und durchgefroren sein, auch wenn wir nichts von dem aufgeben, was uns am Leben hält. Ich bete, dass es überhaupt noch eine Schlacht zu schlagen gibt, wenn wir dort eintreffen. Noch mehr bete ich darum, dass wir dann auch fähig sind zu kämpfen. Ich kann nichts zulassen, was unsere Aussichten auch nur geringfügig verschlechtern würde.«

»Damit verurteilst du die Menschen zum Tod.«

Roberto nickte. »Das ist richtig, und wenn du irgendwann einmal der General bist, musst du an meiner Stelle mit solchen furchtbaren Entscheidungen leben.«

Davarov wandte sich ab, aber Roberto rief ihn noch einmal zurück.

»General«, sagte er.

»Ja«, antwortete Roberto, »das bin ich. Und da wir schon so förmlich sind, will ich dir sagen, dass ich dich noch nicht entlassen habe. Ich habe dich auch nicht um deine Meinung gebeten. Zwar verstehe ich deine Sorgen, aber ob es dir gefällt oder nicht, es gibt ein größeres Ziel, dem wir dienen. Ich brauche dich, Davarov. Mehr denn je. Wende dich jetzt nicht von mir ab. Sage deinen Leuten, was zu tun ist, und erinnere sie daran, dass sich jeder, der gegen meine Anordnungen verstößt, im Handumdrehen unter den Flüchtlingen wiederfinden wird, während seine Rationen unter denen verteilt werden, die bereit sind, meinen Anweisungen Folge zu leisten. Ich hoffe, ich habe mich deutlich ausgedrückt.«

Die beiden Männer starrten einander an. Davarov wollte nicht nachgeben, und Roberto verschloss sein Herz.

»Wegtreten«, sagte Roberto.

Auf dem offenen Meer war der Nebel nicht mehr als ein halb vergessener Traum. Der Himmel über ihnen war von einem zornigen

Grau. Schnee fiel, der Wind pfiff und machte die Seereise unangenehm. Schon war die Dünung sechs Fuß hoch, und es sah aus, als würde es noch schlimmer kommen.

Iliev besuchte seine verletzten Mannschaftsmitglieder, ehe er nach oben auf Deck ging und sich zu den anderen gesellte, die gezwungen gewesen waren, unter freiem Himmel zu schlafen, da es unten keinen Platz mehr gab. Patonia hatte aus Segeltuch ein primitives Schutzdach bauen lassen, aber die Nächte waren sehr kalt, und die Feuer in den Fässern waren gelöscht worden, sobald das Schiff zu rollen und zu stampfen begonnen hatte. Die Ocenii waren jedoch hart im Nehmen, und so hörte er kein Jammern und keine Klagen von seinen Männern.

»Wenigstens behindert dies auch die Feinde«, erklärte Patonia, die neben ihm an der Steuerbordreling stand und zur Flotte der Ocetanas hinausblickte.

»Wir wollen hoffen, dass es sie schon vor zwei Tagen getroffen hat, sonst holen wir sie nicht mehr ein.«

»Das werden wir schon schaffen, Karl«, beruhigte Patonia ihn.

»Ohne Segel machen wir gerade mal sieben Knoten.«

Iliev stützte sich auf die Reling und sah Patonia mit dem geröteten Gesicht an. Wie er hatte auch sie auf einen Schutz für die bloßen Arme verzichtet und trotzte in einer einfachen Wolltunika und Sandalen der Kälte. Ihre Haare waren kurz geschnitten, und in ihrem Gesicht arbeitete es noch, nachdem sie gerade erst von der Insel entkommen waren.

»Wir hetzen jetzt mindestens einhundert Segel«, sagte er. »Frische Mannschaften, erholt nach der Reise von der Bucht von Haryn und unversehrt durch die Schlacht. Es wundert mich, dass du sie überhaupt einholen willst.«

»Ich denke, wir könnten auch abdrehen und uns den zweihundert oder so stellen, die wiederum uns folgen. Was wäre dir lieber?«

Iliev kicherte. »Sie wären sicher überrascht, unsere Segel am Horizont zu entdecken. Allerdings glaube ich nicht, dass die Advokatin uns dafür danken würde.«

»Wahrscheinlich nicht.« Patonia starrte an Iliev vorbei zur Flotte. »Gibt es Neuigkeiten über die Nachzügler?«

»Wir sind inzwischen eine beachtliche Flotte. Sieben Korsaren der Ocenii, neunzig Triremen, vierzig Angriffsgaleeren. Ich würde gern noch mehr Segel hinter uns ausmachen und hören, wie die Lieder übers Meer hallen, aber wir können uns nicht darauf verlassen.«

»Wir sind nicht genug, oder? Zumal von Osten noch mehr Feinde kommen«, überlegte Patonia. »Wir können sie nicht daran hindern, vor uns den Hafen von Estorr zu erreichen. Alle erwarten die Antwort von dir.«

»Ich bin kein Admiral«, erwiderte Iliev leise. »Ich bin nur ein überschätzter Matrose.«

»Keines der Flaggschiffe hat es geschafft«, erwiderte Patonia. »Du bist unter den Ocetanas der Offizier mit dem höchsten Rang.«

»Ich weiß«, gab Iliev zu. »Was meinst du, warum ich mich so unbehaglich fühle?«

»Ich habe gehört, was die Mannschaften und die anderen Kapitäne sagen. Du bist der Mann, zu dem sie aufschauen. Du hast den Plan für den Ausbruch entwickelt.«

»Wir haben fast die Hälfte unserer Schiffe verloren.«

»Dennoch haben wir unsere Lage verbessert«, sagte Patonia. »Mehr wollen wir nicht.«

»So nennst du das also? Im günstigsten Fall liegen wir eine Tagesreise hinter ihnen. Estorr ist nur fünf Tagesreisen entfernt, wenn sich das Wetter hält. Du kennst mich, Patonia. Ich bin daran gewöhnt, unter widrigen Umständen zu kämpfen. Aber dies hier ...« Er zuckte mit den Achseln. »Wir werden sie nicht einholen.«

»Falls das Wetter noch schlechter wird ... mit schlechtem Wetter kommen wir besser zurecht als sie. Viel besser.«

»Zwar beten wir zu Ocetarus, aber ...« Lächelnd hob er beide

Hände. »Wir können nicht darauf bauen, dass ein Wunder geschieht, auch wenn wir das Wetter im Tirronischen Meer gut kennen. Was ist?«

»Nichts.« Patonia schien ein wenig belustigt. »Es ist wohl die Ironie des Schicksals, weiter nichts.«

»Was meinst du damit?«

»Vielleicht ein andermal.«

»Jederzeit in den nächsten fünf Tagen«, erwiderte Iliev. »Danach habe ich wahrscheinlich zu viel zu tun.«

Er lauschte den Trommeln, dem Herzschlag des Schiffs, spürte den Zug der Ruder. Der Bug tauchte in eine Welle hinein, Wasser spritzte aufs Deck. Unverwandt starrte er zum Horizont und fragte sich, ob die kleinen Punkte, die er zu sehen glaubte, feindliche Segel oder nur Trugbilder waren. So weit entfernt.

»Bei Ocetarus' Herz, Patonia, kann dieses Schiff nicht schneller fahren?«

Ossacer saß im Dunkeln und hoffte, dass seine Verwirrung sich bald legen würde. Es war seit langer Zeit das erste Mal, dass er Muße und Ruhe genug hatte, um gründlich nachzudenken, wie er es gern tat. Seit sie in Kirriev die Segel gesetzt hatten, war er schweigsam gewesen. Kovan und Arducius waren so aufgeregt darüber, bald in Estorr zu sein, dass sie fast vergessen hatten, worum es eigentlich ging. Sie hatten nur Paläste, Aquädukte und prächtige Kolonnaden im Sinn. Ossacer war der Ansicht, sie kämen vielleicht zu spät und würden gar nichts mehr sehen.

So saß er allein herum und fragte sich, warum er sich ebenso von ihnen entfremdet fühlte wie Mirron. Er hörte sie jeden Abend weinen, wenn es still wurde und sie allein in ihrer Kabine war. Wenn das tagsüber gespielte Draufgängertum verflog und die Erinnerungen an Gorian ungehindert zum Vorschein kamen. Dabei war Ossacer immer noch nicht klar, ob sie ihn hasste oder vermisste.

Wenn er mit seinem Geist hinausgriff, um ihre Energien zu erkennen, entdeckte er nur Verwirrung und ein großes Durcheinander. Ganz anders als bei Jhered, der zielstrebig war und hell strahlte wie eine Laterne in der Nacht. Wie auch immer, Mirrons Gefühlsausbrüche raubten ihr die Kraft.

Allmählich klärten sich seine Gedanken. Die Stärke erwuchs aus dem Verstehen und dem Glauben an sich selbst. Nur wenn man die innere Ruhe fand, konnte man dem Allwissenden so dienen, wie er es verlangte.

Ossacer rutschte von der Koje herunter und orientierte sich mithilfe seines Bewusstseins. Die schwachen, ungerichteten Energien in der Luft wiesen ihm den Weg zu einer glatten Fläche, die in noch tieferem Schatten lag. Das war die Kabinentür. Dahinter befand sich über der Achtertreppe die Luke. Dort draußen brodelte es vor Leben und Energie. Die wallenden dichten Wolken besaßen große Kraft. Ardu gefiel es sicher, sie zu beobachten. Er war derjenige, der solche Kräfte zu wahrhaft zerstörerischen Zwecken einsetzen konnte, aber das sollte er nicht tun. Das war das Problem.

Er stieg die Leiter hinauf und spürte die Kälte im Gesicht. Sie belebte und erfrischte ihn. Seine Sinne lasen darin und gaben die Informationen an sein Gehirn weiter, das vor seinem inneren Auge eine Landkarte zeichnete. In den träge wabernden Spuren, die alles – ob Vogel oder Schiff – im Wasser hinterließ, konnte er auch die Strukturen seiner Freunde erkennen. Kovan, Arducius und Jhered standen ein Stück weiter links beisammen. Backbord, wie ihnen Kapitän Patonia immer wieder erklärte.

Arducius kam Ossacer entgegen, sobald er dessen Nähe spürte. Seine Aura war hell und zuversichtlich. Manchmal war Ossacer sehr neidisch auf ihn. Trotz seiner spröden Knochen war er immer so zuversichtlich und selbstbewusst.

»Ossie, warum hast du nichts gesagt? Ich wäre gekommen und hätte dir geholfen.«

»Ich komme ganz gut allein zurecht.« Er war gereizt, weil Arducius unterstellte, er sei völlig hilflos. »Überhaupt, wie hätte ich das tun sollen? Hätte ich dir einen Brief schicken sollen?«

»Ich weiß schon, aber es ist doch anstrengend, wenn du dich immer so auf die Energiebahnen einstellen musst.«

»Wie du selbst immer zu sagen pflegst, Arducius, wirst du eines Tages mal nicht da sein. Außerdem bin ich schon immer allein zurechtgekommen.«

»Schon gut«, sagte er, und in seinem Kopf waren die kühlen Brauntöne zu erkennen, die verrieten, dass er einem Streit auswich. »Ich wollte nur ... du weißt schon.«

»Ja, ich weiß«, erwiderte Ossacer. »Mir tut es auch leid.«

»Ich habe nicht gesagt, dass ...«

Ossacer zog die Augenbrauen hoch. »Ich muss mit dem Schatzkanzler sprechen.«

»Ich bin ganz Ohr, Ossacer«, sagte Jhered und half ihm, an der Reling einen festen Halt zu finden. »Was willst du?«

Ossacer blickte nach unten und betrachtete die dunklen Linien der Ruder im lebhaft gefärbten lebendigen Meer. Er fühlte sich beklommen, sein Herz pochte heftig, und all die Worte, die er sich zurechtgelegt hatte, waren auf einmal vergessen.

»Ich kann nicht.« Er packte die Reling fester. »Es ist nicht richtig. Ich kann einfach nicht, ich kann es nicht mehr tun. Ich will auch nicht.«

Der Schatzkanzler kniete sich vor ihn, und Ossacer erkannte die Sorge in den Linien, die Jhereds Gesicht ausmachten. »Beruhige dich, junger Mann. Lass dir Zeit. Sag mir, was los ist.«

Ossacer nickte. »Wir müssen uns selbst treu bleiben. Wir können nur die Werke verrichten, für die wir hierhergeschickt wurden. Aber ich kann und will nicht tun, was Ihr jetzt von uns erwartet. Der Allmächtige hat mir das Leben geschenkt, um Menschen zu helfen und sie zu heilen. Nicht um sie zu töten.«

Jhered zog sich ein wenig von ihm zurück. »Darüber haben wir doch schon gesprochen. Was auf der Hochebene geschehen ist, war ein Fehler, ein Unfall. Niemand wollte, dass es so weit geht. Was ich jetzt von euch erbitte, wird niemanden umbringen.«

»Aber Mirron hat mit ihrem Feuer getötet. Der Sturm und der Schnee ... das Werk mit dem Meer und dem Himmel, das wir als Nächstes vollbringen sollen, hilft vielen Leuten, andere Menschen zu töten. Das will ich nicht mehr tun. Ich kann nicht.«

Jhered rang mit seinem Zorn. Sein Umriss wurde härter, seine Farben wechselten zu einem dunklen Purpur, das sich bald wieder in ein ruhigeres, bläuliches Braun verwandelte.

»Ossacer, ich hoffe, du sagst nicht das, was ich glaube gehört zu haben. Alle, die du liebst, sind in Gefahr. Ihr drei Aufgestiegenen habt die einzigartige Gelegenheit, die Konkordanz zu retten und gleichzeitig allen Zweiflern und jenen, die euch als Ketzer verurteilen, euren Wert zu beweisen. Welch bessere Rechtfertigung könnte es denn noch für das geben, was ich euch zu tun bitte?«

Ossacer errötete, und die Tränen schossen ihm in die Augen. »Die Menschen werden uns immer hassen, wenn wir ihnen vor Augen führen, wie leicht wir töten oder Stürme und andere Naturgewalten hervorrufen können. Wie könnten sie uns da noch vertrauen? Ich kann nicht mit dem Wissen leben, dass so viele Leute uns fürchten und hassen.«

»Kannst du denn mit dem Wissen leben, dass die Autorität, deine Eltern und alle anderen in Westfallen getötet wurden?«

»Das ist ungerecht«, warf Kovan ein. Seine Unterstützung kam unerwartet, war jedoch sehr willkommen. »Dafür könnt Ihr ihn nicht verantwortlich machen. Die Invasion der Tsardonier war nur möglich, weil wir unsere Heere zu weit verteilt und in Scintarit eine Niederlage erlitten haben. Wenn Ihr schon jemandem die Schuld geben müsst, dann beschuldigt die Advokatin.«

Jhered knurrte. »Gott umfange uns, aber du bist wirklich der

Sohn deines Vaters. Wir reden hier nicht über Schuld. Die Invasion ist geschehen. Jetzt müssen wir jede Waffe einsetzen, die uns zur Verfügung steht. Es tut mir leid, Ossacer, aber das schließt auch dich ein.«

Ossacer schüttelte den Kopf. »Ich will es nicht tun«, sagte er leise und unterdrückte seine Angst. »Vater Kessian hat uns immer gesagt, wir sollten unsere Fähigkeiten für den Frieden einsetzen. Das haben wir eine Zeit lang vergessen. Jetzt habe ich mich erinnert. Ich bin erwacht. Niemand in Westfallen würde mich verfluchen, weil ich getan habe, was der Vater immer wollte.«

Jhered stand abrupt auf und wandte sich ab. Ossacer beobachtete seine lebhaften Energien und das Pulsieren in seiner Brust, als er die Reling packte.

»Wir haben jetzt schon große Schwierigkeiten«, zischte er, ohne sich direkt an Ossacer zu wenden. »Wir müssen zusammenarbeiten. Arducius, du musst es ihm erklären. Er muss es verstehen.«

»Er wird tun, was er tun muss«, sagte Arducius, und Ossacers Herz wurde warm. »Ich werde jedenfalls seine Entscheidung respektieren. Wenn es wirklich sein muss, werde ich allein arbeiten, und das muss dann reichen.«

»Sehr prinzipientreu«, fauchte Jhered. »Sehr stark und sehr beeindruckend. Ich bin sicher, Vater Kessian ist dort, wo er verrottet, stolz auf euch. Aber wenn ihr ihm nicht Gesellschaft leisten wollt, würde ich euch empfehlen, eure Meinung zu ändern. Ihr habt ungefähr drei Tage, um zur Vernunft zu kommen.«

33

848. Zyklus Gottes, 17. Tag des Dusasauf
15. Jahr des wahren Aufstiegs

Gesteris rannte auf dem Wehrgang entlang. Die von den tsardonischen Onagern geschleuderten Steine donnerten gegen die bereits angeschlagene Schutzmauer. Am Vortag hatten die Feinde keinen großen Schaden angerichtet, sondern ihre Katapulte und Bogenschützen eher drohend zur Schau gestellt. Doch als der kalte und graue Tag mit heftigen Schneefällen begonnen hatte, waren die Gesänge endgültig verstummt, und das Gefecht hatte ernstlich begonnen.

»Haltet eure Positionen. Wagt nicht, auch nur einen Schritt zurückzuweichen. Ihr habt keine Fluchtmöglichkeit mehr.«

Gesteris beobachtete die Flugbahn der Steine. Die Tsardonier konzentrierten den Beschuss auf einen vierhundert Schritte langen Abschnitt des Walls, in dem auch das Tor lag. Immer wieder prallten Steine mit einem Gewicht von einem oder zwei Talenten gegen die Verschanzung, die seine Legionen errichtet hatten, und gleichzeitig flogen über ihren Köpfen brennende Geschosse vorbei.

Sie waren nicht gut gezielt, und auch die Reichweite war eher geschätzt als berechnet, aber trotzdem richteten sie hinter ihm am Boden beträchtlichen Schaden an.

»Ich will eure Gesichter auf dem Wall sehen. Sie sollen wissen, dass jeder, der sich auch nur einen Schritt vorwagt, einen Pfeil ins Auge bekommt. Steht aufrecht, steht an meiner Seite.«

Trotz der donnernden Einschläge drängten sich auf den Plattformen die Mannschaften an den Winden und zogen die Wurfarme der Onager zurück. Nach wie vor schoss er nur mit den Katapulten, die im Blickfeld der Feinde lagen. Die anderen, die hinter ihm auf dem Boden standen, waren außer Reichweite, und er wollte Reserven haben, um den großen Angriff, der sicherlich kommen würde, zurückzuschlagen.

Die Tsardonier hatten sich hinter ihren Katapulten versammelt und warteten auf den ersten Durchbruch. Eine Stunde lang hatten die Befestigungen allem standgehalten, was die Feinde auf sie geschleudert hatten. Jetzt aber schlugen die Geschosse dicht und zahlreich ein und hinterließen Spuren. Im Süden hatte die Linie der Verteidiger keine großen Schwierigkeiten, doch der Norden stand unter schwerem Beschuss, der sogar noch stärker wurde. Die Feinde hatten noch weitere Geschütze nach vorn gebracht, um die vermeintlichen Schwachpunkte anzugreifen, und Gesteris hatte seine Reserve einsatzbereit aufgestellt und auf das Unvermeidliche vorbereitet.

Von links und rechts feuerten seine verbliebenen Katapulte und die schweren Ballisten. Ein Drittel hatte er bereits verloren, aber zwanzig waren noch im Einsatz. Doch die Steine schlugen vor den Feinden ein oder zogen lediglich Furchen zwischen den stehenden feindlichen Katapulten. Bolzen prallten vom Boden ab. Nur ein Stein fand sein Ziel. Er traf einen Onager, zertrümmerte ihn und ließ die Mannschaft davonspringen. Seine Männer jubelten.

»Stellt den Winkel neu ein«, brüllte er. »Kurbelt schneller. Bis jetzt gebt ihr ihnen nur Munition, die sie gegen uns einsetzen können. Los jetzt, Konkordanz, los!«

Wieder blickte er zu den Feinden. Jenseits des aufgewühlten Schlamms und der verbrannten Erde, die seine Bürger freigeräumt hatten, kam Bewegung in die Tsardonier. Sie schoben jedes zweite Katapult weiter vor. Gesteris schnippte mit den Fingern, worauf ihm ein Adjutant das Spähglas reichte. Er setzte es ans Auge. Hinter den Katapulten überprüften die Kavalleristen ihre Waffen. Vor ihren Füßen lagen Leitern, Enterhaken und Seile bereit. Unterdessen wurden die stehenden Katapulte neu eingestellt, um in einem steileren Winkel zu schießen, während die anderen, die vorgerückt waren, gerade wieder auf die Ziele ausgerichtet wurden.

»Anscheinend haben sie es eilig«, sagte er. »Schicke eine Botschaft an der Linie entlang. Sie werden sich die Schwachstellen vornehmen, andere werden auf die Wehrgänge schießen. Die Infanterie wird nachrücken, sobald es bei uns einen Durchbruch gibt. Alle Bogenschützen sollen sich bereithalten. Signalisiert auch den Reservegeschützen, dass sie kampfbereit sein sollen.«

»Ja, General.«

Dann sah er sich zu denen um, die in der Nähe standen. »Sie werden vor allem das Tor heftig angreifen. Dort werde ich stehen. Weicht nicht zurück! Lasst nicht zu, dass die Kameraden links und rechts neben euch verzagen. Haltet durch. Wir sind die Konkordanz.«

Gesteris erreichte gerade das Flachdach der Festung, als die Feinde die ersten Geschosse abfeuerten. Als sie durch die Luft pfiffen, wurde es in seinen eigenen Reihen still. Dutzende Felsblöcke sausten durch die Luft. Das Dach der Festung hatte keine Türmchen, sondern eine hohe Brüstung für die Bogenschützen. Acht Onager waren geladen, um auf die anrückende feindliche Artillerie zu schießen. Längs der beeindruckend geraden Linie seiner Verteidigungsanlagen konnte Gesteris weit nach Süden blicken, bis der Wall hinter einem Hügel verschwand.

Wie alle Angehörigen der neratharnischen Legionen betete er darum, verschont zu bleiben. Auf einer niedrigen Flugbahn landeten die ersten Steine vor dem Tor, das die Hauptstraße absperrte. Die vielfachen Einschläge ließen den Stein unter seinen Füßen beben. Die verstärkten Balken klapperten in den Scharnieren und Ketten, mit lautem Krachen brach Holz.

Wenige Augenblicke später kamen die mit einer höheren Flugbahn geschleuderten Steine herunter. Dutzende pfiffen direkt über die Mauern hinweg. Ein Stein von mehr als einem Talent Gewicht traf die Brustwehr an der Stelle, wo er kurz zuvor noch gestanden hatte. Die primitiven Verankerungen brachen, und das Holz ging entzwei. Das Geschoss traf Kämpfer und ein Katapult, riss zerquetschte Körper und Maschinenteile mit sich und stürzte hinter der Mauer hinab. Männer und Frauen kreischten. In der Brustwehr klaffte ein mannsgroßes Loch.

Weitere Steine waren mitten zwischen die unten wartenden Katapulte gefallen. Zwei Wurfmaschinen waren zerstört. Die Helfer mit ihren Bahren und die Ärzte riefen Befehle und versuchten, die Bürger zu retten, deren Gliedmaßen abgerissen waren und die schwer verletzt im gefrorenen Dreck lagen. Einige Herzschläge später prasselte ein Schauer kleinerer Steine gegen den Wall. Rasiermesserscharfe Splitter flogen umher.

Gesteris rief eine Warnung und ging in Deckung. Einige Geschosse sausten über seinem Kopf vorbei, bis sie mit dumpfem Knallen hinter ihm gegen Stein und Holz prallten. Direkt vor ihm stand ein Mann, der seine Brust anstarrte. Seine Hände waren mit Blut verschmiert, und in seiner Brust steckte ein messerscharfer Splitter. Tonlos formten seine Lippen ein paar Worte, dann stürzte er.

»Sanitäter aufs Dach!«

Überall ertönten jetzt die Alarmglocken. Er wandte sich an die Männer, die noch standen. »Erwidert das Feuer! Verteilt euch und schirmt den Durchgang ab. Ich brauche die Ingenieure am Tor.«

Wieder schleuderten die Onager und Ballisten der Konkordanz ihre Geschosse auf die Feinde. Zufrieden hörte er, wie dort die

Holzkonstruktionen zerbrachen. Seine Mannschaften arbeiteten fieberhaft an den Winden. Die Wurfarme und Bogen spannten sich, doch die Tsardonier schossen zuerst. Gesteris beobachtete die Geschosse, bis sie über dem Tor gegen die nackte starke Mauer prallten. Andere trafen donnernd das Holz. Die Torflügel gaben nach, und mit lautem Krachen brach ein Stein sogar ganz durch. Auch im Süden landeten Geschosse auf den Wällen. Der Lärm schmerzte in den Ohren, und die Erschütterungen liefen durch seinen ganzen Körper.

»Haltet durch!« Die Flaggen gaben seinen Befehl weiter. »Haltet durch!«

Er rannte ganz nach vorn. Links und rechts flogen die Geschosse der feindlichen Onager vorbei, doch er achtete nicht darauf, sondern beugte sich vor, so weit er es wagte. Auf der Straße und zu beiden Seiten lagen Trümmer. Die Torflügel hingen schief in den mächtigen Scharnieren, einige Balken waren geborsten und zersplittert. Beschläge aus Eisen hingen verbogen und verdreht herab. Der Hauptmann am Tor schrie, man möge ihm Holz bringen.

Jetzt kam die dritte konzentrierte Salve der tsardonischen Geschütze angeflogen. Gesteris wich von der Dachkante zurück. Hinter ihm spannten die Mannschaften die Wurfarme. Wie eine Wolke näherten sich die tödlichen Geschosse. Er konnte sich kaum von dem Anblick losreißen.

»Aufpassen!«

Alle trafen das Tor. Die Erschütterungen warfen Gesteris von den Beinen und veränderten die Ausrichtung der Onager. Hinter dem Tor polterten die Steine über die Straße, mit einem Klirren fielen Eisenverstärkungen auf das Pflaster. Die Tsardonier brüllten begeistert.

Er richtete sich wieder auf. Im gleichen Augenblick gingen dreihundert Schritte entfernt die nächsten Geschosse auf die Verteidiger nieder und schleuderten Legionäre durch die Luft. Ein Teil des

Walls bekam eine Delle und stürzte in einer großen Staubwolke ein. Vor dem Tor legte sich gerade eine ähnliche Staubwolke, hinter der die Tsardonier angerannt kamen.

Sie strömten um ihre Katapulte herum, die schon wieder neu geladen wurden, und stießen auf der ganzen Breite ihrer Linie in das freie Gelände vor. Das Trampeln ihrer Füße schwoll an und erschütterte den Boden.

»Die Reserve soll sich bereit machen. Bogenschützen auf die Wälle. Strengt euch an, Soldaten der Konkordanz. Disziplin, Ordnung, Sieg.«

Gesteris zog sich auf den offenen Wehrgang rechts neben der Festung zurück. Hinter ihm luden die Mannschaften brennende Steine in die Wurfschalen der Katapulte. Die Bogenschützen drängten sich auf dem Wall, und seine vorgeschobenen Einheiten erwiderten das feindliche Feuer. Er drehte sich um, beobachtete die Tsardonier und betete um die Kraft, den Tag zu überstehen.

Dreitausend Mann folgten Harin und ritten mit ihm am Ufer des Iyresees entlang. Die erwartete Bombardierung hatte begonnen, und seine Späher beobachteten von einer Anhöhe das Schlachtfeld. Gesteris würde ihm sicherlich Boten schicken, aber er konnte es sich nicht erlauben, auf sie zu warten. Wenn der Feind den Verteidigern einen entscheidenden Schlag versetzte, musste er bereit sein.

Sie hatten bereits zwei Abteilungen der tsardonischen Steppenkavallerie aufgespürt und ausgeschaltet, aber die Überlebenden würden den Feinden seine Position verraten. Von Osten her näherten sich weitere Reiter. Jetzt kam es darauf an, dass Harin den richtigen Augenblick wählte. Er musste schnell in die tsardonische Infanterie hineinstoßen und wieder verschwinden, ehe die Feinde reagieren konnten.

Seine Leviumkrieger hörten den anschwellenden Schrei der Tsardonier, der dem Großangriff vorausging. Drei seiner Krieger kehrten im Galopp von der Anhöhe zurück und hatten die Speere gehoben, um ihre flatterten Wimpel zu zeigen. Er ließ die Truppe anhalten und zog sein Pferd herum.

»Leviumkrieger, wir reiten für die Konkordanz und für den Schatzkanzler. Wir reiten, um den tsardonischen Vorstoß zu brechen. Kämpft hart und zögert nicht. Kämpft für den Rock, den ihr tragt, und für die Bürger an eurer Seite. Levium! In die Schlacht!«

Sie rückten vor, wie sie es geübt hatten, sprachen kein Wort und stießen keine Schreie aus, um ihren Kampfgeist zu wecken, denn sie wollten den Feind nicht zu früh warnen. Im Trab ritten sie bis zur Anhöhe und dann hinab in die Staubwolke, die über dem Schlachtfeld lag. Sie waren in Abteilungen von jeweils fünfhundert Reitern gruppiert und kannten ihre Befehle, die Signale und die Sammelpunkte.

Mit jedem Schritt nahm der Lärm zu. Rechts griffen die Tsardonier an. Harin führte die Leviumkrieger die letzten Schritte den Hang hinauf und auf der anderen Seite hinunter; er musste sich sehr zusammenreißen, um bei dem Anblick, der sich ihm bot, nicht zu verzagen. Es war das erste große Schlachtfeld, das er mit eigenen Augen sah, und ganz sicher das erste Mal, dass irgendeiner seiner Leute beobachten musste, wie eine derart große Zahl von Feinden gegen die Konkordanz anstürmte.

Sie waren noch eine Viertelmeile von der feindlichen Infanterie entfernt. Einige Reiter begleiteten die Fußsoldaten, stellten aber keine Gefahr dar. Weiter entfernt im Osten kam jedoch die Steppenkavallerie heran. Harin ritt schneller und hielt auf das Tor der Festung zu. Stein auf Stein landete in den bebenden Verteidigungsanlagen. Die Torflügel hingen schief in den Scharnieren, hielten aber noch. Weit im Süden, am Rande seines Sichtfeldes, konnte er weitere tsardonische Verbände ausmachen, die sich der Grenze näherten. Es mussten Zehntausende Soldaten sein, die nur ein einziges Ziel kannten.

Die Geschütze der Konkordanz feuerten. Hinter den Wällen stiegen brennende Steine auf, krachten auf die hilflose Infanterie herab und zogen versengte Furchen in die Erde. Die Feinde zögerten, als sie die neue Bedrohung an ihrer Flanke bemerkten. Schon wurden die ersten Katapulte neu ausgerichtet. Schwertträger und Pikeniere wurden im Rücken der vorstoßenden Feinde abgezogen, um Harin und seine Kämpfer aufzuhalten. Er hob den Speer über den Kopf. Weniger als hundert Schritte offenes Gelände lagen vor ihm.

»Levium! Angriff!«

Er nahm den Speer wieder herunter und ließ sein Pferd die Hacken spüren. Das Tier sprengte los. Die Zügel hielt er locker, damit das Tier so schnell rannte, wie es konnte. In rasendem Tempo näherten sie sich den Feinden. Er hob den Speer und warf und sah noch, wie die Spitze die Brust eines Tsardoniers durchbohrte. Dann zog er das Schwert aus der Scheide, lenkte sein Pferd ein wenig nach links und führte seine Leviumkrieger in die Schlacht.

Jetzt bekam der Zorn der Krieger auch eine Stimme. Die Soldaten des Schatzkanzlers trafen auf die tsardonischen Kämpfer, die sich erst halb umgewandt hatten und unvorbereitet waren. Von einem Dutzend oder mehr Reitern umringt, stieß Harin tief in die feindlichen Reihen hinein und hackte und stach mit seiner Klinge. Er traf nackte Haut, stieß auf Helme und Brustharnische oder auf klirrenden Stahl.

Die Tsardonier stoben vor ihnen auseinander, formierten aber rasch ihre Verteidigung. In einem hundert Schritte breiten Bereich senkten sie die Piken und Speere, um die Onager zu schützen, die sein eigentliches Ziel waren.

Neben Harin bekam ein Reiter einen Pfeil durch die Kehle und stürzte vom Pferd. Harin blockte einen Schwertstoß ab und trat zu. Der Mann stürzte, Harins Pferd stieg hoch und zermalmte mit den Hufen den Kopf eines Tsardoniers.

Jetzt feuerten die ersten Katapulte. Steine und Bolzen flogen über seinen Kopf hinweg. Männer und Pferde wurden auf dem Boden zerquetscht. Andere Pferde stiegen hoch und warfen ihre Reiter ab, die unter den Hufen der eigenen Truppe zertrampelt wurden. Einige wurden auch langsamer und wollten sich der Gefahr nicht weiter nähern.

Sie hatten die ersten Reihen durchstoßen. Die Leviumkrieger hatten viele Opfer zu beklagen, doch sie galoppierten weiter. Harin hielt entschlossen auf die Speere zu. Eine Pfeilsalve der Leviumkrieger fegte auf die Feinde zu und schaltete drei Gegner direkt vor ihm aus. Doch die Speere schwankten nicht. Er kam näher. Dreißig Schritte, zwanzig. Sie würden nicht weichen. Wie ein Pikenwall der Konkordanz war die erste Reihe niedergekniet, damit auch die zweite die Metallspitzen nach vorn ausrichten konnte. Zehn Schritte vor den Feinden lenkte er das Pferd nach links, bevor es langsamer wurde oder gar von den feindlichen Waffen aufgespießt wurde. Er ritt an der feindlichen Linie entlang und suchte ihr Ende, um daran vorbei zu den Katapulten vorstoßen zu können.

Am Horizont sammelten sich Reiter. Steppenkavallerie. Einige Abteilungen der Leviumkrieger hatten sie bereits bemerkt und lösten sich aus dem Kampf, um sich neu zu formieren. Unten am Tor waren zwei Trupps in heftige Kämpfe verwickelt. Ihnen blieb nicht mehr viel Zeit. Fluchend schlug Harin mit dem Schwert eine Speerspitze weg. Er würde die feindlichen Linien nicht durchbrechen können. Nicht dieses Mal.

»Neu formieren!« Er ließ das Schwert über dem Kopf kreisen. »Zum Sammelpunkt. Leviumkrieger, reitet!«

Damit nahm er sein Pferd herum und entfernte sich von den johlenden Feinden. Seine Bogenschützen feuerten eine Salve nach der anderen ab, um den Rückzug zu decken. Er musste vielen toten Freunden und Feinden ausweichen. Viel zu viele lagen am Boden. Viel zu viele Pferde trabten reiterlos umher oder wälzten sich brüllend auf dem gefrorenen Schlamm. Er betete zum Allwissenden, dass er keinen Pfeil in den Rücken bekommen möge, und galoppierte zur Anhöhe zurück, wo er vorübergehend in Sicherheit wäre.

Gesteris entging nicht, dass die Leviumkrieger den Angriff auf die Onager abbrachen, ohne auch nur ein einziges Geschütz zerstört zu haben. Widerwillig musste er den feindlichen Speerträgern Respekt zollen. Durch ihre Linie würden kein Pferd durchbrechen, und die Leviumkrieger wären dumm gewesen, wenn sie nicht ausgewichen wären. Wie um ihn zu verspotten, donnerten schon wieder die Geschosse der feindlichen Katapulte gegen seine Wälle. Wie Kornähren wurden die Männer heruntergerissen und auf dem Boden zerquetscht. Abermals krachten Balken, und wieder gab ein Stück seines Schutzwalls nach und stürzte ein. Jetzt waren es schon drei Durchbrüche.

Seine eigenen Katapulte antworteten sofort. Siebzig brennende Steine flogen in hohem Bogen über seinen Kopf hinweg und landeten zwischen den vorrückenden Tsardoniern. Es war ein entsetzliches Blutblad. Die Flammen loderten wild, die Steine prallten ab und rollten weiter, um immer mehr Soldaten zu zermalmen. Doch all das konnte den Ansturm der Feinde nicht aufhalten. Sie waren jetzt nur noch fünfzig Schritte vom Wall entfernt.

Gesteris' Bogenschützen deckten sie mit Pfeilen ein. So dicht gedrängt kamen die Feinde, dass kaum ein Schuss sein Ziel verfehlte, auch wenn die Tsardonier sich stellenweise bemühten, einen passablen Schildwall aufzubauen. Sie kamen in so großer Zahl, dass sie die Verteidiger einfach überrennen würden. Der General sah die Furcht in den Augen seiner Bürger und erkannte, dass er ihnen in vorderster Front ein Beispiel geben musste.

Zwei große Abteilungen von Harins Leviumkriegern griffen die rechte Flanke und die Nachhut der Tsardonier an, die sich dem Tor näherten. Gesteris hob seinen Schild, zog den Gladius und rannte die Stufen hinunter.

»Schießt weiter«, befahl er seinem Zenturio, der auf dem Wall geblieben war. »Setzt weiter die Onager ein. Ich sichere den Durchbruch im Süden.«

Die Ingenieure nutzten die Verschnaufpause, die ihnen die Leviumkrieger verschafft hatten, um die Torflügel zu verstärken. Unten türmten sie Steine auf, und darüber nagelten sie zahlreiche neue Planken fest – egal wie, solange nur der Vorstoß der Feinde behindert wurde.

»Seid ihr stark genug?«, fragte er seinen leitenden Ingenieur.

Der Mann deutete auf die Manipel der Hastati, die hinter dem Tor bereitstanden, und auf die Bogenschützen, die an den Flanken warteten.

»Wir haben Unterstützung, General. Wir werden durchhalten.«

»Gut. Uns bleiben noch drei Stunden Tageslicht. Nicht einmal die Tsardonier werden nach Einbruch der Dunkelheit weiterkämpfen.«

Gesteris rief seinen Standartenträger und seine Extraordinarii zu sich und rannte unter dem Wehrgang ein Stück nach Süden. Unentwegt flogen die Geschosse der Feinde über ihm vorbei oder prallten gegen den Wall. Hinter ihm hatten zwei Talente schwere Ladungen blutige Furchen durch den Schlamm und den Schnee gezogen, die von ausgelöschtem Leben zeugten. Trotz des Trommelfeuers standen die Legionen aufrecht und entschlossen. Einige Manipel der Principes versuchten bereits, die Durchbrüche in den Mauern zu decken. Reiter meldeten den unberittenen Kommandeuren alle Bewegungen der Feinde.

Tausende Legionäre warteten auf ihren Einsatzbefehl. Sie konnten nicht erkennen, was sich vor dem Wall abspielte, nahmen nur den ohrenbetäubenden Lärm und die zermalmten Kämpfer in der Nähe wahr. Bald sollten sie das Schlachtfeld mit eigenen Augen sehen.

Zwischen den Bürgern bewegten sich Ordenssprecher und Leser, die den Kämpfern mit Gebeten zur Seite standen und Trost und Kraft spendeten. Nie waren sie wichtiger gewesen als jetzt.

Gesteris begutachtete den Durchbruch, einen sechs Schritte breiten Bereich mit ebenem Boden und gezackten Rändern. Das Gelände war geräumt, damit Pikeniere eine Sperre einrichten konnten. Dutzende Bogenschützen standen bereit, unterstützt von Fußsoldaten der Hastati und den gerade eintreffenden Principes.

»Wartet!«, rief der befehlshabende Zenturio. »Wartet noch.«

Durch die Lücke konnte Gesteris die Tsardonier beobachten. Sie waren keine zehn Schritte entfernt und näherten sich dem Durchbruch wie eine Woge aus Hass und Rachsucht, um den Willen der Konkordanz zu brechen.

»Jetzt.«

Die Bogenschützen schossen, so schnell sie konnten. Tsardonier drängten sich durch die Lücke, um die Pikeniere anzugreifen. Sie wurden gepfählt, erstochen und zurückgetrieben. Weitere Pfeile flogen. Auch aufseiten der Konkordanz fielen Kämpfer. Andere rückten sofort nach und schlossen die Reihen. Die Principes stießen ermutigende Rufe aus. Abermals griffen die Tsardonier an. Dieses Mal waren es mehr, und sie drängten auch von links und rechts heran. Direkt hinter Gesteris schlug ein Volltreffer ein Loch in den Wall, der daraufhin auf eine Breite von zehn Schritten zusammenbrach. Er fuhr sofort herum und erkannte, dass die Tsardonier auch durch die neue Lücke vorstoßen wollten.

»Konkordanz!«, brüllte er. »Für Estorea und für mich!«

Er rannte den Feinden entgegen, die Manipel der Reserveeinheiten folgten ihm. Abermals verdunkelten Pfeile vorübergehend den Himmel. Einige Tsardonier drangen bereits durch. Er war als Erster bei ihnen, stieß einen mit dem Schild zur Seite und trieb einem zweiten sein Schwert in den Bauch.

Die Krieger der Konkordanz umgaben ihn. Zwei Zenturionen richteten mit lauten Schreien eine Linie von Speeren und Piken ein, die gleich darauf vorstieß. An den Flanken konnten die Tsardonier jedoch Boden gewinnen. Gesteris ging sie auf der rechten Seite an. Ein Pfeil blieb in seinem Schild stecken, mit dem Schwert blockte er einen Schwertstoß ab, dann stürmte er weiter.

Unermüdlich hackte er um sich und stach nach vorn wie in seinen alten Tagen bei den Hastati. Die Furcht verließ ihn. Seine Bürger kämpften mit ihm unter seiner Standarte. Als seine Klinge die Rippen eines Feindes zertrümmerte, grunzte er zufrieden und vernahm in seinem Kopf das Lied der Konkordanz.

Er sang es laut, und die Legionen stimmten ein.

»Nördlich des Torhauses sind die Kämpfe heftiger. Offenbar sind sie dort durchgebrochen.«

Er nahm das Spähglas vom Auge. Inmitten des Chaos war schwer zu erkennen, was dort unten vorging, aber wenigstens in ihrer Nähe schienen die Verteidiger dem Druck mühelos standzuhalten.

»Dann müssen wir dorthin«, erwiderte sie achselzuckend. »Das ist ohnehin unsere beste Möglichkeit, auf die andere Seite zu gelangen. Die Tore haben sie jedenfalls mit Steinen und Balken gesichert.«

Sie hatten die Gawberge erreicht, die sich südlich des Schlachtfeldes erhoben, und rückten hinter den angreifenden Feinden rasch nach. Es war unklar, ob die Gegner sie bereits entdeckt hatten oder gar verfolgten, aber im Augenblick ließ die feindliche Armee sie in Ruhe.

Die Tsardonier hatten mehr als die Hälfte ihrer Kämpfer nach vorn geworfen und den Rest bei den Katapulten gelassen. Durch sein Spähglas konnte er Leviumkrieger erkennen, die angriffen und zurückgeschlagen wurden.

Zwischen den tsardonischen Reihen klaffte eine Lücke von einigen hundert Schritten. Die Onager wirkten ausgesprochen verletzlich.

»Können wir auch ein paar Katapulte ausschalten?«, fragte er.

»Das können wir«, erwiderte sie. »Und wir können auch deine Flanken sichern. Eine Weile jedenfalls.«

»Lasst euch nicht dabei umbringen«, sagte er. »Wir sind so nahe.«

»Wir wollen es hinter uns bringen.«

Sie kehrten zu ihren Leuten zurück, um die Befehle zu erteilen. Es war gefährlich, und da draußen lauerte der Tod. Aber wie es auch ausgehen sollte, eines war sicher: Die Zeit der Rächer war gekommen.

34

848. Zyklus Gottes, 17. Tag des Dusasauf
15. Jahr des wahren Aufstiegs

»Vorstoßen, nicht nachlassen.«

Der Zenturio dirigierte die disziplinierten Pikeniere, die nach und nach die Tsardonier zurückdrängten. Gesteris stürzte sich auf einzelne Feinde, die immer noch durch die Lücke kamen. Am Schwertarm hatte er eine stark blutende Schnittwunde davongetragen, spürte jedoch keine Schmerzen. Er stach mit der Klinge zu und traf eine Rüstung. Vor sich hielt er den Schild, um seinen Körper zu verteidigen. Inzwischen steckten drei Pfeile darin, und es gefiel ihm, die Enden den Feinden ins Gesicht zu stoßen. Jetzt rammte er die Schäfte einem Tsardonier in den Bauch. Der Mann taumelte. Mit einem Schwertstreich gegen die Schulter streckte Gesteris ihn nieder. Kein neuer Gegner nahm seine Stelle ein.

Hinter den Pikenieren sammelten sich die Bogenschützen in großer Zahl und schossen unermüdlich auf die Tsardonier. Die Gegenbewegung wurde schneller, die Pikeniere schlossen die Lücke.

»Schildwall!«, befahl ein Zenturio.

Die Soldaten nahmen die Schilde hoch. Auch die Tsardonier schossen zahlreiche Pfeile ab, die jedoch kein Ziel mehr fanden. Nun gesellten sich Sarissen zu den Piken in der vordersten Linie. Eine kleine Phalanx entstand. Gesteris nickte erfreut. Das Gleiche geschah hinter ihm am ersten Durchbruch. Die tsardonischen Katapulte schwiegen einstweilen, da sie ihre eigenen Kämpfer ebenso gefährdet hätten wie die Feinde. Die Bogenschützen auf dem Wehrgang schalteten zahlreiche Angreifer aus, die sich um den Durchbruch drängten. Nun waren die Gegner an der Reihe. Gesteris rechnete mit einem Rückzug.

»General!« Er wandte sich um. Vom Wehrgang kam ein Bote die Holztreppe heruntergerannt. »Hier herauf, das müsst Ihr sehen.«

Gesteris nickte und folgte ihm zwischen den beiden zerstörten Abschnitten auf den Wehrgang. Auch ein Arzt kam mit, um ihm einen Verband anzulegen. Als Gesteris halb hinauf war, ertönten auf dem ganzen Schlachtfeld tsardonische Hörner. Er runzelte die Stirn. Das war kein Signal zum Rückzug. Die letzten gleichmäßigen Töne waren eine Warnung vor einem Angriff. Er blickte zum Schlachtfeld hinaus.

»Wer, unter dem Himmel des Allwissenden, ist das nun wieder?«

Sie hatten bereits die Hälfte der Strecke zurückgelegt, ehe die Tsardonier und die Rebellenarmee sie überhaupt angriffen. Nunan führte sie ohne Eile aufs Schlachtfeld. Ihre bunt zusammengewürfelte Truppe erweckte, nicht zuletzt wegen der fehlenden Marschordnung, den Eindruck, sie wäre eine der vielen rebellischen Einheiten, die auf der Seite von Tsard kämpften. Einem Beobachter mochte es erscheinen, als wollten sie die Angriffe auf die Tore der Festung und die beiden Durchbrüche im Süden unterstützen.

Aber ihr Glück konnte nicht ewig dauern, und ein einziger Ruf von einem tsardonischen Prosentor hatte sie ihrer Deckung beraubt. Als er tot zu Boden sank, ertönten sofort Alarmsignale, und Nunan befahl, die restliche Strecke im Laufschritt zurückzulegen. Die Disziplin war nicht die gleiche wie sonst bei den Legionen, aber er konnte wenigstens dafür sorgen, dass seine Einheit nicht zersplittert wurde.

Kell und ihre zweihundert Kavalleristen griffen die Reserve und die Artillerie an. Ihre Bogenschützen erledigten hilflose Bedienmannschaften, und ihre Schwertkämpfer zerhackten die Seile und zerstörten Winden und Scharniere. Auch wenn sie die Geschütze nicht völlig vernichteten, würden die Reparaturen langwierig und mühevoll werden.

Nunan rannte an der Spitze der Rächer zum nächsten Durchbruch. Die Tsardonier stießen hart nach und versuchten, sich direkt am Wall festzusetzen, trafen jedoch auf entschlossenen Widerstand und achteten nicht auf diejenigen, die ihnen gleich in den Rücken fallen würden.

Das galt allerdings nicht für die übrigen Tsardonier. Sie lösten sich aus dem Angriff, und nun griffen auch die stehenden Reservetruppen ein, um, im Jagdfieber jegliche Disziplin vergessend, der gerade aufgetauchten konkordantischen Truppe den Weg abzuschneiden. Da sich von beiden Seiten Feinde näherten, zog Kell sich von den feindlichen Katapulten zurück und beschrieb einen weiten Bogen, um die Flanken der Fußtruppe zu decken.

Sie raste an der Marschkolonne entlang, die sich zu Manipeln angeordnet hatte, und teilte ihre Reiter in zwei Abteilungen auf, um beide Flanken zu sichern. Als sie noch zweihundert Schritte von den Feinden entfernt waren, die vor dem Durchbruch kämpften, kamen die ersten Pfeile geflogen. Auch Nunan hörte die Jubelrufe der Verteidiger hinter dem Wall.

»Rächer, zu mir. Wir wollen ihnen noch etwas zum Schreien geben!«

Hinter ihm ritt die Kavallerie vorbei. Waffen klirrten, Pferde wieherten, die Erde bebte unter den Hufschlägen, und in einiger Entfernung schwollen die Kampfschreie der anrückenden Tsardonier an. Beinahe hätten sie es geschafft, aber die Zeit reichte nicht ganz. Er hoffte, ihre hastig eingeübten Verteidigungsmanöver würden sich bewähren.

Nunan ließ sich in die erste Reihe der Hastati zurückfallen. Er hielt den Schild vor sich und bewegte sich mit den anderen Kämpfern, so schnell er konnte. Aus dem Durchbruch kamen ihnen die ersten Tsardonier entgegen, die immer noch mit Pfeilsalven der Konkordanz eingedeckt wurden. Weitere Feinde erschienen zu seiner Rechten.

»Feindberührung!«, rief er.

Dann schwang er seine Klinge, um dem ersten Tsardonier zu begegnen. Sein Hieb verbeulte den Helm des Gegners, der bewusstlos zu Boden sank. Mit dem Schild stieß er nach links und traf einen weiteren Feind, der zurückweichen musste. Neben ihm marschierten die Hastati der vordersten Reihe, weiter hinten richteten sich andere Kämpfer auf die Verteidigung ein. Er wagte es nicht, sich umzuschauen, er musste sich auf die Feinde vor ihm konzentrieren. Wichtig war vor allem, dass er und seine Hastati ständig in Bewegung blieben. Sie hatten einen Keil in die tsardonische Truppe getrieben, die inzwischen den Angriff fast eingestellt hatte und von den Pfeilen der Konkordanz rasch dezimiert wurde.

Hinter ihm hatten die Speerträger ihre Waffen in zwei Reihen nach außen gerichtet und bewegten sich seitlich gehend mit denen, die sie schützten. Mit Schilden deckten sie ihre Köpfe und Körper. Im Innern der Manipel hielten sich die Schwertkämpfer als Reserve bereit, während die Bogenschützen zwischen den Lücken hindurchschossen und die Tsardonier auf Abstand hielten. Kell ging unterdessen das größte Risiko ein, denn sie ließ sich zurückfallen und deckte ihren Rücken.

Nunan nahm den Wunsch, ihr möge nichts zustoßen, als Ansporn, um seinem müden Leib neue Kräfte zu entlocken. Er achtete nicht auf die Schmerzen in den Beinen und sein schweres Schnaufen nach dem Spurt. Wieder machte er einen Schritt und wäre beinahe auf tsardonischem Blut ausgerutscht. Er ging in die Hocke, um nicht zu stürzen. Eine Klinge kratzte über seinen Schild, sofort stieß er ihn wieder nach oben und traf das Kinn des Gegners. Der

Kopf des Tsardoniers flog zurück, Nunan stach ihm den Gladius in die ungeschützte Kehle.

»Weiter. Wir sind die Rächer!«

Rings um ihn starben Männer. Die Tsardonier sammelten sich in großer Zahl und setzten ihre Flanken unter Druck. Inzwischen war er nur noch wenige Schritte vom Durchbruch entfernt. Hinter dem Wall löste die Infanterie der Konkordanz die Phalanx auf und ging mit Gladius und Dolch auf die verbliebenen Tsardonier los.

Nunan spürte heißes Blut auf dem Arm und blickte nach links. Ein Hastatus hatte einen Schnitt ins Gesicht abbekommen und stürzte. Nunan wartete, bis er ganz gefallen war, dann hackte er mit seinem Schwert in den freien Raum hinein, traf den Kopf des Tsardoniers und zertrümmerte ihm den Schädel. Dann zog er sich wieder hinter seinen Schild zurück, stieß damit zu und fällte einen weiteren Feind. Anschließend trampelte er über den Oberkörper des Mannes hinweg und spürte, wie die Rippen unter seinen Füßen brachen.

Jetzt schossen die Tsardonier, die auf beiden Seiten vor dem Wall in Deckung hockten, mit Pfeilen auf sie. Ein scharfer Schmerz zuckte durch seinen Unterschenkel, zwei weitere Kämpfer aus seiner Linie fielen.

»Hebt an den Flanken die Schilde und haltet durch, wir haben es fast geschafft.«

Als Nunan den Fuß aufsetzte, ließ ihn sein von der Pfeilwunde geschwächtes Bein im Stich. Sofort packte eine hilfreiche Hand seinen Schwertarm und zog ihn hoch. Andere schleppten ihn vorwärts durch die Lücke. Er wehrte die Helfer ab und dreht sich um.

»Alles zum Eingang«, brüllte er. »Zum Eingang!«

Der Ruf wurde in seiner Truppe weitergegeben, aber seine Männer standen unter großem Druck. Als er zurück in den Kampf wollte, hielten ihn seine eigenen Hastati auf. Endlich strömten die ersten Rächer durch die Öffnung in die vorübergehende Sicherheit hinter dem Wall. Ein letztes Mal galoppierte die Kavallerie an den Flanken entlang und trieb die feindliche Infanterie zurück. Pfeile und Speere hagelten von den zerstörten Wehrgängen herab.

Etliche Rächer hatten es bereits geschafft, aber die Tsardonier gaben nicht auf. An der linken Flanke brach die Verteidigung zusammen, und sofort drängten die Tsardonier nach. Der Kampf wurde verzweifelt. Niemand konnte hinaus, denn die Verteidiger wollten nicht denen, die sich rennend in Sicherheit brachten, den Fluchtweg versperren. Am Ende rannten seine Legionäre aus Leibeskräften, und ganz hinten sammelte ein Zenturio ein paar Leute um sich, um die Fliehenden zu decken.

»Kommt schon«, drängte er. »Fallt mir nicht jetzt noch.«

Sie hatten viele Opfer zu beklagen. Am Durchbruch war der Boden voller Blut. Viele Bürger, schon in Sichtweite ihres Ziels, starrten mit toten Augen herüber. Auch Tsardonier fielen, durchbohrt von den unzähligen Pfeilen. Legionäre wurden in vollem Lauf niedergemacht oder verloren ihr Leben, als sie ihren Freunden zu helfen versuchten. Sie stürzten durch die Lücke, bis alle entweder tot oder in Sicherheit waren und die Tsardonier zu folgen drohten.

Hörner erklangen. Das Signal zum Rückzug.

Nunan ließ sich zu Boden sinken, ohne auf den Schmerz im Unterschenkel zu achten. Möglicherweise hatten sie einige hundert Gegner getötet, aber auch er hatte Hunderte verloren. Dennoch brüllten die Rächer ihr Siegeslied, während die Tsardonier unter den höhnischen Rufen der Verteidiger in ihre Lager zurückkehrten. Auf einmal legte ihm jemand eine Hand auf die Schulter. Es war Kell.

»Was meinst du, war es das wert?«, fragte er.

Sie half ihm beim Aufstehen und führte ihn vom Durchbruch weg. »Komm schon, sie haben sich nur zurückgezogen, damit sie den Beschuss wieder aufnehmen können. Wenn es losgehst, solltest du nicht mehr hier sein, und außerdem muss sich jemand um dein Bein kümmern.«

Sie hatte eine lange Schnittwunde im Gesicht und am Hals.

»Du siehst selbst nicht gerade gut aus.«

»Vielen Dank auch, Pavel. Du musst dir dann wohl heute Abend ein eigenes Zelt suchen.«

Kell führte ihn zum Zelt eines Feldarztes, das bereits voller Verletzter und Sterbender war. Der Boden war voller Blut, und überall lagen Tote, die linke Hand auf der Brust und mit geschlossenen Augen. Bereit für das letzte Gebet des Ordens.

»Was für ein Schlamassel«, sagte Nunan.

Vor ihnen richtete sich ein breitschultriger Mann auf, der sich über den Operationstisch eines Arztes gebeugt hatte. Nunans Herz setzte einen Moment aus. Ja, er musste es sein. Der Mann drehte sich um, lächelte und berührte die Augenbinde und die hässliche lange Narbe auf der Wange. Eine Verletzung der Hand war mit frischen Stichen versorgt worden.

»General«, keuchte Kell. Nunan konnte nur nicken.

»Kommt her«, sagte Gesteris.

Jegliches Protokoll war vergessen, als die drei sich gleichzeitig umarmten. Ringsherum jubelten und johlten die Leute.

»Wir hielten Euch für tot«, sagte Nunan. »Nur in Gerüchten und in unseren Herzen wart Ihr noch am Leben.«

»Sehe ich etwa aus wie ein Gerücht?«, grollte Gesteris. Er ließ sie los. »Anscheinend haben wir heute gesiegt. Danke. Ich wüsste auch gern, wie eure neue Legion heißt.« Er schüttelte den Kopf. »Ich hätte nicht damit gerechnet, euch zwei noch einmal zu sehen. Der Allwissende lächelt heute auf uns herab, aber es ist nur eine Verschnaufpause. Bald wird das Trommelfeuer wieder beginnen, und wir müssen uns überlegen, wie wir die Feinde draußen halten. Roberto kommt, und bis dahin müssen wir durchhalten.«

»Wie weit ist er noch weg?«, fragte Nunan, dessen Stimmung angesichts dieser Neuigkeit noch besser wurde. »Als wir ihn das letzte Mal gesehen haben, wollte er in den Süden nach Gestern.«

»Dort hat er inzwischen gesiegt, aber es ist noch viel mehr geschehen. Jetzt wird Estorr von See her und auf dem Landweg bedroht. Die Tsardonier haben da draußen nach wie vor eine überwältigende Streitmacht. Gönnt Euch etwas Ruhe und Erholung, ihr zwei. Wir können später noch reden. Morgen wird es schwerer als heute.«

»Fühlt Ihr Euch hilflos und kommt deshalb, um mit Eurer Gefangenen zu reden? Mit der Einzigen, die noch hilfloser ist als Ihr?«

Herine staunte über die Verbitterung. Megans Gemächer waren luxuriös ausgestattet. Sie hatte ein privates Bad, drei Diener und einen Leibkoch. Ihr standen Bücher zur Verfügung, sie konnte den prächtigen Ausblick genießen und sogar über einen Liebhaber verfügen, falls es sie danach gelüstete.

»Ihr seid keine Gefangene.« Herine schritt durchs Hauptzimmer und ließ sich auf einer Liege nieder.

Durch die offenen Fenster strömte die kühle Abendluft herein. Im Norden brannte das Wachfeuer grimmig im leichten Schneefall. Drinnen war es warm, drei Kamine waren in Betrieb, vor denen auf Ziersäulen im Winter blühende Blumen standen. Die Gelbtöne des Raumes wirkten beruhigend. Herine wurde beinahe neidisch. Ein Diener schenkte ihr Wein ein und zog sich auf eine Geste von ihr zurück.

»Ihr müsst allerdings begreifen, dass Ihr die Gesandte eines Verräters seid, und dass es politisch schwierig wäre, Euch einfach so in der Stadt herumlaufen zu lassen.«

»Von mir geht keine Gefahr aus«, erwiderte Megan.

Sie wandte sich vom Kamin ab und ging zur zweiten Liege, auf deren Kante sie sich hockte. Mit einer Toga aus heller Wolle und der grünen Schärpe der Konkordanz war sie ähnlich wie Herine gekleidet. Das Haar hatte sie zu einem Dutt gebunden, den ein goldener Reif hielt. Sie war hinreißend schön, und Herine fragte sich, warum sie sich immer wieder für männliche Liebhaber entschied. Vielleicht sollte sie es sich noch einmal überlegen, wenn sie zu alt war, um Kinder zu bekommen.

»Ich weiß«, sagte Herine. »Aber gelegentlich muss ich die Ängste meines Rates beschwichtigen. Außerdem würden alle meine Gefangenen wer weiß was dafür geben, wenn sie unter ähnlichen Bedingungen festgehalten würden wie Ihr.«

»Warum seid Ihr gekommen, wenn nicht, um Euch über meine unglücklichen Entscheidungen lustig zu machen?«

Herine schüttelte den Kopf. »Ihr müsst noch eine Menge lernen, Megan. Da Ihr nichts von Yurans Verrat wusstet, trifft Euch keine Schuld. Ihr seid außerdem eine fähige Politikerin, auch wenn Ihr zu heftigen Ausbrüchen neigt. Ich bin gekommen, um Euch etwas zum Nachdenken zu geben. Wenn wir gesiegt und die Tsardonier abgewehrt haben, werden wir unsere ganze Kraft darauf verwenden, Atreska zurückzugewinnen. Euer stolzes Land braucht dann einen starken, klugen Herrscher. Da könnten Eure Fähigkeiten gefragt sein.«

Megan zuckte zusammen und erbleichte, nachdem ihr Gesicht gerade noch gerötet gewesen war. »Ich könnte nicht ...«

»Warum denn nicht? Was war denn Yuran vor seiner Beförderung? Ein höherer Offizier und ein Adjutant des Königs.«

»Aber ich liebe ihn. Ich kann nicht seine Nachfolge antreten.«

»Ich weiß, es ist schwierig. Auch ich habe meinen Vater geliebt. Aber es ist wichtig, dass keine zu harten Brüche entstehen, und dafür könntet Ihr sorgen.«

»Ich war doch nur seine Adjutantin.«

»Im Augenblick seid Ihr eine Botschafterin«, erwiderte Herine.

»Was wird ihm geschehen, wenn er sich vor der Konkordanz verantworten muss?«

Herine lächelte traurig. Das Mädchen kannte die Antwort bereits. Verräter hatten keine hohe Lebenserwartung.

»Das wird die erste Prüfung Eurer Fähigkeiten sein. Ich will Euch an meiner Seite sehen, Megan, aber Ihr müsst Euch bewähren. Es heißt, die ersten Entscheidungen, die ein Herrscher trifft, seien die schwierigsten und gefährlichsten. Dem würde ich zustimmen, und dies dürfte bei Euch nicht anders verlaufen. Wenn er vor Gericht gestellt wird, muss sein Nachfolger den Befehl zur Hinrichtung unterzeichnen, wie es das Protokoll und das Gesetz verlangen.«

Herine stand auf. »Vielleicht fragt Ihr Euch, warum ich gerade jetzt damit zu Euch komme, während die Konkordanz in solcher Gefahr schwebt. Der Grund ist, dass ich an nichts anderes als den Sieg denke, und wenn dieser unausweichliche Sieg kommt, muss ich bereit sein für den nächsten Schritt. Ich will morgen Eure Antwort hören. Schlaft gut, Megan.«

Prosentor Rensaark, inzwischen der Oberkommandierende aller atreskanischen Truppen im Osten, blickte stirnrunzelnd zum Thron hinauf, auf dem Yuran saß. Gorian stand rechts neben ihm.

»Ich begreife es nicht«, sagte er. »Die Schlacht ist noch lange nicht gewonnen. Wir haben hingenommen, dass wir Del Aglios nicht aufhalten konnten und haben deshalb Legionen ausgesandt, um unsere Kräfte an der neratharnischen Grenze zu verstärken. Du kannst doch nicht in diesem Stadium deine Ansicht ändern. Wir stehen kurz vor dem Sieg.«

»Prosentor, deine Beförderung ist lange überfällig, und ich weiß deine Ratschläge wie immer zu würdigen. Allerdings muss ich in die Zukunft blicken. Immerhin bin ich nach wie vor der Herrscher von Atreska. Ich kann der Verlegung der stehenden Truppen von Haroq nicht zustimmen. Was ist, wenn Del Aglios sich entschließt, lieber hierherzukommen, statt sich nach Neratharn zu wenden? Es wäre ein kluger Schachzug, unsere Hauptstadt einzunehmen. Deshalb rufe ich die Truppen zurück. Sie haben sich bisher nicht am Kampf beteiligt und werden deshalb auch nicht vermisst werden.«

Rensaark schüttelte den Kopf. »Das ist eine unkluge militärische Entscheidung. Wir kennen die Zahlen und wissen, wohin Del Aglios sein Heer führt.«

Yuran winkte mit einer Hand. »Nenne es, wie du willst, meine Entscheidung steht fest. Entspanne dich. Unser Sieg ist ebenso gewiss wie dein Platz in der Geschichte des Königreichs Tsard.«

»Was ist mit dir geschehen? Du sprichst, als wärst du nicht mehr der Alte. Dieser Knabe hat deinen Verstand vergiftet. Sein Erscheinen und deine zunehmende Unvernunft hängen sicherlich zusammen.«

»Mach dich nicht lächerlich. Hat er dir keine Informationen geliefert? War er nicht uns beiden nützlich?«

Rensaark zeigte mit einem Finger auf Gorian. »Ich behalte dich im Auge, vergiss das nicht.«

Gorian lächelte nur, und seine Augenfarbe wechselte von einem dunklen Orange zu Grau. »Nur zu, wenn es Euch beruhigt.«

Rensaark stolzierte aus dem Raum. Yuran wandte sich an Gorian, und auf einmal war sein ganzes Draufgängertum dahin. Er begann wieder zu zittern.

»Schon gut«, sagte der Junge. »Ihr habt die richtige Entscheidung getroffen. Ihr vertraut mir doch, oder?«

Yuran blieben die Worte im Hals stecken. Es war kein Vertrauen, er empfand Angst. Gorian nahm die Hand von seinem Nacken, und die Kälte verschwand.

»Keine Angst«, sagte er. »Ich habe nicht die Absicht, Euch zu töten. Wir brauchen einander, Ihr werdet schon sehen.«

Yuran blickte in die Zukunft und sah nichts als Finsternis.

35

848. Zyklus Gottes, 18. Tag des Dusasauf
15. Jahr des wahren Aufstiegs

Trotz des glücklichen Eingreifens von Nunan und Kell am Nachmittag des vergangenen Tages standen Gesteris zur Verteidigung über zweitausend Kämpfer weniger zur Verfügung als zu Beginn der Schlacht. Auf den Wehrgängen waren viele Krieger gefallen, und auch wenn nur drei Durchbrüche entstanden waren, so hatten die Tsardonier doch am ganzen Wall viele Bogenschützen und Schwertkämpfer getötet.

Er bezweifelte nicht, dass die Tsardonier erheblich mehr Soldaten verloren hatten, doch dies war ein Zermürbungskrieg, den er nicht gewinnen konnte. Jedenfalls nicht, wenn die Zahlenverhältnisse blieben, wie sie waren. Schon vor der Morgendämmerung war er nach einer langen, überwiegend schlaflosen Nacht zur Festung am Tor gegangen. Es gab noch so viel zu tun.

Draußen auf dem Feld verlegten die Tsardonier bereits ihre Wurfmaschinen. Zahlreiche Katapulte waren im Augenblick nicht zu gebrauchen, aber andere wurden neu aufgestellt. Es machte ihn halb krank, dass er nicht genau wusste, was die Gegner im Schilde führten. Er hatte einige Kundschafter ausgeschickt, die jedoch nicht zurückgekehrt waren. Leute, die zu verlieren er sich eigentlich nicht leisten konnte.

Seine Ingenieure und Handwerker hatten ohne Pause gearbeitet, um die Durchbrüche zu schließen und so gut wie möglich die Tore zu sichern. Außen hatten sich mutige Bürger abgeseilt, um lose Steine mit Mörtel zu befestigen und geborstene Balken zu ersetzen. Die ganze Nacht über hatte es Angriffe von Kavalleristen gegeben, und die Verteidiger hatten ständig unter großer Anspannung gestanden und um ihr Leben fürchten müssen. Obwohl sie gründlich gearbeitet hatten, wussten sie doch, dass ihre Bemühungen die Tsardonier nicht lange würden aufhalten können. Im Grunde war der Wall viel zu schwach, und Gesteris glaubte nicht, dass er noch lange hielt.

Jetzt wurde es wieder hell, und als Nunan und Kell ärztlich versorgt neben ihm standen, wurde rasch deutlich, was die Feinde beabsichtigten.

»Der gestrige Angriff sollte uns vor allem schwächen«, sagte er. »Die Legionen sind erschöpft und verängstigt. Ich frage mich allmählich, ob sie uns bisher überhaupt schon ernsthaft angegriffen haben.«

»Oh doch«, sagte Kell. »Ihr habt sie gezwungen, es jetzt mit aller Gewalt zu versuchen. Nehmt das als Kompliment. Sie wissen offenbar, dass Roberto kommt, sonst würden sie nicht zu solchen Maßnahmen greifen.«

»Es ist offensichtlich etwas geschehen, das sie bewogen hat, ihre Taktik zu ändern«, bestätigte Nunan.

»Und das nennt Ihr ein Kompliment?«

Gesteris deutete zum Schlachtfeld, über dem der Morgen dämmerte. Seine Befehle waren bereits weitergegeben, und nun herrschte unten ein beträchtlicher Lärm. Wenn sie Glück hatten, waren sie vielleicht noch rechtzeitig bereit. Wieder schlug ihnen das Lied der Tsardonier entgegen, und der Gesang würde womöglich noch lange zu hören sein.

Die Gegner hatten an vier Stellungen sämtliche Geschütze zusammengezogen, ausnahmslos am nördlichen Ende der Verteidigungsanlagen. Gesteris schätzte, dass jede Gruppe dreißig Katapulte umfasste. Die Bolzenschleudern waren verschwunden, zweifellos ausgeschlachtet, um die beschädigten Onager zu reparieren. Zu beiden Seiten der Wurfmaschinen standen Wagen bereit, auf denen Steine aufgetürmt waren.

Hinter den vier Geschützgruppen wartete der größte Teil der feindlichen Armee. Auch im Süden waren feindliche Kräfte aufmarschiert, die jedoch vor allem verhindern sollten, dass er dort die Truppen von den Wällen abzog. Er hoffte, Harin beobachtete die Entwicklung. Doch selbst er konnte mit seinen Leviumkriegern nicht mehr tun, als einen der Angriffe zu stören. An jedem Angriffspunkt standen schätzungsweise achttausend bis zehntausend feindliche Kämpfer. Er konnte höchstens die Hälfte davon aufbieten, und dies auch nur, wenn er alle anderen Abschnitte der Wälle völlig entblößte und auch die Verletzten nach vorne holte. Er hatte keine Reserven mehr.

»Was singen sie?«, fragte Kell. »Es klingt so traurig.«

»Das ist ein Klagelied. Ein atreskanischer Verbündeter hat mir gestern einen Teil übersetzt. Es handelt vom Traum, nach Hause zurückzukehren, und vom Tod in der Schlacht. Von Ruhm ist darin nicht die Rede:

Der Morgen graut, doch meinen Atem hörst du nicht
Ich führe den Stahl, auf dass der Gegner zerbricht
Ich denke an deine Wärme, doch meine Kraft verrinnt im Sand
Kann nicht greifen noch fühlen durch das Blut an meiner Hand
Ich stürze und sehne mich nach deinen Armen
Du weinst um mich, doch der Tod kennt kein Erbarmen.

Und dann nehmen sie die Schwerter in die Hand und versuchen, uns den Schädel einzuschlagen.« Mit hochgezogenen Augenbrauen beobachtete Gesteris den Aufmarsch der Feinde, die mit einem Trauergesang in die nächste Schlacht zogen.

»Hört zu, hört mir zu. Hört auch ihnen zu. Sie wissen, dass sie weit von denen entfernt sind, die sie lieben, und sie rechnen damit zu sterben. Sie haben Gewissheit, was ihr Schicksal angeht. Dies nimmt ihnen die Furcht und verwandelt sie in Hass. Sie hassen es, hier draußen auf dem Schlachtfeld zu sein, und sie hassen uns aus genau diesem Grund. Daran müsst auch ihr denken. Keiner von uns sollte hier sein. Jeder Feind, den ihr seht, hat euch um euer Leben betrogen. Keiner verdient eure Gnade. Sie haben es verdient, euer Schwert ins Herz zu bekommen. Wenn dieser Tag vorüber ist, dann können sie wieder ihr Lied singen, während sie ihre Toten forträumen. Aber wir sind die Konkordanz. Wir werden vom Sieg singen, von der Ehre und von unserer Kraft.

Nur noch einen Tag. Bringt noch einmal das Opfer, das zu erbringen ihr geschworen habt. Dann bekommen wir Verstärkung.« Er hob einen Finger. »Nur noch einen Tag. Steht an meiner Seite, Kämpfer der Konkordanz, und überlebt mit mir. Habt ihr verstanden?«

Das Brüllen und das Klappern der Waffen auf den Schilden ließ die Festung unter ihm erbeben. Das Lied der Tsardonier hörte auf, und Stille senkte sich über das Schlachtfeld, unterbrochen nur vom Quietschen und Rattern der Räder und Achsen. Gesteris wandte sich an Kell und Nunan.

»Jetzt kommen sie.«

Jhered ging an der Backbordreling entlang zum Bug, wo Mirron allein stand, eng in ihren Pelzmantel gehüllt. Es war ein kalter, windiger Tag. Beide Segel waren gesetzt, und die Ruder waren eingezogen, um der Mannschaft eine willkommene Ruhepause zu gönnen, nachdem er sie erbarmungslos angetrieben hatte. Dicke Wolken stürmten über den Himmel.

Mit jedem Tag, der verging, vergrößerte sich seine Sorge. Nicht die Tsardonier fürchtete er, sondern das, was ihn hinter den Angreifern und jenseits des Hafens erwartete. Auf dem Hügel. Selbst wenn sie die Feinde der Konkordanz abhängen konnten, begaben sich die Aufgestiegenen nun ins Machtzentrum der Kanzlerin. Wer konnte schon wissen, was diese in Jhereds Abwesenheit der Advokatin ins Ohr geflüstert hatte.

Arducius und Ossacer blieben unter Deck, während Kovan beim Kapitän am Heck stand. Er tat so, als wollte er etwas über die Seefahrt lernen, während er in Wirklichkeit Mirron anstarrte und sich überlegte, wie er zu ihr durchdringen konnte. Jhered wusste, was sie brauchte, aber Menas war tot, und sie litt unter den Erinnerungen an Gorian.

»Ich hoffe, du denkst nicht daran, ins Wasser zu springen«, sagte er, als er neben ihr stand und einen Arm um ihre Schultern legte.

Beinahe hätte sie gelacht, doch zwischen den kalten Wassertropfen liefen Tränen über ihr Gesicht. »Selbst wenn, ich könnte nicht ertrinken.«

»Das Leben muss schrecklich sein, wenn es so schwierig ist, sich umzubringen.«

Jetzt lachte sie wirklich, aber gleichzeitig schluchzte sie auch und schmiegte ihr Gesicht an seinen Mantel. Er hielt sie fest, während sie weinte.

»Wir waren immer zusammen, und jetzt reden wir kaum noch miteinander«, sagte sie schließlich, als sie den Kopf hob, ohne sich aus der Umarmung zu lösen.

»Das ist wohl so, wenn man erwachsen wird«, sagte Jhered, auch wenn er wusste, dass seine Worte sie kaum trösten würden. »Früher oder später wird jeder von euch sein eigenes Leben führen.«

»Das wäre nicht geschehen, wenn wir Westfallen nicht verlassen hätten«, sagte sie.

»Nun ja, wenigstens sind wir jetzt auf dem Heimweg.«

»Schwerlich. Wir wissen nicht einmal, was wir dort vorfinden, das habt Ihr selbst gesagt.«

»Ich weiß. Aber du darfst die Hoffnung nicht aufgeben.«

»Ihr sagtet, der Krieg würde unsere Hoffnungen zerschmettern.«

Jhered lächelte. »Die kleine Ansprache hat gewirkt, was? Nun, es ist wahr, aber aus der Asche baut sich eine neue Hoffnung auf. Denke nur daran, dass ihr nie dran geglaubt habt, jemals zurückzukehren, nachdem ihr Westfallen verlassen hattet. Auf der Ebene von Atreska haben euch die Heere beider Seiten gehasst. Aber seht euch jetzt an. Roberto glaubt, ihr könnt Estorr retten. Ihr könnt hoffen, nach Westfallen zurückzukehren.«

Mirron nickte. »Es klingt so einfach, wenn Ihr es aussprecht, aber ich muss immer an das denken, was uns bevorsteht, und das macht mir Angst.«

Jhered hockte sich hin und fasste Mirron bei den Schultern. Sie war verzweifelt und hilflos, und er hätte sie gern gehalten, bis alle Schmerzen vergessen waren, und ihr versprochen, dass alles gut werden würde. Aber er war noch nie ein guter Lügner gewesen.

»Hör mal, ich kann nicht ungeschehen machen, was dir widerfahren ist, und ich kann dir nicht einmal helfen, die Einsamkeit zu überwinden, die du empfindest. Dagegen kann ich dir versprechen, dass ich aufpassen werde, damit dir niemals wieder jemand wehtut. Ihr genießt meine unauslöschliche Bewunderung, ihr alle auf diesem Schiff, und ich werde euch bis zu meinem letzten Atemzug beschützen. Glaubt an mich. Glaubt an euch selbst.«

»Es ist so schwer, den Glauben nicht zu verlieren.«

»Erkläre mir, warum du das sagst.«

»Ossacer hat Gewissensbisse wegen der Dinge, die er getan hat, und er hat auch Angst, weil er Euch so erzürnt hat. Ich frage mich, ob ich tun kann, was getan werden muss, da ich weiß, was aus Gorian geworden ist.«

Jhered blies die Wangen auf. »Weißt du, was Erith dir über Gorian erzählt hätte? Dass er schon immer so war. Es lag nicht an dem Werk, das ihr auf der Ebene verrichtet habt. Nicht deshalb hat er sich in etwas anderes verwandelt. Es hat schon immer in ihm gesteckt. Er hielt sich für stärker und glaubte, er sei uns allen überlegen. Ich habe es schon bei unserer ersten Begegnung erkannt. Er ist anders als ihr. Ihr hättet nichts tun können, um ihn zu ändern. Nur Vater Kessian hatte ihn unter Kontrolle, und als er starb, fielen von Gorian die Fesseln ab.«

Mirron nickte. »Das kann schon sein.«

»Denk drüber nach, Mirron. Ich brauche dich. Arducius braucht dich für das, was noch kommen wird. Gott umfange uns alle, die ganze Konkordanz braucht dich. Lass dir von uns helfen, deinen Glauben zu finden.«

»Und zwar möglichst schnell, was?«, machte sie sich über ihn lustig. »Spätestens morgen könnten wir auf Feinde stoßen.«

»Ich rechne sogar schon heute damit. Und was Ossacer angeht – ich bin ihm nicht böse. Ich respektiere, was er gesagt hat und wie er sich fühlt, genau wie bei euch allen. Er muss seinen eigenen Weg gehen, wie es alle starken Männer tun. Und alle Frauen.«

»Ist es nicht eigenartig? Gorian hat ihn immer für einen Schwächling gehalten, aber das ist er nicht. Er empfindet einfach nur tiefer. Ich glaube, er ist der Stärkste von uns allen.«

»Damit könntest du recht haben. Sage ihm, dass ich nicht verletzt oder wütend bin. Sage ihm, dass ich stolz auf ihn bin. Nein, ich sage es ihm am besten gleich selbst.« Jhered richtete sich wieder auf. »Versprichst du mir, dass du nicht ins Wasser springst, während ich fort bin?«

Mirron lächelte und wischte sich mit einer behandschuhten Hand die Augen aus. »Ich verspreche es.«

Jhered küsste sie auf die Stirn und kehrte zurück, um Ossacer zu suchen. Unsicher, ob er etwas erreicht hatte, blickte er zum Horizont. Bald schon würden sie eine große Zahl von Segeln sehen, die sich dem Hafen von Estorr näherten. Dann würde er es erfahren.

»Guter Gott, behüte uns«, keuchte Gesteris. »Weg da!«

Die Bogenschützen, die ganz vorne auf dem Wall standen, brachten sich schon in Sicherheit. Dreißig Steine rasten auf sie zu. Nachdem die Tsardonier eine Stunde lang schlecht gezielt hatten, flogen diese Geschosse genau ins Ziel. Gesteris rannte zur Festung am Tor, die bereits schwere Schäden erlitten hatte. Wenigsten schossen seine eigenen Katapulte noch. Als die Steine hinter ihm einschlugen, warfen ihn die Erschütterungen um. Er hielt sich an den Seiten des hölzernen Wehrganges fest, um nicht über die Kante zu stürzen. Das Knallen der zusammenbrechenden Mauern tat ihm in den Ohren weh. Unter ihm schwankte der ganze Wehrgang und kippte, blieb dann aber im Winkel von dreißig Grad hängen.

So rutschte er hinunter, ließ sich auf den Boden fallen und grunzte beim Aufprall. Dann drehte er sich um und starrte die Staubwolke an, die sich gerade wieder legte. Auf eine Breite von zwanzig Schritten war der Wall verschwunden. Einfach weg. Die Plattformen mit den Onagern waren vernichtet. Balken und Platten waren geborsten und fünfzig Schritte weit aufs Gelände geworfen worden.

Die letzten Steine der Feinde waren durch die neue Lücke geflogen und hatten die Reserve und die Katapulte direkt dahinter getroffen. Tote Infanteristen und Bogenschützen lagen zwischen den Trümmern. Das Chaos breitete sich aus, und jetzt rückte die tsardonische Armee vor. Er hörte sie beim Angriff singen.

»Sarissen in die Lücke«, brüllte er im Durcheinander. »Zenturionen der Phalanx, ich brauche euch jetzt. Bogenschützen wieder auf den Wall. Steht fest an meiner Seite.«

Hinter ihm wurden panische Rufe laut. Er drehte sich gerade noch rechtzeitig um, als Dutzende von Geschossen auf das Dach der Festung prallten. Tote Soldaten, gesplitterte Balken und Steinbrocken flogen in alle Richtungen davon. Weitere Steine schlugen ein, und schließlich stürzte die Mauer endgültig ein. Es war ein Lärm wie bei einem Erdrutsch. Der hinteren Stützen beraubt, brach nun auch der Rest der Festung zusammen und nahm ein Stück des Walls und des Wehrgangs mit.

Rennend brachten sich die Bürger vor den Steinen in Sicherheit. Staub, Dreck und Rauch wallten auf. Einige Trümmer trafen einen Onager der Reserve, die Pechfeuer und die vorgelagerten Zelte, und fegten alles zur Seite. Das ganze Dach war verschwunden, Katapulte waren herabgestürzt, und dazu alle tapferen Männer und Frauen, die auf dieser Seite gestanden hatten. Aber noch hielt das Tor. Die Festung war jetzt nichts weiter als eine rissige und geschwächte Mauer, stellte aber für die Tsardonier immer noch ein Hindernis dar. Für Gesteris war jeder gewonnene Augenblick ein Geschenk.

Allmählich kehrte wieder Ordnung ein. Sanitäter rannten mit Tragen zu den Verletzten und Sterbenden, während sich die Phalanx direkt vor dem großen Loch in der Mauer formierte, nur zweihundert Schritte von der zerstörten Festung entfernt. Bogenschützen sammelten sich vor der Lücke, und die Steine seiner verbliebenen Onager wurden mit brennendem Pech übergossen.

»Feuer frei«, rief Gesteris und rannte zur Lücke. »Wir wollen die Schweinehunde verbrennen, ehe sie uns erreichen.«

Der Ingenieur nickte. Dreißig Wurfarme prallten gegen ihre Widerlager, und die Steine flogen davon. Gesteris beobachtete die Einschläge. Instinktiv hoben die Tsardonier die Schilde, aber die Steine zermalmten die Schilde ebenso wie die Männer, die sie hielten. Viele flohen vor den brennenden Steinen, die tief in ihre Reihen eindrangen, weil sie auf der festgetrampelten, gefrorenen Erde immer wieder hochsprangen, weiterrollten und zahlreiche Krieger töteten. Der Ingenieur befahl bereits, die Geschütze neu zu spannen.

Dennoch stießen die Tsardonier weiter vor. Bogenschützen feuerten durch die Lücke, weitere näherten sich dem Durchbruch von rechts. Die Bogenschützen der Konkordanz antworteten, einige Männer fielen, Pfeile bohrten sich in Schilde. Die Phalanx ging geordnet nach vorn, an den Flanken begleitet von Schwertkämpfern. Unterdessen wichen die Bogenschützen zurück, um sich neue Schusspositionen zu suchen. Schon stürmten die ersten Tsardonier durch die Lücke und starben durch die Spitzen der drei Reihen tief gestaffelten Sarissen.

Verletzte schrien, hundert Schritte entfernt im Süden rannten die Verteidiger von den Wehrgängen herunter. Die primitiven Zinnen waren dort verschwunden, zwei Männer wurden voll von einem Stein getroffen, der sie mitriss und dann nach unten auf ein Katapult schmetterte. In einer Fontäne von Blut und zerplatzten Eingeweiden brach das zertrümmerte Geschütz zusammen.

Am Tor, wo der Schutt so gut wie möglich weggeräumt worden war, sammelten sich die Rächer. Kell saß schon im Sattel, Nunan besprach sich mit ihr. Im Augenblick war der Durchbruch gesichert, aber die Tsardonier würden ihre Katapulte bald verlegen, um einen anderen Abschnitt des Walls unter Beschuss zu nehmen. Auch Nunan und Kell hatten dies erkannt.

»Seid Ihr sicher?«, fragte Gesteris, als er sie erreicht hatte.

Wieder flogen brennende Geschosse über den Wall und landeten in der tsardonischen Infanterie. Die gegnerischen Wurfmaschinen erwiderten das Feuer. Jetzt zielten sie direkt auf das Tor, das unter drei oder vier Einschlägen stark zu beben begann. Die ganze Wand der Festung wackelte.

»Jetzt oder nie, General«, sagte Kell. »Es ist ein günstiger Augenblick. Sie haben Männer vor ihre Artillerie geschickt. Wenn wir jetzt keinen Ausfall wagen, werden wir das Tor verlieren.«

»Unsere Katapulte müssen weiter schießen. Wir sind da vorne außer Reichweite«, fügte Nunan hinzu.

»Das ist Selbstmord«, wandte Gesteris ein.

»Das sagtet Ihr gestern Abend schon. Aber hier zu bleiben, nützt auch nichts. Wir müssen Euch wenigstens dabei helfen, hier durchzuhalten.«

»Möge der Allwissende Euch schützen.«

»Das wollen wir doch hoffen«, antwortete Kell.

Gesteris nickte. Sie warteten auf die nächsten Einschläge. Einen kleinen Augenblick lang war ihnen der Allwissende gewogen. Nur zwei Steine trafen das Tor, die anderen lagen zu kurz oder landeten am Fuß des Walls.

»Öffnet das Tor!«, befahl er. Dann nahm er noch einmal die Hände seiner beiden Offiziere. »Für die Konkordanz und für mich.«

Kell trieb ihr Pferd an und führte die Rächer in den sicheren Tod.

Dieses Mal würden sie nicht anhalten. Wenn sie umkehrten, würden sie die Niederlage geradezu herausfordern, und daran wollte Harin gar nichts erst denken. Tausend Leviumkrieger ritten nach Norden, um die Steppenkavallerie so gut wie möglich abzulenken. Er führte den Rest von Nordosten her wieder aufs Schlachtfeld. Gestern hatte er fünfhundert Kämpfer verloren. Heute würden sie bis zum letzten Mann kämpfen.

Die Tsardonier hatten bereits große Fortschritte erzielt. Ein Abschnitt der Wand war in Trümmer gelegt, im Süden waren an zwei weiteren Stellen Risse und Einbrüche zu erkennen. Einen weiteren Durchbruch würden die Verteidiger nicht mehr decken können.

Tsardonische Hörner warnten vor dem Angriff der Leviumkrieger. Köpfe und Speere drehten sich in ihre Richtung, rasch bildeten die Tsardonier einen dichten defensiven Verband. Zweihundert Schritte hinter den Linien, die darauf warteten, das Tor anzugreifen, hob Harin das Schwert und ließ es sinken. Die Leviumkrieger teilten sich in drei Abteilungen von jeweils beinahe fünfhundert Reitern auf.

Die mittlere Einheit galoppierte geradewegs auf die Hauptmasse der Feinde zu und hoffte, die Speerträger zu beschäftigen. Die linke Flanke wollte ihnen in den Rücken fallen und in die Lücke vorstoßen, die sich aufgetan hatte, seit die Infanteristen den Wall angriffen. Harin hatte die rechte Flanke übernommen. In vollem Galopp eilte er an den feindlichen Reihen vorbei. Seine Bogenschützen drehten sich im Sattel und schossen einen Pfeil nach dem anderen auf die Feinde ab, die gezwungen waren, die Schilde zu heben. Tsardonische Bogenschützen erwiderten das Feuer. Harin duckte sich im Sattel.

Vor ihm schwangen gerade wieder die Arme der feindlichen Onager nach vorn. Steine flogen in hohem Bogen zum Tor und zum Wall hinüber. Einige waren zu kurz gezielt, rollten ein Stück und blieben liegen, ohne irgendeinen Schaden angerichtet zu haben. Er blinzelte. Das Tor öffnete sich. Dann lächelte er breit.

»Genau im richtigen Augenblick«, sagte er.

Durch das Tor galoppierten Reiter, gefolgt von Infanteristen in disziplinierten Manipeln. Sie wandten sich sofort nach rechts und wollten offenbar zur zweiten Katapultgruppe. Die Tsardonier reagierten umgehend. Infanteristen lösten sich aus der Haupttruppe, einige tausend Kämpfer rannten mehr oder weniger aufs Geratewohl nach links.

»Levium!«, rief er und hob abermals das Schwert. Sie waren gerade an den tsardonischen Einheiten vorbei, deren vordere Linien sich aufmachten, die Geschütze zu verteidigen. »Wenden!«

Er ließ das Schwert über dem Kopf kreisen. Die Zügel in der linken Hand, lenkte er sein Pferd vor den Feinden vorbei und galoppierte zu den Onagern. Hinter ihm schwärmte seine Truppe weit aus. Die Reiter wichen in einem Bogen nach rechts aus, um die Onager von vorne anzugreifen. Links stießen sie durch die Infanterie vor und trieben einen Keil in die feindlichen Linien. Das Gebrüll von zehntausend Kehlen erfüllte die Luft.

Harin hielt den Kopf unten, links und rechts neben ihm folgten die Kämpfer seinem Beispiel. Die Bedienmannschaften der Wurfmaschinen drehten sich bereits zu ihnen um. Einige waren mit Bogen bewaffnet, andere hatten Schwerter. Nur einige wenige arbeiteten noch an den Winden. Pfeile sausten über Harins Kopf hinweg. Endlich erreichte er den ersten Mann am Katapult, holte mit dem Schwert aus und lenkte das Pferd gleichzeitig nach links. Die Klinge durchtrennte den Arm des Mannes, zerstörte seinen Bogen und verletzte auch sein Gesicht.

Noch in der Drehung ließ Harin die Klinge auf einen Helm herabsausen, wehrte einen Stoß ab und durchbohrte einem weiteren Gegner die Brust. Rings um ihn kämpften die anderen Leviumkrieger und galoppierten zwischen den Geschützen entlang. Abrupt zog er sein Pferd abermals herum und warf einen Feind um. Da er einen Augenblick lang keinen direkten Gegner mehr hatte, hackte er auf die Befestigung der Schlinge ein und zerstörte die dicken Seilbündel am Fuß des Wurfarms, die als Feder dienten.

Gleich darauf sprengte er weiter. Inzwischen hatte sich die Legion der Konkordanz vor dem Durchbruch verteilt und griff die Gegner an, um nach Möglichkeit noch weitere tsardonische Katapulte auszuschalten. Doch die Feinde rannten mit einer gewaltigen Übermacht gegen sie an und waren im freien Feld, jenseits des schmalen Durchbruchs, weit überlegen.

Harin sah sich um. Die Tsardonier hatten die Reihen seiner Leviumkrieger durchbrochen und wollten den Bedienmannschaften zu Hilfe kommen. Im Norden und Osten waren seine Leute in heftige Kämpfe verwickelt, doch er konnte sie nicht erreichen. So spornte er sein Pferd an, um ein neues Ziel anzugreifen. Wenn er nicht zurück konnte, dann musste er eben weiter. Überall rannten jetzt Tsardonier herum, die genau wussten, dass der Feind bis in ihre Mitte vorgestoßen war.

Er musste vor dem Wall auf offenes Gelände gelangen und so viele Einnehmer um sich scharen, wie er nur konnte. Die Zeit wurde knapp.

Roberto war längst klar, dass die Schlacht an der Grenze von Neratharn begonnen hatte, und was noch wichtiger war, auch seine ganze Truppe wusste es. Sie hatten lange, grausame Tage hinter sich. Das Gefolge war längst nach Gestern zurückgekehrt. Hier gab es keine Beute, sondern nur Schlamm, Kälte und den Tod.

Er hatte keine Zeit, sich darüber zu sorgen, dass jeder Mann, jede Frau und wahrscheinlich auch jedes Pferd ihn hasste. Seine eigenen Blasen waren so schlimm wie die aller anderen. Nach den endlosen Märschen taten ihm alle Knochen weh, seine Knie waren geschwollen, seine Rüstung zog ihn nach unten, und seine Hände waren die meiste Zeit steif gefroren und nutzlos. Alle hatten sich inzwischen die Stiefel ausgezogen und über den Rücken gehängt, aber die Lumpen, die viele sich um die Füße gewickelt hatten, schützten nicht vor dem Frostbrand, der sich in ihre Füße hineinfraß.

Obwohl Dahnishev ihn drängte, weigerte er sich zu reiten. Nur diejenigen, die nicht mehr laufen konnten, durften den ganzen Tag auf dem Pferd sitzen. Auch seine Kavallerie hatte Anweisung bekommen, neben der Infanterie zu laufen. Der Gemeinschaftsgeist, hatte er gesagt, war der Schüssel für diesen Marsch. Sie hatten Wagen verloren, viele Krieger hatten Knochenbrüche erlitten, einige waren desertiert. Die Wagen hatten sie einfach zurückgelassen, mit den Deserteuren konnte er sich jetzt nicht befassen. Die verletzten Kämpfer mussten sehen, wie sie zurechtkamen, falls sich nicht ein Freund erbot, sie zu stützen.

Es hing am seidenen Faden. Er hatte sie schärfer angetrieben, als er selbst es überhaupt für möglich gehalten hatte. Alle waren erschöpft und hungrig, und sie waren zornig. Doch sie würden einen Tag früher als gedacht das Schlachtfeld erreichen, und dies konnte alles ändern. Die Späher hatten berichtet, dass die Verteidigung noch hielt. Er betete, dass sie noch einen weiteren Tag halten würde. Hin und wieder trug der Wind den fernen Lärm herüber.

Er schritt seine Truppe ab, forderte ihre Treue und schürte ihren Zorn. Einige knurrten ihn an. Die meisten waren zu müde, um überhaupt zu reagieren. Manche besaßen sogar noch die Kraft zu lachen und zu scherzen. Dafür hätte er Davarov küssen können. Was er auch in seinem Innern empfand, der Mann legte eine unerschütterliche Loyalität an den Tag. Wo er marschierte, besserte sich die Moral. Ein paar Leute sangen sogar.

Heute schneite es stark, und der Wind biss ihnen in die Gesichter. Dies war der schlimmste Tag des Marsches, aber sie durften nicht aufgeben.

»Seid ihr heute wütend?«, fragte er sie, als er an der Truppe entlanglief. Er gab sich Mühe nicht zu humpeln und sich nicht anmerken zu lassen, wie sehr die Blasen schmerzten. »Gut. Behaltet das in euren Herzen und lasst es brennen. Hasst ihr mich heute? Gut. Denkt an diesen Hass, wenn wir dort sind und ihr für mich kämpfen könnt. Aber das kommt erst morgen. Morgen ist der Tag, an dem wir auf die Tsardonier treffen und sie mit all unserem Hass und Zorn bekämpfen können.

Am Abend werden wir den Gestank ihrer Furcht riechen können, denn sie wissen, dass wir kommen. Die Konkordanz, die wir retten, wird für immer unser Loblied singen. Heute Nacht werdet ihr gesegnet schlafen, und morgen, wenn es dämmert, werdet ihr das Blut der Feinde vergießen. Sie werden erfahren, wie die Niederlage schmeckt.

Marschiert weiter, und wenn der morgige Tag vorüber ist, können wir alle davon träumen, nach Hause zurückzukehren.«

36

848. Zyklus Gottes, 18. Tag des Dusasauf
15. Jahr des wahren Aufstiegs

Viele Kavalleristen hatten sich inzwischen mit Äxten bewaffnet. Als Kell einen Angriff übers offene Gelände anführte, worauf die Tsardonier sogleich herbeistürzten, um ihr den Weg abzuschneiden, führte sie die ungewohnte Waffe mit einer Hand und trieb ihr Pferd mit ihren Hacken energisch an. Vor ihr hatten die Geschützmannschaften bereits die Katapulte gedreht und nahmen die neue Bedrohung aufs Korn.

Kell hatte Nunan und die Infanterie weit hinter sich gelassen. Deren Aufgabe war der gestrigen nicht ganz unähnlich. Sie sollten die Tsardonier abwehren und einen sicheren Korridor einrichten, sofern das möglich war. Weiter im Süden feuerten die Katapulte, was das Zeug hielt. Steine prallten gegen den Wall, und jede Salve verursachte weitere Schäden. Sie hatte Angst, was geschehen könnte, wenn die Feinde einen weiteren Durchbruch erzielten und die ohnehin schon überlasteten Verteidiger noch stärker beanspruchten.

In Richtung Byscar stieg eine Staubwolke auf. Dort kam offensichtlich Roberto Del Aglios, doch niemand wusste, wie nahe er schon war. Auch die Tsardonier konnten nicht sicher sein, und so hatten sie alles daran gesetzt, an diesem Tag zu siegen, und darauf verzichtet, ihm ihre Truppen entgegenzuwerfen.

Unmittelbar bevor sie den ersten Onager angriff, blickte Kell noch einmal nach Norden und Osten. Am Rande der Truppe, die das Tor angriff, lösten sich Tsardonier in einer geordneten Linie. Es waren Tausende. Kell blieb fast das Herz stehen. Sie musste blitzschnell zuschlagen und wieder verschwinden, sonst würden die Feinde sie überrollen. Mitten zwischen den Gegnern bemerkte sie Leviumkrieger, die unermüdlich die Wurfmaschinen angriffen. Stolze, geschickte Reiter, die hoffnungslos in Unterzahl waren und sie dennoch unterstützten.

Kell ließ ihr Pferd geradewegs durch die dünne Linie der Katapultmannschaften rennen, ihre Kavalleristen folgten ihr und verteilten sich zwischen den dreißig schweren Katapulten. Kell sprang vom Pferd und schlug mit der zweihändigen Axt auf die Spannseile des ersten Katapults ein. Als sie zum zweiten Mal ausholen wollte, bemerkte sie hinter sich eine Bewegung und fuhr herum. Schon kam die tsardonische Klinge herunter. Sie fing den Hieb mit dem Heft der Axt ab, lenkte die Klinge seitlich und nach unten ab und schlug dem Schwertträger den Kopf der Axt ins Gesicht. Er taumelte zurück. Sie setzte sofort nach, fasste den Griff etwas tiefer und schlug aus der Hüfte zu. Die Klinge drang tief in seinen Rumpf ein.

Dann stemmte sie den Fuß gegen den Bauch des Mannes und zog die Axt heraus. Inzwischen ritten ihre Kavalleristen an beiden Seiten vorbei, machten aus dem Sattel die Feinde nieder und deckten die Kommandantin. Pfeile sausten vorbei, ein Toter prallte schwer auf den Boden. Sie wandte sich wieder dem Katapult zu und zerhackte Verbindungsstücke, Seile und Metallklammern. Eines weniger.

Schließlich hob Kell den Kopf. Die Feinde waren nahe. Rings um sich sah sie im Augenblick aber nur ihre eigenen Pferde und die toten tsardonischen Geschützmannschaften. So eilte sie zu einem unbeschädigten Katapult und machte sich erneut an die Arbeit. Dicht neben ihrem Kopf bohrte sich ein Pfeil ins Holz. Sie fuhr zurück. Ein einzelner Bogenschütze schritt ihr entgegen, niemand sonst war in der Nähe. Sie stellte sich ihm. Er legte einen neuen Pfeil ein. Jetzt gab es nur noch eine Möglichkeit. Sie rannte kreischend auf ihn zu.

Der Tsardonier spannte den Bogen. Ein Wurfmesser traf seinen Hals und warf ihn seitlich um. Kell atmete erleichtert auf. Hufschläge näherten sich.

»Steigt auf, es wird Zeit.«

Dankbar nickend schaute sie zu dem Leviumkrieger auf, der von zwei Gefährten flankiert wurde.

»Wo ist mein Pferd?«

»Keine Zeit. Steigt hinter mir auf.«

Kell packte seinen Arm und schwang hinter seinen Sattel. Er trieb das Pferd an und ritt in einem Bogen zu einer Gruppe von Einnehmern, die sich vor den Geschützen versammelt hatten. Mehr als die Hälfte der Katapulte war zerstört, und die Bedienmannschaften waren verscheucht oder tot, doch von vorne und links kamen jetzt die Tsardonier. Viele reiterlose Pferde galoppierten ziellos umher, während der Rest ihrer Kavallerie energisch gegen die Feinde vorging, um noch etwas Zeit herauszuschlagen.

Dann gab einer ihrer Hauptleute das Signal zum Rückzug, und die Reiter gehorchten sofort. Inzwischen hatten sich einige tsardonische Bogenschützen gesammelt, die das Feuer eröffneten, kaum dass die Kämpfer der Konkordanz sich ein kleines Stück entfernt hatten. Viele Reiter und Pferde wurden getroffen und stürzten. Sie schloss die Augen.

»Wir müssen unsere Infanterie schützen, die Krieger haben Schwierigkeiten.«

Nunan. Kell spähte hinter dem Rücken des Reiters hervor zum Wall. Immer noch trafen Steine die Festung am Tor und den Wall im Süden. Die Infanterie der Rächer war in ein hitziges Gefecht verwickelt, in dem jeglicher Anschein von Ordnung verschwunden war.

Die Tsardonier hatten sie von zwei Seiten in die Zange genommen, und die Schlachtordnung der Manipel hatte sich aufgelöst.

»Die nehmen sie auseinander«, murmelte sie.

»Nicht mehr lange«, erwiderte der Einnehmer. Er trug das Abzeichen eines Appros. »Levium! Wir müssen diesen Hunden zeigen, was ein Kavallerieangriff ausrichten kann.« Er hob das Schwert. Die Reiter sammelten sich um ihn. »Räumt den Durchbruch frei!«

Er senkte das Schwert, und der Angriff begann. Der Appros führte die Kavallerie in einem leichten Bogen, bis sie auf gleicher Höhe mit den tief gestaffelten tsardonischen Truppen vor dem Tor war. Sie ritten in vollem Galopp und donnerten auf den Feind zu. Kell nahm die Axt in die linke Hand und stieß vor Erregung und Furcht einen Schrei aus. Mit der Rechten hielt sie sich am Gürtel des Appros fest, beugte sich vor und war bereit, die Gegner zu erschlagen.

Die Tsardonier bemerkten sie viel zu spät. Sie hatten sich erst halb umgewandt, als die dreihundert Reiter in ihre Reihen eindrangen. Kell mähte die Gegner mit der Axt um und blickte zugleich nach vorn, während die Pferde die Tsardonier einfach beiseite drückten und die Reiter mit Schwert, Lanze und Speer zuschlugen. Der Appros lenkte sein Pferd weiter in Richtung des Walls. Im Gedränge wurde es rasch langsamer, aber immer mehr Leviumkrieger rückten auf beiden Seiten nach.

Schon suchten die ersten Tsardonier ihr Heil in der Flucht. Kell trieb einem, der zwischen zwei Pferden eingeklemmt war, von oben die Axt durch den Helm. Schließlich deutete der Appros eine Wende an und ritt nach rechts in den Rücken derjenigen, die immer noch die Infanterie der Rächer angriffen.

»Die Rächer, nicht nachlassen«, rief Kell.

Einige hörten und sahen sie und kämpften mit erneuerter Kraft. Von der erhöhten Position auf den Wällen erledigten die Bogenschützen zahlreiche Tsardonier. Die Feinde schwankten.

»Zur anderen Seite«, sagte sie. »Wir müssen auch drüben aufräumen.«

»In Ordnung«, sagte der Appros. »Levium!«

Er machte kehrt und entfernte sich von der Mauer. Das Durcheinander war so groß, dass viele seiner Reiter den Befehl nicht hörten und weiterkämpfen. Nach und nach lösten sich einige, die ihn bemerkt hatten, aus dem Gefecht, aber mehr als siebzig waren es nicht, die ihm folgten. Unterdessen rückte eine weitere Welle von Tsardoniern an. Über ihnen flogen Steine vorbei, die im Süden landeten. Vier trafen den Wall und schufen neue Löcher. Einen Augenblick hielt die Schanzanlage noch, dann brach sie zusammen. Kell fluchte.

»Wir müssen nach drinnen«, rief sie ihm ins Ohr, war aber nicht sicher, ob er es im Tumult überhaupt hören konnte.

»Ganz meine Meinung.«

Auf einmal ertönten Hornsignale. Die Tsardonier am Durchbruch lösten sich aus dem Kampf und rannten weg. Kell glaubte, Nunans Stimme zu hören, der seine Leute zur Ordnung rief, aber sie war nicht sicher. Erst nach einer Weile entdeckte sie ihn. Sie klopfte dem Appros auf den Rücken und rutschte vom Pferd herunter. Er nickte ihr zu und ritt weiter, um seine Leviumkrieger zwischen die konkordantische Infanterie und die Feinde zu führen.

Hinter dem Wall stiegen jetzt brennende Steine auf, und die Bogenschützen schossen ihre Pfeile in einem hohen Bogen ab. Rings um die Truppen der Konkordanz waren noch einzelne Tsardonier verstreut, die jetzt verscheucht oder niedergemacht wurden. Endlich hatte Kell sich zu Nunan durchgekämpft, der den Soldaten zurief, sie sollten sich hinter die Durchbrüche zurückziehen. Seine Infanterie gehorchte sofort.

»Komm schon«, sagte sie. »Es wird Zeit.«

»Gibt es endlich Mittagessen?«, fragte er lächelnd. »War es das wert?«

Kell blickte zum Schlachtfeld. Die Tsardonier zögerten sichtlich, von einem konzentrierten Angriff konnte nicht mehr die Rede sein. Abermals trafen einige Steine das Tor und den Wall. Es waren deutlich weniger als zuvor, aber immer noch zu viele.

»Ich weiß nicht«, sagte sie. »Aber wie dem auch sei, wir haben überlebt und werden auch im letzten Akt eine Rolle spielen.«

»Ja, wir müssen bereit sein.«

Nunan wiederholte seinen Rückzugsbefehl und rannte mit Kell und den Leviumkriegern durch den zwanzig Schritte weiten Durchbruch.

Die Stille war nur schwer zu ertragen. Nach dem stundenlangen Lärm, der einem fast das Trommelfell hätte platzen lassen, tat jetzt das Schweigen umso mehr weh. Wie ein Summen, das sich einfach nicht vertreiben ließ. Auch die tsardonischen Katapulte waren zurückgefahren und rührten sich nicht mehr. Außer Reichweite der Bogenschützen und der Katapulte hatte das Heer angehalten. Im Osten ritten einige versprengte Leviumkrieger ungehindert um sie herum. Schließlich näherten sich drei Tsardonier unter der Parlamentärsflagge.

»Warum haben sie uns nicht einfach erledigt?«, wunderte sich Kell.

»Sie haben Angst, wir könnten doch noch einen Tag durchhalten«, erwiderte der Appros, der sich als Harin vorgestellt hatte. »Wir haben zwei Drittel unserer Leviumkrieger verloren, aber die Steppenkavallerie ist fast völlig aufgerieben, und wir haben ihre hinteren Linien böse zugerichtet. Heute Morgen haben wir sie erwischt.«

»Aber nicht schlimm genug.«

Kell blickte von ihrem Aussichtspunkt auf dem Wall zu den Massen hinüber, die sich da draußen versammelt hatten. Sie waren mit Leitern, Enterhaken und einem Rammbock für die Tore ausgerüstet. Sobald sie Ernst machten, wären sie nicht mehr aufzuhalten.

Hinter ihr waren fieberhafte Vorbereitungen im Gange. An den Durchbrüchen waren Manipel mit Sarissen postiert. Unabhängig agierende Einheiten von Bogenschützen konnten jederzeit rasch eingreifen, und alle noch vorhandenen Hastati-Manipel waren durch Principes und Triarii verstärkt worden. Dies war der entscheidende Augenblick. Kein Bürger durfte jetzt kehrtmachen und weglaufen.

Selbst nach der willkommenen Verstärkung durch die Leviumkrieger waren die Verteidiger noch zwei oder gar drei zu eins in der Unterzahl. Es sah schlecht aus.

»Wenn die wüssten, dass sie im Grunde nur ans Tor klopfen müssen, um es zum Einsturz zu bringen.« Gesteris deutete auf den Rammbock und rückte seine Rüstung und die Uniform zurecht, um die Risse und Flecken zu verbergen.

»Lange können wir sie nicht mehr aufhalten, der Wall ist instabil.«

»Glücklicherweise wissen sie das nicht. Kommt schon, Kell und Nunan. Ihr auch, Appros. Euer Rock bringt sie vielleicht zum Nachdenken.«

Gesteris führte sie eine Leiter hinunter und durch die größte Lücke im Wall nach draußen. Über ihnen johlten und grölten die Legionäre. Gesteris winkte ihnen zu. Die drei Tsardonier waren inzwischen stehen geblieben. Der Kommandant in der Mitte hatte eine Hand auf den Knauf seines Schwerts gelegt. Im grauen Licht der Nachmittagssonne glänzte seine Rüstung. Er war frisch rasiert und annähernd in mittleren Jahren. Seine Begleiter hielten sich stolz und aufrecht und trugen ähnliche Abzeichen wie er.

»Ah, der einäugige General«, sagte der Kommandant in einem Estoreanisch mit starkem Akzent.

Gesteris neigte den Kopf. »Ich habe viel zu tun. Sagt mir, was Ihr wollt.«

Der Tsardonier hob die Augenbrauen, doch sein Lächeln verschwand nicht. »Die Schlacht ist verloren. Euer Heer kämpft tapfer, aber Tausende sterben. So auch auf meiner Seite. Wir haben jedoch immer noch bei Weitem die größere Streitmacht. Weiteres Blutvergießen ist unnötig. Der Ausgang steht jetzt schon fest.«

»Wirklich? Das ist aber interessant. Darüber könnten wir allerdings durchaus einige Stunden diskutieren.«

»Ich dachte, Ihr seid sehr beschäftigt.«

Jetzt lächelte auch Gesteris. »Wir wissen doch beide genau, wie es wirklich aussieht. Der Unterschied ist, dass ich meine Legionen nicht anlügen muss. Noch heute Abend wird ein Heer hier eintreffen, das uns unterstützt, und Ihr glaubt nicht, dass Ihr uns besiegen könnt, ehe es eintrifft. Ich glaube das übrigens auch nicht. Wir werden uns nicht ergeben. Dies ist das Land der Konkordanz, und das wird es bleiben.«

»Ich habe Euch in Scintarit besiegt und werde Euch auch hier besiegen«, erwiderte der Kommandant.

»Das bleibt abzuwarten. Ach, noch etwas.« Gesteris entspannte sich ein wenig. »Dieses Lied, das Eure Leute gesungen haben, hat uns alle berührt. Dafür achten wir Euch.«

Der Kommandant nickte traurig. »Wir singen es auch für unsere Feinde. Der Krieg reißt uns allen das Herz aus dem Leib, und deshalb ist Eure Entscheidung so tragisch. Wenn ich wieder bei meiner Truppe bin und Ihr zu Eurer zurückkehrt, müssen abermals Tausende Kämpfer sterben.«

»Wir werden unser Land bis zum letzten Bürger verteidigen. Euer Lied entspricht Eurer Art, und dies ist unsere Art. Ihr werdet die Konkordanz nie besiegen.«

Der Kommandant entfernte sich, und auch Gesteris drehte sich um.

»Das Endspiel«, sagte er.

»Sagtet Ihr, sie kämen heute Abend, General? Ich dachte, wir lügen unsere Leute nicht an«, meinte Nunan.

Gesteris klopfte ihm kichernd auf den Rücken. »Das hängt davon ab, wie Ihr Lüge definiert. Ich ziehe es vor, von einer Schätzung zu sprechen.«

»Wir wollen hoffen, es war eine gute Schätzung.«

»Es gibt nur einen Weg, dies herauszufinden, nicht wahr?«

Sie traten durch die Lücke im Wall. Hinter ihnen ertönten tsardonische Hörner.

»Schatzkanzler!«

Der Ruf kam von mittschiffs. Im Laufe des Morgens hatte sich das Wetter gebessert, bis sie durch den sich auflösenden Dunst in der Ferne sogar hin und wieder die estoreanische Küste ausgemacht hatten. Gleichzeitig war der Wind eingeschlafen, und nun trieben wieder die Ruder das Schiff durch die leichte Dünung. Zwar war das Segel noch gesetzt, aber der Kapitän behielt es ständig im Auge, ob es überhaupt noch etwas nützte oder ihr Fortkommen gar behinderte.

Jhered, der an der Ruderpinne gestanden hatte, eilte nach vorn. An vier Punkten waren auf Deck Ausgucke postiert, die nach dem Feind Ausschau hielten. Anscheinend hatten sie etwas entdeckt.

»Ost-Südost, Herr. Jede Menge Segel.«

Der Matrose gab Jhered sein Spähglas und wies ihm die Richtung. Jhered forschte am Horizont von links nach rechts. Ja, da waren sie. Sie schälten sich aus dem Nebel heraus und waren offenbar zum Herzen der Konkordanz unterwegs. Es war schwer zu schätzen, wie viele es waren. Einige Dutzend konnte er jetzt schon erkennen, also mussten es insgesamt sicher weit über hundert sein.

»Wie ist Eure Einschätzung? Geschwindigkeit, Richtung, wo werden sie landen?«

»Sie halten direkt auf Estorr zu, Schatzkanzler. Sie haben die Segel gesetzt, also bekommen sie womöglich den Wind, den wir heute Morgen hatten. Wir nähern uns ihnen, allerdings könnte ich nicht bestimmen, wer zuerst den Hafen erreicht. Es dürfte sehr knapp werden.«

Jhered nagte an der Oberlippe. »Im Süden und Südosten ist wohl noch nichts zu erkennen?«

»Bisher nicht, Herr.«

»Verdammt, wo bleiben die Ocetanas?« Er wandte sich zum Heck um. »Arducius! Jemand soll mir Arducius holen. Und überhaupt alle Aufgestiegenen, die etwas frische Luft brauchen. Ihr anderen, haltet Ausschau nach unserer Flotte. Sie muss doch irgendwo sein.«

Er trommelte ungeduldig mit den Fingern auf die Reling, während er wartete, bis die Aufgestiegenen endlich erschienen. Besonders froh war er darüber, dass auch Ossacer kam. Ihr Gespräch am Morgen hatte dem Jungen offenbar die größten Sorgen genommen.

»Können wir sie schon sehen?«, fragte Arducius, dem die Aufregung anzumerken war.

»Das können wir«, erwiderte Jhered. »Du kannst sie durchs Spähglas leicht erkennen. Bald wirst du sie auch mit bloßem Auge ausmachen können. Sie halten wie wir auf den Hafen von Estorr zu. Schau nur.«

Arducius blickte hinaus und zuckte zusammen, als er sie dank der Anweisungen des Ausgucks entdeckte. Dann gab er das Spähglas an Kovan weiter, der ihnen gefolgt war.

»Das sind aber viele.«

»Ja«, stimmte Jhered zu. »Und wir müssen sie aufhalten. Ich will sie nicht unbedingt versenken, aber sie sollen umkehren.«

Arducius beäugte ihn skeptisch. »Ich weiß, aber ...«

»Dies wäre ein guter Augenblick. Wir müssen den Ocetanas etwas Zeit geben, um die Küste zu erreichen, sofern sie überhaupt kommen. Falls sie immer noch blockiert werden, sind wir sowieso alle tot.«

»Die sind ziemlich weit weg«, meinte Arducius.

»Ja, und das dürfte vorerst auch so bleiben. Aber morgen früh haben wir sie praktisch längsseits, wenn wir nicht etwas unternehmen.«

»Nein, Ihr versteht das nicht. Ich kann über eine so große Entfernung keinen Sturm oder sonst etwas schicken. Ihr wisst doch, was auf der Hochebene passiert ist. Das war die äußerste Grenze unserer Fähigkeiten, und selbst da konnten wir die Energien irgendwann nicht mehr kontrollieren. Wir haben ja gesehen, was daraus geworden ist.«

»Ich weiß, und es tut mir leid, aber es ist mir ziemlich egal, ob euer Sturm außer Kontrolle gerät. Im Grunde wäre das vielleicht sogar ganz gut.« Jhered war inzwischen etwas frustriert.

»Es ist kompliziert«, meinte Ossacer leise. »Es könnte sich auch gegen uns wenden.«

Jhered seufzte. »Erkläre es mir. Ich bin nicht so dumm, wie ich aussehe.«

»Also, die Energien von Wind und Wetter sind anders als die von Bäumen und Pflanzen. Wenn wir den Pflanzen keine Energien mehr zuführen und die Kräfte nicht weiter verstärken, bricht die Wirkung einfach ab. Ein Sturm muss jedoch, sobald er entstanden ist, genau kontrolliert werden und dann unter Kontrolle auslaufen. Wenn wir ihn einfach freigeben, verwandelt er sich in ein willkürliches Wetterphänomen.

Das bedeutet, er könnte sich in gegenläufigen natürlichen Energien einfach wieder auflösen, oder er nimmt sie in sich auf und wird viel stärker, als wir es anfangs beabsichtigt hatten.«

»Und wo ist das Problem?«, fragte Jhered.

»Das Problem ist, dass wir ihn dann nicht mehr kontrollieren können«, sagte Ossacer, als wäre es das Einfachste der Welt. »Er könnte also auch abdrehen und uns selbst treffen. Das Wetter ist nun einmal unberechenbar und schwierig zu beherrschen.«

»Sei nicht so herablassend, junger Mann. Und halte mich nicht zum Narren. Ich weiß, dass Arducius das Wetter vorhersagen kann.

Deshalb konnten wir diese Überfahrt auch so schnell hinter uns bringen. Außerdem könntet ihr, wenn er herausfindet, dass sich der Sturm dreht, die Energien einfach wieder bändigen und auslaufen lassen. Trifft das nicht zu?«

Darauf folgte ein Schweigen, das Jhered sehr genoss. Er wartete noch eine Weile, ob jemand etwas sagen wollte.

»Also, wo ist das Problem?«

Arducius stieg von einem Fuß auf den anderen, während Ossacer die Decksplanken anstarrte – ein Reflex, den er beibehalten hatte, obwohl er nicht mehr sehen konnte.

»Wir sind nur noch drei«, sagte Arducius. »Wir können Ossie nicht bitten, die Energie für mich zu kanalisieren, weil wir wissen, was geschehen könnte. Wenn ich so viel Kraft dafür aufgewendet habe, einen so weit entfernten Sturm aufzubauen, der ihnen wirklich Schwierigkeiten macht, dann weiß ich nicht, ob ich noch die Kraft habe, ihn wieder aufzulösen, wenn er zu uns zurückkommt, selbst wenn Mirron mir hilft. Aber wenn Ihr wollt, werde ich es versuchen.«

Jhered lächelte und atmete erleichtert auf. Seine Frustration wich einer Art väterlichem Stolz.

»Ihr seid vielleicht Sargnägel«, sagte er. »Verbergt eure Ängste nicht vor mir. Ihr kennt mich doch inzwischen gut genug. Ich werde euch keinen Vorwurf machen, wenn ihr glaubt, ihr könntet versagen, und ich respektiere euer Wissen um eure Fähigkeiten und Kräfte. Wenn nicht anders, dann soll es eben so sein, und wir müssen einen anderen Weg finden, um zu vollbringen, was getan werden muss. Wir wollen sehen, wie nahe sie uns noch im Laufe des Nachmittags kommen. Wenn ihr etwas beisteuern könnt, solltet ihr allerdings nicht zu spät eingreifen, weil ihr sonst morgen zu nichts zu gebrauchen seid. Also denkt darüber nach, wann ihr euch einschalten und was ihr benutzen könnt.«

Er zauste Ossacers Haare und sah ihnen nach, als sie sich entfernten. Dann drehte er sich wieder zur Reling um und barg den Kopf in den Händen.

»Wir mussten sie aus dem Spiel herausnehmen, und wir mussten es sofort tun«, sagte er.

»Aber je näher die Feinde kommen, desto genauer können sie doch arbeiten«, erwiderte Kovan.

»Nein, du verstehst es nicht.« Jhered hob den Kopf und sah den jungen Vasselis an. »Nur wenn wir sehr großes Glück haben, werden die Schiffe, die sich aus dem Süden nähern, Schiffe der Konkordanz sein. Falls es feindliche Schiffe sind, müssen wir uns der Tatsache stellen, dass die Ocetanas uns nicht mehr rechtzeitig zu Hilfe kommen können. Zwei Flotten, die sich in zwei Richtungen bewegen? So klug der Windleser Arducius auch ist, er kann sie nicht alle aufhalten.«

37

848. Zyklus Gottes, 18. Tag des Dusasauf
15. Jahr des wahren Aufstiegs

Noch konnten sie das Tor halten. Sie hatten ihre Schilde, Steinplatten, Brustharnische und alles nur irgendwie Greifbare benutzt, um es gegen die bebenden Torflügel und den Rahmen zu stemmen, denn mehr war von der Festung im Grunde nicht mehr übrig. Die Bogenschützen trotzten der Gefahr und schossen auf unzählige Feinde, die den Rammbock bedienten.

Neben der Festung standen Bürger auf dem zerstörten Wall und schleuderten Steine, Speere und brennende Äste auf die Angreifer hinab.

Die Tsardonier hatten eine einfache Konstruktion eingesetzt: drei mit Stahlstäben verstärkte und mit Blechen verbundene Baumstämme, an deren Spitze ein Stahlkegel saß. Das Ganze war beweglich in einem fahrbaren Rahmen aufgehängt, sodass eine relativ kleine Mannschaft den Rammbock zurückziehen und wieder nach vorne sausen lassen konnte. Kell stand mit einer Kavallerietruppe, die aus Kämpfern der Rächer und Harins Leviumkriegern zusammengesetzt war, bereit, um etwaige Durchbrüche abzufangen.

Die Tsardonier hatten auf breiter Front angegriffen, weil sie glaubten, die Verteidiger einfach überrennen zu können, waren jedoch auf erbitterten Widerstand gestoßen. Unter dem Schutz ihrer Schilde waren sie nach vorne gestürmt, ohne auf Pfeile und

Onager zu achten, um den Wall mit Leitern und Enterhaken zu erklimmen oder ihn mit Hammer und Axt von unten zu schwächen.

Gesteris schritt hinter den Bogenschützen seine Reservetruppe ab. Neben ihm lief der Standartenträger, sein Hornist und die Flaggenmänner folgten. Er konnte fast körperlich spüren, wie nervös die Bürger waren, und gab sich Mühe, ihnen seine Zuversicht zu zeigen. Auf dem Wehrgang tobte seit zwei Stunden der Kampf. Leitern wurden angelegt, Bogenschützen schossen von unten herauf, um die Verteidiger zu vertreiben. Bürger der Konkordanz ließen ihrerseits ein Sperrfeuer aus Pfeilen hinabsausen und warfen mit Steinen, während andere Gruppen die Leitern zerhackten oder mit langen, gegabelten Stangen wegstießen.

Es war nicht zu vermeiden, dass die Angreifer immer wieder einmal Fuß fassten, aber sie konnten sich nie lange halten. Zu Gesteris' Gunsten wirkte sich jedoch die Tatsache aus, dass der Wehrgang schmal war. Die Bogenschützen konnten mühelos jeden Gegner erledigen, der von außen hochstieg und sich deutlich vor dem Himmel abzeichnete. Beide Seiten hatten viele Tote zu beklagen. Gerade kam ihm Nunan entgegen, der gegen eine Truppe von besonders entschlossenen Angreifern mit Leitern einen Ausfall angeführt hatte. Der Schwertmeister war voller Blut; er hatte einen von drei besonders gefährdeten Bereichen übernommen.

»Wie ist die Lage?« Gesteris musste schreien, um sich im Lärm der Stimmen, Waffen und des Rammbocks verständlich zu machen.

»Die Wehrgänge halten so gerade eben noch. Wir können die Angreifer nicht stark genug unter Druck setzen. Uns ist das Öl ausgegangen, und wir verlieren zu viele von denen, die sich vorbeugen, um Steine zu schleudern. Sie werden einfach abgeschossen.«

»Habt Ihr Vorschläge?«

Nunan starrte ihn grimmig an. Seine Augen glänzten hell. »General, wir müssen uns darauf vorbereiten, dass sie durchbrechen. Sie greifen den Wall an mindestens zwei Dutzend Stellen gleichzeitig an. Wir werden sie kaum noch aufhalten können, wenn sie erst ein Loch geschlagen haben. Betet nur, dass das Tor noch etwas hält.«

Gesteris blickte zum größten Durchbruch in der Mauer. Dort wurde schon seit Beginn der Schlacht besonders heftig gekämpft. Die Phalanx hielt noch, aber der Druck der Feinde von außen zeigte Wirkung. Stück um Stück mussten sie zurückweichen. »Stellt genügend Leute an den Flanken auf, damit sie nicht seitlich ausbrechen können. Auch Bogenschützen, die von der Seite auf die Feinde schießen können. Lasst die Legionäre rotieren, Pavel. Und betet, dass Roberto sehr bald hier eintrifft.«

Es blieben noch zwei Stunden Tageslicht. Gesteris fragte sich, ob die Tsardonier sich dann zurückziehen würden. Irgendwie glaubte er es nicht.

»Ihr solltet noch etwas wissen, General. Unsere Pfeile werden knapp.«

Gesteris fluchte. »Dann sagt Euren Leuten, sie sollen aufpassen, dass jeder Pfeil sein Ziel trifft. Wir können die Feinde doch nicht einfach die Leitern heraufrennen lassen. Los jetzt.«

Der General sah Nunan nach, der sich wieder in die Schlacht stürzte. Ein guter, tapferer Mann. Dann erregten aufgeregte Rufe auf dem Wehrgang seine Aufmerksamkeit. Die Bogenschützen deuteten aufs Schlachtfeld. Einen kleinen Augenblick lang frohlockte Gesteris und glaubte, Roberto sei gekommen. Doch das war es nicht. Am Himmel waren Punkte erschienen, die hell wie Laternen leuchteten. Brennende Steine, von Onagern abgefeuert.

Offenbar hatte der tsardonische Kommandant die Gefahr für seine eigenen Leute ignoriert und beschlossen, die ungenauen, mit Pech eingeriebenen Steine einzusetzen. Wie hypnotisiert verfolgte Gesteris die Flugbahnen. Es waren zwanzig, dreißig, vierzig, die in drei Schwärmen geflogen kamen. Anscheinend hatten die Tsardonier inzwischen alle ihre Wurfmaschinen repariert.

Der erste Schwarm flog über die Mauer und stürzte steil ab. In der stehenden Reserve breitete sich Panik aus. Die Bürger brachten sich rennend in Sicherheit, waren aber nicht schnell genug. Die Steine landeten mitten im Pulk und versprühten Flammen. Das schreckliche Knacken des Aufschlags traf Gesteris bis ins Mark. Einige Legionäre warfen sich auf den Boden, andere wurden zermalmt und zerfetzt oder fortgeschleudert und blieben tot vor den Füßen ihrer Freunde liegen.

Dann kam die zweite Welle. Dieses Mal prallten die Steine gegen die Krone des Walls, zerstörten die Wehrgänge und töteten gleichermaßen Krieger der Konkordanz und der Tsardonier. Mit einem lauten Knall brach von oben her ein fünf Fuß tiefes Stück des Walls ein und riss die Überreste einer Leiter und die Feinde, die darauf hochgeklettert waren, herunter. Die Trümmer fielen, nur zehn Schritte vom Durchbruch entfernt, in einen freien Bereich hinter dem Wall. Die Soldaten in der Phalanx sahen sich nervös um. Er rannte zu ihnen.

»Blickt nach vorne«, befahl er, während hinter ihm die Verletzten kreischten. »Lasst nicht nach, haltet …«

Der dritte Schwarm landete. Die Hälfte der Steine traf die Tsardonier, die am Durchbruch kämpften, oder prallte links und rechts gegen die Balken. Zwei jedoch flogen weiter und weiter, und Gesteris konnte nur noch hilflos zuschauen, wie sie mitten in der Phalanx landeten.

Der gegen Pfeile und Speere so wirkungsvolle Schildwall konnte nichts gegen einen zwei Talente schweren Stein ausrichten. Schreckliche Erinnerungen an Scintarit erwachten, als seine Männer zur Seite geschleudert, in Brand gesteckt und zermalmt wurden. Die vorderen Reihen und das Zentrum der Phalanx wichen entsetzt zurück. Unwillkürlich hoben die Kämpfer auch die Sarissen, und so konnten die wartenden Tsardonier, sofern sie nicht ebenfalls von ihren eigenen Geschützen zerquetscht worden waren, in die Lücke stürmen.

»Die verdammten Katapulte sollen schneller schießen!«, brüllte er seinen Ingenieur an und rannte den Feinden entgegen, die durch die Lücke hereinströmten.

Über die Tsardonier hinweg trafen Pfeile und Speere seine Leute und trieben die Phalanx immer weiter zurück. Männer und Frauen stiegen rückwärts über die entstellten, schwelenden Körper ihrer Freunde und Kameraden. An den Seiten des Durchbruchs setzten Nunans Kämpfer zum Gegenangriff an. Immer schneller und energischer drängten die Tsardonier herein. »Zu mir!«, rief Gesteris. Seine Stimme war im Tumult kaum zu hören, doch die Standarte war ein Signal, das zur Ordnung rief. »Zum General!«

Er stürzte sich in den Kampf und trieb einem tsardonischen Bogenschützen mit einem wuchtigen Abwärtshieb die Klinge in die Schulter. Sofort rannte er weiter und knallte seinen Schild einem zweiten mitten ins Gesicht. Dann stach er mit dem Gladius nach rechts zu und spürte, wie die Waffe an einem Brustharnisch abprallte. Die Extraordinarii und die Reserve der Legion griffen an seiner Seite ein. Der Zenturio, der die Phalanx befehligte, sorgte brüllend für Ordnung und ermutigte seine Leute. Die Spitzen der Sarissen senkten sich wieder, und die Soldaten konzentrierten sich allmählich wieder auf die Schlacht.

Doch der Feind hatte am Wall fast schon die Oberhand gewonnen. Hinter den Schwertkämpfern sammelten sich die Bogenschützen und schossen über die Köpfe ihrer Gefährten hinweg auf die Verteidiger, die den Vorstoß aufhalten wollten. Die Bogenschützen der Konkordanz antworteten, zu Dutzenden fielen Schwertkämpfer auf beiden Seiten. Gesteris riss den Schild nach oben und traf das Kinn eines Mannes, der die Rüstung der Konkordanz, aber die Abzeichen des rebellischen Atreska trug. Er spuckte auf ihn und trat zurück.

»Schafft hier Ordnung! Ich brauche eine Kampflinie. Haltet Disziplin, Konkordanz!«

Doch zumindest vorübergehend war jegliche Ordnung dahin. Die Tsardonier waren tief in die Phalanx eingedrungen und machten die Legionäre nieder, die durch ihre sperrigen Waffen behindert wurden. Er musste sie dort herausholen.

»Levium, für den Schatzkanzler!«

Gesteris grunzte zufrieden. Sie kamen von links, dreißig Kämpfer breit und mindestens acht Reihen tief gestaffelt. Mit Schilden, die sie den Toten abgenommen hatten, bildeten sie einen Wall, hinter dem Gesteris scharfe Klingen blitzen sah. Die Einnehmer griffen die eingedrungenen Tsardonier von der Flanke her an.

Gesteris erkannte sofort, was Harin beabsichtigte. Die hinteren Reihen hielten die Schilde hoch über die Köpfe, um die feindlichen Pfeile abzuhalten, während sich die Kämpfer auf der linken Seite drehten, um Schritt für Schritt die Lücke zu schließen. Er rief seine Extraordinarii zu sich und schaltete sich wieder in den Gegenangriff ein. Mit seinem Schild bahnte er sich einen Weg durch die wild entschlossenen tsardonischen Infanteristen, um direkt vor einen verängstigten Sarissenträger der Hastati zu treten und einen Angreifer zurückzuschlagen.

»Verschwinde hier«, rief er über die Schulter zurück. »Zurück in die Reserve und neu formieren. Los.«

Wieder rückten die Tsardonier vor. Gesteris fing eine Klinge mit der oberen Kante des Schildes ab. Die Schneide fraß sich tief hinein. Gesteris riss den Schild abrupt zurück und zog den Gegner an sich heran. Sein Gladius war schon bereit und durchbohrte den Bauch des Gegners, der gurgelnd zusammenbrach. Im Kreis seiner Leibwächter drängte Gesteris weiter.

Sie kämpften sich bis ins Zentrum der Phalanx vor. Wieder und wieder stieß Gesteris mit dem Schild zu und trieb die Feinde zurück. Rechts näherten sich unaufhaltsam die Leviumkrieger. Harin war in ihrer Mitte und leitete den Angriff. Vor ihnen wichen die Tsardonier zurück, da sie die dichte Reihe nicht durchbrechen konnten. Nach und nach zog Gesteris die meisten Krieger der Phalanx zurück.

Dann bemerkte er Harins Blick. Der Appros winkte ihm, ebenfalls zurückzuweichen. Gleich darauf zischten Pfeile der Leviumkrieger durch die Reihen und fällten zahlreiche weitere Feinde. Endlich zogen sich die Tsardonier zurück, doch der Einschlag eines Pfeils erinnerte Gesteris daran, dass er den Schild vor den Körper halten musste. Dieses Mal konnten sie ihre Reihen noch schließen, aber die Tsardonier würden wiederkommen. Sie nahmen keine Rücksicht auf eigene Verluste, und er fürchtete, dass die Katapulte bald wieder feuern würden.

Es dauerte nicht lange. Bald darauf zerstörten die Geschosse das Tor, und die meisten Leviumkrieger waren zu weit entfernt, um zu helfen.

Als es dunkelte, ließ Roberto die Armee für eine kurze Rast anhalten. Der Schweiß trocknete, und sofort kroch ihnen die Kälte in die Knochen. Einige Soldaten entfachten rasch ein Feuer, und ein paar Glückliche würden ein heißes Getränk bekommen. Für die meisten war es nichts weiter als eine kleine Pause, um die schlimmsten Schmerzen in Schenkeln, Waden und Füßen abklingen zu lassen. Er hatte sich über die Nachricht gefreut, dass Jhered sich Estorr näherte. Die Auseinandersetzungen hier und dort würden fast gleichzeitig ihren Höhepunkt erleben.

Roberto und seine Befehlshaber wanderten durch die Truppe und sprachen Worte der Ermutigung, um die angeschlagene Moral zu heben und den Leuten neue Kraft zu geben. Die Soldaten redeten kaum miteinander, und das machte ihm mehr Sorgen als alles andere. Offenbar waren sie so erschöpft, dass sie nichts tun konnten, außer herumzusitzen und ins Leere zu starren. Er sah die eingefallenen Wangen und die tief in den Höhlen liegenden Augen und fürchtete besonders um jene, die sich nicht zu setzen wagten, weil sie Angst hatten, anschließend nicht mehr aufstehen zu können. Er wusste, wie sie sich fühlten.

Alle drehten die Köpfe herum, als sich Hufschläge näherten. Roberto war sicher, schon einmal eine tiefe Stille erlebt zu haben, aber ein Schweigen wie dieses war ihm neu. Es breitete sich im zwei Meilen langen Zug aus wie die Flammen auf einer Öllache. Im Hintergrund hörten sie das ferne Tosen der Schlacht an der Grenze.

Roberto entfernte sich ein Stück von seiner Truppe und winkte die Reiterin zu sich. Die Frau fiel beinahe aus dem Sattel, das Tier schwitzte stark, hatte Schaum vor dem Maul und zitterte. Er stützte sie, und sie vergaß einen Augenblick seinen Rang und klammerte sich an ihn.

»Entschuldigung. Es tut mir leid, General.«

»Schon gut«, sagte Roberto. »Sprich, was ist los?«

»Sie konnten die Angreifer nicht vom Wall abhalten«, meldete sie keuchend. »Ich bin geritten, so schnell ich konnte. Wir sind noch etwa fünfzehn Meilen entfernt. Mehr ist es nicht. In den Verteidigungsanlagen klaffen zahlreiche Löcher. Der Feind wird auch im Dunkeln weiterkämpfen. Er weiß, dass wir kommen.«

»Stellt sich uns jemand entgegen?«

»Keine größeren Verbände.«

Roberto nickte. »Melde dich bei den Ärzten, steig auf einen Wagen und ruh dich aus. Das hast du gut gemacht.«

»Danke, General.«

Er überließ sie der Obhut einiger Legionäre.

»Also müssen wir kämpfen, bevor wir ruhen dürfen, nicht wahr, General?«

Roberto schürzte die Lippen und nickte. »Ich fürchte, so ist es, Zenturio. Wo ist Davarov? Wo ist mein Schwertmeister?«

»Genau hier, General.« Davarov war bereits nach vorne getrottet.

Roberto musste lächeln. »Bist du denn niemals erschöpft?«

Davarov blieb stehen und legte den beiden nächsten Legionären die Hände auf die Schultern. »Nein, und wenn ich muss, werde ich diese Männer in die Schlacht tragen.«

Darauf jubelten einige Männer in der Nähe. Roberto führte Davarov ein Stück weiter, um ungestört mit ihm reden zu können.

»Wir müssen der ganzen Truppe etwas bekannt geben.« Er strich sich über die Stirn. »Es ist schwierig. Wir müssen schneller laufen, und wir müssen sofort kämpfen, wenn wir eintreffen. Neratharns Verteidigung steht kurz vor dem Zusammenbruch.«

Davarov starrte ihn an. »Schneller? Diese Bürger haben keine Kraft mehr.«

»Sie müssen irgendwo neue Kraft finden. Drei Stunden lang fünf Meilen in der Stunde, und dann die Schlacht. Ich führe sie an. Die Kavallerie bildet die Vorhut, sobald wir in der Nähe sind. Es geht nicht anders, alter Freund. Sonst hätten wir uns all die wunden Stellen und Blasen umsonst zugezogen. Alle Männer und Frauen, die unterwegs gestorben sind, wären umsonst gestorben. Das darf nicht sein.«

»Also gut«, sagte Davarov. »Ich gebe es an die Triarii weiter. Ein letzter Marsch.«

Roberto legte Davarov eine Hand auf die Schulter und nickte. »Ein letzter Marsch. Noch etwas, Davarov. Ich habe dich am Anfang des Marschs falsch eingeschätzt. Das tut mir leid.«

»Nein, General, du hattest recht. Manchmal brauchen auch alte Soldaten neue Augen, um den wahren Weg zu erkennen.«

»Ein kluger Gedanke.«

»Hoffentlich ist die Legion ebenso aufgeschlossen für das, was ich ihr zu sagen habe.«

Mit einem Siegeslied auf den Lippen zogen die Tsardonier durch das Tor. Sie stiegen über Schutt, die Trümmer der Torflügel und die zermalmten und zerfetzten Toten hinweg, darunter viel zu viele konkordantische Kämpfer. Kell beruhigte ihr Pferd, verdrängte die Erinnerung an die rollenden, brennenden Steine, die ihre Verteidigung weggefegt hatten, und gab das Signal zum Angriff. Hinter ihr ertönten weitere Hornsignale, die auch die Leviumkrieger zum Kampf riefen. Ein paar Bogenschützen leiteten den Angriff ein.

Einen Augenblick lang wirkte es. Die Tsardonier hatten sich nicht zu einer ordentlichen Reihe aufgestellt, und die Kavallerie stürmte mitten durch sie hindurch. Jeder Schlag fand sein Ziel. Kell ließ das Schwert niedersausen und spaltete den Helm eines Gegners von hinten, riss die Klinge wieder hoch und traf die Brust eines zweiten Feindes. Wieder zog sie das Schwert zurück und schlug dem dritten Gegner den Knauf auf den Kopf. Ihre Kavallerie war an ihrer Seite und verscheuchte die Tsardonier.

Doch vor dem Tor drängten sich die Feinde in großer Zahl. Der kurze Angriff geriet ins Stocken, und obwohl die Leviumkrieger links und rechts vorstießen, um die Gegner weiter zurückzutreiben, blieben sie im Gewirr von Pferden und Stahl stecken. Kell wendete und zog sich zurück, die Kavallerie verstand das Manöver und versuchte ihr zu folgen. Sofort waren die Tsardonier wieder da, und nun gab es nicht mehr genügend konkordantische Infanterie, um sie aufzuhalten.

Zu beiden Seiten sah sie sich von Feinden umzingelt. Sie hackte nach links und rechts und hielt sie auf Abstand, während sie sich durchs Tor zurückkämpfte, um ihre Leute für einen weiteren Angriff zu sammeln. Doch die Gegner überrannten die Reiter. Die Tsardonier hieben gleichermaßen auf die Beine von Tieren und Menschen ein und machten sie nieder. Frustriert stieß Kell einen Schrei aus und suchte einen Zenturio.

»Schick deinen Manipel dort hinaus. Wir brauchen Fußsoldaten, sonst sind wir erledigt. Geh schon, ich unterstütze dich.«

Der Zenturio nickte und führte seine nervösen Hastati nach vorn. Fliehende Reiter strömten um sie herum und versuchten, sich für einen weiteren Angriff zu sammeln oder aus größerer Entfernung ihre Bogen einzusetzen. Kell zog ihr Pferd herum und entdeckte eine einsame Reiterin der Rächer in einem Meer aus Feinden. Die Frau schlug wild um sich und drehte immer wieder ihr Pferd. So tapfer sie kämpfte, das Ende war unausweichlich. Die Tsardonier setzten sich durch und strömten abermals durchs Tor.

Harin zog seine Leviumkrieger zurück und rief sie zu den Pferden. Die Phalanx formierte sich neu, doch es war nur eine Frage der Zeit, bis die Steine der Katapulte wieder ihr Ziel fanden. Die Tiere der Einnehmer waren hinter der Reserve in einen Pferch gesperrt. Sie waren noch nicht abgesattelt und warteten nervös, während ringsherum der Tumult zunahm.

»Schnell hinüber und aufsitzen«, befahl er den zweihundert Kämpfern, die bei ihm waren. »Wir müssen die Gegner aufhalten. Wenn wir einen Durchbruch erkennen, reiten wir hinein und verschaffen der Infanterie etwas Zeit, sich zu formieren. Levium, für die Konkordanz und für mich!«

Nach wie vor schlugen die Geschosse der Onager ein, und immer noch schoss die Konkordanz zurück. Die Gegner hatten jedoch hinter dem Wall einen entsetzlichen Schaden angerichtet, und der Wehrgang war an mehr als einem Dutzend Stellen zerstört. Harin ritt nach Süden und entfernte sich von den stark bedrohten Toren, wo sich aber immerhin eine beträchtliche Zahl von Soldaten versammelt hatte, um die Gegner abzuwehren. Unter ihnen war auch Kell. Solange sie noch im Sattel saß, würden ihre Reihen nicht unterliegen.

Gesteris war unten am größten Durchbruch und brachte sein eigenes Leben in Gefahr. Nunan kämpfte neben ihm und dirigierte die Truppe. Nach und nach verloren sie die Kontrolle über die Wehrgänge. Sie hatten nicht nur den größten Teil ihrer Munition verbraucht, sondern auch viele Bogenschützen verloren. Und jeder

Schwertkämpfer, der dort hinaufging, wusste, dass er nicht mehr herabsteigen würde.

»Wartet hier«, sagte er, dann ritt er zu Gesteris. »General?«

»Appros, wie stehen wir da?«

»Sehr schlecht«, erwiderte Harin. »Ihr müsst den Wehrgang räumen. Lasst die Tsardonier hochklettern. Stellt unten Bogenschützen und Schwertkämpfer auf. Wir verschwenden da oben brave Bürger.«

Gesteris blickte hinauf. Dort oben wurde hitzig gekämpft. Tote Soldaten stürzten nach vorn auf ihre Feinde oder zurück auf die Gefährten. Unzählige Gefallene lagen umher.

»Noch nicht. Solange sie dort sind, haben wir noch keinen Boden verloren. Wir müssen noch etwas Zeit herausschinden.«

»Wartet nicht zu lange. Wir ...«

Ein mächtiger Einschlag ließ den Boden unter ihren Füßen beben. Die Tsardonier brüllten erfreut, als zwei weitere Abschnitte des Walls zusammenbrachen. Sofort stürzten die Feinde hindurch und schwärmten hinter dem Wall aus. Wartende Manipel griffen sie unter Leitung der in ihren Reihen verteilten Triarii entschlossen an. Gesteris hatte nicht mehr genügend kampffähige Zenturionen.

Harin nickte Gesteris zu und lenkte sein Pferd zu seinen Leviumkrieger zurück, die auf die nächsten Befehle warteten.

»In die Lücke«, rief er. »Haltet den Angriff auf und isoliert die, die schon eingedrungen sind.« Er deutete auf einen Reiter. »Du holst die übrigen Leviumkrieger. Sie sollen aufsitzen und sich hier sammeln. Wir werden bald den Wall verlieren. Beeile dich.«

Im Grunde war es hoffnungslos. Harin galoppierte den rennenden Tsardoniern entgegen, um sie an der Flanke anzugreifen. Sie brachten sich mit Sprüngen vor seinem Pferd in Sicherheit. Er beugte sich vor und zerschnitt ihnen die Gesichter, drückte sich dicht an den Pferderücken, um den Pfeilen zu entgehen. Hinter ihm folgten die Leviumkrieger seinem Beispiel. Die Pferde suchten sich zwischen den Toten und dem Schutt einen Weg. Dann wendete er wieder und ritt zurück, wobei er schräg auf die Mauer zuhielt, durch die immer neue Gegner eindrangen. Es waren Hunderte, und draußen warteten noch viele Tausend.

Weitere Einschläge. Hinter dem Wall rollte eine Feuerkugel über das Gelände, zerschmetterte die Geschütze der Konkordanz und tötete augenblicklich die Mannschaften. Ein weiterer Abschnitt der Mauer barst nach innen, die Steine flogen hoch in die Luft und krachten auf die wenigen Reservetruppen herab, die noch nicht eingesetzt worden waren. Jetzt waren es einschließlich des Tors bereits fünf Durchbrüche. An zwei Stellen stießen die Tsardonier auf keinen Widerstand und rannten sofort zu den wenigen noch intakten Katapulten.

Harin trat nach dem Kopf eines Tsardoniers, doch auf einmal musste er vor Schmerzen keuchen. Ein Pfeil hatte unter dem Brustharnisch seine Rüstung durchbohrt, er blutete stark. Zitternd atmete er ein und ließ das Schwert auf die Schulter eines atreskanischen Legionärs niedersausen, der zu den Feinden übergelaufen war. Dann trat er seinem Pferd die Hacken in die Seiten und drängte es weiter nach vorn. Einige Leviumkrieger, die seine Verletzung bemerkt hatten, nahmen ihn in die Mitte.

Nun ertönten auch noch die Hornsignale, die er gefürchtet hatte, und alle Männer und Frauen in den Linien und Legionen der Konkordanz nahmen den Ruf auf.

»Rückzug! Rückzug! Zur Palisade! Verteidigt das Hauptlager!«

Die Leviumkrieger kamen und halfen ihm, doch er wehrte sie ab, sobald sie aus der größten Gefahr heraus waren.

»Nein, nein. Zum Sammelpunkt. Wir müssen hier heraus und uns hinter die Feinde setzen. Das ist unsere einzige Möglichkeit, den Verteidigern zu helfen. Hinter der Palisade nützen uns die Pferde nicht viel.«

»Ihr seid verletzt, Herr. Wir müssen Euch in Sicherheit bringen.«

»Sicherheit? Zeigt mir, wo sie ist, und ich führe uns alle dorthin. Levium, für den Schatzkanzler, für die Konkordanz und für mich. Wir müssen hier heraus, aber zuerst wollen wir den Legionen so viel Zeit verschaffen wie möglich. Wir reiten.«

Gesteris hatte die Leviumkrieger beobachtet und konnte nur noch lautlos »Danke« sagen, als er zur Palisade zurückrannte. Immer wieder setzten die Leviumkrieger den eindringenden Tsardoniern zu. So gewannen die Verteidiger auf ihrer Flucht zum letzten Bollwerk der konkordantischen Verteidigung im Norden ein paar kostbare Schritte.

Hinter ihnen hielten die Triarii in einer undurchdringlichen Dreierreihe dem Ansturm der Feinde stand. Die anderen konnten sich schnell zurückziehen, was sie vor allem Harins Mut und den Leviumkriegern zu verdanken hatten, die jedes Mal, wenn sie in die feindlichen Reihen vorstießen, in großer Zahl niedergemacht wurden. Kell war bei den Triarii. Was von ihrer Kavallerie noch vorhanden war, weniger als dreißig Reiter, sicherte die Flanken der zurückweichenden Verbände.

Dutzende oder gar Hunderte von atreskanischen Rebellen verstärkten die tsardonischen Einheiten. Gesteris hatte keine Zeit, sich darüber Sorgen zu machen. Er musste die letzte Verteidigungslinie organisieren und konnte nur hoffen, dass Roberto näher war, als er eigentlich sein konnte. Doch anscheinend hatte sich der Allwissende an diesem Tag von ihnen abgewandt. Gesteris hatte den Wall bis zur Dämmerung halten wollen, um sich, wenn nötig, im Schutz der Dunkelheit zurückzuziehen. Dies hier erinnerte ihn jedoch viel zu sehr an Scintarit. Der einzige Unterschied war, dass er sich hinter einer Palisade verschanzen konnte.

Zwischen den verlassen oder zerstörten Onagern hindurch mussten sie vierhundert Schritte rennen, um die Sperre zu erreichen. Stolz flatterte die konkordantische Flagge über dem offenen Tor.

Vierhundert Infanteristen und Ingenieure waren bereits dort drinnen. Sie hatten sich vor dem Lager, den Geschützplattformen und dem Wehrgang aufgestellt. Auf den Türmen standen Bolzenschleudern bereit. Diese Palisade war nicht als Bastion für ein Heer gebaut worden, sondern als letzte Zuflucht.

Gesteris hielt inne und sah sich um. Im schwindenden Tageslicht ritten die Leviumkrieger ein letztes Mal vorbei, wendeten und griffen die Tsardonier frontal an. Gesteris nickte und wünschte ihnen halblaut alles Gute. Dann gab er den Hornisten ein Zeichen, und die letzte Reihe der Verteidiger drehte sich um und rannte ebenfalls zurück.

Seine Leute strömten ins Hauptlager. Über ihm flogen die Geschosse und die Bolzen von Ballisten vorbei. Als Gesteris mit den letzten Legionären die langen Schatten vor dem Torhaus passierte, ließen die Bogenschützen eine vernichtende Salve los. Die Tsardonier wurden langsamer und mussten sich mit erhobenen Schilden schützen.

Gesteris hatte keine Ahnung, über wie viele Leute er noch verfügte. Er rannte hinein, klatschte mit der flachen Hand auf die Flanke des Pferds, als Kell vorbeiritt, und befahl, die Tore zu schließen, sobald der letzte Bogenschütze wieder drinnen war. Draußen marschierten die Feinde auf. Sie würden ihre Katapulte und Ballisten bald nachführen, denn die paar hundert Leviumkrieger konnten ihren Vorstoß höchstens ein wenig verzögern.

Hier würde es enden. Hier und im Hafen von Estorr sollte sich das Schicksal der Konkordanz entscheiden. Der erste von Gesteris' wenigen noch verbliebenen Kämpfern stürzte vom Wehrgang, nachdem er einen Pfeil ins Gesicht bekommen hatte. Die Tsardonier hatten nicht einmal innegehalten, um Atem zu schöpfen.

38

848. Zyklus Gottes, 18. Tag des Dusasauf
15. Jahr des wahren Aufstiegs

Harin unterdrückte die Schmerzen in seiner Seite und schlug mit dem Schwert zu. Unzählige Male hatte er diese Bewegung schon ausgeführt, und inzwischen tat sein Arm ebenso weh wie seine Schenkel, sein Hintern und im Grunde sein ganzer Körper. Die Leviumkrieger hackten und schlugen sich durch den Kern der tsardonischen Truppe. Harin hob die Klinge, zog sie rasch zur Seite und wehrte einen Speerstoß ab, dann führte er sie wieder zurück und schmetterte sie auf einen Helm.

Sieben Pferde breit ritten die Leviumkrieger neben ihm. Auch wenn sie ihn abzuschirmen suchten, jetzt mussten alle kämpfen. Die Tsardonier strömten um sie herum und ließen sie weitgehend in Ruhe, weil sie ihr wahres Ziel und den großen Sieg zum Greifen nahe vor sich sahen. Direkt vor ihm leisteten sie jedoch Widerstand, um die eigenen Katapulte zu schützen.

Der Schutt und der eingestürzte Wall, zu dem sie ritten, bildeten einen schrecklichen Hintergrund. Die Tsardonier stürmten in hellen Scharen durch die breiten Lücken, als könnten sie es nicht erwarten. Sie wichen den Toten aus, die zu Tausenden herumlagen, hilflos unter den Augen des Allwissenden. Freund und Feind zusammen, wie es immer war, wenn eine Schlacht sich ihrem Ende neigte.

Die Sonne ging rasch hinter den Leviumkriegern unter und warf tiefe, kalte Schatten übers Schlachtfeld. Schon sammelten sich die Vögel am Himmel und warteten auf die Gelegenheit, an den Toten herumzupicken. Harins Zorn vertrieb die Schmerzen. Er gab seinem Pferd einen Tritt mit der Hacke, und die Stute gehorchte und sprang los, keilte mit den Vorderhufen aus und verletzte einen Tsardonier an der Brust. Sobald sie wieder sicher stand, rannte sie weiter. Harin gab dem Mann mit dem Schwert den Rest. Vor ihm stürzten oder verstreuten sich die Tsardonier.

Höchstens zehn Prozent der Leviumkrieger, mit denen er vor einigen Tagen in die Schlacht gezogen war, begleiteten ihn jetzt noch. Dreihundert zählten sie, und einige weitere mochten während des Kampfes in alle Himmelsrichtungen versprengt worden sein. Zu viele lagen tot am Boden.

Sie galoppierten durch das geschleifte Tor hinaus ins offene Gelände, wo er die Feuer rings um die Katapulte ausmachen konnte, die gerade für den Transport vorbereitet wurden. Gruppen von Bogenschützen und Schwertkämpfern deckten sie. Die Feinde johlten, weil sie glaubten, Harin wollte mit seinen Kämpfern vor der Schlacht fliehen. Er konnte der Versuchung nicht widerstehen, ihnen zu zeigen, wie falsch diese Einschätzung war.

Er hob das Schwert und deutete auf die vorderste Gruppe von Geschützen. Die Leviumkrieger verteilten sich auf eine breite, zwei Reiter tiefe Linie und ritten im Halbkreis weiter. Die Kämpfer an den Flügeln galoppierten schneller, um die Bedienmannschaften und ihre Verteidiger in die Zange zu nehmen. Harin stieß einen zufriedenen Ruf aus. Dieses Manöver hatten sie oft geübt, und es war schön, es in der Praxis zu sehen.

Vor ihm drängten sich die Bogenschützen und Schwertkämpfer und versuchten, sich in alle Richtungen abzusichern. Die Pfeile flogen den Leviumkriegern, die vorgebeugt auf den Pferderücken lagen, entgegen. Sie boten kein gutes Ziel, und ihre Linien waren nicht tief gestaffelt. Seine Bogenschützen waren im Sattel besser als diese Tsardonier auf festem Boden.

Harin ließ die Klinge über dem Kopf kreisen und führte seine Truppe zum Angriff. Er lenkte das Pferd nach links, holte aus und trennte einem Bogenschützen den Arm ab. Dreihundert Reiter fielen über die Bedienmannschaften her. Bogenschützen erledigten zuerst ihre Gegenspieler, berittene Schwertkämpfer nutzten ihre Höhe, um die Feinde von oben niederzumachen. Es war ein Gemetzel. Nicht schön, aber äußerst erfolgreich.

Harin trieb seine Klinge durch den Hals eines verängstigten jungen Soldaten und löste den Toten mit einem Tritt von der Schwertspitze. Die Vernichtung der Geschütze überließ er seinen Einnehmern, während er sich das nächste Ziel suchte. Aus Richtung des Walls kam niemand in ihre Richtung, und die tsardonischen Wurfmaschinen waren praktisch ungeschützt. Im Süden verloren sich einige Katapulte im Zwielicht. Hier aber herrschte Panik, und zwei oder drei Bogenschützen waren sogar schon losgerannt, um Hilfe zu holen.

Er drehte sein Pferd einmal ganz herum. Die niedrig hängenden Wolken begrenzten sein Sichtfeld, und jetzt, in der Dämmerung, begann es auch noch zu schneien. Im Nordosten aber bewegte sich ein Schatten. Er war breit, und in den letzten Sonnenstrahlen blinkte etwas. Harin ließ sein Pferd ein paar Schritte traben und kniff die Augen zusammen, um es zu erkennen. Dann schälten sich die Schatten aus dem Zwielicht.

»Oh nein«, keuchte er.

Reiter. Hunderte Berittene kehrten aufs Schlachtfeld zurück. Die blinkenden Lichter waren die Reflexionen auf den Spitzen der Lanzen. Nur eine Einheit benutzte sie in so großer Zahl, und er war so dumm gewesen zu glauben, sie wären besiegt und verstreut worden. Er fragte sich, ob sie ihn und seine Leute schon bemerkt hatten. Falls dies noch nicht geschehen war, würde es bald so weit sein.

»Levium! Wir müssen verschwinden. Steppenkavallerie im Nordosten.« Er ritt an ihnen vorbei, und sie stellten ihr Zerstörungswerk an der feindlichen Artillerie ein. Ein kleiner Schlag für die Konkordanz. »Was ihr auch macht, hört sofort auf.«

Er trieb eine Stute so schnell an, wie sie nur laufen wollte. Die Leviumkrieger rasten am Rand des feindlichen Lagers entlang und ignorierten die wenigen Wächter. Sobald sie wieder auf der Hauptstraße waren, galoppierten sie nach Osten und hofften, in den Gawbergen untertauchen zu können.

Als er jedoch vor sich Rufe hörte, wurde ihm klar, dass der Allwissende noch nicht mit ihnen fertig war. Auf der Hauptstraße kamen ihnen noch mehr Reiter entgegen. Es mussten mehr als tausend sein. Harin hätte am liebsten geweint. An jeder Ecke stießen sie auf neue Widerstände, niemals war das Glück auf ihrer Seite. So war es an den Wällen gewesen, und so war es auch jetzt.

Harin setzte sich vor seine Leviumkrieger, um den Angriff anzuführen, der ihr Schicksal besiegeln würde. Es wäre sinnlos gewesen, umzukehren und sich den anderen zu stellen. Er gab Befehl, im Trab zu reiten. Sie würden warten, bis die Gegner nur noch hundert Schritte entfernt waren, und dann in vollem Galopp zuschlagen.

»Leviumkrieger, macht euch bereit. Wir wollen eine letzte ruhmreichen Attacke durchführen. Jeder Reiter, den ihr aus dem Sattel holt, ist einer weniger, dem Gesteris sich stellen muss. Setzt euer Leben klug ein.«

Er hob das Schwert. Der letzte Angriff. Harin sah sich über die Schulter um. Sie waren bereit und gefasst, sie zeigten keine Furcht, sondern nur Entschlossenheit und Stolz. Sie alle machten dem Rock der Einnehmer Ehre. Er wandte sich wieder nach vorn.

»Levium!« Doch er senkte das Schwert nicht zum Angriff, sondern nahm es langsam vor sich herunter. Erleichterung durchflutete ihn, und sein Kopf war auf einmal so leicht, dass ihm beinahe schwindlig geworden wäre. »Zurückbleiben, zurückbleiben.«

Er deutete auf die Standarte, die sich ihnen näherte. Es war das Wappen der Familie Del Aglios.

Die Leviumkrieger richteten sich in den Steigbügeln auf und jubelten. Sie bemerkten nicht, wie die Schmerzen Harin übermannten. Ihm entglitt das Schwert, und er presste die Hand auf die Pfeilwunde. Seine Rüstung, sein Sattel und die Flanke seines Pferds waren nass von seinem Blut. Seine Schwäche hatte nichts mit der Erleichterung zu tun. Er schwankte im Sattel.

Die Reiter, die sich ihnen näherten, hoben die Speere. Die Rittmeisterin in ihrer Mitte ließ sie mit hochgerecktem Arm anhalten, und das Donnern der Hufe verebbte zu einem leisen Grollen, als die Kavallerie in den Trab fiel und ein paar Schritte vor ihnen zum Stehen kam.

»Ich bin Appros Harin, und dies sind meine Einnehmer«, quetschte er mühsam heraus. In seinem Kopf entstand ein lautes Rauschen.

»Elise Kastenas, Schwertmeisterin der Legionen von Del Aglios.« Sie trabte zu ihm. »Kommen wir zu spät?«

»Nein«, sagte Harin, der Mühe hatte, sich aufrecht zu halten. »Im Norden auf dem Schlachtfeld sind tausend Steppenkavalleristen. Reitet auf der Straße nach Westen. Die Verteidigung von Neratharn ist zerstört. General Gesteris wird hinter der Palisade belagert. Er hat höchstens noch zehntausend Kämpfer. Draußen sind dreißigtausend Tsardonier.«

»Diese Belagerung wird bald durchbrochen sein.«

Harin nickte. Ihm wurde übel. »Gesteris ist ein guter Mann. Kell und Nunan sind bei ihm, aber er wird die Nacht nicht überstehen. Ich weiß, wie er sich fühlt.«

Harin spürte, dass er stürzte, aber vom Aufprall bekam er schon nichts mehr mit. Er hörte Lärm und sah verschwommene Gesichter, irgendjemand drückte auf die Wunde, in der noch die Pfeilspitze steckte. Es war sinnlos, sie jetzt herauszuholen. Sie hatte mehr als nur die Haut durchbohrt. Er verlor im ganzen Körper das Gefühl.

»Legt ihn auf eine Trage«, rief Kastenas. »Bringt ihn zu Dahnishev.«

»Nein«, sagte er. Er packte ihren Arm, bis sie sich zu ihm umdrehte. »Hört mir zu.«

»Ruht Euch aus, Appros. Ihr habt alles getan, was Ihr tun konntet.«

»Nein«, widersprach er und schüttelte den Kopf, um die Schwärze zu vertreiben, die ihn umfangen wollte. »Tut, was ich nicht mehr tun konnte. Nehmt die Leviumkrieger mit. Lenkt ihre Kavallerie ab. Zerstört die Katapulte. Erkauft den Verteidigern Zeit.«

»Ich werde Euch nicht enttäuschen.«

Harin nickte. »Wie viele seid Ihr?«

»Etwa neuntausend einschließlich derer, die Ihr hier seht. Wir wollen hoffen, dass es reicht.«

»Es wird reichen«, sagte Harin, während ihr Gesicht vor ihm verblasste. »Es wird reichen.«

»Legionäre, seid ihr wütend?«

Das ganze Heer brüllte, so laut es konnte.

»Seid ihr bereit zu kämpfen?«

Endlich saß Roberto auf dem Pferd und trabte neben Davarov. Er staunte, wie weit die Stimme des Atreskaners trug. Harin war gestorben, aber was er Kastenas berichtet hatte, führte nun zu einer Änderung ihrer Pläne. Die Truppe hatte die Schlachtordnung eingenommen und bewegte sich fast im Dauerlauf.

»Denkt an jeden Toten, den wir auf der Straße gesehen haben, und jeden noch lebenden Bürger, an dem wir auf der letzten Meile vorbeikommen. Dafür kämpft ihr. Für eure Leute, für die Konkordanz, für euren General.«

Dieses Mal war das Brüllen noch lauter, und die Manipel skandierten sogar Robertos Namen. Die Rufe setzten sich in der ganzen Armee fort, bis achttausendfünfhundert erschöpfte Soldaten eingestimmt hatten. Roberto stellte sich in den Steigbügeln auf, das Pferd hielt auch ohne Zügel mit der Infanterie Schritt. Mit erhobenen Händen bat er um Ruhe.

»Sie sollen uns hören, sie sollen wissen, dass wir kommen. Wir müssen befreundete Legionen retten und einem großen General helfen, und wir müssen Verräter und Tsardonier töten. Schreit jetzt. Schreit und kämpft, bis eure Schwerter rot sind. Wir sind die Konkordanz.«

Darauf brach ein ohrenbetäubender Lärm aus, und Roberto stieß die Faust in die Luft, um ihnen zu antworten. Dann setzte er sich wieder in den Sattel und ritt, von Davarov begleitet, an die Spitze des Zuges.

»Roberto, wenn ich darf?«

»Ja, Davarov.« Er war schrecklich müde, aber etwas Kraft war noch in ihm. Genug für einen letzten Schlag.

»Lass mich den Gesang dirigieren. Ein Lied, damit die rebellischen Bastarde mit den Tsardoniern zusammen um ihre Mütter weinen und den Mut verlieren, gegen uns zu kämpfen.«

Roberto betrachtete den Mann, der strahlend vor Stolz neben ihm ritt. »Weißt du etwas Passendes?«

»Oh ja, General. Und ob.«

Die Onager waren da draußen, und wenn sie eingesetzt wurden, wäre die Schlacht so gut wie vorbei. Das Tageslicht war erloschen, aber von Roberto Del Aglios war noch immer nichts zu sehen. Wenn er eintraf, wären sie alle schon zu Asche verbrannt. Die Steppenkavallerie beherrschte jetzt das Schlachtfeld, im Augenblick warteten sie nur. Die Palisade war vollständig umzingelt, auf allen vier Wällen wurde gekämpft. Auf den Wehrgängen strömte das Blut seiner Legionäre.

Seine Bogenschützen arbeiteten unermüdlich und schossen alle nieder, die versuchten, die Palisaden anzuzünden. Feuerlöschtrupps standen bereit. Unten auf dem Exerzierfeld hatten die Soldaten die Schildkrötenformation eingenommen, während eine Salve nach der anderen herunterprasselte.

Gesteris hatte keine Angst. Mit jedem Augenblick, der verging, stieg die Wahrscheinlichkeit, dass die Unterstützung doch noch kam. In diesem letzten Stadium schienen die Tsardonier beinahe unschlüssig, was sie jetzt tun sollten. Er begriff nicht, warum sie nicht auf Abstand gingen und sie mit Artilleriesalven eindeckten, sobald die Geschütze wieder aufgebaut waren, oder warum sie nicht mehr Leitern, Haken und Seile einsetzen, als die Verteidiger abwehren konnten. Sie hatten nicht einmal versucht, in den Palisaden Haken zu verankern und sie umzuwerfen.

Der General stand mit Nunan und Kell im Torhaus. Seine Katapulte und Ballisten schossen noch und zwangen die Tsardonier, den brennenden Ladungen auszuweichen. Im Augenblick schwiegen die feindlichen Katapulte. Doch dann wurden die Pechfeuer entfacht, und die Bogenschützen tauchten die Pfeile ein. Im Zwielicht rollte der erste Onager herbei.

Er schoss jedoch nicht. Er kam nicht mehr dazu. Aus dem Schatten hinter den tsardonischen Feuern stürmten Kavalleristen hervor und umzingelten die Tsardonier an den Feuern. Auf einmal griff in den Reihen der Feinde Unsicherheit um sich. Der Ansturm gegen die Palisade geriet ins Stocken, als Tausende und Abertausende sich umdrehten.

Unter dem Banner von Roberto Del Aglios schlugen sie blitzschnell zu und brachten sich wieder in Sicherheit. Sie ritten von der Seite herbei, schossen Hunderte von Pfeilen ab und hackten auf Köpfe, Leiber und Katapultfedern ein, um gleich wieder zu verschwinden. Tsardonische Hörner ertönten und schickten die Steppenkavallerie zur Verfolgung aus. Gesteris konnte es kaum glauben, aber nun jubelten seine Bürger. Die Hufschläge verklangen, doch die Nervosität der Tsardonier blieb. Bald wurde der Grund offensichtlich.

Lauter und lauter wurde der Gesang, der von den Gawbergen widerhallte und weit über den Iyresee trug. Es war nicht der Kriegsgesang der Tsardonier, sondern ein Lied voller Stolz, das dem Herzen Mut machte und das Blut in den Adern pochen ließ. Ein Lied, das alle hier schon einmal gehört hatten, darunter nicht wenige, die jetzt als Feinde vor ihnen standen. Gesteris kannte es auswendig.

Das erste Mal hatte er es bei der Amtseinführung von Marschallverteidiger Yuran gehört, und es hatte ihm nach den langen, bitteren Kämpfen in Atreska die Tränen in die Augen getrieben. Auch jetzt war er dem Weinen nahe. Laut stimmte er ein und sang mit denen, die sich näherten, während die tsardonischen Kommandanten ihre Truppen anders aufzustellen suchten, um der neuen Gefahr zu begegnen.

Hell wie die Sonne strahlt mein Land
In der Konkordanz bist du das schönste Unterpfand
Dein Licht wärmt uns im großen Krieg
So stehst du an Estorrs Seite bis zum Sieg.

Der Feind mag bös die Klingen wetzen
Doch wir sind eins, und meinen Eid
auf mein Atreska werd' ich nicht verletzen
Bis mich der Tod aus diesem Bund befreit.

Atreska! Atreska!
Oh du mein Land, von Gott gesegnet
Atreska! Atreska!
Oh du mein Land, von Gott gesegnet.

Jetzt wurden die Eindringlinge sogar ängstlich, und der Vorstoß kam zum Erliegen. Auch innerhalb der Palisade stimmten alle mit ein, bis Gesteris ein Schauer über den Rücken lief. Es war wundervoll, und ob sie nun siegten oder verloren, diesen Moment würde niemand, der überlebte, je wieder vergessen.

Zuerst waren nur die Laternen zu erkennen, die Del Aglios' Kämpfer trugen, als sie, in der Triplex-Acies-Formation, durch die Löcher im Wall und das Tor hereinkamen. Singend tauchten sie im Feuerschein auf, dreihundert Schritte breit und strotzend vor Siegeswillen. Im Zentrum die Piken, die Hastati in perfekter Ordnung links und rechts daneben. Weiter hinten im Schatten kamen die Principes und Triarii. Und hinter ihnen allen das unverkennbare Rattern von Ochsengespannen. Geschütze.

Auf ein Signal hin, das er nicht erkennen konnte, hörte der Gesang auf. Seine Leute im Hauptlager sangen noch einmal die letzte Strophe, bis er auch ihnen befahl, ruhig zu sein. Schweigen breitete sich auf dem offenen Gelände aus, nur in der Ferne waren Hufschläge und Waffenklirren zu hören. Del Aglios stellte sein Heer hundertfünfzig Schritte vor den Feinden auf und gab ihnen zu verstehen, dass sie den Angriff besser nicht fortsetzen sollten.

Gesteris sagte nichts, sondern ließ die Macht und Ordnung der neuen Armee auf die Tsardonier wirken, die sich jetzt zwischen zwei feindlichen Verbänden gefangen sahen. Von allen Seiten kamen Helfer, um die Verteidigung der Palisade zu verstärken. Kein einziger Pfeil flog. Kein Krieger stieß mit dem Schwert zu, und kein Angreifer stieg auf eine Leiter. Er lächelte und spuckte vor seinen Füßen aus.

»Jetzt werdet ihr nervös, ihr tsardonischen Bastarde«, knurrte er.

Dann blickte er zu Kell und Nunan. »Sieht aus, als würden wir die Nacht doch noch überleben.«

Hinter ihnen, hoch oben in den Gawbergen, brannte das Signalfeuer und bildete den Hintergrund, als Roberto Del Aglios seine erschöpften Legionen zum Angriff führte.

39

848. Zyklus Gottes, 19. Tag des Dusasauf
15. Jahr des wahren Aufstiegs

»Neristus, richte unsere Onager auf den Feind aus. Beeile dich. Sie sind mit dem Rammbock vor der Palisade. Bahne mir einen Weg, und es muss schnell gehen.« Roberto brüllte die Befehle in vollem Galopp. Seine Extraordinarii lösten sich von ihm und kümmerten sich darum, dass die Befehle ausgeführt wurden. »Cartoganev, führt Eure Kavallerie nach links. Ich will die Gegner vom Wall vertreiben. Gesteris' Legionäre können uns nicht helfen, solange sie sich mit dem Schildwall schützen müssen. Davarov wird die atreskanischen Triarii anführen und Euch unterstützen. Wenn Ihr die Palisade geräumt habt, reißt Ihr sie ein. Levium, ihr zerstört jedes tsardonische Katapult, ehe es in Schussweite kommt. Hütet euch vor Kavallerieangriffen. Wir wissen nicht, wie die Kämpfe zwischen Elise und der Steppenkavallerie geendet haben.«

Dann ritt Roberto zwischen seinen Hastati und Principes zurück, ohne auf die Pfeile zu achten, die aus den tsardonischen Reihen in seine Richtung abgeschossen wurden. Seine Leute mussten wissen, dass er in der Nähe war.

Drei neue Verbände schalteten sich nun ein, doch es kostete sie viel Überwindung. Seine Legionen waren am Ende. Eigentlich viel zu erschöpft, um zu kämpfen, und doch mussten sie es tun. Die Müdigkeit stand jedem ins Gesicht geschrieben, der sich zu ihm umdrehte, und viel zu viele Arme und Beine zitterten vor Schwäche. Er brauchte einen raschen Sieg, sonst konnten die Tsardonier sie doch noch zerschmettern.

Mit dem ersten Vorstoß hatten sie viel Boden gewonnen. Die Infanterie hatte die Tsardonier zurückgedrängt. Doch die Gegner hatten sich neu formiert und so weit erholt, dass sie wirkungsvoll an zwei Fronten kämpfen konnten. Immer noch war das Hauptlager völlig umzingelt, auch wenn Robertos Eingreifen sämtliche Reserven der Feinde gebunden hatte. Zumindest waren die Tsardonier auf seiner linken Seite geschwächt. Wenn Davarov und Cartoganev sie von dort vertreiben konnten, wäre die Schlacht schon fast gewonnen.

Vorher aber wollte er seine Onager und Ballisten singen hören. Neristus brauchte viel zu lange, um die Reichweite richtig einzustellen, damit die Palisaden geschont wurden. Die Dunkelheit war daran schuld. Beim Gott, der alle umfing, er kämpfte nicht gern in der Nacht. Seine Legionäre waren sowieso schon völlig erledigt, und die Tsardonier setzten ihnen zu. Ein paar gut gezielte Steine konnten das Blatt wenden. Gesteris und seine Verteidiger hatten noch Katapulte, doch die würden sie verlieren, wenn sie das Tor verloren. Die Tsardonier besaßen nur noch wenige Wurfmaschinen, die sie inzwischen auf Roberto ausgerichtet hatten.

Er galoppierte um seine Infanterie herum zu den Ingenieuren.

»Rovan, ich brauche dich jetzt. Kannst du ihre schweren Geschütze erreichen? Die Hastati meiner Reserve werden hier in Stücke geschossen.«

Der kleine Ingenieur zog instinktiv den Kopf ein, als ein Dutzend tsardonische Steine aus dem Nachthimmel herabsausten und ein ganzes Stück entfernt einschlugen. Auch Roberto zuckte zusammen, als er die Einschläge und danach die Schreie hörte. Flammen loderten auf.

»Ich glaube nicht. Ich müsste im Grunde weiter nach vorn, aber dann stimmt der Winkel nicht mehr, um mit den Ballisten über die Köpfe unserer Leute zu schießen. Das müssen wohl die Leviumkrieger erledigen.«

»Wie lange brauchst du noch?«

»Wir sind fast fertig.«

»Das ist immer noch zu lange.«

»Nun ja, wenigstens töten wir nicht unsere eigenen Leute.«

Roberto beugte sich zu ihm. »Nein, Rovan, das überlassen wir den Tsardoniern. Schieß endlich.«

Dann ritt er weiter zur linken Flanke. Davarov hatte wie in Gestern seine vier bevorzugten Manipel zur Seite dirigiert.

»Verdienst du dir heute deinen Sold, General?«, rief er, um den Tumult zu übertönen. Davarovs Augen strahlten, als wäre er gerade aus einem erholsamen Schlaf erwacht.

»Das kann man wohl sagen. Im Augenblick besteht die Kavallerie auf unserer rechten Flanke allein aus mir. Wenn Elise scheitert, haben wir große Schwierigkeiten.«

»Dann nimm Cartoganev. Wir kommen hier schon zurecht.«

»Große Worte, blinde Augen«, erwiderte Roberto lächelnd. »Kümmere du dich nur um die rechte Seite, damit Gesteris' Legionen herauskönnen. Dann siegen wir vielleicht.«

»Hat unser Ingenieur denn endlich ...«

In diesem Augenblick knallten die Katapultarme, und die brennenden Steine sausten durch den Himmel, um mitten in der tsardonischen Armee einzuschlagen. Seine Hastati stürmten wieder vor. Bei jedem Schritt hatten sie Schmerzen, bei jedem Schlag spürten sie ihre Müdigkeit.

»Ja, das hat er. Es ist wohl an der Zeit, dass du dich ebenfalls einmischst.«

»Du kannst bei der Siegesfeier auf mich anstoßen«, sagte Davarov.

»Vergiss nicht den Spruch. Wir siegen, solange unser Banner über dem Wachfeuer flattert. Deine Leute dürfen nicht den Glauben verlieren.«

»Ob Jhered rechtzeitig ankommt?«

»Wie kannst du daran zweifeln? Er ist ein Steuereinnehmer. Die tauchen immer auf, wenn man sie am wenigsten erwartet.«

Davarovs dröhnendes Lachen ließ einige Männer in der Nähe die Köpfe herumdrehen. Jetzt ertönten Cartoganevs Hörner, und schon raste die Kavallerie zur Palisade. Roberto ritt zur Hauptfront zurück. Neristus' Katapulte und Ballisten hatten in den tsardonischen Reihen einen beträchtlichen Schaden angerichtet und im Zentrum der feindlichen Armee Verwirrung gestiftet. Die Hastati hatten direkt danach erneut an Boden gewonnen, aber auch dieses Mal hatten sich die Feinde wieder gefangen. Ihre Phalanx stand sicher, und die Schwertkämpfer strömten an ihren Flanken nach vorn.

Unterdessen hämmerte der Rammbock gegen das Tor des Hauptlagers. Es war abzusehen, dass er bald durchbrechen würde. Gesteris ließ die Bogenschützen auf die Bedienmannschaften schießen, doch das Donnern, das weit übers Schlachtfeld hallte, klang verhängnisvoll. Davarov musste möglichst schnell Erfolg haben, und er brauchte die Einnehmer, die nach dem Tod ihres Anführers aufgebracht waren, um die feindlichen Geschütze auszuschalten, die seine Reserve dezimierten. Es würde eine lange Nacht werden.

»Wir wollen ihnen zur Hand gehen!«, rief Gesteris, während er mit erhobenem, nach rechts gewandtem Schild vom Torhaus auf den linken Wehrgang rannte.

Er hatte hundert oder mehr Fackeln bemerkt, die sich eilig an der rechten Flanke der Armee bewegt hatten, und sofort begriffen, was sie beabsichtigten. Die restliche tsardonische Artillerie war gerade links zurückgezogen worden, um außer Reichweite seiner Wurfmaschinen zu kommen, als Roberto aufgetaucht war. Seitdem hatten die tsardonischen Geschütze quer über das Schlachtfeld gefeuert. Allerdings waren sie verwundbar, weil sie weder vom Hauptverband des Heeres noch von denjenigen, die die Palisade angriffen, verteidigt wurden. Roberto hatte es ebenfalls erkannt.

Von den Feuern, die die Tsardonier unten gelegt hatten, stiegen Rauchwolken vor der Palisade auf. Seine Leute schleuderten den Angreifern alles entgegen, was sie noch hatten. Messer, Speere, Felsen, Pfeile. Beinahe alles, was man überhaupt werfen konnte. Hinter den Brandstiftern standen tsardonische Bogenschützen, die ein wahres Sperrfeuer losließen. Er verlor zu viele Leute.

Auf der anderen Seite der Einfriedung unterstützten Kell und Nunan ein Manöver von Robertos Infanterie und Kavallerie, um die Tsardonier vom Wall zu vertreiben. Seine Ingenieure standen schon bereit, um die Palisaden sofort umzulegen, falls das Manöver erfolgreich verlief.

»Schießt vor allem auf die Katapulte und die tsardonische Flankenverteidigung. Vergesst die Brände. Los jetzt.«

Die Bogenschützen hockten sich hin, legten neue Pfeile ein und standen auf. Jedes Mal kam eine Salve zurückgeflogen, und jedes Mal wurde jemand getroffen und fiel. So konnte es nicht weitergehen.

»Mach schon, Roberto, du musst die Gegner vor mir zerschmettern«, murmelte er.

Aus dem Nachthimmel kamen die Steine der Konkordanz geflogen und schlugen zwischen den Tsardoniern ein. Gesteris entging nicht, dass die Gegner inzwischen verängstigt waren. Sie hatten keine Verteidigung gegen die Geschosse, und ihre eigene Artillerie war höchstens noch ein Drittel so stark wie die der Konkordanz. Wenn man auch diese Katapulte zum Schweigen bringen konnte ...

Gesteris beobachtete die Reiter, die sich in vollem Galopp näherten. Vier Kämpfer breit rasten sie durch die kämpfenden Linien und blieben außer Reichweite der gegnerischen Piken. Aus der Dunkelheit prasselten Pfeile auf sie herab. Die Reiter kippten aus den Sätteln und wurden von den Hufen ihrer eigenen Truppe zermalmt. Dreißig waren gefallen, noch ehe sie hundert Schritte weit gekommen waren.

Weiter hinten bewegten sich die Feinde eilig, um ihre Artillerie zu decken. Bogenschützen und Schwertkämpfer wandten sich von der Palisade ab, um Robertos Kämpfer anzugreifen. Gesteris' Bogenschützen ergriffen sofort die Gelegenheit, streckten ihre Gegner mit Schüssen in den Rücken nieder und zwangen die Infanterie, einen Schildwall zu errichten. Einen Augenblick lang ließ der Druck auf die Palisade nach.

»Los jetzt«, sagte Gesteris. »Macht sie fertig.«

Die Verluste unter den Reitern waren entsetzlich. Gesteris erkannte den Rock der Einnehmer, als ein Mann einen Pfeil in den Hals bekam. Leviumkrieger. Oft verflucht, aber jetzt musste man sie jubelnd begrüßen. Die vorderen Reiter donnerten an den Geschützen vorbei und schwenkten sofort wieder ein, um die schwache Linie der Pikeniere anzugreifen, die sie verteidigten. Gesteris sah Glas glitzern, und dann überschlugen sich geworfene Fackeln in der Luft.

Die Tsardonier waren nicht darauf vorbereitet. Hoch loderten die Flammen auf dem Boden und fraßen sich ins Holz, zerstörten die Seile und die Achsen, die Klammern und die Wurfschalen. Sechs oder sieben Wurfmaschinen standen im Nu in Flammen. Tsardonier rannten herbei, um die Flammen zu ersticken. Seine eigenen Bogenschützen, sofern sie noch Pfeile hatten, konzentrierten sich jetzt auf die Tsardonier an den Geschützen.

Dies war der Moment, in dem das Schlachtglück sich endgültig wenden konnte. Der Wurfarm eines Onagers drehte sich und kippte zur Seite, nachdem seine Seilfeder verbrannt war. Gesteris' Infanteristen auf dem Wehrgang jubelten. Die Leviumkrieger, die wenigen, die noch lebten, galoppierten nach Westen davon und verschwanden. In diesen Bränden sollten die Feinde mehr als die Hälfte ihrer verbliebenen Geschütze verlieren.

Doch die Tsardonier hatten noch nicht genug. Der Rammbock versetzte dem Tor den entscheidenden Stoß und brach durch. Über dem gesplitterten Tor bebte das ganze Torhaus. Sofort stürmten Tsardonier auf das Gelände. Heiß brannten die Flammen vor der Palisade. Legionäre brachten sich stolpernd in Sicherheit, während draußen die Haken der Gegner am geschwächten Holz zerrten.

Gesteris musste einige Leute nach draußen bekommen, um den Angriff abzufangen, bevor er von zwei Seiten gleichzeitig angegriffen wurde. Er blickte nach oben. Die Dämmerung würde erst in einigen Stunden kommen. Er fragte sich, ob es die letzte für die Konkordanz sein würde.

Alle waren schon vor Anbruch der Morgendämmerung auf den Beinen und drängten sich im Bug der *Falkenpfeil*. Die ganze Nacht über hatten sich aus Süden und Südosten Lichter genähert, und als die Sonne endlich ihr Licht auf die heimatlichen Gewässer von Estorea und die westlichen Ausläufer des Tirronischen Meeres warf, sah Jhered seine schlimmsten Befürchtungen bestätigt.

Mindestens zweihundert Segel folgten ihnen aus Südosten. Die *Falkenpfeil* hatte eine Meile Vorsprung und würde den Hafen vor ihnen erreichen, aber es würde knapp. Die Ocetanas waren noch ein ganzes Stück entfernt und würden die Tsardonier erst einholen, wenn diese schon das weniger als fünf Meilen entfernte Estorr erreicht hatten. Die Invasoren würden die vom Allwissenden gesegnete Stadt in Schutt und Asche legen.

Das Licht spielte auf den prächtigen Türmen und Aquädukten. Im Morgenlicht schimmerte der Palast wundervoll wie eh und je. Weiß und rot erwachte die Stadt und grüßte die Sonne.

»Seht es euch genau an, Kinder«, sagte er. »Diesen Anblick sollte jeder einmal bewundern können. Ihr gehört möglicherweise zu den Letzten. Hört ihr mir auch zu?«

Offensichtlich nicht. Arducius und Mirron waren in ein Gespräch vertieft, Ossacer stand mit geschlossenen Augen verdrossen bei ihnen. Nur Kovan starrte hinüber, wie es sich gehörte, dabei hatte er die Stadt schon einmal gesehen.

»Ihr werdet es bedauern, wenn all dies in Rauch und Asche aufgeht«, fuhr Jhered fort. »Es ist der schönste Anblick in der Konkordanz. In der ganzen Welt.«

»Wie breit ist der Hafen?«, fragte Arducius.

»Also, das weiß ich nicht.« Jhered war nicht sicher, ob er die Frage aufreizend oder verwirrend finden sollte.

»Dreihundert Schritte von einer Festung bis zur anderen«, sagte der Kapitän, der in der Nähe stand und mit seinem eigenen Spähglas die Lage erkundete.

Wieder unterhielten sich die Aufgestiegenen, dann ergriff abermals Arducius das Wort. »Wir müssen näher heran.«

»Näher? Ich will bis zur Anlegestelle fahren und dann den Hügel hinaufrennen«, sagte der Kapitän. »Was habt ihr vor?«

»Nein, wir müssen außerhalb des Hafens anhalten«, widersprach Mirron.

»Warum?«, fragte Jhered.

»Es ist eben so«, antwortete Arducius. »Wir müssen das Meer außerhalb des Hafens benutzen, weil es mehr Energie hat, und wenn wir das nicht tun, wird die Welle nicht breit genug.«

Jhered blickte zum Hafen. »Wollt ihr die Einfahrt versperren?«

»Wenn ich nicht nahe genug bin, kann ich die Energien nicht kontrollieren, nicht einmal wenn Mirron mir hilft.«

Jhered wandte sich an den Kapitän. »Refft das Segel und macht die Ruderer bereit. Es ist noch nicht vorbei.«

Iliev trommelte ohnmächtig und frustriert auf die Reling am Bug. Beharrlich näherten sie sich den Feinden, lagen aber immer noch zwei Meilen hinter ihnen. Zwei Meilen, die den Unterschied zwischen Invasion und Rettung ausmachten. Die Tsardonier ruderten, was das Zeug hielt. Ein Schiff hatte sich von den anderen abgesetzt, doch die anderen schlossen allmählich auf. Patonia hielt es für ein Schiff der Konkordanz, doch Iliev war nicht sicher. Wenn es zutraf, dann wünschte er ihnen Glück und Ocetarus' Gnade. Viel zu weit entfernt folgten ihnen die Schiffe von den östlichen Docks der Insel Kester. Wenn sie den Hafen erreichten, wäre schon alles vorbei.

Der Himmel war weiß wie eine Perle. Eine dünne Wolkenschicht und dahinter die helle Sonne, die jedoch nicht genügend Kraft hatte, um die Wolken aufzulösen. Am Morgen war wieder der Wind aufgekommen, der schon seit einigen Tagen wehte, und hatte den Morgendunst des Dusas vertrieben. Iliev glaubte, dass die braven Leute in Estorr nun das Ende der Konkordanz kommen sahen.

Es gab keine Möglichkeit, die Flotte schneller heranzuführen. Es gab keinen Wind, der sie schnell genug antreiben würde, damit sie den Feind überrumpeln konnten. Trotz ihrer Gebete zu Ocetarus war das Wetter ruhig geblieben und hatte den Tsardoniern erlaubt, den Vorsprung zu halten. Nicht einmal die Ocenii konnten jetzt noch hoffen, sie einzuholen.

»Wir waren einen Tag zu lange in den Docks«, murmelte er. »Nur einen Tag, und jetzt schau, welchen Preis wir dafür zahlen müssen.«

»Mach dir keine Vorwürfe, Karl«, sagte Patonia. Sie stützte sich neben ihm auf die Reling und setzte ebenfalls ein Spähglas ans Auge. »Wären wir einen Tag früher aufgebrochen, dann wären wir nicht verborgen geblieben, sondern sie hätten uns bemerkt und versenkt, und wir wären überhaupt nicht so weit gekommen.«

»Wir hätten früher vorgewarnt werden müssen«, beklagte er sich. »Die Wachtürme im Süden der Insel hätten uns warnen müssen.«

»Warum tust du das? Ist das eine Art Todesritual, mit dem du dich innerlich auf den Untergang vorbereitest? Du weißt doch, warum wir nicht gewarnt wurden. Die Tsardonier sind erst zur Insel gesegelt, als sie für den Angriff bereit waren. Sie haben den Nebel benutzt, wie es die Ocetanas schon seit Generationen tun.«

Dann fuhr sie hoch und setzte das Spähglas kurz ab, wischte das Ende mit einem Tuch sauber und blickte wieder hindurch.

»Karl, sieh dir doch den Hafen an.«

Iliev tat es. Vor dem Hafen wuchs ein Schatten. Es musste eine optische Täuschung sein. Im Grunde war er nicht sonderlich beunruhigt. Aber was er dann sah, schenkte seinem Herzen neue Hoffnung. Die beiden Beobachter starrten einander einen Augenblick an.

»Ruderer, höchste Schlagzahl!«, rief Patonia. »Macht den Korsaren klar. Signalisiert der Flotte, dass es einen Kampf gibt. Die Tsardonier kehren um.«

Arducius kniete im Heck des Schiffs, und Mirron unterstützte ihn dabei, die Energie zu kanalisieren und zu verstärken. Das Schiff hatte kurz vor der Hafeneinfahrt gewendet. Die Besatzung war nervös. Zwar wussten sie bereits, was nun kommen würde, aber sie hatten unwillkürlich nach ihren Glücksbringern gegriffen und Stoßgebete an die Götter des Meeres geschickt. Jetzt lag es bei ihm. Alle, die sich irgendwie von ihren Pflichten hatten befreien können, sahen ihm zu.

In Estorr waren Gongschläge, Glocken und Hornsignale ertönt, sobald die Wächter die tsardonische Flotte entdeckt hatten. Über das Wasser wehten die Trommelschläge und die Schreie der Mannschaften herüber, die wie besessen ruderten. Sie würden die *Falkenpfeil* erreichen, noch ehe das Stundenglas zu einem Viertel gefüllt wäre.

»Spüre die Kraft der Brandung«, sagte Arducius. »Spüre die Dünung unter dem Kiel und die schlummernden Energien. Öffne deinen Geist für den Kreis, der daraus entsteht, und lass ihn in dir aufgehen.«

»Ich fühle es und sehe es«, bestätigte Mirron.

Arducius tastete sich an die unerschöpfliche Kraft des Wassers heran, an das Gewirr der Linien, die dunkelrot und dick wie sein Körper durch das Meer liefen und einen unwiderstehlichen Zug ausübten. So kam es ihm jedenfalls vor. Die Energiebahnen verbanden sich, hell und strahlend vor Kraft, im Zaum gehalten durch die Lebenslinien der Aufgestiegenen. Langsam, ganz langsam griff Arducius mit seinem Geist hinaus und ahmte die Bewegung mit der rechten Hand nach. Zusammen konnten sie die nötige Kontrolle ausüben. Als Arducius den Kreis seiner eigenen Lebensenergie öffnete und sich mit dem Ozean verband, keuchte er unwillkürlich.

Eine unglaubliche Gewalt war es. Er musste sie nicht einmal verstärken und würde schon seine ganze Kraft brauchen, nur um sie im Zaum zu halten. Sofort stieg das Wasser am Schiff empor. Es schwappte um seine Knie, seinen Körper hinauf und schoss über das Heck wieder nach draußen, um den Kreis zu schließen.

»Ruhig, Mirron. Spürst du, wie es dich mitreißen will?«

»Ja.«

So fühlte es sich an. Als wären sie ein Teil der Wellen und der Dünung des Meeres. Arducius wusste, was er nun zu tun hatte. Als die nächste Welle kam, ließ er sie laufen, bis sie beinahe die Festungen des Hafens erreichte. Dann hielt er das Wasser fest und ließ die nächste Welle auflaufen. Der Wellenberg wuchs.

Jedes Mal verlor er ein wenig seiner Energie und seiner Lebenskraft, denn es war anstrengend, das Meer still zu halten. Weiter und weiter baute er die Wellen auf. Das Schiff schwamm zur wachsenden Wand aus Wasser, die direkt aus dem Meer emporwuchs. Er hörte, wie der Kapitän einen Befehl rief und die Ruder eintauchten, um zum Fuß der riesigen Welle auf Abstand zu gehen.

»Es ist genug, Arducius, es reicht«, sagte Mirron.

»Warte noch«, sagte er. »Paul wollte, dass sie sich fürchten, und das können wir ihm geben.«

Welle auf Welle speiste die turmhohe Barriere, die unablässig weiterwuchs. Zwanzig Fuß, vierzig, sechzig. Er wollte einen Berg erschaffen. Einen lebenden, mächtigen Berg, der in der Morgensonne schimmerte. Der Umriss schwankte. Wind peitschte die Krone und riss feine Gischt heraus. Er hörte auch ein dumpfes Dröhnen, wenn das Wasser sich in der Mauer um sich selbst drehte.

Dann schauderte er und konnte den Berg nicht weiter aufbauen. Er bewunderte, was er geschaffen hatte. Hundert Fuß hoch, vielleicht noch höher, und sechzig Fuß mächtig stand die Welle vor der Hafeneinfahrt. Wie die Hand eines Riesen erhob sie sich aus dem Meer, und die flatternde Krone waren die Finger, die der Wind zu immer neuen Formen peitschte. Sie reichte von einer Festung bis zur anderen und war wundervoll.

»Da müsst ihr erst einmal durchkommen«, murmelte er.

Allerdings fragte er sich, ob er wirklich genug Zeit herausschinden konnte, damit die Ocetanas Estorr erreichen konnten.

In einem Winkel des Palasts von Estorr klammerte sich Hesther an Arvan Vasselis, während die übrigen Autoritäten zur Barriere vor den Hafenfestungen hinunterblickten. Auf den Molen hatte sich eine Menschenmenge gesammelt. Natürlich war auch der Orden stark vertreten, um die Erscheinung als Strafe des Allwissenden zu schmähen.

In einem Augenblick hatten sie die riesige tsardonische Flotte anrücken sehen, und im nächsten hatte sich das Wasser aufgetürmt und war schneller emporgestiegen, als ein Mann laufen konnte. Die Menge war in Panik geraten, einige rannten weg oder knieten nieder, um zu beten. Andere standen nur da und gafften die Wand aus Wasser an, die den Hafen zerstören konnte. Viele gaben böse, zornige und ängstliche Laute von sich.

Hesther weinte und wusste nicht, ob es Glück, Erleichterung oder Furcht war.

»Sie sind da draußen«, quetschte sie heraus. »Guter Gott, Arvan, unsere Kinder sind da draußen.«

Die Schlacht lief nicht gut für sie. Schon vertrieb die Morgendämmerung die Schatten, und so unausweichlich wie der Sonnenaufgang schien der Sieg der Tsardonier. Die Leviumkrieger hatten so viele feindliche Geschütze ausgeschaltet, wie es ihnen nur möglich gewesen war. Elise Kastenas hatte die Steppenkavallerie vernichtet. Aber jetzt waren die Leviumkrieger irgendwo hinter den Feinden abgeschnitten, und Elises Pferde waren viel zu erschöpft, um noch einen Schritt zu tun.

Die Tsardonier hatten das Torhaus eingenommen, die Katapulte darüber waren von den Bedienmannschaften selbst zerstört worden. Inzwischen wurde schon mitten auf dem Gelände gekämpft. Die hintere Wand war auf fünfzig Schritt Länge niedergerissen. Gesteris saß in der Falle. Davarov und Cartoganev hatten es nicht geschafft, bis in die Einfriedung vorzudringen. Selbst die Wurfmaschinen feuerten nur noch vereinzelt, denn ihnen ging die Munition aus, und sie hatten in der Nacht immer wieder versagt, als die Temperatur stark gefallen war. Viele Seile waren gerissen, viele Balken gebrochen.

Die Konkordanz verlor den Mut. Roberto konnte es spüren. Seine Legionäre waren am Ende, die Nachwirkungen des Gewaltmarschs waren nicht zu verleugnen. Die Tsardonier wussten genau, dass sie schließlich doch noch siegen würden, wenn sie nur lange genug durchhielten, und genau dies würde jetzt geschehen, wenn Roberto sich nicht rasch etwas einfallen ließ. Was er am dringendsten gebraucht hätte, wäre das weiße und goldene Banner des Sieges auf dem Wachturm in den Gawbergen gewesen.

Auf der linken Seite wurde diese Schlacht entschieden. Er konnte nicht noch mehr Infanterie aus seiner ausgedünnten, erschöpften Hauptlinie abziehen. Davarov würde noch den ganzen Tag kämpfen, aber selbst er brauchte ein wenig Ermutigung. Roberto nagte an der Unterlippe und schätzte die Entfernung zum Wall ein, den er befreien wollte. Es wäre gefährlich, aber er glaubte, es versuchen zu müssen. So trieb er sein Pferd an und ritt zu Neristus und den Geschützen. Unterwegs behielt er das Leuchtfeuer im Auge und wünschte sich, endlich das Banner zu sehen.

»Komm schon, Paul, enttäusche mich nicht.«

Der Kapitän der *Falkenpfeil* stieß die Ruderpinne hart herum und lenkte das Schiff quer vor der Welle entlang. Seine ungläubigen Augen drückten aus, was auch Jhered empfand. Er wagte kaum, die dräuende Wand aus Wasser anzusehen, auf der die mächtige Krone waberte. Das schwankende Gebirge konnte jederzeit zusammenbrechen und sie alle unter sich begraben.

Eine Weile hatte es prächtig funktioniert. Alle Schiffe in Sichtweite hatten gewendet, um zu fliehen, und die Mannschaft ihres Schiffs hatte die eigenen Ängste mit Schmähungen überspielt. Er konnte sich gut vorstellen, wie verwirrt und entsetzt die Menschen waren. Tausende abergläubische Seeleute hatten beobachten können, wie sich eine Wand aus Wasser aus dem Meer erhoben und ihnen den Zugang zum Hafen von Estorr versperrt hatte. Gott möge ihn umarmen, auch er selbst wäre am liebsten weggerannt.

Im Süden hatten sich die Ocetanas weiter genähert und griffen die Schiffe an, die geflohen waren und ihnen mehr oder weniger direkt entgegenkamen. Viele aber blieben unbehelligt, und die tapfersten machten sogar schon wieder kehrt, um sich die Sache genauer anzusehen. Zuerst waren es nur fünf gewesen, deren Kapitäne offenbar begriffen hatten, dass die *Falkenpfeil* etwas mit der Erscheinung zu tun hatte. Sie zu versenken, würde auch das Problem lösen.

Der Kapitän manövrierte geschickt genug, um ihnen zu entgehen, doch jetzt kamen zwanzig weitere in ihre Richtung, und noch mehr machten Anstalten, ihnen zu folgen. Die Ocetanas hatten nicht genügend Schiffe, um Jhered zu unterstützen.

»Wir müssen weiter hinaus«, sagte der Kapitän. »Sonst bleiben wir an dieser verdammten Wand hängen.«

»Nein.« Ossacers Kopf erschien in der Achterluke. »Ihr könnt nicht fort. Seht ihn nur an, er hat jetzt schon Mühe. Mirron zittert, ich erkenne es in ihren Energien. Ihr müsst Euch vorstellen, dass er zwei Seile hält, die in unterschiedliche Richtungen ziehen. Wenn Ihr wegfahrt, verstärkt sich der Zug, bis er die Wand nicht mehr halten kann. Dann bricht sie einfach zusammen.«

»Runter!«, rief der Kapitän.

Jhered duckte sich instinktiv. Der Bolzen einer Balliste brach durch die Steuerbordreling. Sofort richtete er sich wieder auf. Eine tsardonische Trireme hielt direkt auf ihr Heck zu.

»Dreißig Schlag«, rief der Kapitän.

Er stemmte sich energisch gegen das Ruder, und die Trireme glitt knapp an ihnen vorbei. Pfeile sausten herüber. Jhered warf sich schützend über Ossacer.

»Was sollen wir jetzt tun?«, fragte er, während er sich abrollte.

Ossacer schaute zu ihm auf. Dabei fühlte Jhered sich jedes Mal unbehaglich. Diese Augen, die alles und nichts sahen.

»Wie viele Schiffe jagen uns, wie viele kommen von Osten, und wie nahe sind sie?«

Jhered spähte über die Reling. Überall waren jetzt tsardonische Schiffe, und alle fuhren in ihre Richtung. Er zählte zwanzig im inneren Kreis, weitere zehn in der Nähe, dahinter noch einmal dreißig oder vierzig, die bald eintreffen würden. Er berichtete Ossacer.

Der Junge nickte und stand auf. Dabei blieb sein Gesicht stets Jhered zugewandt, und es schien, als regte sich dort eine Mischung aus Trauer und Bedauern, die Jhered einen Stich versetzte.

»Wir müssen die Energie der Mauer nutzen«, sagte er, »und sie umkehren.«

Jhered runzelte die Stirn. »Wie bitte?«

»Wir müssen sie nach unten fallen lassen. Dadurch entsteht ein Strudel, der alles verschlingt.«

Tödlich und mächtig ragte die Wasserwand direkt vor ihnen auf. Sie gab eigenartige Laute von sich, ein gurgelndes, brodelndes Geräusch, das von ihrer schrecklichen Macht zeugte.

»Sie wird auch uns töten und uns auf den Grund ziehen.«

»Wir sind schon tot. Auf diese Weise nehmen wir aber noch einige Feinde mit, und die Ocetanas geraten nicht in Gefahr, weil sie noch weit genug entfernt sind. Arducius muss die Energie nutzen, die er aufgestaut hat, bevor die Tsardonier ihn erwischen.«

»Ich dachte, du willst nur helfen und niemanden verletzen«, sagte Jhered.

»Ich will nicht, dass mein Bruder in dem Glauben stirbt, er habe versagt.«

»Und was ist mit dir, Ossie?«

Ossacer lächelte. »Ich werde im Wissen sterben, dass er nicht versagt hat.«

Jhered musste den Blick abwenden. Der große Kapitän nickte, weil er es verstanden und akzeptiert hatte. Die Tsardonier hatten sie jetzt völlig eingekreist. Es gab keine Hoffnung mehr, ihnen zu entkommen. Jhered schüttelte den Kopf. Er hätte nicht damit gerechnet, auf See zu sterben.

»Rede mit deinem Bruder, aber macht schnell. Ich bleibe hinter dir.« Ossacer entfernte sich. »Ossacer?«

»Ja?«

»Ich bin stolz auf dich, junger Mann. Sehr stolz.«

Iliev landete auf dem Deck und wich einem wilden Schwertstreich aus. Gleich darauf kam er wieder hoch und stach dem jungen

Matrosen seine Klinge durch das Kinn bis in den Gaumen. Er zog die Waffe heraus, führte sie nach links und wehrte zugleich mit dem Dolch einen Hieb des nächsten Gegners ab. Dann trat er zu und traf den Bauch des Gegners. Der Mann taumelte rückwärts. Iliev sprang ihm hinterdrein, setzte ihm einen Fuß auf die Brust und stieß ihn fort. Als der Gegner sich wieder aufrichten wollte, bohrte ihm ein anderer Kämpfer der Ocenii das Schwert durch die Kehle. Das Deck war frei.

»Ocenii, wendet das Schiff. Es fährt in die falsche Richtung.«

Die Schlacht kam nun zu ihnen. Die Tsardonier, die vor der Wasserwand geflohen waren, fuhren direkt in die Rammsporne der konkordantischen Schiffe hinein, unter denen sich auch einige Ocenii befanden. Sie griffen vor allem die Schiffe im Rücken der feindlichen Flotte an und trafen sie schwer, als sie wenden und sich nach Osten absetzen wollten. Er war stolz auf die Ocetanas. Sie empfanden die gleiche Furcht wie ihre Gegner, doch sie hatten die Angst überwunden, und jetzt wendete sich das Schlachtglück zu ihren Gunsten.

Seine Männer waren schon unten und brachten die Ruderer unter ihr Kommando. Zwei rannten zur Ruderpinne und legten sie nach backbord um. Langsam entfernte sich die Trireme von der Wasserwand, die Iliev nun abermals erstaunt anstarrte. Er schickte einen gemurmelten Dank an Ocetarus, denn dies konnte nur sein Werk sein. Dennoch fürchtete er sich. Keine Naturgewalt konnte so etwas hervorrufen. Dort war irgendeine geheimnisvolle Kraft am Werk. Er musste glauben, dass die Hand Gottes im Spiel war. Nur das hielt ihn und seine Mannschaft davon ab, einfach wegzurennen.

Das Schiff wendete nicht schnell genug. Kaum ein Ruder rührte sich. Das Manöver wurde durch den ins Schiff gebohrten Korsaren noch weiter verzögert. Der Rammsporn war tief in die Flanke eingedrungen, saß aber sehr hoch, weil die Ocetanas die feindlichen Triremen erbeuten und nicht versenken wollten. Er rannte nach mittschiffs zur Luke.

»Ihr sollt sie in eure Gewalt bringen, aber nicht von der Arbeit abhalten. Seht zu, dass sich die verdammten Ruder bewegen.«

Dann schnüffelte er in der Luft und richtete sich auf, um nach Nordwesten zu blicken. Dort veränderte sich etwas. Er konnte es in der Luft riechen und im Wind spüren. Ein schwacher Geruch nur, irgendwie ranzig. Es war das Wassergebirge vor dem Hafen. Vorher hatte es noch nicht so seltsam gerochen, aber jetzt hatte sich etwas verändert. Er hatte nicht sein ganzes Leben auf See verbracht, um ausgerechnet jetzt seine Eingebungen zu ignorieren.

Der obere Rand der Mauer schwankte, von dort kam das Wasser in gewaltigen Güssen herunter. Unten aber saugte sie das Meer in sich hinein, schneller als jede auflaufende Flut. Das reichte ihm.

»Ocenii, wir müssen hier verschwinden. Verlasst sofort dieses Schiff, los jetzt.«

Ein letzter Blick, und er rannte zum Heck und den Leitern. Ocetarus' Rache würde nun über die Tsardonier kommen.

40

848. Zyklus Gottes, 19. Tag des Dusasauf
15. Jahr des wahren Aufstiegs

Jhered und Kovan standen bei ihnen, Ossacer redete mit ihnen, Mirron weinte. Als Ossacer eine ausholende Bewegung machte, nickten die anderen. Über ihnen löste sich die Barriere allmählich auf. Der Kapitän hatte sich mit einem weiteren gewagten Manöver ein wenig Raum verschafft, doch mehr konnte er nicht tun. Aus allen Richtungen näherten sich feindliche Schiffe. Zwei hielten direkt auf sie zu, und beiden zugleich konnte er nicht ausweichen.

»Wir werden es nicht überleben, was?«, fragte Kovan.

Jhered schüttelte den Kopf. »Aber wir sterben im Wissen, dass wir zur Rettung der Konkordanz beigetragen haben, für diejenigen, die wir lieben.«

»Oder dass wir mit ihnen zusammen gestorben sind«, sagte Kovan. Sein Gesicht war bleich vor Angst.

Jhered nickte. »Das ist ein tröstender Gedanke.«

»Ich hätte ihn töten sollen. Gorian.«

»Bereue nicht deine Entscheidung. Sie wollten es so. Er ist sowieso längst irgendwo gestorben.«

»Das glaube ich nicht.« Kovan nickte in Richtung der Aufgestiegenen. »Sie wüssten es, wenn er gestorben wäre. Sie würden es spüren. Jetzt wird er der Einzige sein, der übrig bleibt.«

Jhered blickte nach vorn. Mit Bogen oder Speeren und Schilden bewaffnete Männer standen an der Reling. So klein schien ihre Zahl zu sein.

»Eure Aufgestiegenen sollten sich lieber beeilen«, drängte der Kapitän.

»Wir müssen ihnen so viel Zeit geben, wie sie eben brauchen«, widersprach Jhered.

»Na schön. Dann bewacht die Steuerbordseite.«

Jhered nickte, rückte den Schild zurecht und hob den Gladius. Die Trommel übertönte das Platschen der Ruder und das Grollen der instabilen Wasserwand zu seiner Rechten. Die tsardonischen Triremen näherten sich unerbittlich. Beide würden auf der Backbordseite den Bug treffen. Jhered wappnete sich gegen den bevorstehenden Aufprall und warf einen letzten Blick zu den Aufgestiegenen. Ossacer redete immer noch mit ihnen. Er streichelte Mirron über den Kopf und hatte die andere Hand auf Arducius' Schulter gelegt.

»Lebt wohl«, flüsterte er. »Möge euch der Allwissende in seine Umarmung aufnehmen.«

Der Lärm nahm schlagartig zu, alle Geräusche wurden verstärkt. Die Rufe der Tsardonier, die Schmähungen ihrer eigenen Besatzung. Die schwer arbeitenden Ruderer, die Taktschläge der Trommel. Und dann noch etwas anderes – ein Beben, das er unter den Füßen ebenso wie im Kopf spürte. Das Schiff neigte sich ein wenig zur Seite.

»Kovan.«

»Ja, Schatzkanzler?«

»Dein Vater wäre stolz auf dich. Du bist ein Held der Konkordanz.«

»Genau wie Ihr.«

»Nein, mein Junge. Ich werde bezahlt, damit ich hier stehe. Du tust es aus Liebe.«

»Festhalten!«, brüllte der Kapitän.

Mit einem gewaltigen Splittern und Krachen von Holz prallten die Schiffe aufeinander. Die kranken Geräusche der Zerstörung. Männer stolperten und fingen sich wieder, Pfeile und Speere flogen. Tote sanken auf dem Deck in sich zusammen, Enterhaken überwanden die Lücke zwischen den Schiffen. Wenige Augenblicke später folgte der Aufprall des zweiten Schiffs, und die Tsardonier sprangen herüber. Waffen klirrten.

»Bleibe fest stehen«, sagte Jhered. »Halte den Schild oben. Jetzt kommen sie.«

Arducius nahm Ossacers Energiestrom in sich auf. Seine Worte waren für ihn wie Sonnenschein hinter den Wolken. Eigentlich hätte er sich vor dem, was Ossacer vorgeschlagen hatte, fürchten müssen, aber das Wissen, dass sich sein Schicksal erfüllen würde, nahm dem nahen Tod die Schärfe.

Die schwerfälligen Kräfte des Meeres strömten durch ihn und um ihn herum. Unwillkürlich spannte er alle Muskeln an, während er sich bemühte, die Wand zu halten. Mit jedem Herzschlag ließ seine Kontrolle jedoch ein wenig nach. Es war, als besäße das Wasser einen eigenen Willen, der sich gegen den seinen sträubte. Ihm war nicht klar gewesen, wie viel Kraft ihn dies kosten würde. Als Ossacer ihn berührt hatte, war er kurz davor gewesen, den Kreis zu verlieren, den er mit dem Ozean geschlossen hatte.

Jetzt bekam er ein neues Ziel und frische Kräfte. Die Energiebahnen des Wassers waren ruhig, fast reglos. Tiefes Blau strömte über die Oberfläche. Er benutzte Ossacers und Mirrons Kräfte, um seine eigenen zu verstärken, und griff hinaus. Als die Energien durch ihn brandeten, bündelte er sie, zog sie enger zusammen und verflocht sie vielfach miteinander.

Vor seinem geistigen Auge bildete sich eine neue Energiestruktur heraus, die er über die Wand aus Wasser legte. Es war das Bild eines Tornados, der unten schmal und oben breit war und sich schneller und schneller um sich selbst drehte. Im Wasser entstand daraufhin ein Strudel, der mit großer Kraft alles in der Nähe in sein tiefes, dunkles Herz zog.

Die Energiebahnen flackerten unter der Kraft, die Ossacer und Mirron ihm schenkten. Sie waren jetzt nicht mehr blau, sondern grellorange und mit weißen, heftig zuckenden Linien durchsetzt. Er hatte Mühe, seine Schöpfung festzuhalten.

»Lass los«, sagte Ossacer. »Lass los, bevor du es verlierst.«

»Ich kann nicht«, keuchte Arducius. »Ich muss es verankern, sonst löst es sich einfach wieder auf.«

»Bündele es, so stark du kannst, und überlasse es sich selbst.«

Jhered blockte einen Stoß auf seinen Bauch ab und ließ seinen Gladius auf einen tsardonischen Helm niedersausen. Überall auf dem Deck wurde jetzt gekämpft. Die Ruderer waren nach vorn und hinten gestürmt und hatten sich in die Kämpfe eingeschaltet. Die drei verkeilten Schiffe trieben immer näher an die Mauer aus Wasser heran, die inzwischen auf der ganzen Länge beängstigend bebte.

Kovan kämpfte gut. Er hatte seine Furcht überwunden und wendete an, was er gelernt hatte. Er blockte und parierte wie ein erfahrener Soldat, und Jhered unterstützte ihn mit ermutigenden Rufen und deckte seine Flanke wie ein Bollwerk, an dem die Feinde zerbrachen.

Der benommene Gegner ging erneut auf Jhered los und hob sein Schwert. Jhered wehrte es ab und gab ihm den Rest, indem er ihm den Gladius unter die Rippen stieß. Der Mann brach auf dem Deck zusammen, aber sofort rückten zwei weitere nach. Kovan war mit einem dritten beschäftigt, und hinter ihnen arbeiteten die Aufgestiegenen äußerlich reglos.

Jhered zog den Schild vor sich. Der erste Feind griff sofort an, der zweite hing etwas zurück. Sie trugen leichte Lederrüstungen und kleine, am Unterarm befestigte runde Schilde. Lederkappen hielten Haare und Schweiß aus ihren Augen, und ihre Gesichter waren bunt bemalt, als trügen sie Masken.

Jhered ließ ihn zuschlagen und wehrte den Streich mit seinem Schild ab. Dann stach er zu. Seine Klinge glitt von einer Schnalle ab. Er zog sie wieder zurück. Der Tsardonier setzte nach. Ein Fehler. Jhered rammte den Mann mit seinem Schild, und als der Gegner rückwärts taumelte, stieß er mit dem Schwert zu und stach es ihm tief in den Leib.

Dann richtete Jhered sich auf. Auch der zweite Gegner war jetzt bereit und hob einen Speer. Er holte aus, konnte aber nicht mehr werfen. Ein Pfeil durchbohrte seinen Hals. Jhered blickte hinter sich und nickte dankbar dem Kapitän zu, der die Ruderpinne verlassen hatte und gerade einen neuen Pfeil in den Bogen legte.

»Ich bin ja unnütz, wenn ich hier ...«

Keuchend sank er auf die Knie; ein tsardonischer Pfeil steckte in seinem Hals. Jhered fuhr herum. Eine weitere Trireme näherte sich rasch, ihr Rammsporn schimmerte in der Sonne.

»Kovan, links. Verteidige dich auf der linken Seite.«

Die Aufgestiegenen standen jetzt. Es war ein denkbar ungünstiger Augenblick. Sie hatten die Gefahr, die sich näherte, noch nicht erkannt. Jhered wollte sie warnen, musste aber einsehen, dass er es nicht rechtzeitig schaffen konnte. Zwanzig Schritt entfernt spannten die Tsardonier ihre Bogen. Einige hatten auch Wurfspeere.

Kovan spaltete seinem Gegner den Schädel, drehte sich nach links und zuckte zusammen. Ossacer und Arducius liefen inzwischen langsam zur Reling im Heck. Rings um sie brodelte das Wasser und legte sich wie eine wallende Decke über sie, bis sie nicht mehr zu sehen waren. Der Wind wurde rasch stärker, das Schiff glitt immer schneller zur Wand aus Wasser, die sich geteilt hatte, als wäre eine gewaltige Klinge hindurchgefahren. Mirron kam Jhered entgegen.

»Nein!«, schrie Jhered, um den Tumult zu übertönen. »Mirron, runter!«

Ein Speer flog gerade und schnell. Jhered sprang zu ihr und wusste doch, dass er nichts mehr ausrichten konnte. Dann flog ein Schatten vor ihm vorbei, und er hörte einen schrecklichen Aufprall. Jhered fing Mirron auf und zog sie herunter aufs Deck. Direkt neben ihnen stürzte Kovan. Sie starrten den Speer an, der in seiner Brust steckte.

Mirron kreischte. Kovan berührte sie beruhigend. Das Blut strömte aus seiner Wunde und aus seinem Mund.

»Weine nicht, Mirron. Es tut nicht weh.« Er lächelte, dann flatterten seine Augenlider und schlossen sich.

Blinzelnd vertrieb Jhered eine Träne. In diesem Augenblick sprangen Arducius und Ossacer vom Schiff.

Eiskaltes Wasser schlug über ihnen zusammen. Arducius schwamm, Ossacer hielt sich an seiner Hüfte fest. Die Wassermassen zogen sie so schnell nach unten, dass er nicht einmal mit den Füßen strampeln musste. Obwohl er kaum noch Kraft in sich fand, hielt er die Basis der Energiestruktur, die er geschaffen hatte, vor seinem inneren Auge fest. Sie schien sich mit aller Macht gegen ihn zu sträuben, als wollte sie ihn abschütteln. Es war eine unnatürliche Gestalt, noch ungewöhnlicher als die Mauer, die er vorher aufgebaut hatte.

Doch er wollte nicht loslassen. Da oben hatten Jhered und Kovan gekämpft und waren bereit gewesen zu sterben, um ihm genug Zeit zu erkaufen. Am Ufer warteten die Autorität und Marschall Vasselis auf die Invasion. Diese Invasion musste er verhindern, er wollte seine Freunde nicht enttäuschen.

So tauchte er mit Ossacer im Schlepp hinab, ließ die Energien durch sich strömen und hielt den Kreislauf aufrecht. An der Wasseroberfläche herrschte inzwischen schon Chaos. Je tiefer er selbst kam, desto weiter würde oben der Strudel um sich greifen. Arducius bedauerte nur, dass er nie würde sehen können, was er geschaffen hatte.

Die Wand aus Wasser war mit atemberaubender Geschwindigkeit in sich zusammengebrochen. Mit einem Knall strömte die Luft in die Leere, die danach entstanden war, und einen Herzschlag lang war das Wasser völlig ruhig. Kein Anzeichen, dass die Mauer jemals dort gestanden hatte. Im gleichen Moment hörten auch alle Kämpfe auf, und alle betrachteten Estorr, das hinter der zusammengebrochenen Sperre schlagartig aufgetaucht war.

Die vorübergehende Stille wurde nur vom fernen Trommeln auf den tsardonischen Triremen durchbrochen. Dann stürzte das Meer in den Abgrund.

»Der Allwissende möge ihn segnen«, sagte Jhered, als er sich wieder aufrichtete. »Er hat es geschafft.«

Hinter der *Falkenpfeil* entstand ein Strudel, der sich immer schneller drehte, und das Meer und alles, was auf ihm schwamm, verschlang. Er breitete sich mit außerordentlicher Geschwindigkeit aus, schon erreichte er das Schiff und zerrte es nach unten. Die Besatzungsmitglieder schrien auf, doch Jhered achtete nicht darauf, sondern starrte in den Schlund dieses Ungeheuers, wie gebannt von dem Wirbeln, das mit jeder Sekunde schneller wurde.

Dann blickte Jhered nach unten. Mirron lag halb auf Kovan, weinte und streichelte sein Haar. Er zog sie hoch.

»Lass ihn, Mirron. Er hat seinen Frieden gefunden. Komm und sieh, was dein Bruder getan hat. Schau, wie er die Tsardonier besiegt hat.«

Er hielt sie aufrecht, und sie umarmte ihn. Überall brach jetzt Panik aus, nur er und Mirron standen still da und blickten dem Tod ins Auge. Der Strudel hatte inzwischen auch andere Schiffe erfasst. Die Seeleute sprangen von Deck, um zu entkommen, und wurden doch nur umso schneller in die Tiefe gezogen. Jhered atmete tief ein und genoss die letzten Atemzüge seines Lebens. Die *Falkenpfeil* kreiste um das Zentrum der Zerstörung und näherte sich zusehends der Stelle, wo der Trichter steil abfiel.

Von dem Mahlstrom ging ein gewaltiger Lärm aus – ein Rauschen und Tosen, dazu der Wind, der allen um die Ohren pfiff. Der Anblick und die Geräusche zerrten an Jhereds Nerven. Immer schneller wurde der Sog, in dem das Schiff gefangen war. Schon waren sie unterhalb des Horizonts und von den Wänden des Strudels umgeben. Trotz seiner Angst empfand Jhered in einem Augenblick der Klarheit große Bewunderung für die Ehrfurcht gebietenden Kräfte, die Arducius gebändigt hatte.

»Lasst mich nicht los«, sagte Mirron. »Was auch immer geschieht.«

Dann stürzte die *Falkenpfeil* hinab und tauchte geradewegs in den wirbelnden, dröhnenden Schlund des Meeres hinein.

Iliev nahm die Hand von der Ruderpinne und starrte offenen Mundes hinüber. Auch seine Mannschaft stand wie angewurzelt da. Sie waren schnell genug gerudert, um den Verfolgern zu entgehen, aber auf einmal war die Bireme vom Strudel erfasst und hinabgerissen worden.

Ocetarus hatte seine Hand ausgestreckt und zerrte Schiff um Schiff in seine Umarmung. Der Wind trug die Schreie der Männer und das hektische Schlagen der Trommeln herüber. Viele konnten nicht entkommen, sie wurden hilflos mitgerissen und verschwanden. Dutzende Schiffe, in wenigen Augenblicken vernichtet. Wer überlebt hatte, brachte sich eilig in Sicherheit, als wäre zu befürchten, dass Ocetarus noch einmal zuschlug und sie einfach auf den Meeresgrund drückte.

Der Strudel hatte sich rasch wieder beruhigt, und dann war auch der Wind eingeschlafen. Als die Wellen sie erreichten und das Schiff sanft wiegten, wusste Iliev, dass es vorbei war. Er richtete das Steuerruder neu aus und betrachtete das leere Meer. Es war still. Ocetarus' Schlund hatte sich wieder geschlossen.

»Ocenii.« Ilievs Stimme war kaum mehr als ein Krächzen. »Ocenii. Wir danken Ocetarus, dass er uns heute verschont hat. Wir danken ihm, weil er unsere Feinde vernichtet hat, aber wir trauern auch um unsere Gefährten, die wir an diesem siegreichen Tag verloren haben.«

Zweifellos hatten sie einen Sieg errungen, auch wenn er mit einem schalen Gefühl verbunden war. Als hätte man ihn der Gelegenheit beraubt, sich zu bewähren und als Erster in den Hafen zu segeln, gezeichnet von den Wunden des Krieges, aber mit der Siegesflagge am Mast. Die Schlacht war jedenfalls vorbei, die Tsardonier wie die Besatzungen der Konkordanz standen nur an der Reling ihrer Schiffe und starrten. Unter Deck hatten die Ruderer die Arbeit eingestellt, weil sie die Berührung einer Kraft gespürt hatten, gegen sie sie sowieso nichts ausrichten konnten.

Ilievs Männer setzten sich inzwischen wieder und nahmen die Ruder in die Hände. Er legte die Ruderpinne herum und wendete den Korsaren, um in Richtung Hafen zu fahren. Die Schiffe der Konkordanz tauschten unterdessen Meldungen aus. Triremen und Angriffsgaleeren ruderten zum Hafen, um ihn für die Tsardonier zu blockieren, doch wer den Strudel gesehen hatte, verspürte nicht die geringste Lust, den Kampf fortzusetzen. Die anderen, die noch folgten, würden entweder von ihren fliehenden Kameraden erfahren, dass es besser sei, das Weite zu suchen, oder auf eine überwältigende Streitmacht der Ocetanas stoßen.

Ein paar hundert Schritte entfernt tauchte ein Fass auf und tanzte auf der leichten Dünung. Iliev nickte.

»Vergesst nicht, dass wir Seeleute und Marinesoldaten sind und unsere Ehre wahren müssen. Wir wollen nach Überlebenden suchen. Ocenii, zwanzig Schlag, geht es langsam an.«

Auf einmal war Jhereds Kopf ganz leicht. Über sich sah er noch das auf dem Wasser tanzende Licht, doch es war fern und stumpf. Der Strudel hatte sich aufgelöst und zog ihn nicht weiter nach unten.

Irgendwie hatte er es auch geschafft, seinen Rock zu lösen und den Brustharnisch zu lockern, doch inzwischen war die Oberfläche viel zu weit entfernt. Er hatte sich damit abgefunden, dass er ertrinken würde, und trat nicht einmal mehr Wasser, sondern ließ sich vom Meer nach unten ziehen. Er hatte die Augen geschlossen und den Mund geöffnet.

Der Tod spielte mit ihm. Eine Wärme breitete sich in seinen Lungen aus, und er hatte das Gefühl, jemand streichelte sein Gesicht. Seine Lippen bewegten sich, er fühlte etwas wie einen Kuss.

Er riss die Augen auf.

Mirron war vor ihm. Sie hatte den Mund auf seine Lippen gepresst und atmete das Leben in ihn hinein. Er hob die Hände an ihre Wangen. Ihr Gesicht erkannte er nur verschwommen, und im Wasser rings um sie tanzten die Luftblasen von den Trümmern, die in der Tiefe versanken. Doch er war frei, und wenn dies nicht der Traum des Todes war, dann lebte er auch noch.

Sie stiegen empor. Langsam und gleichmäßig. Er fühlte sich leicht und konnte wieder schwimmen. Als er sich bewegen wollte, unterbrach sie ihn jedoch mit einem Kopfschütteln. So traten sie gleichmäßig Wasser und stiegen langsam zusammen auf, innig umarmt und mit verschmolzenen Lippen.

Wäre es nach Jhered gegangen, dann hätte es nie aufhören sollen. Die Welt unter Wasser war magisch, und er verspürte eine Freiheit, die er noch nie empfunden hatte. Sie atmete für ihn und küsste ihn. Er verbannte die unerwünschten Gedanken, die in ihm erwachten. Dieses Wunder wollte er genießen und nicht besudeln.

Als sie durch die Oberfläche brachen, atmete Jhered die kalte, frische Luft tief ein. Er würgte und hustete und verkrampfte sich am ganzen Körper. Mirron hatte ihn losgelassen und schwamm schützend um ihn herum. Er wollte sich bei ihr bedanken, spuckte aber nur noch mehr Wasser aus. Schließlich ließ er sich erschöpft auf dem Rücken treiben.

»Ich konnte dich nicht festhalten«, sagte er. »Du hast mich hochgeholt.«

»Ich konnte Euch doch nicht da unten sterben lassen. Ich konnte Euch nicht einfach loslassen.«

Danach verlor er anscheinend das Bewusstsein, und das Nächste, was er spürte, war ein Gefühl von Wärme. Er hörte Holz knarren und Ruder im Wasser plätschern. So öffnete er wieder die Augen und fragte sich, ob alles, was er unter Wasser erlebt hatte, nur ein Traum gewesen sei. Doch so war es nicht. Mirron streichelte sein Haar. Es sah aus, als hätte sie geweint. Sie hatte sich eine Männertunika über die Schultern gelegt.

Er fuhr in einem offenen Boot und spürte harte Planken unter dem Rücken. Endlich drückte er sich auf die Ellenbogen hoch. Vorn im Bug lag Arducius, Ossacer war bei ihm. Jhered konnte vor Freude kaum an sich halten. Ossacer hatte Ardu die Hände auf die Beine gelegt. Dessen Gesicht war grau und runzlig nach seiner gigantischen Anstrengung, doch er lebte.

»Meine Güte, es ist gar nicht so einfach, euch umzubringen«, sagte Jhered. »Wie geht es ihm?«

»Er wird es überleben«, sagte Ossacer und atmete schwer durch. »Er ist erschöpft, und irgendwie hat er sich ein Bein gebrochen. Ein Glück, dass ich mich an ihm festgehalten habe.«

Dann drehte er sich um und warf Jhered die Arme um den Hals. »Wir dachten, wir hätten Euch verloren, Paul.«

»Das dachte ich auch, Ossie. Das dachte ich auch.«

Er hielt Ossacer eine Weile fest, ehe er ihn entließ und in Richtung der Ruderpinne nickte.

»Danke«, sagte er.

»Ich konnte Euch doch nicht im Wasser lassen, Schatzkanzler Jhered«, sagte der Steuermann.

»Leider kenne ich nicht Euren Namen.«

»Karl Iliev, Siebtes Kommando der Ocenii. Wir haben euch alle an der gleichen Stelle gefunden. Ich kann gar nicht verstehen, wie überhaupt einer von euch überleben konnte.«

Jhereds Magen krampfte sich zusammen, und seine Freude war dahin. »Dennoch haben wir viele verloren. Der arme Kovan. Ich hätte den Speer abfangen müssen, aber ich war zu alt und zu langsam.«

Mirron legte sich eine Hand vor das Gesicht. »Wenn er nicht dort gestorben wäre, dann wäre er ertrunken. Da unten war niemand, der ihn hätte retten können.«

Jhered nickte. »Aber er hat dich gerettet. Ich wusste immer, dass er eines Tages seinen Mut beweisen würde.«

Mirron ließ den Kopf hängen und kämpfte nicht mehr gegen die Tränen an.

»Wer war er?«, fragte Iliev.

»Der Sohn von Arvan Vasselis, des Marschallverteidigers von Caraduk. Ein Bursche, in dem viel Gutes steckte.«

Iliev nickte. »War dieses Schauspiel Eure Idee?«

Jhered zuckte mit den Achseln. »In gewisser Weise vielleicht. Aber Arducius war der Architekt.«

»Dann sollten wir vielleicht euch allen danken, aber ...«

»Schon gut«, sagte Ossacer. »Wir verstehen das.«

Jhered zog ihn wieder an sich.

»Komm schon, Neristus, das muss dein bester Schuss werden.«

Roberto ritt eilig zur linken Flanke, wo Davarov mit seiner ausgelaugten Infanterie verbissen kämpfte, obwohl die Anzeichen der Erschöpfung unübersehbar waren. Die Kavallerie hatte gewendet, um einen erneuten müden Angriff zu reiten, und dies war das Signal, auf das der Ingenieur gewartet hatte. Zehn Steine pfiffen vorbei, und Roberto hörte seinen Lehrer sprechen, als wäre es erst gestern gewesen: *Schieße nie auf deine eigenen Leute. Zeige ihnen niemals, dass sie dir gleichgültig sind. So verzweifelt du auch bist, komme nie in diese Versuchung.*

Er sah Leute von den Wehrgängen herunterstürzen. »Der Allwissende möge sie verschonen. Und Gott möge mir helfen, wenn wir scheitern.«

Die Steine fielen, pflügten durch die angreifenden Tsardonier vor dem Wall und hämmerten gegen die Palisade. Roberto stieß die Faust hoch in die Luft.

»Noch einmal, Rovan!«, rief er, auch wenn Neristus ihn nicht hören konnte.

Davarov hatte den Einschlag der Steine bemerkt. Die Triarii unternahmen einen letzten verzweifelten Angriff, um die Tsardonier zu überrumpeln. Verwirrung breitete sich in ihren Reihen aus, und in dieses Durcheinander stieß Davarov hinein. Er brach auf der linken Seite durch, und ihm folgte ein Manipel der Infanterie. Roberto betete, dass der Durchbruch sich nicht wieder schließen möge. Die Palisade war inzwischen stellenweise arg ramponiert. Die Wehrgänge waren verlassen. Neristus änderte den Anstellwinkel, dann schoss er wieder. Dieses Mal traf jedes Geschoss die Tsardonier.

Cartoganev setzte seinen Angriff fort, und Davarov führte die Triarii tiefer zwischen die feindlichen Linien. Ein Manipel schwenkte ab, um auf der rechten Seite die Verstärkung der Gegner abzufangen. Drei weitere kämpften sich bis zur Palisade durch. Vor ihnen löste sich die Schlachtordnung der Tsardonier allmählich auf. Die Konkordanz hatte sie zerschmettert, die Geschosse der Onager hatten gleichermaßen tsardonische Verteidiger und Angreifer erledigt, und sie wollten nicht hilflos herumstehen und auf die nächsten Einschläge warten.

Immer mehr Feinde rannten um die Palisade herum nach vorn, um den Vorstoß der Konkordanz abzufangen. Die Hastati wiederum, seine müden außerordentlichen Hastati, verstärkten den Druck sogar noch. Hinter dem Wall ertönten Hornsignale. Keine tsardonischen Signale, sondern die der Konkordanz. Die noch lebenden Leviumkrieger sammelten sich vor Davarov im Rücken des Feindes. Wieder schien sich das Schlachtglück zu wenden. Die Palisade war von Rauch und Flammen eingehüllt, aber im Innern standen sicherlich noch genügend ausgeruhte und kampfbereite Soldaten.

Hinter Davarov kippte ein Abschnitt der Palisade nach draußen um und bedeckte den Schlamm und die Toten. Gesteris' Legionen stürmten hervor und schwärmten aus, um Cartoganev zu unterstützen und Davarov Flankenschutz zu geben. Robertos Herz tat einen Freudensprung. Der Feind wurde unsicher und schwankte.

»Nachsetzen, Konkordanz«, brüllte er und galoppierte hinter seinen Linien entlang. »Gleich haben wir sie.«

Hörner. Überall ertönten Hörner. Bei den Ingenieuren, den Principes, den Triarii, und, Gott umfange sie, auch bei den Ärzten. Roberto begriff sofort, was es zu bedeuten hatte. Er drehte sich im Sattel um und starrte zu den Gawbergen hinauf. Das große goldene und weiße Banner flatterte am Mast, strahlend über dem Feuer.

Estorr war gerettet.

Alle konkordantischen Kehlen jubelten und nahmen Davarovs Lied auf. Neue Kräfte belebten die schmerzenden Muskeln. Schneller und härter als je zuvor ließen sie die Schwerter herabsausen. Die überrumpelten Feinde hatten dem nichts entgegenzusetzen, zogen sich zurück und rannten durch die Tore hinaus. Erneut entbrannten Kämpfe am Torhaus.

»Wir haben es geschafft«, sagte Roberto, als er das Lied hörte. Die Tränen standen ihm in den Augen. »Wir haben gewonnen. Ich kann es nicht glauben, wir haben gesiegt.«

Jhered dirigierte den Korsaren zum Liegeplatz der Einnehmer. Auf der Mole drängten sich Estoreaner, die ihre siegreiche Flotte begrüßen wollten. In ihrer Mitte zeigte sich die Advokatin den jubelnden Bürgern und winkte. Sie applaudierte jedem Schiff, das von den Hörnern am Hafeneingang angekündigt wurde.

Dank dieses Aufruhrs konnte Jhered beinahe unbemerkt den Liegeplatz am Rand des Hafenbeckens anlaufen. Aber nur beinahe, denn einige Leute rannten auf der Mole hinüber. Leute, die sich eigentlich viel würdevoller bewegen sollten. Er hatte keine Ahnung warum, aber die Autorität war in Estorr und kam, um ihre geliebten Kinder zu begrüßen. Die Kinder, die die Konkordanz vor der Zerstörung bewahrt hatten.

Jhered trug Arducius auf beiden Armen. Der Junge war kaum noch bei Bewusstsein, und seine Schmerzen trübten auch Ossacers Wahrnehmung, der ihm eine Hand aufgelegt hatte und seine Qualen linderte. Mirron hielt sich bereit, um einzuspringen. Sie war müde, konnte aber ihre Aufregung kaum verhehlen, als sie sah, wer sich ihnen näherte. Der Korsar legte an, die Marinesoldaten sprangen hinaus, um ihn festzumachen.

»Danke, Kommandant«, sagte Jhered. »Ihr habt uns einen Dienst erwiesen, der größer ist, als Ihr je ermessen könnt.«

Iliev nickte nur und beobachtete mit seiner Mannschaft die Aufgestiegenen und Jhered, als sie das Boot verließen. Hinter sich hörte Jhered Gebete.

Die Autoritäten nahmen sie in die Mitte. Tränen, Lachen und Freudenausbrüche umfingen sie alle. Er hielt sie von Arducius zurück und wollte den Jungen nicht loslassen. Wenn nötig, würde er den Jungen bis in den Palast tragen. Er hatte genug erlebt und musste jetzt ausruhen. Gott umfange ihn, sie brauchten alle Ruhe.

Viel zu rasch legte sich die Aufregung wieder. Zwei fehlende Jungen hinterließen eine Leere, die das Lachen unterdrückte und die Feierstimmung dämpfte. Trotz des Durcheinanders im Hafen fühlte Jhered sich inmitten eines schweigenden Abgrundes schrecklich allein. Begleitet von einer Wache kam Vasselis den Weg zu ihnen herunter. Die Autoritäten machten ihm Platz. Mirron sprach mit Meera, Gorians Mutter, die viel zu erschrocken war, um zu weinen. Jhered fragte sich, was Mirron ihr erzählte.

Doch die schwierigsten Fragen standen ihm noch bevor. Bisher hatte er ausweichend geantwortet, das Schlimmste zurückgehalten und nur gesagt, was er sagen musste. Arvan Vasselis jedoch brauchte er überhaupt nichts zu erklären, denn der Marschall wusste es schon. Jhereds Gesichtsausdruck verriet ihm alles. Vasselis schluckte schwer und betrachtete die drei Aufgestiegenen.

»Du hast also drei von ihnen mitgebracht«, sagte er. »Gut gemacht, Paul. Das ist mehr, als wir alle zu hoffen wagten.«

»Arvan, es tut mir so leid. Kovan starb als Held für die Konkordanz. Er fing einen Speer ab, der Mirron treffen sollte, er hat sie gerettet.«

Vasselis konnte sogar lächeln. »Wenn er sterben musste, dann ist dies der beste Grund.« Er presste die Lippen zusammen, um ihr Zittern zu unterdrücken. Es dauerte eine Weile, ehe er weitersprechen konnte. »Ich bin froh, dass du dabei warst und er nicht allein starb.«

Jhered hätte ihn umarmt, hätte er nicht Arducius getragen. Inmitten des Jubels war Vasselis' Herz gebrochen. Er versuchte nicht einmal, die Tränen abzuwischen, die ihm über die Wangen rollten.

»Komm jetzt«, sagte Jhered. »Wir müssen die Kinder an einem warmen Platz unterbringen.«

Sie verließen die Mole und waren froh, dass den einlaufenden Ocetanas die ganze Aufmerksamkeit der Stadt galt, während ihre wahren Retter unbehelligt blieben.

»Was ist das?«, sagte eine Stimme, die vor Hass förmlich triefte. »Das Böse dringt ins Herz der Konkordanz ein?«

Jhered riss sich von Arducius' bleichem, krankem Gesicht los. Aus der Menge war die Kanzlerin aufgetaucht, links und rechts von Leibwächtern umgeben. Die Autorität war stehen geblieben. Vasselis spannte sich an und richtete sich auf.

»Aus dem Weg, Felice«, sagte Jhered. »Dies ist nicht der Augenblick und auch nicht der Ort, um Euer Gift zu verspritzen. Ihr werdet die Aufgestiegenen in Ruhe lassen.«

»Sie werden niemals Ruhe finden«, sagte die Kanzlerin. »Mit jedem Atemzug beleidigen sie den Allwissenden. Aber wie ich sehe, sind es nur drei. Einer weniger, der uns plagen kann. Und Ihr, Vasselis? Warum ist Euer Sohn nicht bei ihnen? Ich sagte Euch doch, Gott würde Euch einen hohen Preis abverlangen. Sein Blut klebt an Euren Händen.«

Vasselis wollte nach seinem Schwert greifen, die Leibwächter der Kanzlerin traten einen Schritt vor. Doch niemand achtete auf Hesther. Jhered spürte die ganze aufgestaute Wut, Frustration und Empörung hinter der Ohrfeige, die den Kopf der Kanzlerin nach rechts zucken ließ. Auf ihrer Wange wuchs auf einmal ein dunkelroter Abdruck, ihre Lippe hatte einen Riss.

»Ihr seid eine dumme, dumme Frau«, fauchte Hesther. »Wie könnt Ihr es wagen? Wie könnt Ihr es wagen, so über unsere Kinder zu sprechen? Wären sie nicht gewesen, dann hättet Ihr längst einen tsardonischen Dolch im Herzen. Und ich hätte gejubelt, wenn er Euch getroffen hätte.« Die Kanzlerin ballte die Hände zu Fäusten. »Was wollt Ihr tun? Wollt Ihr mich niederschlagen, wie Ihr es mit Vater Kessian getan habt?«

»Genug«, rief Jhered. »Felice, geht mir aus dem Wg. Wenn ich dieses Kind ablegen muss, um an Euch vorbeizukommen, dann wird es nicht bei einer Ohrfeige bleiben.«

»Kommt mit«, sagte Vasselis tonlos. »Wir haben schon zu viel Atem vergeudet. Und keiner von uns weiß, wann er den letzten Atemzug tun wird.«

Keine Stunde nach dem entscheidenden Vorstoß hatten die tsardonischen Hörner zum Rückzug geblasen. Der feindliche Kommandant hatte gut daran getan, die völlige Vernichtung seiner Truppe zu vermeiden. Er wusste, wie hoffnungslos seine Situation nun geworden war. Nichts war wichtiger für den Sieg in einer Schlacht als der Glaube.

Die feindlichen Verbände hatten sich voneinander gelöst und begnügten sich vorerst damit, sich über eine Entfernung von zweihundert Schritten hinweg Schmähungen an den Kopf zu werfen, während Roberto seinen Gegner mitten im Niemandsland traf. General Gesteris begleitete ihn. Jetzt blieb nur noch, den Tsardoniern eine Gelegenheit zum Rückzug zu geben.

»Ihr habt tapfer gekämpft«, sagte der Tsardonier. »Ihr werdet eines Tages ein guter Herrscher Eurer Konkordanz sein.«

»Wir haben schon eine Herrscherin.«

Der Kommandant schüttelte den Kopf. »Sie hat einen schweren Fehler begangen. Sie hat die Invasion von Tsard befohlen. Wir lassen uns nicht erobern. Es ist eine Schande, dass so viele sterben mussten, um das zu beweisen.«

»Es liegt in der Natur großer Reiche, sich vergrößern zu wollen. So sind die Konkordanz und auch Euer Königreich entstanden.« Roberto setzte ein angespanntes Lächeln auf. »Allerdings glaube ich, dass wir längere Zeit keinen Fuß mehr auf Euer Gebiet setzen werden.«

»Eine kluge Entscheidung. Und Atreska?«

»Atreska werden wir zurückholen. Atreska gehört uns. Ich würde Eurem König raten, dort keine Streitmacht zu unterhalten. Sonst würden wir Euch angreifen. Ebenso rate ich Euch, Eure Truppen sofort zurückzuziehen. Lasst Eure Waffen hier und verlasst mein Gebiet. Ich wünsche nicht, noch mehr Eurer Leute zu töten.«

Der tsardonische Kommandant beäugte ihn einen Moment. »Und die abtrünnigen Atreskaner?«

»Sie sollen bleiben, wo sie sind, und den Tag unserer Rückkehr fürchten.«

Zu Robertos Überraschung lachte der Tsardonier. »Ihr habt Mut, und Ihr habt Feuer. Wir sollten Verbündete sein, die Konkordanz und das Königreich. Keine Feinde. Vielleicht können wir eines Tages als Freunde an einem Tisch sitzen, General Del Aglios.«

»Das könnte durchaus noch einige Zeit dauern«, erwiderte Roberto. »Werdet Ihr Euch zurückziehen?«

Der Kommandant nickte. »Die kalte Jahreszeit kommt. Nur ein Narr überschreitet seine Türschwelle, wenn der Schnee fällt.«

»Wenigstens darin stimmen wir überein.« Roberto bot ihm die Hand, und der Kommandant schlug ein. »Bei Einbruch der Nacht. Meine Kavallerie wird Euch durch Atreska begleiten. Kehrt nicht um.«

Damit nickte Roberto und wandte sich ab. Gesteris kehrte mit ihm zu ihren Kämpfern zurück.

»Ich bin zu alt für so etwas«, sagte er.

»Unfug«, widersprach Roberto. »Ihr habt gerade die Konkordanz gerettet, General. Meine Mutter braucht Männer wie Euch.«

»Hinter dem Schreibtisch, hoffe ich.«

»Für Euch wird es eine Aufgabe geben, wo immer Ihr wollt.«

Davarov hatte sich nach vorn gedrängt und baute sich vor Roberto auf. Es wollte ihm nicht recht gelingen, grimmig dreinzuschauen.

»Nun?«

»Versorgt Eure Blasen und räumt auf. Der Krieg ist vorbei.«

Davarov umarmte ihn heftig, verlor das Gleichgewicht und fiel mit Roberto hin. Auch die Jubelrufe der ganzen Truppe konnten ihr Gelächter nicht übertönen.

Die drei Tage, in denen sie sich ihrer Wiedersehensfreude hingegeben hatten, waren durch den Verlust von Kovan und Gorian überschattet gewesen. Mirron hatte es nicht übers Herz gebracht, Meera die Ereignisse genau zu schildern, und so hatten sie verabredet, es im Augenblick bei der Lüge zu belassen, er sei weggelaufen, nachdem er in zu vielen Auseinandersetzungen den Kürzeren gezogen hatte. Das kam der Wahrheit sogar recht nahe.

Die drei Tage hatte Mirron wie im Rausch verbracht. Überall waren Leute aus Westfallen, die sie begrüßen wollten. Der Marschall hatte sie im sicheren Palast untergebracht. Noch nie hatte sie in solchem Überfluss gelebt. Sie verfügte über ein eigenes Bad, eine Dienerin in ihrem Alter, mit der sie plauderte, ohne ihr jemals irgendetwas zu befehlen, und ein so bequemes Bett, dass sie einen ganzen Tag verschlafen hatte, ehe sie von den Feiern wieder geweckt wurde.

Jetzt hatten sie eine Audienz bei der Advokatin. Bei der *Advokatin*. Herine Del Aglios saß auf einem unbequem aussehenden Thron. Mirron hatte mit Ossacer und Arducius vor ihr auf Stühlen Platz genommen, hinter ihnen hatten sich die Autoritäten versammelt. Arducius schien in sich gekehrt, eines seiner Beine war noch geschient. Ossacer war zu müde gewesen, um ihm weiterhin zu helfen. Keiner von ihnen lächelte. Zu frisch war die Erinnerung an Kovan, der ihnen entrissen worden war.

Jhered stand in der Nähe. Nicht einmal jetzt, da sie völlig in Sicherheit waren, wollte er von ihrer Seite weichen. Nur einer fehlte. Wie stolz Vater Kessian gewesen wäre, wenn er dies hätte erleben dürfen. Es war, wie es schien, die Anerkennung all dessen, was er sein ganzes Leben lang angestrebt hatte.

»Die Konkordanz steht tief in eurer Schuld«, sagte die Advokatin. »Und ihr habt ihre Entschuldigung ebenso wie die meine verdient. Die Menschen fürchten, was sie nicht verstehen können, und dieser Torheit bin auch ich aufgesessen. Man hat euch aus eurer Heimat verjagt, und all jene, denen ihr helfen wolltet, haben euch gehasst. Dennoch seid ihr nun hier und habt unser großes Reich gerettet. Das werde ich euch nie vergessen.

Eure Gabe bringt jedoch eine große Verantwortung mit sich, die ebenso auf meinen wie auf euren Schultern lastet. Es wäre einfältig anzunehmen, dass ihr bald von allen akzeptiert werdet. Ihr habt mächtige Feinde, und deshalb genießt ihr meinen Schutz, solange ihr mir treu dient.

Dies soll jedoch nicht die großen Werke trüben, die ihr drei verrichtet habt. Unzähligen Menschen habt ihr das Leben gerettet und große menschliche Reife an den Tag gelegt. Der Schatzkanzler hatte recht, als er an euch geglaubt hat.«

Die beiden wechselten einen Blick, und Mirron gelang es nicht, ihr Lächeln zu unterdrücken. Jhered zwinkerte ihr zu, auch wenn er äußerlich ernst und gefasst blieb.

»Ich werde niemals weit von euch entfernt sein«, sagte er. »Ich verdanke euch mein Leben. Mein Arm und mein Herz gehören euch. Euch allen.«

Er schlug sich mit der rechten Hand auf die Brust, und Mirrons Herz tat einen Freudensprung.

»Nun bleibt nur noch zu entscheiden, was mit euch geschehen soll«, fuhr die Advokatin fort. »Eure Fähigkeiten dürfen nicht in die falschen Hände geraten oder missbraucht werden.«

Mirron erstarrte und sah, wie auch die Energien von Arducius und Ossacer ängstlich flackerten.

»Mir liegt ein Bericht vor, unterzeichnet von hochrangigen Würdenträgern der Konkordanz, zu denen auch der Schatzkanzler zählt, der mir empfiehlt, euch hier in Estorr unterzubringen, während euer Fall untersucht wird. Mir liegen auch Beschuldigungen von der Kanzlerin vor. Es gibt Dutzende Beschwerden über Ereignisse und Schwierigkeiten, die allesamt euch zugeschrieben werden. Bald wird der Orden an meine Tür klopfen und verlangen, dass ich euch einsperre, weil ihr den Platz Gottes einzunehmen trachtet, indem ihr seinen Ozean unter eure Kontrolle bringt. All dies wird das Leben für junge Aufgestiegene in Estorr gefährlich machen. Als die Vertreterin Gottes auf dieser Erde habe ich jedoch die Pflicht, dem Allwissenden zu dienen, nicht wahr?«

Wider Willen nickte Mirron.

»Ihr könnt nicht draußen auf der Straße herumlaufen. Jedenfalls nicht, wenn es einen viel besseren Ort gibt, an dem eure Sicherheit gewährleistet ist.«

»Das Gefängnis?«, quetschte Ossacer heraus.

Laut hallte das Lachen der Advokatin durch den Saal. »Oh mein Kind, hältst du mich für ein Ungeheuer? Ich habe euch dies alles nur erklärt, damit jeder hier begreift, welche Bürde ihr tragt und welche Gabe ihr besitzt. Es ist eine Bürde, vor der ihr euch nicht drücken könnt, und deshalb müsst ihr in so guter Obhut sein, wie es nur irgend möglich ist. Mutter Naravny, bitte.«

Sie drehten sich zu Hesther um, die aufstand und winkte.

»Kommt schon, Kinder. Es wird Zeit, nach Westfallen zurückzukehren. Wir gehen nach Hause.«

Mirron kreischte entzückt, umarmte ihre Brüder und brach in Tränen aus.

Danksagung

Dieses Buch ist das Ergebnis einer gewaltigen Anstrengung vieler Menschen. Von den künstlerischen Mitarbeitern bis zum Lektorat muss ich vielen Menschen danken. Ganz besonders möchte ich Simon Spanton erwähnen, der mich beim Schreiben unerschütterlich unterstützte und mir mit Ratschlägen zur Seite stand. Gillian Redfearn war ein Segen in Gestalt eines redaktionellen Mitarbeiters. Graham Diss, der mich jeden Monat besuchte, kann gar nicht genug gelobt werden.

Auch möchte ich dem viel zu jung verstorbenen David Gemmell danken, der mich immer wieder mit Anregungen unterstützt hat. Howard Morhaim ermunterte mich, zuversichtlich in die Zukunft zu schauen, und Robert Kirby war stets für mich da. Ich danke Ariel, meiner herausragenden Webmasterin, und außerdem Pete, George, Dave und Dick ... ihr seid gute alte Freunde, ohne die ich nicht zurechtgekommen wäre.

Schließlich danke ich auch Dan Westfallen, der dem Herzen des Buchs seinen Namen geliehen hat, und William Montanero, der sich so sehr dafür eingesetzt hat, dass mein Internetforum ein Erfolg wurde, und natürlich auch allen Forumsteilnehmern – ihr habt mir an manch schlechtem Tag ein Lächeln entlockt. Ich danke euch.

www.jamesbarclay.com